Pájaros negros sobre la catedral

Philipp Vandenberg

Planeta Internacional

Pájaros negros sobre la catedral

Philipp Vandenberg

Traducción de María Alonso Gómez

Planeta

Título original: *Das vergessene Pergament*

Primera edición: mayo de 2008
Depósito Legal: M. 18.633-2008
ISBN 978-84-08-07937-8
ISBN 978-3-7857-2224-4, editor Gustav Lübbe Verlag, Bergisch Gladbach, edición original
Composición: Fotoletra, S. A.
Impresión y encuadernación: Huertas Industrias Gráficas, S. A.
Printed in Spain - Impreso en España

PRÓLOGO

SEÑALES DIABÓLICAS

Era de noche, noche cerrada sobre la catedral de Estrasburgo. Como un barco encallado en la arena, la nave principal se alzaba sin campanario hacia el cielo. El templo era todavía una inmensa obra en construcción. Desde los estrechos callejones, los ladridos aislados de los perros penetraban de cuando en cuando en la plaza de la basílica. Hasta el pestilente olor de la ciudad, que de día impregnaba el aire de la grandiosa plaza, parecía haber sucumbido al sueño. Era la hora de las ratas. Los sórdidos y rollizos roedores salieron ávidos de sus escondrijos, arrastrándose entre las inmundicias desperdigadas por todas partes. Hacía tiempo que habían encontrado un acceso al interior del templo a través de un pozo del edificio. Mas allí, donde los hombres buscaban consuelo espiritual, no había despojos que llevarse a la boca.

Pasada media hora de la medianoche, un chirrido espantó a las ratas de la catedral. Regresaron a sus escondites todo lo rápido que les permitían sus sebosos cuerpos. Sólo alguna que otra cola pelada asomaba aquí y allá. El chirrido se oía cada vez más cerca, más fuerte. Sonaba como el roce entre dos piedras. Luego una y otra vez ruido de escarbaduras, arañazos, rascaduras. Parecía que el diablo trepara con sus afiladas garras por las paredes. Después, nuevamente silencio. Uno habría podido oír hasta el sisear de la arena chocando contra el suelo.

De súbito, como si un trueno ensordecedor estallara en las cercanías de la iglesia, pareció que una carreta hubiera atravesado el presbiterio de la catedral dando sacudidas. Acto seguido se oyeron los chasquidos y crujidos de la piedra arenisca al resquebrajarse. Como en un temblor de tierra, los pilares se tambalearon. Una inmensa nube de polvo inundó hasta los rincones más recónditos. Luego todo quedó en silencio, y, al poco, las ratas abandonaron sus escondrijos.

Habría transcurrido tal vez una hora cuando volvieron a oírse rascaduras y arañazos, como si un picapedrero invisible trabajara sin descanso en el templo. ¿O acaso intentaba Lucifer tirar abajo la catedral con un inmenso cincel? El movimiento de los sillares se apreciaba con total claridad. Así pasaron varias horas, hasta que comenzó a despuntar el alba. Todavía ninguno de los estrasburgueses, a los que tanto enorgullecía la construcción de la catedral, se había percatado de lo acontecido esa noche.

A primera hora de la mañana, el sacristán se dirigió al templo. La puerta principal estaba cerrada, tal como él mismo la había dejado la tarde anterior. Al entrar en la catedral, se frotó los ojos. En el centro de la nave principal, donde ésta convergía con el crucero, había fragmentos de piedra esparcidos, partes de un sillar hecho pedazos que se había desprendido de la bóveda.

Avanzó a tientas y entonces su mano izquierda topó con un pilar del que sólo quedaba la mitad, suspendida en el aire; le faltaba el zócalo. Los restos de piedra yacían diseminados alrededor como despojos malolientes que una bestia voraz hubiera desechado tras devorar a su presa. El sacristán contempló atónito la escena de devastación, incapaz de dar un solo paso más. Finalmente rompió a gritar, salió de la catedral como alma que lleva el diablo y echó a correr, tan a prisa como le permitieron sus piernas, en dirección al barracón de la obra, para contar lo que sus ojos acababan de ver.

El maestro de obras, un artista en su especialidad, famoso más allá de las fronteras de su tierra natal por su talento y la exactitud de sus cálculos, se quedó boquiabierto al ver lo que había acontecido por la noche. Dado su gusto por el estudio de la ciencia, la física y las matemáticas, el maestro de obras había mantenido siempre una postura escéptica respecto a la existencia de los milagros. Sin embargo, esa mañana, por primera vez le asaltaron dudas. Sólo un milagro podía derribar la catedral. Y si observaba cuán minuciosamente había sido extraída la clave de bóveda, no sólo no cabía duda de que el milagro era tal, sino que había sido, además, obrado por el mismísimo diablo.

Como un reguero de pólvora, primero por la ciudad y luego por todo el país, se propagó la noticia de que el diablo quería derribar la catedral de Estrasburgo por hallarse la obra, erigida por el hombre, más cerca del cielo de lo que el diablo habría deseado. Tampoco tardaron en personarse los primeros testigos, quienes aseguraban haberse encontrado cara a cara con el Maligno la noche en cuestión. Entre ellos, el agrimensor, un hombre en modo alguno beato, pero sí temeroso de Dios. Él declaró públicamente haber divisado esa noche una figura coja con una pata de caballo, dando vueltas y vueltas a grandes saltos alrededor de la catedral.

Desde ese instante ningún ciudadano estrasburgués volvió a aventurarse a entrar en la majestuosa catedral hasta que el obispo Wilhelm, con un hisopo de finísimo pelo de tejón, la hubo rociado con agua bendita en nombre del Omnipotente.

Continuaba todavía propagándose la noticia Rin abajo, y continuaban peones, grabadores y picapedreros preguntándose si el fenómeno de los desprendimientos de la catedral podría haber sido provocado por una causa natural, cuando sucedió lo inexplicable en otro lugar. En Colonia, donde el maestro de obras Arnold estaba erigiendo una catedral según el modelo de Amiens, comenzaron a moverse por la noche las estatuas de piedra, adosadas a los pilares, de la Virgen María y san Pedro, el apóstol al que se consagraría el templo todavía inacabado. Como vencidas por su propio peso, las esculturas se desprendieron del pedestal con un crujido, giraron cual bailarinas sobre sí y se precipitaron de cabeza al vacío; no las dos al tiempo, como en un temblor de tierra, sino una tras otra, como si participaran en una confabulación.

A los primeros picapedreros que, tras una noche de tormenta, entraron en el templo, los aguardaba una escena sobrecogedora. Los brazos, las piernas y los rostros que, con sendas sonrisas, ellos mismos habían tallado, desafiando hasta el agotamiento, la dureza de la piedra, yacían desparramados por el suelo cual baratas asaduras que hubieran sido puestas a la venta en el mercado vecino a la catedral. A pesar de ser bien conocida la fortaleza de su carácter, algunos hombres rompieron a llorar, abatidos por la rabia y la desesperación. Otros miraron a su alrededor angustiados, temerosos de que el mismísimo Satán apareciera tras un pilar con voz rasposa y una malévola sonrisa en el rostro.

Al examinar la escena con mayor detenimiento, los picapedreros descubrieron monedas de oro entre los escombros: una pequeña fortuna y, a ojos de muchos, una advertencia de que el diablo estaba dispuesto a cumplir su cometido a cualquier precio. Los hombres contemplaron las brillantes monedas con desdén y repugnancia, y ni tan siquiera uno se atrevió a acercarse al dinero del Maligno a menos de diez pies.

Más tarde el obispo se presentó en el lugar de los hechos, a medio vestir y con un aspecto un tanto desaliñado, como si acabara de abandonar los brazos de una concubina. Susurrando plegarias por lo bajo –¿o acaso eran maldiciones?–, se abrió paso entre los curiosos y contempló los daños. Cuando reparó en las monedas de oro, comenzó a recogerlas hasta que todas hubieron desaparecido en el bolsillo de su capa consistorial. Las dudas de los picapedreros, por tratarse de dinero del diablo, las disipó con un enojado manotazo y la sentencia de que «el dinero es dinero», y que además no había sido el diablo, sino él mismo quien, muchos años atrás, había ordenado enterrar las monedas de oro bajo el pedestal de san Pedro, como testimonio para la posteridad.

Evidentemente nadie lo creyó. Pues la codicia del obispo era de todos conocida, y a nadie le habría extrañado que hubiera aceptado dinero de manos del propio Satanás.

Tres días más tarde regresaron los comerciantes del Rin con la noticia de que a Ratisbona, donde las obras catedralicias se hallaban más avanzadas que en ninguna otra ciudad, también había llegado el Maligno. Los rumores se extendieron por toda la ciudad. Al parecer todos los ciudadanos se habían congregado en un gran corro alrededor de la catedral, situada en pleno corazón de Ratisbona. Temían encontrarse con el demonio por la calle incluso a plena luz del día. Algunos lugareños ni siquiera se atrevían a respirar, convencidos de que el pestilente olor que desde hacía semanas había impregnado las estrechas callejuelas era el aliento del Maligno, y que si lo aspiraban, les corroería el alma como una cáustica tintura de alquimista.

De ese modo llegaron a perder la vida una docena de ciudadanos de Ratisbona, todos devotos y confortados con los santos sacramentos, y entre ellos cuatro monjas del colegio religioso de Niedermünster, situado a escasos pasos de la catedral, que prefirieron asfixiarse antes que respirar el aire expulsado por los pulmones de Lucifer.

En el convento de Niedermünster, las monjas mantuvieron a partir de entonces, día y noche, una vigilia permanente de oración ininterrumpida, con la esperanza de ahuyentar así el aliento del diablo. Durante el oficio quemaban incienso en un incensario que pendía del techo de la bóveda y describía un constante y amplio movimiento pendular. La humareda que desprendía el pesado incensario era tan fuerte que cegaba a las devotas mujeres y les impedía leer las oraciones de sus libros de horas. A algunas, el aliento del diablo, purificado de ese modo, las trastornó. Perdieron la orientación y vagaron sin rumbo por las calles. Otras se desmayaron y quedaron inconscientes, lo que para muchos era prueba de la presencia del Maligno también en Niedermünster.

El desencadenante de esta histeria, que arrastró hasta a los ciudadanos más sosegados, fueron los extraños derrumbamientos de la catedral, cuya veracidad aún trae de cabeza a los cronistas, pues, como se sabe, la verdad se desvanece con el paso del tiempo.

Así, un peletero de Colonia aseguraba haber visto con sus propios ojos que la torre sur de la catedral de Ratisbona se desplomaba en una sola noche sobre la planta baja. Un vendedor ambulante juraba por la vida de su anciana madre que la fachada oeste de la catedral, construida de piedra, como todas las fachadas de catedrales, se había derretido como si los sillares fueran de cera. Lo cierto fue que una mañana faltaba un sillar del zócalo de la fachada, y que jamás volvió a encontrarse. Y también desapareció la clave de bóveda de la nave principal. Y que la ausencia de esa piedra habría podido provocar el derrumbamiento de toda la catedral, lo cual pudo evitarse sólo gracias a la gran pericia del maestro de obras y a su rápida reacción.

Corrían asimismo rumores de que en las catedrales de Maguncia y de Praga, en la iglesia de Santa María de Danzig y en la iglesia de Nuestra Señora de Nuremberg, se habían registrado derrumbamientos similares. Incluso en los inmensos templos de Reims y Chartres se habían tambaleado columnas y pilares, y se habían venido abajo tribunas y capiteles, después de que una mano invisible los hubiera desprendido del muro. Viajeros llegados de Burgos y Toledo, de Salisbury y Canterbury, contaban que la gente había quedado enterrada bajo colosales aludes de sillares.

Eran grandes tiempos para los predicadores, que recorrían pueblos y ciudades exhortando a la penitencia entre gimoteos y lamentos, y mostraban a las gentes con las manos alzadas aquel valle de lágrimas terrenal tal cual era. El flagelo de la ostentación va de la mano de la lujuria, y sin duda tras ésta se oculta la sucia mano del diablo. Por eso Dios Nuestro Señor lo permitía, para detener la soberbia de los hombres. Los misteriosos acontecimientos eran la prueba del enojo del Altísimo, que se oponía a la pomposidad y el lujo de las grandes catedrales. Era erróneo creer que las catedrales de Occidente durarían toda la eternidad. ¿No probaban los sucesos de los últimos tiempos lo contrario? ¿Acaso no podía uno de aquellos grandiosos templos, profanados por Lucifer, venirse abajo cualquier día y en cualquier momento?

Con su encendido discurso los predicadores no dejaban descansar ni al pueblo ni al clero, ni aun a los propios obispos. El predicador Gelasio maldecía a la sombra de la catedral de Colonia al pueblo irresponsable y descreído, preocupado tan sólo por el poder y la riqueza. A las burguesas las demonizaba por lucir vestidos con largas colas, como los pavos reales. De necesitar semejantes colas las mujeres, exclamaba, Dios las habría provisto de tales protuberancias. Y ni siquiera los prelados obraban con cordura y discreción cuando calzaban zapatos amarillos, verdes y rojos, y hasta uno de cada color.

Si los monjes y los curas, por no mencionar a los obispos, satisfacían su apetito con mujeres descarriadas, sin hacer de ello ningún secreto, debía ser porque habían hecho un pacto con el diablo y no con el Altísimo. Por todos era sabido que el obispo prefería bendecir los pechos de sus concubinas que el cuerpo de Cristo. Y si tres papas se disputaban el puesto de Vicario de Dios en la Tierra y cada cual castigaba a los otros con la excomunión, no era sino porque se avecinaba el Juicio Final, y a nadie había de extrañar que el diablo se apoderara de las moradas del Señor.

Los oyentes salían despavoridos entre lloros y lamentos. Y mientras los unos alzaban la mirada, sobrecogidos, hacia al gablete de la catedral, los otros se ponían a cuatro patas como animales y sollozaban como niños a los que su padre hubiera amenazado con el peor de los castigos. Los hombres distinguidos se quitaban los gorros de terciopelo y pisoteaban los penachos. Las mujeres se despojaban en plena calle de sus indecorosas vestimentas, sin recato ni disimulo. La plebe y los pordioseros, con los que no iba nada de aquello, pues en la Biblia se les prometía el Reino de los Cielos, se disputaban los vestidos y desgarraban los preciosos ropajes hasta hacerse cada cual con un jirón.

La confusión se apoderó de la ciudad, y los ricos atrancaron las puertas y apostaron en ellas centinelas, como en los tiempos de la peste y el cólera. E incluso, tras las puertas cerradas a cal y canto, se procuraba reprimir incluso la tos y los estornudos, pues éstos se consideraban señal del demonio, quien de ese modo salía de los cuerpos. De noche se oían los pasos de los alguaciles de la ciudad, que marchaban por las callejuelas enarbolando sus lanzas. Y lo más insólito, algo que en circunstancias normales únicamente sucedía el Viernes Santo anterior a la Resurrección del Señor: los baños públicos, nidos de actividades pecaminosas, estaban vacíos.

A la mañana siguiente, los ciudadanos de Colonia amanecieron con un regusto amargo en la boca. No podía ser sino la impronta del diablo. La mayoría abandonó sus hogares más tarde de lo habitual. Una bandada de pájaros negros sobrevolaba en círculos la catedral. Sus graznidos parecían aquella mañana chillidos de niños desconsolados. El sol naciente bañaba de luz la fachada principal de la catedral. Los laterales del edificio quedaban en penumbra y exhibían un aspecto sombrío e inquietante, distinto al de otros días. Los propios picapedreros, que trabajaban desde hacía ya horas, ajenos al viento y al estado del cielo, tiritaban de frío sin razón aparente.

Precisamente fue a un picapedrero a quien llamó la atención el andrajoso que se encontraba en la escalinata del pórtico. Éste cabeceaba, medio traspuesto, con la espalda apoyada en el muro, lo cual, por otra parte, no tenía nada de extraordinario, pues extranjeros y mercaderes ambulantes pasaban a menudo la noche en la escalinata. Pero tras una noche como ésa, la desconfianza estaba a flor de piel y todo extranjero levantaba sospechas. La larga vestimenta desgarrada que lucía recordaba al hábito negro de un predicador que la tarde anterior había sembrado el miedo apocalíptico en la ciudad. Y, efectivamente, al acercarse, el picapedrero reconoció al hermano Gelasio, quien días antes había anunciado a los coloneses el Juicio Final. El predicador tenía las manos temblorosas y la mirada clavada en el suelo.

A la pregunta del picapedrero de si él era realmente Gelasio, el predicador, respondió con un mudo movimiento de cabeza, sin ni siquiera levantar la vista. El picapedrero hizo ademán de marcharse para volver al trabajo cuando el predicador abrió inesperadamente la boca. Pero en lugar de palabras, brotó de ésta un chorro de sangre negra que empapó cual torrente su desgarrado hábito.

Presa del pánico, el picapedrero retrocedió sin saber qué hacer y miró a su alrededor en busca de auxilio, mas no había nadie a quien pedir ayuda. Con el dedo índice Gelasio se señaló la boca abierta y farfulló unos gorgoteos balbucientes, como los de un delirante perturbado. En ese instante el picapedrero lo vio: alguien le había cortado la lengua al predicador.

El picapedrero se lo quedó mirando con aire inquisitivo. ¿Quién podía haber callado al predicador de tan espeluznante manera?

Gelasio dobló sus temblorosos y ensangrentados dedos índices y se los llevó a izquierda y derecha de la frente. Y para asegurarse de que el picapedrero comprendiera, se llevó luego la mano derecha al trasero y la agitó a un lado y a otro, simulando el movimiento de una larga cola.

Después levantó la vista una última vez. En sus ojos podía leerse el terror.

El picapedrero se santiguó y salió corriendo despavorido. Cómo iba él a sospechar que las desgracias que habían asolado la ciudad y propagado el miedo y el terror entre la población tenían una explicación lógica, cuyo origen yacía en un cofre cerrado que –como la caja de Pandora–, una vez abierto, desataría el caos en toda la región. Y que ese cofre albergaba un pliego de papel por el que muchos se hallaban dispuestos a matar. En el nombre del Señor o sin él.

De haber sabido el picapedrero lo que había acontecido doce años atrás, en el Anno Dómini 1400, lo habría comprendido todo. Así, por contra, no comprendió nada. Nadie pudo comprenderlo. Y el miedo es un mal consejero.

1

ANNO DÓMINI 1400: UN FRÍO VERANO

Al acercarse el momento del alumbramiento, Afra, la criada del gobernador imperial Melchior von Rabenstein, tomó la cesta con la que acostumbraba a recoger setas y, haciendo acopio de sus últimas fuerzas, se internó en el bosque situado detrás de la hacienda. Nadie había instruido a aquella joven de largas trenzas en las prácticas que había menester para el alumbramiento. Hasta aquel día, la preñez de la muchacha había pasado del todo inadvertida, pues ésta se las había ingeniado para ocultar bajo sus holgados y gruesos ropajes a la criatura concebida en su seno.

En la última fiesta de la cosecha había sido fecundada por Melchior, el gobernador, en el henil del silo grande. El mero recuerdo le provocaba náuseas, como si hubiera ingerido agua putrefacta o un pedazo de carne agusanada. En su memoria había quedado grabada de forma indeleble la imagen del viejo lascivo, de dientes ennegrecidos y roídos cual madera carcomida, abalanzándose sobre ella con los ojos desorbitados por la lujuria. El muñón de la pierna izquierda –a la que el viejo llevaba asida, por encima de la rodilla, una pata de palo– se meneaba de excitación como el rabo de un perro. Tras el brutal episodio, el gobernador amenazó con expulsarla de sus dominios si osaba desvelar una sola palabra de lo sucedido.

Abatida y mancillada, Afra guardó silencio. Tan sólo confesó lo ocurrido al sacerdote, con la esperanza de obtener la remisión de su pecado. Ciertamente aquello le supuso cierto alivio, al menos en un primer momento, y cada día, durante tres meses, rezó cinco padrenuestros en penitencia y otros tantos avemarías. Mas al advertir las consecuencias que había acarreado la atrocidad cometida por el gobernador, una ira desesperada se apoderó de ella. Pasó noches y noches llorando su desventura hasta que, durante una de aquellas interminables vigilias, resolvió deshacerse del bastardo en el bosque.

En aquel instante, Afra, guiada por su instinto, se hallaba agarrada a un árbol con los brazos extendidos y las piernas abiertas, a la espera de que el ser indeseado cayera al suelo, como si de un ternero se tratara. Los partos de las vacas sí que los conocía bien.

Del tronco húmedo de aquel abeto rojo brotaban armillarias, unos hongos amarillos que emanaban un fuerte olor. Las fuertes punzadas amenazaban con desgarrarle el vientre y, para contener los gritos, la muchacha se mordió el antebrazo. Inhaló aire por la nariz de forma temblorosa y, por un momento, el olor de los hongos le produjo un efecto anestesiante. Éste se prolongó hasta que aquella cosa engendrada en su seno cayó pesadamente sobre la alfombra de musgo que cubría el suelo del bosque: el niño tenía el cabello oscuro y ensortijado, como el del gobernador, y una voz tan potente que despertó en ella el temor a ser descubierta.

Afra tiritaba de frío, temblaba de miedo y debilidad, y no podía pensar con claridad. La idea de golpear la cabeza del recién nacido contra un árbol, tal como había visto hacer toda la vida con los conejos, se le desvaneció de la mente. ¿Cómo debía actuar? Turbada, se quitó una de las dos faldas que llevaba, la rasgó y limpió la sangre del pequeño. Al recorrer el cuerpo de la criatura descubrió algo extraño, aunque en un primer momento apenas le prestó atención, convencida de que su estado de conmoción la había traicionado al contar. Acto seguido repitió el proceso una y otra vez: de la mano izquierda del niño salían seis deditos diminutos. Afra se asustó. ¡Una señal del cielo! ¿Qué podía significar?

Arrebatada, envolvió al recién nacido en un gran trozo de tela sobrante, lo depositó en la cesta y, para protegerla de los animales salvajes, la colgó en una rama del abeto, la misma rama sobre la que se había sentado durante el alumbramiento.

El resto del día Afra lo pasó en el establo, en compañía de los animales, para evitar las miradas de los demás sirvientes. Quería estar a solas con sus pensamientos y reflexionar sobre el inquietante misterio de la señal divina: seis dedos en una mano. Definitivamente, había descartado el plan de matar al recién nacido.

Por la Biblia, Afra conocía la historia del pequeño Moisés, quien, abandonado por su propia madre, navegó Nilo abajo hasta caer en manos de una princesa que lo recogió y le dio una educación cortesana. El río discurría a dos horas escasas de camino, pero ¿cómo iba a llevarlo hasta allí sin ser vista? Además, todavía no disponía de un recipiente adecuado que pudiera servir al niño de barquichuela.

Sumida en aquel remolino de cavilaciones, al caer la noche la criada se dirigió a la zona de servicio. Todo esfuerzo por dormir fue en vano, pues a pesar de que el secreto alumbramiento la había dejado exhausta, no logró conciliar el sueño. Era incapaz de apartar de su mente al pequeño, colgado de una rama, indefenso. Lo más probable era que estuviera aterido de frío en la cesta y que su llanto acabara atrayendo a hombres y animales. Afra habría deseado levantarse y abrirse camino a través de la oscuridad para custodiarlo. Pero vio que era demasiado arriesgado.

Presa de una gran inquietud decidió que a la mañana siguiente ya encontraría el momento oportuno para alejarse de la casa sin ser vista. Fue hacia mediodía cuando Afra vio la oportunidad de escabullirse, y entonces se internó en el bosque, en dirección al lugar donde había dado a luz. Al detenerse, casi sin aliento, buscó la rama de la que había colgado la cesta con el recién nacido. En un primer momento creyó que los nervios la habían llevado al lugar equivocado, pues no halló ni rastro de la cesta. Afra trató de orientarse. No sería de extrañar que los acontecimientos del día anterior le hubieran distorsionado el recuerdo exacto del lugar. Se disponía ya a emprender el camino en otra dirección cuando le llegó el penetrante olor de las armillarias y, al bajar la vista hacia el suelo, descubrió la oscura mancha de sangre sobre el musgo.

Durante los siguientes días Afra se adentraba casi a diario en el bosque para averiguar el paradero de su hijo. A la doncella le decía que salía a buscar setas. Y cada día recogía un buen puñado de anaranjados rebozuelos, carnosos boletos, estrofarias con brillantes sombreros y armillarias color miel, tantas como era capaz de cargar; sin embargo, el bosque no le deparó ni una pista, ni una sola señal que indicara qué podía haberle sucedido al recién nacido, ni un asomo de paz interior.

Así transcurrió todo el año, llegó el otoño y el sol bajo tiñó las hojas de rojo y la pinaza de marrón. El musgo absorbía como una esponja la fría humedad, el camino a través del bosque era cada vez más fatigoso, y, poco a poco, las esperanzas de Afra de hallar señales de vida del pequeño se fueron desvaneciendo.

Pasaron dos largos años, pero, aunque las heridas que inflige la vida acostumbran a cerrarse con el tiempo, Afra no había superado el terrible suceso. Cada encuentro con Melchior, el gobernador, reavivaba sus recuerdos. Por eso salía despavorida en cuanto oía a lo lejos el odioso y sordo golpeteo de su pata de palo. También Melchior evitaba el trato con ella, o al menos así había sido hasta aquel otoñal día de septiembre en que Afra, subida al gran árbol situado tras el henil, recogía las verdes y escuálidas manzanas a las que el frío y lluvioso verano no había dejado medrar. Enfrascada como estaba en la fatigosa labor, Afra no se percató de que el gobernador se había deslizado con sigilo hasta allí y, al pie de la escalera, escudriñaba bajo su falda con ojos ávidos. Y como para ella la ropa interior era algo desconocido, se llevó un susto de muerte al percatarse de la insidiosa mirada del hombre.

Lejos de avergonzarse, Melchior ordenó a la criada con aspereza:

—¡Baja de ahí ahora mismo, maldita buscona!

Amedrentada, Afra acató la orden, pero cuando el licencioso gobernador trató de atraerla hacia sí y forzarla, ella se defendió encolerizada y le golpeó con el puño en la cara, de tal suerte que su nariz comenzó a sangrar a chorro, como un cerdo recién sacrificado, y su adusto rostro quedó rojo por completo. El iracundo gobernador no pareció amilanarse, pues no sólo no dejó escapar a Afra, sino, bien al contrario, la arrojó al suelo totalmente fuera de sí, le cubrió la cara con la falda y, llevándose la mano a la bragadura, se sacó el miembro de las calzas.

–¡Sigue, sigue! –gimió Afra–. ¡Así lograrás traerme por segunda vez la desdicha, y con ella la tuya!

Por un instante Melchior se quedó inmóvil, como si hubiera vuelto en sí. Afra aprovechó la ocasión para espetarle:

–Tu último desliz no fue sin consecuencias: ¡un niño de cabellos exactamente igual de crespos que los tuyos!

Melchior la miró titubeante.

–¡Mientes! –gritó al fin, y agregó–: ¡Maldita buscona! –Y dicho eso se apartó de ella. Mas no con la intención de averiguar más detalles, sino sólo para reprenderla e injuriarla–. Miserable ramera, ¿acaso crees que no sé a qué estás jugando? ¡Con tu palabrería no pretendes otra cosa que chantajearme! ¡Pero yo te enseñaré a tratar a Melchior el gobernador, bruja traidora!

Afra se estremeció. Todo el mundo se estremecía con sólo oír la palabra «bruja». Las mujeres y los curas se santiguaban. Bastaba la sola acusación de ser una bruja, y no era necesaria prueba alguna, para quedar sometida a la más despiadada de las persecuciones.

–¡Bruja! –repitió el gobernador y escupió al suelo. Luego se acomodó la ropa y se alejó a buen paso, cojeando.

Las lágrimas surcaban las mejillas de Afra, lágrimas de pura impotencia, mientras trataba de incorporarse. Desesperada, apoyó la frente contra la escalera y se deshizo en sollozos. Si el gobernador la acusaba de ser una bruja, la aguardaba un destino fatal al que no podría escapar.

Al cesar el llanto, Afra se miró asqueada. Tenía el jubón desgarrado y la falda y la blusa manchadas de sangre. Para evitar las preguntas, trepó hasta la copa del árbol y aguardó allí hasta el anochecer. Tras el repique de la campana de queda, que oyó desde la lejanía, se atrevió al fin a salir de su escondite y regresó a la casa.

Los pensamientos e imágenes que invadieron su mente no cesaron de atormentarla en toda la noche. Veía verdugos acechándola con hierros al rojo vivo y máquinas de madera con poleas y clavos prestos a torturar su joven cuerpo. Esa noche Afra tomó una decisión que cambiaría su vida.

Nadie se percató cuando, poco antes de la medianoche, Afra abandonó a hurtadillas las estancias del servicio. Sorteó con cautela todos los tablones sueltos que rechinaban y se dirigió, sin causar el más mínimo ruido que pudiera delatarla, a la empinada escalera que descendía en zigzag desde la buhardilla. Con sigilo, hizo un hatillo en el vestidor de las criadas y cogió un par de zapatos que encontró a tientas en la oscuridad. Descalza, salió de la casa por la puerta de atrás.

Una vez fuera, envuelta en la neblina que cubría el patio como un tupido velo, se dirigió hacia el gran henil. Aunque la niebla ocultaba la Luna y las estrellas, Afra avanzaba con paso firme. Sus pies conocían el camino. Al llegar a la pequeña entrada situada junto al portón, descorrió el pasador de madera y abrió la portezuela. Hasta ese día, no había reparado en que los goznes de esa portezuela chirriaban como un gato al que le hubieran pisado la cola. El chirrido le pegó un susto de muerte, y, cuando uno de los seis perros del gobernador comenzó a ladrar, un escalofrío le recorrió el cuerpo. Afra se quedó inmóvil, con el corazón en un puño. Milagrosamente, los ladridos del perro cesaron. Nadie parecía haberlos oído.

Afra fue hasta la parte trasera del pajar, cuyo suelo se hallaba cubierto por tablones de madera para proteger el heno de la humedad. Allí, bajo el último tablón se encontraba escondida su valiosísima y única pertenencia. A pesar de que en el henil la negrura era total, avanzó a tientas hasta el escondite, pisó descalza un ratón o una rata, que huyó con un estridente chillido, levantó el tablón de madera y extrajo un cofre plano envuelto en un pedazo de arpillera. No había para ella nada más valioso en el mundo. Procurando no hacer ruido, Afra abandonó la casa del gobernador, que había sido su hogar desde los doce años.

Debía tener en cuenta que a primera hora de la mañana descubrirían su ausencia, aunque Afra estaba convencida de que nadie la buscaría. Ya había sucedido así hacía tres años, cuando la vieja Gunhilda no regresó al acabar sus labores de labranza, y nadie se preocupó de buscarla, hasta que sólo por casualidad el cazador del gobernador halló su cadáver colgado de un tilo. Gunhilda se había ahorcado.

Tras una hora de camino a través de la oscuridad levantó la niebla, y Afra, que había echado a caminar hacia el oeste por la linde del bosque, trató de orientarse. No sabía hacia dónde quería dirigirse. Sólo deseaba alejarse, alejarse todo cuanto pudiera de Melchior, el gobernador. Aterida de frío se detuvo y aguzó el oído.

En alguna parte resonaba un ruido extraño, no muy distinto de los alegres murmullos y gorgoteos de un niño pequeño. Al avanzar en esa dirección Afra encontró un arroyo. Un frío glacial emanaba del agua, y aunque ella deseaba llenar sus pulmones de aire fresco, la respiración se le entrecortaba. Ya no le quedaban fuerzas. Había caminado descalza y ya no resistía el dolor de pies, pero no se atrevía a calzarse los valiosos zapatos que llevaba en el hatillo.

Afra se tumbó al pie de un vigoroso sauce, a la vera del susurrante caudal del arroyo. Estiró las piernas y se arrebujó en el vestido. Y mientras dormitaba, se preguntó si no se habría precipitado al huir.

Ciertamente Melchior von Rabenstein era un repugnante depravado, y quién sabe cuántas calamidades le habría hecho pasar; pero ¿habría sido peor que morir de hambre o de frío en medio del bosque? No tenía qué comer, ni techo donde guarecerse, y ni siquiera sabía adónde ir. Pero no acabaría sus días en la hoguera, acusada de brujería. Sacó de su hatillo un mantón de grueso paño, se tapó con él y trató de serenarse.

Sabía que de ninguna manera se dormiría. La atormentaban demasiados pensamientos. Cuando al fin, tras esa noche interminable, abrió los ojos, el arroyo murmuraba a sus pies bajo la luz del alba. Del agua emanaban unos vapores blanquecinos. Olía a pescado y a podredumbre.

Afra jamás había visto un mapa, mas había oído hablar de la existencia de esos pergaminos donde los ríos y los valles, las ciudades y las montañas aparecían dibujados a vista de pájaro, a un tamaño minúsculo: ¿milagro o brujería? Afra contemplaba indecisa el torrente de agua.

«El arroyo –se dijo– ha de desembocar por fuerza en alguna parte.» Y decidió seguir el curso de la corriente. «Todo arroyo acaba en un río y a la orilla de todo río hay una ciudad.» De modo que recogió el hatillo y siguió el serpenteante cauce del arroyo.

A la izquierda del camino brillaba el rojo de los arándanos que crecían en el bosque. Afra recogió un puñado y, con la mano ahuecada, se lo llevó a la boca. Tenían un sabor ácido, pero eso le levantó el ánimo y apresuró el paso, como si alguien la esperara a una hora concreta en algún lugar.

Debía de ser mediodía. Afra habría recorrido unas quince millas cuando avistó el imponente tronco de un árbol caído que, atravesado en mitad del arroyo, hacía las veces de puente. En la otra orilla se abría una vereda que discurría hasta un claro.

Una voz interior aconsejó a Afra no cruzar el arroyo, y, dado que, de todos modos, no se dirigía a ningún lugar en particular, reanudó el camino, sin abandonar el margen del arroyo, hasta que olió a humo, una señal infalible de presencia humana.

Afra reflexionó acerca de cómo debía responder a las cuestiones que le plantearan. La aparición de una joven, vagando sola, suscitaría preguntas al instante. No era muy ingeniosa inventando historias, la vida sólo le había enseñado la cruda realidad, de forma que decidió contar simple y llanamente la verdad: que el gobernador la deshonraba y que ella había huido de sus abusos y que estaba dispuesta a aceptar cualquier trabajo que le procurara pan y techo.

No había concluido todavía ese pensamiento cuando el bosque que la había acompañado la noche y gran parte del día acabó de modo abrupto y dejó paso a unos vastos prados. En medio de los pastizales se levantaba un molino, y el constante golpeteo de las palas de la rueda contra el agua podía oírse a media milla. A lo lejos, Afra divisó un carro tirado por bueyes, cargado de henchidos costales, que se alejaba en dirección sur. Todo allí transmitía tal sensación de paz que, sin pensarlo dos veces, echó a andar decididamente hacia el molino.

–Eh, ¿quién eres y qué andas buscando?

Por el piso de arriba de la vieja casa de madera asomó una cabeza con los cabellos cubiertos de polvo blanco y una amable sonrisa en el rostro.

–¿Sois el molinero de esta magnífica finca? –exclamó Afra levantando la vista y, sin esperar la respuesta, añadió–: ¿Me concedéis unas palabras?

La oronda cabeza desapareció tras el hueco de la ventana, y Afra se dirigió a la puerta. Al cabo de un instante salió una mujer de brazos regordetes y gruesa figura. Con gesto desafiante, cruzó los brazos y, antes de abrir la boca, miró a Afra como a un intruso. Al cabo de unos instantes, el molinero apareció por detrás de la mujer, mas al advertir el adusto gesto de su esposa, mudó inmediatamente su afable expresión por otra más hostil.

–¿Otra vez una de esas gitanas de las Indias? –dijo con una sonrisa maliciosa y un tanto despectiva–. De esas que no hablan nuestro idioma ni están bautizadas, como los judíos. Aquí no damos nada. ¡Y mucho menos a esas gentes!

Los molineros eran conocidos por su tacañería –bien sabe Dios a qué se debía esa actitud–, pero Afra no se dejó amilanar. Sus cabellos oscuros y su piel morena, por el trabajo al aire libre, podían hacer creer que, en efecto, pertenecía al pueblo gitano, proveniente de Oriente, que estaba invadiendo aquellos territorios como una plaga de langostas.

De ahí que Afra respondiera con determinación y casi con cierta indignación:

–Conozco vuestro idioma tan bien como vos, de igual forma que recibí el bautismo, si bien es cierto que no tanto como en vuestro caso. ¿Me escucharéis ahora?

En ese instante la hosquedad de la molinera se trocó por completo, y dijo con tono amable:

–No te tomes a mal sus palabras. Es un hombre bueno y devoto. Pero, a decir verdad, el Señor no nos libra ni un solo día de esas gentes de mal vivir que vienen a mendigar. Si a todos los que han pasado por aquí les hubiéramos dado algo, ya no nos quedaría pan que llevarnos a la boca.

–Yo no vengo a mendigar –respondió Afra–, sino en busca de trabajo. Sirvo desde los doce años y he aprendido a trabajar.

–¡Otra boca más bajo mi techo! –exclamó el molinero, enojado–.

Tenemos dos jornaleros y cuatro pequeñas bocas hambrientas que alimentar. ¡No! ¡Márchate y no nos hagas perder más el tiempo! –le espetó señalando con la mano hacia el camino por el que había venido Afra.

Afra comprendió que el molinero no podía procurarle sustento y ya se disponía a despedirse cuando la mujer apartó a un lado a su esposo, reclamándole comprensión:

–Una criada me resultaría de gran ayuda, y si es trabajadora, ¿por qué no íbamos a emplear sus servicios? No me da la impresión de que quiera engañarnos.

–Haz como quieras –replicó el molinero, molesto, y se retiró al interior de la casa para reanudar su labor.

La oronda molinera se encogió de hombros con ademán de disculpa.

–Es un hombre bueno y devoto –repitió, y subrayó su aseveración con un vehemente asentimiento de cabeza–. ¿Y tú?, ¿cómo te llamas?

–Afra –respondió ésta.

–¿Y qué hay de tu devoción?

–¿De mi devoción? –repitió Afra, turbada. Hacía tiempo que no cultivaba su devoción. Debía admitirlo. Se sentía manifiestamente descontenta con el Señor por las tantas y tan terribles calamidades que había tenido que padecer. En toda su vida no había cometido una sola falta, había observado fielmente los preceptos de la Iglesia y había confesado pecados menores y cumplido penitencia por ellos. ¿Por qué, entonces, Dios la había sometido a tanto sufrimiento?

–Se diría que no la cultivas con mucho fervor –comentó la molinera tras advertir la indecisión de Afra.

–¡No digáis tal cosa! –se enojó ésta–. He recibido todos los santos sacramentos que corresponden a mi edad, y hasta puedo recitar el avemaría en latín, algo que ni siquiera muchos curas saben hacer. –Y sin esperar a la reacción de la molinera, comenzó a rezar–: *Ave Maria, gratia plena, Dominus tecum, benedicta tu in mulieribus, et benedictus fructus ventri tui...*

La molinera la miró de hito en hito y juntó las manos ante sus inmensos pechos en actitud de orar. Cuando Afra hubo acabado, la mujer le pidió vacilante:

–Jura por Dios y por todos los santos que jamás has robado y que no has cometido ninguna otra falta. ¡Júralo!

–¡No veo por qué no! –repuso Afra alzando la mano derecha–. La razón por la que he llamado a vuestra puerta es la impiedad del gobernador, quien me impuso su voluntad por la fuerza y me arrebató la virginidad.

La molinera se santiguó varias veces. Después aseveró:

–Eres fuerte, Afra. Sin duda podrás servirnos.

Afra asintió y siguió a la molinera al interior de la casa, donde cuatro niños –el más pequeño debía de tener dos años escasos– correteaban de acá para allá. Cuando repararon en la desconocida, la mayor, una chiquilla de unos ocho años, exclamó:

–¡Una gitana, una gitana! ¡Fuera de aquí!

–No te tomes a mal los comentarios de los niños –se excusó la oronda molinera–. Los he aleccionado para que se mantengan siempre alejados de los extraños. Como te conté antes, hay mucha gentuza hambrienta merodeando por las cercanías. Tienen la mano muy larga y no se detienen ni ante los niños, con los cuales hacen verdadero negocio.

–¡Fuera la bruja extranjera! –repitió la mayor–. Me da miedo.

Haciendo uso de buenas palabras Afra trató de congraciarse con los niños, mas al intentar acariciar la mejilla de la mayor, la chiquilla le arañó la cara y gritó:

–¡No me toques, bruja!

Finalmente terció la madre, quien tranquilizó los ánimos de los desbocados chiquillos, y a Afra le fue asignado un rincón en la enorme y sombría estancia que ocupaba todo el piso superior del molino. Allí Afra depositó su hatillo ante la recelosa mirada de la molinera.

–¿Cómo llega una joven criada como tú a rezar el avemaría en latín? –inquirió la gruesa mujer, a quien la recitación de Afra no había dejado muy tranquila–. ¿No será que has huido de un convento, que es donde se aprenden esas cosas?

–No os apuréis, molinera –se rió Afra sin responder a la pregunta–, todo cuanto os he contado es la verdad.

El caserón retumbaba con el sordo golpeteo del mecanismo del molino, interrumpido sólo por el murmullo espumoso de las aguas, que caían desde las palas de la rueda en cascada. Durante las primeras noches Afra no logró conciliar el sueño, mas poco a poco se fue acostumbrando a los nuevos ruidos, y el tiempo le permitió también ganarse la confianza de los hijos del molinero. Los mozos la trataban con gentileza, y todo parecía marchar a las mil maravillas.

Sin embargo, por santa Cecilia y santa Filomena, llegaron las desgracias. Unos densos y oscuros nubarrones se extendieron sobre la tierra, impelidos por el gélido viento. Al principio comenzó a llover tímidamente, después con mayor intensidad y finalmente se abrieron las cataratas del Cielo. El arroyo, cuyo caudal impulsaba el molino y cuya anchura normalmente no superaba los diez palmos, se desbordó y quedó convertido en un impetuoso río.

Como medida de emergencia, el molinero abrió el aliviadero y los mozos cavaron a todo correr una zanja para repartir el turbulento torrente de aguas marrones. El molinero contemplaba con pánico cómo la gigantesca rueda del molino giraba cada vez más y más rápido.

Tras cuatro días y cuatro noches los cielos se sosegaron y la lluvia cesó; mas el arroyo continuaba creciendo y hacía girar la rueda del molino a una velocidad vertiginosa. Por las noches el molinero se levantaba varias veces a embadurnar los ejes de madera de sebo de buey, y, cuando éste ya creía que lo peor había pasado, en la madrugada del sexto día se desencadenó la catástrofe.

Fue como si temblara la tierra. Con un estrepitoso chasquido, la rueda quedó partida en tres. Sin nada que opusiera resistencia, el agua ascendió y anegó la planta baja del molino. Por suerte, todos se habían refugiado en el piso superior. Los niños, asustados, se arrimaron a la falda de su madre, que murmuraba una oración, la misma oración una y otra vez. Afra también sintió miedo, y éste la impulsó a agarrarse de Lambert, el más viejo de los mozos.

–¡Tenemos que salir de aquí! –exclamó el molinero, tras bajar a echar un vistazo en el piso inundado–. El agua está desgastando los cimientos. Es sólo cuestión de tiempo que el molino se venga abajo.

En ese instante la molinera elevó las dos manos juntas por encima de su cabeza y exclamó con voz llorosa:

–¡Santa Madre Marta, ayúdanos!

–¡No creo que eso vaya a resultarnos de mucha utilidad! –gruñó el molinero. Luego se volvió hacia Afra y le dijo con tono autoritario: Encárgate tú de los niños, yo iré a ver qué enseres puedo rescatar.

Afra cogió al más pequeño en brazos y agarró de la mano a la mayor. Con extremo cuidado descendió las empinadas escaleras.

La planta de abajo se había convertido en un burbujeante remolino. Dos escabeles, zuecos de madera y una docena de ratas y ratones flotaban en las sucias aguas marrones. El apestoso caldo le llegaba a Afra a las rodillas. Mientras apretaba al pequeño contra su pecho, la hija mayor apretaba la mano de Afra con tanta fuerza que le hacía daño. Sin derramar una sola lágrima, la niña gimoteaba por lo bajo.

–¡Ya casi hemos llegado! –exclamó Afra para animar a la criatura.

A cierta distancia del molino había un carro de los que empleaban los labriegos de los alrededores para acarrear los sacos de grano. Afra subió a los niños al carro y les ordenó que no se movieran de allí. Ella regresó al molino. Tenía que subir a buscar a los otros dos niños. El peso de la falda empapada estuvo a punto de tirarla al suelo cuando se adentró de nuevo en el agua. Ya casi había alcanzado las escaleras cuando se topó con la molinera y los otros dos niños.

–¿Para qué has vuelto a entrar? –le gritó ésta enojada.

Afra no respondió y dejó pasar a la mujer y a los hijos. Luego se dirigió nuevamente al piso de arriba, donde el molinero y los mozos hacían acopio de todos los bienes y enseres.

–¡Vete, la casa puede derrumbarse en cualquier momento! –le ordenó el molinero.

Entonces Afra oyó que crujía la cubierta. De la sillería que había entre las vigas de madera caían piedras. Presos del pánico, los mozos echaron a correr hacia las escaleras y desaparecieron.

–¿Dónde está mi hatillo? –gritó Afra con desesperación.

El molinero meneó la cabeza con enojo y le señaló el rincón donde pocos días antes Afra había depositado sus pertenencias. Como si de un tesoro se tratara, Afra abrazó el hatillo contra su pecho y se detuvo unos instantes.

–¡Que Dios te ampare! –La voz del molinero, que ya se encontraba bajando las escaleras, devolvió de golpe a Afra a la realidad. De pronto tuvo la sensación de que el molino entero se tambaleaba, como un barco sobre un mar embravecido. Agarrada al hatillo, se dirigió a las escaleras, avanzó tres o cuatro pasos y el techo se resquebrajó sobre su cabeza. Las vigas que aguantaban la cubierta se rompieron por la mitad y, como briznas de paja tronchadas, se precipitaron al suelo en medio de una gran polvareda.

A Afra le alcanzó una viga en la cabeza y, por un instante, cuando creía que iba a perder el conocimiento, notó que una mano la agarraba con fuerza del brazo derecho y tiraba de ella. Finalmente al salir a terreno seco, se desplomó.

Como entre sueños, Afra vio que el molino comenzaba a bambolearse ante sus ojos y muy lentamente, como un toro que acabara de ser sacrificado, se derrumbaba hacia el lado donde yacía la rueda del molino destrozada. Un chasquido horrible, que recordaba al de un árbol arrancado de cuajo por una tormenta, estremeció a Afra. Luego se hizo el silencio, un silencio sepulcral. Sólo se oía el gorgoteo del agua.

De forma inesperada el sol asomó tras las nubes bajas e iluminó una imagen espeluznante. Los restos del molino sobresalían como un islote en el agua, que formaba un remolino burbujeante. El molinero contemplaba la estampa impasible, como incapaz de asimilar todavía lo sucedido. Su esposa sollozaba con el rostro entre las manos. Los niños miraban asustados a sus padres. Uno de los mozos continuaba agarrando a Afra por el brazo. De los escombros de la casa emanaba un brutal olor a podredumbre. Entre chillidos, las ratas luchaban por ponerse a salvo.

El arroyo tardó en decrecer todo el día y la noche siguiente, que pasaron en una cabaña de madera junto al molino. Nadie dijo una sola palabra, ni siquiera los niños.

El molinero fue el primero en recuperar el habla:

–Así son las cosas –comenzó a decir con gesto de desesperación y la mirada gacha–. Ni techo, ni pan que llevarse a la boca, ni ganancias. ¿Qué va a ser de nosotros?

La molinera meneó la cabeza.

Dirigiéndose a Afra y a los mozos, el molinero agregó con voz queda:

–Seguid vuestro camino y buscaos un nuevo cobijo, un lugar donde podáis salir adelante. Nosotros, como veis, lo hemos perdido todo. Nuestros hijos son lo único que nos queda y no sé cómo los voy a alimentar. Debéis entender...

–¡Por supuesto que te entendemos, molinero! –intervino Lambert. Sus rubicundos y encrespados cabellos apuntaban en todas direcciones. Su edad exacta ni él mismo la sabía, pero las bolsas bajo sus ojos revelaban que ya no podía contarse entre los más jóvenes.

–Sí –asintió el otro mozo, de nombre Gottfried y quien, al contrario que Lambert, era más bien pueril y parco en palabras. El chico, un palmo largo más alto que su compañero, ancho de hombros y barbudo, de largos cabellos lisos, tenía un aspecto más propio de ciudad que de mozo de un molinero.

Afra asintió. No sabía cómo iba a salir adelante y le resultaba difícil contener las lágrimas. Durante unos días había logrado llevar una vida normal, con un trabajo, un techo y comida. Se habían portado bien con ella. Pero ¿ahora?

A la mañana siguiente, muy temprano, Afra partió con los mozos del molinero. Gottfried conocía a un labriego cuya granja, ya fuera del valle, se alzaba en lo alto de una colina. A pesar de ser glotón, tacaño y altivo como un pavo real –de ahí que lo llamaran Paul *el Pavo*–, cuando Gottfried había ido a buscar el grano para la molienda, le había ofrecido pan y trabajo si, llegado el momento, decidía cambiar de oficio.

De camino a la granja del altivo labriego apenas entablaron conversación. Sólo después de muchas horas, Lambert se embarcó en un vívido relato de su vida y, sobre todo, de sus sueños; pero ni Gottfried ni Afra le prestaron demasiada atención. Ya tenían suficientes preocupaciones.

En un momento dado Lambert interrumpió su monólogo y preguntó de pronto:

–Dime, Afra, ¿cómo es que deambulabas por ahí completamente sola, como una fugitiva? No es habitual en jovencitas de tu edad, y resulta peligroso.

–No creo que lo sea más que la vida que llevaba hasta entonces –respondió Afra cortante, y Gottfried se volvió hacia ella sorprendido.

–Hasta la fecha no has contado nada de tu vida.

–¿Qué os importa a vosotros? –repuso Afra agitando la mano.

La respuesta dejó pensativo a Lambert, quien quedó definitivamente sumido en el silencio. Durante al menos una milla caminaron uno detrás de otro sin abrir la boca hasta que Gottfried, que encabezaba la marcha, se detuvo y se quedó mirando hacia el valle, por el que un tropel de hombres avanzaba hacia ellos.

Gottfried se agachó y les hizo a los otros dos una señal para que hicieran lo mismo.

–¿Qué significa esto? –preguntó Afra entre susurros para que su voz no pudiera delatarlos.

–No lo sé –respondió Gottfried–, pero si se trata de una banda de mendigos, de esos que recorren la región desvalijando y saqueando cuanto encuentran a su paso, ¡que Dios nos ampare!

Afra se asustó. Las historias que circulaban sobre las hordas de mendigos eran estremecedoras. Al parecer pasaban por los poblados en grupos de cien o doscientos hombres. Llegaban sin pertenencias ni trabajo, pero no vivían, ni mucho menos, de la mendicidad, sino que arramblaban con todo lo que necesitaban. A las gentes que se cruzaban en su camino las desnudaban para robarles las ropas, a los pastores les arrebataban el ganado, y a quien tuviera un mendrugo y se negara a entregárselo, lo apaleaban hasta matarlo.

La horda avanzaba hacia ellos con gran algarabía. En total debía de haber unas doscientas figuras desharrapadas que, armadas con largos palos y mazas, empujaban y tiraban entre todos de un carro con una jaula.

–Debemos separarnos –se apresuró a decir Gottfried–, es lo mejor. Que cada uno corra en una dirección. Es el modo más fácil de dar esquinazo a esos maleantes.

En ese intervalo de tiempo los mendigos los habían descubierto, y ya corrían hacia ellos lanzando gritos salvajes.

Afra se levantó y, con el hatillo apretado contra el pecho, echó a correr tan rápido como pudo. Su objetivo era adentrarse en el bosque, situado a mano izquierda de un cerro. Gottfried y Lambert tomaron la dirección opuesta. Afra avanzaba casi sin aliento pues el camino era cada vez más empinado. Las obscenas increpaciones de los mendigos se oían más y más cerca. Afra no se atrevía a volverse, tenía que alcanzar la linde del bosque como fuera, o caería en manos de la temible caterva de mendigos. Lo que le depararía el destino si la atrapaban quedó claro cuando un palo pasó a toda velocidad rozándole la cabeza y cayó sobre el alfombrado suelo de hierba.

Por suerte los mendigos eran viejos y lentos, y mucho menos ágiles que Afra, de modo que ésta consiguió internarse en el bosque. Los vigorosos robles y los abetos le proporcionaron cierto cobijo, mas la joven continuó corriendo hasta que los gritos y las increpaciones de la caterva apenas podían oírse y finalmente se extinguieron. Al límite de sus fuerzas, Afra se desplomó al pie de un árbol, y sólo entonces, cuando la tensión del esfuerzo le cayó encima como una inmensa piedra, los ojos se le llenaron de lágrimas. Ya no sabía qué hacer.

Desorientada y sin importarle ya hacia dónde la llevara el sendero, Afra continuó caminando en la misma dirección que se había visto abocada a tomar en su huida. La idea de buscar a los mozos del molinero no le pareció adecuada. En primer lugar, era demasiado peligroso porque podría toparse de nuevo con la caterva de mendigos y, en segundo lugar, no se sentía del todo tranquila con ellos.

El bosque parecía interminable, pero tras recorrerlo durante medio día exprimiendo las últimas fuerzas que le quedaban, los árboles comenzaron a clarear y de pronto divisó un inmenso valle por cuya vaguada discurría el gran río.

Afra sólo conocía el cárstico y montuoso paisaje que rodeaba la finca del gobernador, y jamás había visto un valle tan inmenso, sobre el cual parecía abrirse un horizonte infinito. Los campos de cultivo y los pastizales se intercalaban, y abajo, en un meandro del río, se apiñaba, protegido por tres costados, un conjunto de edificios, unidos unos a otros como por murallas, como las torres de una fortaleza.

Afra bajó a paso ligero la leve pendiente de la ladera, directa hacia un carro de bueyes. Al acercarse distinguió media docena de mujeres vestidas con hábitos grises que trabajaban un campo. La aparición de la desconocida despertó su curiosidad y dos de ellas fueron a su encuentro. Realizaron un gesto con la cabeza, sin pronunciar una sola palabra.

Afra les devolvió el saludo y entonces preguntó:

–¿Dónde estoy? Vengo huyendo de una horda de mendigos.

–¿Y no te han hecho nada? –preguntó una de ellas. Era una mujer enjuta y entrada en años, de porte noble, a quien uno no habría creído capaz de desempeñar las duras tareas del campo.

–Soy joven y las piernas me responden –repuso Afra restando importancia al aterrador incidente–. Pero esos siniestros maleantes debían de ser unos doscientos.

Entretanto, las demás religiosas se habían acercado y rodeaban a la joven, intrigadas.

–Santa Cecilia es el nombre de nuestra abadía. ¡Seguro que has oído hablar de ella! –exclamó la monja enjuta.

Afra asintió, aunque jamás había oído hablar de un convento con tal nombre. Abochornada, se observó a sí misma. Los burdos ropajes habían quedado destrozados tras su huida a través del bosque y tenía los brazos y los dorsos de las manos con arañazos ensangrentados.

Al mirarla las monjas sintieron compasión, y la más anciana dijo:

–El día está declinando, ¡es hora de volver a casa! –Y dirigiéndose a Afra agregó–: Sube al carro. Debes de estar exhausta si vienes caminando desde tan lejos. Por cierto, ¿de dónde eres?

–Me ganaba el pan trabajando para el gobernador Melchior von Rabenstein –respondió Afra y se quedó mirando al infinito, indecisa sobre si debía dar más detalles. Al final, añadió–: Pero luego él abusó de mí y...

–No es preciso que continúes –apuntó la monja haciendo un gesto con la mano–. El silencio cura todas las heridas. –Cuando todas las monjas hubieron subido al carro y tomado asiento unas frente a otras, sobre los tablones, la carreta se puso en marcha. El trayecto transcurrió en un silencio incómodo. Afra tenía la desagradable sensación de que había hablado de más.

Santa Cecilia se encontraba, como todos los monasterios, en un paraje retirado, aunque fortificado como una ciudadela. El contorno trapezoidal de la gigantesca construcción rodeada por gruesos muros se adaptaba perfectamente al meandro del río. La puerta por el lado del río era más alta que ancha, claveteada y de arco ojival. Se hallaba ligeramente elevada, y la monja que llevaba las riendas de los bueyes azuzó a los animales con un látigo para que tomaran impulso en el repecho.

En el patio interior de la abadía las monjas se bajaron del carro y se marcharon una detrás de otra hacia un edificio de dos pisos situado a mano derecha, muy alargado y con esbeltas ventanas ojivales. La monja mayor permaneció junto a Afra, otra condujo la carreta hacia un cobertizo que había en la fachada principal del gran patio. Allí estaban los establos, con caballos, forraje y provisiones, carros y aperos, todo lo necesario para el abastecimiento del monasterio.

La iglesia, situada a mano izquierda, era el edificio más alto, aunque en el tejado, siguiendo la regla de la orden, se alzaban únicamente dos cumbreras en lugar de una torre. Los muros exteriores estaban andamiados con vigas y largos maderos unidos entre sí que servían como plataforma de trabajo. Las vigas de la cubierta se elevaban desnudas hacia el cielo como el esqueleto de un gigantesco pez. Unas estrechas escalerillas fabricadas con maderos desbastados comunicaban unos pisos con otros hasta el gablete. La iglesia en ruinas, erigida en un estilo antiguo, había de dejar paso a una nueva construcción.

A esas horas, con la caída del sol, ya habían cesado los trabajos. Los obreros se habían recogido en el poblado de cabañas levantado junto al muro occidental del monasterio, pues no estaba permitido que ningún hombre pasara la noche en el interior de la abadía.

Afra se asustó, pues la colosal puerta de hierro se cerró de golpe, como movida por una mano fantasmal, con gran estruendo.

–Debes de estar agotada –señaló la anciana monja, a quien el ruido pareció resultar tan familiar como la campanilla del Sanctus–, pero primero has de dirigirte a la abadesa y solicitar tu admisión, tal como ordena la regla. ¡Acompáñame!

Afra siguió a la monja con actitud solícita hacia el alargado edificio y depositó su hatillo a la entrada. Subieron por una empinada y serpenteante escalerilla, y llegaron a un largo pasillo abovedado con el techo de crucería y el suelo de sillares irregulares. Los ventanucos en forma de barquichuela que, acristalados con vidrieras emplomadas, apenas dejaban traspasar la luz durante el día, servían a esas horas del atardecer únicamente para orientarse. Al final del pasillo una monja vestida de blanco y con escapulario negro surgió de la oscuridad. Le hizo una señal a Afra para que la siguiera. La otra monja dio media vuelta en silencio y se marchó por donde había venido.

Tras subir por una segunda escalera, exactamente igual a la anterior, hasta el piso superior, llegaron a una antesala donde el mobiliario se reducía a tres grupos de tres sillas arrimadas contra las paredes de la estancia. En la cuarta pared había una puerta y sobre ésta una imagen pintada al fresco. Allí no tenían cabida las posesiones personales ni la intimidad de la vida privada. Por eso la monja entró sin llamar a la puerta con un fugaz «*Laudetur Jesus Christus*» en los labios.

Las dimensiones de la sombría estancia y los pergaminos apilados en las librerías de los muros permitían reconocer a primera vista que se trataba de la habitación de la abadesa. Ésta se levantó de una robusta mesa de madera, sobre la cual ardía una tea que despedía un intenso olor. Daba la impresión de que la abadesa ya estaba informada, pues la monja se retiró sin mediar palabra, dejando de pronto a una sola y azorada Afra frente a la superiora de la abadía. Se sentía desnuda y vulnerable con sus andrajosas ropas, y la mirada de la abadesa le infundía un gran respeto.

El rostro de la monja era de un singular color verdoso; y su cuerpo, seco. En el punto donde su descarnado cuello sobresalía del hábito, los músculos y venas parecían un entramado de cuerdas. Bajo la toca alada asomaban unos cabellos canos. Uno habría creído que se trataba de una muerta recién levantada de la tumba de no ser por el ardiente brillo que provenía de la profundidad de las cuencas de sus ojos. Una mirada, a decir verdad, poco agradable.

–Por lo que ha llegado a mis oídos, la vida te ha maltratado –aseveró la abadesa con un tono de voz que, comparado con su semblante, resultaba agradable. La monja avanzó unos pasos.

Afra asintió con la cabeza gacha mientras pensaba cómo podía arreglárselas para evitar el contacto con la esquelética, casi transparente, abadesa. Mas por fortuna, ésta se detuvo a dos pasos de distancia. Los brazos pendían de su cuerpo como dos cuerdas de cáñamo.

–¿Te hallas, pues, preparada para renunciar durante el resto de tu vida a todo placer carnal, tal como ordena la regla de san Benito?

La pregunta de la abadesa quedó congelada en el aire. Afra no sabía qué hacer ni qué contestar. Bien sabía Dios que por nada del mundo quería ella más contactos carnales con nadie, mas tampoco tenía en mente tomar los hábitos e ingresar en un convento.

–¿Estás lista para guardar silencio, renunciar a la carne y al vino, y amar el sufrimiento más que el alivio? –agregó la abadesa.

«Yo lo que quiero es un techo bajo el que dormir esta noche y tal vez algunas provisiones para el viaje», deseaba responder. Iba a decir que apenas había tenido la oportunidad de probar la carne. Sin embargo, en ese instante la abadesa interrumpió sus pensamientos:

–Comprendo tu indecisión, hija mía, pero no es necesario que respondas hoy. El tiempo te revelará la respuesta correcta.

Luego dio un par de palmadas e inmediatamente aparecieron por la puerta dos hermanas.

–Preparadle un baño, curadle las heridas y proveedla de ropas nuevas –les ordenó. Su tono de voz fue entonces radicalmente opuesto al que había empleado con Afra.

Las monjas asintieron obedientes, con los brazos cruzados sobre el pecho, y condujeron a Afra hasta una bóveda subterránea, donde le prepararon un baño de agua caliente en una cuba de madera. ¿Cuándo había tenido Afra la oportunidad de bañarse en agua caliente? Ella cumplía con la limpieza lavándose una vez al mes con un par de cubos de agua fría que se tiraba por encima de la cabeza. La suciedad más persistente la combatía con una especie de jabón hecho a base de sebo, aceite de pescado y aceite de hierbas que se conservaba en un barril y apestaba como un leproso.

Afra se ruborizó y agachó la vista abochornada cuando las monjas cubrieron la cuba con una toalla antes de tomar agua caliente del fogón y verterla dentro. Luego la ayudaron a desvestirse, y una vez se introdujo en la tina, le curaron con paños las heridas que se había provocado al atravesar el bosque. Finalmente le llevaron un hábito gris, como el que lucían las novicias, de un tejido basto y rasposo, y la condujeron –Afra estaba aturdida– desde la bóveda subterránea hasta el piso superior del edificio alargado.

Ante Afra apareció el refectorio, una estrecha y larga sala donde las monjas acudían a comer. Unas columnas de piedra caliza sostenían una bóveda ojival como la de las iglesias. A lo largo de los extensos muros laterales había dos hileras de mesas estrechas, unidas por el extremo del fondo mediante una mesa transversal. Allí, dominando la sala, se sentaba la abadesa. Las monjas miraban en silencio hacia la pared, donde solemnes frases les recordaban su existencia terrenal, tales como: «La muerte ha de ser el destino de tus pensamientos»; «Lo correcto no es pensar, sino obedecer»; «El hombre no ha nacido para hallar la felicidad en la Tierra»; «No eres sino polvo y cenizas».

A Afra le fue asignado un lugar. Pero nadie hizo caso de su presencia. Al igual que las demás, ella miró al frente y contempló la pared, y al igual que las demás, no se atrevió a desviar la mirada hacia las otras. Y entonces, cuando miraba a la pared, una de las sentencias llamó su atención: «No mires, no juzgues. Entrega tu triste destino a uno más elevado.»

Esas palabras despertaron en ella más cólera que sumisión. Tras una oración que Afra desconocía, llegó a su mesa un canto de pan negro y un pedazo de queso. Sorprendida, se volvió para ver a quién pertenecía la mano de la que procedían los alimentos. Dos monjas con un gran cesto repartían la comida. Otras dos iban colocando cántaros y vasos sobre las mesas.

En ese instante irrumpió desde el otro extremo la penetrante voz de la abadesa:

–Afra, también tú has de someterte a las reglas de nuestra orden. De modo que baja la vista y acepta con agradecimiento cuanto te sea dado.

Afra adoptó la postura ordenada con actitud sumisa y comenzó a engullir con avidez el mendrugo de pan y el queso. Tenía hambre, mucha más de la que el canto de pan sería capaz de satisfacer. Tenía la sensación de que tan parca ración no haría sino estimular más su apetito. Miró hacia un lado, mas sólo de reojo y con cuidado de no mover la cabeza, y advirtió que la monja sentada a su izquierda había apartado el pan después de darle un par de mordiscos. Aguardó impaciente el momento oportuno y, con un fugaz movimiento, le arrebató el pedazo de pan.

La monja agitó la mano como queriendo decir «¡Es mío!», aunque tal vez su violento gesto tenía un significado completamente distinto. Fuera como fuere, Afra engulló el pan en cuestión de segundos y con la misma rapidez vació un vaso entero de agua.

Tras la oración de acción de gracias, las monjas se levantaron. Durante unos cuantos minutos, estaba permitido conversar en voz baja.

Con un extraño tono de voz, la monja a la que Afra había robado el pan se dirigió a ella. Hablaba como si algo le provocara náuseas.

–¿Por qué te lo has comido? –preguntó iracunda.

–¡Tenía hambre! ¡Llevaba dos días enteros sin tener qué llevarme a la boca!

La monja miró al techo.

–En cuanto tenga ocasión te devolveré el pedazo de pan –dijo Afra.

–¡No se trata de eso! –repuso la monja.

–¿De qué se trata, entonces? –inquirió Afra, intrigada.

–Había una rana en el pan, ¡una rana de verdad!

Afra sintió arcadas y tuvo la sensación de que el estómago se le volvía del revés. Aunque en seguida se consoló pensando que con Melchior, el gobernador, se había visto forzada a comer cosas mucho peores que una rana asada en un pan. Tragó saliva una vez, luego otra, y acto seguido preguntó:

–¿Y quién ha sido?

Con un asomo de alegría por la desgracia ajena, la monja respondió:

–¿Pues quién va a ser? Nuestra hermana, la cocinera.

–Pero ¿por qué?

–¡Por qué, por qué, por qué! Debes saber que en esta abadía todas y cada una de las monjas son enemigas del resto. Toda monja que veas aquí tiene detrás una historia que la arrastró hasta este lugar. Toda monja que se encuentre ahora mismo en este refectorio cree que su vida es la más miserable. El silencio permanente, el escucharse a una misma todo el tiempo, la contemplación, te hacen experimentar cosas que en realidad no existen. Después de unos meses empiezas a pensar que ésta o aquélla quiere acabar contigo, y de hecho, no pasa un año sin que varias de nosotras perdamos la vida, ya sea por iniciativa propia o por causas ajenas. La iglesia nueva no tiene torres y, como verás, todas las ventanas están enrejadas. ¿No te da qué pensar?

–¿Y qué significa la rana en el pan?

La monja enarcó las cejas y unas tremendas arrugas se le formaron en la frente.

–Al igual que la serpiente, la rana es el símbolo del diablo. Del mismo modo que la concha es símbolo de la Virgen María –pues la madre del Señor engendró en su vientre la más valiosa de todas las perlas–, la rana es el más demoníaco de todos los animales, pues ella esparce una y mil veces los huevos del mal y el mal siempre engendra mal.

–Puede que sea así –concedió Afra, acalorada–, pero ¿por qué iba a meter la cocinera una rana en el pan si no podía saber a manos de quién iría a parar ese trozo?

–No lo sé, pero es probable que dirija su odio y sus maldiciones contra todas nosotras. Como te he dicho, aquí todas somos enemigas de todas, a pesar de que a primera vista pueda parecer lo contrario.

De pronto, como en respuesta a una señal secreta, los intensos murmullos y cuchicheos se extinguieron, las monjas formaron una fila y, una detrás de otra, echaron a andar en silencio.

Desde su puesto al frente de la fila, la abadesa hizo un violento gesto con el brazo para que Afra se colocara en la fila. Ésta obedeció la orden sin vacilar, pero resultó que una monja pequeña y regordeta que respiraba con dificultad le dio un golpe y le señaló con el pulgar que debía colocarse la última.

Entonces Afra reparó en que las monjas estaban colocadas según el color del hábito. La regordeta pertenecía al grupo de las que vestían de riguroso negro, de las cuales habría un par de docenas, mientras que las demás, al igual que ella misma, llevaban un hábito gris. La actitud de las monjas de negro resultaba arrogante, pues no se dignaban ni mirar a las de gris. Éstas, por el contrario, mostraban un comportamiento sumiso y un aire sombrío.

–Por cierto, me llamo Luitgard –susurró por lo bajo la compañera de mesa de Afra, y tiró de ésta hacia la fila–. He oído que tú eres Afra, la nueva.

Afra asintió. En ese mismo instante la gangosa voz de la abadesa rompió a hablar:

–Luitgard, has violado el silencio. Dos azotes después de las completas.

Luitgard aceptó el castigo impasible, y Afra se preguntó si la abadesa realmente llevaría a término su amenaza y, de hacerlo, en qué condiciones sería ejecutado el castigo. Sumida en sus pensamientos, siguió al resto de la fila.

Bajaron las escaleras de caracol de piedra y desde allí cruzaron el patio interior hasta la iglesia. La sillería del coro estaba escasamente iluminada con velas y fue ocupada por las monjas vestidas de negro, mientras que las de gris tomaron asiento en los toscos bancos de la nave principal, invadida en su mayor parte por andamios, herramientas y tejas.

Afra escuchó absorta las antífonas desde la última fila. Jamás había oído un cántico tan celestial. «Sólo los ángeles pueden cantar así», se dijo; mas al instante recordó la conversación con Luitgard y se sintió confundida al pensar que en esa abadía, en lugar del amor cristiano al prójimo, reinaban el odio y la envidia.

La confusión de Afra fue mayor aún al descubrir el enorme retablo que presidía el altar, un tríptico con una tabla central, que exhibía una pintura a todas luces inacabada, y dos alas laterales. Las puertas del retablo mostraban sendas imágenes de gallardos generales romanos. En la escena central aparecían tres hombres reunidos en torno a una figura, de la cual sólo se distinguía la silueta. En ese instante, Afra estuvo tentada de preguntar qué significaba aquella pintura inacabada, pero se sentía observada y prefirió reprimir su curiosidad.

Tras el oficio de completas se recompuso de nuevo la procesión de monjas silentes y desanduvieron el camino a través del claustro. Fuera soplaba un viento gélido. Afra estaba agotada y albergaba la esperanza de que fueran a asignarle al fin un lugar donde dormir. Pero en lugar de subir al dormitorio, situado en el piso superior del edificio alargado, la procesión tomó rumbo hacia el laberíntico sótano abovedado, donde había un *poenitarium*, una estancia usada para lo que acontecería a continuación.

Las monjas se apiñaron junto a la pared como si quisieran cerrar el paso para evitar la huida de la infractora. Bajo una palmatoria de hierro que pendía del techo en el centro de la sala, había un basto tocón serrado. Luitgard se separó de la muchedumbre, se descubrió el torso y se dirigió al tocón con los hombros caídos y los brazos cruzados sobre el pecho desnudo.

Afra observó con los ojos fuera de las órbitas cómo la abadesa y la monja regordeta se adelantaban látigo en ristre. Luitgard dejó caer los brazos. La abadesa cogió impulso y azotó el cuerpo desnudo de Luitgard con el látigo. La monja regordeta la imitó. A diferencia de las espectadoras, que gimieron como si hubieran recibido los golpes en sus propias carnes, Luitgard resistió los azotes sin inmutarse.

Al resplandor de las titilantes velas Afra distinguió con claridad los alargados estigmas de color cárdeno que el látigo había provocado en sus pechos. Estaba desconcertada. No comprendía por qué se dispensaba un trato tan inhumano a Luitgard mientras que a ella se la bañaba y se le dedicaban tantas atenciones.

Continuaba todavía enfrascada en sus pensamientos cuando la procesión se puso de nuevo en marcha. De camino hacia el dormitorio Afra recogió su hatillo de ropa del portón de la entrada, donde lo había depositado al llegar.

El dormitorio se hallaba situado sobre el refectorio y tenía las mismas dimensiones, con la única diferencia de que, en lugar de mesas, allí las hileras estaban formadas por unas simples y alargadas cajas de madera. Cada una de ellas estaba apoyada contra la pared, y en el espacio intermedio había un escabel para dejar la ropa. A pesar del lecho de paja y de la manta que recubrían el interior, Afra no podía dejar de pensar que parecían ataúdes.

Mientras ella buscaba una caja libre, las monjas se despojaron de sus vestimentas hasta quedarse tan sólo con unas enaguas de lana y se acostaron en silencio. En el extremo del dormitorio, inmediatamente al lado de las puertas ojivales, Afra halló lo que buscaba. Colocó su hatillo sobre el escabel de madera y comenzó a desvestirse.

De súbito notó que todas las miradas se centraban en ella: setenta pares de ojos seguían con interés todos y cada uno de sus movimientos. Al contrario que las demás, Afra no llevaba enaguas. La ropa interior era cosa de gentes adineradas y de monjas. Durante unos instantes se preguntó si tal vez sería conveniente que se acostara completamente vestida. Por primera vez en su vida experimentó un sentimiento hasta entonces desconocido para ella: la vergüenza. La vergüenza era un sentimiento ajeno a las gentes de campo, donde la ropa servía de protección y abrigo más que de velo con que ocultar, por decoro, los atributos sexuales. Durante el verano, en el campo, Afra siempre había expuesto sus exuberantes pechos al sol sin reparo alguno, y nadie se había escandalizado por ello. ¿Por qué había de avergonzarse ahora ante sus iguales? Así pues, se desató el lazo del cuello haciendo caso omiso a las miradas de las demás y dejó que el hábito se deslizara por sus hombros. De esa guisa, desnuda y tiritando, se introdujo en su yacija y se cubrió con la manta hasta el cuello.

Afra se quedó dormida más rápido de lo que esperaba. La huida había consumido sus últimas fuerzas. En un momento dado, hacia la medianoche, Afra se despertó sobresaltada. Creyó que estaba soñando. Tenía la sensación de que las monjas habían formado corro a su alrededor y la contemplaban boquiabiertas. Algunas de ellas manoseaban a Afra, quien, al resplandor de una vela, logró distinguir las maliciosas sonrisas. Ella intentó en vano cubrirse con la manta, pero como suele suceder en los sueños, todos sus esfuerzos resultaron inútiles. Entonces se incorporó desconcertada, pero en ese mismo instante la luz de la vela se extinguió. Todo a su alrededor estaba a oscuras.

«Ha sido una pesadilla», pensó. Sin embargo, en ese momento un humo espeso le penetró por la nariz, un humo como el que desprende el pabilo de una vela recién apagada, y entonces el miedo se apoderó de ella. A pocos palmos de su camastro Afra oyó unas risitas ahogadas. En el dormitorio reinaba la agitación. No, no lo había soñado. A la mañana siguiente, se dijo, abandonaría la abadía. Temerosa, asió la manta con ambas manos. «Me marcharé lejos de aquí», concluyó. Y con ese pensamiento volvió a quedarse dormida.

El estridente repiqueteo, el estrépito de una campana golpeada con un mazo de hierro, despertó a Afra. El día despuntaba y la campana llamaba a laudes, la oración matutina. Afra recorrió el camino hasta la iglesia sin levantar la vista del suelo. También durante el desayuno en el refectorio se mantuvo con la cabeza gacha y se limitó a comerse el canto de pan duro, aunque no sin antes comprobar que no contuviera algún elemento desagradable.

Al salir los primeros rayos de sol comenzó a observarse un animado ajetreo en el patio. Los obreros se apresuraron a ocupar sus puestos de trabajo en la obra y las monjas se dividieron en grupos. Afra quería aprovechar la ocasión para coger su hatillo y marcharse sin causar el menor revuelo cuando la abadesa salió a su paso. La monja alzó una mano frente a la joven. Afra vio el anillo con la gran piedra azul en el dedo corazón de la abadesa, pero no reaccionó.

–¡Debes besar el anillo! –le espetó la abadesa.

–¿Por qué? –inquirió Afra con ingenuidad, a pesar de que la costumbre no le era desconocida.

–Porque así lo dispone la regla.

Afra accedió de mala gana a cumplir la orden de la enjuta abadesa con la esperanza de que después la dejara tranquila. Pero nada más acatar la regla de la orden, la abadesa intervino nuevamente:

–Eres joven, y tu rostro trasluce mayor inteligencia que los estúpidos rostros de la mayor parte de las que habitan este monasterio. He estado reflexionando y he tomado la determinación de que pasarás el noviciado en el *scriptorium*, en ese edificio de ahí enfrente, anejo a la iglesia –dijo señalando con su esquelética diestra la ventana–. Allí se te enseñará a leer y a escribir, un privilegio del que sólo gozan contadas mujeres.

Un remolino de pensamientos invadió la cabeza de Afra. «Me quiero marchar de aquí», quería decir, y «Yo aquí no aguanto ni dos días», pero para su propio asombro, se oyó responder:

–Ya sé leer y escribir, reverenda madre, y también hablo italiano y un poco de latín. –Y al recordar la reacción que había provocado en la molinera la recitación del avemaría en latín, agregó–: *Ave Maria, gratia plena, dominus tecum, benedicat fructus ventris tui...*

La abadesa torció el gesto, como si le repugnara tanto conocimiento en una novicia y, en lugar de manifestar admiración, se volvió hacia Afra y bramó:

–¡Confiesa que eres una novicia que ha escapado de su convento! ¿Cuál es la falta que has cometido? ¡El Señor te castigará por ello!

Entonces Afra elevó el tono de voz y, con la cara encendida de ira, replicó:

–¿Que el Señor me castigará? ¡Perdonad que me ría! ¿Acaso porque siendo sólo una niña me arrebató a mi padre y poco después a mi madre, quien a causa del sufrimiento perdió toda esperanza en la vida? Mi padre era el bibliotecario del conde Eberhard de Württemberg. Él no sólo sabía leer y escribir como un hombre de letras, sino que además realizaba cálculos con cifras que en nuestras latitudes ni siquiera se conocen. ¿O acaso habéis oído hablar alguna vez de un millón, que equivale a mil multiplicado por mil? Éramos cinco hermanas, lo cual habría desesperado a cualquier otro padre, pero él nos enseñó a todas y cada una de nosotras a leer y a escribir, y a mí, la mayor de todas, incluso lenguas extranjeras. En un viaje a Ulm su caballo se desbocó al oír un tambor y, al caer, se desnucó. Un año más tarde mi madre se quitó la vida. Un día se arrojó al río porque no sabía cómo sacar adelante a sus cinco hijas. Y por eso cada una de nosotras tuvo que buscarse sustento en un lugar diferente. A día de hoy, no sé dónde viven mis hermanas. ¡Y vos decís que el Señor me va a castigar!

A la abadesa no pareció conmoverle el relato de Afra o, al menos, eso hacía pensar su semblante imperturbable. Con ese mismo rostro inexpresivo, dijo:

–Muy bien, con más motivo entonces serás bienvenida en el *scriptorium*. Mildred y Philippa ya tienen una edad. Los ojos ya no les responden como deberían, y tantos años de escritura han vuelto sus manos temblorosas. Basta con contemplar tus manos un instante para ver que gozan de juventud y frescura, que fueron creadas por Dios para la escritura. –Al pronunciar esas palabras, la abadesa cogió la mano derecha de Afra con las yemas de los dedos y la elevó a la altura del hombro como si de un pájaro muerto se tratara. A continuación, añadió en tono autoritario–: Acompáñame, quiero enseñarte nuestro *scriptorium*.

Afra se paró a pensar por un momento si debía poner en conocimiento de la abadesa sus planes de no permanecer en ese monasterio ni un solo día más. Sin embargo, concluyó que tal vez convenía seguirle la corriente y aguardar a que se presentara una buena oportunidad para huir.

El patio interior del monasterio, que la noche anterior ofrecía un aspecto plácido, se había convertido con los albores del día en un hormiguero. Cien o quizá hasta doscientos trabajadores acarreaban sacos, piedras y argamasa. Unos treinta hombres fornidos, cubiertos con andrajosas ropas, transportaban las tejas hasta el tejado mediante una cadena humana en la cual cada uno le iba lanzando al siguiente las piezas de barro al grito de «¡Va!». Un aparejo con dos grandes calandrias, movidas cada una por cuatro hombres, elevaba unos maderos con un largo brazo oscilante que chirriaba bajo su peso. Las órdenes de los obreros subidos al envigado del tejado resonaban en el patio produciendo un eco sordo.

La abadesa, sin embargo, no prestaba la menor atención a esa algarabía, del mismo modo que tampoco se percató de que, mientras cruzaban el patio, un extraño hombre avanzó a grandes pasos hacia Afra. Vestía unos extravagantes ropajes de colores. Sus bien formadas piernas estaban cubiertas por unas ajustadas calzas con una pernera roja y otra verde. Su negro jubón, ceñido a la cintura, apenas le llegaba hasta las rodillas. El cuello amarillo y los puños de las mangas del mismo color le conferían cierto aire de elegancia. En la cabeza lucía un gorro alto y abombado con una ala delante vuelta hacia arriba. Mas lo que realmente dejó a Afra boquiabierta fueron sus zapatos de pico, fabricados de suave cuero negro y con una punta que debía de medir al menos un codo de largo. Afra se preguntó cómo una persona era capaz de caminar con unos zapatos tan puntiagudos.

La joven se sobresaltó cuando aquel estrafalario personaje posó una rodilla en el suelo ante ella con una reverencia, se quitó el gorro dejando a la vista el exuberante tocado de sus cabellos y, con los brazos abiertos y arqueados hacia atrás, exclamó:

–Cecilia, ¡vos sois mi Cecilia y no ninguna otra!

En ese instante la abadesa se percató de lo que sucedía, y dirigiéndose a Afra, señaló:

–No tienes por qué asustarte. Se llama Alto von Brabant. Es un demente, pero posee un don divino para la pintura. Hace ya varias semanas que se niega a acabar la imagen del altar de santa Cecilia porque no encuentra un modelo que lo inspire.

Alto –debía de tener unos treinta años– se irguió. En ese momento, Afra reparó en su joroba.

–Un pintor sólo puede plasmar aquello que ha admirado en alguna ocasión –aseveró él–. Y, con todos mis respetos, Cecilia, la noble y bella romana, lleva muerta más de un milenio. ¿Cómo podría yo entonces admirarla? Mi imaginación no alcanza hasta el punto de poder dotarla de un aspecto fidedigno. Las monjas de esta abadía a las que podría tomar como modelo se asemejan más bien a la santa Liberata, a quien Dios bendijo con barba y piernas zambas para obrar contra los infames designios de su padre. Pero vos no, mi hermosa niña, vos sois la primera que hacéis justicia a la imagen de Cecilia que se ha ido forjando en mi cabeza. Sois preciosa.

La abadesa frunció los labios como si las indecorosas palabras del artista despertaran en ella repugnancia. Después lanzó a Afra una mirada inquisitiva.

Afra titubeó. No sabía cómo era su aspecto, no sabía si era hermosa o fea. No se había mirado nunca en un espejo. En la casa del gobernador no había ninguno. Sólo en una ocasión había contemplado su reflejo en un pozo, aunque únicamente un breve instante, pues un guijarro había caído al agua y su retrato se había disipado en una sucesión de anillos concéntricos, como un ojo de grasa en una sopa. Su cuerpo era en verdad joven e inmaculado, y ni siquiera el alumbramiento secreto del niño había mermado un ápice su tersura, pero hasta entonces ella no le había concedido importancia alguna. La belleza era cosa de gentes de ciudad y personas pudientes. Y de pronto alguien aparecía y le decía «Sois preciosa». Las palabras del pintor la desconcertaron.

–¡Habéis de posar como modelo para mí! –insistió el contrahecho pintor.

Afra se volvió hacia la abadesa con aire interrogante, y ésta escudriñó al artista con los ojos entrecerrados. No parecía segura de que sus palabras pudieran tomarse en serio. Finalmente aseveró:

–Afra todavía no es miembro de nuestra congregación. Ni siquiera es novicia, aunque vista el hábito. Por tanto, yo no soy quién para darle órdenes. La decisión de si desea servirte de modelo debe tomarla ella.

–Tenéis que hacerlo por santa Cecilia –exclamó Alto, agitado–. ¡De lo contrario jamás se acabará la obra del altar! –Tomó la mano derecha de Afra y la estrechó con fuerza–. Os ruego por lo que más queráis que no me neguéis este deseo. Será en provecho vuestro. Se os pagarán dos florines. Os espero a mediodía en el almacén que hay tras el *scriptorium*. ¡Id con Dios!

Cual distinguido caballero apoyó el pie derecho tras el izquierdo, posó la mano derecha en el corazón e hizo una leve reverencia, una reverencia que sin duda iba dirigida a Afra, y se marchó a buen paso en dirección a la iglesia.

Sin decir palabra, Afra y la abadesa subieron las empinadas escaleras hacia el *scriptorium*. Afra jamás se había sentido tan halagada. La sola idea de posar como modelo de una santa para un retablo la conmovía. Un sentimiento de coquetería, por completo desconocido para ella, le recorrió todo el cuerpo, un orgullo por su vestidura externa, que la hacía más bella que a otras.

Ante la puerta del *scriptorium* la abadesa se detuvo un instante, y como si pudiera leer los pensamientos de Afra, afirmó:

–Sabrás, hija mía, que la vanidad constituye un pecado, más grave en una abadía que en ninguna parte. Coquetería, presunción y altanería son conceptos que no tienen lugar entre los muros de un monasterio. La belleza se muestra en todas las obras del Creador, lo que significa que todas las obras de Dios gozan de igual belleza, incluidas aquellas que nosotros consideramos feas. Y si Alto von Brabant cree que tú eres más bella que otras es sólo porque él concede más valor a la belleza terrenal que a las virtudes divinas. Lo cual no es de extrañar teniendo en cuenta que viene de Amberes, una tierra donde proliferan los impíos.

Afra fingió estar de acuerdo y asintió, aunque, a decir verdad, le pareció que las palabras de la abadesa traslucían envidia y celos.

Mildred y Philippa, las dos monjas escribas, apenas levantaron la vista cuando entraron en el sombrío *scriptorium*. Ambas, acodadas sobre unos atriles, se hallaban atareadas copiando algún libro. Mildred era una anciana arrugada, Philippa la mitad de vieja, pero achaparrada. Un largo rayo del matutino sol otoñal atravesaba la estancia, revelando las motas de polvo que revoloteaban como una nube de moscas. Se respiraba un intenso olor que producía picores en la nariz, un olor a madera carcomida y cuero curtido, a humo y polvo seco. El techo del *scriptorium*, de tan hundido, parecía que iba a derrumbarse de un momento a otro bajo el peso de las macizas vigas que formaban la techumbre. Los muros estaban ocultos tras modestas librerías aparentemente desordenadas por el abarrotamiento de libros y pergaminos.

La idea de tener que pasar su vida en tan deprimente entorno hizo estremecer a Afra. A lo lejos, oyó cuchichear a las dos monjas viejas. Intercambiaban frases breves en un volumen apenas audible, cual si libros y pergaminos exigieran entrega y plena concentración. No, se dijo Afra, allí no encontraría un hogar. En ese momento, se oyó el repicar de las campanas con las que las monjas eran llamadas al oficio.

A mediodía, Afra se dirigió al almacén, que, situado en el piso superior del establo, entre la capilla y la nave central, servía para guardar provisiones, sal y otros condimentos, así como lienzos y enseres de barro. El pintor había transportado hasta allí la tabla central del tríptico y había colocado una artesa de madera boca abajo que hacía las veces de pedestal de santa Cecilia. Encima yacía una espada de madera.

El jorobado recibió a Afra con los brazos abiertos. Desbordante de alegría, casi fuera de sí, exclamó:

–Vos sois mi Cecilia y nadie más. Ya temía que la abadesa os hubiera persuadido de que rechazarais mi invitación.

–¿De veras pensabais eso? –Una voz penetrante resonó desde el fondo y la abadesa surgió de la oscuridad.

La inesperada aparición asustó a Afra, aunque no menos al pintor.

–¿Acaso creíais que iba a dejaros a solas con la doncella? –dijo la abadesa con cierto tono de burla.

–¡Desde luego que lo creía! –repuso Alto, acalorado–. ¡Y, como no desaparezcáis de inmediato, abandonaré este trabajo y habréis de buscaros a otro que quiera pintaros el retablo de santa Cecilia!

–¡Artista irreverente! ¡Brabanzón tenía que ser! –murmuró la abadesa, y salió furibunda por la puerta, farfullando algo indescifrable que, a juzgar por su tono, se asemejaba más a una blasfemia que a un rezo.

Alto von Brabant atrancó entonces las puertas desde dentro, un gesto que produjo cierta inquietud en Afra. El pintor debió de ver el miedo en sus ojos, pues al instante preguntó:

–¿Preferiríais que volviera a abrir las puertas?

–No, no –mintió Afra, que con el solo ofrecimiento del pintor se tranquilizó.

Alto von Brabant le tendió el brazo y la condujo hasta la tabla.

–¿Conocéis la historia de santa Cecilia? –inquirió Alto von Brabant.

–Por lo pronto conozco tan sólo su nombre –respondió Afra–, nada más.

Alto señaló hacia la gran mancha clara del centro de la tabla.

–Cecilia era una hermosa joven romana. Su padre, que aparece a la izquierda de la imagen, quería unir a su hija en matrimonio con Valeriano, que aparece al fondo, a la derecha. Sin embargo, Cecilia había abrazado el cristianismo, mientras que Valeriano seguía siendo partidario del politeísmo romano. Por lo tanto, Cecilia se negaba a tomarlo como esposo hasta que no recibiera el bautismo. El hombre que aparece al fondo de la imagen es el obispo romano Urbano, quien logró encauzar a Valeriano por el buen camino de la fe. Eso disgustó profundamente al prefecto romano Almaquio, cuyo retrato puede contemplarse en el ala izquierda del tríptico. Almaquio ordenó decapitar a Cecilia. El verdugo que aparece en el ala derecha del retablo, sin embargo, no debió de ser capaz de separar su bella cabeza del cuerpo. Pasados tres días Cecilia murió, y su cuerpo, envuelto en ropajes bordados en oro, fue introducido en un ataúd de ciprés y enterrado en una catacumba. Cuando un siglo más tarde un papa ordenó abrir el ataúd, Cecilia permanecía envuelta en sus transparentes ropas y conservaba la misma belleza que en vida.

–Qué historia tan conmovedora –apuntó Afra–. ¿Os la creéis?

–¡Por supuesto que no! –respondió Alto con una amplia sonrisa–. Pero el único credo de un artista es un hermoso arco iris entre el cielo y la tierra. ¡Y ahora tomad este vestido y ponéoslo!

Afra se quedó boquiabierta. Extendido sobre ambos brazos, Alto le tendió un fino vestido bordado en oro. Jamás en su vida había contemplado Afra de cerca una prenda tan preciosa.

–Y nada de remilgos –la apremió el pintor–. Ya lo veréis, parece hecho para vos.

Cuanto más detenidamente examinaba Afra los bordados, más reparo le daba ponerse el vestido. No era que se sintiera cohibida delante de Alto von Brabant. Se sentía pequeña e insignificante, indigna de lucir una prenda tan exquisita.

–Yo sólo –murmuró tímidamente–..., sólo estoy acostumbrada a tejidos bastos. Temo rasgar este fino hilado al ponérmelo.

–Pamplinas –repuso Alto casi con enojo–. Si os cohíbe mi presencia, puedo darme la vuelta o salir de la habitación.

–¡No, no, no se trata de eso, creedme! –Nerviosa, desabrochó su hábito gris y lo dejó caer al suelo. En un abrir y cerrar de ojos, quedó desnuda e indefensa ante Alto von Brabant, hecho que, por otra parte, no pareció impresionar al pintor. Éste alcanzó a Afra el precioso vestido, y ella, con extrema delicadeza, introdujo la cabeza. Al notar el suave tejido deslizándose sobre su cuerpo sintió una agradable sensación.

Alto le tendió la mano a Afra y la ayudó a subirse a la artesa puesta del revés. Luego le entregó la espada y le indicó que apoyara el peso sobre la pierna derecha.

–Y ahora emplead la espada como sostén para vuestras manos. Muy bien. Y la cabeza ligeramente alzada con una mirada extasiada hacia el cielo. ¡Magnífico! ¡De veras que sois Cecilia! ¡Ahora os ruego que no os mováis de la mancha!

Con una barra de sanguina de un color terroso Alto von Brabant comenzó a hacer un esbozo sobre la mancha vacía de la pintura. El rasgueo de la sanguina, movida con gran destreza sobre la madera por el artista, era lo único que perturbaba el silencio reinante.

Afra se preguntaba qué aspecto tendría con aquel vestido transparente y si Alto la retrataría con fidelidad o sólo utilizaría su imagen como inspiración. El tiempo se le hacía largo y, sobre todo, no sabía cómo interpretar el silencio de Alto. De modo que, sin cambiar de postura, preguntó para entablar conversación:

–Maestro Alto, ¿a qué os referíais cuando dijisteis que el único credo de un artista es un hermoso arco iris entre el cielo y la tierra?

El pintor se detuvo un instante y respondió:

–Tener fe, hermosa Cecilia, sólo significa no saber, o suponer, o soñar. Desde que existen los hombres, éstos sueñan o suponen que hay algo entre el cielo y la tierra, eso que llamamos lo absoluto o lo divino. Y desde que existen los hombres, ha habido quienes se han sentido llamados a alimentar esos sueños y suposiciones. Esos hombres no saben más que los demás, pero se presentan ante nosotros como si fueran una fuente inagotable de sabiduría y conocimiento. Por eso no habría de tomarse con excesiva seriedad a los curas, los prelados, las abadesas y los arzobispos, y ni siquiera a los papas. Ahora permitidme que os pregunte: ¿a qué papa hemos de creer? ¿Al de Roma, al de Aviñón o al de Milán? Pues resulta que tenemos tres papas y cada uno de los tres afirma ser el verdadero.

–¿Tres papas? –exclamó Afra con asombro–. ¡Jamás he oído nada similar!

–Es mejor así. Mas cuando uno recorre mundo, como es mi caso, descubre todo aquello que se le oculta al pueblo. (Os ruego que no mováis la cabeza.) En todo caso para mí la fe no es sino un sueño, un hermoso arco iris entre el cielo y la tierra.

Afra jamás había oído hablar a alguien de ese modo. El propio gobernador Melchior von Rabenstein, irreverente como era, se deshacía en alabanzas cuando se trataba de la Madre Iglesia y de los clérigos.

–Y, con todo, ¿adornáis las iglesias con vuestras pinturas? ¿Cómo se entiende eso, maestro Alto?

–La explicación, hermosa mozuela, es sencilla: a buen hambre no hay pan duro, aun cuando venga de mano del diablo. ¿De qué otro modo podría ganarme la vida? –Alto lanzó una larga y escrutadora mirada a su trabajo. Acto seguido dejó a un lado la sanguina y anunció–: Es suficiente por hoy. Ya podéis volveros a cambiar.

Afra se alegró de que aquello hubiera llegado a su fin. Aterida de frío bajo aquel delicado atuendo, descendió de la artesa e, impaciente, lanzó una mirada curiosa a la pintura. No sabía qué esperaba encontrar, mas lo que vio la dejó decepcionada, pues, al menos en un primer momento, sólo fue capaz de distinguir una maraña de trazos y líneas sobre el fondo claro. Sin embargo, tras contemplar la tabla con mayor detenimiento, vislumbró en el rebujo de trazos una silueta, una figura femenina cuya desnudez podía contemplarse ligeramente velada por unos finos ropajes. Afra se llevó la mano a la boca escandalizada:

–Maestro Alto, ¿ésa soy yo?

–No –respondió el pintor–, ésa es santa Cecilia, o mejor dicho: es el bosquejo que después se convertirá en santa Cecilia.

Afra se apresuró a ponerse el áspero hábito y, estando ocupada en ese menester, le preguntó tímidamente al pintor:

–¿Y pensáis representar así a santa Cecilia, tal como la mostráis en el boceto, de forma que todo el mundo distinga sus pechos y sus muslos bajo las ropas?

Alto sonrió con aire pensativo.

–¿Por qué habría de ocultar yo su belleza cuando ni la propia leyenda de la santa la silencia?

–¡Pero el sexto mandamiento reclama castidad!

–Tal vez, mas el cuerpo desnudo de una mujer no es impuro. La impureza deriva más bien de los pensamientos y los actos. En la catedral de Bamberg hay una escultura que luce un vestido transparente a través del cual se contemplan todas las virtudes de un cuerpo femenino. En las grandes catedrales de Francia y España se encuentran representaciones de la Virgen María con los pechos desnudos; mas sólo las malas personas albergan pensamientos impuros al contemplarlas. –Alto sonrió–. ¿Puedo concertar una hora con vos para mañana?

A decir verdad, Afra planeaba abandonar el monasterio ese mismo día, pero posar de modelo había provocado en ella una peculiar excitación, y nadie se había mostrado nunca tan solícito con ella como Alto von Brabant, de modo que decidió aceptar.

–Siempre y cuando la abadesa no tenga nada que objetar.

–¡Ella se alegrará de ver la obra terminada! –aseveró el pintor–. Con tal de acabarlo, ¡es capaz hasta de posar ella misma! –Alto se estremeció y agregó–: ¡Qué terrible visión!

Afra rió y se asomó a mirar por el ventanuco que daba al concurrido patio, donde la abadesa paseaba de un lado a otro con los brazos cruzados, alzando de vez en cuando la vista hacia arriba.

–Maestro Alto –aventuró Afra con cautela–, ¿cuánto tiempo queréis quedaros en el monasterio?

El pintor torció el gesto.

—Yo no hablaría de querer. Llevo holgazaneando por estos lares desde la primavera, rodeado de acongojadas hijas de nobles que de pura fealdad no han conseguido un esposo, y de mujeres de vida alegre por las que los años no han pasado en vano y a las que las palabras «vida alegre» y «mujer» no hacen justicia. Creedme si os digo que en este mundo hay lugares más inspiradores que éste para un artista. De modo que, tan pronto como dé el retablo por acabado y reciba la última mitad de la paga, tomo el portante. ¿Por qué lo preguntáis?

—Bueno —repuso Afra, y se encogió de hombros—, yo ya sospechaba que este entorno no debía de ser de vuestro agrado, y si prometéis no delatarme, os haré una confesión: a mí me ocurre lo mismo. Estoy aguardando el momento oportuno para escapar de aquí. ¿Vos estaríais...?

—Yo andaba preguntándome qué podría haberos traído hasta aquí —la interrumpió Alto—, pero no, no me hagáis caso, no deseo saberlo. No es asunto en el que tenga que entrometerme.

—No tengo motivos para llevarlo en secreto, maestro Alto. Salí huyendo de las tierras del gobernador que hasta entonces me había procurado sustento y trabajo. La casualidad quiso que viniera a parar aquí; pero la vida monacal no es para mí. Yo he aprendido a trabajar, y el trabajo me aporta más provecho que rezar y cantar cinco veces al día para, al final, acabar siendo una mala persona. No me neguéis este favor, permitidme ir con vos. Vos sois un hombre de mundo experimentado en el viajar. Mi mundo se reduce al día de viaje que pasé tras huir del señorío del gobernador, soy inexperta en las relaciones con gentes desconocidas y, al contrario que vos, soy vulnerable al mal.

Alto miró con gesto reflexivo por la ventana y Afra interpretó su silencio como un rechazo.

—No seré carga alguna para vos —gimoteó— y complaceré cuantos deseos alberguéis. Vos halláis placer en mi cuerpo, ¿no es así?

Sus propias palabras la hicieron estremecer aún antes de acabar la frase. El jorobado se quedó mirándola largo rato. Finalmente le preguntó:

–Por cierto, ¿cuántos años tenéis?

Afra agachó la cabeza. Se avergonzaba de sí misma.

–Diecisiete –respondió y agregó con rebeldía–: ¡Pero eso no significa nada!

–Escucha, querida muchacha –repuso el pintor con gravedad–, eres hermosa. Dios ha derrochado contigo encanto, gracia y exquisitez suficientes para dejar sin esas prendas a otras cien de tu misma edad. Cualquier hombre se sentiría feliz de poseerte aunque sólo fuera por una hora. Mas no debes perder de vista una cosa: la belleza entraña orgullo. No te ofrezcas jamás a un hombre, pues al hacerlo corrompes tu belleza. Aun cuando tú misma albergues el deseo, debes dejar claro a los hombres que antes han de cortejarte.

Afra jamás lo había reflexionado. ¿Para qué, además? Alto demostraba poseer gran lucidez y no cabía duda de que, por su profesión, entendía de belleza. A Afra le costaba comprender a qué venían tantos miramientos. ¿Acaso no la tomaba en serio? ¿Se habría estado burlando de ella y ella no se había percatado hasta ese momento? Por un instante deseó que se la tragara la tierra, pese a lo cual, exclamó con tono retador:

–¡Todavía no habéis respondido a mi pregunta, maestro Alto!

Alto asintió distraído.

–Sigamos hablando de ello mañana. Nos reuniremos aquí a la misma hora.

Afra pasó en el *scriptorium* el resto del día, salvo en los momentos de las oraciones, la tercia, la sexta, la nona y vísperas. Su tarea consistía en copiar una escritura del monasterio de Santa Cecilia y, pese a los años que llevaba sin escribir, reprodujo fielmente en el pergamino las angulosas letras del texto. De vez en cuando, las dos monjas se acercaban para sacarle defectos a su trabajo, aunque el máximo empeño, lo pusieron en mantener determinados libros y escritos alejados de Afra, a la cual no se le había pasado por alto que dichos documentos se hallaban sujetos con cordones, lacrados y marcados con una inscripción que rezaba PRIMA OCCULTATIO O SECRETUM.

Al día siguiente Afra volvió a posar para el pintor. La desconfianza del día anterior parecía haberse evaporado o al menos ésa fue la sensación que dio Afra al plantarse con el vestido transparente frente al pintor con esa sutil mezcla femenina de recato y provocación que despierta deseo en un hombre.

–¡Dijisteis que hoy me daríais una respuesta acerca del favor que os pedí!

Alto esbozó una sonrisa mientras comenzaba a aplicar las pinturas. Había pasado horas desmenuzando, machacando, rallando y mezclando los diferentes ingredientes y ligándolos con cola de huesos y clara de huevos frescos de pato para lograr al fin el color rosa encarnado con el que deseaba imitar la desnuda piel de Afra.

–¿Cómo debo interpretar vuestra sonrisa, maestro Alto? –Afra mantenía la cabeza alzada hacia el cielo, al tiempo que, con los ojos, seguía los movimientos del artista.

–Debéis decidir si queréis servir a Dios o servir a los hombres –respondió Alto con elocuencia.

Afra no se lo pensó dos veces:

–Yo creo que más bien he nacido para servir a los hombres. No pienso quedarme aquí.

–¿Y es cierto que todavía no habéis hecho ningún voto?

–Podéis estar seguro de que no. Acabé aquí por casualidad y puedo marcharme cuando me plazca.

–Muy bien, pues –repuso el pintor sin mirarla–, por mí no ha de quedar. Pero tendréis que aguantar unos cuantos días más.

Afra se habría arrojado a los brazos del pintor, pero dado que no le estaba permitido cambiar de postura, se limitó a proferir un breve y estridente grito de júbilo. Pasado un rato, preguntó:

–Por cierto, maestro Alto, ¿hacia dónde os dirigís?

–Río abajo –contestó éste–. En primer lugar a Ulm y, de no conseguir allí ningún encargo, continuaré hasta Nuremberg. En Nuremberg los artistas siempre encontramos algo que hacer.

–Yo he oído hablar de Ulm y de Nuremberg –apuntó Afra, muy excitada–, deben de ser inmensas ciudades habitadas por unos cuantos miles de almas.

–¿Unos cuantos miles? –Alto soltó una carcajada–. Ulm y Nuremberg se cuentan entre las ciudades más grandes de Alemania, y en cada una de ellas viven veinte mil almas, ¡por lo menos!

–¿Veinte mil? ¡No me imagino a veinte mil personas en el mismo lugar!

–¡Pues ya lo verás! –se rió el corcovado pintor y dejó el pincel a un lado.

Afra bajó de un brinco del pedestal y echó un vistazo a la pintura.

–Dios mío –prorrumpió–, ¿ésa soy yo?

El pintor asintió.

–¿Acaso no os agradáis?

–Sí, sí –afirmó–. Es sólo que...

–¿Sí?

–Que santa Cecilia es demasiado hermosa. No se asemeja en nada a mí. –Los ojos de Afra brillaban de fascinación mientras recorrían el cuerpo rosado de la santa, apenas velado por los ropajes. Los senos y el ombligo se transparentaban por completo, e incluso sus partes pudendas se adivinaban tras el fino tejido.

–Yo no he agregado ni he quitado nada. Ésta sois vos: Afra o santa Cecilia, como queráis.

Mientras Afra se enfundaba el hábito, se preguntó si, al arrodillarse ante el altar, las monjas la mirarían con recelo, pero en seguida se dijo que, aunque así fuera, no pensaba quedarse allí mucho tiempo más.

–Una última cuestión –señaló Alto von Brabant– y después os dejaré marchar. –Entonces extrajo una bolsa y le entregó a Afra dos monedas–. Vuestra paga por posar para mí: dos florines, tal como acordamos.

Afra se sintió abrumada al recibir el dinero. ¡Dos florines!

–Tomadlos. Os pertenecen.

–Os confieso, maestro Alto –repuso Afra, abochornada–, que jamás he poseído tanto dinero. Como sirviente uno recibe sustento y un techo bajo el que dormir y, a lo sumo, alguna palabra amable de vez en cuando. Mi única pertenencia es un hatillo que guardo en el dormitorio. Pero ese hatillo es para mí lo más valioso de este mundo. Podéis reíros de mí, pero es la pura verdad.

–¿Por qué habría de reírme de vos? –se indignó el jorobado–. El dinero es agradable, pero nada más. Raras veces procura felicidad. Ahora tomad lo que os corresponde y ¡hasta mañana!

Afra fue perfeccionando su caligrafía más rápido de lo que ella habría imaginado, para gran enojo de las dos monjas. La maliciosa actitud de las hermanas, sin embargo, alentaba a Afra a aferrarse a su plan de abandonar la abadía lo antes posible.

Días después, Afra le reveló sus planes a la abadesa, quien, en contra de lo previsible, se mostró comprensiva. Mas cuando Afra anunció que partiría junto a Alto von Brabant, a la abadesa –Dios sabe por qué– se le hinchó la vena oscura que le atravesaba de arriba abajo la frente y, envenenada de ira, espetó:

–¡Es un artista, y los artistas son todos unos sinvergüenzas, unos granujas irreverentes! Te prohíbo que te marches con el jorobado. Él te arrastraría a la perdición.

–No es una mala persona sólo porque haya consagrado su vida al arte –replicó Afra–. Vos misma dijisteis que posee talento para la pintura. ¿Quién, si no Dios, le ha concedido tal don?

La abadesa se encendió de rabia al comprobar que aquella jovenzuela osaba replicarle. Sin dignarse mirarla agitó bruscamente la mano, como si quisiera sacudirse algún bicho importuno, y señaló a Afra la puerta de la habitación.

Por la noche, tras la cena en el refectorio –se sirvió una indescriptible pasta a base de col, rábano y remolacha acompañada de tortas–, Philippa, la más joven de las monjas del *scriptorium*, abordó a Afra para rogarle que subiera a buscar el original en cuya copia estaba trabajando. La abadesa quería examinarlo y, ella, según dijo, no se hallaba en condiciones de subir la escalera de piedra a oscuras. Acto seguido le entregó la llave de hierro del *scriptorium* y un velón.

A Afra le pareció un encargo un tanto extraño, mas no vio motivo para negarle el favor a Philippa y se puso inmediatamente en marcha. Candil en mano, atravesó el patio desierto bajo la mortecina luz de la Luna. La portezuela de la trasera del coro de la iglesia estaba abierta, y Afra emprendió la fatigosa subida hacia el *scriptorium*.

Aquella escalera dejaba sin respiración incluso a una muchacha como Afra, a quien además, en esa ocasión, un desagradable olor a cera quemada se le agarró a la garganta. En un primer momento no le concedió importancia. Pero al alcanzar el último tramo Afra reparó en que una densa humareda brotaba de debajo de la puerta del *scriptorium*. Incapaz de pensar con claridad, Afra introdujo la llave en la cerradura y abrió la puerta.

Se había imaginado que al abrir lo encontraría todo envuelto por unas inmensas llamas, mas sólo halló una nube de humo que cubría el suelo hasta la altura de la rodilla desde el fondo del *scriptorium* hasta la puerta. La humareda le impedía respirar. Tosió y escupió, y se abrió paso hasta la ventana más cercana para coger aire. Afra sabía que sólo se abría la hoja intermedia, pues las otras eran fijas.

Nada más tirar Afra de la hoja de la ventana, una columna de fuego se elevó al fondo del *scriptorium*. Sintió miedo. En cuestión de segundos, pensó, todo el *scriptorium* ardería en llamas. Rápidamente arrambló con unos cuantos libros y rollos de pergamino marcados con la inscripción SECRETUM para salvarlos de la quema.

Justo cuando se disponía a salir, comenzaron a resonar en la escalera gritos de alarma. Varias monjas cargadas con cubos de agua ascendieron en tropel apartando a Afra a un lado. Ésta, descompuesta, acababa de abrirse paso por la puerta cuando la abadesa apareció ante sus ojos. En la mano portaba una deslumbrante y pestilente antorcha de resina.

–¡Engendro del diablo! –bramó la abadesa al ver a Afra–. No eres más que un engendro del diablo.

Afra se quedó petrificada. No sabía qué ocurría ni a qué se debían las terribles injurias de la abadesa.

–Vine hasta aquí a buscar el pergamino, tal como se me encargó, y fue entonces cuando descubrí que salía humo del *scriptorium* –se explicó Afra desesperada.

En el patio, las monjas habían formado una cadena hasta la fuente. Los cubos de agua pasaban de mano en mano y, de cuando en cuando, se oían gritos de aliento.

–¿Y se puede saber por qué llevas bajo el brazo los documentos más valiosos de nuestra abadía? –La abadesa avanzó para acercarse a Afra.

–Porque quería salvarlos de las llamas –repuso la joven, temblorosa a causa de los nervios.

La abadesa soltó una risa maliciosa.

–Precisamente los pergaminos secretos. ¿Cómo sabías de su existencia? ¿Quién te ha encomendado tal tarea si no ha sido el diablo?

–¿El diablo? Reverenda madre, os ruego que no empleéis semejantes palabras. Leí la inscripción SECRETUM y pensé que su contenido sería más importante. Por eso intenté salvar éstos y no otros.

En ese mismo instante Philippa se abrió paso junto a ellas para marcharse, pero la abadesa la agarró del brazo y le puso la antorcha en la mano.

–Madre Philippa –exclamó Afra sofocada–, ¡atestiguad que fuisteis vos quien me envió al *scriptorium*!

La monja miró hacia la ventana del *scriptorium*, luego se quedó mirando a la joven con un gesto inexpresivo. Finalmente respondió:

–Por todos los santos, ¿por qué iba a enviaros yo al *scriptorium* en plena noche? Yo no soy tan anciana como Mildred. Mis piernas todavía me llevan allá donde yo quiera. Por cierto, ¿cómo habéis conseguido la llave?

–¡Vos misma me la habéis entregado!

–¿Yo? –Su tono de voz denotaba cierta indignación.

–¡Miente! –bramó Afra furibunda–. ¡El hábito de vuestra orden no le impide traicionarme!

La abadesa había seguido impertérrita la conversación entre ambas. En ese instante le arrebató a Afra los pergaminos de las manos.

–La madre Philippa no miente, ¡no lo olvides! Lleva sirviendo a Dios Nuestro Señor toda la vida, conforme a la regla de san Benito. ¿En quién de las dos crees que puedo confiar?

A Afra le consumía la rabia. Empezaba a comprender que Philippa le había tendido una trampa.

–¿No será más bien –prosiguió la abadesa– que, estando en el refectorio, has sustraído la llave y, tras caer la noche, te has dirigido al *scriptorium* con el propósito de robarnos los manuscritos de mayor valor? Y para que nadie acusara su falta, después has prendido fuego.

–¡Así fue y sólo así! –gritó Philippa y asintió vehementemente.

–¡No, no fue así! –Afra sintió un impetuoso deseo de abalanzarse al cuello de la abadesa. Lágrimas de furia y desesperación resbalaban por sus mejillas. Fuera de sí, se volvió hacia Philippa y le increpó:

–¡Bajo vuestro hábito mora el mismísimo diablo! Él os devorará y se llevará consigo los restos.

Las dos monjas comenzaron a santiguarse con tanto fervor que Afra temió que fueran a rompérseles sus esmirriados y escuálidos brazos.

–Lleváosla y encerradla en el *poenitarium* –ordenó la abadesa–. Ha sido ella quien ha incendiado el *scriptorium* para arrebatarnos los textos secretos. La mantendremos presa y la entregaremos al corregidor. Él le dará su justo castigo.

Luego mandó acercarse a dos rechonchas monjas. Entre codazos y empujones, éstas condujeron a Afra por la escalera de piedra hasta las celdas enrejadas de las bóvedas subterráneas donde eran encarceladas las monjas insubordinadas. Había en el rincón un montón de paja, al lado un cubo de madera para hacer las necesidades y tierra húmeda en el suelo. Pero antes de que Afra pudiera orientarse en la pestilente mazmorra, la reja se cerró y las monjas se alejaron con la luz.

La oscuridad la envolvió, y Afra fue palpando el suelo a cuatro patas hasta llegar al montón de paja. Acurrucada y aterida de frío, rompió a llorar a lágrima viva. Era consciente de lo que significaba que la juzgara el corregidor. El incendio provocado constituía un delito grave, tanto como el asesinato. De cuando en cuando Afra oía órdenes a lo lejos. No sabía si el *scriptorium* ardía en llamas o si el incendio había quedado extinguido. En medio de aquella noche Afra perdió la noción del tiempo. Su miedo era tal que ni siquiera cerró los ojos para dormir.

Hubo un momento en que recobró cierta serenidad. Debía de haber amanecido hacía rato, mas no ocurrió nada. No había agua ni comida. «Me dejarán morir aquí», se dijo Afra, y entonces comenzó a reflexionar acerca del modo en que podría acabar su vida.

Luego, no supo cuánto tiempo pasó despojada casi por completo de su lucidez, y despotricaba contra el Señor por haberla condenado a ese destino a pesar de su inocencia. Jamás habría sospechado que, tras los muros de una abadía de monjas, pudiera habitar tanta depravación y maldad. Seguramente el corregidor, en el caso de que la sometieran a juicio, creería antes a la monja que a una sirvienta fugada.

Pasados dos o tres días –Afra no sabía calcular cuánto tiempo había transcurrido– le pareció oír que unos pasos se acercaban. Creyó que se trataba de una alucinación cuando vio la titilante luz de una antorcha. Al otro lado de la reja advirtió una cara conocida. Era Luitgard, la monja con la que había entablado conversación la primera noche. Luitgard le hizo una seña a través de la reja para que se acercara y, llevándose un dedo a los labios, le pidió que no elevara el tono de voz. Después, le susurró:

–Debemos hablar muy bajo. En las abadías se dice que las paredes oyen. Y en ningún sitio es tan cierto como en Santa Cecilia.

Luitgard portaba en un cesto una torta de pan y una jarra de agua que, al ser estrecha, cabía entre las rejas. Afra se llevó la jarra a la boca con avidez y se la bebió de un solo trago. Esos sorbos de agua, más que nunca en su vida, le supieron a gloria. Luego cogió la torta y engulló un pedazo tras otro.

–¿Por qué haces esto? –le dijo Afra por lo bajo–. Si te descubren, acabarás como yo.

Luitgard se encogió de hombros.

–No has de preocuparte por mí. Hace ya veinte años que habito tras los muros de esta abadía. Sé perfectamente lo que ocurre aquí dentro. Y la mayoría de cuanto acontece no honra precisamente a Nuestro Señor.

Afra se agarró con ambas manos a las rejas y trató de persuadir a Luitgard:

–Yo he sido encarcelada aquí sin causa, puedes creerme. La abadesa me acusa de haber prendido fuego al *scriptorium* para encubrir el robo de unos manuscritos secretos. Y Philippa, a quien ha llamado como testigo, miente. Niega haber sido ella misma quien me envió al *scriptorium*. Fue una trampa, ¿me oyes? ¡Me tendieron una trampa!

Luitgard alzó ambas manos para advertirle que debía bajar la voz. Luego susurró:

–Sé que dices la verdad, Afra. Ante mí no necesitas justificarte.

–¿Cómo? ¿Qué quieres decir? –repuso Afra, sorprendida.

–Ya te he dicho que en esta abadía las paredes oyen.

Afra escudriñó con recelo las paredes de su sombrío calabozo.

Luitgard asintió y señaló hacia el techo con un gesto mudo. En ese instante Afra reparó en los tubos de barro que, de un palmo de diámetro, sobresalían de varios puntos del techo.

–Toda la abadía –susurró Luitgard bisbiseando mientras alzaba una y otra vez la mirada hacia el techo con congoja– está comunicada de punta a punta por un entramado de tuberías que no sólo transmiten de modo asombroso la voz humana entre las estancias y los pisos, sino que además, en algunas ocasiones, causa la impresión de que a su paso por los tubos de barro las voces se amplifican.

–¿Es un milagro de la naturaleza?

–Eso no podría juzgarlo. Pero ¿acaso no es curioso que se haya instalado semejante artilugio en el monasterio de las monjas del silencio, donde la discreción y el sigilo habría de ocupar un lugar primordial? Sea como fuere, ese milagro de la naturaleza, como lo llamas tú, tiene, sin embargo, un inconveniente: no sólo transmite las voces de una estancia a otra, sino también de la otra a la primera. Y si bien la abadesa está bien informada de cuanto se dice en todos los rincones de la abadía, pues todos los tubos acaban en su habitación, con un poco de astucia se pueden escuchar también desde cualquier lugar las conversaciones de la abadesa.

–¿Y para ello uno sólo debe pegar la oreja al techo?

–Exacto, uno sólo ha de acercar la oreja al tubo de barro. La vida monástica no es precisamente fuente de diversión y esparcimiento, y escuchar las conversaciones de la abadesa no constituye más que un pecado venial, aun cuando es, lo reconozco, pecado. El caso es que yo misma pude escuchar una conversación entre Philippa y la abadesa. Philippa se quejaba porque tú, sin gozar siquiera de la condición de novicia, hubieras sido bañada y alimentada como una noble doncella y hubieras disfrutado del privilegio de posar como modelo de santa Cecilia mientras ella y las demás monjas llevaban años desempeñando las más duras tareas. En un principio la abadesa acogió la queja con frialdad y señaló que la caridad ordenaba dar cobijo al prójimo en situación de necesidad. Pero Philippa no cejó en el empeño y continuó lanzando reproches a la abadesa hasta que finalmente ésta accedió y le dijo que si tenía una idea de cómo deshacerse de ti, la pusiera en práctica.

–¡Entonces tú podrías declarar a mi favor como testigo! ¡Tienes que hacerlo!

–¡Nadie me creería! –rehusó Luitgard.

–¡Pero tú lo oíste todo!

–Sería inútil, nadie admitiría las circunstancias en las que fui testigo de esa conversación. ¿Acaso crees que la abadesa reconocería que espía a sus subordinadas?

–Pero es el único modo de probar mi inocencia. –Afra agachó la cabeza resignada.

–Ruega a Dios, él obra milagros –repuso Luitgard con determinación, para alentarla, y, dicho eso, se marchó.

El regreso a la oscuridad dejó a Afra sumida en la más honda desesperación. Quería rezar, pero no se le ocurría ninguna oración. Su cabeza era un remolino donde se agolpaban los pensamientos sobre el callejón sin salida en el que se hallaba atrapada. Finalmente volvió a caer en un estado de semiinconsciencia donde los sueños y la realidad eran a duras penas distinguibles. Afra no sabía –qué importaba, además– si era de noche o de día. El estampido de los truenos la dejó indiferente y ni siquiera se inmutó cuando un rayo hizo temblar los muros.

Creyó estar soñando cuando, ante el recio enrejado, apareció el rostro de Alto von Brabant tras la mortecina luz de un candil. Hasta que éste no hubo introducido la llave en la cerradura y abierto la reja, Afra no volvió en sí.

Incapaz de articular palabra, la joven miró al pintor con aire interrogante.

Mientras fuera se desataba una brutal tormenta, Alto tendió a la joven el hatillo que había guardado en el dormitorio y le dijo:

–Quítate el hábito de novicia. ¡Rápido!

Afra obedeció como entre sueños y se enfundó sus toscas ropas.

–¿Cómo habéis conseguido la llave, maestro Alto? ¿Es de día o de noche? –preguntó atropelladamente.

El corcovado pintor cogió el hábito y lo arrojó al camastro de paja. Y mientras guiaba a la joven fuera del calabozo y cerraba la reja desde el exterior, respondió en susurros:

–Es poco más de medianoche, y en cuanto a la llave, todo el mundo es sobornable, también las monjas. A la postre, todo se reduce a una cuestión de precio. Como sabes, hasta Jesús Nuestro Señor fue traicionado por treinta denarios. Ésta –agregó alzando la llave– ha salido mucho más barata. ¡Ahora, vamos!

Alto von Brabant iba delante alumbrando mientras conducía a Afra por los escalones de piedra al piso de arriba. Poco antes de coronar la escalera y salir al largo pasillo de la planta baja, apagó la vela de un soplido. En ese instante un relámpago iluminó la oscuridad. Por una fracción de segundo un fuerte resplandor penetró por los estrechos ventanucos superiores. El trueno que estalló acto seguido hizo temblar el suelo de piedra. Afra se agarró asustada al brazo de Alto.

Al final del pasillo el pintor abrió una estrecha portezuela en la que hasta entonces Afra nunca había reparado. Era tan baja que hasta una persona pequeña debía agachar la cabeza para pasar. Tras ella, salía un pasillo a la derecha que desembocaba diez pasos después en un portón de madera sobre el que había montada una polea. Alto abrió el portón y se detuvo. Entonces, se volvió hacia Afra:

–Escúchame. Éste es el lugar de huida más seguro para abandonar la abadía sin ser visto. Hay una vieja polea con la que antaño se introducían los sacos de grano y los barriles por encima del muro. Yo te ataré una cuerda alrededor del pecho y la iré soltando con cuidado. No temas, pues la soga corre por dentro de una roldana que reduce tu peso a la mitad. Con una sola mano podría detenerte. Además, no hay más de cien palmos hasta el suelo. Abajo te espera un barquero. Se llama Frowin. Puedes confiar en él. Él te llevará hasta Ulm en su chalana. Allí habrás de buscar el barrio de los pescadores y preguntar por el pescador Bernward. Él te dará cobijo hasta que llegue yo.

La tormenta había amainado, aunque todavía algunas partes del cielo conservaban un tono ceniciento. Afra miró con preocupación al vacío. El corazón le palpitaba a toda velocidad, pero no tenía elección. Alto pasó la soga bajo sus brazos y la anudó sobre su pecho.

–Mucha suerte –dijo empujando a Afra hacia la rampa. Un impulso bastó para que la joven descendiera con un leve balanceo, dando vueltas sobre sí misma.

Un hombre viejo y barbudo la agarró desde abajo.

–Me llamo Frowin –farfulló con voz grave–. Mi barca nos aguarda ahí abajo, en el río. Está cargada de pieles, de pesadas pieles de vaca, toro, buey y venado para los ricos de la ciudad. Zarparemos al amanecer.

Afra asintió agradecida y siguió al barquero por una estrecha vereda hasta la orilla del río.

La chalana era una embarcación plana de pequeño calado. La proa se elevaba como el cuello de un monstruo marino. Unas lonas amarradas con cuerdas protegían las valiosas mercancías de la intemperie. En la popa de la barca, de unos treinta codos de eslora, Frowin había construido una camareta con tablones. Una mesa y un banco de madera, un arcón que hacía también las veces de cama, eran todos los muebles. Allí se cobijaría Afra.

Sobre la mesa titilaba una linternilla de madera. Afra no se atrevía a mirar al barquero desconocido a la cara. Absorta en sus pensamientos, contemplaba la cálida luz de la vela. Frowin, ausente también, miraba al infinito en silencio, con los brazos cruzados. Las gotas de lluvia se colaban por las rendijas del techo. Para poner fin al embarazoso silencio, Afra preguntó, entre titubeos:

–¿De modo que sois amigo del maestro Alto, el pintor de Brabante?

El barbudo barquero permaneció mudo, como si no hubiera oído la pregunta, luego escupió y esparció la saliva con el pie.

–Humm –repuso finalmente por toda respuesta.

Afra se sentía muy incómoda. Casi no se atrevía a mirar al barquero de reojo. Su rostro estaba surcado por hondas arrugas, y las largas horas a la intemperie habían tornado su piel casi tan oscura como la de un africano. Su negra y cerrada barba contrastaba de modo llamativo con la ligera pelusa que, a modo de aureola, rodeaba su coronilla.

–Amigo sería mucho decir –dijo inesperadamente el barquero, como si hubiera estado meditando la respuesta–. Nos encontramos por primera vez hace algunos años. Alto me proporcionó un provechoso encargo para un transporte de Ratisbona a Viena. Esas cosas uno no las olvida en los difíciles tiempos que corren. Al pintor parecéis importarle mucho. Ha insistido con ahínco en encomendarme vuestra suerte. Tuve que empeñar mi palabra de que os llevaría sana y salva hasta Ulm. De modo que no debéis preocuparos, bella muchacha.

Las palabras de Frowin confortaron a Afra.

–¿Y cuánto dura el viaje hasta Ulm? –inquirió Afra.

El viejo barquero meneó la cabeza a un lado y a otro.

–El caudal del río está alto. Eso nos facilitará el viaje río abajo. Pero calculad que menos de dos días no será. ¿Tenéis prisa?

–En modo alguno –respondió Afra–. Mas habéis de saber que es la primera vez que viajo tan lejos y también que subo a una barca. ¿Es Ulm una ciudad hermosa?

–Yo diría que es más bien una ciudad interesante, una ciudad grande y rica. Y –agregó Frowin alzando un dedo índice para enfatizar sus palabras– los artesanos de Ulm construyen los mejores bateles del mundo, los llamados *Ulmerschachtel*.

–¿Entonces vuestra barca ha sido fabricada en Ulm?

–Por desgracia, no. Un pobre hombre como yo, que tiene mujer y tres hijos que alimentar, no puede permitirse un barco tan caro. Esta chalana la construí con mis propias manos hace treinta años. No es muy elegante, lo admito, pero cumple su función igual de bien que las de Ulm. Además, todo depende más del barquero que del barco. Yo conozco todos los remolinos del río hasta Passau y sé exactamente cómo esquivar cada uno de ellos. De modo que no tenéis que preocuparos.

Pasaron las horas y poco a poco Afra fue ganando confianza en el inicialmente lacónico barquero. Por eso, no dudó en responder cuando, al cabo de un rato, él preguntó:

–¿Qué es ese cofre que abrazáis contra vos como si fuera el mayor de los tesoros?

–Es que para mí es el mayor de los tesoros –respondió ella y apretó el desgastado estuche contra su corsé–. Mi padre me lo dejó en herencia con la condición de que sólo lo abriera en caso de extrema necesidad, cuando me hallara perdida y no viera otra salida. De lo contrario, me dijo, el contenido sólo me traería desgracias.

Los ojos de Frowin despidieron un destello de curiosidad. Se agarró la barba y preguntó:

–¿El contenido es un secreto? ¿O jamás habéis abierto el cofre?

Afra esbozó una elocuente sonrisa y el barquero rectificó:

–No tenéis por qué responderme. Disculpad mi curiosidad.

La joven meneó la cabeza.

–No os preocupéis. Lo único que os puedo contar es que en varias ocasiones he estado tentada de abrir el cofre, pero cuando me detuve a reflexionar si era el final, todas las veces llegué a la conclusión de que la vida continuaba.

–Vuestro padre debía de ser un hombre inteligente, me da la sensación.

–Sí, lo era. –Afra agachó la cabeza.

Por el ventanuco de la puerta de la camareta penetraba la luz de la Luna. Sobre el río flotaba un manto de neblina. Desde el agua ascendía un frío penetrante y la lluvia había cesado.

Frowin se echó sobre los hombros un capote negro, se caló su sombrero de ala ancha y se frotó las manos para calentarse.

–Que Dios nos acompañe en el camino –dijo en susurros–, es hora de zarpar.

Frowin saltó a la orilla y desató la cuerda con la que había amarrado la barca a un árbol. Con un palo empujó el bote río adentro y encauzó la proa. Por unos instantes la barca quedó atravesada en el río, luego el barquero la enderezó y emprendieron el descenso río abajo.

El chirriar del timón con el que Frowin dirigía la chalana era lo único que perturbaba el silencio que reinaba en el río. Sólo habían recorrido dos millas cuando el manto de niebla comenzó a tornarse más y más denso. Afra apenas distinguía la orilla. De pronto se alzó ante ellos una nube blanca que se deslizaba hacia la barca y amenazaba con engullirlos, un muro de niebla tan denso que desde la camareta apenas se distinguía la proa.

–¡Debemos atracar! –exclamó el barquero al timón–. ¡Sujetaos bien!

Afra se agarró con ambas manos al banco de madera. Un golpe sacudió la barca y acto seguido se hizo el silencio, un silencio sepulcral.

En la abadía de Santa Cecilia nadie había reparado en la huida de Afra. Al menos, eso parecía. Todo transcurría con plena normalidad. La construcción del tejado de la iglesia estaba próxima a concluir, y en el *scriptorium* las monjas se afanaban en borrar los rastros del incendio. Sólo parte del suelo había sufrido las consecuencias de las llamas. A excepción de algún que otro libro de los anaqueles inferiores, de escaso valor, los manuscritos y pergaminos habían quedado prácticamente intactos.

Sin embargo, durante los trabajos de limpieza, reinaba en el ambiente cierta tensión y, de cuando en cuando, alguna de las monjas miraba a las demás con hastío, como diciendo «esto no era lo que yo quería»; a pesar de lo cual, todas las monjas guardaban silencio, un silencio total, como disponía la regla de la orden. Cuando se interrumpían los trabajos para los oficios, sus cánticos sonaban más fervientes que nunca, casi suplicantes, como si imploraran clemencia.

¿Fue la mano de Dios o su mala conciencia lo que impulsó a la madre Philippa a bajar a las bóvedas subterráneas a última hora del día, después de completas, a comprobar cómo se encontraba Afra?

Al ver el hábito de novicia de Afra tirado sobre el camastro de paja, profirió un grito y salió corriendo hacia el refectorio, donde se hallaban congregadas las monjas. Abrió la puerta y exclamó:

–Dios Nuestro Señor ha elevado a Afra en cuerpo y alma al cielo.

Los cuchicheos y las murmuraciones cesaron de inmediato en el refectorio, y en medio del súbito silencio replicó la abadesa:

–¡Tus palabras no son sino fruto de la enajenación! Calla y abstente de ofender a nuestro Creador. Nadie salvo la Virgen María, tal como dicen las enseñanzas de la Iglesia, ascendió en cuerpo y alma a la gloria.

–No –insistió la monja, presa de la agitación–. Dios Nuestro Señor ha llamado a Afra a su gloria a través de la reja cerrada del *poenitarium* y ha dejado tras de sí sus terrenales ropajes. ¡Venid y comprobadlo vos misma!

Entre las monjas, que habían seguido la conversación en silencio, cundió el pánico. Algunas salieron del refectorio como alma que lleva el diablo y corrieron atropelladamente escaleras abajo para contemplar el milagro con sus propios ojos. Las demás las siguieron y, en cuestión de minutos, se hallaban todas agolpadas ante la reja del calabozo tratando de atisbar el hábito de la orden que yacía sobre la paja. Mientras unas contemplaban mudas o apretaban los labios con silencioso recogimiento, otras musitaban una oración. Otras, extasiadas, lanzaban agudos gritos y elevaban la mirada hacia el cielo.

–¿Qué le habéis hecho a Afra para que el Señor se la lleve consigo? –clamó Luitgard.

Y, desde el fondo, una débil voz murmuró:

–Philippa tiene la culpa. Philippa prendió fuego al *scriptorium*.

–¡Sí, Philippa provocó el incendio! –clamaron cada vez más monjas.

–¡Callaos, por todos los santos, callaos! –La sulfurada voz de Philippa surcó el sótano como el acero de una espada. Apoyándose sobre el hombro de otra monja, trepó a un quebradizo barril de agua–. Escuchadme, hermanas –exclamó por encima de las cabezas de las furiosas mujeres–. ¿Quién nos dice que Dios Nuestro Señor ha sido quien, sacando a Afra a través de la reja de hierro, se la ha llevado consigo? ¿Quién nos dice que no ha sido el diablo quien ha desnudado y raptado a Afra tras absorberla a través de los barrotes con su aliento? Todas sabemos que sólo el demonio recurre a semejantes trucos, y únicamente el diablo codiciaría a una joven tan bella como Afra. De modo que no pequéis de pensamiento sobre las obras de Nuestro Señor.

–¡Tiene razón! –exclamaron unas.

–¡Disparates! –apuntaron otras.

Entonces se oyó una tercera voz:

–¿No fuiste tú quien provocó el incendio del *scriptorium*? ¿No eras tú quien quería deshacerse de Afra? ¿Tal vez porque era demasiado joven y bella?

En ese instante se hizo el silencio en la bóveda del *poenitarium* y todas las miradas se volvieron hacia Philippa. Ésta apretó los labios y una honda arruga dividió de arriba abajo su frente. Sin abrir más que las comisuras de la boca, espetó:

–¿Cómo te atreves a acusarme de semejante desafuero? ¡Dios te castigará!

Seguía reinando un temeroso silencio. Todas sabían que las paredes de la abadía podían oír. Y todas sabían que en ese monasterio no había secretos. Pero nadie se había atrevido a mencionar jamás el entramado de tubos de barro. De ahí la profunda conmoción que invadió la estancia cuando alguien –se llamaba Euphemia y acababa de terminar su noviciado– le espetó a la monja con actitud desafiante:

–No tenéis por qué disimular, reverenda madre Philippa, todas las presentes oímos cómo calumniabais a Afra ante la abadesa y cómo ésta os concedió permiso para que os deshicierais de la joven a traición. ¡Dios os tenga de su mano, reverenda madre! El Señor ha desenmascarado vuestra vileza y ha llamado a Afra a su gloria como a una santa.

–¡Es una santa! –gritó una novicia.

–¡Se la ha llevado el demonio! –repuso otra.

Elevando la voz por encima de las demás, Luitgard afirmó:

–¡Afra sabía recitar el avemaría en latín!

–¡También el diablo posee un gran dominio del latín! –replicaron desde el fondo.

–¡Ni hablar! ¡El diablo habla nuestro idioma!

–¿Nuestro idioma? ¡Qué desatino! De ser así, nadie en Francia entendería al diablo.

La discusión sobre los conocimientos lingüísticos del diablo fue subiendo de tono. Primero alguien le arrancó a Euphemia su alada y almidonada toca, luego dos monjas se enzarzaron a puñetazos y, en un santiamén, se armó una tremenda trifulca con arañazos, mordiscos, pisotones y tirones de pelo en medio de un estridente griterío. Fue uno de esos casos que, de tiempo en tiempo, desataban la histeria en la abadía como consecuencia de semanas y semanas de silencio y contemplación obligados.

Una violenta corriente de aire irrumpió de pronto en aquel caos y apagó las velas y las teas que iluminaban el lúgubre subterráneo. La humareda dejó a las monjas sin aliento.

–¡Que Dios nos ampare! –se oyó murmurar en la oscuridad.

Y una débil vocecilla musitó:

–¡El diablo!

Por la escalera de piedra apareció una silueta escuálida, de aspecto casi espectral, con una llameante antorcha en la mano: la abadesa.

–¿Es que habéis perdido todas el juicio? –inquirió en tono cortante. Con la mano izquierda agarró el crucifijo que llevaba colgado al cuello con una cadenilla y lo alzó ante las perplejas monjas–. ¿Es que estáis todas poseídas por el demonio? –susurró.

Contemplando la escena, uno llegaba a pensar que la abadesa estaba en lo cierto. La batalla librada por las religiosas había causado estragos. Prácticamente ninguna de las devotas conservaba la toca en la cabeza. La mayoría de las almidonadas prendas yacían pisoteadas en el suelo. Algunas monjas se arrodillaron contra la pared con las manos juntas en actitud de orar, llenas de arañazos y con los hábitos desgarrados. Otras se abalanzaron entre gemidos a los brazos de sus hermanas. Apestaba a brea quemada, a sudor y a orina.

La abadesa se aproximó y fue alumbrando las caras de todas las monjas, como si de ese modo pretendiera devolverlas una por una a la cordura. Las miradas que recorrió con sus ojos traslucían odio o desesperación, y, las menos de las veces, humildad. Al acercarse a Philippa, la abadesa se detuvo un instante. La bibliotecaria estaba sentada en el suelo, apoyada contra el barril, con la pierna izquierda doblada hacia fuera en una extraña posición y la mirada perdida. Tampoco reaccionó cuando la abadesa le alumbró el rostro. Entonces la agarró del hombro. Pero no había tenido tiempo de decir nada cuando Philippa se desplomó como un saco de trigo.

Las monjas profirieron un breve grito y, acto seguido, se santiguaron. Algunas se arrodillaron, desconcertadas. Fueron unos instantes, pues la abadesa recobró en seguida el aplomo:

–Dios la ha castigado por su diabólico modo de obrar –afirmó con voz queda–. Que el Señor se apiade de su pobre alma.

Como era costumbre en la abadía, al día siguiente la madre Philippa fue envuelta en arpillera y tendida sobre una tabla mortuoria. Dicha tabla tenía una cruz griega y su nombre grabados y pintados en un tono rojizo. A cada una de las monjas de la abadía la aguardaba una tabla como aquélla. Se encontraban apiladas en la cripta, bajo la iglesia, y la abadesa interpretó como una señal divina que la tabla de Philippa ocupara el primer lugar en el montón.

El vicario capitular de la ciudad más próxima que habitualmente confesaba a las monjas y decía la misa era un beodo rollizo y arrogante que se cobraba en especie cualquier servicio eclesiástico; se rumoreaba de él que incluso en los casamientos probaba fortuna con las prometidas. Pues bien, ese buen sacerdote fue quien bendijo el cuerpo de Philippa antes de ser introducido en un nicho que fue cerrado posteriormente con una losa. Luego, el vicario cargó el pago por su labor –dos hogazas de pan y un barril de cerveza– en el carro de bueyes en el que se había desplazado hasta allí, azotó a los animales con un látigo de tiras y se marchó.

Alto von Brabant se vio en una precaria situación al tener que acabar el retablo de la santa sin modelo. En su memoria había quedado grabado el recuerdo de Afra, el tono de su tez y cada una de las sombras que proyectaban las curvas de su cuerpo. Para guardar las apariencias, Alto había indagado acerca del paradero de su modelo, pero preguntara a quien preguntase, obtenía por toda respuesta un encogimiento de hombros de las interrogadas, que acompañaban el gesto con una mirada hacia el cielo.

Si bien en un comienzo casi nadie se había preocupado por el retablo, la culminación de la obra despertó un gran interés. Después de rezar la tercia por la mañana y la prima por la tarde, las monjas acudían en pequeños grupos al almacén donde el pintor daba los últimos retoques con un fino pincel a santa Cecilia. Subyugadas por la deslumbradora viveza de su cuerpo, muchas de ellas caían de rodillas ante la imagen o rompían a llorar de emoción.

A mediados del mes de noviembre, cuando ya las primeras heladas anunciaban la llegada del invierno, se concluyó la reconstrucción de la iglesia. La nueva cubierta inclinada de la iglesia había sido techada y los andamios de los muros exteriores desmontados. El espacio interior, conservado en gris y rosa, y coronado por una bóveda de crucería que se elevaba hacia el cielo, resplandecía con una misteriosa luz cuando el sol penetraba por las altas vidrieras de colores.

Sin embargo, los mayores elogios fueron para Alto von Brabant cuando éste erigió el tríptico. A él mismo le sucedía lo que a las monjas. No podía dejar de ver a Afra en santa Cecilia. Y es que las monjas no admiraban la imagen de la santa, sino de Afra, que estando entre ellas se había disuelto en el aire o había ascendido a los cielos como la Virgen María.

Para el día de la bendición de la iglesia, el veintidós de noviembre, las monjas habían engalanado la abadía. En los antepechos de todas las ventanas ondeaban telas rojas. Abetos rojos recién cortados flanqueaban las puertas. Hacia las diez, una carroza tirada por seis caballos, seguida de caballeros con estandartes rojiblancos y siete carros entoldados, entró en el patio del monasterio. Las monjas habían formado un semicírculo presidido en el centro por la abadesa. Aun antes de que la carroza, adornada con ornamentos rojos y un escudo pintado, se detuviera, un lacayo con una elegante vestimenta saltó en marcha del pescante, abrió la puerta y sacó una escalerilla. En el acto asomó por la puerta una rechoncha figura: el obispo Anselm de Augsburgo.

Las monjas flexionaron las rodillas y se santiguaron cuando Su Eminencia bajó de la carroza envuelto en una capa con bordados dorados sobre un traje de viaje rojo escarlata. De acuerdo con la tradición, la abadesa besó el anillo del obispo y dio la bienvenida al venerable huésped. Dada la monotonía cotidiana de la vida en el monasterio, un acontecimiento de esa índole significaba mucho más que una agradable distracción. El voto de silencio quedaba suspendido durante todo el día. Y la sobriedad en el comer –la verdadera razón por la que las más de las monjas acababan consumidas cual mendigos– se olvidaría por ese mismo tiempo.

Para Su Eminencia y su comitiva las monjas habían preparado, tal como merecía la ocasión y correspondía a la época del año, un banquete con carne de venado de las praderas y bosques circundantes, pescado –siluros y truchas– del río adyacente, verduras de los jardines del monasterio y un surtido de fina repostería cuyo aroma invadía el patio del convento. Había incluso vino del lago de Constanza, lo cual para las monjas casi rozaba la lujuria. Por no mencionar la cerveza.

El coro de monjas cantó con exquisita afinación el aleluya, y los acompañantes del obispo, dignidades, canónigos, prebendados y prepósitos, vestidos con sus pomposas vestimentas, desfilaron en procesión por el pasillo central hacia el altar. El interior de la abadía olía a argamasa húmeda y a pintura, a vela de cirio y a incienso cuando el obispo Anselm hizo su entrada en la nueva construcción. Con gesto placentero, iba paseando la mirada por el nuevo templo divino hasta que, de pronto, se quedó inmóvil. La procesión de capitulares se detuvo. Embelesado, el obispo Anselm miraba fijamente la santa del retablo. Los canónigos también parecían turbados por la visión.

Alto von Brabant, que contemplaba la escena escondido tras una columna, se echó a temblar. Cuando, al cabo de unos instantes, la procesión reanudó la marcha, un canónigo tuvo que darle un empujón en la espalda a un anciano prepósito del cabildo que se había quedado absorto en el retablo.

A lo largo de la bendición conjunta, Alto no apartó la mirada del obispo. A primera vista, parecía que Anselm no prestaba atención al altar; sin embargo, un quebradero de cabeza mantenía en vilo al pintor al no adivinar si el desinterés del obispo era fingido o si, por el contrario, se avecinaba un escándalo. De haber sido éste el caso, Alto habría sido privado de todo encargo por los siglos de los siglos.

Durante el banquete en el refectorio, en el cual las mesas habían sido dispuestas en forma de herradura y cubiertas con manteles blancos, un grupo de músicos ambulantes interpretó *Grasliedchen* y *Kühreigen*, dos canciones alpinas de moda en aquella época. Dos adolescentes con una dulzaina y un corno tocaban la melodía mientras una joven con una viola de seis cuerdas y otra con un tamboril marcaban el ritmo.

Entre el pescado y la carne de venado, de los que el rollizo obispo daba buena cuenta con los dedos, Anselm se limpió la boca con la manga de su preciosa vestimenta y volviéndose a la izquierda le preguntó a la abadesa:

–Decidme, reverenda madre, ¿quién ha pintado el tríptico de santa Cecilia?

–Un pintor brabanzón –respondió la abadesa esperando palabras de censura del obispo–. Es bastante desconocido y puede que su obra no complazca el gusto de todos, pero no pide las cantidades que cobran los grandes maestros de Nuremberg o Colonia. ¿No es del todo de vuestro gusto el retablo, Eminencia?

–Os equivocáis, todo lo contrario –exclamó el obispo–, jamás había contemplado una imagen de belleza y pureza semejantes. ¿Cómo se llama el pintor?

–Alto von Brabant. Todavía no ha partido. Si deseáis hablar con él... –La abadesa mandó llamar a Alto, que ocupaba un lugar al final de la larga mesa.

Mientras el obispo Anselm engullía ruidosamente y gruñía en señal de que el venado asado agradaba a su paladar, Alto se presentó e hizo una respetuosa reverencia. Al agachar los hombros, su prominente joroba se hizo aún más evidente.

–De forma que tuya es la mano que ha retratado a santa Cecilia.

El realismo de la obra es tal que uno no se extrañaría si el retrato cobrara vida.

–En efecto, Su Eminencia, la obra es mía.

–¡Por todos los querubines y serafines! –El obispo dio un golpe con el vaso de vino sobre la mesa–. ¡Has creado una auténtica obra maestra! Ni el propio san Lucas habría sabido hacerlo mejor. Recuérdame tu nombre otra vez.

–Alto von Brabant, Su Eminencia.

–¿Y qué trae a alguien como tú al sur?

–El arte, Ilustrísima, ¡el arte! En tiempos de peste y cólera no puede decirse que a uno le sobren los encargos.

–Siendo así, yo podría procurarte un encargo si aceptaras, sin más hablar, trabajar a mi servicio. ¿Qué decís, maestro Alto?

–Sería para mí un honor, Vuestra Eminencia, siempre y cuando os convenga mi discreto talento. Mañana mismo había de partir a Ulm y de allí a Nuremberg, en busca de un nuevo encargo.

–¡Paparruchas! Tú te vienes conmigo. Las paredes de mi palacio están desnudas, y hace tiempo que una idea me ronda la cabeza. –Apoyándose en sus antebrazos, el obispo se recostó sobre la mesa–. ¿Quieres oírla?

El pintor se acercó.

–Desde luego, Su Eminencia.

–Querría que pintaras para mí una serie de santas: Bárbara, Catalina, Verónica, María Magdalena, Isabel y, si puede ser, hasta la Virgen María, todas ellas a tamaño natural. Pero querría que las pintaras a todas –agregó instando al pintor a acercarse más aún– como Dios las trajo al mundo, exactamente igual que tu santa Cecilia. Y me gustaría que para ello posaran las hijas más hermosas de los burgueses de la ciudad. –En el rostro del obispo se vislumbró una sonrisa insidiosa.

Alto se quedó callado. La idea del obispo era de todo punto inusual, aunque verdaderamente tentadora. Además, llevarla a la práctica le procuraría al menos un año de sustento. Por un instante, el pintor se acordó de Afra, a la que a la postre había de agradecer tamaña oportunidad. Ella lo esperaba en Ulm desde hacía semanas. Alto vaciló.

–Oh, claro, ya entiendo –repuso el obispo al reparar en la indecisión de Alto–. No hemos siquiera mencionado tu retribución. Me figuro que no trabajas a cambio de un padrenuestro, maestro Alto. Digamos cien florines. Suponiendo que puedas comenzar de inmediato con el encargo.

–¿Cien florines?

–Por cada obra. Calculando que serían una docena, hacen un total de mil doscientos florines. ¿Conforme?

Alto asintió con un gesto servil. Jamás le habían ofrecido unos honorarios tan generosos. Una suma tan elevada significaba que en el futuro Alto ya no tendría que conformarse con cualquier encargo. Que ya no necesitaría pintar más frescos en techos, una tarea insufrible y dolorosa para alguien a quien el destino había castigado con una joroba.

–Tan sólo hay una cuestión –repuso Alto no sin cierto rubor–. He de arreglar un asunto pendiente en Ulm. Si vos no tenéis inconveniente, monseñor, llegaré dentro de dos semanas.

–¿Dos semanas? ¿Has perdido la razón, pintor? –El obispo elevó el tono de voz–. ¡Te propongo un encargo sin duda jugoso y tu única respuesta es que vendrás al cabo de dos semanas! Escúchame bien, miserable pintamonas, o vienes conmigo ahora o despídete del trabajo. Puedo encontrar a otro que me pinte las imágenes. Mañana al alba, al toque de las siete, partimos. En el último carro hay un sitio libre para ti. Te quedan unas horas para recapacitar.

Alto von Brabant no tenía que recapacitar.

2

HASTA EL CIELO Y MÁS ALLÁ

Afra *la Fresquera*, Afra *la Fresquera*! –gritaban los niños de la calle tras Afra mientras ésta, con una sonrisa en el rostro y una cesta de peces de río en cada brazo, recorría el camino hacia la cercana lonja de pescado. Los golfillos de Ulm eran temidos por su sinvergonzonería, su descaro y sus peculiares expresiones.

Desde que Afra huyó de Melchior von Rabenstein habían transcurrido seis años. Afra había relegado a un rincón de su memoria aquellas circunstancias y terribles sucesos, y en ocasiones, cuando afloraban los recuerdos, trataba de convencerse de que lo había soñado todo: la deshonra del gobernador, el hijo que trajo al mundo y abandonó en el bosque, y la huida a través de los bosques. Ni siquiera quería pensar en su efímera vida monástica, pues esa época sólo le traía recuerdos de la mojigatería, la inquina y la mezquindad de las monjas.

Había dado la casualidad de que el pescador Bernward, que estaba casado con una hermana de Alto von Brabant, requería los servicios de una criada que pudiera liberar a su esposa y a él mismo de parte del trabajo. Unos pocos días bastaron a Bernward para comprobar que Afra era una diligente trabajadora. En un principio Afra continuaba esperando a Alto, mas, cuando pasadas seis semanas el pintor no regresó, la joven comenzó a olvidarlo. Agnes, la esposa de Bernward, que conocía bien a su hermano, le aseguró que la formalidad jamás había figurado entre las virtudes de Alto, que, a fin de cuentas, era un artista.

El pescador Bernward y su esposa vivían en una estrecha casa de tres pisos, de paredes con vigas vistas, ubicada en la desembocadura del Blau en el Danubio. El desván bajo el tejado a dos aguas de la casa servía de almacén para secar y ahumar el pescado. De modo que, a quien quisiera vivir en esa casa, no debía repugnarle el olor a pescado. Sobre la puerta principal, donde solían tenderse las redes empleadas para la pesca fluvial, destacaba un emblema gremial azul con dos lucios cruzados.

Los que, como Bernward, vivían en el barrio de los pescadores, no pertenecían ni mucho menos a las clases pudientes de la ciudad –la riqueza de Ulm la acaparaban los gremios de plateros, batidores de oro, tejedores y comerciantes–, mas tampoco eran precisamente pobres. Hasta un pescador como Bernward –de cuarenta años de edad, gran estatura, media melena y pobladas cejas oscuras– lucía sus finos atuendos de domingo los días festivos. Y Agnes, su esposa, que, aunque desmejorada por una dura vida de trabajo, contaba más o menos los mismos años, se acicalaba en las fechas señaladas como una viuda de comerciante, de las que no había pocas en Ulm.

En general había en aquellos tiempos muchas más mujeres que hombres, pero en ningún otro lugar se daba esto tanto como en Ulm. Si la naturaleza, ayudada por las guerras, las cruzadas y los accidentes de trabajo, ya había diezmado la población masculina, a ello había que añadir que los comerciantes y los artesanos a menudo pasaban meses, a veces incluso años, viajando y abandonaban a sus esposas e hijos.

Bernward, por el contrario, llevaba una vida más bien plácida. El trabajo no lo obligaba a alejarse de casa más de una milla, habitualmente río abajo, donde los curtidores lanzaban los desechos y por tanto se encontraban los siluros y los salmones más grandes. Los pescadores no tenían ningún hijo varón, y su única hija les había sido arrebatada por el Señor; de ahí que Afra fuera para ellos como su propia hija.

A Afra le iban las cosas mejor que nunca, pese a que el trabajo la mantenía ocupada desde el alba hasta la noche. Hiciera el tiempo que hiciese, lloviera o nevara, Afra estaba a las seis de la mañana en el mercado, frente al Concejo, vendiendo los peces que Bernward había pescado durante la noche. Lo peor era la salazón. Afra debía frotar cada pieza con sal gorda. La sal le agrietaba las manos y quemaba como el fuego. En esos momentos, Afra deseaba que la hermana de Alto se hubiera casado con un batidor de oro o, en su defecto, con un pañero.

Hacía años que la región sufría el azote de un frío infernal. Unos vientos terribles procedentes del norte soplaban sin cesar. El sol apenas brillaba. Nubes espesas y oscuras encapotaban el cielo durante semanas y semanas y los predicadores populares –por enésima vez– anunciaban la inminente llegada del fin del mundo. En tierras del Main y el Rin ya no crecían las viñas, y los peces se refugiaban en el fondo de las aguas. Tanto era así que algunos días un escuálido lucio y un par de espinosos mújoles era todo cuanto Bernward lograba llevar a casa.

Buscando un sustento adicional, Bernward atravesó un día la plaza de la catedral, donde, desde hacía treinta años, se estaba construyendo el nuevo templo de la ciudad. El Concejo y la burguesía habían tomado la determinación de erigir, como exaltación a Dios y, sobre todo, como prueba visible de su opulencia y prosperidad, una catedral cuyas dimensiones superaran a las de los más grandes templos.

Aunque desde el comienzo de la construcción la ciudad había sido objeto de burla y escarnio, pues por aquel entonces Ulm ni siquiera disponía de obispo propio, el edificio avanzaba día a día. En ocasiones hasta mil peones trabajaban en la obra. Algunos provenían de lejanos lugares, de Francia e Italia, donde habían colaborado en la construcción de las grandes catedrales del nuevo estilo.

Era mediodía y albañiles y carpinteros, picapedreros y montadores de andamios holgazaneaban ateridos de frío en la plaza mientras comían un pedazo de pan y bebían agua de un cántaro que pasaba con presteza de boca en boca. A su alrededor merodeaban perros y gatos en busca de algún desperdicio. No parecía, pues, un ambiente muy estimulante para aquellos hombres que habían de erigir la más soberbia y hermosa de las catedrales del mundo.

Por eso, Bernward se dirigió al maestro de obras, Ulrich von Ensingen, con el ofrecimiento de alimentar a los trabajadores a cambio de una modesta paga. La propuesta agradó al maestro Ulrich. Unos albañiles hambrientos, dijo éste, no levantarían sino muros torcidos, y unos carpinteros sedientos no acertarían a enderezar las vigas. De esa guisa Bernward logró un trabajo de la noche a la mañana que le aseguraría el sustento para todos los días de su existencia, ya que una catedral no era obra que pudiera culminarse en los años de la vida de una persona.

Tras la fachada de la obra que se elevaba hacia el cielo los carpinteros construyeron un comedor comunitario con planchas y tablones de madera, los albañiles instalaron allí un hogar con seis fuegos y el gremio de los ebanistas se encargó de amueblarlo con mesas y bancos. Agnes, la esposa de Bernward, se responsabilizó de la cocina. La mayoría de los días había una sustanciosa sopa. La sopa de pescado que Agnes hacía a base de restos de pescado, habas y verduras bien sazonadas, era la preferida por todos. En ciertos días, cuando arreciaba el viento del sur, el irresistible aroma a comida llegaba hasta la Büchsengasse.

No obstante, la mayor atracción del comedor de trabajadores de la catedral era Afra, que servía las bebidas. Afra siempre encontraba el tono adecuado para tratar con los rudos oficiales, y no se tomaba a mal cuando algún achispado carpintero –el gremio más zafio de cuantos vivían en el poblado de los peones– le daba una palmada en el trasero. El exceso de alegría lo causaba el reparto de cerveza tostada, con permiso especial del Concejo de la ciudad, pues era, a fin de cuentas, en honor del Altísimo.

Huelga decir que Bernward sabía de los encantos de su mesera. No en vano él mismo le compraba preciosos vestidos de paño que traían los comerciantes de Italia, y hasta le pagaba un jornal, que ella ahorraba íntegramente.

Pese a trabajar a diario entre los oficiales, era poco lo que Afra sabía acerca de cuanto sucedía a su alrededor. En ocasiones había cosas extrañas de las que nadie hablaba. Daba la impresión de que, de puertas afuera del comedor, ninguno de los gremios –grabadores y albañiles, carpinteros y techadores– se avenía demasiado. Los oficiales grababan en piedras y vigas misteriosos símbolos como triángulos, cuadrados, círculos y espirales que sólo los iniciados eran capaces de descifrar. En su trabajo empleaban curiosas herramientas como escuadras, compases y unos aros marcados con trescientas sesenta rayas junto a una aguja que giraba sobre su propio eje.

Lo más vistoso, empero, era la puesta en funcionamiento de las máquinas: unos colosos de madera con ruedas giratorias en cuyo interior corrían mujeres y niños para mantenerlas en marcha e impulsar el tambor en el que se enrollaba la cuerda. Los brazos de elevación, constituidos por vigas tan largas que se combaban en el extremo, levantaban piedras en el aire y crujían bajo la pesada carga. A la nave principal del templo, que se alzaba por encima de todos los edificios de la ciudad, seguía faltándole la bóveda porque cada vez que la construcción alcanzaba la altura planificada, Ulrich von Ensingen, el maestro constructor, ordenaba añadir un piso más. Aunque el cielo se veía perfectamente desde la nave principal, lo más sorprendente era el entramado de cuerdas que cubrían el presbiterio como una gigantesca tela de araña y que servían para trazar los ángulos y las rectas de la nave.

Tras aquella maravilla se encontraba el maestro Ulrich, un hombre alrededor del cual se había creado, como si de un eremita se tratara, una aureola de inaccesibilidad. Los pocos que lo habían visto alguna vez lo tomaban por un tipo algo extravagante. Sólo al despuntar y al declinar el día, su sombra se deslizaba con sigilo sobre los altos andamios, apenas visibles desde abajo, y retumbaban sus pasos. Únicamente los capataces de cada gremio recibían órdenes directas de Ulrich von Ensingen. Para recibir las instrucciones, debían trepar cada vez hasta el andamio más alto de la fachada principal, donde el maestro Ulrich meditaba sobre planos y bosquejos, obsesionado con la idea de erigir la catedral más alta que jamás hubiera construido la mano del hombre.

Cuando el tiempo se lo permitía, Afra observaba la evolución de la catedral con los ojos desorbitados. Sencillamente era incapaz de comprender cómo podía erigir el hombre semejante mole de piedra con sus propias manos. No le cabía en la cabeza que paredes y pilares, que se elevaban hacia el cielo sin apoyo aparente, quedaran intactos tras las tormentas otoñales cuando dichas tormentas arrancaban robles de raíz. El maestro Ulrich debía de ser un verdadero mago.

Afra jamás se había encontrado con el maestro de la catedral, pues éste ni siquiera quería comer en el comedor junto a los trabajadores. Había carpinteros que incluso dudaban de su existencia o lo tomaban por un fantasma, porque sólo habían oído hablar de él, jamás lo habían visto en persona. Ni siquiera el resplandor de la luz que, en los largos atardeceres, se vislumbraba en el taller de la fachada oeste, los hacía cambiar de opinión.

En una de las pocas tardes templadas de verano, en la que se desató una gran euforia, Afra tomó una determinación. Cogió una botella de cerveza tostada, la envolvió en su delantal y se dirigió a la fachada oeste. Con frecuencia Afra se había asombrado de la destreza con que albañiles y carpinteros trepaban de piso en piso, por las escaleras, hasta alcanzar el rellano final. En el quinto descansillo Afra tuvo que parar a coger aire, luego trepó resollando los tres últimos pisos. Cuando llegó, jadeaba tanto que creyó que los pulmones le iban a explotar.

Allí arriba, por encima de los tejados de la ciudad, todo se veía extraordinariamente más claro. Las casas y las calles, al fondo del abismo que tenía a sus pies, se hallaban envueltas en la negra oscuridad. Aquí y allá se vislumbraba alguna que otra antorcha o candil. En el río, tras la muralla de la ciudad, se observaba el reflejo blanquecino de la Luna. Y al volver la vista a la derecha, Afra reconoció el barrio de los pescadores y la estrecha casa de Bernward.

En el taller había luz. No era ni mucho menos tan pequeña y quebradiza como parecía desde abajo. Tras colocarse bien el cabello, que se le había alborotado al subir, Afra se desató el nudo del delantal y sacó la botella de cerveza. El corazón le latía muy de prisa y no sólo a causa de la agotadora escalada, pues no sabía de qué manera había de abordar al enigmático Ulrich von Ensingen. Finalmente reunió todo su valor y abrió la puerta.

El chirrido de los goznes, no muy distinto del maullido de un gato, no pareció perturbar al maestro Ulrich. Sentado de cara a la puerta e inclinado sobre un plano, trazaba líneas rectas con una regla y una sanguina mientras murmuraba por lo bajo: «sesenta, ciento veinte, ciento ochenta».

El maestro Ulrich era un hombre de gran envergadura y fuertes cabellos oscuros que le caían casi hasta los hombros. Lucía un jubón de cuero y un amplio cinturón, y ni siquiera levantó la vista cuando Afra puso la botella sobre la mesa. Y como ella no se atrevió a interrumpir el trabajo del maestro, transcurrieron varios minutos en los que, uno frente al otro, no sucedió nada.

–Sesenta, ciento veinte, ciento ochenta –repitió Ulrich von Ensingen, y acto seguido, sin alterar el tono de voz, agregó–: ¿Qué quieres?

–Os traigo algo de beber, una cerveza del comedor. Soy Afra, la mesera.

–¿Acaso lo he pedido? –El maestro Ulrich todavía no se había dignado mirar a Afra.

–No –respondió ella–, pero pensé que un trago de cerveza os ayudaría a inspiraros.

De nuevo se produjo un largo silencio, y Afra comenzó a arrepentirse de haberse dejado llevar por aquel impulso. Ulrich von Ensingen quizá fuera un genio construyendo catedrales, pero no dominaba el arte de la conversación. En ese instante, levantó la vista.

Afra se sobrecogió. En sus ojos oscuros había algo inquietante, algo que te atrapaba. Con esa penetrante mirada y un leve movimiento de cabeza se volvió en silencio hacia la repisa de la ventana. Allí había dos jarras de cerveza de madera, de un palmo de altura cada una.

–Ya veo que estáis servido –concedió Afra con tono de disculpa. Y mientras Ulrich se concentraba de nuevo en el plano, Afra recorrió el taller con la mirada. Las paredes estaban cubiertas con planos de detalles de cruceros, claves, capiteles, zócalos, bocetos de ventanas y rosetones. De una caja situada frente a la repisa de la ventana sobresalían planos doblados. En un armario, a la izquierda de la puerta, colgaba un segundo traje. Allí había sido concebida la titánica construcción.

El asombro de Afra iba en aumento. Buscaba la mirada de Ulrich von Ensingen, pero éste sólo tenía ojos para sus planos. «Debe de estar loco –se dijo ella–, pero probablemente sólo un loco acomete una obra tan colosal.»

Afra arrugó el delantal con gesto nervioso.

–Disculpad mi curiosidad, pero quería ver en persona al hombre que lo crea y lo piensa todo –dijo Afra al fin.

El maestro Ulrich torció el gesto. De ese modo dio a entender con extrema claridad que la conversación estaba importunándolo.

–Pues ya has conseguido lo que querías.

–Sí –respondió Afra–, por ahí se cuentan toda suerte de cosas extrañas sobre vos. Hay oficiales que incluso sostienen que en realidad no existís. ¿Podéis creerlo, maestro Ulrich? Creen que todos los planos que están esparcidos por aquí los ha dibujado el diablo.

Una fugaz sonrisa asomó al rostro de Ulrich, mas en seguida recuperó la compostura. Con su ya habitual gesto sombrío, espetó:

–¿Y para compartir eso conmigo me interrumpes? ¿Cómo has dicho que te llamas?

–Afra, maestro Ulrich.

–Bien, Afra –repuso el maestro de obras alzando la vista–. Como ya has visto al demonio con tus propios ojos, puedes marcharte. –Y dichas esas palabras se apoyó sobre la mesa y adoptó una actitud casi amenazadora.

Afra asintió, muda, pero en sus adentros bullía la rabia por tan grosero desaire. El descenso bajo la mortecina luz de la Luna resultó mucho más fatigoso que la subida, de suerte que respiró hondo cuando al fin notó tierra firme bajo sus pies.

El encuentro con Ulrich von Ensingen había causado una profunda impresión en Afra. La orgullosa apariencia del maestro y su peculiar modo de conducirse denotaban una majestuosidad que la fascinaba. Con frecuencia se sorprendía a sí misma alzando la vista hacia el taller y escudriñando los andamios, mas ni el día después ni en todos los que siguieron llegó a ver al maestro Ulrich.

La obra misma, a la que hasta entonces la joven apenas había prestado atención, le pareció, de la noche a la mañana, de gran interés. Al menos una vez al día paseaba alrededor de la inacabada nave de la iglesia identificando todos los cambios incorporados desde el día anterior. Y, por primera vez en su vida, se apoderó de ella la sensación de que había algo más trascendental que cuanto había impulsado su vida hasta ese momento.

Al cabo de dos semanas del encuentro con el maestro, una noche Afra, justo al doblar la esquina de la calle que conducía desde la plaza de la catedral al barrio de los pescadores, se cruzó con dos sombríos personajes. No puede decirse que fuera una circunstancia excepcional en Ulm, pues un proyecto de la envergadura de la catedral atraía a toda suerte de gentes. Sus ropajes, sin embargo, levantaron las sospechas de Afra. Pese a que no hacía nada de frío, aquellas personas lucían unos amplios mantones negros y unos capuchones calados sobre el rostro. Cobijada en el portal de una casa, Afra observó cómo los dos hombres se dirigían hacia las obras. El hecho de que las figuras envueltas en los largos abrigos treparan por los andamios y, al alcanzar la cima, desaparecieran tras la puerta del taller del maestro Ulrich, no auguraba nada bueno. Al amparo de su escondite, Afra se preguntó cuál podía ser el motivo de esa tardía visita al maestro, pero no encontró explicación.

Afra seguía todavía sumergida en cavilaciones cuando los dos hombres reaparecieron en el andamio. Descendieron a paso presuroso. Más que bajar, se diría que se arrojaron a toda velocidad escaleras abajo, cruzaron la inmensa plaza y, mirando en todas direcciones como salteadores de caminos, desaparecieron por la Hirschgasse. Afra se quedó paralizada. Buscó con la mirada al guardia nocturno, pero no vio a ninguno. No sabía cómo debía reaccionar.

Tal vez, después de todo cuanto le había sucedido, su imagen de los hombres era demasiado negativa. No toda capa negra tenía por qué ocultar a un malhechor. Por otra parte, pensó, no parecía haber razones para que dos encapuchados treparan por los andamios de la catedral en plena noche, entraran en el taller del maestro Ulrich y huyeran después de manera tan precipitada. Afra conservaba todavía vivo el recuerdo del ascenso, y más aún del descenso, por los andamios. Pero en tan confusa situación, decidió, sin pensarlo dos veces, aventurarse a subir de nuevo.

En el taller, construido sobre el muro de la catedral, todavía había luz. Había pasado ya la medianoche y los peldaños de las escaleras estaban húmedos y resbaladizos a causa del relente. En cada uno de los pisos Afra descansaba y se secaba las manos en la falda. Finalmente alcanzó el último piso.

–¡Maestro Ulrich! –susurró antes de abrir la puerta del taller. La puerta se encontraba entornada. Cuando, cautelosamente, ella la abrió del todo, apareció ante sus ojos una imagen de auténtica desolación. Planos, bocetos y dibujos destrozados yacían esparcidos por el suelo. Sobre la mesa de los planos, titilaba una vela. Una segunda resplandecía bajo la mesa, un lugar muy extraño para una vela.

Al acercarse un poco más a la luz, Afra descubrió algo extraño: la vela estaba envuelta con un cordón de cera, el cual, a unos dos dedos de distancia del suelo, conducía a modo de mecha hasta el armario ropero situado junto a la puerta. Afra no tardó ni un segundo en comprender la vileza del mecanismo. Entonces abrió la puerta del armario.

En el suelo, hecho un ovillo, atado de pies y manos yacía Ulrich von Ensingen. Tenía la cabeza vuelta hacia un lado y no se movía.

–¡Maestro Ulrich! –profirió Afra.

En su desesperación, agarró las piernas del maestro de obras e intentó tirar de él para sacarlo del armario, pero resbaló y cayó de espaldas al suelo. En ese mismo instante se volcó la vela que había bajo la mesa, la mecha se prendió y una llama comenzó a avanzar lentamente hacia el armario.

Algunos de los planos esparcidos por el suelo comenzaron a arder. Afra vaciló entre extinguir las llamas primero o poner a Ulrich a salvo fuera del taller. No sabía si sus fuerzas bastarían para cargar con el fornido maestro, de suerte que se precipitó sobre las llamas. Con un pergamino doblado que cogió al azar, vapuleó las llamas con todas sus fuerzas hasta que no quedaron más que negras pavesas. El pergamino quemado emanaba un hedor abominable y desprendía un humo asfixiante.

Afra tosió hasta desgarrarse los pulmones, luego levantó con gran esfuerzo al maestro Ulrich y lo sacó de su angosta prisión. La cabeza inerte del maestro se caía hacia los lados. En ese momento Afra reparó en que un rebujo de tela o de cuero lo amordazaba. Le costó Dios y ayuda liberarlo de ese suplicio. Después cogió la cabeza del maestro entre sus manos y la sacudió.

Finalmente Ulrich von Ensingen abrió los ojos. Como si acabara de despertar de un mal sueño, el maestro miró extrañado el caos que lo rodeaba. Daba la impresión de que no comprendía nada de lo que sucedía. Y lo que más lo desconcertó fue la visión de Afra. Ulrich frunció el entrecejo y preguntó por lo bajo:

–Pero ¿tú no eres...?

–Afra, la mesera del comedor, así es.

El maestro meneó la cabeza, como queriendo decir «Esto no hay quien lo entienda». Mas en lugar de eso, espetó con un deje de reproche:

–¿Quieres desatarme de una vez? –Y le mostró las muñecas a Afra.

Con los dedos y ayudándose de los dientes Afra logró liberar a Ulrich de sus ataduras. Mientras éste se frotaba las enrojecidas marcas que tenía en muñecas y tobillos, Afra le preguntó:

–¿Qué ha pasado, maestro Ulrich? Alguien ha intentado asesinaros. ¿Veis esa mecha? La vela la habría prendido. Se habría incendiado todo el taller. Estabais condenado a una muerte segura.

–Entiendo, entonces, doncella Afra, ¡que me has salvado la vida!

Afra se encogió de hombros.

–Sólo he hecho lo que cualquier cristiano habría hecho –respondió ésta, molesta.

–No lo lamentarás. Tu vestido ha quedado destrozado. Yo te procuraré uno nuevo.

–¡Dios me libre!

–No, no. De no ser por tu ayuda habría bajado al sepulcro como un miserable, y por tanto mi catedral jamás habría sido terminada, o al menos no como yo la he concebido.

Afra miró al maestro de obras a los ojos, pero no aguantó la penetrante mirada de Ulrich más que unos instantes. Avergonzada, apartó la vista y aseveró:

–Sois un hombre muy peculiar, maestro Ulrich. Seguís vivo de puro milagro y lo único que os preocupa es lo que le ocurra a esta maldita catedral. ¿Acaso no os interesa lo más mínimo quién ha tratado de arrebataros la vida de forma tan ruin? No sé quién estará detrás de todo esto, pero esos dos habían urdido un plan perfecto.

–¿Dos? –la miró Ulrich asombrado–. ¿Cómo sabes tú que eran dos? Yo sólo llegué a ver a uno. Me tiró al suelo de un golpe. Luego perdí el conocimiento.

–Lo he visto. Eran dos hombres con largas capas y capuchones negros. Yo me dirigía a casa cuando me crucé con ellos. Su aspecto me resultó un tanto sospechoso, de modo que me quedé espiándolos. Al ver que trepaban por los andamios en plena noche, el asunto me olió mal.

Ulrich von Ensingen asintió y acto seguido se incorporó, ya repuesto. Entonces aconteció algo que jamás habría pasado por la imaginación de Afra, algo tan inconcebible para ella como la ascensión en cuerpo y alma a los cielos de la Virgen María: Ulrich se acercó a ella y con un rápido movimiento la estrechó entre sus brazos.

Este súbito arrebato cogió a Afra por sorpresa. Incapaz de reaccionar, dejó los brazos muertos y giró la cabeza hacia un lado. Sintió el vigoroso cuerpo del hombre y la fuerza de los brazos que la envolvían. Y aun cuando se había jurado cientos de veces que jamás en su vida entablaría relación alguna con un hombre, no podía negar el placer que le procuraba aquella cercanía. Finalmente se rindió y se abandonó a los brazos de Ulrich von Ensingen, que la estrechó contra sí.

Después de aquello, Afra se preguntó a menudo cuánto había durado en realidad el inesperado abrazo que cambió por completo el rumbo de su vida. Pero ni siquiera habría sabido decir si fueron segundos, minutos u horas. El tiempo quedó en suspenso. Esa noche se marchó a casa embargada por un sentimiento que nunca antes había experimentado. Se sentía profundamente confundida y aturdida.

Como un reguero de pólvora se propagó al día siguiente la noticia del ataque al maestro de obras de la catedral. Ulrich ofreció una recompensa de cien florines por la cabeza del malhechor. Pero aunque los alguaciles recorrieron uno por uno todos los rincones de la ciudad donde los sombríos individuos podrían haberse ocultado, la búsqueda fue infructuosa. También escamó a algunos el hecho de que precisamente Afra, la mesera, hubiera salvado la vida del maestro de obras. ¿A santo de qué –se preguntaron muchos– se hallaba la doncella en los andamios de la catedral a medianoche?

Algunos ciudadanos de Ulm barruntaban que el obispo Anselm de Augsburgo era el instigador del atentado. El obispo Anselm no soportaba la idea de que la catedral de Ulm fuera a hacer sombra a la suya. Otros apuntaban a dos dominicos que predicaban la humildad de la fe cristiana y veían un acto de soberbia en la construcción de las catedrales que se erguían hacia el cielo al otro lado del Rin. Según decían, los dominicos poseían libros secretos sobre aquellos vanidosos edificios, que, mediante sus plegarias o ayudados por su fuerza motriz, ellos querían tirar abajo.

El levantamiento de la catedral había dividido a los ciudadanos en dos facciones. Unos sostenían que el maestro Ulrich tenía que construir una catedral que tuviera su paralelo en templos semejantes construidos en tierras alemanas. La otra facción, por el contrario, opinaba que una iglesia de tales dimensiones simbolizaba la ostentación y el orgullo de los ciudadanos más que la fe de éstos. Con el dispendio de dinero que los ricos patricios dedicaban a la costosa construcción podrían llevarse a cabo infinidad de actos de caridad.

Los ciudadanos miraban recelosos el cuerpo superior del triforio de la nave principal desde que corría el rumor de que Ulrich von Ensingen quería añadir un piso más. La altura inicial de la nave proyectada en los planos había sido ya triplicada. ¿Acaso el maestro Ulrich había dado la espalda a Dios?

Todas las tardes, al ponerse el sol, las gentes de la ciudad se congregaban en la inmensa plaza de la catedral y protagonizaban enardecidas discusiones. Por lo general, ganaban en número quienes defendían que era el momento de cortarle las alas a Ulrich von Ensingen y techar de una vez por todas la nave principal. La rebelión sembró la inquietud entre los capataces de los gremios después de que a algunos de ellos les escupieran y les arrojaran pez y huevos podridos.

Una de esas tardes cargadas de tensión en la que opositores y defensores de la catedral se encaraban acaloradamente, se formó un coro en la plaza. La furiosa multitud clamaba al unísono: «¡Maestro Ulrich, bajad a la plaza! ¡Maestro Ulrich, bajad a la plaza!»

En el fondo, nadie había contado con que el huraño maestro atendiera las exigencias de las gentes del común. De pronto, una gruesa mujer cuya atronadora voz se hizo oír entre la muchedumbre, extendió el brazo y gritó:

–¡Ahí! ¡Mirad!

Todas las miradas se alzaron hacia un andamio. Los gritos cesaron de golpe. Boquiabiertas, las gentes siguieron los movimientos del apuesto hombre que, como araña por su hebra, se deslizaba escaleras abajo. Un anciano exclamó en susurros:

–Es él. Yo lo conozco. Es Ulrich von Ensingen.

Una vez abajo, el maestro se dirigió a paso presuroso hacia un sillar de piedra sin desbastar que yacía delante de la fachada norte de la nave. De un salto subió a la piedra y miró con aplomo a los congregados. Sólo los graznidos de los cuervos que sobrevolaban los altos andamios rompían el silencio reinante.

–¡Habitantes de Ulm, habitantes de esta grande y majestuosa ciudad, escuchadme! –El maestro Ulrich cruzó los brazos, lo cual no hizo sino aumentar la sensación de inaccesibilidad que transmitía.

A un lado del grupo de oyentes, a escasa distancia del maestro, para asegurarse de que a éste no le pasara inadvertida su presencia, se hallaba Afra. El rostro le ardía como al calor de un horno. Desde el extraño encuentro en el taller del maestro, no había vuelto a verlo. Lo sucedido la había dejado trastornada y todavía no se había restablecido. Aunque eso no quería decir que sintiera dolor o pesar, al contrario. En su interior se había abierto un abismo de duda, un dilema sobre sus propios sentimientos.

En el momento en que el maestro comenzó su discurso Afra no sabía si había reparado en ella o si sencillamente la había ignorado.

–Cuando vosotros, ciudadanos de Ulm, tomasteis la determinación hace treinta años de erigir en este preciso lugar una catedral digna de vuestra ciudad y vuestras gentes, el maestro Parler os prometió que su construcción no duraría más de lo que tarda en transcurrir la vida de un hombre. Hasta ahí todo bien. Una vida representa para cada uno de vosotros un período largo, mas para una catedral merecedora de tal nombre una vida sólo es un instante. Los antiguos romanos, algunos de cuyos ideales hemos heredado, empleaban una expresión que rezaba: «*Tempora mutatur et nos mutamur in illis.*» Estas palabras significan: «Los tiempos cambian y nosotros con ellos.» Vosotros, yo, cada uno de nosotros nos convertimos en otro con el transcurso del tiempo. Lo que hace treinta años complacía nuestro gusto hoy despierta en nosotros compasión. Y algunas veces acontece al revés. ¿No es cierto acaso que la catedral que hoy se eleva hacia el cielo ante vuestros ojos es más bella, grandiosa y digna de admiración que aquella que hace treinta años comenzó el maestro Parler?

–En eso tiene razón –exclamó un comerciante suntuosamente ataviado que lucía un birrete en la cabeza.

Entonces un hombre viejo de barba cana y mirada ceñuda terció:

–Más hermosa sería nuestra catedral si no nos costara la fortuna que nos cuesta. Dudo mucho, además, que la altura de nuestra catedral haga honor a Dios Nuestro Señor. –El anciano cosechó el apoyo de buena parte de la audiencia, y celebró el triunfo de sus palabras alzando la vista hacia el cielo, tanto que a punto estuvo de alinear su barba con el horizonte. A los pocos instantes prosiguió–: Maestro Ulrich, yo creo que a vos os importa más bien poco honrar al Señor. Estáis mucho más preocupado por vuestra fama. De no ser así, ¿qué razón podría haber para construir nueve pisos en la nave de la iglesia en lugar de cinco, tal como estaba previsto?

Entonces el maestro Ulrich señaló al viejo con el dedo y exclamó:

–¿Cómo te llamas, charlatán? Di tu nombre alto y fuerte para que todos puedan oírlo.

El anciano se encogió y, no sin cierto temor, respondió:

–Soy el tintorero Sebastian Gangolf, y ni mucho menos toleraré que volváis a llamarme charlatán.

Los presentes asintieron.

–¡Oh! –replicó Ulrich con sorna–. Entonces deberías ser más discreto en tus comentarios y no predicar cosas sobre las que nada entiendes.

–¿Y qué es lo que hay que entender? –intervino un joven petimetre. Se llamaba Guldemundt y lucía una ostentosa capa que le cubría hasta los muslos, parecida a las de los capitulares. Pero ante todo hacía gala de una arrogante personalidad. Esa clase de gentes abundaba en Ulm; muchos eran los jóvenes que habían heredado el negocio de su padre y que todo cuanto tenían que hacer era administrar su herencia.

–Que precisamente tú no entiendas nada de arquitectura, no me sorprende –replicó el maestro Ulrich sulfurado–, probablemente tu única ocupación es decidir la vestimenta que lucirás cada día. Sí, entiendo que eso no te deje tiempo libre para profundizar en los misterios de la arquitectura.

Con esas palabras el maestro Ulrich se ganó la simpatía del público. Pero el petimetre no se dio por vencido.

–¿Misterios? Desvélenos, pues, el misterio por el que ha de tener nuestra catedral nueve pisos y no cinco, como proyectó el maestro Parler.

Por un instante Ulrich von Ensingen dudó si debía iniciar a los ciudadanos de Ulm en los misterios del edificio, pero le pareció que tal vez no volvería a tener la oportunidad de conquistar a los ciudadanos.

–Todas las obras arquitectónicas de nuestro planeta –comenzó a explicar, remontándose a los inicios– se hallan envueltas en misterios. Algunos de estos misterios fueron resueltos siglos más tarde, otros continúan siendo hoy día objeto de especulaciones. Pensad por un momento en la más grande de las pirámides de Egipto. Nadie ha descifrado jamás su significado ni tampoco cómo se llegaron a colocar sillares tan altos como un hombre a semejante altura y con semejante precisión. Pensad ahora en Vitrubio, quien, aprovechando un obelisco, construyó el mecanismo cronométrico de la Tierra, un reloj cuya esfera era tan grande como esta plaza y capaz de marcar las horas, los días, los meses e incluso los años. O pensad en la catedral de Aquisgrán. El octógono del centro no sólo representa para los iniciados una referencia a pasajes de las Sagradas Escrituras, sino que, mediante los rayos del sol que en determinados días penetra por las ventanas, nos proporciona importantes datos astronómicos. O pensad en los cuatro caballeros esculpidos de la catedral de Bamberg. Nadie conoce su significado ni a quién representan. Simplemente estaban allí, como el sol que nos alumbra. Y por lo que se refiere a vuestra catedral, ciudadanos de Ulm, ésta no entrañará un único misterio. Pero si yo os lo revelara hoy aquí, naturalmente dejaría de serlo. Durante miles de años habrán de quebrarse la cabeza los hombres tratando de descifrar el mensaje que el maestro Ulrich quería transmitir. Toda verdadera obra de arte entraña su misterio. El maestro Parler, que realizó el proyecto primigenio de esta catedral, vivió en otros tiempos y, con el debido respeto, no fue precisamente un genio. La naturaleza mística de los números no fue tenida en cuenta en sus reflexiones. De lo contrario, no le habría otorgado tanta importancia al número cinco, pues este número goza de cualquier cosa menos de prestigio.

Sus palabras sembraron gran inquietud entre el público. Afra se tapó la boca con la mano y lanzó una mirada de preocupación hacia lo alto del andamio.

–¿No dais crédito a mis palabras, ciudadanos de Ulm? –prosiguió el maestro Ulrich–. Usad vuestras manos y contad: el uno es el número sagrado del Creador. De igual modo que la semilla de una planta encierra en sí la floración de sus flores, el Creador lleva dentro de sí todo el universo. La armonía y el equilibrio entre el cuerpo y el alma los encontramos en el dos. –En ese instante el maestro lanzó una fugaz mirada a Afra–. El tres es el número más sagrado de todos, símbolo de la Santísima Trinidad y la Redención. Un interesante número es el cuatro, un número que determina todas las dimensiones de nuestro ser: longitud, anchura, altura y tiempo, aunque también son cuatro los elementos, los puntos cardinales y los Evangelios. El número seis simboliza todas las obras que Dios Nuestro Señor concibió en los días de la Creación, la armonía de los elementos y, con ésta, el alma humana. Un número sagrado es el siete. Recuerda a los siete dones del Espíritu Santo así como a las siete jerarquías angélicas. ¿Y el ocho? El ocho representa el infinito. Dibujad ese número en el aire y veréis cómo podríais trazar su forma eternamente, sin interrupción. Sin embargo, el nueve es el número supremo, sólo divisible entre tres, el más sagrado de todos los números, y por tanto invulnerable salvo por la voluntad de la Santísima Trinidad. Todos los maestros constructores de grandes catedrales experimentan con el nueve en sus planos porque su fortaleza y resistencia son mayores que las de cualquier otro número. Multiplicad el nueve por cualquier número y obtendréis siempre un resultado que de nuevo sumará nueve.

–¡Poned un ejemplo! –gritó enardecido un cura que vestía una sotana negra.

–Bien, multiplica nueve por seis.

El cura se ayudó con los dedos de la mano.

–Cincuenta y cuatro –repuso.

–¡Pues ahora suma las dos cifras!

–Suman nueve.

–Exacto. ¡Ahora multiplica nueve por siete!

–Sesenta y tres.

–Y seis más tres...

–¡Nueve! Sois un mago, maestro Ulrich –se admiró el cura.

–Por todos los santos, ¡ni por asomo! Sólo conozco el significado de los números de los que consta una catedral como ésta.

–¿Y el número cinco? Os lo habéis saltado, maestro Ulrich. –Era la voz del anciano que en un primer momento lo había desafiado.

Ulrich von Ensingen hizo una larga pausa. Todas las miradas se centraban en él.

–Ya conocéis el pentagrama, el pentáculo, también llamado

«pentalfa», esa estrella de cinco puntas que aparece en el dintel de la puerta de los poseídos.

–¡Es el símbolo del rey de las tinieblas y sus cinco mundos infernales! –exclamó, turbado, el cura.

–En efecto, el símbolo del diablo. Y con ese número quería el maestro Parler construiros una catedral, con cinco ventanas a cada lado y cinco pisos de altura. No creo que se trate de una casualidad.

–Maestro Ulrich –gritó el cura con voz estridente–, ¿estáis insinuando que él pretendía, sin que nadie albergara la menor de las sospechas, consagrar el templo al diablo?

Ulrich von Ensingen alzó las manos con las palmas hacia el público, como queriendo decir: «No puedo probarlo, pero todo apunta en esa dirección.» Mas no habló.

Durante unos instantes, reinó el silencio en la inmensa plaza, un silencio sepulcral, quebrantado después por varias voces fundidas en un sordo murmullo, que se elevaron hasta desatar finalmente una tempestad de gritos iracundos y arrebatos coléricos. Las gentes de Ulm estaban divididas.

–¡Debe construir los nueve pisos! –gritaban los unos, reunidos en torno a un rico comerciante–. El maestro Parler tenía un pacto con el diablo. Por eso el Maligno se lo llevó.

La otra facción, acaudillada desde el centro por el barbudo anciano, se oponía:

–Si realmente los cinco pisos supusieran semejante amenaza, tal como sostiene el maestro Ulrich, ¿no habría de bastar con construir siete u ocho pisos? Yo creo que Ulrich von Ensingen utiliza los números a su conveniencia para que encajen en sus planes. ¡Que no nos venga con cuentos!

Una palabra llevó a la otra y la trifulca estuvo servida. Unos tildaban de «cabezas huecas» a los otros y les decían que el Señor no los había dotado ni siquiera con uno de los dones del Espíritu Santo. Los otros acusaban a los primeros de aliarse antes con el diablo que con la Santa Madre Iglesia. Al final llegaron a las manos.

Afra intentó ponerse a salvo de la iracunda multitud y se escondió tras una pila de sillares sin labrar. Cuando se atrevió a salir de nuevo y alzó la vista hacia donde estaba Ulrich von Ensingen, éste había desaparecido.

La noche había caído ya sobre la ciudad cuando Afra emprendió el camino de regreso a casa. Arriba, en el taller del maestro Ulrich, no había luz. Rompiendo la costumbre, ese día Afra rodeó por la plaza del mercado. Ni ella misma sabía por qué. Tal vez albergaba la esperanza de encontrarse con Ulrich von Ensingen. De hecho, se sorprendió a sí misma buscándolo con la mirada por las estrechas callejuelas, y eso que ni siquiera sabía dónde vivía el maestro. Nadie lo sabía. Tan rodeada de misterio estaba su casa como su conducta.

Por el camino Afra fue reflexionando acerca del simbolismo de los números sobre el que Ulrich había disertado en la plaza. Ella jamás había oído hablar de tal cosa. Y al recordar cómo se cruzaron sus miradas cuando Ulrich explicó el significado del número dos y el equilibrio entre el cuerpo y el alma, un escalofrío le recorrió la espalda. Fue hablando consigo misma por lo bajo hasta llegar finalmente al barrio de los pescadores.

Agnes, la esposa de Bernward, la recibió con gran agitación, pues al parecer Varro da Fontana, el sastre, la estaba esperando. Y es que Varro da Fontana no era un jubonero cualquiera que cosiera prendas para las gentes del común, no, ese sastre, oriundo del norte de Italia, cosía para las más bellas y ricas mujeres de la ciudad, el atuendo oficial de los miembros del Concejo de la ciudad y las galas de las más distinguidas viudas de comerciantes. Incluso el obispo Anselm de Augsburgo había encargado al sastre italiano la confección de su ropa interior.

–El maestro Ulrich von Ensingen me envía –anunció Varro con una reverente cortesía–. Me ha encargado que confeccione un vestido atendiendo a vuestros deseos y espero saber satisfacer vuestras exigencias con acierto.

Bernward y Agnes, que se hallaban presentes en la conversación, se miraron con asombro. Acto seguido, el pescador inquirió:

–Afra, ¿qué significa todo esto?

Afra se encogió de hombros.

–El maestro Ulrich –se apresuró a responder Varro en su lugar– dijo que la doncella le salvó la vida y que al hacerlo se estropeó el vestido.

–¡Pero no tiene la menor importancia! –repuso Afra. A decir verdad la noticia la embargaba de emoción. ¡Sentir en su piel un vestido de Ulrich! La joven esbozó un gesto preocupado al temer que el sastre pudiera tomarse al pie de la letra sus palabras cuando agregó–: Id a vuestra casa y decidle al maestro Ulrich que carece de razón regalarle un vestido a una doncella de familia humilde. Y menos aún uno tan costoso como los que vos confeccionáis.

Varro da Fontana se sulfuró y replicó acaloradamente:

–Doncella, ¿acaso queréis privarme de sustento? No son tiempos de tanta prosperidad para que yo pueda permitirme rechazar este encargo. Y si en verdad vuestro vestido quedó inservible por causa del auxilio que prestasteis al maestro Ulrich, no veo por qué motivo no habríais de aceptar este presente. Mirad estos finos tejidos de mi tierra natal, se ajustarán a vuestro cuerpo como un guante.

Con magistral destreza Varro da Fontana desenrolló las piezas de tela que había llevado.

Afra lanzó una mirada a Bernward en busca de aprobación. Éste estimó aceptable la explicación y afirmó que, dadas las circunstancias, no se trataba de un regalo, sino de una compensación por un daño. Es más, el maestro Ulrich estaba obligado a hacerlo.

Con una vara el sastre comenzó a tomar medidas. Afra se ruborizó. Jamás ningún sastre, y menos aún uno tan fino, se había interesado por las medidas de su cuerpo. Y a la pregunta de cómo se imaginaba su nuevo vestido y por cuál de los tejidos sentía predilección, respondió Afra:

–Oh, maestro Varro, limitaos a coser un vestido como el que corresponde a una mesera.

–¿A una mesera? –exclamó Varro da Fontana entornando los ojos–. Doncella, si me permitís la observación, a vos os correspondería más bien el vestido de una noble dama de la corte...

–¡Pero resulta que es una mesera! –exclamó Agnes interrumpiendo el piropo de Varro–. Dejad de marear a la muchacha. Al final terminará por creer que tiene una figura privilegiada y se negará a seguir sirviendo en el comedor.

Cuando el sastre se hubo marchado, Agnes le dijo a Afra:

–No debes tomarte en serio cualquier halago que venga de los hombres. Los hombres son todos unos mentirosos. Hasta Pedro, el primer papa, renegó de Nuestro Señor.

Afra rió sin dar crédito a las palabras de la pescadora.

Como de costumbre, a la mañana siguiente, antes de rayar el alba, Afra fue a calentar el horno del comedor. Un carro entoldado traqueteaba en solitario por el empedrado de la Hirschgraben. A las puertas de las casas los cerdos gruñían y hozaban entre los despojos. Las sirvientas arrojaban los restos de comida del día anterior por las ventanas, de modo que Afra debía ir con cuidado para que ninguno de los desperdicios le golpeara en la cabeza. La pestilencia de las heces se mezclaba con el humo asfixiante procedente de los hornos de los artesanos, fabricantes de cola, tintoreros, cocederos de carne, panaderos, peleteros y cerveceros. Un paseo por las callejuelas de la ciudad, que a esas horas comenzaba a desperezarse, era cualquier cosa menos agradable.

Cuando Afra dobló la esquina de la plaza de la catedral, alzó la mirada, como cada mañana, hacia el taller del maestro. La suave luz del alba iluminaba el entramado de maderos, planchas y escaleras. De Ulrich no había ni rastro. Afra se encaminó hacia el comedor, pero se detuvo asustada. A sus pies, en medio de la oscuridad, encontró un hato de ropa y pocos pasos más allá, sobre el empedrado, un zapato.

Afra había avanzado poco más cuando, de pronto, profirió un grito desgarrador, un grito cuyo eco resonó entre las casas de la plaza. Ante ella yacía el cuerpo lacerado de un hombre. Estaba tendido boca abajo. A su alrededor había un charco de sangre. Tenía los brazos y las piernas doblados y retorcidos de un modo extraño. Afra se arrodilló. Entre sollozos, alzó la vista hacia el taller del maestro de obras. Los artesanos que iban de camino a sus trabajos se acercaron.

–Que alguien llame al médico –se oyó gritar a través de la plaza.

–¡Ha de venir el cura a darle el viático! –exclamó otro.

Afra unió las manos en actitud de oración. Las lágrimas le resbalaban por las mejillas.

–Pero ¿quién ha hecho esto? –balbucía una y otra vez para sí–. ¿Quién?

Un vigoroso grabador con un tosco mandil de cuero sobre la barriga intentó levantar a Afra.

–Vamos –dijo con suavidad–, ya no hay nada que pueda hacerse.

Afra lo apartó.

–¡Déjame!

Entretanto, un grupo de curiosos se había congregado alrededor del muerto. No había semana que un albañil o un carpintero no cayera de un andamio, o que un grabador no fuera fulminado por el golpe mortal de un fragmento de piedra; sin embargo, la muerte de un hombre nunca dejaba de suscitar interés. Al fin y al cabo uno podía considerarse afortunado de no ser el cadáver.

Una matrona entrada en carnes miraba con cara de repugnancia, sin dejar de persignarse, el cuerpo destrozado, como si le diera asco.

–¿Quién es? –preguntó–. ¿Alguien lo conoce?

Afra se llevó las manos a la cara sollozando. Trató de contener los espasmos que sacudían su cuerpo, pero fue inútil. En esos momentos ya debía haber tres docenas de mirones que, apiñados en derredor, pugnaban por un hueco que les permitiera ver al muerto. Desde las últimas filas, un hombre corpulento se abrió paso.

–¿Qué ha sucedido? –preguntó a voz en grito apartando a un lado a los curiosos–. ¡Abrid paso!

Afra reconoció la voz. La reconoció al instante. Pero su mente era incapaz de asimilarlo. La evocación del instante en el que Ulrich la estrechó contra su pecho lo ocupaba todo.

–Dios mío –oyó exclamar a la voz. Afra alzó la vista. Por unos interminables segundos todo en su interior se detuvo. Su respiración quedó en suspenso. Los miembros de su cuerpo se negaban a moverse, sus ojos y oídos a percibir. Sólo cuando el hombre extendió el brazo y la zarandeó, Afra volvió en sí.

–¿Maestro Ulrich? ¿Vos? –farfulló con incredulidad, y acto seguido se volvió hacia el cuerpo lacerado que yacía en el suelo.

Entonces Ulrich von Ensingen comprendió lo que le había sucedido a la joven.

–Creías que yo...

Afra asintió en silencio y se abalanzó llorando a los brazos del maestro. El abrazo desconcertó a los mirones. La gorda matrona meneó la cabeza y susurró:

–¡Chsss, habrase visto cosa igual! ¡Cómo se atreven delante del muerto!

Entretanto, el médico había llegado, vestido de negro, tal como ordenaba su gremio, y con un sombrero de forma tubular de al menos dos pies de altura.

–Debe de haber caído del andamio –dijo saliendo a su paso Ulrich. Ambos, médico y maestro, se presentaron, sin inspirarse demasiada simpatía.

El médico examinó el cadáver, luego alzó la vista con los ojos entrecerrados e inquirió:

–¿Y a qué había subido este hombre allí? Por su atavío se diría que más que un albañil parece un viajero. ¿Alguien lo conoce?

La multitud congregada alrededor prorrumpió en murmullos. Algunos menearon la cabeza.

El médico se agachó y le dio la vuelta al cadáver. Cuando los curiosos contemplaron el cráneo aplastado, un grito mudo atravesó la muchedumbre. Algunas mujeres se volvieron y se alejaron en silencio.

–A juzgar por su modo de vestir, parece un forastero del oeste, lo cual no hace sino añadir misterio a su muerte –observó Ulrich von Ensingen.

Con un elegante gesto, el médico se quitó el alto sombrero y le confió a un joven su cuidado. Luego desabrochó el cuello del difunto y posó la oreja sobre el pecho. Con un asentimiento de cabeza dijo en un susurro:

–Que Dios se apiade de su alma.

En busca de alguna pista que pudiera revelar la procedencia del forastero, el médico halló en el bolsillo interior del jubón una carta doblada. Había sido lacrada con el sello del obispo de Estrasburgo y las señas, escritas en elegantes trazos por un escribiente, rezaban: «Para el maestro Ulrich von Ensingen, en Ulm.»

–La carta va dirigida a vos, maestro Ulrich –anunció el médico, desconcertado.

Ulrich, hombre por lo común de gran aplomo y al que nada hacía perder la compostura, se mostró turbado.

–¿A mí? ¡Dejadme ver!

El maestro constructor miró titubeante las caras de los curiosos. Aunque sólo fue por un instante, pues de inmediato se recompuso y, dirigiéndose a los mirones, bramó:

–¿Se puede saber qué hacéis aquí ganduleando? ¡Ocupaos de vuestro trabajo! Ya habéis visto que está muerto. –Y volviéndose hacia Afra, agregó–: Y a ti te digo lo mismo.

La mayoría se marchó murmurando. Afra también obedeció la orden de Ulrich. Ya se había hecho de día.

Cuando Ulrich von Ensingen subió a su taller, halló la explicación a la caída del mensajero estrasburgués: de la última escalera, que conducía hasta el andamio superior, se habían desprendido tres peldaños. Tras examinarlos, el maestro Ulrich llegó a la conclusión de que los tres peldaños habían sido serrados en ambos lados. Sin necesidad de dar muchas vueltas al descubrimiento, el maestro de obras comprendió que la trampa no le había sido tendida al mensajero, sino a él. Pero ¿quién anhelaba arrebatarle la vida de modo tan siniestro?

Enemigos, a decir verdad, no le faltaban. Eso debía admitirlo. Su carácter no era precisamente agradable. Y más de un albañil tenía que haberle deseado la muerte por todas las tachas que él ponía a la labor que realizaban. Pero entre desear la muerte y causar la muerte había una gran diferencia. Ulrich también sabía que las gentes del común sentían odio por él porque dilapidaba el dinero de los ricos en lugar de compartirlo con ellos, un razonamiento a todas luces absurdo, pues ninguno de los mercachifles que querían inmortalizar su nombre con el levantamiento de la catedral habría donado un solo florín de no ser por la costosa construcción.

Fuera como fuese, el atentado había de ser denunciado ante el juez de la ciudad. Pero antes de ponerse en camino para poner sus hallazgos en conocimiento del corregidor, Ulrich abrió la carta. En ella se hallaba inscrito el blasón episcopal de la ciudad imperial de Estrasburgo, un sufragáneo del arzobispo de Maguncia, y rezaba como sigue:

Al maestro Ulrich von Ensingen: Nos, Wilhelm von Diest, obispo de Estrasburgo por la gracia de Dios y landgrave de la Baja Alsacia, os saludamos y esperamos os mantengáis firmes en la fe en Cristo Nuestro Señor. Como a buen seguro ya sabéis, la construcción de nuestra catedral se encuentra en marcha desde hace más de doscientos años y está en su mayoría perfecta, *aunque a falta todavía de dos torres, las cuales, proyectadas por el maestro Erwin von Steinbach, habrían de hacer visible la magnitud de nuestra catedral desde la lejanía, en alabanza a Cristo, Nuestro Señor. Hemos podido saber que los ciudadanos de Ulm albergan pretensiones de* aedificare *a orillas del Danubio la catedral más grande del mundo, y que a vos, maestro Ulrich, os ha sido encomendada, por la fama que os precede, la tarea de culminar la obra en nombre de Cristo Nuestro Señor.* Viatores *de Nuremberg y Praga, que se han cruzado en vuestro camino con frecuencia, nos han traído estas noticias, mas nos han dado cuenta también de la existencia de facciones en la ciudad de Ulm que se hallan dispuestas a impedir el levantamiento de la catedral, al menos en toda su extensión. Esto y la fe en Cristo Nuestro Señor, quien recompensará a los justos el día del Juicio Final y condenará a los injustos a un castigo eterno, me empujan a dirigirme a vos con el fin de instaros a abandonar las querellas de Ulm y volveros hacia nosotros para construir las torres de nuestra catedral, las cuales habrán de superar en magnificencia y tamaño a todas las demás a ambas* partibus *del Rin. Tened la certeza de que vuestra labor sería compensada con al menos el doble de cuanto os pagan las ricas gentes de Ulm, aun cuando ignoramos de cuánto se trata. En cuanto al mensajero que os hace entrega de la presente participación, podéis confiar en él. Le ha sido encomendado aguardar vuestra respuesta. Os escribo esta carta en lengua alemana, con todo y que mi dominio del latín, la* lingua *de Cristo Nuestro Señor, es más profundo, para que vos podáis entenderla sin necesidad de consultar a un traductor.*

Dado en Estrasburgo en el día posterior a Todos los Santos del año 1407 de la Encarnación de Cristo Nuestro Señor.

Ulrich von Ensingen se sonrió, luego plegó la carta y se la guardó en el jubón.

No fue la muerte del mensajero estrasburgués en sí, sino las circunstancias que condujeron a ésta, lo que provocó intranquilidad entre los ciudadanos de Ulm. El magistrado de la ciudad, al que Ulrich refirió lo acontecido con los peldaños, sospechaba que el propio maestro de obras pudiera ser el artífice del atentado.

La cuestión, en primera instancia, de qué motivos habrían podido impulsarlo a destruir el acceso a la estancia donde él mismo trabajaba, y la posterior alusión al hecho de que sólo unos días atrás hubieran perpetrado otro atentado contra él disuadieron al magistrado, quien finalmente orientó sus pesquisas en otra dirección.

Ulrich von Ensingen pasó los siguientes días recluido en su taller. Un sinfín de pensamientos se agolpaba en su cabeza: entre ellos, por supuesto, el ofrecimiento del obispo de Estrasburgo, pero sobre todo los dos ataques dirigidos contra él.

¿Era mera casualidad que Afra, la mesera, se hallara presente en ambas ocasiones? La construcción de la catedral pasó de súbito a ocupar un segundo plano cuando Ulrich, solo ante sus bosquejos, reflexionó acerca de ese hecho. Afra era hermosa, sin duda; bien mirado, era incluso demasiado hermosa para servir en un comedor. Pero las mujeres son como las catedrales, cuanto más hermosas, más misterios abrigan en su interior.

Griseldis, su esposa, era el mejor ejemplo de ello. No había perdido un ápice de su hermosura desde que, veinte años atrás, contrajeran matrimonio, pero para él seguía envuelta en secretos. Griseldis era una buena esposa para él y para Matthäus, su hijo, ya mayor, una buena madre. Pero su pasión, propia de toda mujer en la flor de la vida, no se centraba en la sexualidad, sino en los diez mandamientos de la Iglesia, que cumplía con fervor. La Virgen María no habría podido ser más devota.

Vivían, pues, en aparente armonía un virginal matrimonio, tal como cuatrocientos años antes hicieran el emperador Enrique II de Sajonia y Cunegunda, que fueron canonizados por el papa en virtud de su abstinencia. Quizá Griseldis seguía el ejemplo de Cunegunda y se preparaba para la beatificación que precede a la canonización. Ulrich no lo sabía con certeza. Cada vez que preguntaba a su mujer, ésta se cubría de rubor y de úlceras en el cuello, y entonces se refugiaba nueve días en una novena, un ejercicio espiritual en el que durante los nueve días sucesivos se rezaban determinadas plegarias siguiendo lo que hicieron los apóstoles después de la Ascensión y hasta Pentecostés.

Las comedidas pero aún existentes necesidades de placer sensual de Ulrich von Ensingen, las liberaba éste en uno de los baños públicos donde ofrecían sus servicios mujeres lujuriosas. En estas relaciones no se establecía compromiso alguno salvo el pago, que no era *peccata minuta*, cinco *pfennig* de Ulm.

Por la fuerza se había refugiado Ulrich en su trabajo, y su ambición y talento natural le habían procurado reconocimiento y fama allende las fronteras de la región. Tal vez esto explicara su extraña forma de conducirse, que de vez en cuando se hacía patente, la soledad que él mismo se imponía y la actitud de rechazo hacia las mujeres. Ulrich von Ensingen era tenido por un hombre extraño. La construcción de la catedral le reportaba grandes beneficios. Precisamente por eso no sólo tenía amigos en la ciudad. Señor Soberbia, lo llamaban. Y él, que lo sabía, se comportaba como tal.

Así pues, Ulrich tuvo claro desde el principio dónde había de buscarse al autor de los ataques. Facilitó una serie de nombres al magistrado Benedikt, y éste encomendó a sus alguaciles que siguieran los movimientos de determinados individuos.

La casualidad quiso que el magistrado encontrara en la Färbergasse a uno de los nuevos ricos de los que tantos había en esa ciudad.

La Färbergasse no se hallaba precisamente en un barrio distinguido. Era la calle donde se habían instalado, como su propio nombre indicaba, los tintoreros. El lado de la calle en el que trabajaba cada oficial podía leerse en el color de sus manos, estigmatizadas a fuerza del trabajo diario como presagio de su fatídico destino. En el lado izquierdo, visto de fuera adentro de la ciudad, trabajaban los tintoreros en azul, y en el derecho, los tintoreros en rojo.

Un hombre con las manos rojas se dirigía hacia el Ochsen, una taberna frecuentada sobre todo por carreteros. De ahí que fuera barata y ruidosa e idónea para una conversación que no convenía que nadie escuchara. O al menos eso pensó el magistrado, quien se deslizó discretamente en el Ochsen. Su instinto no lo indujo a error. En medio de la algarabía de carreteros, voceadores de noticias y vendedores ambulantes, en medio de mujeres de mala vida y jornaleros de malvivir que arrebañaban los huesos de los restos de carne que quedaban en las mesas, se hallaba Gero Hof, el joven petimetre, rodeado por una cuadrilla de haraganes y tunantes. Según parecía, jugaban a los dados. Cada uno de ellos tenía uno. El número más alto o más bajo de puntos –los detalles concretos se le escaparon a Benedikt– lo sacó un hombre enjuto vestido con andrajosas ropas. Los demás acogieron el resultado con risotadas de sorna, y Gero animó al perdedor con una palmada en el hombro después de entregarle algo envuelto en un paño.

El primero en apartarse del grupo fue Gero, quien de pronto parecía tener prisa por marcharse. Los demás vagabundos también abandonaron precipitadamente el local. El magistrado era perro viejo y no se dejaba engañar por nadie. Esperó pacientemente hasta que el hombre que llevaba el bulto de ropa bajo el brazo salió del Ochsen y se pegó a sus talones.

Al poco el vagabundo se detuvo y, tras mirar en derredor en busca de posibles perseguidores, giró hacia la plaza de la catedral. El magistrado lo siguió a una distancia prudencial hasta una pila de sillares. Oculto tras los bloques de piedra observó al misterioso hombre trepar por el andamio. Éste, achispado por la cerveza, no obró con excesiva cautela. Con un violento movimiento lanzaba el abultado paño sobre la siguiente plataforma antes de emprender la subida de cada tramo de escaleras. Al realizar el último lanzamiento hacia donde se hallaba el taller del maestro de obras, erró el tiro. El bulto se deslizó por la rampa y cayó al vacío, el paño se desplegó como la vela de un barco, liberando un objeto metálico que se precipitó contra el suelo con estrépito. Encaramado a la última escalera, el extraño maldijo por lo bajo y se dispuso a bajar de nuevo.

Una vez abajo y todavía maldiciendo, iba a recoger el escurridizo objeto cuando un pie le pisó la muñeca. El borrachín, con un susto de muerte, creyó que el diablo lo retenía y comenzó a agitar violentamente el brazo que aún tenía libre.

–¡Ayúdame, Dios mío! –exclamó. Su voz resonó por toda la oscura plaza–. En el nombre del Padre, del Hijo y de la Virgen María.

–¡Te has olvidado del Espíritu Santo! –dijo el magistrado, aprisionando la muñeca del mancebo contra el suelo–. Ahí arriba no te habría venido mal la iluminación del Espíritu Santo. –El magistrado emitió un suave silbido ayudándose con los dedos y, de entre las oscuras sombras del portal de la catedral, surgieron dos alguaciles.

–Mirad –rió Benedikt–, aquí tenéis a un malhechor de la más extraña calaña. Lanza la prueba del delito justo a los pies del juez.

Benedikt levantó el pie de la muñeca entre gimoteos del hombre al tiempo que uno de los alguaciles recogía la sierra que se había escapado de su envoltorio en la caída.

–¡Tened clemencia, señoría! –imploró el hombre juntando las palmas de las manos–. Tuve que hacerlo porque perdí a los dados, igual que la primera vez.

–Ah –repuso Benedikt con sarcasmo–, ¿entonces fuiste tú el que serró los peldaños de la escalera que causaron la muerte al mensajero de Estrasburgo?

El hombre asintió con vehemencia y se arrodilló ante el magistrado.

–Clemencia, señoría. No era el mensajero quien tenía que caer del andamio, sino el maestro constructor. Fue mala fortuna que cayera en la trampa el hombre equivocado.

–De eso puedes estar seguro. ¿Quién eres en verdad? ¿De dónde vienes? Ciertamente no eres de aquí.

–Me llamo Leonhard Dümpel, para serviros, y no tengo casa en parte alguna, deambulo de aquí para allá, vivo en la miseria o hago trabajos menores. Soy un siervo fugado. Lo confieso.

–¿Y qué te traes entre manos con ese presumido de Gero von Guldenmundt?

–Él se rodea de una cuadrilla de goliardos como yo y se dedica a reírse a su costa. A cambio de un mendrugo de pan o un trago de cerveza nos hace limpiarle los zapatos con la lengua, sin quitárselos, varias veces al día. Cuando come cerezas dulces, escupe los huesos y disfruta a placer haciéndonos recogerlos después. De su carro, en lugar de caballos, tiramos una docena de vagabundos que lo conducimos por las calles de la ciudad. Nos paga por hacerlo con comida caliente. Sin embargo, la mayor de sus pasiones es jugar a los dados. No juega con dinero, como la mayoría de los hombres de su categoría, sino poniéndole pruebas al perdedor.

–Guldenmundt es famoso por sus fullerías. Y el hecho de que no soporta al maestro de obras tampoco es ningún secreto –aseveró el magistrado–. Su odio hacia el maestro Ulrich no parece conocer límites, pues de lo contrario no habría intentado atentar contra su vida una segunda vez.

–¡Yo no maté al mensajero, señoría! –se lamentó Leonhard Dümpel–. Tenéis que creerme.

–Pero causaste su muerte –lo interrumpió Benedikt–. Y ya sabes lo que eso significa para alguien como tú. –El magistrado trazó un movimiento con la mano, como si simulara una soga alrededor de su cuello.

Entonces el mancebo se incorporó completamente fuera de sí. Escupió, arañó y gritó en plena noche, y los alguaciles se las vieron y se las desearon para sujetar al furioso delincuente.

–Metedlo en el calabozo –ordenó impasible el magistrado y se enjugó el sudor de la cara con la manga–. Mañana, con las primeras luces, atraparemos a Gero. No podemos permitir que salga indemne.

Seis alguaciles armados con espadas cortas y lanzas, y cargados con cadenas sobre los hombros irrumpieron a la mañana siguiente en la noble residencia de Guldenmundt, en la plaza del mercado, y arrancaron a Gero de la cama. Sorprendido, Gero no opuso resistencia. A su pregunta de qué le esperaba, respondió el oficial de los alguaciles, un mastodonte de espaldas anchas, barba negra y mirada sombría, que en seguida lo descubriría por sí mismo. Luego lo encadenaron y lo escoltaron mientras desfilaban por delante del cercano Concejo de la ciudad.

Los primeros rayos del sol, apenas desperezado, bañaban los frontispicios de las casas. Tal desfile de alguaciles causó sensación entre los ciudadanos. El día prometía ser entretenido. Ante el Concejo había sido levantado un tablado de madera con un cepo en el centro. Las mujeres que iban camino del mercado estiraban el cuello con curiosidad. Los niños interrumpían sus juegos con aros y peonzas, y corrían dando brincos hacia allí. En un abrir y cerrar de ojos una multitud se aglomeró en torno a la picota.

Cuando los ciudadanos reconocieron a Gero von Guldenmundt, se oyeron gritos de asombro, pero también carcajadas de malicia. Gero von Guldenmundt no se contaba ni mucho menos entre las personas más populares de la ciudad. El murmullo de los curiosos se elevaba por momentos. La gente especulaba con el delito que había cometido el petimetre ricachón.

Al fin el magistrado Benedikt subió al tablado y leyó la acusación, según la cual Gero von Guldenmundt había pagado a un siervo fugitivo y lo había inducido a serrar una escalera del andamio de la catedral. Esa acción había causado la muerte a un inocente; que Dios se apiadara de su pobre alma. Gero von Guldenmundt, ciudadano libre de la ciudad de Ulm, sería condenado por ello a doce horas de escarnio público.

Mientras el magistrado clavaba la sentencia en el cepo, los alguaciles arrastraron a Gero von Guldenmundt hasta el cadalso. El oficial de los alguaciles abrió el madero transversal, en el que se habían practicado tres agujeros alineados, introdujo la cabeza y los antebrazos del reo en las aberturas creadas a tal efecto y cerró las partes superior e inferior con un pasador de hierro.

En semejante posición, con la espalda encorvada y la cabeza y las manos asomando a través del madero, Gero ofrecía una imagen lamentable. Por unos instantes reinó un incómodo silencio. ¿Era compasión o miedo a aquel vividor lo que dejó al pueblo sin habla?

De pronto una vocecilla suave y delicada rompió el silencio. Una niña rubia, apenas de doce años y vestida con un largo vestido azul, cantaba animadamente una conocida coplilla:

Mi madre murió en la hoguera por brujería.
Mi padre murió en la horca por salteador.
Y a mí, que por el seis sufro manía,
no hay alma que me tenga amor.

De pronto el público estalló en alborozadas carcajadas. De alguna parte comenzaron a llover manzanas podridas que no acertaban en el blanco. Pero un huevo con la yema roja golpeó a Gero en plena cara. A éste le siguieron mohosos tronchos de col, y una hoja se le quedó pegada a la frente.

De los pozos cercanos, las vendedoras del mercado traían jarras de agua que rociaban sobre la cabeza del petimetre indefenso. Bailaban alegremente alrededor de Gero, alzaban sus faldas y se mofaban del ricachón con elocuentes gestos. Que precisamente Gero von Guldenmundt hubiera sido puesto en la picota, procuraba satisfacción a muchos.

Atraída por el ruido, Afra se acercó al lugar. No tenía la menor idea de quién se hallaba en la picota, y resultaba casi imposible reconocer la cara del hombre apresado en el cepo. Tampoco los iracundos gritos que profería la muchedumbre fueron en un primer momento esclarecedores: «¡A la horca, es un canalla!» –exclamaban unos, y otros–: «¡Pobrecillo, se va a manchar sus preciosas ropas!» O: «¡Le está bien empleado, por presumido!»

No fue hasta que una vendedora del mercado arrojó, para regocijo del público, un cubo de agua sucia a la cara del delincuente cuando el rostro de Gero volvió a ser reconocible. Afra se acercó entonces al cadalso. A la espera de más fechorías Gero cerró los ojos. Los cabellos le caían sobre la frente. En la comisura derecha de la boca tenía pegados restos de una de las verduras arrojadas. Los huevos y la fruta podrida, esparcidos alrededor de la picota, desprendían un espantoso hedor.

De pronto Gero abrió los ojos. Con gesto inexpresivo paseó la mirada por la muchedumbre hasta que, al llegar a Afra, se detuvo, y entonces su semblante ensombreció. El brillo de sus ojos traslucía odio y desprecio. Y tras escrutar a Afra de la cabeza a los pies, infló las mejillas y lanzó, describiendo una gran parábola, un esputo al suelo.

Los alguaciles, apostados allí para asegurarse de que nadie llegara a las manos, se las vieron y se las desearon para refrenar a las gentes. Hombres y mujeres furibundos, sobre todo mujeres, lanzaban contra la picota cuanto caía en sus manos. Transcurrida apenas una hora, el joven figurín se hallaba rodeado por una muralla de un metro de altura de hediondas inmundicias.

Hacia mediodía comenzó a circular por la picota la noticia de que el compinche de Gero, el siervo fugitivo que había sido hallado culpable de la muerte del mensajero estrasburgués, sería ahorcado a la mañana siguiente. Un pregonero había recorrido la ciudad de calle en calle salmodiando la noticia, habiendo despertado su canturreo un enorme interés. La última ejecución se había llevado a cabo hacía seis semanas, demasiado tiempo para una ciudadanía ávida de emociones fuertes. No es que los habitantes de Ulm fueran en modo alguno más sanguinarios que otros, pero en esos tiempos el tránsito de la vida a la muerte de una persona representaba un entretenimiento siempre bien recibido y un espectáculo digno de ver.

Las ejecuciones nunca se realizaban dentro de las murallas de la ciudad, pues se consideraban acontecimientos de los que todo ciudadano distinguido quería mantenerse alejado, tanto como del verdugo. Este último también vivía fuera de la ciudad y tenía grandes dificultades a la hora de encontrar, cuando era el caso, esposo para sus hijas. No sólo en la vida cotidiana había diferencias de clases, también las había al morir ejecutado. La decapitación se tenía por un proceso totalmente honorable, mientras que ser quemado en la hoguera, y no digamos colgado en la horca, correspondía a los de más bajo nivel.

Visto de ese modo, el acontecimiento de la mañana siguiente era indigno del gusto de la alta sociedad. Las gentes del común se congregaron allí con gran algazara y danzaron detrás del condenado. Éste debía recorrer su último camino montado de espaldas sobre un pollino, lo cual era considerado especialmente humillante. El ambiente entre el público era de alborozo. El cura, al frente del desfile, alzando un crucifijo, musitaba, en apariencia, una oración con fervor, si bien hay que decir que mientras lo hacía se le iban los ojos hacia las hermosas hijas de los burgueses que se asomaban soñolientas por las ventanas.

El verdugo aguardaba la procesión en el patíbulo, situado a escasa distancia de la puerta de la ciudad. Lucía unos ropajes de arpillera ceñidos con un cinturón de cuero de un palmo de ancho. La piel curtida que cubría su desnuda calva, curiosamente, le daba un aspecto ridículo.

La horca consistía en dos maderos verticales hincados en el suelo y un tercero perpendicular, del que eran colgados los delincuentes. A modo de escarmiento, el verdugo había dejado colgado al último reo. Su pestilente cadáver se balanceaba, medio descompuesto, con la brisa matutina. Nubes de moscas revoloteaban alrededor en busca de alimento.

Los alguaciles habían preparado a Leonhard Dümpel una pócima de mandrágora, que indujo un estado de semiinconsciencia en el condenado. Al llegar al patíbulo, fue liberado de las cadenas. Se sometió con docilidad a todas las peticiones, incluso saludó alegremente a la multitud como si todo aquello le fuera ajeno. Apoyado en uno de los maderos de la horca, el cura oyó su confesión. El sentenciado a muerte se condujo con asombrosa serenidad, pues murmuró una y otra vez: «Debe ser así. Debe ser así.»

–¡Hazlo de una vez! –gritó un anciano impaciente dirigiéndose al verdugo–. ¡Queremos ver colgado a ese canalla!

–¡Sí, queremos verlo colgado! –repitió la muchedumbre a coro.

Al fin el verdugo apoyó una escalera en el madero transversal de la horca, trepó por ella y, apenas a un brazo del cadáver descompuesto, amarró la soga que acababa en un lazo con nudo corredizo. A continuación arrastró un barril hasta allí, lo situó bajo la soga y le hizo una señal al delincuente para que subiera. El verdugo también se subió al barril. Entonces colocó el lazo alrededor del cuello del condenado.

De pronto se impuso el silencio entre los curiosos. Con la boca abierta y avidez en la mirada observaron cómo el verdugo bajaba del barril y apartaba la escalera. No se oía ni una mosca. Sólo la soga de la que pendía el cadáver semicorrupto chirriaba con la brisa matutina. Casi orgulloso, pues era enorme el interés que había suscitado, Dümpel miró a los espectadores.

–¡Queremos oírlo crujir! –chilló el mismo viejo que se había hecho oír momentos antes. Todos los presentes sabían a qué se refería el anciano: al crujido que se oía cuando el ahorcado quedaba suspendido del lazo y las vértebras cervicales se rompían.

–¡Queremos oírlo crujir! –bramó fuera de sí.

Apenas había acabado de decirlo cuando el verdugo retiró el barril con una fuerte patada. El reo trastabilló. El barril volcó y se produjo el anhelado crujido. Una postrera rebelión, un intento vano de extender los brazos, como si quisiera volar, y Dümpel murió.

La multitud estalló en aplausos. Mujeres con los delantales puestos, como si hubieran abandonado los fogones, se lamentaban simulando la cadencia de las plañideras. Unos cuantos adolescentes se marcharon agitando los brazos y remedando los últimos gestos del ahorcado.

Al mismo tiempo, el auténtico urdidor del crimen era bañado por sus criadas y frotado con hierbas aromáticas.

El vestido que el sastre Varro da Fontana entregó a Afra dos días más tarde despertó en ella remordimientos de conciencia. Jamás había poseído una prenda de semejante belleza: un vestido de un lustroso tejido verde con una larga falda que partía desde debajo de los pechos y caía, sin pliegues, hasta el suelo. Como una ventana de cientos de promesas se abría el rectangular escote, ribeteado con cintas de terciopelo, y adornado además por un cuello amplio que se extendía hasta los hombros. Las mangas eran anchas, como las que sólo lucían las damas de la nobleza. Fontana había confeccionado el vestido, literalmente, a su medida.

En casa del pescador Bernward no había ningún espejo que pudiera proporcionar a Afra una visión de conjunto, pero cuando se miró, el corazón comenzó a latirle muy de prisa. ¿En qué ocasión podría una simple mesera como ella lucir un vestido como aquél?

El comportamiento de Ulrich von Ensingen la confundía más aún. No sabía cómo comportarse ante él. Por un lado, él adoptaba una actitud tan fría que ella no se atrevía a visitarlo de nuevo. Por otro, había hecho coser para ella un vestido tan caro que provocaría la envidia de todas las burguesas de la ciudad. A veces la asaltaba la duda de que el maestro Ulrich pudiera estar jugando con ella, de que tal vez se estaba burlando al regalarle un vestido que jamás tendría ocasión de ponerse. Por las noches, cuando no lograba conciliar el sueño, esos pensamientos le invadían la cabeza. Entonces se levantaba, encendía una vela y contemplaba el vestido verde que colgaba en su armario.

Cuando soñaba, lo hacía siempre con una muchacha que lucía un vestido verde, una muchacha que no acertaba a saber si era ella misma u otra, pues nunca conseguía verle el rostro. La joven cruzaba apresuradamente la plaza de la catedral, seguida de una turba de hombres acaudillados por Ulrich von Ensingen.

Pero si bien uno suele caminar pesadamente en los sueños, pues siente los miembros como si fueran de plomo, la muchacha del sueño de Afra huía a grandes saltos de los perseguidores, ligera cual pluma, hasta posarse al fin como un pájaro sobre los tejados de una gran ciudad antigua. Después, por lo general, se despertaba, e intentaba en vano desentrañar el sentido de ese extraño sueño.

Y probablemente hubiera continuado así, tal vez hasta el día del Juicio Final, de no haber acontecido algo de todo punto inesperado, algo que para Afra era tan inconcebible como la indulgencia plena de todos los pecados.

3

UN PERGAMINO EN BLANCO

Había llegado mayo y, con él, la primavera. Una primavera nada cálida, a diferencia de otros años. Pero los vientos templados del sur desterraron la humedad y el frío. La Fiesta de la Primavera en la plaza del mercado congregaba a jóvenes y viejos. Acudían gentes de todas partes. Los comerciantes y artesanos de la ciudad ponían a la venta sus productos. Y también en las calles, juglares, músicos y toda suerte de personajes ambulantes hacían exhibiciones para los ciudadanos. En las posadas y las tabernas se bailaba.

Bernward, el maestro pescador, y su mujer Agnes, se habían conocido en este festival, un primer domingo de mayo. Eso había sucedido hacía muchos años, tantos que ya no recordaban exactamente cuántos, pero, desde entonces, cumplían religiosamente con la tradición de regresar una vez al año al lugar donde se vieron la primera vez.

Ese lugar era el Hirschen, una famosa posada de la Hirschengasse, frecuentada principalmente por maestros artesanos. Esa primavera, los pescadores tampoco faltaron a su cita.

El día de descanso de los trabajadores de la catedral, Afra lo había pasado en la feria. Le encantaba sumergirse en el tumulto, entre los forasteros y las atracciones. A decir verdad, no es que conociera muchas otras distracciones. Un oficial cantero la había invitado al baile del Hirschen, pero ella había declinado la invitación. No tenía ninguna gana de relacionarse con hombres, y no sufría en absoluto por ello.

La mirada de Afra buscaba entre el gentío, aunque en vano, la figura del maestro Ulrich, el único hombre por el que sí se sentía atraída. Ella, por supuesto, era consciente de que Ulrich von Ensingen ya tenía una edad y, además, una mujer, y en realidad no sabía muy bien qué esperaba exactamente de él, pero todo eso no lograba contener sus anhelos. Tal vez sólo fuera la actitud distante del maestro lo que tanto atraía a Afra.

Antes de caer la noche, Afra volvió a casa de lo más animada. Bernward y su esposa no habían regresado del baile, y Afra decidió retirarse a descansar. Acababa de quitarse el vestido, aunque todavía no se había soltado el cabello, cuando se oyeron unos fuertes golpes en la puerta. La habitación de Afra, situada bajo el desván, sólo disponía de una ventana que miraba hacia el río, de modo que no podía asomarse a ver quién podía desear entrar a aquellas horas.

En un primer momento no reaccionó, pero dado que quienquiera que llamara aporreaba la puerta cada vez más fuerte, bajó al piso inferior y preguntó sin abrir:

–¿Quién vive a estas horas? El pescador Bernward y su mujer Agnes todavía no han regresado.

–¡Yo no quiero hablar con el pescador y su mujer!

Afra reconoció la voz al instante. Era Ulrich von Ensingen.

–¿Sois vos, maestro Ulrich? –inquirió Afra, sorprendida.

–¿No piensas dejarme pasar?

En ese preciso instante Afra cayó en la cuenta de que sólo llevaba una combinación de lino. Instintivamente se recogió a toda prisa la fina prenda en torno al cuello. Que el maestro Ulrich la visitara por la noche la desconcertó sobremanera, y el cuerpo entero comenzó a temblarle. Finalmente abrió la puerta y Ulrich se deslizó en el interior de la casa.

–El maestro Varro me ha contado que el vestido te sienta extraordinariamente bien –dijo Ulrich, como si aquel intempestivo encuentro fuera lo más habitual del mundo.

Afra oía los latidos de su corazón. Temía dar una respuesta tonta.

En medio de su aturdimiento, asintió y forzó una sonrisa. Luego incluso se asustó un poco al oírse responder:

–En eso el sastre tiene razón, maestro Ulrich, ¿queréis verlo?

–Por eso estoy aquí, doncella Afra –respondió Ulrich como si fuera evidente. Su voz transmitía calma y serenidad, y en cuestión de segundos Afra se despojó de todos sus reparos.

–Venid, pues –repuso entonces con igual aplomo, y con un gesto lo invitó a subir la escalera. Mientras subían al dormitorio de Afra, ésta rompió el incómodo silencio–: El pescador y su mujer, que son casi como unos padres para mí, han ido hoy a bailar al Hirschen. ¿Cómo es que vos no habéis ido también?

–¿Yoooo? –rió el maestro Ulrich arrastrando la palabra–. Ha pasado mucho tiempo desde la última vez que fui a bailar. Pero, en tu caso, señorita, ¿qué te impide hacerlo? Tengo entendido que los picapedreros y los carpinteros pierden la cabeza por ti.

–Pero yo por ellos no –respondió Afra secamente–. Los hombres salen corriendo tras la primera falda que ven, siempre que sume menos años que su madre. No, prefiero estar sola.

–En ese caso, cualquier día acabarás en un convento. Sería una lástima, siendo, como eres, una joven tan hermosa.

Afra estaba acostumbrada a los cumplidos, aunque no solía prestarles atención. Sin embargo, en esa ocasión, fue distinto. Afra aspiró las palabras de Ulrich como la brisa fresca de una mañana de verano. Llevaba mucho tiempo esperando oír una palabra afectuosa o un galanteo bienintencionado.

Ya en su alcoba, Afra recogió a toda prisa el vestido que solía llevar a diario, que descansaba sobre la silla, el único asiento en toda la estancia. A continuación sacó del armario el vestido confeccionado por Varro y se lo mostró a Ulrich.

–Hermoso, muy hermoso –comentó éste.

A Afra le llamó la atención el escaso interés del maestro por la obra del sastre.

–Queréis... –comenzó a decir tímidamente.

–... que te pongas el vestido. Un vestido sin su percha es tan aburrido como una letanía. ¿No te parece?

–Como digáis, maestro Ulrich. –Pese a la larga combinación que llevaba, Afra se sentía desnuda ante el maestro. Por lo general, no era vergonzosa. A quien, como ella, había vivido durante años en el campo, entre gentes sencillas y de buena fe, cualquier sentimiento de vergüenza le resultaba casi un acto de vanidad. Pero en esa inesperada situación la violentaba desvestirse delante de Ulrich.

Un hombre de la categoría de Ulrich von Ensingen, ducho en relaciones sociales y aparentemente a la altura de cualquier situación, reparó en su titubeo y se sentó a horcajadas en la única silla de la alcoba, de espaldas a Afra. Luego afirmó con un guiño:

–Arreglado. Tranquila, que no miraré.

Afra se cubrió de rubor. A diferencia de cuando hubo de desvestirse delante del pintor Alto von Brabant, esta vez tuvo que sobreponerse al miedo. Porque de pronto sintió un miedo terrible, miedo a cómo reaccionaría si Ulrich von Ensingen se le acercaba. A decir verdad, no había nada que deseara con más ardor, pero su experiencia con los hombres le había arrebatado toda ilusión. Cuántas veces no se habría preguntado, en sus horas de soledad, si llegaría un día en el que ella se entregara a un hombre sin recelo. En esos momentos se había sentido vacía e incapaz de albergar pasión dentro de sí.

Ahora, tras haberse despojado de las enaguas, se quedó inmóvil unos instantes detrás de Ulrich. No podía verla, y ella se sintió casi decepcionada al comprobar que no se volvía. Desde que el maestro Alto se había inspirado en ella para pintar a santa Cecilia, se sentía orgullosa de su precioso cuerpo. Afra se enfundó a toda prisa el vestido verde, se colocó bien los senos y alisó con la mano el amplio cuello del vestido. Y mientras se arreglaba su trenzado moño, exclamó con la misma agitación que los niños cuando juegan al escondite:

–¡Maestro Ulrich, ya podéis mirar!

Ulrich von Ensingen se levantó de la silla y contempló a Afra estupefacto. Sabía de sobra que Afra era hermosa, mucho más hermosa que las hijas de los burgueses de Ulm a los que sus padres llevaban a la iglesia de la mano los domingos. Afra era distinta a las demás. Su pelo oscuro brillaba como la seda. Sus mejillas eran ligeramente sonrojadas, sus labios perfectos, y en sus ojos chispeaban miles de promesas.

El maestro Alto había enseñado a Afra la postura que más ensalzaba las virtudes de su cuerpo. Así, la joven descansaba sobre la pierna derecha, con la izquierda levemente flexionada, y se había llevado los brazos a la cabeza, como si continuara arreglándose el peinado. En esa posición sus pechos se elevaban de tal forma sobre el escote que Ulrich tardó unos instantes en apartar sus ojos de ellos y seguir paseando lentamente su mirada por el esbelto cuerpo de la doncella.

Estaba deslumbrado. La cara de Afra evocaba a la de Uta, la escultura de la fundadora de la catedral de Naumburgo, cuyo rostro era el más bello esculpido en piedra al norte de los Alpes. Y el cuerpo de Afra no tenía nada que envidiar al de las vírgenes prudentes que desde hacía más de doscientos años adornaban la Puerta del Paraíso de la catedral de Magdeburgo.

Afra lo miró con una sonrisa. No sin asombro, advirtió que Ulrich von Ensingen, el famoso maestro de obras, era susceptible de sentir vergüenza. Al observarlo, percibió signos claros de indecisión en él. Ulrich desvió la vista y, por primera vez en su vida, Afra sintió que se hallaba en posición de ejercer poder sobre un hombre.

–No decís nada –se aventuró Afra, tratando de tender una mano al maestro Ulrich–. Puedo imaginarme por qué. Creéis que una prenda tan preciosa no es digna de una simple mesera, ¿no es así?

–Al contrario –respondió Ulrich con vehemencia–. Al contemplarte me he quedado sin habla. Yo más bien diría que servir en un comedor es indigno de una joven tan bella como tú.

–¡Ahora os estáis mofando de mí, maestro Ulrich!

–¡En absoluto! –Ulrich avanzó hacia Afra–. Ya en nuestro primer encuentro, en el taller de la catedral, me quedé fascinado al contemplarte.

–Pues habéis sido muy hábil disimulándolo –respondió Afra. Los halagos de Ulrich la hacían sentirse cada vez más fuerte–. Yo os tomaba por un tipo solitario completamente entregado al arte de la construcción. No puede decirse que me hayáis tratado con mucha amabilidad a pesar de que tal vez os salvé la vida.

–Lo sé. En cuanto a la soledad, no te falta razón. Todo verdadero artista centra toda su atención en sí mismo y en su arte. En ese sentido, no hay diferencias entre poetas, pintores y maestros de obras. Pero todos ellos tienen algo más en común: una musa, un ser femenino, hermoso y fascinante al que veneran y ensalzan en su obra. Acuérdate a quién adoraba Walther von der Vogelweide en sus odas. O piensa en Hubert Van Eyck, ese importante pintor actual. Sus madonas no son santas, sino adorables féminas de senos desnudos y sensuales labios. Y las figuras con las que mis trabajadores adornarán la puerta de la gran catedral, supuestamente en honor a Dios Nuestro Señor, son en realidad imágenes de sus musas, o sus fantasías, esculpidas en piedra.

Ulrich se acercó más a Afra. Ésta, sin querer, retrocedió. Ahora temía lo que más había deseado. Cuánto había ansiado la cercanía de Ulrich, cuánto había anhelado ese momento, y ahora se apartaba. ¿Qué quería, entonces? En ese instante deseó que la tragara la tierra.

Ulrich percibió sus reparos y se detuvo.

–No tienes por qué tenerme miedo –susurró por lo bajo.

–No os tengo miedo, maestro Ulrich –aseveró Afra.

–Seguro que no te has acostado nunca con un hombre.

Afra notó que la sangre le subía a la cabeza. ¿Cómo debía comportarse? ¿Debía mentir y decir «No, maestro Ulrich, vos seríais el primero»? ¿O debía contarle lo que le había acontecido en sus años de pubertad?

En ese momento optó por contarle, si no toda, parte de la verdad:

–El señor feudal para el que trabajé desde los doce años a cambio de pan y un techo donde dormir me arrebató la doncellez apenas cumplí los catorce. Cuando dos años más tarde intentó propasarse de nuevo, decidí huir. Ahora ya sabéis cómo me han ido las cosas.

Afra rompió a llorar. Si Ulrich le hubiera preguntado por el motivo de sus lágrimas, no habría sido capaz de darle una respuesta. Su mente estaba en blanco, vacía de todo pensamiento. Ni siquiera se dio cuenta de que Ulrich la abrazaba compasivamente y le acariciaba la espalda.

–Lograrás olvidarlo –la consoló.

Afra tuvo de pronto la sensación de que acababa de despertar de un sueño. Pero el sueño era real. Al comprobar que se hallaba entre los brazos de Ulrich, un escalofrío de placer le recorrió todo el cuerpo. Sintió el deseo de abrazarlo con fuerza. Y sin pensárselo dos veces siguió sus instintos. No había dejado de derramar lágrimas todavía cuando rompió a reír. Sí, comenzó a reírse de sus propias lágrimas y se enjugó los ojos con los puños.

–Perdonad, todo esto me ha desbordado.

Muchos días después, cuando pensaba en lo sucedido esa noche –y en las que siguieron–, meneaba la cabeza y se preguntaba una y otra vez cómo había llegado a suceder lo que sigue: Ulrich la estrechaba entre sus brazos cuando Afra dio un paso atrás y se dejó caer sobre la cama. Se quedó tendida ante él, inerme. Por un instante los dos se quedaron paralizados. Luego Afra se recogió el vestido, lo subió hasta descubrir sus partes pudendas y se entregó al maestro Ulrich.

–Te deseo –oyó susurrar a Ulrich von Ensingen.

–Yo también –respondió ella con el semblante serio.

Cuando él se tumbó sobre ella, cuando la penetró con un breve y rapido movimiento, Afra sintió el deseo de gritar, no de dolor, sino de placer. Se sintió como jamás se había sentido: flotaba, levitaba, tenía la mente limpia. Había dejado atrás la repugnancia y el rechazo que durante tanto tiempo afloraron ante la sola idea de que un hombre la rozara. Ulrich la amó con tanta ternura y pasión que ella deseó que no terminara jamás.

–¿Quieres ser mi musa? –le preguntó el maestro de obras en un tono casi infantil.

–Por supuesto que sí –exclamó Afra, entusiasmada.

Y mientras Ulrich deslizaba los brazos bajo su cintura y elevaba su cuerpo como un arco sobre el portal de una iglesia, mientras se mecía en el interior de Afra como el delicado oleaje de las aguas, susurró:

–Entonces te haré un monumento en la catedral. Serás recordada durante miles de años, mi bella musa.

Ulrich la poseía cada vez con mayor apasionamiento. Y su jadeante respiración sumió a Afra en el éxtasis. Ésta pugnó entre espasmos y sintió la fuerza proveniente de la virilidad de Ulrich. De pronto un ardor interno se apoderó de ella. Tuvo la sensación de que en sus oídos resonaban las notas de un coro. Una vez, dos veces, luego Afra se desplomó.

Permaneció con los ojos cerrados sin atreverse a mirar a Ulrich. Y aunque el peso de su cuerpo le impedía respirar, deseaba que Ulrich se quedara tumbado sobre ella para siempre.

–Espero no haber estropeado tu hermoso vestido –oyó decir a Ulrich como en la lejanía.

A Afra no le pareció muy oportuno el comentario. Por lo que acababa de vivir en ese instante habría sacrificado de buena gana el vestido y todas sus pertenencias. Pero probablemente, pensó, Ulrich von Ensingen estaba tan extasiado como ella.

Pasó un buen rato hasta que Afra recobró el sentido. El primer pensamiento lúcido que le vino a la mente fue: ¡el pescador y su mujer! No quería ni imaginarse lo que sucedería si la sorprendían en su alcoba con el maestro Ulrich.

–¿Ulrich? –aventuró con cautela–. Lo mejor sería...

–Lo sé –la interrumpió éste, y se incorporó. La besó en la boca y se sentó en el borde de la cama–. Aunque –agregó–, ya no eres ninguna niña. El pescador no tiene por qué reprocharte nada.

Tras levantarse, Afra se colocó bien el vestido. Y mientras se arreglaba el moño trenzado, dijo:

–Tú tienes una esposa y sabes lo que eso significa para alguien como yo.

A eso respondió Ulrich von Ensingen elevando el tono:

–Nadie, me oyes, nadie, te acusará jamás. Yo me encargaré personalmente de impedir que eso ocurra.

–¿Qué quieres decir con eso? –Afra le lanzó una mirada interrogante.

–El magistrado puede formular una acusación contra un amancebamiento. Pero se necesita al menos un testigo. Además, se guardará muy bien de hacerlo. Pues de lo contrario, tendría que acusarse también a sí mismo y a su amante. Todo el mundo sabe que Benedikt se acuesta dos días a la semana con la mujer de Arnold, el escribano municipal. No es casualidad que la última acusación contra una adúltera en esta ciudad date de siete años atrás. –Tomó a Afra de las manos–. No temas. Yo te protegeré.

Las palabras de Ulrich la calmaron. Jamás nadie le había hablado de ese modo. Sin embargo, al hallarse frente a frente y mirarse a los ojos, a Afra le asaltaron las primeras dudas: ¿Era correcto dar rienda suelta a los sentimientos que albergaba hacia Ulrich?

Él pareció leerle el pensamiento.

–¿Te arrepientes? –preguntó.

–¿Arrepentirme? –Afra trató de disimular su preocupación–. No borraría ni un solo segundo de la última hora, créeme. Pero ahora es mejor que te vayas antes de que Bernward y su mujer regresen.

Ulrich asintió. Besó a Afra en la frente y se marchó.

Había caído la noche sobre el barrio de los pescadores. Se veía algún que otro noctámbulo regresando del baile. Un borracho arrolló al maestro Ulrich y balbuceó una disculpa. A sólo unos pasos de la casa del pescador Bernward, un hombre vagabundeaba con un candil. Al aproximarse, al maestro de obras le pareció reconocer a Gero von Guldenmundt. Pero de pronto la luz del farol se extinguió y la figura se esfumó por una bocacalle.

Ésa y las noches que siguieron Afra se sintió como en las nubes. Había logrado huir de su pasado. Su vida, hasta entonces limitada a la supervivencia, había tomado de pronto un rumbo diferente. Ahora quería vivir la vida, saborearla. Su encogimiento y su discreción innatos, que eran, a sus ojos, cuanto había de esperarse de una mesera, se tornaron de un día para otro en aplomo y seguridad. Algunos ratos se mostraba incluso alegre. Disfrutaba de su distendida relación con los picapedreros y los carpinteros, y acogía los piropos, las bromas y las indirectas de éstos con osados comentarios que hacían callar a los rudos muchachos.

Los trabajadores, por supuesto, se percataron de que el maestro Ulrich von Ensingen, a quien nunca se había visto por el comedor, ahora comía allí. Y si uno observaba cómo servía Afra los platos al maestro de la catedral, se daba cuenta de cuán delicadamente se rozaban sus manos. Eso dio lugar a habladurías. Además, Ulrich y Afra no disimulaban el amor que sentían cuando se citaban al acabar la jornada.

Ulrich le abrió los ojos a Afra a la arquitectura, le explicó la diferencia entre el estilo antiguo y el nuevo, entre la bóveda de arista y la bóveda de crucería, y la sección áurea, que seducía al ojo humano de forma inexplicable como una canción de amor regala el oído de la amada. No obstante, para Afra el significado de la *sectio aurea* seguía en gran parte oculto. Ésta era el resultado de dividir una recta de tal forma que el rectángulo formado a partir de ésta y a partir del lado del cuadrado, y el segmento menor, tienen las mismas proporciones. Pero la ley en sí, atribuida al griego Euclides y con la que trabajaban los grandes maestros de obras, fascinaba a Afra sobremanera. De pronto veía la catedral con otros ojos y, cuando el tiempo se lo permitía, podía pasarse una hora entera contemplando los detalles de la obra.

No fueron pocas las veces que, de noche, Ulrich y Afra hicieron el amor en las ventosas alturas del taller del maestro o, en los días hermosos, en la vega del río. Y a resultas de esos encuentros el precioso vestido verde de Afra acabó maltrecho, Ulrich encargó al maestro Varro otros dos nuevos, uno de color rojo y el otro amarillo.

Hacía tiempo que Afra se había despojado de sus complejos y lucía distinguidos vestidos propios de una rica burguesa, pese a que esos ropajes a la moda la convertían en pasto de las malas lenguas. En el comedor, más de una vez había oído de refilón la frase: «Debe de tenerlo de lo más satisfecho.»

Que justamente el vestido amarillo fuera a dar un siniestro vuelco a su vida le parecía a Afra tan improbable como contemplar los rayos del sol el Día de Todos los Santos. Sin embargo, aconteció así y no de otro modo.

Varro da Fontana había traído el elegante tejido para el vestido desde Italia, donde el amarillo luminoso era símbolo de elegancia. Ni el sastre del sur ni Afra cayeron en la cuenta de que, al norte de los Alpes, las ropas amarillas tenían un significado harto distinto, pues a fin de llamar la atención del público, la mayoría de las prostitutas y trabajadoras de las casas de baños vestían de ese color.

Las primeras que repararon en ello fueron las vendedoras del mercado. Cuando Afra paseaba por el mercado donde tiempo atrás había trabajado de pescadera, las mujeres cuchicheaban: «Quién iba a pensar que abrirse de piernas fuera un negocio tan provechoso. ¡Qué asco!» Algunas escupían a su paso y otras le volvían la espalda al cruzarse con ella. Afra ignoraba el porqué de ese cambio en el comportamiento de las gentes de Ulm, de modo que no se privó de seguir llevando el vestido amarillo.

Un sábado en que reinaba el habitual bullicio de los trabajadores en el comedor, sucedió lo inimaginable. Un carpintero, al que por su envergadura todos apodaban el Gigante, lanzó delante de Afra una moneda de cinco *pfennig* a la mesa y exclamó, desinhibido por la cerveza:

–¡Ven aquí, zorrilla, házmelo aquí, encima de la mesa!

El estridente griterío de los trabajadores cesó abruptamente. Todas las miradas se volvieron hacia Afra, al tiempo que el Gigante se sacaba las partes pudendas de las calzas.

Afra se quedó de piedra.

–¿Acaso crees que soy una cualquiera a la que puedes comprar por cinco *pfennig*? –preguntó plantándole cara al carpintero. Y con una mirada de desdén a su informe miembro viril, agregó–: Jamás he visto cosa más repugnante.

Los presentes estallaron en carcajadas, golpeando las mesas con los puños.

–¡Ahí tienes el dinero, así que hazme algo! –bramó el otro, y se acercó a Afra con los brazos extendidos. Acto seguido, la agarró con sus férreas manos y la empujó contra la mesa. Los demás hombres, pasmados, estiraron el cuello.

Afra se defendió con uñas y dientes.

–¿Así es como me ayudáis? –gritó.

Pero los hombres se limitaron a mirar como pasmarotes. Era imposible oponerse a la fuerza de aquel gigante. Haciendo acopio de sus últimas fuerzas, Afra hincó la rodilla en la entrepierna del gigante. Éste se dobló con un estridente grito, soltó a Afra y se tambaleó hasta desplomarse en el suelo. Afra se recompuso y se precipitó hacia la salida, temiendo que los demás trataran de retenerla. Entonces Ulrich von Ensingen apareció en la puerta. El griterío de los trabajadores volvió a cesar por completo.

El maestro de obras abrazó a Afra. Ésta comenzó a sollozar. Ulrich le acarició el cabello con ternura mientras escrutaba a los hombres del comedor con una mirada furibunda.

–¿Estás bien? –preguntó por lo bajo.

Afra asintió. Luego Ulrich apartó sus brazos de ella y se dirigió hacia el carpintero, que continuaba retorciéndose de dolor en el suelo.

–Levántate, cerdo –dijo con un tono apenas audible, y asestó una patada al gigantón–, levántate para que todos puedan ver la cara que tiene un cerdo.

El carpintero balbuceó algo similar a una disculpa y se incorporó. Acababa de enderezarse del todo cuando el maestro Ulrich agarró una silla con las dos manos, la levantó en el aire por encima de su cabeza y se la arrojó. La silla saltó en pedazos y el hombretón se desplomó, sin articular palabra, en el suelo.

–Sacadlo de aquí. Apesta –susurró Ulrich dirigiéndose a los hombres allí presentes–. Y en cuanto vuelva en sí, decidle que no quiero volver a verlo nunca más en la obra. ¿Ha quedado claro?

Jamás habían visto al maestro Ulrich tan alterado. Temerosos, los trabajadores agarraron al carpintero por la ropa y tiraron de él. La cabeza le sangraba como a un cerdo degollado. Y según lo arrastraban hacia el exterior, dejaba tras de sí un rastro oscuro.

Desde aquel día todos los ciudadanos señalaban a Afra con el dedo. El comedor se quedó vacío. Por la calle, la gente se apartaba a su paso.

Una mañana, cuando se cumplían justo dos semanas del desgraciado incidente, apareció en la puerta de la casa de Bernward una pata de gallo.

–¿Sabes lo que esto significa? –preguntó el pescador, de lo más agitado.

Afra lo miró con miedo.

El rostro del pescador reflejaba preocupación.

–Quieren acusarte de brujería.

A Afra le dio un vuelco el corazón.

–Pero ¿por qué? Yo no he hecho nada.

–El maestro Ulrich es un hombre casado y tiene una mujer devota. Y tu vestido amarillo no ha contribuido a que te vean como una doncella honrada. Habéis ido demasiado lejos y tendrás que pagar por ello.

–¿Qué debo hacer?

Bernward se encogió de hombros. Al fin, Agnes, su mujer, terció. Agnes siempre había mostrado gran afecto por Afra. Quería lo mejor para ella. Agnes la cogió de la mano y le dijo:

–Nunca se sabe cómo puede acabar todo esto. Pero si quieres que te dé un consejo, Afra, escapa. Eres trabajadora y allá donde vayas encontrarás un lugar donde servir. Con las gentes de esta ciudad no se puede bromear. Son bribones y usureros como los que más, pero de puertas afuera se comportan como si fueran devotos. Hazme caso y sigue mi consejo. Sería lo mejor para ti.

A Afra se le llenaron los ojos de lágrimas al escuchar las palabras de la pescadora. En Ulm había encontrado un hogar. Por primera vez en su vida había encontrado un entorno donde se sentía cómoda. Y, sobre todo, Ulrich estaba allí. No quería ni imaginarse que la breve racha de suerte que apenas había paladeado tuviera que llegar a su fin.

–¡No, no y mil veces no! –exclamó Afra iracunda–. Yo me quedo aquí porque no soy culpable de nada. ¡Que me acusen si es lo que quieren!

También Ulrich von Ensingen comenzó a verse rodeado de más enemigos. Entre los trabajadores se formaron grupos que se habían propuesto sabotear el trabajo del maestro. Los picapedreros, en lugar de escoger las mejores piedras, escogían las más quebradizas. Y en las vigas que trabajaban los carpinteros se encontraban cada vez más nudos. Incluso los capataces, con los que Ulrich mantenía una relación de lo más cordial, de la noche a la mañana comenzaron a evitar el trato con él y a atender a las instrucciones de Matthäus, el hijo de Ulrich, que ya había acabado la oficialía y se había convertido también en maestro.

En tan complicada situación, Afra y Ulrich se apoyaron el uno en el otro y cada vez estaban más unidos. Como todo el mundo sabía de su relación, abandonaron todos los esfuerzos por disimular su amor. Paseaban cogidos del brazo por el mercado y se abrazaban mientras contemplaban desde la orilla cómo zarpaban los barcos que emprendían largos viajes. Pero la suerte no estaba de su lado.

El gigante al que Ulrich von Ensingen había dejado maltrecho en el comedor, había denunciado a Afra ante el magistrado de la ciudad. Un leguleyo, pagado por Gero von Guldenmundt, lo había apremiado a hacerlo, pues sabía que al maestro de obras no había forma de echarle mano. Sin embargo, para acusar a Afra de brujería se necesitaban tan sólo dos testigos que estuvieran dispuestos a denunciar algún comportamiento extraño. Y por extraño se entendía en aquel tiempo ser pelirrojo o lucir un vestido aterciopelado.

Cuando el asunto llegó a oídos de Ulrich von Ensingen, salió al encuentro de Afra, que ya apenas salía de casa. Era bastante tarde. Bernward reprochó al maestro Ulrich que sólo faltaba, por todos los santos, que también arrastrara consigo a la desgracia a su mujer y a él. Como alguien se enterara de su visita, podrían culparlo a él, al pescador, de haber auspiciado el pecaminoso amorío. Pero Ulrich no se marchó.

Afra intuyó de inmediato que la visita nocturna de Ulrich no presagiaba nada bueno y se lanzó a los brazos del maestro entre lágrimas. Ulrich compuso un gesto serio y anunció sin ambages:

–Afra, mi amor, lo que voy a decirte ahora me parte el corazón; pero créeme, es importante y el único modo de salir del apuro.

–Ya sé lo que has venido a decirme –exclamó Afra, negando rotundamente con la cabeza–. Quieres que escape a escondidas de la ciudad como una delincuente que huyera de la justicia. Pero ahora dime, ¿cuál ha sido mi delito? ¿Defenderme cuando ese gigantón quiso forzarme? ¿Amarte, quizá? ¿O poseer un cuerpo más vistoso que las hijas de los burgueses? ¡Dímelo!

–Tú no tienes culpa alguna –trató de apaciguarla Ulrich–, por supuesto que no. Pero las circunstancias te han arrastrado a ti, y sólo a ti, a esta situación. A mí tampoco me gusta pensar que voy a perderte, y no tiene por qué ser para siempre. Pero si no huyes inmediatamente de la ciudad, ellos te...

Ulrich sollozó. Se sentía incapaz de expresar sus pensamientos.

–Ya sabes lo que hacen con las acusadas de brujería –dijo–. Y te aseguro que mi mujer sería la primera que no dudaría en declarar contra ti. Huye, ¡hazlo por mí! ¡Tu vida corre peligro!

Afra había escuchado en silencio, sin cesar de mover la cabeza a un lado y a otro a medida que la rabia y el miedo se apoderaban de ella. ¿Qué mundo era ése? Con los puños apretados contra el pecho, Afra clavó la mirada en el suelo. Permaneció callada unos largos instantes, luego miró a Ulrich a los ojos.

–Sólo me iré si tú vienes conmigo.

Ulrich asintió, como si quisiera dar a entender que ésa era justamente la respuesta que esperaba. Después, respondió:

–Afra, yo ya había pensado en esa posibilidad. Podría hacerme a la idea incluso de abandonar la construcción de la catedral y buscar trabajo en Estrasburgo, Colonia, o donde fuera. Pero no olvides que tengo una esposa. Y marcharme y dejarla sola no es tan sencillo, por mucho que en nuestro matrimonio no haya ni asomo de amor. Además, está enferma desde hace algún tiempo. Las migrañas que sufre son tales que, como ella misma asegura, cualquier día le estallará la cabeza. Y en nada le ayuda su costumbre, que jamás perdona, de pasar las noches en vela rezando. No puedo irme contigo. ¡Tienes que comprenderlo!

Afra rompió a llorar. Luego se encogió de hombros en silencio y miró hacia un lado. Al cabo de un rato, durante el cual no se atrevieron a mirarse, ella se dirigió decididamente hacia el armario, sacó de entre sus sábanas un cofre envuelto en arpillera y se lo entregó a Ulrich.

–¿Qué es esto? –preguntó él con curiosidad.

–Mi padre... –respondió Afra, titubeando– murió cuando yo tenía doce años. Como era la mayor de cinco hermanas, me dejó en herencia este cofre y una carta. Nunca he comprendido del todo el significado de la carta, y menos aún, el del contenido del cofre. Con los vaivenes de mi vida, la carta de mi padre se perdió. Cada vez que lo pienso, me daría de cabezadas contra la pared. Pero el cofre y el contenido los guardo como oro en paño.

–Me tienes con el alma en vilo. –Ulrich hizo ademán de abrir el pequeño cofre, pero Afra posó su mano sobre la suya.

–En la carta, mi padre venía a decir que el contenido valía una fortuna y que sólo habría de recurrir a él cuando ya no viera otra salida, pues debía de tener en cuenta que, por otra parte, el contenido del cofre podría arrastrar a la ruina a toda la humanidad.

–Suena bastante misterioso. ¿Has mirado alguna vez lo que hay en el interior del cofre?

–No –respondió Afra meneando la cabeza–, las veces que quise hacerlo algo acabó deteniéndome. –Entonces miró a Ulrich–. Pero creo que ha llegado el momento, ahora que los dos necesitamos ayuda desesperadamente.

Afra se volvió de espaldas y desató la tira de cuero que envolvía el escrito guardado dentro del cofre.

–Dime, ¿qué hay dentro del misterioso estuche? –inquirió Ulrich impaciente.

–Un pergamino. –Afra parecía decepcionada–. Por desgracia, no se puede leer.

–¡Déjame ver!

El pergamino era de color ocre y había sido doblado en cuatro partes, cada una de ellas del tamaño de una mano. Desprendía un olor peculiar, aunque no desagradable. Cuando Ulrich lo hubo desdoblado cuidadosamente y examinado por ambos lados, se mostró desconcertado.

Afra asintió.

–Nada. Un pergamino en blanco.

Ulrich alzó el pliego ante la titilante luz de la tea.

–En efecto, ¡nada! –Decepcionado, bajó de nuevo el pergamino.

–Tal vez –terció Afra en susurros– sea muy antiguo y el texto se haya desvanecido con los años.

–Bien podría ser. Pero entonces tu padre tampoco habría podido leerlo.

–Claro, en eso no había pensado. De ser así, debe de haber otra explicación.

Ulrich von Ensingen volvió a plegarlo con cuidado y se lo entregó de nuevo a Afra.

–Se dice –comentó– que los alquimistas se sirven de una tinta que al poco de escribir, se desvanece como la nieve en primavera, y que se requiere una mixtura secreta para tornarla visible de nuevo.

–¿Crees que el pergamino oculta un texto escrito con esa sustancia invisible?

–¿Quién sabe? Pero tendría sentido, pues al menos eso nos confirmaría que el pergamino contiene un texto comprometedor que no debe leer cualquiera.

–Lo que dices es muy emocionante, pero ¿dónde podemos encontrar un alquimista dispuesto a prestarnos ayuda?

El maestro Ulrich se quedó pensando y, finalmente, anunció:

–Hace ya mucho tiempo, un alquimista llamado Rubaldo me ofreció sus servicios. Era un ex dominico, monje al fin y al cabo, como la mayoría de los alquimistas. Solía hablar con metáforas y símbolos sobre la afinidad entre los metales y los planetas, sobre todo de la Luna, a la que atribuía un especial significado en la construcción de una catedral. Por ejemplo, decía que el sillar de clave de una bóveda sustentaría la obra durante mil años si se colocaba cuando hay luna nueva.

–¿Tú no le hiciste caso?

–Por supuesto que no. Yo coloqué los sillares de clave cuando correspondía, según el plan de trabajo. Desde luego, no me detuve a contemplar el cielo por la noche antes de acabar las bóvedas. Creo que Rubaldo no se tomó a bien que lo despidiera. Él esperaba sacar cuantiosos ingresos con la construcción de la catedral. Por lo que sé, ahora vive en la otra orilla del río y trabaja al servicio del obispo de Augsburgo en secreto. De lo contrario, me temo que no tendría de qué vivir. La alquimia no es un negocio muy lucrativo que digamos.

–Ni muy pío. ¿No es cierto que la Iglesia condena la alquimia?

–Oficialmente, sí. Pero en secreto y a una distancia prudencial, todo obispo mantiene a un alquimista con la esperanza de que llegue el milagro, y de que tal vez algún día éste logre convertir el hielo en oro o halle el elixir de la verdad. Algunos obispos, e incluso un papa, leyeron más libros sobre alquimia que sobre teología.

–Entonces tenemos que encontrar a ese tal maestro Rubaldo. Mi padre era un hombre muy astuto. Y si él dijo que sólo debía abrir el cofre en caso de extrema necesidad, cuando ya no viera otra salida, estoy segura de que hay un motivo. Tal vez esto pueda ayudarnos a los dos. No puedes negarme este favor.

Ulrich miró a Afra indeciso. ¿De qué iba a servirles en esa situación un pergamino en blanco? ¿Y no era demasiado arriesgado reunirse con un alquimista después de que ella hubiera sido acusada de brujería? Sin embargo, vio la expresión de súplica en el rostro de Afra y accedió.

A la mañana siguiente, al despuntar el alba, cruzaron el río en una balsa, a escasa distancia de la desembocadura del Blau en el Danubio. El barquero, adormecido todavía y deslumbrado por los primeros rayos del sol, no abrió la boca, lo cual, sin embargo, no incomodó a Afra ni a Ulrich, quienes viajaban absortos en sus propios pensamientos.

La casa del alquimista, de aspecto poco acogedor, se hallaba un poco apartada, sobre un pequeño cerro. Era más alta que ancha y sólo disponía de una ventana en cada uno de los dos pisos. Desde allí se divisaba a gran distancia a cualquier persona que quisiera acercarse.

De modo que probablemente Rubaldo no se sorprendió al oír que Ulrich von Ensingen lo llamaba golpeando la puerta. Con todo, hubieron de esperar un rato largo. Al fin se abrió en la puerta una trampilla, de unos cinco dedos de ancho, y al otro lado apareció un rostro, blanco como la cal y con los ojos vidriosos. Una voz áspera y grave habló:

–Ah, el maestro Ulrich, ¡el maestro de obras de la catedral! ¿Acaso habéis cambiado de parecer y ahora requerís mi ayuda? Permitidme que os diga algo, maestro Ulrich: Id al diablo. Estoy seguro que ya tenéis un pacto con él. –Se oyó una risa entrecortada, luego la voz prosiguió–: De qué otro modo explicaríais que vuestra ambiciosa catedral continúe todavía hoy en pie, habiéndoos mofado como os mofasteis de la influencia de la Luna en la construcción. No he olvidado vuestras palabras: «La Luna guía a los bebedores hasta sus hogares por la noche, pero a la hora de construir una catedral, tanto da que crezca o que mengüe, que brille o que no.» Marchaos y llevaos con vos a vuestra hermosa acompañante.

Justo antes de que Rubaldo cerrara la portezuela, Ulrich le puso ante los ojos una moneda de oro, y al instante el rostro del alquimista se iluminó. A continuación corrió el cerrojo de la puerta y abrió.

–Estaba seguro de que estaríais dispuesto a conversar, maestro Rubaldo –comentó Ulrich con un irónico retintín y le puso el doblón en la mano.

El alquimista señaló a Afra con un leve movimiento de cabeza y preguntó:

–¿Y quién es ella?

–Afra, mi querida –respondió Ulrich sin rodeos. Él bien sabía cómo buscar las vueltas al alquimista–. De ella se trata.

Rubaldo lo miró intrigado. El alquimista tenía un aspecto grotesco. Llegaba a Afra a la altura de los hombros. Por debajo de su negro hábito, el cual llevaba ceñido a la cintura y sólo le cubría hasta los muslos, salían dos esmirriadas piernas abrigadas con calzas. La capucha del hábito estaba rematada con una borla.

–Os ha embrujado y ahora queréis libraros de ella –aventuró Rubaldo con una voz que no concordaba en absoluto con el hombrecillo que era.

–Sandeces. Yo no creo en esas charlatanerías. –Ulrich adoptó un gesto serio, y el alquimista bajó la cabeza como si quisiera esconderla bajo su capucha.

–Se dice que los alquimistas dominan un tipo de escritura cifrada que desaparece al contacto con el papiro, y que se requiere cierta sustancia para tornarla visible de nuevo.

Una risa maliciosa asomó fugazmente al rostro de Rubaldo.

–En efecto, eso dicen. –Su cabeza asomó de nuevo bajo la capucha y, con un deje arrogante en la voz, aseveró–: Sí, sí, así es, maestro Ulrich. Ya Filón de Bizancio, que trescientos años antes del nacimiento de Nuestro Señor escribió nueve libros sobre los conocimientos de su época, conocía la tinta secreta ferrogálica. La lástima es que el libro en el que describía cómo devolver la visibilidad al texto se perdió.

–¿Estáis diciendo que es del todo imposible devolver la visibilidad a la tinta... cómo la habéis llamado... «ferrogálica»?

Afra se quedó mirando expectante al alquimista.

–En absoluto –respondió éste, tras una larga y meditada pausa–. No obstante, no son muchos los conocedores de la receta del preparado que permite tornar la escritura visible.

–Ya entiendo –intervino Ulrich–, pero a menos que tenga un concepto erróneo de vos, maestro Rubaldo, vos os contáis entre aquellos que poseen un sobrado conocimiento de dicha receta.

El alquimista se frotó las manos y fingió que se ruborizaba. Luego, soltó una maliciosa risita.

–Como es natural, descubrir el secreto es harto costoso. Quiero decir que un remedio contra el dolor de cabeza o contra la mala digestión sale más barato.

Ulrich miró a Afra y asintió. Luego se volvió hacia Rubaldo y preguntó sucintamente:

–¿Cuánto?

–Un florín.

–¿Habéis perdido el juicio? ¡Eso no lo gana un picapedrero en todo un mes de trabajo!

–Un picapedrero no sabe devolver la visibilidad a un texto. Y a todo esto, ¿de qué se trata?

Afra extrajo el pergamino doblado del cofre y se lo entregó al alquimista. Éste examinó el pliego y lo recorrió con las yemas de los dedos. Luego lo alzó delante de la ventana para verlo a contraluz y lo giró en todas las direcciones.

–No hay duda –sentenció al fin–, en el pergamino hay un texto oculto, un texto muy antiguo.

Ulrich lanzó una mirada escrutadora a Rubaldo.

–Está bien, maestro alquimista, obtendrás un florín si logras hacer aparecer la escritura delante de nuestros ojos.

Antes de que Ulrich acabara de pronunciar la frase, una figura de gran estatura asomó por la estrecha escalera, una mujer vestida con largas ropas y, como poco, dos cabezas más alta que el alquimista.

–Ésta es Clara –anunció Rubaldo sin más explicaciones, salvo una mirada hacia el cielo que a saber qué significaba. Clara asintió amablemente y se marchó en silencio por una de las puertas.

–Seguidme –señaló Rubaldo indicándoles las escaleras con la mano. Éstas consistían en unos toscos maderos, y cada paso provocaba un crujido y un chasquido, como si cada peldaño sufriera con el peso de los visitantes.

Afra jamás había visto el laboratorio de un alquimista. La sombría habitación tenía un aspecto un tanto siniestro. Los cientos de cachivaches, cuya utilidad y significado suscitaban otras tantas preguntas, la dejaron perpleja, sin habla. Las estanterías estaban atestadas de recipientes de cristal y de barro con extrañas formas. Las cubetas con hierbas secas, bayas y raíces despedían acres olores. Cada una de ellas estaba etiquetada con una enrevesada letra: belladona, adormidera, estramonio, cicuta, lechetrezna. En tarros de cristal llenos de líquido amarillo o verde flotaban animales muertos, tales como escorpiones, lagartos, serpientes, escarabajos y engendros que Afra jamás había visto.

Al acercarse, Afra descubrió que uno de los tarros de cristal contenía un homúnculo, una especie de hombrecillo de apenas un palmo de estatura con una gran cabeza deforme y extremidades muy desarrolladas. Afra retrocedió y se llevó un terrible susto cuando sus ojos se detuvieron antes las fauces de un lagarto más largo que el brazo de un hombre.

Rubaldo, que se percató del respingo que dio Afra, soltó una risita por lo bajo.

–No temáis, querida, el animal lleva muerto y disecado más de medio siglo. Proviene de Egipto y lo llaman «cocodrilo». Los egipcios incluso le rinden culto divino.

Afra siempre se había imaginado lo divino de otro modo, se lo había imaginado noble, hermoso y venerable, y precisamente por eso, sagrado. Las palabras del alquimista la desconcertaron y buscó consuelo en la mano de Ulrich.

En la estancia, cubierta por un techado de vigas de madera, reinaba el silencio. Se oía flamear la llama que ardía bajo un recipiente redondo de cristal. Un tubo serpenteante que ascendía desde el globo cristalino producía de vez en cuando un borboteo.

–Dame el pergamino –solicitó el alquimista a Afra.

–¿Estáis seguro de que no provocaréis en el pliego ningún daño?

Rubaldo negó con la cabeza.

–En esta vida hay una única certeza, que es la muerte. Pero pondré todo mi empeño y procederé con extrema cautela, de modo que ¡dadme el pergamino de una vez!

Sobre una mesa situada en el centro de la habitación el alquimista extendió una especie de fieltro. Colocó el pergamino encima y fijó las esquinas con unos alfileres. Luego se dirigió hacia una estantería donde se encontraban apilados infinidad de libros, rollos de papiro y hojas sueltas. «¿Cómo diantres –pensó Afra– puede un hombre aclararse en medio de este caos?» Los lomos de algunos libros estaban etiquetados y revelaban en tinta marrón el contenido o el autor de la obra, nombres y títulos que para un cristiano normal y corriente representaban auténticos jeroglíficos y, de los cuales, algunos estaban escritos con una letra que a ojos de Afra parecían los garabatos de un niño. En alfabeto latino se distinguían algunos nombres como Conrado de Vallombrosa, Nicolau Eimeric, Alexander Neckam, Juan de Rupescissa o Robert de Chester. Asimismo, había algunos títulos de misteriosa sonoridad escritos en lengua latina, como *De lapidibus*, *De occultis operibus naturae*, *Tabula Salomonis* o *Thesaurus nigromantiae*. Un título en lengua alemana rezaba: *Experimentos que, cortejando a una noble reina, inventó el rey Salomón y que son sencillos*.

–¿Por qué apenas hay libros escritos en lengua alemana que versen sobre vuestro arte? –inquirió Afra.

Rubaldo recorría los libros de la estantería con la mirada, mas no dejó que la pregunta lo distrajera de su búsqueda. Sin volverse, respondió:

–Nuestra lengua adolece de una pobreza y degeneración tales que para muchos significados ni siquiera dispone de una palabra. En el caso de ciertas palabras, como «lapidarium» o «nigromantia», incluso para la palabra «alquimia», el alemán requiere largas y engorrosas explicaciones para definir cuanto entrañan.

De forma milagrosa, al cabo de poco Rubaldo encontró lo que buscaba. Tosiendo, como si hubiera respirado humo, extrajo de una de las pilas un delgado volumen. El hecho de que al cogerlo otros libros se precipitaran al suelo pareció incomodarle tan poco como la nube de polvo que ello provocó.

Rubaldo alisó en la mesa el ejemplar, cosido con finos hilos, y comenzó a leer. Por inescrutables razones compuso una mueca y luego empezó a mover los labios como un devoto que rezara sus plegarias.

–¡Ya lo tengo! –exclamó al fin, preparó una cubeta y tomó de los anaqueles media docena de botellas y redomas.

Con un vaso medidor, que permanentemente miraba a contraluz, vertió diferentes cantidades de líquidos. El brebaje de la cubeta cambió en varias ocasiones de color, pasando del rojo al marrón hasta tornarse al final de una sorprendente claridad.

Afra estaba nerviosa, y en medio de su nerviosismo –cuántas veces en la vida le brindaban a uno la oportunidad de observar de cerca a un alquimista– se santiguó. No recordaba cuándo era la última vez que lo había hecho.

A Rubaldo no se le escapó el gesto de devoción. Sin interrumpir su trabajo, se rió por lo bajo.

–Podéis santiguaros cuanto queráis si creéis que eso os ayudará. A mí, en nada me ayuda. Lo que acontezca aquí no tiene nada que ver con la fe, sino con la ciencia. Y ya se sabe que la ciencia es enemiga de la fe.

–Con vuestro permiso –terció Ulrich von Ensingen–, yo hubiera esperado de vos más patrañas.

Entonces el alquimista interrumpió su trabajo, ladeó la cabeza y gruñó:

–Por un miserable florín no permitiré que me sigáis ofendiendo, maestro Ulrich. Lo que se practica bajo este techo no es brujería, sino ciencia. Id al diablo con vuestro estúpido pergamino.

–No era ésa su intención –trató de calmarlo Afra.

–No, de veras que no –agregó el maestro Ulrich–. Son tantos los rumores que corren por ahí sobre la alquimia...

–No menos de los que circulan sobre vos y la catedral –replicó Rubaldo malhumorado–. Se dice que habéis escondido dinero y oro en los muros. Algunos afirman incluso que habéis emparedado a una doncella viva.

–¡Sandeces! –espetó el maestro Ulrich, indignado.

–¿Lo veis? –lo interrumpió Rubaldo–, lo mismo sucede con la alquimia. Se cuentan historias estremecedoras sobre gente como yo, y sin embargo llegué desnudo al mundo, como cualquier hijo de vecino. Y a menos que logre hallar el elixir de la vida eterna, moriré como todos los demás.

Afra escuchó las palabras del alquimista con los ojos medio cerrados.

–Continuad, os lo suplico –lo apremió.

Finalmente pareció que Rubaldo había terminado el preparado.

–¡Poned el florín sobre la mesa, delante de mí! –exclamó el alquimista dirigiéndose a Ulrich von Ensingen, y enfatizó sus palabras golpeando con el índice el tablero de la mesa.

–¿Acaso creéis que os queremos engañar? –preguntó el maestro de obras, ofendido.

El alquimista se encogió de hombros y al realizar ese gesto hundió la cabeza dentro de su capucha.

El maestro Ulrich se sacó entonces un florín del bolsillo y, agarrándolo con el pulgar y el índice, lo lanzó sobre la mesa.

El alquimista emitió un gruñido de satisfacción y retomó el trabajo. Con una borla de lana, que previamente untó en el preparado, comenzó a frotar el pergamino con suavidad. El brillo en los ojos de Afra revelaba su nerviosismo. Estaba situada a la derecha del maestro Rubaldo, enfrente de Ulrich. La luz débil del alba que penetraba por la izquierda se reflejaba en el pergamino. Con el gorgoteo del aparato de cristal de fondo, contemplaban los tres el pergamino humedecido. Al cabo de poco el pliego adoptó un color oscuro, sin que apareciera todavía ninguna letra.

Afra lanzó a Ulrich una mirada de preocupación. ¿Qué objetivo perseguía su padre con ese absurdo truco de la tinta invisible?

Pasaron los minutos, y Rubaldo salpicaba continuamente el pergamino. Él no parecía nada nervioso. También es cierto que él no tenía nada que perder, salvo un florín. El alquimista se percató de los nervios de Afra. Como si quisiera consolarla o tranquilizarla, comentó:

–¿Sabéis que, cuanto más antigua es la escritura oculta, más tarda en aflorar?

–Queréis decir que...

–Desde luego. La paciencia es la máxima de todo alquimista. La alquimia no es una ciencia donde las cosas puedan medirse en segundos o minutos. Incluso los días son demasiado cortos para nuestro gremio. Normalmente pensamos en años, y algunos hasta en la eternidad.

–Por desgracia nosotros no podemos esperar tanto –respondió Ulrich von Ensingen, impaciente–. Pero ha merecido la pena intentarlo.

El maestro de obras estaba a punto de meterse el florín de nuevo en el bolsillo cuando el alquimista le golpeó en la mano. De forma simultánea la mirada de Ulrich se cruzó con la mirada de indignación del alquimista y éste señaló con un gesto de cabeza el pergamino.

En ese instante Afra también lo vio: como trazadas por una mano fantasmal comenzaron a aparecer letras en distintas partes del pergamino, en un primer momento muy pálidas, como cubiertas por un velo, y luego, como por arte de magia, cada vez más nítidas, como si detrás se hallara la mano del Maligno.

Las tres cabezas estuvieron a punto de chocar al contemplar, inclinadas sobre el pergamino, la milagrosa aparición de los trazos. No cabía la menor duda, a pesar de que casi ninguna letra coincidía con las que conocían, de que se trataba de un texto manuscrito.

–¿Puedes leer algo? –preguntó Afra, expectante.

Ulrich, muy versado en el manejo de planos y escritos antiguos, torció el gesto. Sin dar una respuesta, inclinó la cabeza a un lado y luego al otro.

El alquimista sonrió a sabiendas de que su visitante se exasperaría cuando, tras desclavar los alfileres con los que había fijado el pliego al fieltro, él le diera la vuelta al pergamino.

–El líquido hace visibles los trazos de cualquier pergamino –observó con satisfacción–, pero no obstante resulta difícil leer un texto del revés.

El maestro Ulrich se sulfuró por no haber caído en la cuenta. En ese instante Afra también lo vio. Ante sus ojos aparecieron palabras, frases enteras que, si bien ella no podía comprender, formaban un texto coherente. Las letras parecían más bien artísticos dibujos formados por elegantes trazos.

–Santo cielo –exclamó Afra, impresionada.

Ulrich se volvió hacia Rubaldo y le dijo:

–Vuestro latín ha de ser por fuerza mejor que el mío. Leed en voz alta lo que el desconocido autor puso por escrito.

El alquimista, atónito también por su experimento, carraspeó y comenzó a leer con su grave voz:

–«*Nos, Joannes Andreas Xenophilos, minor scriba inter Benedictinos monasterii Cassinensi, scribamus hanc epistulam propia manu, anno a nativitate Domini octogentesimo septuagesimo, Pontificatus Sanctissimi in Christo Patris Hadriani Secundi, tertio eius anno, magna in cura et paenitentia. Moleste ferro...*»

–¿Qué significa? –preguntó Afra interrumpiendo la lectura del alquimista–. Seguro que podéis traducirlo.

Rubaldo recorría con el dedo el texto del pergamino, todavía húmedo.

–El asunto apremia –repuso el alquimista, quien por primera vez parecía nervioso.

–¿Por qué? –preguntó Ulrich von Ensingen.

El alquimista se miró las yemas de los dedos como para comprobar si el preparado secreto manchaba. Después respondió:

–El pergamino comienza a secarse. En cuanto se seque del todo, el texto desaparecerá de nuevo. No sé cuántas veces puede repetirse el proceso sin dañar la tinta secreta.

–¿A qué esperáis entonces para traducir de una vez lo que acabáis de leer? –exclamó Afra, sulfurada.

Al fin Rubaldo se inclinó, posó el índice en el pergamino y comenzó a traducir, vacilante al principio, luego cada vez con mayor fluidez, mientras Ulrich, a sus espaldas, tras coger una pluma, garabateaba en letra minúscula en la palma de su mano unas notas:

–«Nos, Johannes Andreas Xenophilos, escriba menor de los monjes del monasterio de Montecassino, escribimos esta carta de nuestro puño y letra en el año 870 después del nacimiento de Nuestro Señor, bajo el pontificado del Santo Padre, Vicario de Cristo, Adriano II, en el tercer año de su ejercicio, con gran preocupación y pesar. Acarreo conmigo la pesada carga que me fue impuesta y que a lo largo de toda una vida mi pluma se negó a poner por escrito, y que arde en el interior de mi alma como el fuego del infierno; sólo ahora que el veneno paraliza mi aliento como el frío a los insectos llevo al pergamino aquello que no nos honra ni al papa ni a mí. El temor a ser descubierto antes de fallecer me impulsa a escribir con la sangre del Espíritu Santo, la cual es invisible a la vista del hombre, y que Dios disponga si algún día, y de ser así, en qué momento, alguien viene en conocimiento de mi mal obrar. Aconteció que yo, Johannes Andreas Xenophilos, para quien el *scriptorium* de Montecassino se ha convertido en segundo hogar, recibí un día el encargo de redactar un pergamino siguiendo un oscuro modelo, el cual, escrito a vuela pluma con sanguina, constituía una ofensa a la vista de aquel que lo contemplara. El contenido era para alguien como yo, profano tanto en los asuntos del Estado como en los intereses de la Iglesia romana, una incógnita; ante todo escapaba a mi entendimiento por qué en aquella ocasión yo, en contra de lo que era costumbre en documentos de índole similar, había de firmar con el nombre de Constantinus Caesar, así acaté la orden, después de preguntar a mis superiores y ser advertido de que debía desentenderme de cuestiones que no concernían a quien ocupaba el cargo más bajo de entre los escribas. Cierto es que los límites de mi sabiduría son los del copista de un monasterio, mas mi necedad no era tan vasta como para impedirme comprender el alevoso encargo que me había sido encomendado. Digo por tanto con toda claridad: yo fui quien, de mi puño y letra, escribí el *Constitutum Constantini* en ilegítimo beneficio de la Iglesia romana, simulando que el documento había sido escrito por mano del antes nombrado, quien, sin embargo, en esos tiempos llevaba quinientos años muerto...»

El alquimista se detuvo y su mirada se perdió en el infinito. Parecía como si algún pensamiento lo hubiera dejado sin respiración.

–¿Qué os pasa? –preguntó Afra.

–Todavía no habéis llegado al final, maestro Rubaldo –agregó Ulrich von Ensingen–. ¡Continuad! El texto comienza a desvanecerse.

Rubaldo asintió, aún abstraído, y prosiguió la traducción:

–«Mi abad, cuyo nombre me guardaré de revelar, creyó que no notaría el veneno que desde hace semanas se me administra mediante mi frugal alimento sin otro fin que silenciarme para siempre, pero al paladar es amargo como una almendra y...»

El alquimista se interrumpió; pero Ulrich, quien también dominaba el latín, se situó junto a Rubaldo y prosiguió con voz firme:

–«... ni siquiera la miel con que endulzo la leche por las mañanas es capaz de enmascarar el amargor. Que Dios se apiade de mi pobre alma. Amén. Post scriptum: Deposito este pergamino en un libro del anaquel superior del *scriptorium*, cuya lectura sé que todavía nadie en nuestro monasterio ha llevado a cabo. Este libro lleva por título: *Del abismo del alma humana*.»

Ulrich von Ensingen levantó la vista. Luego se volvió hacia Afra, que parecía estupefacta. Finalmente ésta lanzó una mirada inquisitiva a Rubaldo. Éste se frotó la nariz desconcertado, como pensando. Acto seguido cogió el florín y lo dejó caer en el bolsillo interior de su jubón.

El angustioso silencio fue quebrantado por Afra:

–Si lo he entendido, acabamos de escuchar el testimonio de un hombre asesinado.

–Y además en Montecassino, el monasterio más famoso del mundo –apostilló Ulrich.

–Sin embargo –acotó Rubaldo–, los hechos ocurrieron hace más de quinientos años. El mundo es cruel, muy cruel.

El maestro Ulrich no sabía cómo explicar la actitud del alquimista. Hacía apenas unos instantes se había mostrado turbado, cuando no consternado, y ahora, de pronto, podría decirse que casi se mofaba del pergamino.

–¿Sabéis sobre qué versa ese documento? –preguntó el maestro de obras al alquimista.

–No tengo ni idea –respondió Rubaldo un tanto cortante–. Probablemente deberíais preguntar a un teólogo. En Ulm, al otro lado del río, los hay hasta debajo de las piedras.

–¿Acaso no tenéis vos también un pasado monacal, maestro Rubaldo? –inquirió Ulrich con gesto grave.

–¿Cómo ha llegado eso a vuestros oídos?

–En Ulm se habla de ello. Pero, sea como sea, lo que digo es que no ha de resultaros ajeno el significado del *Constitutum Constantini*.

–Jamás lo había oído. –La respuesta de Rubaldo sonó desabrida. Y como si quisiera evitar más preguntas, se dirigió hacia la ventana, cruzó los brazos a la espalda y contempló la vista con gesto de aburrimiento–. La única explicación que puedo ofreceros hace referencia a la sangre del Espíritu Santo. Así es como se denomina entre los alquimistas la tinta que se vuelve invisible poco después de entrar en contacto con el pergamino y que sólo puede ser revelada mediante un preparado especial. Si queréis saber mi opinión, se trata de un vulgar benedictino que quiso darse importancia. Los benedictinos son famosos por su verborrea. Creen que son más inteligentes que otros monjes y ponen cualquier nadería por escrito. No, hacedme caso, el pergamino no posee más valor que el del material en el que fue escrito. –Rubaldo regresó a la mesa sobre la que se hallaba el documento–. Deberíamos destruirlo antes de que ocasione alguna desgracia.

En ese instante Afra se interpuso y exclamó:

–¡No os atreváis! Me pertenece y quiero conservarlo.

Los tres se quedaron contemplando el pergamino. El texto se había desvanecido de nuevo. Afra cogió el misterioso documento, lo dobló cuidadosamente y lo guardó en el cofrecillo.

Durante el regreso hacia la otra orilla del río reinó el mismo silencio que en el trayecto de ida, hecho que pareció dejar indiferente al barquero. Afra, desesperada, intentaba recordar las circunstancias por las que el pergamino había llegado a sus manos. Al morir, su padre había dejado a cada una de las cinco hermanas una miseria. Nunca había sido un hombre con posibles, pero podía sentirse orgulloso de que en tiempos tan difíciles como aquéllos la familia no pasara necesidades. Por ser la mayor de las hermanas Afra había recibido el cofre, y por ser la mayor se le presuponía una actitud más responsable. Dado que la de su padre había sido una muerte temprana, él nunca había hecho alguna alusión aclaratoria delante de Afra. Cualquier comentario acerca del pergamino habría quedado grabado en su memoria.

–¿En qué piensas? –le preguntó Ulrich mientras observaba las ondas que levantaba el bote al surcar el río con la proa.

Afra sacudió la cabeza.

–No sé qué pensar. ¿Qué significa todo esto?

Tras una larga pausa, cuando ya casi habían alcanzado la orilla, Ulrich respondió:

–Tal vez me equivoco, pero tengo la sensación de que aquí hay gato encerrado. Cuando Rubaldo estaba traduciendo el texto, se detuvo de repente, como sin saber qué hacer. Me dio la impresión de que estaba abstraído en sus pensamientos. Y vi cómo le temblaban las manos.

–De eso no me he dado cuenta –respondió Afra, volviéndose hacia Ulrich–. Lo que me resulta sospechoso es que al final el alquimista quisiera destruir el pergamino. ¿Qué dijo? Que así evitaríamos que ocasionara algún mal, o algo parecido. O bien el texto del pergamino tiene gran trascendencia, y en ese caso debemos guardarlo como oro en paño, o bien se trata realmente de la palabrería de un monje que quería darse aires, y por lo tanto no hay razón para destruirlo. Todo esto resulta de lo más misterioso. –Afra suspiró–. Además, es imposible retener esas incomprensibles palabras. Yo ya he olvidado la mitad, ¿y tú?

Ulrich von Ensingen esbozó una de las pícaras sonrisas que tanto gustaban a Afra. A continuación le tendió la mano izquierda y volvió la palma hacia arriba. Afra se quedó boquiabierta al ver las letras. Ulrich se encogió de hombros.

–Es costumbre entre los maestros de obras. Aquello que uno apunta en la palma de la mano no se extravía ni se pierde jamás. Y luego basta un puñado de arena de río húmeda para borrarlo.

–¡Tendrías que haber sido alquimista!

–Probablemente, así me habría ahorrado muchos problemas. Y, como acabamos de ver, los alquimistas no se ganan la vida nada mal. ¡Un florín de oro por un aguachirle!

–¡Hemos llegado! –los interrumpió el barquero, y Afra y Ulrich saltaron a la orilla. Una vez en tierra, el maestro de obras cogió a Afra del brazo y dijo–: Deberías reconsiderarlo. ¡Hazlo por mí!

Afra supo de inmediato a qué se refería. Torció el gesto, como si sintiera dolor.

–Me quedo a tu lado. O nos marchamos los dos de aquí o...

–Sabes que no puede ser. No puedo abandonar ni a mi esposa ni mi trabajo.

–Lo sé –respondió Afra, resignada, y ladeó la cabeza.

–Tengo en mis manos la posibilidad de construir la torre más alta de la Cristiandad, pero si te acusan de brujería no podré hacer nada por ti.

–¡Que lo hagan! –espetó Afra–. ¿Qué artes ocultas se me podrían imputar?

–Afra, sabes que ésa no es la cuestión. Basta con que dos testigos afirmen haberte visto en compañía de un hombre con patas de carnero o escupiendo a la imagen de la Virgen en la iglesia y estarás condenada. No hace falta que te diga lo que eso significa.

Afra se soltó del brazo de Ulrich y echó a correr. Una vez en casa, se encerró en su alcoba, arrojó el cofre con el pergamino a un rincón y se desplomó llorando sobre la cama.

Le hervía la sangre al pensar en el enigmático texto del documento. Recordó enfurecida las palabras de su padre. Ésa era una situación en la que –como dijo su padre– ya no había salida. Pero ¿de qué servía un pergamino con el que nadie sabía qué hacer? Se sentía totalmente sola y desamparada.

Hacía un buen rato que había anochecido cuando, en medio de su desesperado llanto, sintió la urgente necesidad de visitar otra vez a Rubaldo. Había visto que era un hombre codicioso. Tal vez a cambio de dinero accediera a vender cuanto sabía. Porque sabía algo que guardaba relación con el texto del pergamino, de eso no cabía la menor duda.

Afra no era rica, pero había ido ahorrando los jornales y las propinas que ganaba en el comedor. En total podría haber treinta florines, que Afra guardaba en un saquito de piel en el armario, ésa era toda su fortuna. Se la ofrecería al alquimista si él le revelaba el secreto del pergamino.

Esa noche Afra no consiguió conciliar el sueño. A la mañana siguiente se levantó muy temprano, se puso el vestido verde y se dirigió a la otra orilla del río. El saquito con el dinero se lo metió entre los pechos.

De la casa del alquimista una columna de humo ascendía hacia el cielo. Afra aligeró el paso. Llamó a la puerta con ímpetu hasta que se abrió la misma trampilla del día anterior. Sin embargo, en lugar del alquimista, por el hueco de la puerta apareció el rostro de Clara.

–Necesito hablar con Rubaldo –dijo Afra sin aliento.

–No está –respondió la mujer e hizo ademán de cerrar la trampilla. Pero Afra se lo impidió con la mano.

–Escuchadme. Rubaldo os lo agradecerá. Decidle que estoy dispuesta a ofrecerle diez florines si me ayuda.

Entonces Clara corrió el cerrojo y abrió la puerta.

–Como he dicho, el maestro no está.

Afra no la creía.

–No me habéis entendido bien. He dicho ¡diez florines! –Afra se los puso delante de los ojos a la mujer.

–Aunque me ofrecierais cien, no podría hacer aparecer a Rubaldo por arte de magia.

–Esperaré –repuso Afra con obstinación.

–Me temo que no es posible.

–¿Por qué?

–El maestro partió ayer mismo hacia Augsburgo. Esperaba coger un barco que pudiera llevarlo río abajo. Estaba muy alterado y quería tomar el camino más rápido para ver cuanto antes al obispo.

Afra estaba al borde de las lágrimas.

–Lo lamento mucho –dijo Clara con una mirada de compasión–. Si yo puedo ayudaros en algo...

–¿Os ha dicho algo más el maestro Rubaldo? –preguntó Afra–. Haced memoria, os lo ruego.

–Bueno... –comenzó a decir Clara encogiendo los hombros–, hizo alguna alusión a un escrito muy importante. No dijo mucho más. No sé si lo sabéis, pero Rubaldo, por principio, toma a las mujeres por necias, porque el cerebro de Eva, según sus propias palabras, era un tercio más pequeño que el de Adán. Y eso, dice él, se ha mantenido así hasta hoy.

A Afra le faltó poco para soltar un improperio, pero como necesitaba la ayuda del alquimista, se mordió la lengua y, en lugar de insultarlo, preguntó:

–Excusad mi curiosidad, pero ¿sois la esposa del maestro Rubaldo?

A diferencia del día anterior, en el que Clara apareció ataviada con finas ropas, casi transparentes, ese día lucía un vestido tosco, como los que solían llevar las criadas para las labores del campo. Era alta, y sus sobrias y simétricas facciones tenían sin duda cierta belleza. El largo y oscuro cabello lo llevaba recogido.

–¿Os sorprendería si contestara que sí a vuestra pregunta? –replicó Clara. Y sin aguardar una respuesta, agregó–: ¿Queréis decir que con físicos tan distintos no hacemos buena pareja?

–¡No, no pretendía insinuar semejante cosa!

–No, tranquila, tenéis toda la razón. Todo el mundo sabe que los hombres pequeños sienten especial predilección por las mujeres altas. Y para no dejaros con la miel en los labios, os diré que no, que no soy su esposa. Podéis llamarme su barragana, su ama de llaves o cualquier otra cosa que se os ocurra.

–¡No tenéis por qué justificaros delante de mí! Disculpad mi estúpida pregunta.

Afra sintió que había puesto el dedo en una de las llagas de Clara. Le inspiró lástima. Prolongó la conversación sólo para que no la echara de allí. Afra tenía la impresión de que Clara no había confesado todo lo que sabía.

–Debéis saber –le comentó, con la esperanza de descubrir algo más sobre el pergamino– que me encuentro en una situación muy delicada. He recibido golpes muy duros en la vida. Perdí a mis padres cuando no era más que una niña. Un gobernador me empleó entonces en su casa y sus tierras, y, cuando ya empezaba a convertirme en una mujer, me empleó también para desfogarse y divertirse. –Afra notó que las lágrimas le asomaban a los ojos–. Un día me escapé y, al conocer al maestro Ulrich, me sentí dichosa por primera vez en la vida. Sin embargo, el maestro Ulrich está casado. Y, como la felicidad despierta envidias, ahora quieren acusarme de brujería.

Clara miró consternada a la joven del vestido aterciopelado.

–No sabía nada de eso –susurró–. Yo pensé que procedíais de una familia de alcurnia, que erais una de esas hijas de burgueses malcriadas cuya única pretensión en la vida es casarse con un hombre rico.

Afra rió con amargura.

–El vestido que lleváis no es el propio de una criada –observó Clara.

–Como veis, las apariencias engañan.

–No hay motivo, pues, por el que yo deba ocultaros mi pasado. Yo era lavandera en la casa de baños antes de que Rubaldo me sacara de allí. –Clara extendió las manos. Las tenía de un rojo oscuro y, en los puntos donde se marcaban los nudillos, ásperas y casi transparentes–. Rubaldo dijo que era un hongo y me preparó una mixtura. Pero un alquimista no es un boticario, y hasta ahora el remedio no ha surtido efecto. Pero ¿qué tiene que ver tu misterioso pergamino con la acusación de brujería? –preguntó Clara.

–En realidad, nada –respondió Afra–. Mi padre me dijo que era muy valioso y que podría resultarme útil si alguna vez me veía en apuros.

–¿Y es ése el caso?

Afra asintió.

–El maestro Rubaldo era mi última esperanza. Ayer me dio la impresión de que sabía más sobre el pergamino y quería ocultarlo.

–Puede ser –respondió Clara, pensativa–. No es fácil adivinar las intenciones de un alquimista como Rubaldo. Lo único que dio a entender fue que debía comunicar una noticia urgente al obispo de Augsburgo. De repente. Y aunque quizá yo sea necia, estoy bastante segura de que esa noticia guardaba relación con el pergamino. ¡Un momento! –Clara se dio la vuelta y desapareció por la empinada escalera.

Al cabo de unos instantes regresó con una hoja.

–La encontré en su mesa del laboratorio. Tal vez para ti tenga algún significado. ¿Puedes leerlo? Pero prométeme por lo que más quieras que no me delatarás.

–Prometido –respondió Afra, agitada, mirando fijamente el papel.

La caligrafía del alquimista formaba lazos, ojuelos y recargados adornos hasta el punto de que las letras parecían haber sido dibujadas en lugar de escritas, tal era su hermosura. Aunque, por desgracia, también eran casi ilegibles. Afra tardó un buen rato en comprender la segunda línea.

El primer renglón rezaba: «Montecassino, Johannes Andreas Xenophilos.» Y en el segundo se leía: «*Constitutum Constantini.*» Nada más.

Clara miró a Afra con aire interrogante.

–¿Te ayudan esas palabras?

Decepcionada, Afra negó con la cabeza.

Mientras regresaba al barrio de los pescadores, una serie de pensamientos sombríos asediaron a Afra. Se había dado por vencida y avanzaba embebida en su propia desazón. Al llegar al lugar donde una pasarela de madera con una historiada barandilla salvaba el río Blau, Afra fue abordada por un joven. Lo reconoció de inmediato a pesar de que jamás se habían visto las caras. Se trataba de Matthäus, el hijo de Ulrich. Llevaba un abultado gorro de terciopelo con una pluma de pavo real y lucía un aspecto algo atildado, como la mayoría de los jóvenes de padres ricos.

De sus ojos oscuros brotaron chispas de ira al imprecar a Afra:

–¡Ya has logrado lo que querías, miserable ramera, bruja!

Afra se estremeció. Al cabo de un instante, se recompuso y contestó:

–No sé de qué me hablas. ¡Y apártate de mi camino!

–Eso mismo te digo yo a ti. Tú has incitado a mi padre a envenenar a mi madre. Ahora ella está muerta, me oyes, ¡muerta! –La voz se le quebró, y entonces agarró a Afra por los brazos y la zarandeó.

Afra se asustó.

–¿Muerta? –repitió, perpleja–. ¿Qué ha ocurrido?

–Ayer mismo –respondió Matthäus–, no mostraba el menor síntoma de enfermedad, y esta mañana la he encontrado en la cama sin vida, con los labios morados y las uñas oscuras. El médico, al que acudí en busca de auxilio, dijo que Dios se apiadara de su pobre alma, pues había sido envenenada.

–¡Pero no por tu padre!

–¿Por quién, entonces? Mi madre llevaba varios días sin salir de casa. Sí, ha sido él, tú lo has embrujado para que la envenene.

–No digas disparates. ¡Ulrich jamás haría algo así!

–No lo niegues. El barquero os vio a mi padre y a ti cuando fuisteis a casa del alquimista a comprar el veneno.

–Eso es cierto, fuimos a ver al alquimista, pero ¡no compramos ningún veneno! Lo juro por todos los santos.

–Alguien como tú –replicó Matthäus con desprecio– debería cuidarse mucho de jurar. Si quieres oír un consejo, abandona Ulm hoy mismo y huye todo lo lejos que puedas, si es que estimas en algo tu vida. A mi padre no volverás a verlo, eso te lo juro. –Matthäus escupió a los pies de Afra, dio media vuelta y se marchó en dirección a la plaza de la catedral.

Por la noche el pescador Bernward fue a pedirle explicaciones a Afra.

–¿Es cierto lo que dice la gente? Eso de que el maestro de obras ha envenenado a su esposa...

La pregunta hirió a Afra, por cuanto sabía que los pescadores eran personas honradas que siempre habían estado a su lado.

–Sed francos y decid todo lo que cuenta la gente –repuso Afra–, sed francos y decid que cuentan que yo embrujé al maestro Ulrich para que envenenara a su esposa. ¿Por qué no lo decís, maese Bernward?

–Sí... –respondió éste tímidamente.

–En efecto –afirmó su esposa, Agnes–, eso es lo que dice la gente. Pero no debes pensar que nosotros creemos a pies juntillas los rumores que corren por ahí. Queríamos oírlo de tu propia boca.

Afra respondió en un tono que traslucía cierto enojo:

–Por todos los santos, claro que no he embrujado a Ulrich. Ni siquiera sabría cómo hacerlo. Y estoy segura de que él no ha asesinado a su mujer. Llevaba años enferma. Él mismo me lo contó.

–¿Y el veneno del alquimista?

–No hay ningún veneno. Fuimos a ver al maestro Rubaldo por otro motivo. Y para colmo de males él no puede corroborarlo porque se encuentra de viaje, rumbo a Augsburgo.

–Nosotros te creemos, de veras –afirmó Agnes e intentó abrazar a Afra.

Afra le apartó los brazos y se dirigió a su alcoba. Había perdido toda esperanza de que las cosas pudieran arreglarse. Y, por primera vez, consideró seriamente la posibilidad de irse de Ulm. Pero antes quería hacer algo.

El día declinaba cuando Afra, al abrigo del ocaso, se deslizó hasta la plaza de la catedral. En torno a la obra había un sinfín de rincones oscuros donde esconderse. Allí quería aguardar hasta que Ulrich bajara del taller.

Llevaban tres días sin verse. Afra no sabía cómo habría afectado a Ulrich la repentina muerte de su esposa. Ella habría deseado estrecharlo entre sus brazos y consolarlo. Aunque ella también habría necesitado el consuelo de Ulrich. Ahora quería oírle decir por última vez que lo mejor para los dos era que ella abandonara la ciudad.

Sumida en sus pensamientos y con la capucha bien calada para ocultar su rostro a los viandantes, se dirigió hacia un muro junto al que resguardarse. En el camino, sin embargo, se cruzó con una vendedora del mercado que regresaba a casa con un canasto de manzanas a las espaldas. La vendedora tropezó y cayó al suelo, y las piezas de fruta madura salieron rodando por el empedrado.

Afra masculló una disculpa y trató de huir; pero la frutera profirió un grito que resonó en toda la plaza:

–¡Vaya, vaya! ¡Es ella, Afra, la que ha embrujado a nuestro maestro de obras!

Al cabo de un instante aparecieron varios curiosos.

–¡La puta del maestro de obras!

–Pobrecilla esposa. Ni siquiera se ha enfriado el cadáver y ya está esta buscona merodeando por aquí.

–¿Y por ésa la ha asesinado?

–Ella es la que debería ir al calabozo, y no él.

–Lo han detenido hoy. Yo lo he visto.

–¿Y esa bruja sigue libre?

Alguien arrojó una manzana que alcanzó a Afra en la frente. Sin embargo, el golpe no le causó ni la mitad de dolor que aquellas habladurías sobre ella. ¿Ulrich encerrado? Afra apretó las manos contra los oídos para no oír más increpaciones. En ese instante algo volvió a alcanzarla: una piedra impactó en el dorso de su mano. Afra notó cómo la sangre se deslizaba por dentro de su manga. Echó a correr. Fue a toda prisa hacia la Hirschgasse, mientras las piedras volaban hacia su espalda. Por suerte ninguna dio en el blanco. Cuando le pareció que ya estaba fuera de peligro, se detuvo, con el corazón palpitante, y aguzó el oído. En la lejanía continuaban oyéndose los gritos de la furiosa multitud:

–¡Deberían ahorcarlos, a los dos!

La noche se le hizo eterna. Se había dado por vencida y ya no le importaba lo que pudiera sucederle ahora que Ulrich estaba en el calabozo. Entonces pensó de nuevo en su padre y de pronto se despertó en ella un odio hacia él por haber alimentado sus esperanzas con aquellas misteriosas palabras y, después de todo, haberla abandonado a su suerte. Hacía ya mucho rato que habían dado las doce cuando oyó unos débiles golpes en la puerta y unos susurros. «Deben de ser los alguaciles –pensó en un entresueño–. Vienen a buscarte.»

Crujidos. Pasos. De pronto Afra se sobresaltó. A la tenue luz de la Luna que penetraba por el ventanuco de su alcoba, vio que se abría la puerta. Tras ella, titilaba la luz de un candil.

–¡Afra, despierta! –Era la voz del pescador, quien irrumpió en su alcoba acompañado por dos fortachones.

–¿Sí? –respondió Afra, aturdida, y se sentó.

No parecía en modo alguno asustada. Ni siquiera cuando uno de los dos hombres vestidos de negro se le acercó, se mostró atemorizada.

–Vístete, muchacha –ordenó–. Apresúrate y lía en un hato todo cuanto tengas. Y no olvides el pergamino.

Afra se quedó boquiabierta. Miró a los ojos al hombre que acababa de pronunciar esas palabras. ¿Cómo diantres sabía de la existencia del pergamino? No lo había visto jamás. Al otro tampoco. Estaba demasiado aturdida para buscar respuestas. Ni siquiera le importó que los hombres la miraran mientras se vestía y liaba un par de hatillos con sus vestidos y demás pertenencias.

–Vámonos ya –dijo de nuevo el mismo hombre cuando Afra hubo acabado.

Afra se volvió una última vez, recorrió con la mirada la alcoba, casi en penumbra, que había sido su hogar durante los tres últimos años, y se colocó un hatillo debajo de cada brazo.

Vestidos con ropa de cama, el pescador Bernward y su esposa la acompañaron a la puerta y rompieron a llorar cuando Afra se despidió de ellos en susurros.

–Has sido como una hija para nosotros –dijo Bernward, y Agnes inclinó la cabeza a un lado.

Afra asintió en silencio. Sin pronunciar palabra, les estrechó la mano. Luego los hombres vestidos de negro la apremiaron para que saliera y la escoltaron por la calle.

Con faroles a media llama, cruzaron la pasarela sobre el Blau, recorrieron un tramo junto a la muralla de la ciudad y llegaron hasta la puerta que conducía al Danubio. Los guardianes estaban compinchados. Tras un breve silbido, se abrió la puerta.

Cuando Afra, en compañía de los dos hombres, llegó ante la puerta, unos nubarrones negros y bajos oscurecieron el halo de la Luna. Afra divisó entre las sombras, atracada en la orilla, una de las barcazas que eran tan típicas de la ciudad. Los hombres la agarraron de los brazos para que no tropezara y la ayudaron a bajar hasta la barca que aguardaba en el río.

«¿Qué van a hacer conmigo?», pensó Afra. Sobre el agua soplaba una brisa helada que se mezclaba con el hedor de las aguas inmundas de la ciudad.

Como todas las barcazas típicas de Ulm, ésta tenía en la popa una construcción de madera donde los hombres podían guarecerse de las inclemencias. Cuando Afra subió a la barca, la puerta de esa camareta se abrió.

–Ulrich –farfulló Afra. Eso fue todo cuanto pudo decir.

El maestro de obras estrechó a Afra entre sus brazos. Durante unos instantes se abrazaron en silencio, luego Ulrich dijo:

–¡Ven, no tenemos tiempo que perder! –Y la empujó suavemente hacia la camareta.

Las ventanas a ambos lados estaban tapadas por unas cortinas. Sobre la mesa ardía una vela. Una estufa de carbón situada en un rincón mantenía el habitáculo caldeado. Los hombres que la habían llevado hasta allí depositaron los hatillos de Afra.

–No entiendo nada –exclamó Afra, desconcertada–. En la ciudad decían que estabas en la cárcel.

–Y ciertamente estuve –respondió Ulrich muy sereno, como si nada tuviera que ver con él. Estrechó las manos de Afra entre las suyas y agregó–: El mundo es malvado, y uno sólo puede combatirlo con maldad.

–¿Qué quieres decir, Ulrich?

–Bueno, pues que cuanto más altas son las catedrales, más baja es la moral.

–¿Quieres explicarme de una vez de qué estás hablando?

Ulrich von Ensingen se metió la mano en el bolsillo, luego la sacó y alzó el puño ante los ojos de Afra. Ésta lo comprendió todo en cuanto Ulrich abrió la mano. En la palma tenía tres doblones de oro.

–Todo tiene un precio –comentó con una amplia sonrisa–. Un mendigo cuesta un *pfennig*, un carcelero un florín. ¿Y un magistrado?

–¿Un doblón? –respondió Afra.

El maestro Ulrich se encogió de hombros.

–O tal vez dos o hasta tres... –Golpeó la puerta de la camareta y gritó–: Zarpad, ¿a qué esperáis?

–¡Entendido! –se oyó exclamar a una voz en el exterior. A continuación los bateleros soltaron amarras y, ayudándose de largos palos, arrastraron la embarcación hacia la corriente.

No eran pocos los peligros que se corrían al navegar por el río con una barca tan grande en plena noche. Pero el patrón era un hombre experimentado. De Ulm a Passau conocía cada recodo, cada banco de arena, cada corriente. Se había dedicado a transportar tejidos de lana y lino desde el lago de Constanza. Y por el dinero que el maestro Ulrich le había ofrecido, habría estado dispuesto a zarpar a cualquier hora.

–¿No quieres saber adónde nos dirigimos? –preguntó Ulrich.

Enfrascada en sus pensamientos, Afra respondió:

–El destino me da igual. Lo importante es que haremos el viaje juntos. Pero seguro que no vas a resistir las ganas de decirme adónde vamos.

–A Estrasburgo.

Afra lo miró con incredulidad.

–Después de lo que ha ocurrido, no puedo quedarme aquí. Aunque se demostrara que no soy el culpable de la muerte de Griseldis, el odio de la gente es inmenso, y no creo que me dejaran seguir trabajando tranquilo. Y en cuanto a ti, querida, seguro que habrían encontrado una razón para condenarte.

Afra se recostó, aturdida. Pasaba por su cabeza todo lo que había sucedido. ¡Estrasburgo! Había oído hablar de esa ciudad, que se contaba entre las más grandes de Alemania y que estaba a la par de Nuremberg, Hamburgo o Breslau. Se decía de sus habitantes que poseían una riqueza inimaginable y una enorme vanidad.

–Has traído contigo el pergamino, ¿verdad? –La voz de Ulrich arrancó a Afra de sus pensamientos. Ella asintió y pasó la mano sobre el bolsillo de su abrigo.

–Aunque he perdido la esperanza de que algún día pudiera llegar a sernos útil –apuntó.

Ulrich von Ensingen adoptó un gesto serio.

La barcaza avanzaba con rapidez por el río. De cuando en cuando las olas chocaban contra el casco, provocando un ruido similar al de los golpes discontinuos de un martillo. Por lo demás, en el río imperaba el silencio. Cuando el alba despuntaba y el viento arrastró consigo las densas y oscuras nubes, Ulrich abrió las cortinas.

Afra contempló la vista de las praderas, intercaladas con un paisaje más montañoso. Al cabo de unos minutos, anunció titubeante:

–Ya te he hablado alguna vez del monasterio donde me dieron cobijo una temporada. En la biblioteca había colgado un mapa. Estaban dibujados el Rin y el Danubio y allí podía verse exactamente la dirección que seguían, uno de sur a norte y otro de oeste a este. Y también se distinguían las ciudades más grandes...

–¿Adónde quieres ir a parar?

–Si recuerdo bien el mapa, Estrasburgo está justo en la dirección opuesta a la que nosotros hemos tomado.

Ulrich se echó a reír.

–No es fácil engañarte. Pero descuida, sólo viajaremos en barco hasta Gunzburgo. Es una maniobra de despiste, por si alguien nos delatara. En Gunzburgo encontraremos carreteros de sobra dispuestos a llevarnos a cualquier sitio por algún dinero.

–Eres mucho más listo todavía de lo que yo creía –observó Afra, y miró a Ulrich con admiración.

Embebidos en esa contemplación mutua, ninguno reparó en el hombre que, a través de la ventana, escuchaba la conversación sin perder detalle.

4

LA SELVA NEGRA

Adónde? –preguntó el carretero, enarcando las cejas.

Por su aspecto parecía una persona bastante distinguida, pues sus ropajes contrastaban de forma considerable con los de los otros carreteros. No viajaba solo, sino en compañía de un soldado armado hasta los dientes.

–Da igual adónde –respondió Ulrich von Ensingen–, siempre que sea en dirección oeste.

–En ese caso creo que podremos llegar a un acuerdo –repuso el distinguido carretero, y examinó a Ulrich y a Afra de arriba abajo. Los viajeros parecían ser gentes adineradas.

En las vegas de los ríos, donde el Günz y el Nau desembocaban a poca distancia uno del otro en el Danubio, esperaba más de una docena de carros, carretas tiradas por una vaca, grandes carros tirados por yuntas de bueyes; pero sólo había un carruaje entoldado, que disponía de una protección contra el viento y las inclemencias, enganchado a caballos. Las tierras fluviales situadas antes de llegar a Gunzburgo, donde Ulrich y Afra habían abandonado la barcaza, eran un importante centro de trasbordo. Las mercancías se trasladaban de los barcos a los carros y viceversa para que continuaran la ruta de transporte.

Sólo las gentes pudientes viajaban en carruajes propios. De ahí que fuera habitual que los carreteros que transportaban material de construcción, ganado, pieles y tejidos, llevaran a los viajeros a cambio de unas monedas.

El carretero con el que Ulrich von Ensingen había entablado conversación acarreaba vajillas de plata y estaño desde Augsburgo y cobraba seis *pfennig* por día y persona. Era el doble de lo que cobraba normalmente, pero con el tiro de caballos, argumentó el cochero cuando Ulrich opuso reparos, avanzarían el doble de rápido que con el habitual carro de bueyes, y además tenía capota.

–¿Cuándo partes? –preguntó Ulrich.

–Si queréis, ahora mismo. Pero debéis pagarme los tres días por adelantado. Por cierto, me llamo Alpert, y el soldado se llama Jörg.

El maestro de obras lanzó una mirada inquisitiva a Afra. Ésta hizo un gesto de aprobación y Ulrich entregó al carretero la suma convenida.

–Doy por supuesto que no irás por Ulm.

–¡Dios me libre! ¿Qué iba a hacer yo en Ulm, donde mercachifles y usureros campan a sus anchas?

–Veo que has tenido alguna mala experiencia.

–¡No lo sabéis bien, señor! En Ulm no cobran un portazgo por el vehículo, sino que lo calculan según el valor de la mercancía. Un carro cargado de piedras para la catedral paga mucho menos que yo, que transporto platería. Y eso que los carros cargados de piedras se hunden en las calles mucho más que un carro de caballos con una carga ligera. ¡Eso no es más que usura! Pero ya se sabe: «Dinero, ¿adónde vas? A donde hay más.»

Mientras colocaba el voluminoso equipaje del maestro de obras y los hatillos de Afra en el carro, les explicó la ruta.

–A dos millas de aquí cruzaremos el río, atravesaremos los bosques del Danubio hacia el oeste y dejaremos Ulm al sur. Tenemos el tiempo justo para ascender el Jura. Anoche cayó la primera helada y los caminos están duros y transitables. ¡Conque en marcha!

Ulrich ayudó a Afra a subir al carruaje, donde tomaron asiento en un cómodo banco, tras el cochero y el soldado. Alpert sacudió el látigo y los rocines, dos caballos con gruesas crines marrones, emprendieron el camino.

Nunca antes Afra había viajado tan rápido, y mucho menos tan cómoda. En el bosque del Danubio, que bordeaba ambas orillas del río, los árboles pasaban volando como briznas de paja arrastradas por el viento. Más adelante, cuando hubieron dejado atrás Ulm, ya a la altura de Blaustein, el camino discurría junto al río Blau, el cual, a medida que avanzaba hacia el oeste, serpenteaba por meandros cada vez más pronunciados, como si fuera incapaz de decidir qué dirección tomar. El cochero y su soldado resultaron ser una amena compañía con un gran repertorio de anécdotas que contar sobre cada lugar que atravesaban.

Una húmeda neblina cayó sobre el camino. Durante el corto día, el sol no logró reunir fuerzas suficientes para oponer resistencia al frío. Afra estaba aterida bajo la manta que Ulrich le había colocado sobre los hombros.

–¿Hasta dónde tenéis pensado llegar hoy? –preguntó Afra al cochero–. Tratándose de esta época del año, no tardará en anochecer.

–¡Además estamos desfallecidos de hambre! –agregó Ulrich–. Llevamos todo el día sin probar bocado.

Entonces el cochero dio la vuelta al látigo y señaló hacia adelante con el mango.

–¿Veis el roble que hay en lo alto de esa loma? Allí se bifurca el camino. Por la derecha se llega a Wiesensteig y después la senda continúa hacia el norte. Por la izquierda, a sólo dos millas, se encuentra Heroldsbronn. Allí nos esperan una posada y unas caballerizas. Os gustará.

A lo largo del día Afra y Ulrich habían hablado muy poco. No es que hubiera tirantez alguna entre ellos, simplemente estaban exhaustos. A lo cual había que añadir el traqueteo del carruaje por esos escabrosos caminos, que producía el mismo sopor que el zumo de adormidera. De modo que cada uno iba absorto en sus pensamientos. A Afra le costaba asimilar la nueva situación. La víspera, sin ir más lejos, se había visto más cerca de la muerte que de la vida, y de pronto, de la noche a la mañana, se encontraba con Ulrich de camino hacia una vida nueva. ¿Qué iba a ser de ellos en Estrasburgo?

Ulrich se hallaba inmerso también en cavilaciones sobre lo sucedido en los últimos días. La repentina muerte de Griseldis había supuesto un golpe más duro de lo que él esperaba. Pero más aún lo había desquiciado que, de inmediato, todo el mundo se hubiera vuelto en su contra. Jamás se habría imaginado que un día iba a acabar encerrado en un calabozo de Ulm, después de todo lo que esa ciudad tenía que agradecerle. En su interior se mezclaban el duelo y la rabia. Y cuanto más se alejaban de Ulm, más crecía la rabia. El maestro Ulrich tenía en mente la idea de erigir en Estrasburgo la torre más alta de la Cristiandad, por despecho hacia los ciudadanos de Ulm.

–¡Heroldsbronn! –El cochero hizo restallar varias veces el látigo y apuró las últimas fuerzas de sus jamelgos.

La villa se hallaba encaramada en una loma, coronada por unos peñones rojizos que recordaban a la cresta de un gallo. No tenía murallas. Las casas, apiñadas en torno al centro de la ciudad, donde se encontraba la plaza del mercado, hacían las veces de fortín contra posibles invasores.

Un foso impedía el acceso a la villa, salvo cuando se bajaban los puentes de madera. Alpert conocía a los guardianes que vigilaban la torre de la puerta principal. Saltó del pescante y pagó el portazgo exigido, luego el carro atravesó traqueteando la estrecha puerta y entró en la plaza.

Por la villa no habían visto prácticamente ni una alma. Sin embargo, en la plaza había una intensa actividad, aunque el ambiente no era precisamente refinado. Cerdos, ovejas y gallinas compartían la estrecha plaza, que en realidad no era más que una calle ancha. Los comerciantes estaban desmontando los puestos del mercado. Las madres trataban de echar mano a sus hijos, que correteaban entre los puestos. En corrillos, las criadas trababan conversación. Y en medio de todo eso, mendigos con la mano extendida. Todas las sobras del día estaban esparcidas a la buena de Dios por el empedrado, entremezcladas con boñigas de vaca y excrementos de oveja y de cerdo. Afra se tapó la nariz.

Poco antes de acabarse la plaza, delimitada en su lado más estrecho por una vieja iglesia, se encontraba, a mano izquierda, una casa de pequeña fachada y tejado escalonado. Un sol de latón con la inscripción «Al Sol», colgado de una barra de hierro, señalaba hacia la posada. Sobre la puerta ojival de entrada, por la que a duras penas pasaba un coche de caballos, colgaba una cabeza de jabalí que el hospedero había matado en los bosques aledaños, una costumbre nada inusual en la zona.

A fuerza de perseverancia, Alpert logró enfilar la puerta con su carruaje y entrar en un patio interior. Habían llegado tarde. En el patio y las cocheras, entre las porquerizas y los gallineros, ya había otros carros estacionados. Dos criados daban forraje a los animales.

Con artes de mal actor, el posadero se llevó las manos a la cabeza cuando Alpert anunció la llegada de otros cuatro huéspedes esa noche. Había suficiente comida para todos, pero ya no quedaban plazas para dormir. Aunque si se conformaban con echarse en las escaleras con unos sacos de paja...

En ese instante Ulrich interrumpió al posadero, le puso disimuladamente una moneda en la mano y le dijo:

–Estoy seguro de que encontrará un cuarto, por pequeño que sea, para mi esposa y para mí.

El posadero bajó la vista y, al ver la moneda, hizo una exagerada reverencia:

–¡Desde luego, señor, desde luego!

Afra había recibido con regocijo la sorpresa de que Ulrich von Ensingen se hubiera referido a ella como «su esposa». Jamás habría imaginado que algún día ocurriría. De pronto y, como si fuera lo más normal del mundo, Ulrich había dicho: «Un cuarto para mi esposa y para mí.» En ese momento Afra se habría lanzado a sus brazos.

Como cabía esperar, el posadero les ofreció una agradable alcoba con una cama tan alta que era preciso ayudarse de un escabel para subir. El lecho estaba cubierto con un baldaquín de madera, que hacía las veces no tanto de ornamento como de protección para los desagradables bichos que pudieran caer del techo. El colchón, en lugar de áspera paja, era de heno suave.

–O mucho me equivoco –observó Ulrich sonriéndose con sorna–, o ésta es la habitación de los posaderos.

–A mí también me da esa impresión –respondió Afra–. Desde

luego, yo jamás he pasado la noche en un lugar con tantas comodidades.

En el comedor que la posada tenía en la planta baja apenas cabía un alfiler. Únicamente había una mesa, muy estrecha, que se extendía de una pared a otra. Cuando Afra y Ulrich entraron, un súbito silencio invadió la estancia. Afra era la única mujer allí. Sintió que todas las miradas se volvieron hacia ella. Sin embargo, Afra se había curtido en el comedor de Ulm y no le importaba verse en esa clase de situaciones.

–¡Sentaos aquí! –exclamó un vendedor de ornamentos sagrados de aspecto devoto, y se corrió a un lado para hacerles sitio en el banco–. Los otros sólo os quieren para venderos algo.

El exorcista sentado en el extremo derecho de la mesa, un dominico que iba a visitar a una monja que levitaba y que estaba poseída por el diablo, se mostró ofendido. Y un médico ambulante de Xanten espetó a los demás comensales, sin mirar a Afra:

–¡No sé qué negocios iba a hacer yo con esa mujer!

–Es verdad –convino con él un clérigo que no quiso revelar de dónde venía ni adónde se dirigía.

–Bueno, si quisierais comprar una Biblia o algún libro que pudiera resultaros útil –terció un librero de Bamberg–, yo no os diría que no. Tengo dos cajones llenos de libros y pergaminos en el carro. Los negocios no marchan bien. Los monjes se escriben ellos mismos los libros que necesitan.

–¡Os lo advertí! –exclamó acalorado el vendedor de ornamentos sagrados–. Sólo les interesa hacer negocio.

–¿Y desde cuándo está prohibido? –Un comerciante de reliquias sentado en el otro extremo de la larga mesa les recomendó un relicario de santa Úrsula de Colonia, que era protectora de los matrimonios dichosos, y, al decir eso, le guiñó el ojo izquierdo a Afra.

–¿Un relicario? –preguntó Afra, incrédula.

–La oreja izquierda de la santa, junto al dictamen del arzobispo de Colonia que avaló su autenticidad.

Afra se asustó. Pero no por la oferta del comerciante de reliquias, sino porque el comensal que se sentaba a su lado, un hombre con el rostro demacrado y escasa cabellera, se había transformado de pronto en una figura fantasmagórica y pálida de ojos oscuros y hundidos, y una inmensa nariz ganchuda. Casi de inmediato, Afra comprendió que se había cubierto la cara con una máscara.

–Yo soy un fabricante de máscaras de Venecia –anunció tras retirarse la máscara–. Para vos naturalmente tendría un fantástico ejemplar de *cocotte*. Tal vez podría mostraros...

Afra hizo un gesto negativo con la mano.

–¡Os lo advertí! –repitió el vendedor de ornamentos sagrados.

–Habláis un excelente alemán –lo alabó Afra mientras el posadero servía jarras de cerveza y costillas en cuencos de barro, col hervida y humeante, y un cesto con trozos de pan.

–Tiene que ser así, si quiero vender mis máscaras. No lo tengo tan fácil como ese de ahí. –Se giró hacia un lado y comentó en un tono casi despectivo–: Un pintor de frescos de Cremona. Está buscando trabajo. Y consigue salir adelante sin hablar una sola palabra de alemán.

Los demás se rieron, y el pintor de frescos los miró fijamente sin comprender.

–Sólo quedan esos dos que están sentados a ambos lados del exorcista. –El vendedor de ornamentos sagrados los señaló con el dedo–. No parecen muy habladores. Claro que no es extraño. Uno de ellos es un tullido que se partió las piernas al caer de un andamio. Ahora tiene la esperanza de que el santo apóstol de Santiago de Compostela lo cure. Pobre diablo. Y ese otro de ahí no suelta prenda –añadió señalando con el pulgar hacia fuera.

–¡Soy un caminante en misión secreta! –replicó el aludido, y frunció la nariz como si se sintiera molesto. Sus ropas negras y sus mangas abultadas en los hombros le daban un aire elegante.

–¿Y vos? ¿De dónde venís? ¿Adónde os dirigís? –El exorcista se volvió hacia Afra al formular la pregunta mientras arrebañaba una costilla con su dentadura llena de huecos y los churretones de grasa se le deslizaban por la barbilla.

–Venimos de Ulm –respondió Afra de forma sucinta.

Ulrich le dio una patada por debajo de la mesa y agregó:

–Vivimos en Passau. Hemos pasado por Ulm de camino a Tréveris.

–No puede decirse que tengáis aspecto de peregrinos.

–No lo somos –respondió Afra.

–Queremos intentar abrir una pañería –añadió Ulrich en tono sereno. Afra asintió.

Con el rabillo del ojo, Afra vio que el vendedor de ornamentos sagrados no le quitaba los ojos de encima. Eso estaba empezando a incomodarla.

–¿Es posible –preguntó éste con vacilación– que vos y yo nos hayamos cruzado ya en alguna otra ocasión?

Afra se asustó.

–Vuestra cara me resulta familiar.

–No se me ocurre dónde podemos habernos visto. –Afra se volvió hacia Ulrich en busca de ayuda.

La animada conversación se interrumpió de forma repentina. No tanto debido a la torpeza de la pregunta del vendedor, sino porque el comerciante de reliquias acaparó la atención de los comensales. Sin que nadie se diera cuenta, había sacado una maleta de debajo de la mesa y había comenzado a extender todas las reliquias por la mesa. Acompañadas todas ellas, eso sí, de la correspondiente explicación:

–La oreja izquierda de santa Úrsula de Colonia, el cóccix de san Gaubaldo de Ratisbona, un jirón del sudario de santa Sibila de Gages, de san Idesbaldo de las Dunas, el pulgar izquierdo, y una uña del pie de santa Paulina de Paulinzella, ¡todos certificados!

Afra apartó su plato a un lado, asqueada, y en ese mismo instante entraron Alpert, el cochero, y el soldado, Jörg, en el comedor.

–Haceos un hueco en la mesa –sugirió el posadero, y ambos se apretujaron en el poco espacio libre que quedaba.

Alpert tomó asiento junto al comerciante de reliquias. Cuando vio los restos humanos delante de su plato, torció el gesto.

–¿Eso coméis?

Los demás estallaron en carcajadas, golpeándose los muslos. Sólo el vendedor de reliquias mantuvo el semblante serio y miró a los demás furibundo. Su cara enrojeció de tal modo que parecía que fuera a explotar de un momento a otro. Con los dientes apretados, bramó:

–Son reliquias de santos importantes, y su autenticidad ha sido confirmada por eminentes obispos y cardenales.

–¿Cuánto pedís por la oreja de santa Úrsula? –inquirió el vendedor de ornamentos sagrados.

–Cincuenta florines, si gustáis.

El posadero, que miraba por encima del hombro del vendedor de reliquias, exclamó escandalizado:

–¡Cincuenta florines por una oreja reseca! ¡Yo ofrezco una oreja de cerdo guisada por dos *pfennig*, recién hecha y acompañada de col! Y además os doy un certificado.

Evidentemente, el posadero llevaba las de ganar y los comensales aplaudieron su comentario, de modo que el comerciante guardó el muestrario de sus valiosas pero poco apetecibles reliquias.

Posando su mano en la espalda del hombre sentado a su lado, el librero de Bamberg, el fabricante de máscaras veneciano le susurró al oído:

–En Lombardía, de donde yo provengo, hay familias enteras que viven de enterrar a sus parientes muertos en tierra mezclada con cal y desenterrarlos al cabo de un año. Luego secan los huesos en un horno y los venden como reliquias. Nunca tienen problemas para encontrar un obispo codicioso dispuesto a verificar que son auténticas.

El librero meneó la cabeza.

–¿Cuándo va a acabarse este delirio de una vez por todas?

–No antes del Juicio Final –apuntó el maestro Ulrich, que de ese modo trabó conversación con el librero–: Antes dijisteis que corren malos tiempos para los libreros. A mí me cuesta creerlo. La peste y el cólera han dejado muy diezmados los monasterios, y muchos *scriptoria* están faltos de escribanos, y sin embargo vuestros principales compradores, los hidalgos, han sufrido mucho menos los azotes de la humanidad.

–En eso lleváis razón –respondió el librero–, pero los hidalgos continúan padeciendo los efectos de las cruzadas. La población ha mermado a menos de la mitad y los grandes señores pudientes ya no abren tanto la mano como antaño. El futuro ya no está en manos de los nobles del campo, sino en los comerciantes de las ciudades. En Nuremberg, en Augsburgo, en Frankfurt, en Maguncia y en Ulm encontraréis comerciantes tan ricos que casi podrían comprar al emperador. Por desgracia, la mayoría no sabe ni leer ni escribir. Un futuro muy negro para un librero como yo.

–¿Y no tenéis la esperanza de que la situación pueda cambiar?

El librero se encogió de hombros.

–Yo reconozco que los libros son demasiado caros. Un monje aplicado tarda en escribir las mil páginas de una Biblia, cuando menos, tres años. Aunque sólo hubiera de retribuírsele con el condumio diario y con un hábito al año, los costes en tinta y pergamino constituyen una suma considerable. Yo no puedo vender esa Biblia por dos florines. Pero no quiero perderme en lamentos.

Ulrich von Ensingen asintió con gesto pensativo.

–Deberíais aprender magia y lograr que el libro que hubiera sido escrito una vez pudiera multiplicarse por diez, o incluso por cien, sin necesidad de que una mano humana tocara la pluma.

–Señor, sois un soñador y no habláis sino de quimeras.

–Es posible, pero los ideales son la base de todo gran invento. ¿Hacia dónde os dirigís?

–El arzobispo de Maguncia se cuenta entre mis mejores clientes. Pero antes iré a visitar al conde de Württemberg. Su biblioteca es famosa y su pasión por los libros da de comer a la gente como yo.

–¿El conde Eberhard de Württemberg? –Afra miró al librero con estupor.

–¿Lo conocéis?

–Sí, bueno, en realidad, no, lo que ocurre es que... –Afra estaba confusa–. Mi padre era bibliotecario del conde de Württemberg.

–Vaya. –Ahora era el librero quien la miraba con estupor–. ¿Maese Diebold?

–Así se llamaba.

–¿Por qué «se llamaba»?

–Cuando iba camino de Ulm se cayó del caballo y se rompió el cuello. Yo soy Afra, su hija mayor.

–El mundo es un pañuelo. Yo conocí a Diebold hace años, en el monasterio de Montecassino. Una construcción monumental, situada en lo alto del valle, una ciudad por sí sola, con trescientos monjes, teólogos, cronistas y eruditos, y la biblioteca más grande de la Cristiandad. Al igual que a maese Diebold, había llegado a mis oídos que los monjes querían liquidar una parte bastante considerable de los libros, sobre todo de autores de la Antigüedad. A ojos de los benedictinos de la abadía no eran más que escritos impíos, y, sin embargo, para nosotros poseían un gran valor.

–Temo que vayáis a decirme que tuvisteis una trifulca con mi padre.

–Así fue. El conde Eberhard había provisto a vuestro padre con mucho dinero. No podía competir con él. Yo había seleccionado ya una docena de manuscritos antiguos. Con ellos habría podido sacar unos sustanciosos beneficios. Pero llegó maese Diebold y compró de golpe todos los libros que estaban a la venta. Ante eso, un librero pequeño como yo no tenía nada que hacer.

–Lo lamento por vos. Pero él era así.

El librero se quedó pensativo.

–Más tarde intenté comprarle algunos de los libros, a un precio más alto, como es natural, pero él se negó en redondo. No logré sonsacarle ni uno solo de los quinientos libros. El porqué se aferró a todos y cada uno de los libros de la abadía era y es hasta hoy un misterio para mí.

Afra miró a Ulrich de reojo, quien también parecía estar cavilando sobre el asunto. La historia del librero les había producido a los dos cierta comezón.

–¿A qué se refiere? –inquirió Afra.

Durante unos largos instantes, el librero se abstuvo de responder. Después, explicó:

–Los antiguos romanos solían emplear la expresión «*Habent sua fata libelli*», que significa «Los libros tienen su propio destino» o bien «Los libros tienen sus propios secretos». Tal vez maese Diebold conocía algún secreto que todos los demás ignoraban. Incluido yo. Si bien es verdad que eso no explicaría por qué no quiso venderme ni un solo libro de la biblioteca de Montecassino, sí revelaría, quizá, que su afán acaparador respondía a un motivo de peso.

Ulrich von Ensingen buscó la mano de Afra por debajo de la mesa sin apartar la mirada del librero. Ella interpretó correctamente la señal: «Ni un paso en falso. Es mejor mantener la boca cerrada.»

–Todo eso ocurrió hace mucho tiempo –dijo como si quisiera quitarle hierro.

–Lo menos quince años debe de hacer –afirmó el librero. Y tras una pausa, agregó–: ¿Decís entonces que maese Diebold se cayó del caballo?

Afra se limitó a asentir.

–¿Estáis segura?

–No comprendo vuestra pregunta.

–Quiero decir que si visteis con vuestros propios ojos cómo caía.

–No, por supuesto que no. Yo no estaba presente. Pero ¿quién iba a tener algún interés en hacer daño a mi padre?

El maestro Ulrich se violentó al notar que su conversación con el librero había despertado el interés de todos los demás. En tono malhumorado, sentenció:

–Hablad si sabéis alguna cosa y tenéis algo que contar acerca del caso. De lo contrario, ¡mejor callad!

Afra se puso nerviosa. A ella le habría gustado continuar la conversación. Pero el librero alzó las manos en señal de disculpa y, dirigiéndose a Afra, respondió:

–Excusadme, no pretendía hurgar en viejas heridas. Sólo me pasó por la mente esa idea.

Más tarde, cuando se dirigían ya a su alcoba, Afra le preguntó a Ulrich por lo bajo:

–¿Crees que alguien podría haber asesinado a mi padre por el pergamino?

El maestro de obras se volvió, alzó el farol que les mostraba el camino por las empinadas escaleras y alumbró el rostro de Afra con él.

–¿Quién sabe? –susurró–. Los hombres son asesinados por las razones más disparatadas.

–Dios mío –musitó Afra–. Jamás se le ocurrió a nadie pensar en esa posibilidad. Cuando sucedió, yo era demasiado joven e ingenua para pensar algo así.

–¿Llegaste a ver el cadáver de tu padre?

–Claro que sí. No mostraba ninguna herida. Padre parecía dormido. El conde Eberhard organizó un entierro con todos los honores. Lo recuerdo a la perfección. Lloré desconsoladamente durante tres días.

–¿Y tu madre?

–Ella también lloró.

–No, no me refería a eso. Tú dijiste que ella se había quitado la vida...

Afra se tapó la boca con la mano y dio un respingo.

–¿Quieres decir –preguntó a continuación– que tal vez ella no quería acabar con su vida?

El maestro de obras se quedó callado. Luego la rodeó con el brazo y le dijo:

–Vamos.

Esa noche, por primera vez, Afra y Ulrich tenían la posibilidad de dormir juntos. A falta de una cama, hasta ese momento, salvo el primer día, siempre habían hecho el amor en el suelo del taller de la catedral o en la hierba húmeda de la vega del Danubio. El temor a ser descubiertos en plena actividad había dejado siempre en ellos un amargo regusto. Aunque, por otra parte, el escenario y el hecho de saber cuán pecaminoso era lo que allí hacían, dotaban a los encuentros de un encanto especial.

Enfrascada en sus cavilaciones, Afra se desvistió y se acurrucó bajo la rasposa manta. Estaba aterida. No sólo se debía al frío que hacía en la alcoba, donde no había nada con que calentarse. Una sensación heladora le había invadido el alma.

Las insinuaciones y conjeturas del librero la habían arrastrado a la reflexión y al silencio. Seguramente el librero había hablado de más y no tenía prueba alguna que demostrara sus suposiciones. Pero ¿acaso tenía ella alguna prueba de que realmente sus padres hubieran muerto tal como se afirmó en su momento? Cuando Ulrich se metió en la cama, ella, sin pensar, se dio media vuelta. No era en modo alguno una muestra de rechazo hacia su amante, sino un acto reflejo, carente de intención.

Ulrich intuyó de inmediato qué le sucedía a Afra. De ahí que la actitud de su amada no lo molestara. Además, su vida también había dado un giro, un giro demasiado brusco como para pasarlo por alto y actuar como si nada hubiera sucedido. Ulrich abrazó a Afra por detrás, amoldándose a su cuerpo, y posó la mano en su cadera. Luego la besó con ternura en la nuca y, respetando su silencio, trató de dormirse. Afra respiraba a un ritmo constante y Ulrich creyó que llevaba tiempo dormida cuando, al cabo de una hora larga, oyó su voz.

–Tú tampoco puedes dormir, ¿verdad?

–No –le susurró Ulrich en la nuca, aturdido.

–Estás pensando en Griseldis, ¿no es así?

–Sí. Y tú no puedes dejar de darle vueltas a la conversación con el librero.

–Hum. Es que no sé qué pensar. Casi parece que hubiera caído una maldición sobre el pergamino, una maldición que continúa con nosotros.

–Eso es absurdo –murmuró Ulrich von Ensingen, y acarició el vientre de Afra–. Hasta ahora, jamás he tenido motivos para creer en la influencia de fuerzas malignas.

–¡Sí, hasta ahora! Pero desde que nos conocimos...

–...eso no ha cambiado.

–¿Y la muerte de Griseldis?

Ulrich respiró hondo y sopló en la nuca de Afra, que sintió un cosquilleo. Él guardó silencio.

–¿Sabes que el día que murió Griseldis tu hijo vino a verme?

–No, pero la verdad es que no me sorprende. En los últimos tiempos nuestra relación no era muy buena.

–Me acusó de haberte embrujado. Luego me amenazó para que en adelante me mantuviera lejos de ti.

–«Embrujado» no es la palabra. Más bien «hechizado». O mejor aún: «encandilado». –Ulrich se rió por lo bajo–. Sea como sea, has logrado darle un sentido nuevo a mi vida.

–¡Zalamero!

–Si quieres llamarlo así... El caso es que hasta que te conocí, lo único que me mantenía vivo eran los planos de la catedral. Algunas veces me sorprendía a mí mismo hablando con las estatuas de la catedral. Eso dice mucho del estado anímico de un hombre en la flor de la vida.

–¿No eras feliz en tu matrimonio?

Ulrich guardó silencio durante unos largos instantes. No quería aburrir a Afra. Pero la oscuridad de la alcoba y el sentimiento de cercanía con Afra propiciaron la confesión.

–Griseldis era la hija de un prepósito del cabildo –comenzó a relatar Ulrich con la voz entrecortada–. Jamás llegó a averiguar cómo se llamaba su padre, y mucho menos su madre. Nada más nacer la llevaron a un convento de monjas en la Baviera de los Wittelsbach, donde tomó el velo de novicia. Hasta los veinte años no conoció a ningún hombre, a excepción de un sacerdote. Tenía, dicho sea de paso, un rostro de rasgos delicados, los ojos oscuros y una nariz afilada. Tras una discusión con la abadesa, abandonó el monasterio antes de profesar los votos eternos. Pese a que había aprendido a leer y a escribir, y conocía el Nuevo Testamento en lengua latina, le costaba Dios y ayuda relacionarse con la gente, sobre todo con los hombres. Vivió aquí y allá haciendo trabajos menores sin encontrar nada que la satisficiera. Su apariencia y su actitud reservada me atrajeron sobremanera. Yo era joven, hoy diría que demasiado joven, e interpreté su aislamiento y su timidez como argucias de mujer. La primera vez que la besé me preguntó si sería niño o niña. Precisé todas mis dotes de persuasión para convencerla de que tenía una idea errónea. Al conocer la realidad, Griseldis sufrió una funesta transformación. Con la esperanza de recuperarla, contrajimos matrimonio. Pero tras el nacimiento de nuestro hijo, todo trato carnal le parecía aborrecible, repugnante. Tanto era así que un día estuvo al borde, pues conseguí evitarlo de milagro, de atacarme con un cuchillo que había escondido bajo la cama. Quería cortarme las partes pudendas y, tal como ella dijo, «echárselas de comer a los cerdos». Por ese entonces yo todavía albergaba la esperanza de que Griseldis se repusiera del trauma del nacimiento y pudiéramos volver a tener una vida normal, pero lo que sucedió fue lo contrario. Griseldis pasaba todo el tiempo con las clarisas. En un principio, pensé que iba a rezar. Más tarde descubrí que, tras los muros del monasterio, las mujeres se entregaban a sus deseos carnales.

Afra se dio la vuelta y miró a Ulrich, sin verlo, a la cara.

–Debes de haber sufrido tanto... –dijo en la oscuridad.

–Lo peor para mí fue guardar las apariencias de puertas afuera. Un maestro de obras, cuya esposa mantiene relaciones con monjas e intenta cortarle la verga a su marido, no tiene muy fácil que digamos labrarse fama y prestigio. Por muy alta y espectacular que sea la catedral que construya.

–¿Y tu hijo Matthäus? ¿Sabía lo que ocurría con su madre?

–No, creo que no. De lo contrario no habría pensado que yo era el culpable de la mala relación que manteníamos. Tú eres la primera persona con la que hablo de este asunto.

Con cuidado, Afra acarició con sus dedos el rostro de Ulrich. Luego le agarró la cabeza con ambas manos y lo estrechó contra sí. Sus labios se buscaron en la oscuridad y, al segundo intento, se dieron un beso.

A lo lejos resonó la voz del guarda nocturno que voceaba en plena noche. Con una monótona cantinela, advertía: «Apáguense lumbres y velones para evitar lamentaciones.»

La neblinosa mañana no invitaba mucho a reemprender el viaje. Las tejas de las casas y las ramas de los árboles amanecieron cubiertas por la escarcha. Al mirar por la ventana supieron que era tarde. El carretero ya estaba aparejando a los caballos.

–¡Apresuraos! –exclamó cuando Afra se asomó a la ventana–, hoy nos aguarda un largo viaje.

En el comedor, Afra y Ulrich tomaron un tazón de leche caliente y un currusco de pan con tocino.

–¿Dónde está el librero? –preguntó Afra al posadero.

Éste se echó a reír.

–Ha sido el más madrugador. Para verlo habríais tenido que levantaros antes, jovencita.

Afra se quedó decepcionada. Durante la noche había pensado multitud de preguntas.

–¿Sabéis adónde se dirige, de dónde viene? ¿Sabéis cómo se llama? –insistió.

–No tengo idea. Y su nombre es tan desconocido para mí como el vuestro. ¿Por qué no le preguntasteis a él?

Afra se encogió de hombros.

–¿Y hacia dónde os dirigís vos?

–Hacia el oeste, en dirección al Rin –respondió Ulrich por ella.

–¿A través de la Selva Negra?

–Sí, creo que sí.

–Un plan bastante arriesgado en esta época. El año toca a su fin y en cualquier momento comenzarán las heladas y las nieves del invierno.

–No será tan terrible –repuso Ulrich entre risas. Luego pagó al posadero y fue a recoger el equipaje.

–Un pueblo muy bonito, Heroldsbronn –observó Afra mientras el cochero enfilaba hacia la estrecha puerta de la ciudad.

Los golfillos callejeros, que, subidos en los adrales del carro, les pedían limosna, saltaron y los dejaron marchar. Tras cruzar el puente, el cochero hizo restallar el látigo y los rocines echaron a trotar.

Envuelta en una manta, Afra trató de refugiarse del gélido viento tras la espalda del soldado. Verdaderamente no habían escogido una buena época para viajar. Ulrich le estrechó la mano a Afra.

–¿Hasta dónde te propones llegar hoy? –preguntó Ulrich al cochero.

–Dios dirá –respondió éste, volviéndose–. Hasta que no hayamos atravesado el desfiladero del Eisbach, no podré deciros.

De repente levantó la niebla y las primeras manchas de árboles aparecieron ante sus ojos, pequeñas arboledas de abetos que media milla más adelante se abrían a un paisaje de prados despejados. En la cima de una loma, desde donde se disfrutaba de una amplia vista hacia el oeste, el cochero señaló con el látigo al horizonte.

–¡La Selva Negra! –exclamó con el viento de cara, y su aliento quedó suspendido en el aire.

Hasta donde alcanzaba la vista todo era bosque, bosque oscuro e infinito sobre inmensas colinas. Parecía casi imposible que un carro de caballos fuera a ser capaz de atravesarlo.

Ulrich le dio una palmada al cochero en la espalda.

–¡Espero que conozcas el camino del bosque, amigo!

–Descuidad. Lo he recorrido al menos media docena de veces, aunque nunca en esta época del año. ¡No temáis!

Llevaban ya un buen rato sin avistar ningún poblado, y también había transcurrido bastante tiempo desde que se cruzaron con el último carro. A medida que el camino de tierra se adentraba en el bosque, se evidenciaba por qué se le había dado ese nombre. Los altos abetos, que se erigían a escasa distancia unos de otros, apenas dejaban penetrar la luz. El cochero refrenó a los caballos.

El sepulcral silencio que reinaba en el bosque recordaba al de una catedral. En ese solemne recogimiento, los chirridos del carruaje se revelaban casi irrespetuosos. De cuando en cuando un pajarillo, cuya paz había sido perturbada, echaba a volar. Afra y Ulrich no se atrevían ni siquiera a hablar. Y el bosque parecía no tener fin.

En un intento por levantar los ánimos –en esos momentos habían recorrido ya veinte millas– el cochero sacó una botella de aguardiente. Afra le dio un buen trago. La bebida quemaba como el fuego. Pero ayudaba a entrar en calor.

Con un fuerte «¡Sooo!» el cochero tiró de las riendas. Había un abeto atravesado en el camino. Al principio parecía que el viento podía haberlo arrancado, pero cuando el carretero se acercó a examinar de cerca el tronco, se inquietó.

–¡Qué extraño! –exclamó por lo bajo–. El árbol está recién cortado.

Entornando los ojos, buscó con la mirada en la espesura de ambos lados del camino. Con la boca abierta, aguzó el oído tratando de detectar algún ruido sospechoso; pero salvo los relinchos de los caballos y el tintineo de las vajillas, no se oía nada. Afra y Ulrich continuaban sentados en el carro, como petrificados.

Con un lento movimiento, el soldado sacó su ballesta de debajo del asiento. Luego, con mucho sigilo, bajó del pescante.

–¿Qué está pasando? –susurró Afra asustada.

–Parece que hemos caído en una emboscada –murmuró Ulrich, mientras sus ojos escrutaban el bosque.

Agitando la mano con vehemencia, el cochero hizo una señal al maestro Ulrich.

–Tú quédate aquí y no te muevas pase lo que pase –le ordenó Ulrich a Afra antes de bajar del carro.

Los tres hombres deliberaron en susurros sobre las posibles soluciones. El camino era angosto y el paso entre la maleza y los árboles muy estrecho, de forma que la posibilidad de dar la vuelta quedaba descartada. Si no estaban dispuestos a encogerse como cobardes y rendirse a su destino, tenían que ponerse manos a la obra. El árbol no parecía tan grueso como para que tres hombres fuertes no pudieran levantarlo y apartarlo a un lado.

Pero debían tener en cuenta que, en cualquier momento, los salteadores podían aparecer entre la maleza. El tiempo apremiaba. Codo con codo, los hombres rodearon el tronco con los brazos y, a la voz de tres, arrastraron el árbol hacia un lado, un palmo cada vez.

Acababan de lograr su objetivo cuando el maestro de obras se volvió hacia Afra. Lo que vio en ese instante, le heló la sangre. En el carro, un sombrío individuo le tapaba la boca a Afra desde atrás. Un segundo hombre intentaba desgarrarle las ropas, mientras un tercero se hacía con la mercancía. El soldado echó mano de su ballesta, el cochero agarró su látigo y Ulrich se abalanzó sobre el pescante.

–¡Atrás, atrás! –gritó el soldado apuntando hacia allí con la ballesta.

Pero Ulrich no se pudo dominar. Fuera de sí, se arrojó con ambos puños sobre el desenfrenado maleante. Éste, alcanzado en la nuca por un tremendo puñetazo, soltó inmediatamente a Afra y se volvió hacia Ulrich. Afra gritó hasta desgañitarse cuando los dos hombres comenzaron a pelear cuerpo a cuerpo. Ulrich jamás habría sospechado que en semejante situación las fuerzas lo acompañarían. Pero cuando el segundo salteador, quien momentos antes había atacado a Afra, lo agarró por el gaznate mientras el primero le hincaba la rodilla en el estómago, Ulrich se dio por vencido. Sintió cómo poco a poco perdía el conocimiento. Luego todo se volvió negro.

Así pues, Ulrich no fue consciente de que el soldado, que había seguido la pelea ballesta en mano, apretó el gatillo. Y, como el sonido de una llamarada en la lumbre, la flecha zumbó momentáneamente al surcar el aire y se clavó en la espalda del segundo malhechor. En un acto reflejo, éste alzó los brazos, se retorció como un animal herido y cayó del carro de espaldas, quedando tendido, inerte, entre las ruedas trasera y delantera. Cuando sus dos compinches lo vieron tumbado allí, emprendieron la huida con un magro botín.

Afra se inclinó preocupada sobre Ulrich, que yacía desmayado sobre el pescante. Su vestido estaba desgarrado por encima del pecho, pero Afra no había sufrido daños graves.

–¡Despierta! –exclamó con voz llorosa.

Entonces Ulrich abrió los ojos. Meneó la cabeza con fuerza, como si de esa forma quisiera sacudirse lo que acababa de sucederle.

–¿Dónde está ese bribón? –murmuró Ulrich, descompuesto por el dolor–. Lo mataré.

–No es necesario –respondió Afra–, ya lo ha hecho el soldado en tu lugar.

–¿Y los otros?

Afra levantó el brazo y señaló hacia el frente.

–¿Y a qué esperamos? ¡A por ellos! –exclamó Ulrich mientras se incorporaba.

–¡Tranquilo, cada cosa a su tiempo! –atajó el cochero–. Habrá que ver qué hacemos con ése.

En ese instante Ulrich vio al bandolero tendido bajo el carro.

–¿Está muerto? –preguntó con reserva.

El soldado mostró la ballesta al maestro de obras.

–Un tiro certero con esta arma es capaz de derribar a un toro. Y os aseguro que ese asaltador no era ningún toro, sino más bien un alfeñique.

–¡Pero ha intentado matarme! Pensé que me estrangulaba. –Ulrich bajó del carro.

El malhechor yacía boca abajo sobre el suelo helado. Tenía los miembros del cuerpo retorcidos de un modo extraño. En su cuerpo no se apreciaban heridas, ni sangre, ni disparos, nada.

–¿De veras está muerto? –preguntó Ulrich sin esperar una respuesta. No sin cierto remilgo, agarró el brazo izquierdo del muerto, que había quedado doblado hacia atrás, y lo arrastró hasta sacarlo de debajo del carro–. No iremos a marcharnos y dejarlo así –dijo vacilante.

–¿Acaso creéis que habríamos recibido un entierro solemne de haber caído muertos nosotros ante esos maleantes? –El carretero no podía disimular la cólera.

Cuando Ulrich dio la vuelta al cadáver, se quedó estupefacto. Alzó la vista hacia Afra boquiabierto; acto seguido miró con aire inquisitivo al cochero, que se hallaba junto a él.

–Pero si éste, éste es... –tartamudeó en susurros. Fue todo cuanto pudo decir.

–...el tullido de la posada –concluyó la frase el cochero–. Está claro que no estaba tan impedido ni era tan pobre hombre como decía ser.

–Ahora comprendo. Aprovechó que había hecho un alto en la posada de Heroldsbronn para averiguar quién de todos llevaba una mercancía más valiosa.

–Eso parece –observó el cochero, y agregó–: Ya me había ocurrido otras veces, pero nunca con tanto descaro, debo admitir. Fingir ser un pobre tullido para planear un asalto... Espero que no hayáis perdido ninguna de vuestras pertenencias. A mí me han robado dos cántaros de estaño, nada que no pueda remediarse.

Ulrich von Ensingen se volvió hacia Afra con gesto interrogante.

Ésta se llevó las dos manos hacia el pecho, donde le habían desgarrado el vestido.

–¡El pergamino! –musitó.

–¿Te lo han robado?

Afra asintió.

El maestro de obras miró a un lado con gesto pensativo.

–¿Y vuestro dinero? –inquirió el cochero, que estaba al corriente de que el viajero llevaba consigo una elevada suma de dinero.

Ulrich se dirigió a los caballos y levantó las vajillas. Debajo se encontraban lo que llamaban «gatos», que eran talegos de piel que servían para transportar a escondidas grandes sumas de dinero. Con la palma de la mano Ulrich golpeó los gatos y oyó tintinear el dinero.

–Todo está en orden –anunció aliviado–. Y ahora enterremos a ese maleante de alguna manera. Al fin y al cabo es un hombre, un desgraciado, pero un hombre.

Entre los tres arrastraron el cadáver hacia el bosque y lo depositaron entre las inmensas raíces de unos árboles. Con las ramas de un árbol, cubrieron al muerto. Luego montaron en el carro y reemprendieron la marcha.

Entre unas cosas y otras, ya era mediodía. Debían apresurarse para cruzar el desfiladero del Eisbach. El cochero sabía, por viajes anteriores, que uno podía esperarse cualquier cosa: desprendimientos si se habían producido fuertes lluvias o avalanchas de piedras si el terreno estaba seco o helado. El mero hecho de toparse con un carro de frente por la estrecha vereda podía ponerlos en un serio aprieto.

Todavía les temblaban las piernas por el brutal asalto. Había pasado ya más de una hora y nadie había abierto la boca. Afra estaba adormilada. No sabía si reír o llorar por la pérdida del pergamino.

Sin duda, el legado de su padre había despertado más aún su curiosidad tras las extrañas insinuaciones del librero sobre la muerte de sus padres. Sin embargo, se sentía aliviada, liberada. En los últimos días, el pergamino había sido como un lastre que acarreaba en su corazón, que la angustiaba. Eso había terminado. En Estrasburgo quería dejar atrás su pasado y comenzar junto a Ulrich una nueva vida, una vida con horizontes más tranquilos.

El destino no lo querría así.

Habían atravesado el desfiladero sin mayores problemas cuando, de pronto, el cochero detuvo el carro en un claro. Miró a su alrededor con recelo, luego bajó del pescante y se alejó unos pasos en dirección a una cosa blanca que había en la helada linde de la pradera.

Afra comprendió antes que nadie lo que había ocurrido. Los asaltadores que le habían robado el estuche, convencidos de que carecía de valor, se habían deshecho del pergamino.

El cochero examinó el pergamino por ambos lados y estuvo a punto de arrojarlo al suelo de nuevo.

–¡Espera! –exclamó Afra–. ¡Es mío!

–¿Vuestro? –El cochero se volvió con recelo.

–Sí, lo llevaba conmigo en un pequeño cofre. Es un recuerdo de mi padre.

La explicación de Afra no logró ahuyentar el recelo del cochero.

–¿Un recuerdo? –replicó–. ¡Pero si no hay ni una sola línea escrita!

–¡Tráelo aquí de todos modos! –medió Ulrich para ayudar a Afra.

El cochero obedeció de mala gana. Refunfuñando por lo bajo, le tendió el pergamino a Afra, subió al pescante y arreó a los caballos.

Cuando los rocines reanudaron la marcha, el cochero se volvió y le preguntó a Afra:

–¡Sospecho que os burláis de mí! ¿Cómo iba a ser eso un recuerdo? ¡Si es una hoja en blanco!

–¿Quién sabe? –respondió Afra con vaguedad, y esbozó una sonrisa forzada.

5

LOS SECRETOS DE LAS CATEDRALES

Los estrasburgueses avanzaban en tropel hacia el Puente de los Suplicios. La construcción en piedra salvaba el Ill, un río cuyas aguas discurrían mansamente, se dividían en el sur y confluían de nuevo en el norte, describiendo una forma similar al estómago de un cerdo. El puente, a escasa distancia de la catedral, se convertía una vez al mes en escenario de un macabro espectáculo que divertía a grandes y pequeños.

Por la mañana, se habían celebrado los juicios por felonía e indecencia, y un aguador de vino, un falsificador de monedas, un carnicero deshonesto que vendía gato por liebre y un hombre que se había dejado pegar una paliza por su mujer sin oponer resistencia habían sido condenados a un remojón. Además, corría el rumor de que una pecadora, a la que su confesor había dejado encinta tras el altar de San Stefan, sería ahogada ese día.

De camino a la gran catedral, la multitud llamó la atención de Afra. No sabía qué esperaba ver, pero la oleada de gente despertó su curiosidad. Los estrasburgueses, aglomerados a ambas orillas del río, estiraban el cuello. Unos tímidos rayos de sol anunciaban la templanza de la primavera. Las aguas inmundas del manso río, que no se sabía en qué dirección discurría, desprendían un pestilente hedor. De cerca, se apreciaban animales muertos, desperdicios y excrementos. Sin embargo, nadie miraba al río. Todos alzaban la mirada, expectantes, hacia el puente, en cuyo centro se alzaba un aparejo de madera con un largo brazo, no muy distinto al de las cabrias de madera que se empleaban en la construcción de catedrales. Del extremo del brazo colgaba un gran cesto similar a las jaulas en las que las aves y otros animales se vendían en los mercados.

Cuando, ataviado con una toga negra y cubierto con un gorro aterciopelado, el magistrado subió a un gran barril que hacía las veces de estrado, se hizo el silencio. Seis alguaciles enfundados en trajes marciales de piel desfilaron con rudeza junto a los hombres que poco antes habían sido juzgados en la plaza. Entre insultos y empellones, los dispusieron en fila delante del magistrado. A continuación, éste leyó los nombres de los malhechores y las penas a las que habían sido condenados por cada uno de los delitos. El público estalló en gritos y aplausos, y algunos también en abucheos.

El castigo más leve correspondió al aguador de vino: un solo remojón. Comenzarían por él. Dos alguaciles lo ataron y lo encerraron en la jaula. Los otros cuatro treparon por el largo brazo del aparejo hasta que el cesto quedó suspendido en el aire, luego giraron el brazo hacia el río y sumergieron la jaula en el agua.

Entre borbollones, gorgoteos y burbujas, como la sangre de cerdo cuando hierve en un caldero, la repugnante masa de heces engulló en un santiamén al aguador de vino. El magistrado contó en silencio hasta diez, extendiendo cada vez un dedo con las manos alzadas en alto. Al acabar, el aguador de vino fue sacado del fétido río.

En primera fila, las mujeres chillaban y batían una tapadera contra otra mientras coreaban:

–¡Otra! ¡Otra! ¡Que lo remojen en la mierda otra vez!

La operación se repitió con los otros delincuentes y, de los tres, la pena más dura recayó sobre el carnicero, que fue condenado a cuatro remojones. Cuando el malhechor fue sacado del Ill tras la cuarta inmersión, exhibía un aspecto lamentable. Rebozado de cochambre y despojos, el carnicero apenas podía despegar las pestañas. De rodillas y agarrado a los barrotes de la jaula, intentaba coger aire. Cuando los alguaciles lo liberaron, se desplomó en medio del puente.

–Así no volverá a vendernos gato por liebre –exclamó una colérica mujerona.

Y un hombre de gran estatura y rostro rubicundo alzó el puño y bramó entre el público:

–¡El castigo es demasiado blando! ¡Ese bribón debería ir a la horca!

El público aplaudió la petición e inmediatamente comenzó a corear:

–¡A la horca con él!

Pasó un buen rato hasta que se calmó el furioso griterío de la muchedumbre. De pronto, todo quedó en silencio, en un silencio tan profundo que podía oírse el traqueteo de una carreta tirada por un burro que se dirigía al puente desde la plaza. En silencio, la gente se retiró formando un pasillo. Sólo de vez en cuando se oía un «Oh». Algunos de los asistentes se santiguaban al paso de la carreta.

Sobre la plataforma había un saco cerrado. Un solo vistazo bastaba para saber que ocultaba algo vivo en su interior. Unos gemidos ahogados se oían como a lo lejos. Del saco sobresalía un largo mechón de pelo cobrizo. Un siervo vestido de rojo tiró del burro, que en los últimos metros se negó de forma obstinada a avanzar, y lo arrastró hasta el centro del puente.

Lo que aconteció entonces produjo en Afra un estremecimiento y una congoja infinitas. En cuanto la carreta se detuvo, se acercaron dos alguaciles, cogieron el saco cerrado, mientras lo que guardaba en su interior continuaba retorciéndose y, por encima del pretil, lo arrojaron al río. El bulto recorrió un breve trecho sobre la superficie de las fétidas aguas, luego se fue inclinando como un barco naufragado y, en un abrir y cerrar de ojos, las aguas lo engulleron por completo.

En silencio, el público contemplaba el mechón de pelo. Los chiquillos se divertían lanzándole piedras hasta que la última traza de la existencia de la pecadora se hundió también.

Nadie comentó nada. Con gesto aburrido, el magistrado mascculló de corrido:

–Un sacerdote ha abusado de las miserias de los creyentes para satisfacer sus propias necesidades y ha sido condenado por el tribunal episcopal a la amputación de la mano derecha.

Impasible, un alguacil desenvolvió la mano de un jirón de tela y la lanzó hacia arriba, de tal forma que ésta describió una parábola antes de caer al río.

Al darse cuenta de que acababa de ser testigo de una ejecución, a Afra se le llenaron los ojos de lágrimas. Iracunda, se abrió paso entre la multitud en dirección a la catedral. «¿Por qué –se preguntaba–, por qué la mujer había de morir mientras que el lujurioso confesor seguía con vida?»

De camino a la catedral Afra atravesó una callejuela con escombros ennegrecidos por el hollín. Todavía no habían limpiado todos los restos del gran incendio que había destruido cuatrocientas casas. El olor a piedra quemada y a viga carbonizada era muy desagradable.

Afra sabía dónde encontrar a Ulrich: en el callejón que daba a la fachada oeste de la catedral. Sentado en una piedra, pasaba allí los días enteros, maravillado, y contemplaba cómo la arenisca rojiza de los Vosgos, con la que había sido construida la catedral, se tornaba púrpura con la luz del ocaso.

Desde hacía tres meses, Ulrich von Ensingen recorría a diario el mismo camino hasta la residencia del obispo Wilhelm von Diest. Sin embargo, todos los días obtenía la misma respuesta: Su Eminencia no había regresado todavía de su viaje de invierno.

Era un secreto a voces que al obispo de Estrasburgo, bebedor y jugador, sin ordenación sacerdotal, el cargo y la dignidad no le habían sido otorgados por su erudición, ni tampoco por su devoción, sino sólo porque poseía sangre azul y gozaba de la protección del papa de Roma. De forma que ya no sorprendía a nadie que Su Eminencia acostumbrara a pasar el invierno en compañía de una concubina en la campiña italiana, donde la estación era menos dura. No era de extrañar, por tanto, que mantuviera una pésima relación con los canónigos de su propio cabildo, y especialmente con el deán Hügelmann von Fistingen, que aspiraba a la dignidad episcopal.

Hügelmann, un individuo culto de apariencia impecable e iguales maneras, había negado a Ulrich el puesto de maestro de obras cuando éste lo reclamó amparándose en la carta del obispo Wilhelm. Hacía más de cien años que la dirección de las obras de la catedral no estaba en manos de los obispos, sino que era el Concejo de la ciudad el que se encargaba del asunto. Y éste buscaba precisamente un nuevo maestro de obras a quien encargar el levantamiento de una torre sobre la fachada oeste que hiciera sombra a toda construcción conocida.

Absorto en la contemplación de la fachada, cuyo portal ojival recordaba al casco de un barco con la popa hincada en la tierra y la proa erguida, presta a zarpar hacia el cielo, y con el sol de cara, Ulrich no se percató de que Afra se acercaba. Cuando ella posó la mano en el hombro del maestro, éste se volvió y dijo:

–El maestro Erwin era un auténtico genio. Es una lástima que no haya vivido para ver su obra terminada.

–No te dejes ofuscar por esas cosas –respondió Afra–. No tienes más que pensar en Ulm. Es tu obra, y en menos que canta un gallo esta catedral será conocida con tu nombre.

Ulrich le estrechó la mano a Afra y sonrió, aunque su sonrisa dejó entrever un gesto de amargura. A continuación, volvió la vista al cielo y, en un tono que denotaba resignación, exclamó:

–Yo daría cualquier cosa por ser capaz de construir una torre tan genial como la catedral del maestro Erwin.

–Conseguirás el encargo –trató de consolarlo Afra–. No encontrarán a nadie tan idóneo como tú para cumplir esa misión.

–No hace falta que trates de consolarme –repuso Ulrich negando con la cabeza–. Fui por lana sin saber y he salido trasquilado.

Afra sufría al ver a Ulrich tan abatido. No iban a pasar apuros, eso seguro. Con la catedral de Ulm, Ulrich von Ensingen había ganado más dinero del que jamás podrían gastar, siempre y cuando llevaran una vida modesta. Habían arrendado una casa en la Bruderhofgasse. Pero Ulrich no era de los que se contentan con sus logros. Su mente rebosaba de ideas, y la mera visión de la catedral acabada sólo hasta la cubierta lo hacía enloquecer.

Unos días después, Afra se armó de valor y fue a visitar al *ammeister*, que ostentaba el cargo más alto del Concejo y gobernaba la próspera ciudad junto con otros cuatro burgomaestres. Afra se puso un elegante vestido de lino claro. Sin embargo, ante el *ammeister*, un hombre anciano y anquilosado, llamaba demasiado la atención. El anciano tenía una apariencia imponente y una larga cabellera oscura que le caía desde la calva coronilla hasta los hombros, al estilo de los corsarios.

Residía en el primer piso de la casa del Concejo, en una estancia de colosales dimensiones y exquisito mobiliario. Sólo la mesa en la que recibía las visitas era tan larga como un carruaje. Siendo así, cabía pensar que sería difícil, o hasta imposible, que uno pudiera presentarse ante el magistrado e importunarlo con sus problemas. Sin embargo, sucedía lo contrario. El *ammeister* de Estrasburgo recibía a diario a dos o tres docenas de personas con peticiones, quejas o propuestas, siempre y cuando aguardaran su turno en la cola, que algunos días llegaba hasta el vestíbulo.

Una vez que Afra hubo expuesto su petición, el *ammeister* se levantó de la silla, cuyo respaldo sobresalía al menos dos codos por encima de su cabeza, y se dirigió a la ventana. Las dimensiones de la ventana hacían que el pequeño hombre pareciese más bajo todavía. Con las manos entrelazadas a la espalda, contempló la plaza del Concejo y, sin mirar a Afra, observó:

–A lo que estamos llegando... Las mujeres ya hablan incluso en nombre de sus esposos. ¿Acaso el maestro Ulrich ha perdido el habla, o es mudo y por eso os ha enviado?

–Señor –respondió Afra, agachando la cabeza–, Ulrich von Ensingen no es mudo, sino más bien orgulloso, demasiado orgulloso para venir a ofreceros su trabajo como el labriego ofrece sus verduras. Es un artista, y los artistas gustan de hacerse de rogar. Además, él no tiene ni idea de que yo he venido a hablar con vos.

–¡Un artista! –exclamó acalorado el magistrado, y su voz sonó un poco más fuerte y al menos tres tonos más aguda que antes–. ¡Habrase visto! El maestro Erwin, que, como un mago, levantó de la nada la catedral, jamás se refirió a sí mismo como un artista.

–Bien, entonces es precisamente eso, un maestro, como el maestro Erwin. Lo importante es que él ha construido la catedral de Ulm, que inspira en la gente tanta admiración como la de Estrasburgo.

–Pero, según dicen por ahí, la catedral de Ulm todavía no está acabada. ¿Tendríais a bien revelarme el motivo que ha llevado al maestro Ulrich a abandonar una obra inacabada?

Afra no había imaginado que la conversación fuera a ir por derroteros tan complicados. «Un solo paso en falso –se dijo para sus adentros– y lo echaré todo a perder.» Por otro lado, siempre le quedaba el recurso de decir que el obispo Wilhelm había solicitado los servicios del maestro Ulrich, aunque éste ya no tuviera nada que ver con la construcción de la catedral.

–Me da la impresión –respondió Afra, refrenando su cólera– de que todavía no os ha llegado la voz de que Ulm es un pueblo de beatos. La mayoría de los ciudadanos viven en pecado. Sin embargo, cuando el maestro Ulrich se propuso construir la mayor torre de la Cristiandad en la catedral lo acusaron de sacrilegio porque creían que la aguja del templo se alzaría hasta el cielo. De ahí que fuera tan oportuna la carta que vuestro obispo Wilhelm von Diest envió al maestro Ulrich von Ensingen rogándole que viniera a Estrasburgo y levantara aquí la torre más alta de Occidente.

La sola mención del nombre de Wilhelm von Diest hizo encenderse al *ammeister* de rabia. Al volverse y dirigirse a su visita, su semblante ensombreció:

–Ese maldito hijo de puta –murmuró entrecortadamente. Afra no daba crédito a sus oídos–. Su Eminencia –prosiguió el magistrado– no tiene por qué meter las narices en la construcción de la catedral. Wilhelm *el Lascivo* ni siquiera tiene permiso para decir misa. ¿Para qué necesita él una catedral?

«¿Para qué la necesitáis vos?», estuvo tentada de preguntar Afra, pero se mordió la lengua y escuchó en silencio.

–¿Por qué no ha venido antes a verme el maestro Ulrich? –preguntó el *ammeister* en tono conciliador–. Werinher Bott acaba de ser nombrado nuevo maestro de obras y, lamentándolo mucho, no necesitamos otro más.

–¿Cómo íbamos a saber –repuso Afra encogiéndose de hombros con resignación– que vuestro obispo nada tenía que ver con la construcción de la catedral? Desde que llegamos a principios de año, el maestro Ulrich ha ido casi a diario a la residencia del obispo a preguntar si Wilhelm von Diest había regresado. En todo caso, os agradezco que me hayáis recibido. Y, si en algún momento precisarais los servicios del maestro Ulrich, podéis encontrarnos en la Bruderhofgasse.

Afra mantuvo en secreto el encuentro con el *ammeister*. Estaba plenamente convencida de que relatarle la conversación a Ulrich sólo serviría para aumentar su pesar, pues el maestro todavía albergaba la esperanza de que las cosas pudieran arreglarse. Así pues, él insistía en seguir dibujando planos y bocetos del aspecto que podría presentar la catedral una vez construidas las dos torres.

El Día de San José se extendió por Estrasburgo el rumor de que Wilhelm *el Lascivo* –así solían llamarlo en la ciudad– había regresado de su viaje. Su Eminencia había abandonado a su concubina parisina, con la que había compartido cama y mesa desde hacía casi un año, por una siciliana de ojos oscuros, cabello negro y tez tan morena y suave como la de una aceituna.

Transcurrió, no obstante, una semana entera hasta que el obispo hizo su primera aparición en público ante los estrasburgueses, ya que, al igual que sus antecesores, el obispo residía fuera de la ciudad, en uno de sus castillos, en Dachstein o en Zabern. Raras eran las veces en que se le veía en su residencia de la ciudad, situada frente a la catedral.

Los ciudadanos y el obispo de Estrasburgo no mantenían una buena relación. Los orígenes de esa aversión mutua venían de muy lejos y, ciento cincuenta años atrás, había llegado a desencadenar una batalla que acabó con la derrota del obispo. Desde entonces el obispo de Estrasburgo, que hasta esas fechas había gobernado la ciudad a su antojo, había sido oficialmente desposeído de sus poderes. No obstante, a Wilhelm *el Lascivo* no le faltaban seguidores que estuvieran dispuestos, aunque de puertas afuera lo criticaran, a atender en cualquier momento los deseos de Su Eminencia.

El maestro Ulrich fue recibido por el obispo en una sombría sala de audiencias que recordaba, sólo remotamente, el esplendor de tiempos pasados. Wilhelm, un hombretón grande como un armario que llevaba la avidez escrita en el rostro, apareció frente a Ulrich ataviado con una especie de batín y una mitra dorada como símbolo de su dignidad. Con gran majestuosidad, extendió la mano derecha para que el maestro pudiera besarla y exclamó con desbordante entusiasmo:

–Maestro Ulrich von Ensingen, sed bienvenido en nombre de Cristo Nuestro Señor. Según he sido informado, lleváis algún tiempo aguardando mi regreso. –Su atropellada dicción y su acento no dejaban lugar a dudas sobre su origen neerlandés.

El maestro de obras recurrió asimismo a una floreada retórica en su saludo y le transmitió al obispo sus condolencias por la muerte del mensajero.

–Como ya os comuniqué en su momento, fue una trágica desgracia provocada por un delincuente a sueldo al que le fue impuesta la pena merecida en su momento. Se llamaba Leonhard Dümpel. Que en paz descanse.

–¡Está bien! *De mortuis nil nisi bene*, o algo así. No tenía idea de que el mensajero hubiera muerto. Hacía mucho que no lo veía.

–¡Pero si os envié un mensaje!

–Ah, ¿sí?

–Desde luego. Os remití una nota con la noticia de la muerte del mensajero y mis condolencias.

En ese momento, al titubeante obispo se le iluminó el rostro como si acabara de recibir al menos seis de los siete dones del Espíritu Santo y, con el dedo índice, se dio unos golpecitos en la mitra.

–Sí, ahora lo recuerdo. Recibí vuestra negativa. En ella rechazabais la propuesta, *imprudentia causa*, de construir en Estrasburgo la torre más alta de toda la Cristiandad. Mi deseo sería que hubierais cambiado de opinión.

–Han sucedido algunas cosas –respondió Ulrich von Ensingen– que me impiden continuar trabajando en la catedral de Ulm. La muerte de vuestro mensajero está relacionada también con ellas. Sin embargo, pertimidme que os pregunte: ¿Es cierto lo que dice la gente? ¿Es cierto que la dirección de la catedral ya no está en vuestras manos?

Visiblemente descompuesto, Wilhelm von Diest meneó la cabeza con tal irritación que la mitra le resbaló hacia la nuca, dejando al descubierto su calva y rosada cabeza. Inmediatamente, el obispo recuperó la dignidad. Luego contestó, ofendido:

–¿Quién os merece mayor confianza, maestro Ulrich, el populacho de la calle o Wilhelm von Diest, obispo de Estrasburgo?

–Disculpad, Eminencia, no he querido ofenderos. Pero el *ammeister* ya ha encomendado a Werinher Bott la tarea de levantar las torres de la catedral.

–Lo sé –repuso el obispo con serenidad–, pero tened en cuenta una cosa: el dinero abre todas las puertas. Un sabio general dijo una vez que cualquier burgo podía conquistarse; lo único que hacía falta era un borrico cargado de oro. De modo que no os preocupéis. Creedme, seréis vos quien construya las torres de nuestra catedral, tan cierto como que me llamo Wilhelm von Diest.

–Dios os oiga. Pero decidme, ¿a qué debo el honor de que depositéis toda vuestra confianza en mí?

El obispo esbozó entonces una sonrisa insidiosa y respondió:

–Sus razones habrá, maestro Ulrich.

El maestro de obras no supo cómo interpretar las palabras del obispo. Su perplejidad no pasó inadvertida al obispo, por cuanto éste, acto seguido, le dijo:

–Podéis confiar en mí. Hacedme un esbozo de cómo podrían quedar las torres tal como vos las concibáis. Elaborad un proyecto con los costes y las necesidades de hombres y material. ¿Cuánto tiempo os llevará elaborar ese proyecto?

–Una semana, no más –respondió el maestro de obras sin pensarlo dos veces–. Debo confesaros, Eminencia, que durante vuestra ausencia he estado trabajando en los planos.

–Bueno, ¡veo que nos entendemos! –El obispo Wilhelm tendió la mano a Ulrich para que se la besara, y éste así lo hizo, pese a resultarle desagradable.

Ulrich von Ensingen no estaba seguro de poder confiar en las promesas del extravagante obispo de Estrasburgo. No obstante, le sirvieron como pequeño rayo de esperanza y eficaz remedio contra la melancolía durante las largas horas que pasó rompiéndose la cabeza ante los planos. Tenía claro que las torres habrían de construirse en un estilo diferente al de la nave, no sólo por una cuestión de equilibrio estático, sino también visual. Su presencia debía ser ligera, incluso etérea, de forma que no saturaran la fisonomía de la ciudad.

Habían transcurrido tres días desde la conversación con el obispo Wilhelm von Diest cuando el *ammeister* de Estrasburgo se presentó en la Bruderhofgasse. A diferencia del día que Afra fue a visitarlo al Concejo, Michel Mansfeld mostró en esta ocasión su lado más afable.

–Es una suerte que llamarais mi atención sobre el maestro Ulrich –exclamó–, se ha producido un imprevisto. El maestro Werinher Bott cayó ayer de un andamio. Un desafortunado accidente.

Ulrich se quedó de una pieza, como si lo hubieran fulminado. En ese instante le vino a la mente la insidiosa sonrisa del obispo.

–¿Está muerto...? –preguntó el maestro, titubeando.

–Como si lo estuviera –respondió secamente el magistrado–. Al menos del cuello para abajo. No puede mover los brazos ni las piernas. Desempeñáis un oficio peligroso, maestro Ulrich.

–Lo sé –masculló Ulrich aturdido, y lanzó una mirada inquisitiva a Afra.

–Seguro que ya sabéis el motivo de mi visita, maestro Ulrich.

El maestro de obras vaciló un instante.

–Ignoro por completo lo que queréis decir –mintió Ulrich. Mintió, dado que la intención del *ammeister* no era difícil de adivinar.

–Pues no os mantendré más en vilo. Escuchad: de conformidad con el Concejo de la ciudad, quisiera encomendaros el encargo de construir las torres de nuestra catedral.

No faltó mucho para que Ulrich von Ensingen estallara en carcajadas. Dos veces el mismo encargo para un mismo proyecto. Intentó mantener la compostura, aunque no sabía muy bien cómo conducirse.

Finalmente, el propio *ammeister* lo sacó del apuro.

–Tenéis tiempo para pensarlo hasta mañana. Antes de que anochezca quiero conocer vuestra decisión. Entonces hablaremos de todo lo demás. ¡Quedad con Dios!

Inesperada y repentinamente, tal como había llegado, el *ammeister* se marchó.

–Creo que debo aclararte algo –comentó Afra, vacilante.

–Eso mismo creo yo. ¿De qué conocías tú al *ammeister*?

Afra tragó saliva.

–Un día fui a verlo para pedirle que te diera el encargo de las torres a ti. Al fin y al cabo el obispo ya lo había hecho.

–¿Y se lo contaste al *ammeister*?

–Sí.

–No creo que fuera una buena idea. Ya sabes que el *ammeister* y el obispo se llevan como el perro y el gato, no se soportan.

–Lo hice con buena intención –apuntó Afra encogiéndose de hombros.

–De eso estoy seguro. Pero ya me figuro la reacción del *ammeister*...

–Sí, no podía esperarse otra cosa. Por un momento creí que iba a explotar cuando mencioné el nombre del obispo, y luego rechazó mi petición. Pero de todos modos, al final ha merecido la pena hablarle de ti.

–¿Y no te preguntó por qué no había ido yo en persona?

–No has tardado en adivinar la clase de persona que es –respondió Afra, asombrada–. Efectivamente, me lo preguntó.

–¿Y tú qué respondiste?

–Le dije que eras un artista y que los artistas tenían su orgullo y gustaban de hacerse de rogar.

–¡Eres una jovencita muy astuta!

–De vez en cuando, quizá –respondió Afra con un deje de ironía.

Pese a que el maestro tenía motivos para estar contento por cómo se habían sucedido los acontecimientos, su semblante se ensombreció de pronto.

–La verdad es que no sé qué pensar. Hace tan sólo tres días no parecía haber ni un atisbo de esperanza. Y ahora se ha cumplido exactamente lo que anunció ese extravagante obispo.

–¿Quieres decir que no ha sido un accidente?

Ulrich von Ensingen compuso una mueca de disgusto, como si acabara de tragarse una espina.

–Hay tres posibilidades –repuso después–, y ninguna es menos probable que las otras dos: o bien Wilhelm von Diest es adivino, que no sería tan raro...

–¿O bien?

–O bien es un delincuente y solapado asesino, lo cual no me extrañaría en él.

–¿Y la tercera posibilidad?

–Que tal vez estoy dándole demasiadas vueltas y todo se debe realmente a una casualidad.

–No debes dejar que todo esto te quite el sueño. No es culpa tuya que las cosas hayan salido así. Yo creo más bien en la tercera opción.

Ese mismo día el maestro de obras solicitó una audiencia con el obispo. Necesitaba averiguar a qué estaba jugando Wilhelm von Diest y quién iba realmente a darle el encargo. Como prueba de que hasta entonces no había estado de brazos cruzados, Ulrich se llevó los planos, que estaban casi acabados.

Evidentemente, el obispo Wilhelm ya había sido informado del accidente del maestro Werinher. Y como era de esperar, no se mostró muy afectado por la desgracia ocurrida. Al contrario. «De todos modos, no lo tenía en demasiada estima», comentó fríamente. Mucho más interesado se mostró el obispo al ver los planos que Ulrich había llevado consigo y que desplegó delante de él. Y cuando el maestro de obras le comunicó que él sería siempre el primero en ver los bocetos, fue tal el arrebato de alborozo de Wilhelm von Diest que comenzó a saltar sobre una y otra pierna, cubiertas ambas con calzas rojas, y alabó a Dios Nuestro Señor por haber creado del barro a semejante artista.

La escena no estuvo desprovista de cierta comicidad, y el maestro Ulrich hubo de contenerse para mantener la compostura. El obispo despejó al fin la gran duda que en esos momentos más preocupaba al maestro: ¿en manos de quién estaba en realidad el encargo de la construcción de las torres, en las del obispo o en las del *ammeister*?

Al contrario de lo que había sucedido pocos días atrás, en esa ocasión Wilhelm von Diest atribuyó la responsabilidad al *ammeister* y a los cuatro burgomaestres. Al fin y al cabo, dijo con aplomo, ellos eran quienes llevaban y pagaban las cuentas. Ahora bien, que el populacho y sus adalides carecieran de gusto y de criterio ya era otra cuestión.

No obstante, al maestro Ulrich seguía escapándosele por qué justo él, y no cualquier otro, había caído en gracia al obispo. Cuando se paraba a pensarlo, el asunto no dejaba de resultarle misterioso. La experiencia le había enseñado que en la vida nada, absolutamente nada, se regala. ¿Era en verdad la construcción de la torre lo único que interesaba al obispo?

Con los mismos planos que le había mostrado al obispo de Estrasburgo, Ulrich von Ensingen se presentó, al día siguiente, en el despacho del Concejo para comunicarle al *ammeister* que había decidido aceptar el encargo.

Tras la inmensa y desnuda mesa de su despacho, el menudo Michel Mansfeld parecía más menguado todavía.

–Así cumpliréis también el deseo de vuestra mujer –comentó sonriendo con sorna mientras tendía la mano a Ulrich.

El maestro de obras asintió ruborizado. Acto seguido, anunció:

–Os he traído ya los primeros planos que he podido elaborar en tan poco tiempo. Consideradlos por el momento un mero boceto, una especie de imagen conceptual, sin prestar atención a las cuestiones estáticas.

De hito en hito y con manifiesta admiración, el *ammeister* examinó los planos que Ulrich von Ensingen desplegó sobre la mesa.

–Sois un auténtico mago –exclamó entusiasmado–. ¿Cómo es posible que hayáis elaborado estos planos en tan poco tiempo? Virgen Santísima, ¿no tendréis un pacto con el diablo?

Con Mansfeld uno nunca sabía cómo actuar, pues era imposible saber cuándo hablaba en serio y cuándo bromeaba.

–Si he de seros sincero –respondió Ulrich–, debo deciros que llevo bastante tiempo trabajando en las torres de la catedral.

–¿A pesar de que sabíais que el encargo le había sido asignado al maestro Werinher? ¡Pero si sabíais de sobra que vuestros planos jamás serían más que eso, unos planos sobre el papel!

–Aun así.

–Maestro Ulrich, confieso que me cuesta comprenderos. Pero hablemos del futuro. ¿Cuánto tiempo pensáis que os llevará levantar lo que aparece en vuestros planos?

–Es difícil de calcular. –El maestro Ulrich se frotó la nariz, como hacía siempre que ignoraba la respuesta adecuada a una pregunta–. Hay que valorar muchos factores. En primer lugar, depende de los recursos de los que dispongáis. En una obra, mil peones van más rápido que quinientos. Y más importante todavía es el material de construcción. Si ha de ser cargado y transportado en barco hasta aquí desde muy lejos, se requerirá más tiempo y supondrá mayores gastos.

En ese momento el *ammeister* cogió a Ulrich por la manga y lo llevó hacia la ventana. La plaza del mercado, situada a sus pies, estaba abarrotada. Los artesanos ofrecían sus productos: ricos tejidos de Italia y de Brabante, muebles y enseres, y artículos de lujo y bisutería de todos los rincones del mundo.

Mansfeld se volvió hacia Ulrich von Ensingen.

–Mirad eso, observad a las gentes bien vestidas, a los compradores con sacos de dinero en las manos, a los cambistas y a los comerciantes. Ésta es una de las ciudades más ricas del mundo. Y por lo tanto le corresponde tener una de las catedrales más grandiosas de la Tierra. Si decís que necesitáis mil peones para construir las torres, los tendréis. El dinero no será un problema. Al menos mientras yo sea el *ammeister* de Estrasburgo. Y en cuanto al material de construcción, maestro Ulrich, el gremio de canteros y albañiles posee desde los tiempos del maestro Erwin sus propias canteras en Wasselnheim, Niederhaslach y Greßweiler. Además, para los campesinos de los alrededores supondrá todo un honor encargarse del transporte, lo harán encantados por amor a Dios y por una jarra de vino el Día de San Adolfo. Bueno, ¿cuántos años calculáis que llevará la obra en estas condiciones?

Ulrich von Ensingen se volvió hacia sus planos, los dispuso en hilera y palpó los pergaminos con la palma de la mano, titubeante.

–Concededme treinta años –dijo al fin– y vuestra catedral tendrá las torres más altas de toda la Cristiandad, unas torres tan altas que las agujas desaparecerán tras las nubes.

–¿Treinta años? –La voz del *ammeister* denotaba decepción–. Con el debido respeto, maestro Ulrich, el mundo fue creado en siete días. ¡Ni siquiera sé si nosotros viviremos para ver las torres acabadas!

–En eso lleváis razón, pero ése es el sino inevitable de un maestro de obras, ya que son pocas las veces que vive para contemplar su obra terminada. ¡Pensad en el maestro Erwin! Pese a que la nave de una catedral jamás se ha levantado tan de prisa como ésta, él nunca llegó a ver su magnífico templo. Y en lo que a las torres de una catedral se refiere, debéis saber que por cada pie que se quiera ganar de altura, mayor será el esfuerzo requerido. Pensad en un muro normal: la primera hilera de piedras se coloca rápidamente, al igual que la segunda y la tercera, pero en cuanto la altura supera la de un hombre, su construcción empieza a ser más lenta y trabajosa. Se precisa un andamio y un mecanismo de elevación para subir las piedras. La construcción de una torre exige un esfuerzo desmedido.

El *ammeister* asintió con actitud comprensiva. Luego miró al maestro de obras a los ojos y le preguntó:

–¿Y a cuánto asciende la cantidad que deseáis percibir por vuestro trabajo?

Ulrich von Ensingen, por supuesto, ya estaba preparado para responder a esa pregunta. Con determinación, contestó:

–Dadme un florín de oro por cada pie de cada una de las torres. Sé que es mucho dinero si cada torre se eleva a una altura de quinientos pies. Pero para vos este acuerdo no entraña ningún riesgo. Pagaréis sólo por lo que veáis, y no por aquello que sea invisible y exista únicamente en mi cabeza.

Michel von Mansfeld se quedó pensativo. Nunca le habían propuesto semejante fórmula de pago. Para ganar tiempo, llamó al escribano municipal. Cuando éste –un hombre ataviado con una toga negra hasta las rodillas que dejaba al descubierto sus delgadas pantorrillas– entró en la estancia, el *ammeister* quiso cerciorarse:

–¿Habláis en serio cuando decís que queréis cobrar vuestros servicios como maestro de obras de ese modo?

–Completamente en serio –confirmó el maestro Ulrich.

El *ammeister* extendió entonces el brazo en dirección al escribano.

–Escribid: «Los ciudadanos de la ciudad imperial libre de Estrasburgo y, en su nombre, Michel Mansfeld, *ammeister* de la misma, establecen en el tercer día después del quinto domingo de Cuaresma el siguiente contrato con el maestro de obras catedralicias Ulrich von Ensingen. Punto. El maestro de obras Ulrich, desplazado desde Ulm junto a su esposa Afra y residente ahora en la Bruderhofgasse, acepta el encargo de construir, en alabanza a Dios, las torres de nuestra catedral, que no habrán de superar la altura de quinientos pies. Para ello dispondrá de mil peones y percibirá la cantidad de un florín de oro por pie. Punto.»

–... de un florín de oro por pie. Punto –repitió el escribano.

–Haced una copia –ordenó Mansfeld– para que cada uno tenga un ejemplar.

El escribano hizo lo que se le ordenó. Luego vertió arena sobre ambos pergaminos y la limpió de un soplido, con lo que levantó una nubecilla de polvo en la estancia.

–Firmad aquí. –El *ammeister* le tendió a Ulrich un pergamino primero y luego el otro. Cuando Ulrich hubo estampado su rúbrica en la parte inferior de ambos pergaminos, el magistrado hizo otro tanto.

–Ahora todo empezará a marchar bien –afirmó Afra cuando Ulrich llegó a casa con la buena noticia.

Le gustaba sentirse en el papel de esposa del maestro de obras. Y aunque sólo interpretara ese papel, Afra abrigaba la esperanza de que así tal vez se establecería cierto orden en su vida.

Ulrich pasó los días después de Pascua, y también algunas noches, en el taller de obras situado en una de las capillas laterales de la catedral. Allí Ulrich encontró también los viejos planos del maestro Erwin. Habían amarilleado considerablemente con el paso del tiempo, pero no obstante proporcionaron a Ulrich una importante información: una parte de la catedral había sido erigida sobre los cimientos de una antigua construcción, mientras que la otra mitad descansaba sobre gruesos pilotes de madera de fresno clavados en la tierra a treinta pies de profundidad.

Por desgracia, el maestro Erwin no había previsto en su proyecto la construcción de las torres. O se había enfrascado de tal modo en su proyecto que había pasado por alto cómo o dónde quería construir la o las torres.

A los pocos días Ulrich subió en compañía de Afra la escalera situada encima de la puerta oeste de la catedral y que daba a una tribuna. Él llevaba consigo la regla de madera y una plomada. La subida, al contrario que en Ulm, donde las tambaleantes escaleras de mano dificultaban el ascenso a la catedral, era casi placentera. Una vez arriba, la vista era similar a la que puede disfrutarse desde una montaña. Sólo que esa montaña se alzaba en el centro de una ciudad. A sus pies las callejuelas recordaban a los hilos de una telaraña. Las cubiertas a dos aguas de las casas apuntaban hacia el cielo como tiendas de campaña. La mayoría estaban recubiertas de paja o de madera, lo cual suponía que el riesgo de incendio era permanente. Desde allá arriba podía verse incluso el interior de algunas chimeneas. Las primeras cigüeñas habían retornado del sur y se afanaban en construir sus nidos en los tejados más altos. Por encima de la nave de la catedral, se alcanzaba a ver el intenso verde de las orillas del Rin, donde el gran torrente del río brillaba a la luz de las primeras horas de la tarde.

Ulrich le dio unos golpecitos a Afra en el hombro. Por encima de la balaustrada de la tribuna, orientada hacia el sur, el maestro de obras colocó el listón con la plomada. A continuación dejó resbalar la cuerda cuidadosamente entre sus dedos hasta que el peso casi tocaba el suelo.

–¡Ya está! –exclamó satisfecho y, tras fijar el listón a la balaustrada, se volvió hacia Afra–. Ahora encárgate de que el listón no se deslice. Un error, aunque sólo fuera de un dedo, podría falsear la medición.

En un abrir y cerrar de ojos, un grupo de curiosos se aglomeró junto a la catedral para presenciar el extraño experimento. Como un reguero de pólvora se había extendido la noticia de que el maestro Ulrich von Ensingen sustituiría a Werinher Bott en la dirección de la construcción de las torres. Werinher Bott no gozaba, por su vanidosa actitud, de gran estima entre los estrasburgueses. Además, era muy bebedor y se decía de él que no había falda que se le resistiera, una fama que no le había ayudado a cosechar muchas amistades, más bien al contrario. Sólo por eso el nuevo maestro de obras inspiraba una gran simpatía, al menos entre la ciudadanía.

Sin embargo, respecto de la catedral había en Estrasburgo cuatro bandos distintos, que se llevaban como el perro y el gato, cuando no peor. El *ammeister* se sabía respaldado por el pueblo. La alta burguesía adinerada daba su apoyo a los cuatro burgomaestres y personificaba el principio de «el dinero es poder». El cabildo catedralicio, formado por tres docenas de nobles que podían nombrar al menos catorce antepasados con títulos de príncipes y condes, pero a los que la teología les traía al fresco, gozaban de tanta influencia como dinero. El pueblo los llamaba los Nobles Holgazanes. Y luego, aparte, estaba el obispo, despreciado por todo el mundo, normalmente falto de dinero, pero partidario del papa y al cual no había que infravalorar si se tenía en cuenta su influencia y, sobre todo, su malicia.

Así, la simpatía que el nuevo maestro de obras despertaba en el pueblo y en el obispo tenía como consecuencia la antipatía de al menos dos de los otros grupos de interés: el cabildo catedralicio y la alta burguesía.

Con una vara de medir que tenía en el medio una barra transversal, formando una cruz, el maestro Ulrich atravesó la plaza de la catedral. A una distancia más o menos equivalente a la mitad de la altura de la fachada oeste, colocó la vara de medir vertical para alinearla con la cuerda de la plomada. Era evidente que todas las líneas verticales de la parte derecha estaban torcidas. A pesar del ligero balanceo de la plomada, Ulrich von Ensingen determinó que la parte sur de la fachada se había desplomado al menos dos pies.

–¿Y eso qué significa? –inquirió Afra cuando Ulrich subió de nuevo a la plataforma.

Éste compuso un gesto grave.

–Significa que los pilotes de madera se han hundido, mientras que los cimientos de piedra antiguos del otro lado soportan bien el peso.

–¡Pero eso no es culpa tuya, Ulrich!

–Por supuesto que no. En todo caso, sería el maestro Erwin el que pecó de ingenuidad al creer que los pilotes de madera de fresno aguantarían lo mismo que los cimientos de piedra.

El maestro de obras alzó la vista y miró al infinito. Afra presintió las consecuencias de ese descubrimiento.

–¿Significa eso –aventuró con cautela– que los cimientos de la catedral no soportarán el peso de las torres? ¿Que la catedral podría seguir hundiéndose de ese lado y con el tiempo llegar incluso a derrumbarse?

–Eso es exactamente lo que significa –asintió Ulrich volviéndose hacia ella.

Afra rodeó a Ulrich por los hombros. Sobre las vegas del Rin, bañadas todavía por la luz del sol, se levantaba una neblina que velaba el horizonte. Daba la sensación de que los proyectos de Ulrich se enturbiaban.

Mientras él recogía la cuerda con la plomada, Afra se asomó a la balaustrada y miró al vacío. Se quedó pensando. Sin levantar la vista, dijo de pronto:

–La catedral de Ulm también tiene una sola torre. ¿Por qué no se contentan los ciudadanos de Estrasburgo con una torre?

El maestro Ulrich meneó la cabeza.

–El proyecto original siempre ha previsto la construcción de dos torres sobre la fachada oeste. Es una cuestión de armonía. La catedral de Estrasburgo, con una sola torre, tendría el mismo aspecto terrible y despreciable que Polifemo, el gigante de un solo ojo.

–¡Exageras, Ulrich!

–En absoluto. A veces creo que ha caído una maldición sobre Estrasburgo. Al menos en lo que a mí respecta.

–No digas esas cosas.

–Es la verdad.

Durante tres días enteros Ulrich von Ensingen se guardó el secreto para sí. Apenas hablaba, apenas probaba bocado, y Afra comenzó a preocuparse. Encerrado de sol a sol en el taller de la catedral, Ulrich se exprimía la cabeza tratando de dar con una solución que permitiera mantener la armonía de la composición de la fachada.

Cuando, al cuarto día, Ulrich continuó con la misma actitud y abandonó la casa sin decir nada, Afra fue a buscarlo al taller.

–Debes contarle al *ammeister* que el proyecto no puede llevarse a cabo tal como se había planeado. No es ninguna deshonra. Si quieres, yo puedo acompañarte.

Entonces Ulrich se levantó, lanzó la sanguina contra la pared y exclamó:

–Ya me avergonzaste una vez al presentarte en el despacho del *ammeister* a mis espaldas. ¿Es que acaso crees que no soy capaz de explicarme yo solo ante las autoridades de la ciudad?

Afra se asustó. Jamás había visto a Ulrich así. La situación por la que pasaba, desde luego, no era fácil. Pero ¿por qué había de descargar su rabia contra ella? Ya habían superado juntos situaciones más complicadas. Afra se sintió herida.

Alterado, Ulrich arrambló con sus planos y dejó plantada a Afra en el taller. A Afra se le saltaron las lágrimas. Jamás hubiera imaginado que existiera esa otra cara de Ulrich. Y de pronto sintió miedo, miedo del futuro.

Ante sus ojos bailaban las estrechas fachadas de las casas mientras regresaba a casa. No quería que nadie la viera llorar. En medio de la angustia y la confusión que le sobrevinieron, ya ni siquiera sabía por dónde se había metido. En la Predigergasse, junto al monasterio dominico, aminoró el paso para orientarse. No sabía dónde estaba.

Un mendigo manco, que se cruzó en su camino, se percató de su desesperación y le preguntó al pasar:

–¿Acaso os habéis perdido, hermosa dama? Desde luego, de por aquí no sois.

Con la manga, Afra se enjugó las lágrimas de la cara.

–¿Conoces bien esta zona? –le preguntó ella.

–Un poco –respondió el mendigo–, un poco. Decidme adónde queréis ir. Seguro que no os dirigís ni a la Judengasse ni a la Brandgasse.

Afra comprendió lo que el mendigo quería decir. Esas calles no pertenecían a barrios precisamente nobles.

–A la Bruderhofgasse –se apresuró a responder.

–Eso ya me encaja más.

–¡Pues indícame el camino de una vez! –exclamó Afra, impaciente. Y al pronunciar esas palabras escudriñó al manco con desprecio.

El hombre no presentaba un aspecto andrajoso, como la mayoría de los mendigos que acostumbraban a merodear por la plaza de la catedral y los alrededores de los conventos de la plaza Rossmarkt. Sí, era cierto que la vida en la calle había deteriorado sus ropas, su hábito tenía las mangas desgarradas, pero el tejido era de buena calidad y el corte estaba totalmente a la moda. En suma, su apariencia hacía pensar que había conocido tiempos mejores.

–Si no os incomoda seguirme –anunció el mendigo con la cabeza gacha–, os mostraré gustoso el camino. Si lo deseáis, podéis caminar a diez pasos de mí.

Dando por supuesto que el hombre quería ganarse a cambio una limosna, Afra sacó un *pfennig* de la faltriquera y se lo puso al mendigo en la mano izquierda.

Éste hizo una reverencia y se excusó.

–Disculpad que os tienda la mano izquierda, pero perdí la derecha.

–No es necesario que te disculpes –repuso Afra, a la que no pasó por alto, cuando el hombre se inclinó en señal de agradecimiento, que sus cortos cabellos habían sido tonsurados. Eso dotaba al hombre de un aire más misterioso todavía.

–Sólo lo digo porque la mayoría de la gente cree que la zurda viene del diablo; pero a mí es ya la única que me queda.

–Lo lamento –dijo Afra–, ¿cómo sucedió?

Con una mirada de desprecio, el mendigo alzó su muñón derecho. Su brazo acababa en la mitad del codo en una bola informe de carne.

–¡Así acaba quien mete la mano en las propiedades de la Iglesia!

–Quieres decir que...

El mendigo asintió.

–Los días que va a cambiar el tiempo, todavía me duele.

–¿Qué robaste? –inquirió Afra, puramente movida por la curiosidad, mientras avanzaban en dirección a la Bruderhofgasse.

–A buen seguro que me despreciaréis y no me creeréis si os cuento la verdad.

–¿Por qué no iba a creerte?

Durante un rato, Afra y el mendigo caminaron juntos en silencio. La extraña pareja despertaba desconfianza, pero eso a Afra le traía sin cuidado.

–Metí la mano en el cepillo de una iglesia –confesó de pronto el mendigo, y como Afra no mostró ninguna reacción, prosiguió–: Yo era canónigo de Sankt Thomas, un cargo con el que uno no se hace rico que digamos. Un día una muchacha, no mucho más joven que vos, acudió a mí en busca de ayuda. Había dado a luz a escondidas al niño de un clérigo de mi comunidad. A causa del secreto alumbramiento, la joven madre había perdido su trabajo. La criatura y ella no tenían nada que llevarse a la boca. Mis modestas ganancias no me alcanzaban, así que cogí dinero del cepillo y se lo entregué a la muchacha.

Afra tragó saliva. La historia le llegó al alma.

–¿Y qué sucedió entonces? –preguntó tímidamente.

–Que fui visto y delatado. Justo por el hombre que había dejado encinta a la muchacha. Y para proteger a la madre de la criatura, no quise revelar las razones que me habían empujado a hacerlo. De todas formas, no me habrían creído.

–¿Y el clérigo?

Era evidente que la pregunta no era fácil de responder para el mendigo.

–Hoy en día es el canónigo de Sankt Thomas. A mí me relevaron de mi cargo porque un cura no puede dar la bendición con la mano izquierda. La derecha fue arrojada al Ill por el Puente de los Suplicios.

Cuando llegaron a la casa, en la Bruderhofgasse, Afra estaba conmovida.

–Aguardad aquí un momento –exclamó. Luego entró en la casa y regresó al cabo de unos segundos.

–Devolvedme el *pfennig* que os entregué –le pidió Afra, titubeante.

El mendigo buscó la moneda en el bolsillo de su hábito y se la tendió a Afra sin vacilar.

–Ya sabía que no me creeríais –repuso con pesadumbre.

Afra cogió el *pfennig*. Con la otra mano le entregó al mendigo otra moneda.

El mendigo se quedó sin habla. Contempló la moneda con estupor.

–¡Pero si es medio florín! ¡Por todos lo santos! ¿Sabéis lo que os hacéis?

–Lo sé –respondió Afra por lo bajo–, lo sé.

El relato del mendigo había evocado en Afra recuerdos de su vida pasada. En los últimos años, había arrinconado en su memoria la imagen del bulto indefenso colgado de la rama de un abeto y se había convencido de que todo aquello sólo había sido un sueño. Ni siquiera a Ulrich le había hablado del nacimiento del niño.

Ahora todo eso, de pronto, volvía a estar vivo: ella abrazada a un árbol durante el alumbramiento, aquella criatura cayendo pesadamente sobre la alfombra de musgo, la sangre que había limpiado con un jirón de su falda, y los berridos del niño resonando en el bosque. ¿Qué habría sido del muchacho? ¿Habría sobrevivido? ¿O habría sido devorado por las bestias del bosque? La incertidumbre le remordía la conciencia.

Entretanto, había anochecido, y Afra se retiró a su alcoba, en el piso de arriba. Por la Bruderhofgasse ascendía el murmullo de los paseantes ociosos, que a esas horas llenaban la calle de vida. Afra no pudo contenerse y se desahogó llorando. Eso alivió el dolor que la atormentaba.

Diez años, se decía para sus adentros, tendría ahora el niño, si es que todavía estaba vivo. ¿Sería un apuesto muchacho ataviado con nobles ropajes? ¿O el siervo venido a menos de un señor feudal? ¿O un vagabundo andrajoso que erraba de pueblo en pueblo suplicando a la gente un mendrugo de pan? Ni siquiera sería capaz, se dijo Afra, de reconocer a su propio hijo si se cruzaran en la plaza de la catedral. En su cabeza martilleaba una y otra vez la misma pregunta: «¿Cómo pudiste hacerlo?»

A solas con su preocupación y su tristeza, Afra oyó un ruido. Supuso que Ulrich había regresado, se secó las lágrimas y bajó las escaleras.

–Ulrich, ¿eres tú? –susurró a tientas en la sombría habitación.

Pero nadie respondió. De pronto sintió un miedo inexplicable. Fuera de sí, entró precipitadamente en la cocina, situada en la parte trasera de la casa, y atizó con una tea las brasas del horno. Luego encendió con ella un farol.

En ese instante volvió a oírse el mismo ruido, como el chirriar de los goznes de la puerta al abrirse. Enarbolando el farol como si de un arma se tratara, Afra avanzó unos pasos para mirar a su derecha. La puerta de la casa estaba cerrada. El vidrio con dibujos en relieve los protegía de las miradas de los curiosos, pero también impedía ver el exterior. Por eso Afra volvió al piso de arriba. Abrió un poco la ventana que daba a la Bruderhofgasse y se asomó a mirar. En una hornacina de la casa de enfrente le pareció distinguir una figura oscura; pero su nerviosismo era tal que no podía descartar que su imaginación la estuviera traicionando.

También le pareció una ilusión cuando dos manos le rodearon el cuello por detrás y, como un gato de carpintero, se lo aprisionaron fuertemente. Afra trató de coger aire. Entonces algo que desprendía un agradable olor cayó ante sus ojos como un telón. «¡No es un sueño!», fue lo último que pensó. En ese instante se hizo la oscuridad a su alrededor, una oscuridad negra y placentera.

Como si proviniera de otro mundo oyó Afra la voz de Ulrich, susurrante y dulce primero, luego cada vez más impetuosa y enérgica. Notó que alguien la zarandeaba y sintió unos bofetones en la cara. Apenas podía, y le costó un esfuerzo ímprobo, abrir los ojos.

–¿Qué ha ocurrido? –preguntó Afra aturdida, al reconocer desde el suelo el rostro de Ulrich mirándola de cerca.

–No te preocupes, está todo bien –respondió Ulrich.

Entonces Afra se percató de que Ulrich le tapaba la visión a propósito con su cuerpo.

–¿Qué ha ocurrido? –preguntó de nuevo.

–¡Creí que tú podrías aclarármelo!

–¿Yo? Yo lo único que recuerdo son dos manos que me aprisionaron y luego un pañuelo ante los ojos.

–¿Un pañuelo?

–Sí, desprendía un olor muy especial. Entonces todo se volvió negro.

–¿Era esto el pañuelo? –Ulrich alzó ante los ojos de Afra un jirón de tela de color verde claro con una cruz dorada estampada.

–Podría ser, sí. No lo sé. –Se sentó–. Díos mío –farfulló–, ya creía que estaba muerta.

La estancia estaba asolada. Las sillas yacían en el suelo, el arcón estaba abierto, al igual que el armario. Afra tardó un rato en asimilar la magnitud de lo ocurrido.

–¿El pergamino? –preguntó Ulrich mirándola fijamente.

«¡El pergamino!», exclamó Afra para sus adentros. Alguien iba detrás del pergamino. El pasado la había atrapado.

Se levantó trabajosamente y se dirigió tambaleándose hasta el armario. Las prendas estaban esparcidas por el suelo. Sin embargo, el vestido verde permanecía en su lugar. Con los brazos extendidos, Afra palpó los bajos del traje. De pronto se quedó inmóvil. Se volvió. La seriedad que hasta entonces mostraba en su semblante se desvaneció, y Afra sonrió, rió y de pronto estalló en estrepitosas carcajadas. La voz se le quebraba y ella, como posesa, comenzó a bailar en medio del desorden.

Ulrich observaba el comportamiento de Afra con recelo. Luego, poco a poco, se fue dando cuenta de que Afra había cosido el pergamino en el dobladillo del vestido y así había evitado su robo. Cuando al fin Afra se hubo tranquilizado, Ulrich apuntó:

–Creo que corremos un peligro considerable con ese pergamino en casa. Deberíamos buscar un escondite más seguro.

Afra levantó las sillas del suelo y comenzó a ordenar la sala. Según hacía recuento de los objetos, meneaba la cabeza.

–A primera vista yo diría que no falta nada, absolutamente nada. Ni siquiera las copas de plata interesaban a los ladrones. Así que sólo queda la posibilidad de que buscaran el pergamino. Y ahí viene mi pregunta: ¿quién podría saber de la existencia del pergamino?

–Eso mismo iba a preguntar yo. Y la respuesta es la siguiente: el alquimista.

–Pero ¿cómo iba a saber el alquimista que huimos a Estrasburgo...? –Afra se interrumpió de pronto, pensativa.

–¿Qué pasa? –inquirió Ulrich.

–Debo confesarte algo. Después de aquel día que fuimos a visitar a Rubaldo, yo volví a la casa del alquimista. Sola. Quería ofrecerle diez florines a cambio de que me revelara información sobre el significado del pergamino.

–¿Y por qué me lo has ocultado hasta hoy?

Afra desvió la mirada, avergonzada.

–¿Y qué averiguaste? –quiso saber Ulrich.

–Nada. Rubaldo se había marchado a toda prisa esa misma mañana. Clara, que se definió a sí misma como la barragana del alquimista y con la que yo trabé cierta confianza, me dijo que Rubaldo había ido a visitar al obispo de Augsburgo. Y ella creía que, sin duda, ese repentino viaje estaba relacionado con el pergamino. Sin embargo, delante de nosotros se hizo el desentendido.

–Los alquimistas suelen, por su profesión, ser magníficos actores.

–¿Quieres decir que Rubaldo sabía perfectamente de qué trataba el texto del pergamino y precisamente por eso se hizo el ignorante?

–No lo sé. Uno puede equivocarse al juzgar hasta a un mendigo. Y con mayor motivo, a un alquimista. Si realmente se marchó después de nuestra visita a ver al obispo de Augsburgo, eso indicaría la importancia que atribuyó al pergamino. Quién sabe si tal vez la noticia ha llegado incluso al papa de Roma o de Aviñón, o de donde yo qué sé. ¡Que Dios nos asista!

–¡No exageres, Ulrich!

El maestro de obras se encogió de hombros.

–La Iglesia cuenta con una red de espías y mensajeros; para ellos sería pan comido dar con un maestro de obras y su amante. No se hable más. Tenemos que deshacernos del pergamino.

–Pero ¿cómo?

–En una catedral sobran recovecos, escondites idóneos, donde ocultar un pergamino como ése. –Ulrich hizo un gesto de desprecio con la mano–. Muchas personas, y no hablo únicamente del alto clero, creen que con alhajas, dinero, oro, joyas y su nombre pueden pagar un trozo del cielo o de inmortalidad. Lo hacen con la esperanza de que, cuando la catedral se derrumbe con el temblor de tierras el Día del Juicio Final, sus pertenencias y sus nombres salgan a la luz, y de ese modo sean los primeros en subir al cielo.

–¡Qué disparate! ¿Y tú crees en eso?

–En realidad, no. Pero al hombre se le puede quitar cualquier cosa salvo su fe. La fe es la huida de la realidad. Y cuanto peores son los tiempos, mayor es la fe. Ahora atravesamos malos tiempos. Y ésa es la razón por la que los hombres erigen catedrales de una altura jamás vista en la historia de la humanidad.

–¡De forma que nuestras catedrales son verdaderas cámaras de tesoros!

–A todas luces lo son. De hecho, yo realicé un juramento sagrado en el que me comprometí a mantener el secreto. Pero confío en ti. Además, tampoco es que te haya desvelado los lugares en los que están escondidos los tesoros.

Afra se quedó callada. Al cabo de un rato, preguntó:

–¿Quiere decir eso que incluso en una catedral que no hubieras pisado jamás también sabrías dónde están ocultos los tesoros?

–En principio, sí. Hay un esquema fijo que se aplica a todas las catedrales. Y ya he hablado de más.

–¡No, Ulrich! –El nerviosismo de Afra era evidente–. Yo no estoy pensando en los tesoros que están ocultos en las catedrales. Lo que pienso es que no hay lugar peor que una catedral para esconder un pergamino tan valioso. Me figuro que todos aquellos interesados en el documento saben también de la existencia de esos escondites secretos.

Ulrich se quedó pensativo.

–Desde luego es una posibilidad que no podemos desdeñar. Llevas razón. Hasta que averigüemos el significado del texto, debemos buscar un lugar más seguro para el pergamino. Pero ¿cuál?

–Por el momento –respondió Afra–, el dobladillo de mi vestido sigue siendo el lugar más seguro. Además, no creo que esos villanos asalten nuestra casa una segunda vez.

Días más tarde Ulrich von Ensingen se mostró sorprendido. Estaba convencido de que sus cálculos y la conclusión de que la fachada de la catedral sólo soportaría el peso de una torre desencadenarían una tempestad de protestas. Curiosamente, sin embargo, tanto el obispo como el *ammeister* y el Concejo de la ciudad estuvieron de acuerdo en levantar una única torre, en el lado norte, siempre que ésta fuera la más alta de todas las construidas hasta entonces. La objeción del maestro de obras de que la titánica obra había sido concebida para contener dos torres la rechazaron, alegando que el Occidente cristiano contaba con más catedrales de una sola torre, e incluso sin torres, que de dos.

De modo que Ulrich von Ensingen se puso manos a la obra. En la ciudad y los alrededores reclutó a quinientos trabajadores entre canteros, picapedreros, albañiles, porteadores y, sobre todo, escultores que supieran trabajar la delicada piedra arenisca. Porque el maestro Ulrich tenía la intención de levantar sobre la fachada una torre calada afiligranada que, pese a su altura, ofreciera poca resistencia a las frecuentes tormentas que recorrían las orillas del Rin en las estaciones de otoño e invierno. La plataforma sobre el pórtico principal brindaba la posibilidad de levantar dos polispastos de madera con largos brazos para elevar el material hasta esa altura.

Durante el verano, desapacible y fresco como todos los veranos anteriores, Ulrich von Ensingen avanzó a buen ritmo con las obras. Como ya ocurriera en Ulm, la obsesión por el trabajo lo fue embriagando. Apremiaba a los obreros como si pretendiera acabar la obra en un año. Sus superiores estaban encantados; los picapedreros y los escultores, por el contrario, se quejaban. Con el maestro Werinher no habrían tenido que doblar el espinazo de esa manera.

Algunos días el maestro de obras notaba que estaba siendo observado por un hombre. Ulrich dedujo que el mirón debía de ser Werinher Bott. Dado que con la caída había perdido la movilidad de las extremidades, uno de sus oficiales le había construido una silla con dos ruedas altas a los lados y adelante una tercera más pequeña de apoyo. Una barra transversal sobre el respaldo servía al oficial para empujar la silla y pasear a su señor por toda la ciudad, igual que un comerciante con sus mercancías. A lo largo del día cambiaba varias veces de lugar para observar atentamente, durante horas, cada paso que daba Ulrich von Ensingen.

Un día, ya irritado, el maestro de obras abordó a Werinher y le dijo:

–Lamento mucho que os tengáis que limitar a mirar. Pero reconoced que alguien tiene que hacer el trabajo.

Werinher lanzó a Ulrich una mirada profunda. Tragó saliva, como si un improperio se le hubiera atragantado. Lo que respondió a continuación, no obstante, no estuvo falto de malicia.

–Pero ¿por qué habíais de ser precisamente vos, maestro Ulrich?

El maestro de obras atribuyó el odio de esas palabras al sufrimiento de Werinher. «Quién sabe –se dijo para sus adentros– cómo reaccionarías tú en esta situación.» Por eso no tuvo en cuenta el avinagrado comentario y, para romper el incómodo silencio, dijo:

–Como veis, las obras marchan más de prisa de lo previsto.

Entonces Werinher escupió un gran chorro de vino al suelo y, con voz ronca, exclamó:

–Brillante idea esa de daros por satisfecho con una sola torre para la catedral. El maestro Erwin se revolverá en su tumba. Una catedral con una torre es una deshonra, una impostura barata, como vuestro templo de Ulm.

Entonces Ulrich se indignó.

–Deberíais medir vuestras palabras, maestro Werinher. Si estoy en lo cierto, no hace tanto no erais más que un simple cantero, y antes de eso, si no me equivoco, un monje. Ni siquiera habéis dibujado los planos de la iglesia de una aldea, y no digamos de una catedral. Vos pensáis que la piedra lo aguanta todo. Y eso es un error. La piedra se rige por las mismas leyes de peso que el resto de las cosas que pueblan las vastas tierras de Dios. Su inmenso peso ha dado lugar incluso a unas leyes específicas.

–¡Majaderías! Jamás he oído que una catedral se haya caído.

–Ahí tenéis la respuesta, maestro Werinher, ahí la tenéis. Os falta la experiencia. Probablemente jamás hayáis pasado más de un día de viaje fuera de Estrasburgo. De lo contrario, conoceríais las terribles catástrofes que se han producido en Inglaterra y Francia, donde cientos de trabajadores quedaron sepultados bajo muros derrumbados.

–¿Y eso os interesa?

–Desde luego. He estudiado los planos de esas catedrales e indagado sobre las causas de esas catástrofes. Eso me ha permitido concluir que la piedra no aguanta en absoluto tanto como se cree. Su inconsistencia puede llegar a ser extrema si uno no se somete a sus limitaciones.

Werinher Bott resopló, y su cabeza, la única parte que todavía podía mover en el lamentable estado en que se encontraba su cuerpo, comenzó a temblar de irritación.

–¡Sois repelente! –exclamó encolerizado–. ¡Miserable sabelotodo! ¿Qué habéis venido a buscar a Estrasburgo? ¿Por qué no os quedasteis en Ulm? La ignominia os llegaba hasta el cuello, es eso, ¿no?

Por un momento el maestro Ulrich se quedó inmóvil, desorientado por el ofensivo comentario de Werinher.

–¿Qué queréis decir con eso? –preguntó al fin.

En un santiamén la amarga expresión de Werinher se transformó en una sonrisa maliciosa.

–Bueno, los carpinteros y los canteros venidos de Ulm cuentan historias sobre vuestra vida anterior. A todo el mundo le gustaría saber qué razón os impulsó a abandonar vuestro cargo.

–¿Qué cuenta la gente? ¡Habla! –Ulrich se abalanzó sobre el inválido, lo agarró por la pechera, lo zarandeó y bramó fuera de sí–: ¡Desembucha! ¿Qué cuenta la gente?

–Ah, ahora mostráis vuestra verdadera cara –jadeó el hombre postrado en la silla– abusando de un tullido indefenso. ¡Golpeadme, vamos!

A continuación, el oficial, que había seguido con inquietud la disputa entre los maestros, intercedió. Apartó al maestro Ulrich, giró el asiento de ruedas y se llevó a toda prisa al impedido hacia la Münstergasse. Estando ya a una distancia prudencial, giró de nuevo la silla, y Werinher exclamó a voz en cuello, de forma que sus gritos resonaron en toda la plaza:

–Esto no ha acabado aquí, maestro Ulrich, ¡volveremos a vernos las caras!

En ese instante Ulrich von Ensingen comprendió que tenía un enemigo a muerte.

6

LA LOGIA DE LOS APÓSTATAS

Muchas semanas después de su encuentro con el mendigo manco, Afra se hallaba de camino a la catedral cuando tropezó con él. Apenas lo reconoció, pues a diferencia de la primera vez, iba aseado y ataviado con ropa de calle. Y del aspecto harapiento que había inspirado compasión en Afra, no había ni rastro.

–¿Qué ha ocurrido? –inquirió Afra con curiosidad–. Salí a buscaros varias veces. He mirado en el mercado, he preguntado por el Manco, porque no sabía vuestro nombre, entre los pobres que hacen cola para el reparto de comida donde los franciscanos y los agustinos, pero nadie ha sabido o ha querido darme información.

–Jacobo Luscinio –respondió el manco–, olvidé presentarme. Pero a quién iba a interesar el nombre de un mendigo. En realidad me llamo Jakob Nachtigall. Luscinio es mi nombre latinizado. Me pareció oportuno cambiarme el nombre para comenzar una vida nueva.

–Suena muy bien. Y, sobre todo, muy culto.

El manco se rió.

–Si hubierais preguntado en los dominicos de Sankt Bartholomäushof, os habrían sabido decir dónde estaba.

Afra miró a Luscinio con aire inquisitivo.

–¿Por qué precisamente ahí?

–En la puerta del monasterio de los dominicos, donde los mendigos acuden a diario a recoger un plato de sopa caliente, oí un día que el hermano bibliotecario, un anciano ya sin juicio, había sido internado en la casa de locos de fuera de la ciudad, y que su puesto quedaba vacante. Pensé que debía de ser un regalo del Cielo, y yo no dudé ni un instante en ofrecerme para sustituirlo, al menos temporalmente. Y eso que tenía sus riesgos, pues ya conocéis mi historia. Sin embargo, o realmente el abad no me conocía o deseaba contar conmigo y quiso dejar a un lado mi pasado. No lo sé. Naturalmente, yo le mentí en algunas cosas. El caso es que al final fui aceptado como lego, únicamente en virtud de mis conocimientos de latín, que dejaron admirado al prior. Desde entonces soy dueño y señor de una bóveda con diez mil escritos y libros. Pese a que yo, la verdad sea dicha, no entiendo mucho de libros.

–Pero es un trabajo maravilloso –exclamó Afra, entusiasmada–. Sé de lo que hablo. Mi padre también fue bibliotecario. Era uno de los hombres más felices del mundo.

–Bueno –rectificó Luscinio–, quizá sí que haya trabajos peores que buscar un tratado de herbolaria entre diez mil escritos, pero seguro que merecen más la pena. En todo caso, no quiero ponerme quejumbroso. Tengo un techo donde resguardarme y una comida asegurada al día. Es mucho más de lo que habría podido esperar hace sólo un mes.

Afra asintió.

–Yo adoro los libros desde mi niñez, desde que mi padre me enseñó a leer y a escribir. Y siento especial pasión por las bibliotecas, por el olor que se respira en ellas, esa mezcla de cuero curtido y pergamino polvoriento.

–Permitidme la observación, pero lo que decís no es habitual en una mujer de vuestra categoría. Yo imaginaba que os inspiraría mayor pasión la fragancia de rosas o de violetas. Pero si vuestro tiempo os lo permite, venid a visitarme algún día a mi cueva. Os aseguro que no hay trabajo en el mundo más solitario que el de bibliotecario.

Afra aceptó sin dudarlo. Y acordaron la visita para el día siguiente.

El monasterio dominico, en Bartholomäushof, era una de las instituciones de esa clase más recientes que había en Estrasburgo. Al principio, los monjes de blanco, conocidos por llevar una vida austera y practicar el arte de la predicación, vivían fuera de la ciudad, en Finkelweiler. Hacía sólo ciento cincuenta años que habían hallado un nuevo refugio intramuros, cerca del convento de los franciscanos, y en poco tiempo habían levantado allí un imponente convento y una escuela superior donde habían impartido clase genios de la talla de Alberto Magno.

El portero que apareció tras la pequeña puerta acogió con irritación la petición de entrada de una mujer a la biblioteca para consultar un libro. Afra lucía un vestido modoso, y dado que ninguna regla de la orden dominica prohibía el acceso a las mujeres, el portero abrió la portezuela e invitó a Afra, en nombre del Señor, a seguirlo.

Afra había tenido su propia historia con los monasterios, y éste le pareció tan deprimente como los demás. Cuando hubo atravesado el patio interior, bordeado en los cuatro lados por las arcadas del claustro, fue conducida por el portero hacia un pasadizo situado enfrente. En el desnudo y sombrío pasillo que se extendía tras él, resonaban sus pisadas. Al llegar al final bajaron al piso inferior por una escalera de piedra. Allí, una bóveda tan baja que podía tocarse con sólo extender el brazo recibía a los visitantes.

Tras la llamada a gritos del portero, Luscinio apareció tosiendo por una galería lateral.

–No creí que os aventuraríais a adentraros en el reino sombrío de las historias y los pensamientos –la saludó, y despidió al hermano portero con un movimiento de cabeza.

–Ya dije que los libros ejercen sobre mí una mágica atracción –respondió Afra–. Aunque... –se interrumpió. Miró con inquietud a su alrededor. Sólo unas cuantas velas iluminaban pobremente la estancia abovedada. No había ventanas.

–Os habíais imaginado la biblioteca diferente –se rió Luscinio, acercándose.

–Si he de ser franca, ¡sí!

Afra jamás había visto semejante caos de libros. Hacía ya mucho tiempo que las estanterías, en las que los libros habían sido colocados según un sistema indefinible, habían visto rebasada su capacidad. Los anaqueles se habían vencido cual vigas carcomidas con el peso de las páginas escritas. Los volúmenes estaban apilados en columnas. Al pasar cerca, éstas se tambaleaban. Un penetrante e indescriptible olor y un velo neblinoso de polvo plateado lo impregnaban todo.

–Tal vez ahora entendáis por qué mi honorable antecesor se volvió loco –señaló Luscinio con cierto deje irónico–. Y yo voy por el mismo camino.

Afra se sonrió, a pesar de que el hombre pronunció esas palabras con total seriedad.

–En cualquier caso, parece ser que era un individuo peculiar –prosiguió Luscinio–. El hermano Dominico, que así se llama, nunca ha estudiado ni tiene la más remota idea de teología. Estaba obsesionado con la idea de leer todos y cada uno de los libros que atesoraba en este sótano. Hasta la mitad de su vida, según me han contado, todo marchó bien. Los monjes del monasterio llegaron a creer que se trataba de un milagro cuando, de pronto, el hermano Dominico comenzó a hablar en lenguas extrañas como hicieran en su día los apóstoles del Señor. Dominico hablaba griego y hebreo, inglés y francés. A veces, sus hermanos tan sólo comprendían algunos fragmentos de su discurso. Pero a medida que avanzó en sus lecturas, se fue recluyendo más y más. Dejó de asistir a las oraciones de las horas, los responsorios y las letanías. Y sólo muy de cuando en cuando se presentaba a las comidas comunitarias en el refectorio. Los demás hermanos se vieron obligados a dejarle una bandeja con su ración de comida en la puerta de la biblioteca, que él mantenía cerrada a cal y canto. El mayor temor de Dominico era que alguien revolviera en su caos. Pues, por inextricable que el aparente desorden pudiera parecer, tras él había un sistema minuciosamente pensado. El hermano Dominico era capaz de encontrar cualquier libro que se le pidiera en cuestión de segundos. Por desgracia, nunca dio a conocer ese sistema. Ahora me corresponde a mí poner orden en este caos. Una tarea nada fácil.

Afra respiraba superficialmente. No se atrevía a respirar hondo y henchir sus pulmones de ese intenso olor, tan distinto al de otras bibliotecas.

–¿Y si fue el aire lo que hizo al hermano Dominico perder el juicio? –Afra miró vacilante a Luscinio–. Deberíais tener cuidado.

Luscinio se encogió de hombros.

–Nunca he oído que nadie se haya vuelto loco por respirar aire maloliente. En ese caso, todos los estrasburgueses, cuyas casas miran al Ill, deberían estar locos. Porque no hay lugar en el mundo tan apestoso como ése.

Afra examinó las preciosas encuadernaciones de los libros antiguos colocados en un pasillo lateral. Luscinio había rotulado ya los lomos con la escritura torpe de un zurdo y, comenzando por la «A» como en el caso de Alberto Magno, los había dispuesto en orden alfabético.

–Todavía no he pasado de la ce –se lamentó Luscinio–. Y lo complicado es que en muchos de los escritos no figura ningún autor. De modo que algunos libros tengo que clasificarlos alfabéticamente por el título en lugar del autor. Y todo se complica más aún cuando ni siquiera figura el título. Muchos teólogos sencillamente se pusieron a escribir, sin plantearse qué título querían dar a su obra. De ahí resultaron sabios y gruesos escritos de los que nadie conoce el título, y mucho menos el autor. Si gustáis echar un vistazo, no lo dudéis.

Luscinio se marchó. Afra aprovechó la ocasión. Del anaquel más alto, donde podía dar por seguro que los libros habían sido colocados según el nuevo sistema, sacó un volumen grueso encuadernado en vitela oscura que figuraba en la letra «C». Llevaba el título en latín, *Compendium theologicae veritatis*. Luego se subió la falda. Con un tirón certero, como si hubiera ensayado varias veces la operación, rasgó el dobladillo interior del vestido y extrajo el pergamino. Con destreza y rapidez, introdujo la hoja plegada entre las páginas del tomo. A continuación, volvió a colocar el libro en su sitio.

–*Compendium theologicae veritatis* –murmuró una y otra vez para grabar el título en su memoria.

–¿Decíais algo? –exclamó Luscinio desde el pasillo lateral de enfrente, donde en aquellos instantes tumbaba los libros apilados verticalmente para formar con ellos una hilera horizontal, lo que sin duda parecía un modo más conveniente de almacenarlos.

—No, bueno..., sí —respondió Afra—. Pensaba en el placer que produce contemplar este anaquel tan ordenado. Y todo gracias a ti, hermano Luscinio, a un trabajo que permanecerá los próximos cien años. —Mientras tanto, Afra miraba fijamente el libro que había elegido como escondite.

De entre las sombras del fondo emergió Luscinio. Afra no pudo por menos que echarse a reír. Todavía le temblaban las manos de los nervios. El bibliotecario portaba un extraño objeto en la cabeza. Se había atado una tira de cuero a la altura de las sienes. Sujetadas por la cinta a derecha e izquierda, unas velas encendidas —dos a cada lado— alumbraban sus pasos con una luz titilante.

—Disculpadme —se excusó Afra, luchando todavía por ahogar la risa—, os aseguro que no pretendo burlarme de vos; pero es que ¡vuestro alumbrado es de lo más gracioso!

—Un invento del hermano Dominico —respondió el bibliotecario alzando la vista hacia el artilugio—. Puede parecer extravagante, pero para un manco como yo es la única forma de trabajar siempre con luz. Vaya adonde vaya, la luz se mueve con la misma rapidez que mis ojos. —Como demostración, el bibliotecario volvió la cabeza hacia la izquierda y luego hacia la derecha.

—Insisto en lo bien ordenado que está este anaquel —apuntó Afra retomando la conversación.

Luscinio asintió con un leve movimiento.

—Sí, ésta es, digamos, mi primera obra. No me atrevería a decir, sin embargo, que vaya a mantener ese mismo orden durante los próximos cien años. —Sonriente, se alejó para reanudar sus quehaceres.

Afra soltó aliviada el aire viciado por la nariz. Estiró su vestido verde, que apenas se había quitado en las últimas semanas por temor a que le robaran el pergamino. La decisión de esconderlo allí, en la biblioteca de los dominicos, la había tomado de improviso. Al ver todos esos escritos se dio cuenta de que no había lugar más seguro para la misteriosa carta del monje del monasterio de Montecassino que el libro de la biblioteca de un monasterio. Después de todo, así era como había permanecido durante medio milenio sin ser descubierto.

Al despedirse, el bibliotecario hizo prometer a Afra que volvería a visitarlo otro día. Afra lo hizo de buen grado, también por su propio interés.

–Y ahora, si no os importa –apuntó el monje, con un punto de rubor–, os conduciré a la Puerta de las Almas Pecadoras.

–¿La Puerta de las Almas Pecadoras? –se volvió Afra, indignada.

–Debéis saber que todos los monasterios cuentan con dicha puerta. No figura en ninguno de los planos, oficialmente no existe, y supuestamente nuestro alabado Señor tampoco sabe, o no quiere saber, de su existencia. Por la Puerta de las Almas Pecadoras los monjes hacen salir a las mozas, y a veces mozos. –Y al decirlo, se santiguó con la zurda–. Ya me entendéis.

Afra asintió vivamente. Lo había comprendido a la perfección. Y pensándolo bien, esa salida secreta le venía como anillo al dedo.

Una vez al mes el obispo Wilhelm von Diest celebraba en su palacio, frente a la catedral, una gran comilona acompañada de la obtención de una indulgencia plenaria por cien años. El banquete constituía el mayor acontecimiento social de Estrasburgo, y por supuesto, nadie osaba declinar la invitación de Su Eminencia.

Eso no impedía que el obispo Wilhelm tuviera por costumbre sentar a una misma mesa a amigos y enemigos. De ese modo, ocurría de vez en cuando que encarnizados enemigos que evitaban encontrarse a toda costa se sorprendían sentados frente a frente en la mesa, para gran regodeo de Su Eminencia.

Afra y Ulrich ya habían oído hablar de las maldades del excéntrico obispo. Y también de que siempre había un único plato, aunque generoso: capón, un pollo castrado y cebado cuyo consumo, según sostenían ya los antiguos romanos, poseía el gran poder de favorecer el embellecimiento. Su Eminencia solía comerse entre dos y tres capones, lo que, si bien no beneficiaba en exceso su aspecto, sí le procuró el apodo de Su Eminencia, *el Capón*.

Cuatro lacayos con antorchas custodiaban la puerta de entrada a la residencia, y todo invitado debía pronunciar su nombre para ser admitido en la fiesta.

–Maestro Ulrich von Ensingen y su esposa Afra –anunció el maestro de obras.

El lacayo mayor buscó los nombres en una lista. Con un deferente gesto de la mano indicó a los recién llegados el camino. Un gran gentío se agolpaba en el vestíbulo de las escaleras: señores con suntuosos trajes, terciopelos y brocados, señoras con vestidos de seda y cuellos del tamaño de la rueda de un carro, y en medio dignatarios eclesiásticos, de exquisito negro, engalanados con oropeles y relumbrones, y mujeres mundanas que lucían abiertamente sus encantos.

Tras un suspiro, Afra susurró:

–¿Ulrich, estás seguro de que no desentonamos aquí? Con este vestido tengo la sensación de que parezco una pordiosera.

El maestro de obras asintió, sin mirar a Afra y, al tiempo que paseaba la mirada por los invitados, respondió:

–Así es, hermosa pordiosera, así es. Si me dejara llevar por la tentación, daría media vuelta ahora mismo.

–Pero no podemos permitírnoslo –replicó Afra con una sonrisa pétrea–. ¡Tú, desde luego, no! Así que aprieta los dientes y adelante.

El maestro Ulrich torció el gesto.

Acababan de repicar las campanas vespertinas de la catedral cuando, por la inmensa escalera que conducía al piso de arriba, apareció un maestro de ceremonias ataviado con unas vestiduras blancas que apenas le cubrían los muslos y leyó una hoja con los nombres de los invitados. La mayoría se perdieron entre los abucheos y los fuertes aplausos. Los llamados fueron formando una fila que, tras escuchar las primeras notas de la banda de música de viento y percusión, comenzó a subir en procesión.

–¿Cómo te sientes? –le preguntó Afra a Ulrich al oído.

–Como el rey Segismundo camino de la coronación.

–No seas pueril, Ulrich.

–Sabe Dios quién es el más pueril aquí –susurró Ulrich mirando al techo.

–Domínate. No todos los días come uno con el obispo.

En la sala de recepción los aguardaba una mesa engalanada con multitud de velas. Tenía forma de herradura y ocupaba prácticamente toda la estancia. No menos de cien invitados tomaron asiento. Afra cogió a Ulrich del brazo y lo arrastró hacia el extremo derecho de la mesa, donde, o al menos eso esperaba ella, no llamarían tanto la atención.

Afra no había contado, sin embargo, con el maestro de ceremonias. Éste, que adivinó las intenciones de Afra, los abordó y los condujo a los dos hasta el centro de la mesa, donde les asignó unos asientos separados por dos sillas.

Afra se sonrojó y lanzó a Ulrich una mirada de auxilio. Por encima de las dos sillas que los separaban, dijo en susurros:

–Estás muy lejos. Yo no sé cómo he de comportarme...

Con un leve, aunque firme, ladeo de cabeza, el maestro Ulrich indicó a Afra que debía entablar conversación con el comensal sentado a su derecha. Éste, un hombre mayor con barba, cuyos momentos de mayor plenitud habían quedado atrás hacía ya mucho, asintió con gesto cortés. Llevaba los ojos ocultos tras unas gruesas lentes redondas que se sostenían mediante unas pequeñas varillas de madera abrazadas al puente de la nariz.

–Domenico da Costa, astrólogo de Su Eminencia –se presentó con un tono de voz grave y un inconfundible acento italiano.

–Yo soy la mujer del maestro de obras –respondió Afra señalando a Ulrich con la mano.

–Lo sé.

–¿Cómo decís? –Afra frunció el ceño–. ¿Me conocéis?

El astrólogo se rascó la barba con el pulgar y el índice.

–No exactamente, muchachita. Quiero decir que nunca nos hemos visto. Pero los astros revelaron que, el día de hoy, yo me...

El astrólogo no pudo continuar, pues de fondo comenzó a sonar un coro de agudas voces de *castrati*: «*Ecce sacerdos magnus...*»

Tras la irrupción de la celestial melodía, dos escuderos abrieron la puerta situada frente a la mesa y, como una aparición divina, el obispo Wilhelm von Diest entró en la sala acompañado de su concubina siciliana.

El obispo lucía una capa bordada en oro, cerrada en el pecho por una trabajada fíbula. A cada paso, la capa dejaba al descubierto las calzas rojas que cubrían sus piernas. De no haber portado la mitra en la cabeza, cualquiera habría pensado que se trataba de un gladiador romano.

Su Eminencia era famoso por sus grotescas puestas en escena. Entre los abades y los monjes asistentes, y sobre todo entre las dignidades capitulares del cabildo catedralicio, su nariz postiza provocó un escándalo clerical. Esa nariz tenía sin duda la forma de un miembro viril sometido a impuros pensamientos. Su acompañante, la siciliana de ojos oscuros, provocó una reacción semejante por el traslúcido tejido de su vestido, el cual apenas velaba su figura y revelaba sus interioridades con exquisito gusto y total desvergüenza.

En la sala se hizo un silencio sepulcral cuando el obispo tomó asiento entre Afra y el maestro de obras. Afra se quedó con la boca abierta. Desconcertada, observó cómo los pajes servían los capones y cómo el obispo, en nombre del Señor, incensaba la aromática ave. Con voz estentórea, dijo:

—Este día es obra del Señor; ¡alegrémonos y gocemos de él!

Entonces dio comienzo el gran convite. Sirviéndose de las manos, los invitados dieron buena cuenta de la carne de ave. Los sonoros paladeos, gemidos de placer y eructos se extendieron por toda la mesa. Así lo ordenaban las normas de cortesía.

Afra no disfrutó en absoluto del capón. No fue porque éste no estuviera delicioso, que lo estaba, sino porque estaba demasiado nerviosa para deleitarse con la comida. El obispo había engullido ya la primera pieza y todavía no le había dirigido una sola palabra. ¿Cómo había de interpretarlo? Afra no sabía cómo comportarse.

Mientras Wilhelm von Diest le hincaba el diente al segundo capón, Afra observaba con el rabillo del ojo cómo, detrás del obispo, la siciliana jugueteaba con Ulrich por debajo de la mesa. «¡Zorra despreciable!», pensó, y estaba a punto de levantarse de un salto y atizarle una bofetada a la licenciosa amancebada cuando el obispo se le arrimó y le susurró al oído:

–Y de postre me gustaría teneros a vos. ¿Queréis acostaros conmigo, hermosa Afra? No os arrepentiréis.

A Afra se le subieron los colores. Estaba preparada para que algo pudiera pasar, pero no para que un obispo en persona, con los dedos grasientos y restos de comida por la boca, le hiciera una propuesta deshonesta.

Al parecer, el obispo no esperaba obtener respuesta. De lo contrario, ¿cómo se entendía que siguiera engullendo, como si nada, el segundo capón? Tal vez, pensó Afra, sólo se trataba de una de las temidas bromas de Su Eminencia. Y entonces ella también comenzó a dar cuenta de su capón, ya con mayor fruición, aunque sin dejar de dirigir al obispo y al astrólogo que la flanqueaban amables gestos de cuando en cuando.

Entre tanto, los invitados del obispo habían entablado animadas conversaciones. El vino, servido en grandes copas de estaño, hizo el resto, y hasta los abades y canónigos dieron buena cuenta de él. A voz en grito y con gran fervor, discutían sobre Séneca y su obra *De brevitate vitae*, un libro pagano que, para asombro de todos, no faltaba en la biblioteca de ningún monasterio y que se hallaba tan alejado del mensaje de los Evangelios como en su día Moisés de la Tierra Prometida.

El deán del cabildo catedralicio, Hügelmann von Finstingen, el maestrescuela Eberhard y otros canónigos se habían enzarzado en una discusión sobre si, de haber nacido cinco siglos después, Séneca habría sido un maestro de la fe en lugar de un filósofo pagano.

Entonces el obispo se levantó de la silla, se quitó la nariz postiza, saludó inclinando el cuerpo como un actor sobre el escenario y recitó, para asombro de todos:

–«*Soli omnium otiosi sunt qui sapientiae vacant, soli vivunt. Nec enim suam tantum aetatem bene tuentur, omne aevum suo adiciunt. Quicquid annorum ante illos actum est, illis adiciunt est.*»

Los invitados aplaudieron impresionados. Los propios canónigos del cabildo tampoco escatimaron aplausos. Sólo unos cuantos mercaderes, más familiarizados con los números arábigos que con el alfabeto latino, se mostraron indignados, ante lo cual el obispo creyó menester traducir las sabias palabras de Séneca:

–«Sólo aquellos que gozan de quietud se ocupan en adquirir sabiduría, y sólo ellos son los que viven; porque no sólo aprovechan su tiempo, sino que le añaden todas las edades, haciendo suyos todos los años pasados.»

Atendiendo a un gesto de Su Eminencia, entraron en la sala pífanos y tamborileros, y entonaron una danza mora. Al ritmo de la música, seis mujeres bailaban con movimientos que recordaban los escarceos de un potro. Lucían crujientes faldas con vuelo y corsés que realzaban sus pechos como frutas maduras. Las plumas de pavo real entrelazadas en sus altos tocados ondeaban cual ramas de sauce mecidas por la brisa primaveral. Sus desenfrenados movimientos no tenían nada que envidiar a los números de acrobacias que presentaban los juglares en las ferias. Con una diferencia: ellas sólo debían asegurarse de exhibir sus rosados traseros y sus triángulos delanteros. Para ello recogían y lanzaban al vuelo sus faldas haciendo titilar las velas en hilera, que creaban una cálida atmósfera, como si el diablo planeara sobre ellas.

Más que con los encantos de las bailarinas, Afra se regocijó viendo los desorbitados ojos con los que abades y canónigos, sentados en sus sillas, con las manos juntas sobre el regazo y el rostro encendido, contemplaban lo que Dios Nuestro Señor creó en el sexto día, antes de descansar.

–Algún pecadillo hay que permitirse –apuntó el obispo inclinándose hacia Afra–, si no, la Iglesia no habría creado la absolución. Además, ¿acaso es pecado gozar de aquello que Dios Nuestro Señor trajo a la Tierra?

Afra se volvió hacia Wilhelm von Diest con una mirada dubitativa y encogió los hombros. Con los nervios, hasta ese momento ni siquiera se había percatado de que Ulrich y la manceba siciliana habían desaparecido.

–Concededle tan sólo un pellizquito –susurró el obispo al advertir la mirada de Afra buscando a Ulrich.

La joven tardó en comprender lo que el obispo había querido decir. Entonces apareció en su semblante una amarga sonrisa. Un sentimiento de rabia e impotencia se apoderó de ella.

El sonido de los pífanos era cada vez más fuerte, el de los tambores cada vez más alto. Mantener una conversación era casi impensable. En ese instante, el obispo se levantó, agarró a Afra del brazo y exclamó por encima de la atronadora música:

–Venid, quiero enseñaros algo.

Un obispo con capa, calzas rojas y zapatos, con una mitra en la cabeza que se ladeaba a cada paso, no era precisamente el más indicado para transmitir seriedad y dignidad. Con todo, Afra guardó las formas al cogerlo del brazo.

Por una escalera de piedra alumbrada por antorchas y custodiada por dos lacayos, Wilhelm von Diest condujo a Afra hasta el piso de arriba. En las paredes de un largo pasillo colgaban tablas con representaciones de pasajes del Antiguo Testamento, la mayoría de escenas obscenas, como Susana en el baño o Adán y Eva en el Paraíso.

Al llegar al final del pasillo, el obispo abrió una puerta. Con un mudo gesto de la mano invitó a Afra a pasar. Ésta dudó, figurándose lo que acontecería a continuación, y ya había tomado la determinación de echar a correr cuando su mirada penetró por la rendija de la puerta entreabierta. Por un instante creyó que sus sentidos le estaban jugando una mala pasada. Nada extraño, después de los lances de esa noche. Pero a medida que su mirada escudriñaba la penumbrosa habitación, se iba afianzando en su mente la impresión de que lo que veían sus ojos era real. No fue la cama, que ocupaba casi la mitad de la estancia, lo que la dejó sin habla. Fue la imagen a tamaño real del cuadro colgado sobre la cabecera: la imagen de santa Cecilia para la que ella había posado en la abadía.

–¿Os gusta? –preguntó el obispo empujando a Afra hacia el interior de la habitación.

–Sí, cómo no –respondió Afra, aturdida–, es preciosa... santa Cecilia.

–En efecto, se trata de santa Cecilia.

«¿Cómo diablos ha venido a parar este cuadro a vuestros aposentos?», deseaba preguntar Afra. La pregunta le estaba quemando los labios, pero no tuvo el valor de formularla. ¿Se trataba de una peregrina casualidad o es que el obispo estaba al corriente de lo ocurrido?

Afra se sintió aliviada cuando el obispo se adelantó a su pregunta y explicó:

–Se la compré a un comerciante de obras de arte en Worms. Me contó que la pintura proviene de un monasterio suabo donde sirvió de retablo. Sin embargo –se interrumpió un instante y sonrió levemente, como para sí–, el desnudo de la santa acabó siendo una tentación excesiva para las monjas. La imagen despertó en ellas sentimientos poco decorosos para unas religiosas. Al parecer todo ello dio lugar a aberraciones carnales y la abadesa se vio obligada a deshacerse del retablo.

Mientras el obispo hablaba, Afra lo observaba de reojo. No sabía si Wilhelm von Diest fingía su ignorancia o si realmente no sabía de la misa la media.

–Vos sois tan hermosa y tentadora como santa Cecilia –apuntó el obispo, y acarició los cabellos de Afra.

Ésta se estremeció levemente. En esos instantes lo que más deseaba era librarse del acoso del obispo y salir corriendo. Pero se quedó inmóvil, como paralizada, incapaz de tomar una decisión.

–Hasta podría decirse que existe cierto parecido entre la imagen de santa Cecilia y vos –agregó el obispo, y prosiguió–: Y ahora, bella muchachita, no os mantendré más tiempo en vilo. Sé desde hace mucho quién posó como modelo para ese retrato.

–¿Cómo os enterasteis? –preguntó Afra dando un respingo.

El obispo se sonrió con aire de superioridad.

–Debo admitir que me habéis quitado el sueño algunas noches. No hay ninguna otra pintura en mi colección que me excite tanto como ésta. Y tampoco que me haya dado tantos quebraderos de cabeza.

–¿Cómo debo interpretar vuestras palabras?

–Bueno, cuando el comerciante me mostró la tabla por primera vez, supe en seguida que el retrato no era fruto de su imaginación, sino un modelo real. Entre vos y yo: cuando los abades y canónigos de Estrasburgo afirman que el obispo no tiene ni idea de teología, dicen verdad. Pero creedme cuando os digo que de arte, en cambio, entiendo mucho más. Y eso que hacía perder la cordura a las monjas del monasterio de Santa Cecilia, justo eso, es lo que yo sentí nada más ver la pintura. Jamás en mi vida he visto un retrato de una mujer tan realista. El pintor es un verdadero maestro en su arte.

–Se llama Alto von Brabant y tiene joroba.

–Lo sé. No fue en absoluto fácil dar con él. Se había marchado Rin abajo en busca de trabajo.

–¿Qué queríais de él, Eminencia?

El obispo movió la cabeza adelante y atrás.

–Mi interés en el pintor sólo era secundario. Lo que en realidad me interesaba era la fascinante modelo. De modo que envié a dos de mis mejores espías a buscarlo. Les encomendé la misión de averiguar el nombre y el paradero de la bella, costara lo que costase. En el monasterio de Santa Cecilia lo único que sabían era el nombre de la modelo, Afra, y que ésta se había marchado con el pintor brabanzón a Ratisbona o a Augsburgo. Finalmente, dieron con él en Ratisbona. Pero él se negó a revelar vuestro paradero. No obstante, al ver con sus propios ojos la generosa suma de dinero que se le ofrecía a cambio, se dio por vencido y confesó que os había enviado a casa del marido de su hermana, en Ulm. De forma que yo envié a mis espías a Ulm...

–¿Queréis decir que en Ulm fui vigilada por vuestros hombres?

Wilhelm von Diest asintió.

–Entonces yo no sabía nada sobre vos. Ahora lo sé todo.

–¿Todo? –rió Afra burlonamente.

–Podéis ponerme a prueba. Pero antes debéis saber cómo obtuve la información sobre vos. Mis hombres entraron a trabajar en las obras de la catedral. De modo que siempre estaban cerca de vos. O al menos lo suficiente para conocer vuestras liviandades con el maestro Ulrich. Y lo que es más...

–¡Deteneos! No quiero oírlo. –Afra se sentía desfallecer. Una vez más se hallaba atrapada por su pasado. El obispo lascivo, sin duda, la tenía contra la pared. ¿Cómo diantres debía comportarse?– Un plan urdido con mucha astucia... –observó Afra.

El obispo interpretó el cínico comentario de la joven como un cumplido, y prosiguió:

–Entonces tuve claro que debía atraer el interés del maestro Ulrich hacia Estrasburgo para poder teneros a vos.

–¿Escribisteis la carta al maestro Ulrich sólo por mí?

–No puedo negar que ésa fuera mi intención. Aunque en mi defensa he de añadir que por aquel entonces el puesto de maestro de obras realmente estaba vacante.

Las palabras del obispo suscitaron en Afra sentimientos contradictorios. No cabía la menor duda de que Wilhelm von Diest era un hombre malévolo que actuaba movido por sus propios intereses. Y que para lograr sus objetivos, empleaba métodos perversos. Sin embargo, el hecho de que fuera precisamente ella la razón de los extraños tejemanejes del obispo le dio mayor confianza en sí misma, y hasta cierta sensación de poder.

–¿Y qué sucederá ahora? –preguntó Afra con aplomo.

–Que vos habréis de entregarme esa creación divina que es vuestro cuerpo –respondió el obispo–. Os lo suplico.

La estampa que ofrecía Wilhelm von Diest plantado frente a ella con las calzas rojas y la capa de oro no estaba falta de comicidad. De no haberse tratado de un asunto tan serio, Afra se habría echado a reír. De ahí la gravedad de su tono cuando replicó:

–¿Y en caso de que yo me negara?

–Sois demasiado astuta para hacer algo así.

–¿Estáis seguro?

–Completamente. Me costaría mucho creer que desearais arruinarle la vida al maestro de obras y arruinárosla a vos misma.

Afra miró al obispo con los ojos fuera de las órbitas. Aquélla era la voz del diablo. Tuvo que contenerse para mantener la compostura.

Mientras ella todavía reflexionaba sobre la respuesta que esperaba el obispo, éste, como de pasada, agregó:

–Ulrich von Ensingen ha sido enjuiciado en su ausencia. Parece ser que envenenó a su mujer, Griseldis.

–¡Es mentira, eso no es más que una infame mentira! La esposa del maestro Ulrich padecía desde hacía mucho tiempo una misteriosa enfermedad. Es mezquino culparlo a él por la muerte de su esposa.

–Tal vez lo sea –se defendió el obispo–. El caso es que los testigos juraron que el maestro de obras compró veneno a un alquimista. Días después su esposa murió en Cristo.

–Mentira –gritó Afra, fuera de sí–. El alquimista Rubaldo puede corroborar que fuimos a verlo por un motivo bien distinto.

–Me temo que no será posible.

–¿Por qué?

–Su cadáver fue hallado en la Jakobertor, en Augsburgo, un día después de que fuera a visitar al obispo.

–¿Rubaldo muerto? ¡No puede ser!

–Tan cierto como el sol que nos alumbra.

–¿Y se puede saber, por amor de Dios, cómo murió? ¿Se sabe quién fue el asesino?

El obispo mudó el rostro en una mueca.

–Me preguntáis demasiado. Lo que llegó a mis oídos fue que lo hallaron con un cuchillo en el cuello, aunque al menos no era un cuchillo carnicero de los que emplean los asesinos comunes, sino un hermoso y elegante puñal con empuñadura de plata.

«Un asesinato es un asesinato –pensó Afra–, y poco importa que a uno lo maten con un acero oxidado o una arma de plata.» Mucho más que eso, a Afra le interesaba saber si la muerte de Rubaldo guardaba relación con el pergamino. Aparte de Ulrich y ella, Rubaldo era el único que conocía el texto de la carta secreta. Y a juzgar por las apariencias, el alquimista había comprendido a la perfección su significado, a pesar de insistir en lo contrario. Y ésa, además, había sido la causa de su repentina partida hacia Augsburgo.

–¿En qué pensáis? –irrumpió Wilhelm von Diest, devolviendo a Afra a la realidad–. ¿Conocíais bien al alquimista?

–Yo no diría tanto. Estuve con ese extraño hombre sólo en una ocasión. Fue el día que Ulrich von Ensingen y yo fuimos a verlo.

–¡Así que es cierto!

–Sí, pero nada tenía que ver nuestra visita con el asunto del que vos acusáis al maestro Ulrich.

–Yo no acuso de nada al maestro Ulrich. ¡Me limito a referir las noticias que me llegan de Ulm! Y ahora bien, ¿para qué fuisteis con el maestro Ulrich a visitar al alquimista?

Afra vaciló. Por un momento estuvo a punto de contarle al obispo la verdadera razón. Al fin y al cabo, era de esperar que Wilhelm von Diest ya hubiera descubierto el secreto. Pero luego se lo pensó mejor y decidió jugárselo todo a una carta:

–El maestro Ulrich estaba en tratos con el alquimista por un producto milagroso para la catedral. Ulrich se había interesado por una tintura especial que, al parecer, al contacto con el agua, lograría que el mortero secara con mayor rapidez y además quedara más resistente. Pero las exigencias de Rubaldo eran demasiado altas y el negocio se fue al traste.

Afra se maravilló a sí misma de lo bien que mentía. La historia era del todo creíble. Además, nada en la expresión del obispo hacía pensar que éste dudara de sus palabras. Eso dio cierta seguridad a Afra, que agregó:

–Volviendo a vuestras pretensiones, Eminencia, concedme uno o dos días. No tengo inconveniente en compartir el lecho con vos; pero no soy una ramera que hoy trajine con uno y mañana con otro. No hallaríais placer alguno en montar a una mujer que se limitara a sufrir en silencio. Necesito tiempo para poner un poco de orden en mi cabeza, ya me entendéis...

Wilhelm von Diest entrecerró los ojos, lo cual no le daba un aire precisamente atractivo. Afra temió que en cualquier momento el hombre fuera a abalanzarse sobre ella. Entonces, contra lo que podía esperarse, el obispo respondió:

–Os entiendo perfectamente. Llevo mucho tiempo esperando este momento, contando los meses, de modo que por unas horas más no pasará nada.

Mientras pronunciaba esas palabras, el obispo contemplaba extasiado el cuadro colgado en la pared. Después agregó sin apartar la mirada del retrato:

–Sólo espero que pueda fiarme de vuestra palabra, que no se trate de ningún truco. De ser así, lo pagaríais muy caro.

–Pero ¿cómo os atrevéis, Eminencia? –se indignó Afra, a pesar de que, en sus adentros, buscaba desesperadamente la manera de salir del aprieto.

Sus esperanzas, sin embargo, se desvanecieron de un plumazo cuando el obispo, absorto todavía en la contemplación de santa Cecilia, habló de nuevo:

–Sé a ciencia cierta que no sois la joven inocente y cándida que encarnáis en el retrato.

–¡En eso no puedo daros más la razón! –Con un deje irónico, Afra replicó al obispo–: Reconozco, desde luego, que ya he compartido el lecho con un hombre otras veces. En efecto, no seríais el primero.

El obispo fulminó a Afra con la mirada.

–No me refiero a eso. Compartir la cama con una virgen es algo de todo punto repulsivo. –Entonces señaló el retrato con el dedo–. Esta imagen revela algunas cosas.

–¿Por ejemplo?

–¡Que sois una asesina de niños!

Las palabras del obispo resonaron en la cabeza de Afra como un gran estrépito de cristales rotos. Por un momento creyó que la cabeza iba a estallarle. Fue como si su corazón se detuviera. Se olvidó incluso de respirar.

–¿Cómo os habéis enterado? –preguntó con un hilo de voz. En realidad, daba igual cómo se hubiera enterado Wilhelm von Diest. Lo único que importaba era que conocía su secreto, el secreto que hasta entonces ni siquiera le había confesado a Ulrich. ¿Cómo reaccionaría Ulrich si lo descubriera? No, en realidad no quería saberlo y ojalá ni siquiera se lo hubiera preguntado.

Entonces el obispo respondió:

–Son pocos los alquimistas, teólogos y licenciados que dominan la doctrina esotérica de la iconografía. Ésta pertenece a las ciencias ocultas, al igual que la iatromatemática, aquella rama de la terapéutica que establece los efectos de los fármacos en función de la hora de elaboración y administración, o la nigromancia, que se encarga de la invocación mágica de los demonios. No fue teología, sino el arte de la iconografía lo que yo estudié en Praga, donde viven las máximas eminencias en la materia. Y sin duda Alto von Brabant también poseía un excepcional dominio de ese arte.

Afra entreoía de fondo las explicaciones del obispo. Se temía que Wilhelm von Diest lo sabía todo, absolutamente todo, sobre ella y su miserable pasado. Y de pronto las palabras comenzaron a fluir de su boca como un torrente:

–El gobernador abusó de mí cuando no era más que una niña. Pude arreglármelas, aunque con miedo y mucho esfuerzo, para ocultar mi preñez. Cuando llegó el momento, me adentré en el bosque y traje a un niño al mundo. Para salir del apuro, metí al niño en una cesta y la colgué en un árbol. Cuando fui a buscarlo al día siguiente, había desaparecido. ¿Sabéis vos algo más al respecto? Decidme la verdad.

Wilhelm von Diest negó con la cabeza.

–Ya sabéis que nuestras leyes castigan el abandono de un niño con la muerte. –El tono de su voz era muy serio, casi compasivo, algo que en modo alguno cabía esperar de una persona como él.

Afra tenía la mirada perdida en el infinito. Parecía completamente absorta en sus pensamientos. Le soprendía haber sido capaz de contener las lágrimas. La vida la había tratado mal, mucho peor de lo que jamás creyó que fuera posible.

–Si sabéis algo más, decidlo de una vez –repitió Afra.

–No más de lo que Alto von Brabant plasmó en su obra. ¿Veis la banda blanca con un nudo que aparece en el brazo de santa Cecilia?

Afra se volvió hacia la pintura. No recordaba haber llevado esa banda al posar para el pintor. Como una vaga remembranza, conservaba en su memoria el momento en el que, a raíz de los halagos del pintor a su cuerpo inmaculado, habló a Alto del alumbramiento y le contó que había abandonado a su hijo.

–La banda –respondió Afra, sorprendida– es un adorno, solamente eso.

–Un adorno, ciertamente, para el observador descuidado. Pero para uno versado en el arte de la iconografía, la banda significa que esa mujer ha matado a su hijo, ni más ni menos. Disculpad que me exprese con tanta crudeza. En un principio, pensé que el símbolo hacía referencia a la propia santa Cecilia. Los teólogos del cabildo, sin embargo, me sacaron de mi error. Al parecer, santa Cecilia era tan casta que incluso rechazó a su joven esposo Valeriano. Entonces comprendí que, por fuerza, la asesina de su hijo tenía que ser la modelo de la santa.

Impasible, Afra cruzó las muñecas y se las tendió al obispo.

–¿Qué significa esto?

–Ahora seguro que me entregaréis a los alguaciles, como es vuestro deber.

–¡Sandeces! –Vacilante, Wilhelm von Diest estrechó a Afra en sus brazos.

Era lo último que Afra esperaba, y se dejó llevar sin oponer resistencia.

–Allí donde no hay querellador, no hay juez –agregó el obispo con voz queda–. Sólo espero que, salvo a Alto von Brabant, no se lo contarais a nadie.

–No –respondió Afra tan triste como aliviada. Esperó angustiada, en silencio.

¿Qué más iba a revelarle ese hombre tan ladino? A esas alturas no le habría sorprendido que Wilhelm von Diest anunciara que sabía de la existencia del pergamino secreto que ella había ocultado en la biblioteca del monasterio de los dominicos. Pero eso no sucedió.

Por las escaleras de piedra ascendía el ruido sordo de los tambores y los pífanos mezclado con el alborozo de las meretrices. Éstas entretenían a los venerables abades y canónigos, que tenían asegurada una indulgencia plenaria y la gracia del Todopoderoso.

Indecisos, permanecieron uno frente a otro durante un rato. Afra estaba demasiado aturdida para pensar con claridad. Por un lado, no podía desairar al obispo y, por el otro, se había propuesto luchar con uñas y dientes para salvar su pellejo.

Todavía sumida en sus cavilaciones sobre cuál iba a ser el siguiente paso, se acababa de sentar en el borde de la cama con la mirada gacha, cuando oyó un griterío en el pasillo. La música cesó de repente. Al otro lado de la puerta, resonó la voz del ayuda de cámara.

–¡Dios nos asista, Eminencia!

–Éstas no son horas de implorar a Dios. Pasa mucho rato de la medianoche y está despuntando el alba. ¡Vete al diablo!

—¡Su Eminencia, la catedral! —insistió el ayuda de cámara sin darse por vencido.

Entonces el obispo se desplazó a paso airado hasta la puerta, la abrió enfurecido de un tirón y agarró al ayuda de cámara por el cuello. Pero antes de que pudiera maldecirlo, el sirviente masculló:

—Eminencia, ¡la catedral se está derrumbando! ¡Lo he visto con mis propios ojos!

En ese instante el obispo levantó la mano y atizó una bofetada al excitado sirviente. Éste gimoteó como un perro al que hubieran pisado la cola.

—¡Os lo prometo, Eminencia! El canónigo Hügelmann también lo ha visto.

—¡No es de extrañar! ¡También ha bebido por dos! Y los restos que han quedado en las copas te los has bebido tú.

—Por todos los santos, Ilustrísima, ni una gota. —El ayuda de cámara levantó la mano en juramento—. Ni una gota.

El griterío en las escaleras era cada vez mayor. Las voces se elevaban llamando al maestro de obras.

—¿Dónde está Ulrich? —preguntó Afra, a la que empezaba a inquietarle tanto alboroto.

—¿Y a mí me lo preguntáis? —murmuró el obispo—. ¿Acaso soy el guardián del maestro de obras?

—Se marchó con vuestra manceba.

Wilhelm von Diest se encogió de hombros. Parecía enfadado. Finalmente, se acercó a la ventana. Desde allí se oía el alboroto de la plaza. Cuando abrió la ventana, los gritos penetraron en la estancia, gritos de órdenes de «¡ahí!» y «¡allí!» o «¡aquí!». Alabardas en mano, los guardias de la ciudad corrían en formación sobre el empedrado.

—Debo encontrar al maestro Ulrich —farfulló Afra, que dio más importancia a la situación que el obispo.

—Pues haced lo que creáis más conveniente.

Afra se levantó y, sin despedirse, bajó a todo correr por las escaleras y atravesó la sala del banquete. Embriagado por el vino y los servicios amorosos de las meretrices, yacía en el suelo panza arriba un canónigo vestido de negro. Uno habría podido pensar que había pasado a mejor vida de no haber sido por su mano derecha, que chapoteaba en un charco de vino con igual júbilo que la mano de un niño. Un fraile que había extraviado su cogulla durante el orgiástico baile dormía reclinado sobre la mesa con la cara enterrada entre los brazos, como un discípulo en el Monte de los Olivos. El resto de los convidados habían abandonado la sala para salir a ver cómo andaban las cosas en la plaza de la catedral.

Afra llamó a Ulrich desde el vestíbulo, pero al no obtener respuesta, corrió con todos los demás. Unos oscuros nubarrones surcaban el cielo, y, aunque la luz del amanecer se iba extendiendo desde la vega del Rin, resultaba difícil orientarse. Hombres con antorchas corrían sin rumbo de allá para acá. Otros con capuchones y largos ropones se gritaban órdenes incomprensibles. Unas mujeres, histéricas, chillaban asegurando que se les había aparecido el diablo mientras otras reclamaban a voz en cuello al exorcista. Los gritos de los que llamaban al maestro Ulrich desde el pórtico de la catedral resonaban por toda la plaza.

La puerta de la fachada principal, que a esas horas solía permanecer cerrada, estaba abierta de par en par. Todos los mendigos y vagabundos que pasaban la noche en la escalinata de la catedral, salvo uno, se habían esfumado por temor a que quisieran hacerles pagar los vidrios rotos.

–¿Qué ha pasado? –inquirió Afra con tono imperioso al único vagabundo que quedaba.

Probablemente ése era menos miedoso debido a su juventud y no había visto ningún motivo, a diferencia del resto de su cuadrilla, para poner tierra por medio. Una nube de polvo oscuro y denso salía del pórtico, y el joven mendigo tosió casi hasta salírsele el alma por la boca antes de responder a Afra:

–Fue poco después de medianoche. De pronto oí unos ruidos extraños en la catedral. Jamás había oído nada parecido. Sonaba como si unas piedras de molino rozaran entre sí. Yo duermo como un bendito, pero el ruido que llegó a mis oídos desde la catedral fue tan inquietante que pensé que el mismísimo Belcebú intentaba tirarla abajo. Éramos unos doce, y el ruido nos fue despertando a todos. A la mayoría le entró miedo. Cogieron sus petates y echaron a correr gritando como descosidos. Cuando los ruidos se volvieron más fuertes y cayeron las primeras piedras, yo también empecé a inquietarme. Pegué la oreja a la puerta para ver si se oía alguna voz, pero nada, sólo se oían las piedras chocando contra el suelo. Entonces me vino a la cabeza la idea del fin del mundo y la resurrección de los muertos saliendo de sus tumbas, como en las representaciones que hay en algunas catedrales. De pronto, como un fantasma, apareció el sacristán. Creyó que se trataba de un temblor de tierra y venía a ver si todo estaba en orden. Cuando abrió la puerta, la escena fue espeluznante...

Afra lanzó al muchacho una mirada de incredulidad.

–¡Juzgadlo vos misma! –exclamó éste.

Una gran polvareda seguía brotando de las dos aberturas de la puerta. El humo seco se pegaba a los pulmones y hacía llorar los ojos. A través de las vidrieras rojas y azules penetraba la escasa luz crepuscular. Como cuerpos extraños venidos de otro mundo yacían esparcidos los fragmentos de piedra, los más grandes con más de una vara de altura y de anchura. El primer pilar colgaba, casi suspendido, en el aire. En la base había un profundo agujero. Sólo un delgado trozo de sillar soportaba el peso. Era un milagro que no se hubiera derrumbado. Temerosa, Afra alzó la vista hacia el entramado de la bóveda de crucería. Allí, justo en el centro, había un inmenso agujero. Fragmentos de la clave de bóveda que antes ocupaba ese lugar yacían desperdigados por el suelo de piedra. Por Dios y por todos los santos, ¿qué significaba todo eso?

Afra se dio la vuelta. Apenas le llegaba el aire. Echó a correr entre los curiosos que avanzaban en tropel hacia el interior y salió a la calle. Fuera se topó con Hügelmann von Finstingen, el deán del cabildo.

–Santo cielo –exclamó–, ¿dónde está el maestro Ulrich?

–No lo sé –respondió Afra, nerviosa–. Ya sabéis que estaba, al igual que vos, en el banquete del obispo. De pronto, desapareció.

No pudo seguir hablando porque, en ese mismo instante, desde la plataforma situada sobre la puerta principal, donde se elevaba la torre hacia el cielo, un sillar se precipitó al vacío y cayó no muy lejos de

Afra. Hügelmann también pareció quedar fulminado por el susto. Con los ojos entrecerrados, miró temeroso hacia arriba.

–¡Allí! –gritó el canónigo apuntando al cielo con el dedo.

Un hombre encapuchado corría junto a la balaustrada. Otros también lo vieron.

–¡Un encapuchado! –exclamaron unos tras otros–. ¡Atrapadlo!

Una cuadrilla de fornidos muchachos se abrió paso desde el pórtico hacia la escalera de piedra que conducía, en espiral, hasta la plataforma. Debido a la barriga con que el Señor lo había bendecido, el canónigo cedió el paso a los demás. Luego los siguió tambaleándose, casi sin aliento. Al llegar arriba, cogió aire.

–¿Lo tenéis? –preguntó exhausto.

Los jovenzuelos, ninguno mayor de dieciocho, se habían armado con maderos desprendidos de la cubierta que habían encontrado en la subida. Recorrieron hasta el último rincón, pero no hallaron rastro alguno del encapuchado.

–¡Pero yo lo he visto con mis propios ojos! –exclamó con insistencia el canónigo.

–¡Yo también! –confirmó un resuelto muchacho de largos cabellos negros.

–No puede haberse evaporado en el aire.

Hügelmann von Finstingen miró, decepcionado, al vacío. A diferencia de la plataforma, iluminada ya por las primeras luces del día, la plaza permanecía en penumbra.

–¡Allí está! –gritó de pronto el canónigo.

Los hombres se agolparon junto a la balaustrada. Con el abrigo ondeando a su presuroso paso, el encapuchado atravesaba la plaza en dirección sur.

–¡Detenedlo!

–¡Al encapuchado!

–¡Apresadlo!

Los gritos resonaron en la plaza, pero la muchedumbre miraba confundida hacia arriba porque el tumulto les impedía comprender a los muchachos. De modo que el encapuchado logró escabullirse por un callejón.

Entretanto, Afra había estado buscando desesperadamente a Ulrich. En el taller de la catedral, donde solía reinar un riguroso orden, imperaba ahora un terrible caos. Y Ulrich no estaba allí. Los planos y pergaminos yacían esparcidos por todas partes, los cajones y armarios habían sido vaciados en el suelo. Parecía como si unas hordas de guerreros mongoles hubieran saqueado el taller.

Mientras recogía uno a uno los objetos para colocarlos de nuevo en su sitio, Afra trató de ordenar los acontecimientos ocurridos a lo largo de la noche y esa madrugada, lo cual no resultaba sencillo. Habían sucedido demasiadas cosas, cosas que aparentemente no tenían nada que ver, pero que debían guardar alguna relación.

Pese a que no podía afirmar con seguridad cuál era el objetivo del ataque a la catedral, todo apuntaba a que una serie de personas habían estado buscando algo en ciertos lugares del templo. ¿Acaso no era de eso de lo que, sólo unos días antes, había hablado con Ulrich? Lo raro era que esas personas supieran con exactitud en qué lugares debían buscar, pues se suponía que era un secreto muy bien guardado.

Inmediatamente Afra pensó en Werinher Bott, quien contaba todavía con algunos seguidores. Pero ¿qué fin perseguían él y sus discípulos? Resultaba descabellado imaginar que el maestro Werinher fuera a derribar la catedral por odio hacia Ulrich. Y, de ser así, ¿para qué iban a revolver los encapuchados el taller del maestro? Además, parecía igual de improbable que existiera alguna relación entre Werinher Bott y las personas que buscaban el pergamino secreto.

El papel más ambiguo lo desempeñaba, sin duda, el obispo Wilhelm von Diest. Lo sabía sencillamente todo, y la palabra «secreto» parecía ser del todo desconocida para él. Los dominicos, esbirros sanguinarios de la Inquisición, eran inofensivos, en lo que a información se refería, comparados con los espías del obispo. Si el rey Segismundo contara con una red de espías de esa categoría, ya podía darse por satisfecho.

Entretanto, cada vez más ciudadanos indignados irrumpían en la catedral. Se iban aglomerando en la nave transversal, que no había sufrido ningún daño. Ancianos barbudos se arrodillaban y elevaban los brazos hacia el cielo convencidos de que había llegado el fin del mundo, el ocaso que los predicadores llevaban trescientos años augurando. Las mujeres se arrancaban los cabellos y se golpeaban los pechos por miedo a la inminente llegada del último juicio.

Sólo los jóvenes que habían llevado a cabo la infructuosa búsqueda del encapuchado se abrieron paso decididos entre la multitud implorante y gemebunda, blandiendo sobre sus cabezas maderos y estacas. Uno trepó por la reja de hierro que cerraba el paso al púlpito. Al llegar arriba, gritó:

–¡Aquí, aquí! –Un eco estremecedor retumbó en el presbiterio.

La multitud que se encontraba en la catedral se volvió estupefacta hacia el púlpito. Allí, en el mismo lugar desde el que se predicaba el Evangelio, se estaba produciendo una brutal pelea. El muchacho aporreaba con un palo a un encapuchado, que se había escondido en el púlpito. Éste logró parar los primeros golpes, pero la lucha continuó y finalmente el muchacho empujó al desconocido desde lo alto del púlpito. El cuerpo del encapuchado se precipitó sobre el suelo de piedra con un golpe sordo. Trató de levantarse sin conseguirlo, pues inmediatamente se desplomó de nuevo, y acto seguido volvió a intentarlo por segunda vez.

Entretanto, los demás muchachos habían llegado corriendo hasta allí.

–¡Matadlo! –jaleaban los ciudadanos encolerizados a los jóvenes.

Tres, cuatro y hasta cinco muchachos molieron a palos al encapuchado hasta que quedó cubierto de sangre.

–¡Que el Señor se apiade de su negra alma! –exclamó una joven con voz estentórea persignándose una y otra vez.

Los muchachos no cesaron de golpearlo hasta que el oscuro charco de sangre se hubo extendido alrededor del hombre vestido de negro y éste dejó de dar señales de vida.

En torno a la espeluznante estampa se había formado un corro de más de cien personas. Todas querían asomarse para ver al malhechor. El hasta entonces estrepitoso griterío había dejado paso a un silencio absoluto y a la inquietante pregunta de si acababan de dar muerte al pobre diablo.

Impetuosamente, el canónigo Hügelmann se abrió camino entre

los mirones. Al reparar en el encapuchado muerto, espetó encendido por la rabia:

–¿Quién era ese hombre? ¿Quién lo ha asesinado en la casa del Señor?

–Ha intentado tirar abajo nuestra catedral –se defendió el fortachón que lo había arrojado desde lo alto del púlpito–. Merecía morir.

–¡Sí, merecía morir! –corearon los allí presentes, iracundos.

–Al menos ahora ya no causará ningún daño. ¿Acaso debíamos quedarnos esperando a que derribara nuestra catedral? ¡El muchacho ha hecho lo correcto! –chilló otro.

Hügelmann recorrió con la mirada los rostros furiosos, llenos de odio, y decidió no decir nada más. Flexionó la rodilla derecha. No era, en modo alguno, un gesto de respeto hacia el muerto, sino la única forma, debido a su inmensa barriga, de agacharse para poder mover al encapuchado. Con gran esfuerzo le quitó el capuchón. Tras él apareció un rostro desfigurado por el dolor, de cuya boca, abierta de par en par, brotó un chorro de sangre.

Un grito ahogado se extendió por toda la multitud cuando Hügelmann giró la cabeza destrozada del encapuchado hacia un lado. En la coronilla del cadáver podía apreciarse con claridad que el hombre había sido tonsurado mucho tiempo atrás. El afeitado en forma de círculo practicado en la cabellera de los monjes dejaba una marca de por vida. Hügelmann sacudió la cabeza.

–¡Por Dios bendito! –murmuró para sí en un tono apenas audible–, un monje, ¿por qué precisamente un monje?

El canónigo vaciló un instante. Después, le subió la manga derecha al encapuchado. En la parte interior del antebrazo quedó al descubierto una marca hecha con un hierro candente de casi un palmo de grande: una cruz con una banda atravesada en el centro.

–Me lo temía –masculló el canónigo. Y luego en voz alta, para que todos pudieran oírlo, agregó–: ¡El diablo se había apoderado de este hombre! ¡Sacadlo de aquí para evitar que siga profanando la casa del Señor con su sangre!

En ese instante, un predicador popular llamado Elías, que era un dominico que se encontraba de camino a la misa del alba, vio su gran oportunidad. Su lengua mordaz, de la que se servía para condenar los pecados de sus semejantes, era muy temida. No eran pocos los que, incapaces de soportar el azote de sus palabras, rehuían sus sermones. A paso ligero, el monje se dirigió hacia el púlpito y, a voz en grito, les endilgó la frase con que encabezaba todos sus sermones:

–¡Vosotros, abominables pecadores!

La gente, desconcertada, alzó la vista hacia arriba.

El predicador extendió los brazos y apuntó a la multitud con ambos dedos índices.

–¡Vosotros, gentes de poca fe, creéis que el diablo se halla detrás de estos acontecimientos! ¡Vosotros, gentes de poca fe! ¿Quién redujo a cenizas Sodoma y Gomorra? Dos ángeles. ¿Quién ahogó al faraón en el mar Rojo? El ángel del Señor. *Ille puniebat rebelles*. Aquel ángel castigó a los enemigos. ¿A quién colocó el Señor en la puerta del Paraíso con una espada flamígera? A un ángel. ¿Qué se sigue de todos estos hechos? Que la fuerza de un ángel es mucho mayor que la del diablo. Oh, pecadores, el diablo carece de la fuerza que se requiere para destruir esta catedral. Pero si aun así hay señales que indican que esta construcción se derrumbará, como se derrumbaron en su día las murallas de Jericó, será por voluntad del Todopoderoso, quien enviará a un ángel a destruirla.

Hizo una pausa para dejar que calaran sus palabras.

–¿Por qué nos hace esto el Señor?, os preguntaréis vosotros, abominables pecadores. Yo os daré la respuesta. El Señor ha enviado a sus ángeles para anunciarnos el fin del mundo. Para darnos una señal de la llegada del Juicio Final, que está más cerca de lo que vosotros creéis.

»¡Vosotros, malditos pecadores!

»¡Vosotros, malditos voluptuosos!

»¡Vosotros, malditos amancebados!

»¡Vosotros, malditos vengativos!

»¡Vosotros, malditos avaros!

»¡Vosotros, malditos beodos!

»¡Vosotros, malditos arrogantes!

»¿No oís los gritos de desesperación de los condenados? ¿Los aullidos y el rechinar de los dientes de los lobos? ¿Los horribles alaridos de mil diablos? ¡Las llamas ardientes del infierno están devorando la Tierra, llamas junto a las que el fuego terrenal sólo es fría escarcha!

Las palabras del dominico golpeaban como proyectiles las cabezas de los oyentes. Por lo bajo se oían gimoteos y sollozos. Con la frente cubierta de sudor, la mujer de un burgomaestre se desmayó, lo que aprovechó el predicador para subir el tono de su sermón.

–Vosotros, abominables pecadores –prosiguió–, ¿habéis olvidado que de la noche a la mañana la muerte os arrebatará todo aquello que da significado a vuestras miserables vidas? Cosas tales como las construcciones más altas y hermosas con las que pretendíais erigir un monumento consagrado más a vosotros mismos que al Todopoderoso como los reyes impíos de Egipto. Tales como las coloridas máscaras de las meretrices de los baños públicos, a las que vosotros, arrastrados por la concupiscencia, entregáis más dinero que a los pobres que se cuentan por cientos en vuestra ciudad.

»Nada sirve mejor al propósito de refrenar vuestra sed de placeres carnales que el hecho de que podáis contemplar con vuestros propios ojos el aspecto que adoptará tras la muerte todo aquello que tanto amáis. Porque será entonces cuando los ojos cristalinos que hieren más de un corazón se sequen en su propia mucosa. Las rojas mejillas que habéis besado con lascivia serán devoradas por los gusanos. Las manos que con tanta frecuencia estrecháis se descompondrán y quedarán reducidas a un montón de huesos. Sobre los contoneantes pechos que os producen temblores de placer se abalanzarán con avidez sapos, arañas y cucarachas. El cuerpo de vuestras mancebas, ese que os hace enloquecer de lujuria, se pudrirá bajo tierra envuelto en un pestilente olor. *Nihil sic ad edomandum desiderium appetituum carnavalium valet.* Nada, sino la viveza de esta imagen, será capaz de vencer los deseos carnales.

Entre la multitud se oyeron gritos.

–¡Oh, soy un abominable pecador! –clamó un apuesto comerciante llevándose las manos a la cabeza.

–¡Que Dios perdone mis ansias de venganza! –se sumó otro.

Y una joven con el rostro pálido gritó:

–¡Señor, despójame de toda mi carne!

El predicador popular reanudó su sermón:

–Vosotros, abominables pecadores. En más de una ocasión, nuestro justo Señor, impulsado por la repugnante corrupción del mundo, ha lanzado fuego desde el cielo para que ardieran aquellos pecadores que se negaban a hacer penitencia. *In cinere et cilicio*. En cenizas y cilicio. Y como vosotros no habéis demostrado tener la intención de contener vuestra arrogancia, como socapa de la fe cristiana estáis levantando una catedral que supera en grandeza y soberbia a cualquier otra, Dios Nuestro Señor ha enviado a sus ángeles para que pongan fin a la obra...

No había terminado la frase cuando de pronto se produjo un inquietante ruido en la columna de los ángeles de la parte sur de la nave de crucero, una especie de siseo que hacía pensar que el conjunto escultórico se resquebrajaba.

Asustado, el predicador se interrumpió. Y, como si atendieran a una orden, todos los oyentes volvieron la cabeza en la misma dirección. Hechizados, contemplaron fijamente el ángel que anunciaba el Juicio Final desde la segunda fila con una tuba. Éste se inclinó hacia adelante como por arte de encantamiento y a continuación se quedó inmóvil unos instantes, como si se resistiera a caer. Después, tras vencer el pedestal sobre el que había descansado casi doscientos años, el ángel se precipitó de cabeza al vacío y, al estrellarse, se rompió en mil pedazos. La tuba, la mano que la sostenía, la aureola y una ala, quedaron diseminadas por el suelo como los huesos de los condenados el día del Juicio Final.

Cuando la muchedumbre presente en la catedral comprendió lo que acababa de acontecer ante sus ojos, emprendió la huida entre gritos.

–¡El diablo anda suelto en la catedral! –se oyó gritar–. ¡Cuidado con el Maligno!

El fortachón que había dado muerte al encapuchado agarró el cadáver por las piernas y lo arrastró hasta el exterior, dejando a su paso un siniestro rastro de sangre.

Fuera aguardaba, algo apartado, Werinher Bott en su silla de ruedas.

–¡Todo esto es obra del maestro Ulrich! –chilló, dirigiéndose al deán del cabildo catedralicio–. Por cierto, ¿dónde está el susodicho?

Hügelmann von Finstingen se acercó al tullido.

–No sé por qué me parece que el maestro Ulrich no os inspira gran simpatía.

–No os equivocáis, mi señor. Es un charlatán y habla como si fuera el padre del arte de la construcción. –Werinher contempló con estupor al muchacho que sacaba el cadáver a rastras de la catedral–. ¿Qué significa esto? –inquirió volviéndose hacia Hügelmann.

–Una horda de encapuchados ha intentado derribar la catedral esta noche. Uno de ellos se quedó a la zaga. Los ciudadanos, iracundos, lo han matado a palos.

–¿Es éste? –preguntó con un leve movimiento de cabeza.

Hügelmann asintió.

–Dejad que lo adivine. ¡Es Ulrich von Ensingen!

–Qué disparate. Maestro Werinher, comprendo vuestra amargura hasta cierto punto; pero no podéis colgarle todos los sambenitos a Ulrich von Ensingen. ¿De veras pensáis que el maestro Ulrich tiene algún interés en derribar la catedral?

–¿Quién es entonces? –inquirió Werinher volviendo la vista hacia el cadáver que yacía delante del pórtico.

–Un antiguo monje –respondió Hügelmann–, lo cual me da que pensar... No obstante, sólo es uno de la horda que ha cometido los desmanes de esta noche. Lleva una marca grabada a fuego en el antebrazo, una cruz tachada.

–¡Desveladme el significado de la marca!

–No me está permitido.

–¿Por qué?

–Porque forma parte de los cuarenta y nueve secretos de la Curia romana que no han de ser revelados a nadie que no haya recibido las órdenes mayores.

–Entonces, dejadme adivinar, maestre Hügelmann. Una cruz tachada no puede significar sino que el marcado ha traicionado su fe o sus votos, que es por tanto un apóstata o un monje excomulgado.

–Maestro Werinher –le contestó el deán, escandalizado–, ¿cómo es que tenéis conocimiento de esos símbolos?

Werinher intentó esbozar una sonrisa, pero no lo logró.

–Puede que sea un tullido en lo que a mis miembros se refiere, pero el cerebro me funciona con plena normalidad. Los maestros de obras trabajan también con emblemas y símbolos. Bien es verdad que no nos grabamos a fuego nuestros distintivos y símbolos en la piel, sino que hacemos uso de la destreza para esculpirlos en piedra. Es más elegante y además más duradero.

Mientras el maestro de obras hablaba, el deán del cabildo catedralicio lo miraba confundido.

De repente, Hügelmann von Finstingen se mostró receloso y, en tono malhumorado, repuso:

–¿Y se puede saber a qué viene tanto interés?

La muchedumbre que salía a borbotones de la catedral era cada vez más numerosa. Un siervo vestido con andrajos apareció tirando de un burro. Con una soga amarró las piernas del encapuchado muerto y ató el cadáver a la bestia. Luego azotó al burro. Rodeado por una multitud que bailaba entre gimoteos de éxtasis y prorrumpía en gritos y sollozos, el siervo se dirigió con el cadáver a rastras hacia el Puente de los Suplicios.

Hombres, mujeres e incluso niños que ni siquiera sabían qué sucedía a su alrededor comenzaron a lanzar maldiciones e improperios. Convencidos de que habían dado muerte al mismísimo diablo, escupieron y orinaron sobre el cadáver, que, al ser arrastrado por el empedrado, fue perdiendo poco a poco la vestimenta. Los perros gruñían y aullaban, y se abalanzaban a morder los brazos del encapuchado. La frenética procesión celebró la muerte de Lucifer como si se tratara de una misa solemne en la catedral. En las callejuelas que el populacho recorría con su presa, las personas se aglomeraban en las ventanas para ver al diablo despellejado. Las mujeres, asustadas, sufrían violentos ataques de risa o vaciaban, cuando el cadáver pasaba por delante de su casa, los bacines con sus excrementos.

Una vez que llegó al Puente de los Suplicios, el siervo cogió al encapuchado muerto –o más bien, lo que quedaba de él–, lo desató, levantó el cadáver con ambos brazos en el aire y lo arrojó al Ill ante la algarabía de la muchedumbre.

–¡Vete al infierno, encapuchado! –voceó un orondo calvo, cuyos grotescos y espasmódicos aspavientos recordaban a los de los títeres de las ferias.

–¡Vete al infierno, encapuchado! –coreó el populacho.

El terrorífico grito resonó por las calles de Estrasburgo durante horas. Las gentes enloquecieron.

Afra apenas se había enterado de lo sucedido. Ya tenía bastantes problemas con digerir todo lo ocurrido antes. Cuando intentaba poner orden en el taller de la catedral, cuando organizaba los planos y los cálculos y recogía todo lo que estaba desperdigado por el suelo, se abrió la puerta.

A decir verdad, Afra esperaba ver a Ulrich y recibir alguna explicación que justificara su larga ausencia, pero al volverse se encontró con la socarrona cara del maestro Werinher, sentado en la silla de ruedas que llevaba un lacayo.

–¿Dónde está? –preguntó con tono impertinente, sin ni siquiera saludar.

–Si os referís al maestro Ulrich –respondió Afra fríamente–, no está aquí.

–Eso ya lo veo. Pregunto que dónde está.

–No lo sé. Pero en el caso de que lo supiera, tampoco tendría por qué decíroslo.

Ante esa respuesta Werinher Bott moderó el arrogante tono que había empleado.

–Disculpad la brusquedad de mis palabras. Pero después de lo que ha sucedido esta noche, resulta difícil mantener la calma. ¿Oís el alboroto de la gente ahí fuera? Están como poseídos por la idea de que detrás de todo esto está la mano del Maligno.

–¿Y? ¿Acaso vos no creéis en el diablo, maestro Werinher? Quien no cree en el diablo, peca contra los mandamientos de la Santa Madre Iglesia. ¡Deberíais saberlo!

El impedido maestro de obras hizo un gesto de desespero con la cabeza y respondió:

–Sí, por supuesto; pero ahora no se trata de resolver si hay que creer en el diablo, sino de averiguar quién está detrás del ataque a la catedral. El pueblo es demasiado proclive a culpar al diablo de cualquier suceso extraño.

–Si no me equivoco, entonces vos no creéis que tras esta desgracia esté la mano de Lucifer.

Werinher Bott enarcó las cejas, enojado.

–El diablo que ha intentado derribar la catedral ha recibido, desde luego, la formación de un maestro de obras. Un tanto extraño, tratándose de un diablo, ¿no os parece?

–Sin duda. Pero ¿cómo habéis llegado a esa conclusión?

–¿Habéis examinado de cerca los restos?

–No, lo que vi de lejos era suficientemente espantoso.

Con un leve movimiento de cabeza, Werinher Bott indicó al lacayo que acercara la silla de ruedas a Afra. Daba la impresión de que temía que algún testigo inoportuno pudiera escuchar la conversación. En susurros, dijo:

–Quienquiera que haya dado la orden de destruir la catedral, conocía los planos y también determinadas cuestiones arquitectónicas que están fuera del alcance de un profano. –Y sin relación aparente con lo que acababa de decir, preguntó–: ¿Conocéis el pasado del maestro Ulrich?

Afra lanzó una mirada furibunda al maestro Werinher Bott.

–¿A qué viene esa pregunta? No sé a qué os referís. ¡Y ahora será mejor que os marchéis!

Pero Werinher no cejó en su empeño.

–Me refiero –prosiguió– a que Ulrich von Ensingen tiene unos cuantos años más que vos. Podría darse el caso de que no os hubiera contado todos los detalles de su vida.

–Podéis estar seguro de que sí lo ha hecho, maestro Werinher. No existe ninguna razón por la que Ulrich fuera a ocultarme algo sobre su vida.

–¿Estáis segura?

–Completamente. ¿Adónde queréis ir a parar? –Afra comenzó a dudar.

–Quiero ir a parar a que, como es natural, uno no nace siendo maestro de obras. ¿No cabe la posibilidad de que, antes de dedicarse a construir catedrales, el maestro Ulrich se dedicara a asuntos bien distintos?

Las maliciosas preguntas del inválido hicieron que Afra cobrara conciencia en ese instante de que, en realidad, sabía muy pocas cosas sobre el pasado de Ulrich. Ciertamente ella lo había conocido siendo ya un hombre de bien, aunque de carácter huraño y de pocas amistades. Pero ¿qué más sabía de él? Sólo lo que él había respondido cuando Afra le había preguntado, lo cual, a decir verdad, no era mucho. ¿Podía haberse equivocado tanto con Ulrich? Su corazón comenzó a acelerarse.

–¿Y a qué se pudo haber dedicado? –repuso Afra, malhumorada.

Werinher ladeó la cabeza y contestó con sorna:

–Hay muchas posibilidades. Por ejemplo, podría haber sido monje, o incluso canónigo de un cabildo catedralicio, o un legado del papa que por alguna razón hubiera abandonado el cargo.

–¿Ulrich? ¡No me hagáis reír!

–¿Habéis llegado a ver de cerca su antebrazo derecho en alguna ocasión?

«Su antebrazo y otras cosas», estuvo tentada de responder Afra, pero considerando la gravedad de la situación, se mordió la lengua. Porque si era sincera, nunca había visto con detenimiento el antebrazo de Ulrich. Ulrich von Ensingen siempre llevaba un batín. Pero ¿cómo iba ella a darle importancia a semejante hecho?

Afra escrutó a Werinher con una mirada sombría.

–¿A qué viene esa estúpida pregunta?

–Las preguntas nunca son estúpidas –respondió el maestro de obras–, lo son sólo las respuestas. Lo que ha sucedido en la catedral lleva la firma de la Logia de los Apóstatas, un grupo de personas que se ha propuesto desmantelar la Santa Madre Iglesia. La mayoría son monjes apóstatas o dignidades de la Iglesia excomulgados que han vendido su alma al diablo. El gran peligro reside en que poseen, gracias a sus vidas pasadas, un profundo conocimiento de todas las instituciones eclesiásticas. Su red de contactos se extiende hasta la Curia romana. Se dice que incluso uno de los tres papas que actualmente dirigen la Iglesia pertenece a la Logia de los Apóstatas. Por el tipo de vida que llevan, es imposible saber quién es miembro y quién no. El único distintivo de la sociedad es la marca grabada a fuego en el antebrazo derecho: una cruz atravesada por una banda.

–¿Y vos sospecháis que el maestro Ulrich lleva esa marca en el antebrazo? –Afra se tapó la boca con la mano. Le horrorizó pensar en la sola posibilidad de que Werinher estuviera en lo cierto. Miles de pensamientos se agolparon en su cabeza, confundiéndola aún más.

¿Qué razón había para que Werinher Bott sintiera un odio tan feroz hacia Ulrich von Ensingen? La respuesta a esa pregunta le resultaba tan desconocida como el pasado de Ulrich. ¿De dónde procedía? ¿A qué se había dedicado antes de trabajar en la construcción de la catedral de Ulm? Jamás habían hablado de ello. Ulrich von Ensingen irrumpió un buen día en su vida. ¿O acaso fue ella quien irrumpió en la vida de Ulrich? Ni siquiera a eso sabía responder ahora.

¡El pergamino! El pensamiento la fulminó como un rayo en medio de una tormenta. ¿Y si Ulrich no había puesto los ojos en ella, sino en el pergamino? ¡Por todos los santos! ¿Cómo podía haber sido tan ingenua? Todavía conservaba el nítido recuerdo de la noche en que Ulrich, antes de abandonar Ulm bajo la niebla, le preguntó nervioso por el pergamino. Menos mal que Ulrich ignoraba que estaba escondido en un volumen de la biblioteca de un monasterio.

Al escrutar a Werinher Bott, Afra percibió por primera vez un atisbo de franqueza en su rostro. El sarcasmo, la sonrisa maliciosa y hasta el cinismo que reflejaban sus facciones, se habían esfumado por completo. Sin responder a las conjeturas lanzadas sobre Ulrich, Afra le preguntó al tullido:

–¿Y cómo sabéis tanto acerca de la Logia de los Apóstatas, maestro Werinher?

Werinher se sonrió con un gesto pensativo de todo punto impropio en un hombre en su situación. Sonrió con esa sonrisa amplia y descarada tan característica en él que podía significar todo y nada a la vez, una sonrisa que enfureció a Afra.

Sin pensarlo dos veces y obedeciendo a un impulso repentino, Afra se abalanzó sobre el hombre condenado a la silla de ruedas y le levantó la manga derecha. Acto seguido giró el brazo del inválido. Allí estaba, la marca, una cruz atravesada por una banda. Afra se quedó atónita.

–Vos sois... –tartamudeó al cabo de unos instantes.

Werinher asintió.

–Pero ¿por qué...?

–Sí, yo pertenecí a la Logia de los Apóstatas hasta el día en que me quedé impedido. Como un tullido no puede ostentar ningún cargo eclesiástico, tampoco puede ser un Apóstata. Iba a ser un estorbo. Estuve a las puertas de la muerte y, en cuanto logré burlarla, un extraño se presentó en mi casa. Mi sirviente abrió y lo condujo hasta mi cama. Llevaba un abrigo oscuro con capuchón, como todos los Apóstatas, y su voz me resultó desconocida. Me dijo que por voluntad del Todopoderoso yo no podía continuar siendo miembro de la logia. Luego, sin mediar una sola palabra más, me introdujo una pequeña redoma en la boca. Antes de marcharse, se volvió y me susurró: «¡Sólo tenéis que morderla, maestro Werinher!» Pero yo la escupí sobre mi jubón. Desde entonces la llevo siempre conmigo.

Consternada, Afra miró al hombre postrado en la silla de ruedas y por primera vez le inspiró compasión. Su rudeza y su cínica actitud le habían impedido hasta ese momento sentirla. Pero que Werinher Bott le confiara su secreto precisamente a ella, le dio que pensar.

–En cualquier caso, os agradezco que me lo hayáis contado –dijo Afra, y su voz traslució cierta desesperación.

El maestro Werinher esbozó entonces una sonrisa, una muy distinta a la que acostumbraba a componer el inválido: no era cínica, ni maliciosa, sino más bien tímida.

–Tal vez habría sido mejor callar –sentenció al cabo de unos instantes. Luego llamó a su lacayo, que aguardaba a la puerta.

El lacayo se dirigió a la silla por detrás. Werinher miraba fijamente al frente. Y en completo silencio, el sirviente salió con Werinher del taller de la catedral.

Afra respiró hondo. La conversación con Werinher la había desconcertado. Ya no sabía qué creer. ¿Estaba Ulrich von Ensingen jugando a dos bandas? ¿Por qué de pronto el maestro Werinher le ofrecía mayor confianza que Ulrich? Estaba confundida y comenzaba a dudar de su propio juicio. El lacayo que había entrado a recoger a Werinher no era el mismo que lo había llevado hasta allí, aunque iban vestidos iguales. De eso estaba segura. Claro que de lo que no estaba tan segura era de qué podía significar eso. Había llegado un punto en el que dudaba de todo. Y por primera vez se planteó la posibilidad de que hubiera podido ser cómplice, sin saberlo, de los mismos poderes malignos contra los que quería luchar.

Estaba reflexionando sobre esta cuestión, sin sacar nada en claro, cuando se abrió la puerta del taller. Entonces entró Ulrich von Ensingen. Tambaleándose y sin poder dar dos pasos derechos, con el cabello revuelto, sobre la frente, y una cara lamentable, se dirigió hacia Afra. A primera vista se apreciaban los enormes esfuerzos del maestro de obras por parecer sobrio. Lucía todavía el traje de fiesta oscuro que se había puesto para asistir al banquete del obispo; sin embargo, por su aspecto daba la impresión de que hubiera estado revolcándose en un campo cosechado de cereales.

La apariencia de Ulrich encolerizó a Afra. Y como él no fue capaz de articular palabra, ella espetó:

–¡Está muy bien que al menos te acuerdes de tu trabajo!

El maestro de obras asintió. Con el gesto descompuesto, recorrió el taller con la mirada. Todavía reinaba un caos considerable, aunque eso no pareció molestarlo, pues acto seguido preguntó, impasible:

–¿A qué día estamos?

–A viernes.

–¿Viernes? ¿Y cuándo fue la fiesta del obispo?

–Ayer. ¡Y en medio ha pasado toda una noche y todo un día!

Ulrich asintió.

–Ya entiendo.

La respuesta hizo perder los nervios a Afra.

–¡Pues yo no lo entiendo! –gritó completamente fuera de sí–. Yo te tenía por un hombre decente. Y sin embargo resulta que te vas detrás de la primera falda que se te pone delante. ¿Qué tiene esa ramera siciliana del obispo que no tenga yo? Dime. ¡Quiero saberlo!

Ulrich aguantó el chaparrón como un ladronzuelo atrapado por los alguaciles. Después se sentó en una de las sillas, extendió las piernas y se quedó mirando fijamente sus puntiagudos zapatos. El derecho era diferente del izquierdo.

A Afra le llamó la atención en seguida.

–¿Qué pasa? ¿Es que con las prisas te has puesto el calzado del obispo? –inquirió con sarcasmo.

–Lo lamento –respondió Ulrich sin fuerzas–, de veras, lo lamento mucho.

–¡Bah! –exclamó Afra mirando al techo. Su orgullo estaba profundamente dolido–. ¿Tienes la menor idea de lo que ha ocurrido mientras tú te beneficiabas a esa cualquiera siciliana? Toda la ciudad está alborotada. Unos encapuchados han intentado derrumbar la catedral.

–Ahora entiendo todo el revuelo –comentó Ulrich, absorto en sus pensamientos.

Afra examinó al maestro de obras con los ojos entrecerrados. Algo extraño le sucedía. Reaccionaba con indiferencia, casi apatía, como si todo eso no fuera con él.

–No me he enterado de nada, de verdad que no –murmuró Ulrich.

–¡Debes de haber pasado una noche apasionante con esa ramera! –Afra hizo una pausa. Luego, con el semblante muy serio, agregó–: ¡Jamás imaginé que fueras capaz de algo así, Ulrich! –Estaba al borde de las lágrimas.

–¿Qué? –preguntó Ulrich.

Afra comenzó a despotricar de nuevo.

–Ahora sólo falta que me digas que lo único que has hecho con ésa –gritó señalando con la mano derecha hacia el palacio episcopal– ha sido rezar el ángelus, o el rosario, o el credo. ¡No me hagas reír!

–Lo siento. No sé nada. No logro acordarme de nada.

Afra se acercó a Ulrich y, arrastrando las palabras, le reprochó:

–Es la excusa más estúpida que he oído jamás. Es impropia de un hombre de tu categoría. Deberías avergonzarte.

De pronto Ulrich von Ensingen pareció comenzar a despertar de su letargo. Se sentó erguido en la silla y respondió con determinación:

–Te estoy diciendo la verdad. El último recuerdo claro que conservo es del banquete del obispo. Deben de haberme echado alguna pócima en el vino...

–¡Sandeces! –lo interrumpió Afra–. Lo que pasa es que buscas una excusa porque te has pasado por la piedra a esa siciliana. ¿Por qué no tienes al menos la entereza de admitirlo?

–¡Porque no recuerdo haber cometido ninguna indecencia! –Ulrich elevó el tono de voz, y acto seguido apoyó la frente en las palmas de las manos.

–Ah, ¿no? ¡Entonces tal vez puedas explicarme de dónde has sacado ese zapato! Es de esa piel noble que sólo suelen llevar los obispos y los duques.

–Ya te he dicho que no lo sé. Deben de haberme dormido con alguna sustancia. ¡Ojalá me creyeras!

–¡No sabes la pena que me das! –Afra se iba acercando cada vez más a Ulrich. De pronto se le ocurrió una idea. Sin previo aviso, Afra intentó levantarle la manga derecha del traje a Ulrich.

Éste, sin embargo, la miró extrañado y apartó el brazo.

–¿Qué estás haciendo? –le dijo, indignado.

Afra no respondió. Furibunda, dio media vuelta y se dirigió a la puerta.

La pesada puerta dio un fuerte golpe al cerrarse, y el maestro de obras se estremeció como si hubiera recibido un latigazo. Luego hundió la cara entre los brazos.

Cómo podía huir, se preguntaba Afra, de los oscuros pensamientos que martilleaban su cabeza sin cesar. Pese a que estaba anocheciendo, eso no impidió que las gentes de la ciudad se sumaran a la multitudinaria procesión que discurría en torno a la catedral como un gusano infinito.

La noticia de que el diablo había intentado tirar abajo la catedral sacó a las gentes de sus casas. Armados con antorchas y crucifijos para protegerse de Satán, se asomaron temerosos por las callejuelas que conducían a la plaza de la catedral desde todos los puntos de la ciudad en busca del innombrable. Pero al advertir la presencia no sólo de canónigos, monjes y sacristanes, sino también de exorcistas y borrachines que no hacían ascos a ningún espectáculo, se armaron de valor y comenzaron a incorporarse a la procesión.

Las devotas plegarias de cada cual quedaban sepultadas bajo la letanía en latín que salmodiaban los miembros del cabildo catedralicio. Por encima de ésta sólo se oían los gritos del exorcista, quien, enarbolando un crucifijo en la mano izquierda y un hisopo en la derecha con el que aspergía agua bendita en el templo profanado, se desgañitaba repitiendo una y otra vez las mismas palabras:

—¡Abandona, Satán, esta casa de Dios y regresa al abismo del infierno!

Los gañidos de los numerosos perros que acompañaban a la procesión se intercalaban también entre sus palabras.

Cayó la noche y toda la población de Estrasburgo continuaba en la calle. Incluso los que vivían fuera de la ciudad se sumaron al desfile, sin conocer siquiera los detalles de lo sucedido. Aconteció entonces que, de pronto, los nobles dignatarios del cabildo catedralicio, que eran quienes encabezaban la marcha, se vieron rodeados de tullidos y mendigos andrajosos cuando, como pez que se muerde la cola, el final de la procesión se unió con el principio.

El canturreo de la letanía y las plegarias, que retumbaba contra los muros de las casas, y las humeantes antorchas, que en ocasiones producían extrañas sombras, creaban un ambiente fantasmagórico. Afra jamás, ni siquiera de niña, había creído en el diablo. Pero ahora le asaltaban dudas. Agazapada en el estrecho paso que separaba dos casas situadas frente a la catedral, seguía el espeluznante espectáculo. El hedor que emanaba del espacio entre las casas, donde se arrojaban los excrementos de los bacines, apenas permitía a Afra respirar. Justo delante del pórtico, a pocos palmos de Afra, y sin su lacayo, Werinher Bott seguía con atención la procesión desde su silla de ruedas.

Afra sintió miedo. El miedo, que ya creía haber vencido, había vuelto a atraparla. Había logrado recuperar la paz interior hacía muy poco, al enamorarse de un hombre por primera vez en su desasosegada vida. Ahora abrigaba la duda de si no se había dejado engañar por un hombre que la había inducido a seguirlo mediante artimañas.

Presa de la angustia, Afra abandonó su escondrijo y regresó a su casa en la Bruderhofgasse. Por el camino no se cruzó con nadie. Todas las calles estaban desiertas. Una vez en casa, echó el cerrojo desde dentro. Se dijo que no abriría la puerta a nadie, ni siquiera a Ulrich, en caso de que volviera.

Afra pasó la noche vestida y en duermevela. Estaba pendiente de todos los ruidos. Pensamientos y sueños se entremezclaban en una misma maraña de tal forma que, al amanecer, ya no sabía distinguir la fantasía de la realidad.

Por la mañana, engulló un trozo de pan duro y bebió un vaso de leche fría. Desde el banquete del obispo no había vuelto a probar bocado. Empujada por una extraña sensación de inquietud, Afra se marchó de casa y emprendió el camino hacia la catedral. Comenzó a lloviznar, y un viento desapacible se levantó en las calles. El silencio que reinaba por doquier resultaba inquietante. Ni siquiera se veía a los perros y los cerdos que normalmente vagaban noche y día por las calles de la ciudad.

Al doblar la esquina de la plaza de la catedral, Afra la encontró desierta. Allí, donde la noche anterior miles de personas sumergidas en un desenfrenado éxtasis se aglomeraban en torno a la catedral, no había ni una alma. Afra pasó por delante de la fachada principal, en dirección al taller, cuando, con el rabillo del ojo, vislumbró una figura sentada.

–¡Maestro Werinher! –gritó Afra.

Werinher tenía la mirada perdida en la plaza, miraba en la misma dirección por la que había llegado Afra. El maestro se hizo el distraído. Y tampoco cuando Afra se le acercó hizo ademán de dirigirle la palabra.

–¡Maestro Werinher! –repitió Afra–, no debéis tener reparos. No voy a revelar nada de lo que me habéis confiado. ¡Maestro Werinher!

Afra posó la mano sobre el hombro del tullido, y en ese instante notó un movimiento. Parecía que el cuerpo rígido del inválido fuera a levantarse; pero sólo lo parecía. Lo que ocurrió en realidad fue que el cuerpo sedente del maestro se inclinó hacia adelante. Afra se apartó a un lado de un respingo. Y Werinher, como una estatua, se desplomó de bruces contra el empedrado.

–Maestro... –Afra lanzó un grito ahogado.

Durante unos interminables instantes, Afra se quedó mirando con los ojos desorbitados la terrible imagen del hombre, que yacía en el suelo. El cuerpo había quedado de lado, los miembros como desmadejados, la boca y los ojos abiertos. No cabía duda, el maestro Werinher estaba muerto.

Afra se arrodilló para examinarle de cerca la cara. Entonces descubrió algo que la sobrecogió. Entre los carrillos y la lengua había un diminuto frasco de cristal roto, una redoma.

Afra se acordó de la redoma que había mencionado Werinher. Pero inmediatamente después se hizo la siguiente reflexión: Werinher Bott estaba impedido, de modo que no había podido introducirse la sustancia mortal en la boca él solo. Afra sintió deseos de salir corriendo, hacia donde fuera, hacia cualquier lugar lejano donde nadie la conociera ni volviera a relacionarla jamás con todos esos sucesos. Pero algo la retenía allí. Rompió a llorar. Eran lágrimas de desesperación. La escena que tenía ante sus húmedos ojos ya era insólita de por sí, pero la extraña postura del cadáver le daba un carácter más grotesco todavía. Aturdida, levantó la vista.

Delante de ella se encontraba Ulrich.

Debía de llevar observándola un rato. En todo caso, no se mostró nervioso y mucho menos compungido por la muerte de Werinher Bott. Con curiosidad, aunque impasible, contemplaba la escena con las manos entrelazadas a la espalda.

–¡Mira! –exclamó Afra, y señaló la redoma rota que había en el interior de la boca de Werinher–. La llevaba siempre encima. Me lo dijo él. Pero es totalmente imposible que se haya quitado la vida él mismo.

La expresión de Ulrich se ensombreció.

–¿Y se puede saber qué os traíais entre manos los dos para que te confiara algo así?

Afra mantuvo la mirada clavada en el difunto maestro Werinher y no respondió a la pregunta.

Tras un breve silencio, Ulrich, sin venir a cuento, preguntó:

–¿Dónde está el pergamino?

¡El pergamino! Afra miró al maestro de obras con desconfianza. Trató de deducir el razonamiento que había llevado a Ulrich a preguntar por el pergamino en esa situación. Al ver el cadáver del maestro Werinher, su rival Ulrich von Ensingen había preguntado por el pergamino. Pero por más que reflexionó, en un primer momento no se le ocurrió ninguna explicación.

–¿El pergamino? –respondió al fin entre titubeos–. ¡Está donde ha estado siempre! ¿Por qué lo preguntas?

Ulrich se encogió de hombros y apartó la mirada cabizbajo. Entonces una sonrisa maliciosa apareció en su rostro, pero al advertir la mirada escrutadora de Afra, la sonrisa se desvaneció de inmediato.

–Han estado buscando en todos los lugares de la catedral donde se podría esconder algo, justo en los lugares donde, según la antigua tradición de los maestros de catedrales, se ocultan los objetos milagrosos, animales y valiosos documentos. Siempre partiendo del número siete, siete varas desde el suelo, siete varas desde el siguiente rincón.

Mientras Ulrich pronunciaba esas palabras, Afra no le quitaba ojo. Estudiaba todas las expresiones de su cara con la esperanza de sacar alguna conclusión. En su opinión, no había duda: Ulrich estaba jugando a dos bandas.

–¡Lo que está claro es que corres un gran peligro! –agregó él inesperadamente.

La advertencia aumentó la inquietud de Afra. Seguro que Ulrich, pensó Afra, quería ponerla entre la espada y la pared para conseguir que le entregara el pergamino. Quién sabía. Tal vez era cierto que valía una fortuna.

Afra miró fijamente a Ulrich. ¡Cuán desconocido le resultaba ese hombre! Pero una cosa Afra sí tenía clara: Ulrich sabía más de lo que decía saber. Y eso era una demostración de que él había abusado de su confianza. Pocos días antes, Afra no habría creído por nada del mundo que Ulrich fuera capaz de algo así.

De repente, en la plaza de la catedral comenzó a percibirse movimiento. Hügelmann von Finstingen, el deán del cabildo catedralicio, apareció corriendo junto al *ammeister*, Michel Mansfeld, y el escribano municipal. Ciudadanos con mirada recelosa comenzaron a surgir de las callejuelas laterales.

–¡Pero si ése es Werinher Bott, el maestro de obras inválido! –exclamó Hügelmann a lo lejos–. ¿Qué ha ocurrido?

–Está muerto –respondió Ulrich von Ensingen fríamente–. Según parece, ha sido asesinado.

El *ammeister* se santiguó.

–Pero ¿quién está detrás de todo esto? ¡Asesinar a un pobre impedido!

Mientras Hügelmann y el *ammeister* levantaban el rígido cadáver del maestro de obras para ponerlo de nuevo en la silla, los curiosos se fueron aglomerando en torno al lugar del suceso. ¿Werinher Bott, víctima de un asesinato? En un abrir y cerrar de ojos se abrió una acalorada discusión sobre el terrible crimen.

La mayoría relacionó lo ocurrido con los encapuchados que habían intentado derribar la catedral. Hasta que Hügelmann, el deán del cabildo catedralicio, preguntó de pronto a Ulrich en presencia de todos los curiosos:

–Maestro Ulrich, ¿es cierto lo que dicen por ahí, que el maestro Werinher y vos os aveníais tan mal como el perro y el gato?

En ese instante todas las miradas se volvieron hacia Ulrich von Ensingen.

Afra notó que un sudor frío le recorría la espalda. Como enajenada, se dio la vuelta y desapareció entre la multitud.

7

NADA MÁS QUE LIBROS

Afra se sentía abandonada y sola. Hacía días que no sabía nada de Ulrich. Después de la discusión que habían mantenido en la plaza de la catedral no había regresado a casa. Probablemente pasaba noche y día encerrado en su taller. ¿Qué debía hacer ella? Por una parte echaba de menos tenerlo cerca; pero, por la otra, el miedo y la desconfianza hacia él eran cada vez mayores. En su soledad, todos sus pensamientos giraban en torno al pergamino secreto y su significado. La sensación de que Ulrich sólo había querido aprovecharse de ella la ponía furiosa.

Le costaba creer que pudiera existir alguna relación entre el maestro Ulrich, el pergamino, el asesinato del alquimista Rubaldo, el encapuchado y el maestro Werinher. Había demasiadas incongruencias, y la mayor de todas era que hasta entonces ella misma se había mantenido con vida.

Día tras día se preguntaba cuáles podrían ser los motivos que habían llevado a su padre a exponerla a semejante peligro. Pero, cuanto más retrocedía con la memoria a la época vivida con su padre, más difusos se volvían sus recuerdos.

El mundo se había convertido en un lugar sombrío y misterioso, ¿o eran sólo imaginaciones suyas? Cuando deambulaba sin rumbo por Estrasburgo, sentía que alguien la espiaba desde detrás de cada casa, de cada árbol, de cada carro que hallaba a su paso. El griterío de los niños que jugaban en la calle la sobresaltaba, al igual que cualquier siervo con un saco a las espaldas o cualquier monje con cogulla que la abordara por detrás.

En uno de esos vagabundeos por la ciudad, Afra se dirigió hacia el sur. Apresurada y sin rumbo, cruzó cerca de Sankt Thomas el puente sobre el río Ill, descendió a toda prisa un tramo junto al río y finalmente se adentró en un camino de carros que llevaba al este, a la vega del Rin.

La inmensidad del paisaje resultaba tranquilizadora, y Afra se sentó sobre un grueso tronco podrido de un árbol que había sido derribado por la última tormenta del otoño. La hierba húmeda desprendía olor a podredumbre, y a lo lejos se divisaban unos mantos de niebla pasajeros. Ésta empañaba la vista de un baluarte amurallado que tenía un campanario en lugar de un torreón. La edificación recordaba al monasterio fortificado que Afra había conocido en Württemberg.

La idea de permanecer en el anonimato en un convento hasta que las aguas hubieran vuelto a su cauce no le resultaba descabellada. ¿Qué tenía que perder? Regresar junto a Ulrich en esos momentos le parecía impensable. El turbio pasado del maestro de obras y la ambigüedad de sus intenciones la asustaban. Ella se había entregado ciegamente a él, se había sometido a su merced. Y, ni en sueños, había abrigado la sospecha de que Ulrich pudiera estar utilizándola.

Tras reposar un rato, Afra, movida por la curiosidad, emprendió el camino hacia la fortaleza. Pero cuanto más se aproximaba al baluarte, más extraño le parecía. El lugar estaba desierto. No se veía un alma en el camino, ni tampoco delante de la puerta. Las ventanas de la parte superior de la muralla que rodeaba todo el conjunto estaban cerradas. Desde fuera no se oía ni un ruido.

El portón de madera maciza parecía llevar semanas cerrado. Una estrecha portezuela por la que tenía que pasarse agachado conducía hasta una zona abovedada de techo bajo con otra puerta y una ventana cerrada a la derecha. Junto a ella había una cadena de hierro.

En alguna parte, cuando Afra tiró de la cadena, sonó una campana. Aguardó vacilante a ver qué sucedía.

No transcurrió mucho tiempo antes de que se oyera trajinar a alguien en el interior. Al fin se abrió la ventana. Afra se llevó un susto de muerte. No habría sabido explicar qué esperaba encontrarse. Tal vez un fraile barbudo o una monja anciana y consumida, o hasta un soldado armado le habría inspirado menos temor que la imagen que contemplaba en esos instantes a través de la ventana: un homúnculo, la caricatura de una persona, un hombre calvo con la cabeza hinchada, con un ojo en la frente, el otro en la mejilla, y la nariz reducida a un colgajo. Tan sólo la boca de labios húmedos y carnosos tenía apariencia humana y esbozaba una forzada sonrisa dedicada a Afra.

–Debéis haberos equivocado de lugar –comentó sonriendo el homúnculo con voz grave y balbuciente. Luego asomó la cabeza para comprobar si había algún otro visitante.

Afra dio un paso atrás, asustada.

–¿Dónde estoy? –tartamudeó, desorientada, fijándose en la pronunciada joroba del hombre.

Apoyado en el antepecho de la ventana, el homúnculo examinó a Afra de arriba abajo. Y mientras lo hacía, torció el gesto, como si la visión de la joven le causara dolor.

–Sankt Trinitatis –balbuceó, y compuso de nuevo una afectada sonrisa.

–¡Así que es un monasterio consagrado a la Santísima Trinidad!

–Si queréis llamarlo así... –El jorobado se limpió los mocos de la nariz con la manga de su tosco sayal–. Otros hablan de la casa de los demenciados. Pero, claro, ellos no son tan considerados como vos.

A Afra le vino a la cabeza la casa de locos de la que había hablado el bibliotecario manco, Luscinio, ¡Santo Dios! Estaba a punto de dar media vuelta y marcharse sin más, cuando aquel hombre de aspecto lamentable le preguntó:

–¿A quién buscáis, doncella? Por aquí no suele venir casi nadie, si he de seros sincero. Y menos aún sin compañía. ¡Quién iba a querer visitar una casa de dementes!

Mientras él hablaba, la carraca de madera que llevaba colgada al cuello con una cuerda repiqueteaba.

–Aquí todos llevamos una –comentó el homúnculo al advertir la mirada interrogante de Afra–. Para que los guardas la oigan cuando alguien se les acerca por la espalda. Aunque, a pesar de todo, algunos se han acostumbrado a caminar de puntillas, casi flotando, como los ángeles. Apenas se los oye. –Al lanzar unas entrecortadas carcajadas, soltó el aire por los deformes orificios de su nariz–. Decidme, doncella, ¿a quién venís a ver?

–Creo que el bibliotecario del convento de los dominicos se encuentra internado aquí –se aventuró a decir Afra, obedeciendo a un repentino impulso.

–¡Ah, el Genio! Ciertamente se encuentra aquí. Bueno, eso cuando no anda por las nubes.

–¿Por las nubes?

–Así es. El hermano Dominico no es de este mundo, si queréis que os diga la verdad. La mayoría de las veces sus pensamientos lo trasladan muy lejos de aquí. Junto a los filósofos de la antigua Grecia o los dioses de Egipto. Suele pasarse horas recitando antiguos dramas y epopeyas en lenguas que nadie entiende. Por eso lo llamamos el Genio.

–¿Queréis decir que no está loco?

–¿El hermano Dominico? ¡Ni por pienso! Os aseguro que tiene más sesera que todos los canónigos juntos. Además, hay más sabios entre los locos que locos entre los sabios. El hermano Dominico lo sabe todo.

–¡Tengo que hablar con él! –exclamó de pronto Afra.

–¿Sois pariente, doncella?

–No.

–En ese caso, no creo que sea posible...

–¿Por qué no?

–¿Véis esa puerta, doncella? Todo aquel que la ha atravesado, se ha despedido del mundo del que vos venís para siempre. ¿Comprendéis? Todos nosotros somos repudiados: tullidos, apestados, herejes, dementes; personas, en suma, que ensucian la imagen de Dios. Miradme a mí. Alguien como yo podría desbaratar la historia del Antiguo Testamento. En él dice Dios: «Creemos al hombre a nuestra imagen y semejanza.» Ahora ya tenéis una ligera idea del aspecto que ofrecía Dios, doncella. –El deforme portero ladeó la cabeza y se puso brazos en jarras.

–¡Tengo que hablar con el hermano Dominico! –insistió Afra–. Si es tan sagaz como decís, tal vez él pueda ayudarme.

El homúnculo se echó a reír a carcajadas. De pronto había cobrado conciencia del poder que tenía en sus manos y tan extraordinario hecho parecía divertirle.

–¿Qué estaríais dispuesta a ofrecerme a cambio? –preguntó inesperadamente.

–¿Queréis dinero? –repuso Afra, desconcertada.

–¿Dinero? Virgen Santa, ¿para qué iba a querer yo dinero?

–Sois la primera persona que me hace esa pregunta. Pero ya comprendo que el dinero no os serviría de gran ayuda. ¿Qué queréis, entonces?

El homúnculo hizo caso omiso de la pregunta.

–Cuando los monjes rezan la nona, yo me quedo a cargo de todo. El oficio dura bastante, algunas veces casi una hora. En ese tiempo yo podría dejaros entrar.

–¿Y cuál es el precio?

–Mostradme vuestros pechos, doncella. Las prominencias de vuestro vestido prometen el Paraíso.

–Habéis perdido el juicio.

–No digáis eso. Os lo ruego. Sólo quiero tocar una vez los pechos de una mujer. Luego estaré dispuesto a satisfacer cualquier deseo que me pidáis. Aunque me cojan in fraganti.

La petición del jorobado sorprendió de tal modo a Afra que, durante unos largos instantes, no supo qué responder. En un primer momento sintió deseos de insultarlo, de decirle que era un cerdo repugnante, un indecente; sin embargo, en cierta medida, sus palabras la habían conmovido.

–Me figuro lo que estáis pensando –prosiguió el homúnculo–. Pero no me importa. Jamás he visto una mujer tan hermosa como vos. Claro que es comprensible. Vivo en este lugar desde los dos años, rodeado de hombres. Lo único bueno es que no hay ningún espejo en Sankt Trinitatis. De modo que sólo intuyo cómo soy. No hace mucho cayó en mis manos el libro de horas de un monje. Junto a las oraciones figuraban miniaturas del Antiguo Testamento. Entre ellas, había una representación de Adán y Eva en el Paraíso. Entonces vi los pechos de Eva. Jamás había visto algo tan excitante. Un temblor recorrió todas las partes de mi cuerpo, incluso aquellas a las que no había prestado mucha atención hasta entonces. Cuando el monje me descubrió con el libro, me pegó, me llamó «puerco» y profetizó mi sentencia a la condenación eterna.

–Y si yo me descubriera ante vos... –sugirió Afra con una mirada escrutadora.

–...yo satisfaría cualquier deseo vuestro que estuviera en mi mano.

–¡Entonces abridme la puerta!

El jorobado desapareció tras la ventana y abrió la puerta.

En la pequeña portería abovedada el aire estaba viciado. En el interior sólo había una oscura mesa de madera tosca y una silla de respaldo y asiento cuadrados. Sin apartar la vista del jorobado ni un instante, la joven se desabrochó el cuello del vestido y lo fue abriendo lentamente hasta que sus senos, como frutos en sazón, quedaron al desnudo. Afra nunca hubiera imaginado que la situación llegaría a excitarla tanto.

El jorobado extendió una mano tímidamente. No se atrevió a tocarla. Se desplomó a sus pies y, de rodillas, unió las dos manos en actitud de orar.

Afra vio que le temblaban los labios al hombre. En ese momento sintió incluso lástima por él. Pasados unos instantes, ella volvió a abrocharse el vestido.

El portero se levantó y se inclinó teatralmente ante Afra igual que hace un sacerdote en el introito. Respiraba de prisa y meneaba la cabeza, como si le costara creer lo que acababa de sucederle.

–Esperad aquí –dijo al fin–, voy a comprobar si ha comenzado el oficio de nona.

Al cerrarse la puerta, Afra reparó en que ésta no tenía picaporte por dentro. Pese a hallarse encerrada, no sintió miedo. Sí se preguntó, no obstante, si había obrado correctamente.

Seguía reflexionando acerca de ello cuando se oyeron unos pasos y el portero asomó la cabeza por la puerta.

–Venid –dijo por lo bajo–, ¡tenemos vía libre! Si habéis soportado verme a mí, seréis capaz de aguantar lo que os encontraréis a continuación.

«Desde luego», estuvo tentada de responder Afra, pero prefirió callar.

Afra siguió en silencio al jorobado por un frío pasillo que desembocaba en una empinada escalera en espiral, de toba desgastada, que comunicaba con los dos pisos superiores. En el segundo, un pasillo en ángulo recto conducía a una ala transversal. Una puerta de doble hoja, oscura y alta, cuyos picaportes no podían alcanzarse sin alzar el brazo –tal era la altura a la que habían sido colocados–, les cerraba el paso.

Un aire caliente y apestoso, similar al de un establo, los azotó cuando el jorobado abrió la hoja derecha de la puerta. Por los laterales de la enorme sala, dispuestos en hilera, en toscos catres o recostados sobre paja maloliente, vegetaban toda suerte de patéticos personajes. Personas contrahechas como el propio portero y otras que habían perdido el juicio los miraban sujetos como animales a unos barrotes. Algunos comenzaron a berrear al verlos pasar. El aire viciado estaba empezando a asfixiar a Afra. El portero, con la cabeza gacha, la miraba con el rabillo del ojo.

–Vos lo habéis querido –dijo sin detenerse–. Supongo que ésta no es la clase de olores a la que estáis acostumbrada. –A Afra le costaba respirar.

Al acercarse, Afra oyó la voz de un anciano que declamaba un texto en latín. Éste continuó sin distraerse cuando Afra y el jorobado se detuvieron ante su celda, la cual, a diferencia de todas las demás, estaba abierta. Afra no se atrevió a interrumpirlo. El anciano recordaba a un profeta. Tenía una rizada cabellera cana, al igual que la barba, que le llegaba hasta el pecho y se balanceaba de un lado al otro mientras hablaba.

Una vez hubo acabado, miró brevemente a Afra y, a modo de aclaración, afirmó:

–Horacio, «A mi musa Melpómene».

Afra asintió educadamente y, volviéndose hacia el jorobado, le rogó:

–¿Tendríais a bien dejarnos a solas un momento?

El portero refunfuñó algo y se marchó.

Durante unos instantes, ambos permanecieron callados frente a frente. Después el anciano preguntó con tono desabrido:

–¿Se puede saber quién sois vos?

–Me llamo Afra y he venido hasta aquí por un asunto un tanto particular. Se dice que vuestra inteligencia es extraordinaria. Al parecer, habéis leído todos los libros de la biblioteca de los dominicos.

–¿Quién lo dice? –De pronto el anciano se mostró interesado.

–Jacobo Luscinio, quien os ha sustituido en vuestro puesto.

–No lo conozco. Y, por lo que toca a la inteligencia –agregó haciendo un gesto de desdén con la mano–, uno de los mayores sabios, Sócrates, dijo al final de su vida: «*Oida uk Oida*: Sólo sé que no sé nada.»

–Admitid, al menos, que sois un hombre muy leído.

–Lo era, doncella, lo era. Aquí, el Antiguo Testamento es lo único que se me permite leer. Además la vista ya no me responde. Probablemente mis ojos se niegan a ver los horrores de este mundo. Ya sólo me queda la cabeza, o mejor dicho, lo que aprendí de los libros durante los años pasados. Pero ¡basta ya de hablar de mí! Decidme, ¿qué habéis venido a buscar aquí?

¿Por dónde debía empezar? Se había aventurado a entrar allí, obedeciendo a un repentino impulso, con la esperanza de que el hermano pudiera ayudarla. Desde el principio, había abrigado la sospecha de que aquel anciano sabio en realidad no estaba loco. Ahora había confirmado su suposición. Tal vez ese hombre era demasiado inteligente para los demás hermanos del convento. Tal vez sabía más de lo que su fe le permitía. Tal vez lo consideraban un hereje porque recitaba de memoria textos de autores paganos, de poetas que alababan a dioses desconocidos. A Afra le admiraba la serenidad con que el anciano había aceptado su suerte.

–Sé que os encontráis aquí por una injusticia –dijo Afra con voz temblorosa.

El anciano alzó la mano en un gesto de rechazo.

–Eso vos no podéis saberlo, doncella. Y aun en el caso de que tuvierais razón, cualquiera que viva aquí acaba como los demás al cabo de unos meses. Pero todavía no habéis respondido a mi pregunta.

–Hermano –respondió Afra con la voz entrecortada–, mi padre me dejó en herencia un antiquísimo escrito cuyo significado no he logrado descifrar...

–Pues si vos misma no comprendéis de qué se trata, ¿cómo iba a comprenderlo yo?

–El documento no fue redactado por mi padre. Lo escribió de su puño y letra un monje del monasterio de Montecassino.

Al escuchar esas palabras, el anciano aprestó el oído y preguntó:

–¿Tenéis el documento aquí?

–No. Está escondido en un lugar secreto, y tampoco puedo recitarlo de memoria. Pero tengo motivos para creer que es un escrito prohibido que determinadas personas ansían poseer tanto como el diablo las almas miserables. En el documento se hace referencia al *Constitutum Constantini*. Obviamente debe de tratarse de un pacto secreto. Es todo lo que sé.

A medida que Afra hablaba, el hermano se iba mostrando cada vez más inquieto. Miraba alternativamente al techo y a Afra. Finalmente se acarició la barba con un tímido gesto, y tras una pausa para la reflexión, preguntó en susurros:

–¿Habéis dicho *Constitutum Constantini*?

–Eso decía el pergamino.

–¿Y es todo cuanto sabéis?

–No. Es todo cuanto recuerdo del texto. Ahora decidme, ¿qué significa ese *Constitutum*? Seguro que vos sabéis algo.

El anciano negó con la cabeza y guardó silencio.

A Afra le costaba mucho creer que el sabio y anciano monje, cuyo vasto conocimiento temían todos los demás, no hubiera oído hablar jamás del *Constitutum Constantini*. Era evidente que intentaba ocultar algo.

Como si quisiera derivar la conversación hacia otro asunto, el anciano preguntó de pronto:

–¿Y cómo habéis llegado hasta aquí? ¿Sabe alguien que habéis venido?

–Sólo el portero. He tenido que seducirlo. Durante el oficio de nona, según me dijo, el riesgo de que nos descubran es mínimo. Y ahora, ¿por qué no me contáis lo que sabéis, hermano?

–Pobre diablo –contestó el monje–, un espíritu lúcido encerrado en un cuerpo demoníaco. Es la única persona con la que puedo hablar aquí.

–Hermano, ¿por qué no me contáis lo que sabéis? –insistió Afra con tono de súplica.

La carraca de madera indicaba que el portero se aproximaba desde el otro extremo de la sala.

–Si permitís que os dé un consejo –se apresuró a responder el anciano–, coged el pergamino y prendedle fuego. Y no digáis a nadie que un día estuvo en vuestro poder.

–¿Queréis decir que carece de valor?

–¿Carecer de valor? –rió el monje con sorna–. El papa de Roma os agasajaría como a una reina, os colmaría de oro, piedras preciosas y tierras, si le entregarais vuestro pergamino. Pero mucho me temo que eso no llegará a suceder.

–¿Y por qué no?

–Porque otros...

–¡Ya es la hora, doncella! –interrumpió bruscamente la conversación el portero–. El oficio de nona está a punto de acabar. ¡Vamos!

Afra sintió deseos de retorcerle el pescuezo al jorobado. Había tenido que entrometerse justo ahora que el monje empezaba a hablar.

–¿Puedo venir a visitaros otro día? –preguntó Afra al despedirse.

–No veo para qué –respondió el anciano–. Ya os he dicho demasiado. Si permitís que os dé un consejo: cuidaos muy bien de hacer uso de él alguna vez.

El jorobado asintió como si supiera de qué hablaban. Después sacó a Afra de la celda. Bajaron a paso ligero la escalera en espiral. Cuando el portero cerró la portezuela que daba al exterior tras Afra, ésta se sintió liberada. La tarde comenzaba a declinar y Afra aspiró hondo hasta llenar sus pulmones de aire fresco.

Las palabras del anciano, en lugar de ayudarla a encontrar una explicación, la habían confundido aún más. Miró atemorizada en todas direcciones para asegurarse de que nadie la seguía. No cabía duda de que estaba en peligro. Pero vivía. Era posible incluso que conservara la vida precisamente gracias al pergamino. Mientras estuviera en su poder, no le ocurriría nada.

De camino al puente le volvieron a la mente las palabras del anciano: «El papa de Roma os agasajaría como a una reina, os colmaría de oro, piedras preciosas y tierras, si le entregarais vuestro pergamino.» De forma muy parecida, aunque no tan clara, lo había expresado su padre.

El Ill discurría lentamente en la oscuridad cuando atravesó el puente de piedra. Un grupo de gente enfurecida corría en dirección norte. Las mujeres se remangaban las faldas para correr más de prisa. De los callejones laterales salían hombres en tropel cargados con cubos, y comenzaron a oírse gritos de «¡Fuego! ¡Está ardiendo!».

Afra aligeró el paso. Una gigantesca muchedumbre intentaba abrirse paso por la Predigergasse. Otra oleada de gente avanzaba por la Münstergasse. Hacia ellos flotaba una densa humareda y un fuerte olor a caña quemada. A medida que se acercaban a la Bruderhofgasse, el cielo se iba tiñendo de un rojo vivo. Afra tenía los nervios a flor de piel. Un mal presentimiento la sobrecogió. Los hombres formaron una cadena hasta el río y se pasaban cubos de agua unos a otros.

–¡Va! –El eco fantasmal de sus gritos retumbaba contra los muros de las casas–. ¡Va!

Al principio de la Bruderhofgasse, Afra se detuvo. Miró hacia adelante: su casa estaba en llamas. Una columna naranja de fuego se elevaba de la cubierta de caña y un humo negro brotaba de las ventanas. Los hombres que habían acudido a apagar el fuego habían abandonado ya la casa. Con una escalera rodante intentaban evitar a la desesperada que las llamas se extendieran a otras casas.

Era el momento de los curiosos. El fuego siempre era algo emocionante. La mayoría lo consideraba un espectáculo público; las gentes cantaban y bailaban, y salían a celebrar que no les hubiera tocado a ellos.

Afra contempló absorta las llamas. El fuego no sólo había destruido su casa, también una parte de su vida, la parte que ella creyó que iba a ser la más feliz. Pero se había equivocado. Entonces le pareció que las llamas, la casa que estaba quedando reducida a cenizas y humo, simbolizaban su vida en Estrasburgo, que se consumía ante sus propios ojos.

Cada vez que una viga o un muro se desplomaba, los espectadores gritaban alborozados como en la feria, donde, por dos *pfennig* estrasburgueses, uno podía sumergir a un demente baboso en un barril de agua. Consternada y al límite de sus fuerzas, Afra se llevó las manos a la cara.

Cuando la muchedumbre se hubo calmado un poco, comenzaron a oírse preguntas: «¿De quién es la casa?» «¿Quién vivía ahí?» «¿Dónde están los dueños?»

Afra se quedó paralizada. Temía que alguien la reconociera.

Una vendedora del mercado, con un cesto a la espalda, explicó a los curiosos que en la casa vivía Ulrich, el maestro de obras de la catedral, con su mujer, y que eran gente muy rara que no mantenía relación con nadie. Un hombre con barba, cuyas distinguidas ropas lo identificaban como edil del Concejo, anunció que el maestro Ulrich había sido arrestado por el magistrado municipal. Al parecer, recaía sobre él la sospecha del asesinato de Werinher Bott.

La noticia se extendió como un reguero de pólvora, y Afra prefirió alejarse de allí. A ella le traía sin cuidado cómo se había producido el fuego. Lo había perdido todo: sus modestas posesiones, sus vestidos y el hombre en el que había depositado toda su confianza.

La idea de que Ulrich fuera un asesino le martilleaba en la cabeza. Tal vez había asesinado a su propia esposa. Incapaz de pensar con claridad, Afra se dirigió hacia el convento de los dominicos. Allí se hallaba lo único que le quedaba: el pergamino.

Se sentía vacía, desamparada. Fue la desesperación lo que la condujo hasta el convento. ¿No había dicho su padre que sólo debía utilizar el pergamino cuando ya no viera otra salida? ¿No era acaso providencial que ella hubiera escondido el pergamino en la biblioteca de los dominicos?

La noche cayó sobre la ciudad, y Afra llegó a la puerta del convento tiritando de frío. De la iglesia provenía la monótona salmodia de vísperas. Afra tuvo que llamar varias veces hasta que por fin le abrieron. Luscinio, el bibliotecario manco, asomó la cabeza por la puerta.

–No solemos recibir visitas a estas horas –se disculpó–. El hermano de la portería y los monjes están en la capilla, en el oficio de vísperas.

–Gracias a Dios –respondió Afra–. Así no tendré que dar explicaciones a nadie. Dejadme pasar.

Luscinio acató la orden tras vacilar.

–Seguidme, aprisa. El oficio debe de estar a punto de acabar. Si alguien me viera con vos, me expulsarían. ¿Qué os trae por aquí a horas tan intempestivas?

Afra no respondió, sino que guardó silencio hasta que llegaron abajo, a la bóveda de la biblioteca. Una vez allí, contestó en susurros:

–Hermano Jacobo, recordaréis sin duda que, hace no mucho tiempo, cuando os encontrabais en aprietos, yo os presté ayuda.

El manco, avergonzado, balanceó el único brazo que le quedaba.

–Claro, cómo no. Lo que pasa... es que no quiero volver a vivir en la miseria y ser otra vez el hazmerreír de los demás. Espero que lo comprendáis.

–Lo comprendo perfectamente, hermano, y yo no quiero causaros molestia alguna. Pero me encuentro en una terrible situación. Mi marido está en la cárcel. Lo acusan de haber asesinado al maestro Werinher. Unos maleantes han incendiado mi casa. Ya no me queda más que la ropa que llevo puesta. No sé qué hacer ni adónde ir. Acogedme aquí unos días hasta que haya ordenado mis ideas.

La petición de Afra causó inquietud en el bibliotecario.

–Pero, doncella, lo que me pedís es imposible. La orden de los dominicos es muy estricta y rara vez se permite la entrada de mujeres en el convento. No quiero ni pensar lo que sucedería si os descubrieran aquí.

–Ningún monje tiene por qué enterarse de que el pecado vive bajo su mismo techo –exclamó Afra con un tonillo sarcástico–. Todos estos libros servirán como escondite. Además, vos mismo dijisteis que los monjes apenas pisan la biblioteca.

–Sí, es cierto...

–Hermano, os aseguro que no os pondré en un compromiso. –Afra se dejó caer sobre una pila de manuscritos polvorientos, apoyó la cabeza en las manos y cerró los ojos.

Al adoptar esa postura, dio la impresión de que Luscinio ya no podía hacer nada para convencerla de que debía marcharse de allí. El manco debía ir haciéndose a la idea de que iba a dar asilo a una mujer en el convento. Al menos por unos días.

–Está bien –dijo finalmente el bibliotecario–, la regla de Santo Domingo predica la pobreza y la piedad. No se establece en ningún sitio la prohibición de dar cobijo al que no tiene un techo. Podéis quedaros. Pero si alguien os descubre, yo no os conozco. Diréis que habéis entrado en el convento a hurtadillas.

Afra le tendió la mano izquierda al bibliotecario.

–Trato hecho. ¡Descuidad!

Luscinio se quedó un poco más tranquilo. Antes de cerrar la puerta de la biblioteca tras de sí, se volvió una vez más y le susurró:

–Doncella, tened cuidado con la luz. Ya sabéis que nada arde tan fácilmente como una biblioteca. Bueno, hasta mañana.

Afra oyó cómo se alejaban sus pasos, cada vez más débiles, hacia el piso de arriba. En el rincón del fondo de uno de los pasillos laterales, donde reinaba un desorden mayúsculo y las pilas de libros formaban un laberinto inextricable, Afra apartó unas cuantas docenas de manuscritos con tapas de madera revestidas de cuero. Con los tomos de pergamino y los libros de cuero más suave, se fabricó un camastro. De almohada utilizó un mamotreto de Armando de Bellovisu titulado *De declaratione difficilium terminorium tam theologiae quam philosophiae ac logicae*. Los conocimientos de latín de Afra no eran lo bastante amplios para traducir tan largo título. Aunque, a decir verdad, el volumen le interesaba únicamente porque era más suave que los demás.

Había conocido lugares más cómodos donde dormir, sobre todo más blandos, aunque ninguno tan letrado como ése. Por el momento,

Afra se daba por satisfecha. En el suelo, colocó una vela de sebo que despedía un tenue resplandor. Con las manos entrelazadas bajo la cabeza, Afra se tendió boca arriba y, mirando al techo, se puso a pensar. Tenía que volver a ver al hermano Dominico, el pobre genio encerrado en la casa de los dementes. Tenía que encontrar la manera de hacerlo hablar. Cómo, no lo sabía. Sólo sabía que era la única persona que podía arrojar luz sobre el oscuro asunto del pergamino. Las pistas que le había dado encajaban a la perfección. El anciano había medido todas y cada una de las palabras que le había dicho, y sobre todo, las que no le había dicho.

Tumbada sobre su duro camastro, Afra urdió un plan. Lo primero que debía hacer era copiar el texto del pergamino. Pero para ello tendría que recurrir de nuevo a un alquimista. En Estrasburgo había más alquimistas que en ningún otro lugar. La mayoría se había establecido en el norte, en los alrededores de Sankt Peter, un barrio que era mejor no frecuentar de noche. Sin embargo, pedirle ayuda a un alquimista significaba que habría otra persona más que conocería su secreto. Y seguro que éste no estaba dispuesto a meterse en harina a cambio de nada.

Dando vueltas a ese círculo vicioso, se quedó dormida. Y soñó que se encontraba rodeada de serviciales criados y ataviada con preciosas ropas sobre una alta y espaciosa escalera de mármol blanco. Llevaba un pergamino en la mano. Unos jinetes con uniformes relucientes se acercaban por el horizonte. Enarbolaban banderines blancos y banderas con una cruz amarilla en el centro. Tras ellos avanzaba un carruaje tirado por seis caballos. Desde un trono de oro y con expresión deferente, saludaba el papa.

Al pie de la grandiosa escalera, el papa se apeó del carruaje y comenzó a ascender por los peldaños de mármol, que parecían no tener fin. Sus acompañantes iban cargados de oro y piedras preciosas. Pero por más que se afanaban en alcanzar el final de la escalinata, siempre se encontraban en el mismo punto. Entonces Afra se despertó con la frente cubierta de sudor.

«Qué sueño tan extraño», pensó, y miró somnolienta la llama de la vela que tenía a su lado. Por alguna razón inexplicable, la llama comenzó de pronto a titilar, como si una corriente de aire recorriera la laberíntica biblioteca. Le pareció que la puerta se había abierto. Paralizada por el miedo, Afra volvió la vista hacia la puerta principal. Casi no se atrevía ni a respirar. Oía el pulso de su sangre. El tiempo que permaneció inmóvil le pareció una eternidad.

Entonces, de repente, un libro cayó al suelo con gran estrépito. Afra pegó un respingo del susto. Sentía deseos de gritar, de chillar, de plantarle cara al desconocido; sin embargo, tenía todos los miembros del cuerpo entumecidos, paralizados, agarrotados.

¡La luz! Debía apagar la vela. Pero justo antes de hacerlo vislumbró en el pasillo central un tembloroso resplandor. Era cada vez más intenso, y de improviso, a menos de diez codos de distancia, se deslizó en silencio ante sus ojos una figura negra, un encapuchado con un candil en la mano. Luego todo volvió a quedar a oscuras.

Al borde de la desesperación, Afra se preguntó qué debía hacer. ¡Un encapuchado! Eso despertó en ella terribles recuerdos. ¿Pertenecería a esa imprevisible hermandad que había intentado derribar la catedral? ¿Qué habría ido a buscar a la biblioteca en plena noche?

Afra no se atrevió ni a pensar que el pergamino pudiera ser la causa de esa visita nocturna. Nadie la había visto entrar en el convento. Y, además, ¿cómo iba a saber el desconocido en cuál de los miles de libros estaba escondido el documento?

Desde lejos oía al encapuchado sacar libros de las estanterías y hojearlos. Parecía tener todo el tiempo del mundo, actuaba con mucha calma. Cuanto más tiempo se entretenía el desconocido en su quehacer, mayor era la curiosidad de Afra por saber quién se escondía bajo el amplio manto negro y qué se proponía.

Poco a poco el cuerpo de Afra se fue desentumeciendo, y ella se despojó de todo su miedo como aquel que se quita una capa empapada por la lluvia. Se incoporó, se puso en pie con sigilo, se deslizó, procurando no hacer ruido, hacia el pasillo central y siguió el camino que había tomado el encapuchado.

Al fondo del largo pasillo, Afra vislumbró un reflejo. El miedo que la dominaba unos instantes antes se había disipado por completo. Decidida, avanzó de puntillas hacia la luz por otro pasillo lateral y, con cautela, se asomó a mirar desde la esquina. El encapuchado se encontraba de espaldas a ella. Enfrascado como estaba en un libro y ajeno a cuanto sucedía a su alrededor, no advirtió que Afra se acercaba por detrás.

Afra se abalanzó entonces sobre el desconocido y le quitó el capuchón. No había sopesado ni por un momento las consecuencias de sus actos. Ni tampoco se había planteado quién podía ocultarse bajo la capucha. Se había limitado a seguir un impulso. Sin embargo, al encontrarse con lo inesperado, se quedó sin habla y, en su desconcierto, sólo acertó a farfullar:

–¡Her-ma-no-Do-mi-ni-co!

–¡Me habéis dado un buen susto, doncella! –contestó él–. ¿Se puede saber qué hacéis vos aquí a estas horas?

Afra cogió aire. Al cabo de unos instantes recuperó el habla.

–Eso mismo podría preguntaros yo. ¡Creía que estabais encerrado en esa casa de dementes!

El anciano sonrió mientras se acariciaba la barba, y con una mirada sagaz, respondió:

–Y lo estoy, doncella, pero quien ha pasado toda su vida tras los muros de un convento, como es mi caso, siempre encuentra un agujerillo por el que escapar. No me delataréis, ¿verdad?

–¿Por qué iba a hacerlo? –repuso Afra–. Si vos no me delatáis a mí...

El hermano Dominico negó con la cabeza y trazó con la mano la señal de la cruz:

–¡Por la Virgen Santísima!

Así permanecieron los dos durante unos instantes, sonriéndose y preguntándose cómo y por qué motivo había entrado el otro allí.

–Yo he entrado por la puerta. Me abrió Luscinio, el nuevo bibliotecario –susurró Afra, que pareció adivinar la pregunta del anciano.

–El osario que hay bajo el ábside de la iglesia –se explicó entonces el hermano Dominico– tiene un pasadizo secreto. Si uno no tiene miedo de saltar por encima de calaveras y huesos centenarios, ese pasadizo conduce directamente a la biblioteca. Y en cuanto a la casa de dementes, está, como su propio nombre indica, pensada para los que ya no son dueños de su juicio. A poco inteligente que sea un hombre, encontrará varias maneras de escapar de Sankt Trinitatis.

–¿Y qué habéis venido a buscar aquí, hermano?

–¿Qué va a ser? –replicó el anciano–. ¡Libros, doncella, libros! Allí sólo se me permite tener un libro, ¡un solo libro! Podéis imaginaros lo que eso supone. Con un solo libro, aunque sea la Biblia, un hombre acaba embruteciéndose. Por eso cada semana me llevo uno nuevo y devuelvo el anterior a su lugar.

–¿Y nadie se ha dado cuenta? No puedo creerlo.

–Ay, doncella –suspiró el monje con cierta tristeza–. Con los libros acontece lo mismo que con los humanos. Si uno los observa superficialmente, nada distingue a unos de los otros. Sólo al observarlos con detenimiento salen a la luz las diferencias. ¿De veras pensáis que los monjes de una casa de dementes se interesan por los libros?

Como ocurriera ya en el primer encuentro, la lucidez mental del anciano dejó asombrada a Afra. Jamás había conocido a un hombre que aceptara su desgracia con semejante aplomo. Ciertamente, se había recluido en un mundo imaginario, en el mundo de sus libros. Pero qué había de malo en ello si a él le hacía feliz. Porque el hermano Dominico podría ser muchas cosas, pero no un infeliz.

–Y ahora explicadme qué habéis venido a buscar vos aquí, a este sótano lleno de libros. Seguro que ni el Antiguo Testamento ni los Hechos de los Apóstoles. Dejadme que lo adivine: habéis escondido el pergamino secreto que heredasteis en esta biblioteca.

Afra se estremeció de miedo. Hasta ese momento sólo tenía al monje dominico por un sabio anciano. ¿Acaso era también clarividente? Afra se sintió pillada. Se vio a merced del anciano y de su saber, amenazada por el temor a que él pudiera contárselo a alguien. O tal vez el anciano se hallaba a las órdenes de ese poder oscuro que llevaba tanto tiempo persiguiéndola.

Para retrasar su respuesta, Afra forzó una sonrisa, como si no diera mayor importancia al pergamino.

–¿Y si así fuera, hermano? ¿Y si yo hubiera escondido el pergamino aquí, en esta biblioteca? –preguntó mirando fijamente al anciano.

–Yo no podría imaginar un escondite mejor –respondió el monje–, a no ser que...

–¿A no ser que...?

–...toda la biblioteca ardiera en llamas.

La frialdad con que pronunció aquellas palabras inquietaron a Afra. Instintivamente ella volvió la vista hacia el candil que el anciano había colgado del lomo de un libro grueso.

El monje no pareció percatarse de la repentina desconfianza de Afra. Iba cogiendo libros de la estantería, se enfrascaba en la lectura de algún fragmento y volvía a dejarlos en su sitio. Finalmente dio con una obra que le satisfizo, asintió y se dio media vuelta:

–Es hora de que me marche. Antes de que amanezca debo estar de regreso en Sankt Trinitatis. Y vos, doncella, ¿hacia dónde os dirigís?

En la duda de si debía o no confiarse al anciano, Afra se quedó mirándolo. El comportamiento del monje era ambiguo y misterioso, pero cuando Afra veía la expresión de franqueza de su rostro, se preguntaba si no estaría siendo injusta con él. Presa todavía de la indecisión, respondió:

–Tengo que pasar la noche aquí. Me he quedado sin casa.

El monje lanzó una mirada inquisitiva a Afra y aguardó en silencio. Tenía la certeza de que la doncella seguiría hablando. Tal como esperaba, ella prosiguió:

–Me llamo Afra y soy la mujer del maestro de obras de la catedral. Ayer, cuando regresé después de visitaros, encontré mi casa en llamas. Estoy segura de que alguien le prendió fuego a propósito con el fin de destruir el pergamino. Al encontrarme en apuros, recurrí a Luscinio, el hermano que os sustituyó en la biblioteca. Estaba en deuda conmigo. Bien sé que un convento dominico no es lugar adecuado para cobijar a una joven, pero no veía otra salida y no quería pasar la noche entre mendigos, en las escaleras de la catedral.

El religioso asintió.

–No os preocupéis, Afra, los monjes rara vez pisan estos sótanos. Cuando yo estaba al cargo de la biblioteca se extendió la creencia de que el diablo vagaba entre las estanterías. He de admitir que yo tuve parte de culpa. Todos los Viernes Santos y los días de la Ascensión colocaba unos cuantos huesos del osario en la escalera que conduce hasta aquí. Mis hermanos huían despavoridos y me dejaban tranquilo una buena temporada. Si queréis, antes de marcharme, puedo dejar una tibia en la escalera, y así ya no tendréis nada que temer.

El anciano sonrió con picardía, pero Afra no tenía el ánimo para bromas.

–Ayer me aconsejasteis que prendiera fuego al pergamino –dijo tímidamente–. Y al mismo tiempo asegurasteis que valía una fortuna.

–Sí, eso dije. Como vos mencionasteis, el autor menciona en el escrito el *Constitutum Constantini*.

–Así es, hermano Dominico.

–¡Dejadme ver el pergamino!

Afra miró de reojo hacia el anaquel donde había escondido el pergamino. Pero el pasillo estaba oscuro.

–De nada serviría enseñároslo.

–¿Cómo debo interpretar vuestras palabras, doncella?

–El texto fue escrito con una tinta invisible que sólo puede leerse aplicando un preparado especial. Ya en otra ocasión solicité la ayuda de un alquimista, que logró sacar el texto a la luz. Al día siguiente, el alquimista se marchó, y poco después apareció muerto. Apuñalado.

–¿Os pareció que el alquimista había entendido el significado del texto?

–En un primer momento, creí que no. Pero más tarde, reflexionando sobre cómo había ido todo, llegué a la conclusión de que el alquimista sabía perfectamente qué contenía el texto. Y cuando quiso contarlo, lo asesinaron.

–¿Dónde?

–Hallaron su cadáver delante de la puerta de Augsburgo. Su mujer dijo que había ido a visitar al obispo de esa ciudad.

Por unos instantes, el religioso perdió el habla. Se notaba que su cabeza cavilaba a toda velocidad. Sin dar ninguna explicación, cogió el candil, atravesó el pasillo central y se adentró en un pasillo lateral. Afra se quedó a oscuras, atenta a todo.

Afra lo oía rezongar de indignación. La muchacha buscó la luz palpando las paredes forradas de libros hasta donde había hecho su camastro. Llegó justo a tiempo. La vela se había ido consumiendo y el cabo que quedaba era minúsculo. Encendió otra vela y fue en busca del hermano.

De sopetón, se dio con el anciano. Parecía alterado.

–Deberían prohibir que los idiotas quedaran a cargo de los libros –refunfuñó para sí, y le tendió a Afra un pequeño libro con dos toscos cierres.

–¿Qué es esto? –Afra lo abrió y leyó el título escrito con un fino trazo inclinado–: *Castulus a Roma: ALCHIMIA UNIVERSALIS*.

–Antes, aquí solía imperar el orden –gruñó el monje, indignado–, yo encontraba cualquier libro en segundos. ¿Cómo decís que se llama el nuevo bibliotecario?

–Jacobo Luscinio.

–¡Un individuo terrible!

–¿Lo conocéis?

–De cara, no. Pero quien maneja los libros como lo hace ese tal Luscinio tiene que ser por fuerza un individuo terrible. –Y, sin transición, agregó–: En este libro encontraréis la receta del preparado que es preciso aplicar al pergamino para que aparezca el texto. Y ahora debéis disculparme. Dentro de poco empezará a amanecer.

Afra quería retener al monje; pero comprendió que con eso sólo conseguiría ponerlo a él y a sí misma en peligro.

Antes de cerrar la puerta tras de sí, el anciano le dijo en susurros:

–De hoy en una semana volveré, doncella. Procurad haber aprendido a elaborar el preparado para entonces. Ese día hablaremos de nuevo sobre el documento, si a vos os parece bien.

¡Que si le parecía bien! El hermano Dominico se le había aparecido como una señal del cielo. Él era el único que quería acercarse al pergamino de forma desinteresada. ¿Qué provecho iba a sacar él del pergamino estando en la casa de dementes? El oro y las riquezas no tenían la menor utilidad para ese anciano.

Acababa de regresar a su camastro e intentaba conciliar de nuevo el sueño cuando una inexplicable sensación de intranquilidad se apoderó de ella. Una voz interior le decía que se levantara y buscara el pergamino. De modo que se incorporó, cogió la vela y se dirigió hacia el pasillo situado en el fondo de la biblioteca. Habría podido encontrar el camino con los ojos cerrados, y el título del libro en el que había escondido el escrito se lo sabía tan bien como el padrenuestro: *Compendium theologicae veritatis*.

Una vez delante de la estantería donde, en el anaquel superior, estaba colocado el libro, Afra alzó la vela. La estantería estaba vacía. Cinco estantes completamente vacíos aparecieron ante sus ojos. Transcurrieron unos segundos hasta que Afra asimiló el alcance del hecho: el libro del pergamino había desaparecido.

Afra alumbró en todas las direcciones. A excepción de la estantería vacía, todo presentaba un aspecto idéntico al de días atrás. Le costaba creer que el libro pudiera haber salido de la biblioteca. Seguro que Luscinio había colocado los libros que faltaban en otro lugar.

A pesar de que faltaba poco para que tocaran a prima y de que el hermano Luscinio, al que podía preguntar, no tardaría en llegar, Afra comenzó a buscar el *Compendium* por su cuenta. ¿Cómo iba a explicarle al bibliotecario que debía encontrar ese libro en concreto sin revelarle el secreto? Tenía que encontrarlo antes de que el hermano se presentara en la biblioteca.

Encontrar un libro entre otros resulta la cosa más fácil del mundo cuando los nombres de sus autores, comenzando por la «A», siguen el orden del alfabeto. Pero para eso tiene que darse una condición, a saber: que figure el nombre del autor de la obra. Pero en vista de que la mayoría de los libros de esa biblioteca omitían el nombre del autor, era preciso emplear un sistema determinado para ordenarlos. Y puesto que Afra estaba lejos de comprender el sistema que empleaba el hermano Luscinio, dar con el *Compendium* era como buscar una aguja en un pajar. De forma que, como cabía esperar, la búsqueda resultó infructuosa.

Finalmente, hacia el alba, apareció el hermano Luscinio con un jarro de agua y abundante pan del que había hecho acopio en la cocina del convento con algún pretexto.

Afra parecía haberse vuelto loca.

–¿Dónde están los libros de la estantería del fondo? –le preguntó.

–¿Os referís a las copias de las obras de teología?

–¡Los libros de la estantería del fondo! –Afra agarró a Luscinio por la manga y lo arrastró hasta la estantería vacía–. Aquí, ¿dónde han ido a parar los libros que estaban aquí?

El hermano la miró desconcertado.

–¿Buscáis algún libro en concreto? –preguntó entre titubeos.

–¡Sí, el *Compendium theologicae veritatis*!

Luscinio asintió con alivio.

–¡Seguidme! –El bibliotecario atravesó con decisión el ancho pasillo central y se dirigió hacia el corredor en el que se había detenido el hermano Dominico la noche anterior–. Aquí está –anunció, y sacó el libro del anaquel más bajo. Luego agregó con curiosidad–: Ahora me encantaría que me dijerais por qué tenéis tanto interés en este libro de teología. Está escrito en latín y además es difícil de comprender. Si bien es cierto que goza de gran éxito entre los teólogos.

¿Qué debía responder? Al sentirse acorralada, Afra se decidió a contar la verdad, o al menos, a contarla a medias.

–Debo confesaros algo. He escondido en él un documento importante. Por su tamaño, me pareció muy adecuado para ocultar un pergamino doblado entre sus páginas. Bueno, ¡ahora ya lo sabéis!

Afra abrió el libro. Había depositado el pergamino entre la última página y la contracubierta. Pero no estaba allí. Con los dedos pulgar e índice, arqueó el taco de páginas y las pasó una a una entre sus dedos.

–Ha desaparecido –masculló tras cerrar el libro.

–¡Como que ése no es el libro que buscáis!

–¿No es el mismo? ¡Pero aquí pone *Compendium theologicae veritatis*! –Aunque al decirlo, le surgieron dudas. Ella recordaba el trazo de la escritura y las hojas del libro diferentes–. ¿Qué queréis decir? –inquirió Afra, titubeante.

–Será un placer para mí explicároslo –respondió Luscinio tomando aire–. El libro que tenéis en vuestras manos es el original del compendio, que data de casi trescientos años atrás. El libro que vos escogisteis para guardar ese documento es una copia realizada por monjes de este convento para los benedictinos de Montecassino. No la única, por cierto. En total han sido copiados cuarenta y ocho libros que faltaban en el monasterio de Montecassino. A cambio, este convento recibirá treinta y seis copias de libros que no poseemos. *Manus manum lavat*. Una mano lava la otra. Ya entendéis a qué me refiero.

–Lo entiendo muy bien –contestó Afra, irritada–, pero lo único que a mí me interesa saber es dónde está la copia del *Compendium*.

Luscinio se encogió de hombros.

–En alguna parte, rumbo a Italia.

–¡Decidme que no es verdad!

–Desde luego que lo es.

Afra sintió deseos de estrangular al bibliotecario, pero al recapacitar se dio cuenta de que Luscinio no tenía ninguna culpa. Él no sabía que ella había escondido el pergamino en ese libro.

–¿Es un documento importante? –preguntó Luscinio con cautela.

Afra no respondió. Se había quedado absorta. ¿Qué iba a hacer? Tragó saliva. Ni en sus peores pesadillas hubiera imaginado que las cosas pudieran dar un giro semejante.

Por eso en un primer momento tampoco prestó ninguna atención a las palabras de Luscinio cuando lo oyó decir:

–Gereon, el hijo del rico mercader Michel Melbrüge, partió ayer para Salzburgo. Debía recoger otra remesa en el convento de Sankt Peter de esa ciudad. Si mi memoria no flaquea, de ahí emprendería viaje a Venecia, Florencia y Nápoles, donde quería comprar cuero, arreos y esponjas. En cuatro meses, según me dijo, estaría de regreso si el tiempo no se lo impedía.

La idea de haber perdido el pergamino para siempre estaba torturando a Afra, que se tapó la boca con la mano para no vomitar de la misma angustia.

Luscinio, que se percató de ello, trató de tranquilizarla por todos los medios.

–No sé si os merecería la pena el esfuerzo –apuntó con voz queda–, pero ¿por qué no pagáis a un cochero y tratáis de alcanzar al joven comerciante? Es cierto que Gereon Melbrüge os lleva un día de ventaja, pero ¡tened por seguro que en Salzburgo le habríais dado alcance!

Afra se quedó mirando al bibliotecario como si éste le acabara de explicar el Apocalipsis de san Juan.

–Quieres decir que yo podría... –respondió entrecortadamente.

–Si de veras es tan importante, al menos deberíais intentarlo. Decidle al joven Melbrüge que os envía el bibliotecario del convento de los dominicos; que metió por descuido un importante documento de la orden en uno de los libros. No veo ninguna razón por la que hubiera de negarse a entregaros el libro.

Si unos momentos antes Afra había sentido deseos de estrangular a Luscinio, ahora tuvo que contenerse para abrazarlo. No todo estaba perdido.

–Son las primeras luces de la mañana –la animó el bibliotecario–. A estas horas los carreteros se reúnen a la sombra de la catedral a la espera de viajeros o mercancías. Apresuraos y así tendréis todo el día por delante. ¡Id con Dios!

En un santiamén, Luscinio había disipado todas las dudas de Afra.

–¡Hasta la vista! –exclamó ella, serena en apariencia, y se dirigió a la salida–. Saldré por la Puerta de las Almas Pecadoras. ¡No temáis! –Y antes de marcharse, cogió el *Alchimia*, que lo había dejado a la vista para no olvidarse.

Había refrescado y a Afra le tiritaba todo el cuerpo mientras caminaba hacia la Predigergasse. El sol estaba bajo y sus rayos no bañaban todavía ni una sola de las sombrías calles de la ciudad, que comenzaba a despertar.

Afra se dirigía a la Münstergasse, donde se encontraba el gremio de cambistas. Allí, en el comercio del cambista Salomón, Afra había depositado todo su dinero. Por suerte, se dijo para sus adentros, porque, de no haberlo hecho, su dinero habría sido pasto de las llamas y ahora se encontraría en la ruina.

Salomón era un hombre grueso de mediana edad que lucía una

desaliñada barba oscura y una gorra negra sobre la calva. Acababa de abrir la casa de cambio y, sentado tras un mostrador de madera, aguardaba de mal humor los negocios que habría de depararle el día.

La casa de cambio estaba tres escalones por debajo del nivel de la Münstergasse, y hasta Afra, que no era especialmente alta, tenía que agachar la cabeza para no golpearse con el dintel de la puerta. El interior era tan oscuro que resultaba imposible distinguir las monedas de Ulm de las estrasburguesas. El dinero hace a los hombres avaros, y el cambista se negaba a encender una luz después de amanecer.

Aunque conocía perfectamente a Afra de cara, el cambista repitió el ritual de siempre, con el que acostumbraba a recibir a todo el que entraba en su tienda. Inclinado sobre el mostrador, levantaba la vista un instante y, sin mirar al visitante, recitaba entre dientes una monótona cantinela:

–Quién sois, decid vuestro nombre y a cuánto asciende el reembolso que queréis.

–Dadme veinte florines de mi haber. Y dádmelos rápido, tengo mucha prisa.

El tono apremiante de Afra a hora tan temprana provocó en el cambista peor humor del que ya tenía. Refunfuñando, se levantó tras el mostrador y desapareció.

Mientras Afra paseaba de un lado a otro de la casa de cambios, una mujer de arrogante figura bajó los escalones de la puerta. Lucía ropas de viaje y un látigo en la mano. Afra la saludó con la cabeza y la mujer, sin ambages, le preguntó:

–¿No sois vos la mujer del maestro de la catedral, Ulrich von Ensingen? Os conozco del banquete del obispo.

–Sí, ¿y? –respondió Afra con enojo. No recordaba haberla visto jamás.

De ahí que se sorprendiera más aún cuando la mujer agregó:

–He oído por ahí de vuestros infortunios: la casa quemada, vuestro marido en la cárcel. Si necesitáis ayuda...

–No, no –contestó Afra, a pesar de no tener siquiera un techo bajo el que dormir. Su amor propio le impedía aceptar ayuda.

–Podéis confiar en mí, no temáis –repuso la mujer, acercándose a

Afra–. Me llamo Gysela, viuda del tejedor de lana Reginald Kuchler. Una mujer que ha de moverse sola por el mundo no lo tiene fácil. Los hombres nos persiguen como si fuéramos sus presas. Y el obispo no es una excepción.

Afra se quedó pensando si la viuda Kuchlerin trataba de insinuarle algo, si sabía que el obispo la había cortejado. Todavía no se había decidido a responder, cuando Gysela se le adelantó:

–Lo ha intentado con todas las mujeres a las que ha invitado a sus banquetes. Con vos no fue diferente.

De pronto Afra volvió a verse invadida por todos los pensamientos oscuros relacionados con lo sucedido en la fiesta del obispo. Seguía teniendo una cuenta pendiente con Wilhelm von Diest. Sin duda, él gozaba del poder y la autoridad necesarios para ayudarla a salir de esa desesperada situación. Pero a qué precio. Afra había aprendido a ser fuerte en la vida, pero tenía la certeza de que no se perdonaría a sí misma si entregaba sus favores como una ramera.

–Tal vez deberíais pensar en alejaros por un tiempo de la ciudad –sugirió de forma inesperada la viuda, interrumpiendo los pensamientos de Afra.

Ésta miró con vacilación a la viuda.

–Eso pensaba hacer –contestó.

–Yo estoy buscando un acompañante para viajar a Viena. De hecho, querría encontrar un carretero. Pero el camino del este no es muy fatigoso y la carga de lana que llevo no es demasiado voluminosa. Creo que dos mujeres como nosotras podrían arreglárselas sin problema.

–¿Decís que os dirigís a Viena? –preguntó Afra, boquiabierta–. Si no me equivoco, ¡Salzburgo cae de camino!

–Así es.

–¿Cuándo queréis partir?

–Los caballos están aparejados. El carro espera en la parada, detrás de la catedral.

–¡Es un regalo del cielo! –se alborozó Afra–. Escuchad, necesito llegar a Salzburgo cuanto antes. ¡Cuanto antes!

–Eso no dependerá de mí –respondió la mujer–. Pero decidme, ¿a qué se debe tanta prisa por llegar a Salzburgo?

Antes de que Afra pudiera responder, el cambista apareció con un saquito de cuero y contó sobre el mostrador los veinte florines.

–Al parecer tenéis previsto pasar una larga temporada fuera –comentó Gysela al ver la respetable suma de dinero–. Toda mi mercancía junta no vale tanto.

El cambista se volvió hacia la viuda del tejedor tras entregar el dinero a Afra:

–Quién sois, decid vuestro nombre y a cuánto asciende el reembolso que queréis.

–Dadme diez florines de mi haber.

En eso, el cambista se llevó las manos a la cabeza y comenzó a lamentarse de que lo obligaran a sacar tanto dinero de la caja tan temprano. Acto seguido, se fue para la trastienda renegando y refunfuñando.

Las dos mujeres acordaron encontrarse una hora después en la parada de carruajes. Afra debía aprovisionarse de ropas y algunos otros enseres necesarios para el viaje; porque todo cuanto le quedaba era lo que llevaba encima.

8

POR UN DÍA Y UNA NOCHE

Estaban sedientas, hambrientas y, además, agotadas, hasta tal extremo que apenas podían mantenerse sentadas en el pescante. Sin embargo, cuando vieron aparecer por el oeste la silueta de la ciudad, se olvidaron por completo del hambre, la sed y el agotamiento. Gysela arreó los caballos hasta que trotaron como no lo habían hecho durante los nueve días de viaje, tanto que Afra tuvo que agarrarse con fuerza al asiento para no caer.

Aunque los rocines eran resistentes, y la viuda Kuchlerin, una experimentada conductora, el viaje de Estrasburgo a Salzburgo había durado dos días más de lo previsto. La culpa había sido de la fuerte tormenta que las había sorprendido en la región de Suabia. Gysela Kuchlerin, temiendo por la mercancía, había buscado refugio en una granja aislada de las proximidades de Landsberg. Pero al día siguiente, cuando quisieron reemprender el viaje, encontraron los caminos inundados y en más de una ocasión las ruedas se hundieron en el barro hasta los ejes. Además, en algunos lugares, las ramas caídas cortaban el paso.

El sol otoñal comenzaba a ponerse tras la montaña de Mönchberg dejando la ciudad, extendida sobre el valle, sumergida en la penumbra. Salzburgo no era una ciudad muy grande, más agraciada por el encanto del entorno que por su arquitectura. Una formidable y casi inexpugnable fortaleza que rodeaba la ciudad, varios conventos a ambos lados del río Salzach, una catedral inmensa, y alguna que otra majestuosa casa en las cercanías del mercado; no había mucho más digno de mención.

Decididamente, la grandeza de Salzburgo residía en su ubicación. Allí confluían las vías más importantes que atravesaban de norte a sur y de este a oeste, y por el Salzach –que así se llamaba el río, en ocasiones, torrencial– se transportaba la apreciada sal extraída de la montaña.

Un carretero que les cedió el paso en la puerta de la ciudad les recomendó con insistencia la hospedería Bruckenwirt, donde, según dijo, tanto ellas como sus caballos recibirían un trato inmejorable. Además, la llegada a Salzburgo de un carro llevado por dos mujeres solas no llamaba tanto la atención como en los pueblos donde hasta entonces se habían parado a descansar.

El dueño de la hospedería, situada en la otra orilla del río, atendió a las dos mujeres con extraordinaria amabilidad y sin dar ninguna muestra de desconfianza, como les había sucedido en anteriores ocasiones. Él tenía olfato para las meretrices y las mujeres de vida alegre, como se llamaba a las prostitutas, y jamás habría consentido que una de ellas se alojara bajo su techo. El majestuoso carruaje bastaba para advertir que Gysela y Afra eran damas distinguidas, dignas de ser respetadas.

A lo largo del fatigoso viaje Afra y Gysela habían intimado; el destino les había deparado la misma suerte y eso las unía. Las dos, aunque por motivos diferentes, habían perdido a sus esposos y se habían visto obligadas a afrontar solas el futuro. No obstante, la viuda del tejedor, sólo unos años mayor que Afra, había hablado durante el largo viaje mucho más que Afra. Ésta, en cambio, se había limitado a contar algunos fragmentos de su vida, sin muchos pormenores, y había eludido las insistentes preguntas de la viuda sobre el verdadero motivo de su viaje.

Cuando los mozos de cuadras de la hospedería se hubieron hecho cargo del carro y los caballos, las mujeres se dirigieron al comedor para saciar el hambre y la sed. Los clientes eran, en su mayoría, rudos muchachos que descendían el río con los bateles de sal, llamados *plätten*, y hacían un alto allí. Al ver a las dos viajeras solas, se quedaron con la boca abierta. Algunos comenzaron a hacer gestos groseros con las manos y otros intercambiaron elocuentes miradas.

Por un momento el comedor quedó en completo silencio. Hasta que, después de encontrar un sitio en el extremo de una larga mesa, Gysela exclamó:

–¿Os habéis quedado mudos? ¿O acaso nunca habíais visto dos mujeres bien plantadas?

Los hombres se apocaron ante la resuelta actitud de la viuda Kuchlerin. De inmediato retomaron sus conversaciones y, poco tiempo después, los bateleros dejaron de prestar atención a las dos mujeres.

Los comedores como el de la hospedería Bruckenwirt servían también de centros de reunión para el intercambio de información. Había carreteros y viajantes, sin embargo, que no soltaban prenda a menos que se los retribuyera con bebida y comida. Y así acontecía de cuando en cuando que, por conseguir un plato de comida, hablaban de asesinatos que nunca tuvieron lugar o de milagros que jamás se produjeron. Pero pese a ello, todo el mundo, desde los mendigos hasta los nobles de la ciudad, esperaban ansiosos los chismes y cuentos que se relataban allí. Porque el caso era tener temas de conversación, aunque al final resultaran ser mentira.

En el mismo tono que empleaban los predicadores, un barquero que, a juzgar por su vestimenta, no atravesaba por su mejor momento, contó que había visto con sus propios ojos cómo un hombre se había elevado por los aires subido a un dragón de tela y había caído al suelo unos palmos más allá, sano y salvo. Al parecer, había logrado realizar esa hazaña con ayuda del calor y del fuego que había encendido debajo del dragón de tela. Un mercader del norte había oído por el camino que la ballesta había sido retirada como arma para la guerra y que, a partir de ese momento, sólo se emplearía artillería de pólvora, capaz de lanzar contra el enemigo bolas de hierro de una libra a media milla de distancia.

Instintivamente Afra pegó un respingo cuando un viajero del Rin comenzó a hablar de Ulm. Iba a ser la primera ciudad alemana donde prohibirían que los cerdos y las aves de corral anduvieran por las calles. De ese modo esperaban evitar que llegara la peste, que estaba causando estragos en toda Francia e Italia y arrebatando la vida a miles de personas.

La peste era el tema principal de conversación entre los viajeros reunidos allí ese día. En cualquier momento y lugar podía brotar de nuevo la temida epidemia. Los mercaderes y las gentes ambulantes contribuían a que la mortal enfermedad se propagara como el viento de país en país.

Y aconteció así que un hombre ataviado de negro, cuyo hábito con alzacuello blanco y mangas de holgados puños indicaban que ostentaba el grado de maestre, sembró el temor entre los demás al anunciar, orgulloso, que él había estado en Venecia, donde acababa de declararse la epidemia, y no había contraído la enfermedad. Acto seguido los comensales que lo rodeaban y que hasta el momento habían escuchado con gran interés sus explicaciones sobre el arte y la cultura de los pueblos del sur, comenzaron a apartarse hasta que el maestre se quedó solo y no volvió a abrir la boca.

Hartas de la suculenta cena y de escuchar toda clase de historias macabras, Afra y Gysela se retiraron a su habitación, donde, al igual que todas las noches anteriores, compartían cama.

Hacia la medianoche, la monótona cantinela del alguacil de noche, que retumbaba por toda la Bruckengasse, despertó a Afra. La potente y atronadora voz se fue extinguiendo, pero pasó el tiempo y Afra seguía sin poder conciliar el sueño. No podía dejar de pensar en el pergamino escondido en el libro, que ya sentía muy cerca.

En un momento dado, entre el sueño y la vigilia, notó que una mano le acariciaba los pechos con suavidad, descendía por su vientre y se deslizaba entre sus piernas, estimulándola con un movimiento circular. Afra se asustó.

Hasta ese instante nada en el comportamiento de Gysela hacía pensar que se sintiera atraída por sus iguales. Pero más que eso, lo que generó inquietud en Afra fue ver que ella misma no hacía nada por poner fin al lujurioso trato carnal con la viuda. Al contrario, los suaves tocamientos producían en ella una sensación agradable. Se dejó llevar, se entregó a Gysela, y finalmente extendió los brazos y comenzó, al principio con vacilación, pero después cada vez con mayor fogosidad, a explorar el voluptuoso cuerpo de la otra mujer.

Por todos los santos, jamás habría imaginado que el cuerpo de una mujer fuera capaz de proporcionarle tanto placer. Al sentir la lengua de Gysela directamente entre sus piernas, Afra profirió un grito breve y ahogado y, con un brusco movimiento, se dio media vuelta.

Pasó el resto de la noche en vela, con las manos entrelazadas en la nuca y preguntándose si una mujer podía amar a sus semejantes de la misma forma que a los hombres. Lo sucedido esa noche la había dejado alterada y confundida. Con gran desasosiego, aguardó la llegada del día siguiente.

No sabía muy bien cómo debía comportarse con Gysela la mañana siguiente. Por eso, al despuntar el alba, se deslizó de la cama que compartían, se vistió y se marchó al convento de Sankt Peter, situado al otro lado del río.

El convento se encontraba detrás de la catedral, al pie de la montaña de Mönchberg, y uno de los lados estaba incrustado en la roca, que, como una fortaleza inexpugnable, rodeaba toda la ciudad. Una puerta de hierro cerraba el acceso a la abadía, donde la actividad había comenzado hacía ya unas horas. Mendigos de toda suerte merodeaban por allí, también alguna que otra prostituta sin ganancias esa noche, y un cuarteto de estudiantillos que viajaban a Praga y, a su paso por allí, suplicaban una sopa.

Cuando Afra se abrió paso entre todos ellos hacia la puerta, un anciano desdentado con andrajos colgando de todo el cuerpo la retuvo y le advirtió que debía ponerse a la cola como todos los demás. ¿O es que acaso se creía –le dijo– que por ir tan bien vestida era mejor? Por fortuna, en ese mismo instante se abrió la puerta y los mendigos irrumpieron en tropel en el patio del convento.

El joven portero, un inexperto novicio recién tonsurado, miró a Afra con recelo cuando ésta le explicó que debía hablar con el hermano bibliotecario de un asunto importante. El oficio de prima, respondió él, no había acabado todavía, de modo que tenía que esperar. Pero si quería una sopa...

Afra declinó la invitación pese a que la sopa de harina que acarreaban entre dos monjes, en un caldero grande y tiznado, desprendía un aroma delicioso. Los mendigos se abalanzaron como animales sobre el caldero y, con las escudillas y cuencos que llevaban consigo, se sirvieron una ración.

Por fin apareció el bibliotecario, un monje de apariencia más bien juvenil, cuyo rostro no había quedado marcado todavía por las miserias de la vida monacal, que preguntó cortésmente a Afra qué deseaba.

Afra había ensayado su mentira. El bibliotecario no tenía por qué desconfiar.

–Hoy –dijo Afra con aplomo– debería visitaros un comerciante de Estrasburgo. Se encuentra de camino a Italia y lleva consigo una remesa de libros cuyo destino es el monasterio de Montecassino.

–¡Debéis referiros al joven Melbrüge! ¿Qué ocurre con él?

–Los monjes de Estrasburgo le entregaron por error un libro equivocado. Se trata del *Compendium theologicae veritatis*. Me han encargado a mí que lleve el libro de regreso a Estrasburgo.

–¡Ojalá Dios lo quisiera! –salmodió entonces el bibliotecario–. ¡Me temo que llegáis tarde, doncella! Melbrüge partió hacia Venecia hace ya dos días.

–¡No puede ser!

–¿Y por qué iba yo a querer mentiros, doncella? Melbrüge tenía mucha prisa. Yo le ofrecí una cama para pasar la noche. Pero él la rechazó porque, según dijo, quería atravesar el paso del Tauern antes de que llegaran los fríos. Después entrañaría demasiado peligro.

Afra dio un hondo suspiro.

–Os lo agradezco de todos modos –dijo con resignación.

Ya en el puente de madera, se quedó absorta mirando las aguas color turquesa del río Salzach. En el silencio de la mañana podía oírse el roce de la arena y las piedras que el torrente de agua arrastraba consigo. ¿Debía abandonar? ¿Acaso no era más sensato dejarlo como estaba? De pronto percibió un movimiento en el aire. Una paloma le pasó rozando la cabeza, alzó el vuelo a toda velocidad y se alejó río abajo... hacia el sur.

Por el puente y en dirección a Afra venía Gysela. Parecía furiosa y, al llegar junto a ella, le soltó en tono de reproche:

–Estaba preocupada. Has salido de la cama a escondidas. ¿Adónde has ido a estas horas de la mañana?

Afra bajó la mirada. No tanto por la reprimenda de Kuchlerin como por lo que había sucedido la noche anterior. Gysela parecía haberlo olvidado, como si careciera de toda importancia. Finalmente Afra respondió:

–Tenía un asunto que resolver en el convento de Sankt Peter. Ése era el motivo de mi viaje. Por desgracia, mi misión se ha ido al traste. Debo continuar hasta Venecia. De modo que aquí se separan nuestros caminos.

Gysela escrutó a Afra con la mirada.

–¿Hasta Venecia? –preguntó al cabo–. ¡Estás loca! ¿No has oído que la peste está asolando Venecia? Ninguna persona en sus cabales se expondría voluntariamente a ese peligro.

–Yo no lo hago voluntariamente. Se me ha encomendado una misión y he de cumplirla. Además, no creo que sea tan terrible. Tal vez en la hospedería encuentre un carretero que vaya a atravesar los Alpes en los próximos días. En todo caso, te doy las gracias por haber tenido la amabilidad de traerme hasta aquí.

Las dos mujeres se dirigieron en silencio hacia la hospedería.

–Ya he ordenado que aparejen mis caballos –anunció Gysela deteniéndose ante el arco de la puerta de la posada–. Tu equipaje está en la habitación.

Afra asintió. De pronto, las dos mujeres se fundieron en un abrazo y rompieron a llorar. Afra habría deseado apartar a Gysela de su lado, o al menos eso le dictaba una voz interior, pero no fue capaz. Correspondió al abrazo de Gysela con cierta sensación de impotencia.

–¡Los caballos están enjaezados! –exclamó el posadero asomándose a la puerta y poniendo fin al abrazo de las mujeres.

Gysela se quedó pensativa unos instantes. Luego le dijo a Afra:

–Iremos las dos hasta Venecia.

Afra la miró desconcertada.

–¡Tú ibas a Viena! ¿Para qué quieres ir a Venecia?

–¡Bueno! Al fin y al cabo poco importa dónde venda la mercancía, igual da en Viena que en Venecia, ¿no te parece?

–Yo no lo sé –respondió Afra, desconcertada por el repentino cambio de planes de la viuda–. Desconozco por completo el negocio de los tejidos. Pero ¿no acababas de advertirme del peligro que entraña viajar a Venecia?

–No me hagas caso, muchas veces hablo por hablar –respondió Gysela con una sonrisa.

Ese mismo día las dos mujeres partieron hacia Venecia.

El paso de los Tauern, al que llegaron al día siguiente, era escarpado y fatigoso, y llevó a los caballos al límite de sus fuerzas. En algunos tramos, Afra y Gysela tuvieron que apearse y empujar el carruaje para superar la pendiente. Los restos de carros en las márgenes del camino y los esqueletos de animales de tiro recordaban las tragedias acaecidas en el pedregoso camino que discurría rumbo al sur.

Al cuarto día, rendidas, llegaron al valle del Drau y a una pequeña ciudad de intensa actividad llamada Villach, que vivía de las minas cercanas y los innumerables asentamientos comerciales que se extendían hasta Augsburgo, Nuremberg y Venecia. La productiva ciudad se hallaba desde hacía más de dos siglos bajo la protección del obispo de Bamberg.

En una de las numerosas posadas que bordeaban la bulliciosa plaza del mercado, las dos mujeres se tomaron un día de descanso. El tiempo era propicio, les dijo el posadero, que se encargó también del cuidado de los exhaustos rocines. En tres jornadas podrían llegar a Venecia. Sin embargo, añadió para disuadirlas, hacía tres días que no llegaba a la ciudad ningún carro procedente de Venecia.

Mientras Gysela se ocupaba de la mercancía y los caballos, Afra se dedicó a preguntar por otras hospederías si alguien se había cruzado con el comerciante estrasburgués Gereon Melbrüge. Un pañero de Constanza decía haberse topado en una ocasión con el viejo Michel Melbrüge; pero eso había sido años atrás. En lo que al joven Gereon se refería, todas las respuestas fueron negativas, lo cual desalentó más todavía a Afra.

La repentina llama de afecto que había prendido entre Afra y Gysela se fue transformando, sin motivo aparente, en falta de naturalidad durante el fatigoso viaje. Aunque, al igual que antes, continuaban compartiendo cama en las posadas, las dos mujeres evitaban toda clase de muestras de cariño e incluso se asustaban ante el menor roce por temor a que la otra pudiera malinterpretarlo.

De forma que el resto del viaje también transcurrió sin que apenas hablaran. A veces las mujeres pasaban hasta una hora sin cruzar una sola palabra. En esos casos, se centraban en contemplar el paisaje, que era cada vez más llano. El camino discurrió durante largo tiempo junto al cauce seco de un río, que serpenteaba trazando caprichosas curvas a través de la llanura quemada por el sol abrasador del verano.

Hacia el mediodía del tercer día divisaron en el horizonte unas columnas de humo negro. «¡Las hogueras de los apestados!», se dijo Afra para sus adentros, pero no dijo nada. Gysela no pareció darle importancia y arreó a los caballos con el látigo hasta que arrancaron a trotar. La calzada construida en tiempos antiguos discurría en línea recta por la vasta llanura. De modo que alcanzaron su destino antes de lo esperado.

Hacía mucho tiempo que las mujeres no habían vuelto a cruzarse con ningún carruaje. De ahí que casi sintieran alegría cuando de pronto un hombre ceñudo que sostenía una alabarda de través les cerró el paso.

–*Doveandate, belle signore?* –bramó el salteador de caminos, ante lo cual Gysela sacó una moneda para comprar el paso franco.

Sin embargo, al darse cuenta de que las mujeres procedían del otro lado de los Alpes, se animó a chapurrear:

–¿Adónde vais, bellas damas?

–¿Habláis nuestro idioma? –se sorprendió Gysela.

El hombre se encogió de hombros y giró las palmas de las manos hacia arriba.

–Todos los venecianos hablan varias lenguas, o al menos todos los que tienen dos dedos de frente. Venecia es una ciudad de mundo, para que lo sepáis. ¿Queréis ir a Venecia?

Las mujeres asintieron.

–¿Sabéis que la peste está asolando la ciudad? ¿Veis el fuego que hay allí, sobre la isla? Están quemando a los muertos, a pesar de que ello contradiga la voluntad de la Santa Madre Iglesia. Los médicos dicen que es el único modo de dominar la plaga.

Afra y Gysela intercambiaron miradas de preocupación.

–Oficialmente –prosiguió el hombre– no se permite a nadie entrar ni salir de la ciudad. Así lo ha decretado la *Signoria*, el Concejo de Venecia. Pero Venecia es grande y está formada por muchas pequeñas islas que están a tiro de piedra desde la costa. ¡Es imposible controlar que no lleguen barcas!

–Si os he entendido bien –respondió Gysela en tono cauteloso–, ¿vos podríais ayudarnos a pasar a Venecia?

–¡Así es, *belle signore*! –La expresión del hombre iba volviéndose cada vez más amable–. Yo soy Jacopo, pescador de San Nicola, la isla habitada más pequeña de la laguna. Si lo deseáis, con mi barca puedo llevaros a las dos, y también la mercancía, a Rialto, donde se concentran todos los mercaderes y comerciantes de la ciudad. ¿Qué vendéis?

–Tejidos de lana de Estrasburgo –respondió Gysela.

Jacopo frunció los labios y lanzó un silbido.

–Entonces os convendría ir al Fondaco dei Tedeschi.

Gysela conocía el Fondaco de oídas. En esa zona de Rialto se habían establecido las grandes casas de comercio más importantes de Alemania. Y aunque ella no era más que la insignificante viuda de un tejedor de lana que había continuado con el negocio de su marido, contestó:

–¡Sí, ahí queremos ir!

El pescador se ofreció además a hacerse cargo de los caballos y el carruaje hasta que las *signore* hubieran terminado sus negocios. Cuando le preguntaron cuánto les cobraría por sus servicios, Jacopo respondió que ya acordarían el precio.

Como la mayoría de los pescadores de la laguna, Jacopo tenía una caseta de madera en tierra firme, donde guardaba su carro de caballos y algunos materiales de construcción. Allí fue donde condujo a las dos mujeres. A pocos metros, una barca se mecía sobre la quieta superficie del agua. El sol comenzaba a declinar sobre el mar. Las nubes de humo oscuro y espeso sólo permitían entrever la silueta de la ciudad.

–Ésta es buena hora –anunció Jacopo mientras descargaban el carruaje. Luego añadió con apremio–: Tenemos que llegar a nuestro destino antes de que sea noche cerrada. Cualquier luz nos delataría.

Afra vio por primera vez los fardos de lana bien empaquetados que habían acarreado durante el viaje. Entre ellos había finos tejidos de un color ocre y un rojo púrpura brillante, pero también tejidos con historiados estampados, flores y festones que dictaban los gustos del momento.

Mientras descargaban una a una todas las telas, Afra ojeaba, absorta en sus pensamientos, los diferentes estampados. De pronto se quedó paralizada.

No fue el color verde claro del fondo del tejido lo que llamó su atención; lo que la dejó perpleja fue el estampado. Y en el acto se reavivó en su cabeza el recuerdo de la escena en la que ella, en su casa de Estrasburgo de la Bruderhofgasse, fue agredida y adormecida con una sustancia impregnada en un pañuelo. El jirón de tela tenía exactamente el mismo color, el mismo estampado, una cruz con una banda atravesada. Afra respiró hondo. La sangre le hervía en las venas.

Gysela no pareció percatarse de la inquietud de Afra, pues se afanaba por acabar el trabajo. Y tampoco se dio cuenta de que a Afra le temblaba todo el cuerpo. Mientras llevaba la tela con el peculiar estampado hasta la barca, Afra intentó buscar explicación a su descubrimiento. Se debatía entre dos ideas: «O todo es casualidad o Gysela tiene órdenes de no separarse de ti hasta sonsacarte el secreto del pergamino.» Afra tuvo que hacer un gran esfuerzo para aparentar normalidad.

Una vez estibada la carga, Jacopo desatracó la barca con el bichero por la mansa laguna, en dirección a las islas de la otra orilla. Después de media milla llegaron a aguas más profundas y el pescador cogió los remos. No eran los únicos que, al amparo del ocaso, se dirigían a la ciudad. Los barqueros se comunicaban entre sí con suaves silbidos. Así se aseguraban de no cruzarse con ninguno de los guardianes que vigilaban la laguna a bordo de lanchas rápidas y ligeras. Por lo demás, ni Jacopo ni sus pasajeras abrieron la boca.

El trayecto parecía no terminar nunca, y el miedo se apoderó de Afra. El miedo a lo desconocido, a la plaga y a Gysela, en la que ya no podía confiar.

En medio de la negrura, interrumpida sólo por el tenue resplandor del cuarto creciente de la Luna, las islas, como barcos gigantescos, pasaban por su lado. Jacopo parecía ser capaz de recorrer ese camino con los ojos cerrados. Sin vacilar, enfiló la barca hacia el estrecho paso que separaba las islas de San Michele y San Christofano y atracó al fin delante de un largo edificio con estrechos ventanucos.

Unos escalones de piedra, bañados por el agua, conducían hasta un portón de madera abierto. Tras él se abría una espaciosa sala abovedada de techo bajo en la que había madera, pieles, lana y gran cantidad de cajas y barriles almacenados. De momento, aseguró Jacopo, la mercancía estaría a buen recaudo allí.

Cannaregio, que así se llamaba el barrio de Venecia situado más al norte, estaba habitado principalmente por artesanos y pequeños comerciantes. La gente se conocía y los forasteros eran acogidos con desconfianza. Entre los comerciantes de la zona, sin embargo, imperaba la concordia, y si alguien osaba cerrar su casa con llave por la noche, ello despertaba en seguida suspicacias y sospechas de toda clase.

El aislamiento de los habitantes de Cannaregio tenía de bueno que allí la peste se había propagado mucho menos que en las partes sur y este de la ciudad, donde se concentraba el gran comercio y la construcción naval y, en determinadas épocas, la cifra de extranjeros superaba a la de venecianos.

Esa noche Afra y Gysela durmieron en una taberna cerca del almacén. El tabernero arrendaba en el primer piso de su destartalada casa una yacija de paja que, a juzgar por el olor que desprendía, era de la siega del año anterior. Y para colmo de males, las dos mujeres tenían que compartir el camastro con una numerosa familia de Trieste, que, tras haber encallado su barco frente a la costa, se encontraba retenida en la ciudad desde hacía tres semanas.

Aunque la situación no era ni mucho menos agradable, a Afra, a decir verdad, no le molestaba la presencia de la familia. Pasar la noche a solas con Gysela en una habitación le habría resultado sumamente incómodo. Se sentía observada y no sabía cómo comportarse con ella.

Por otra parte, a Afra le parecía demasiado arriesgado decirle a la cara a Gysela lo que había descubierto. No estaba segura de cómo reaccionaría si confesaba haberla desenmascarado. Y mientras la viuda Kuchlerin continuara creyendo que ella, Afra, permanecía totalmente ajena a sus asechanzas, no tenía nada que temer.

A la mañana siguiente Afra y Gysela acordaron dedicarse cada una a sus asuntos. La conversación que mantuvieron fue bastante fría. Y Gysela no hizo el menor intento de preguntar a Afra por sus planes.

¿Dónde debía buscar a Gereon Melbrüge? Venecia era una de las ciudades más grandes del mundo, con más habitantes que Milán, Génova y Florencia juntas. La proverbial búsqueda de la aguja en el pajar no podía ser mucho más complicada que la del comerciante de Estrasburgo.

Afra abrigaba la duda de si Gereon habría conseguido entrar en Venecia. Porque sin la ayuda de alguien que, al igual que Jacopo, conociera la laguna como la palma de su mano, resultaba casi imposible pasar del continente a las islas. A lo lejos se veían las rápidas lanchas que patrullaban la ciudad. Y si algún comerciante desobedecía sus órdenes, arrojaban al barco extranjero flechas de fuego para incendiarlo y hundirlo con la mercancía y la tripulación.

Habían transcurrido justo cincuenta años desde que la peste negra acabara con la mitad de la población de Venecia. Los barcos procedentes de tierras lejanas habían llevado, junto con sus mercancías, miles de ratas a la isla y, con ellas, la plaga de la peste. Multitud de imágenes y tablillas repartidas por las callejuelas narraban la historia de las miles de vidas arrebatadas por la peste negra.

Los venecianos estaban convencidos de que con las devotas plegarias a san Roque y san Borromeo, la quema de hierbas de los herboristas y las medidas de precaución aplicadas durante la descarga de las mercancías, se habían librado para siempre de la peste. Pero de pronto, después de medio siglo, cuando la ciudad se creía a salvo de la enfermedad, comenzaron a verse personas con el cuello hinchado, bubones y forúnculos por la cara y el cuerpo, personas a las que uno veía un día y al siguiente estaban muertas.

«*Pestilenza!*» Ese grito recorría una y otra vez la ciudad, como un reguero de pólvora. Y su eco resonaba en las desiertas callejuelas como si un fantasmal campanero llamara al Juicio Final.

Ni siquiera la propia Afra era consciente de hasta qué punto había tentado a Dios al cruzar a la orilla prohibida. En ese momento deambulaba sin rumbo por las calles llenas de humo. Con aquellos sahumerios de hierbas secretas, por las que se pagaban auténticas fortunas, los venecianos trataban de vencer a la peste negra.

El uso de este remedio se reducía a unas determinadas zonas; pues cuanto más se acercaba Afra a Rialto, la zona de comerciantes nobles y ricos mercaderes, más eran los hombres, las mujeres e incluso los niños en brazos de sus madres que yacían en las calles aparentemente inertes, con la mirada fija y la boca abierta de par en par, y que, sin embargo, estaban vivos.

Un médico ataviado con un largo abrigo negro cuyo cuello le tapaba casi toda la cabeza, un sombrero de ala ancha y una máscara de pájaro, saltaba de cuerpo en cuerpo comprobando con un bastón si daban alguna señal de vida. Cuando percibía algún movimiento, sacaba una botella con una sustancia blanquecina y les echaba unas gotas en la boca. Cuando no percibía ninguna señal de vida, dibujaba una cruz con tiza sobre el empedrado.

Ésa era la señal para los *beccamorti*, los sepultureros que desempeñaban su labor completamente borrachos. Para reclutar hombres que realizaran el trabajo, el Concejo de la ciudad le prometía a cada sepulturero todo el aguardiente que su cuerpo fuera capaz de aguantar. Así, los enterradores iban haciendo eses por las calles con sus carretillas de dos ruedas, y cargando los muertos en la plataforma para acarrearlos hasta la hoguera más cercana.

Las piras de cadáveres ardían en todas las plazas, avivadas por cada vez más antorchas humanas. Desde fuera podía apreciarse cómo se retorcían los cuerpos con el efecto del fuego, como si se resistieran a aceptar ese terrible final. Afra vio ancianos con las barbas al rojo vivo y bebés carbonizados como leños. En ese instante echó a correr para alejarse del espeluznante espectáculo. Ante las náuseas, se tapó la boca con un brazo. Así atravesó algunos puentes, bajo los que pasaban chalanas cargadas de cadáveres.

Una vez en Rialto, donde un alto puente de madera cruzaba el gran canal, se detuvo. El gran canal, que recorría la ciudad como una S, desprendía un olor terrorífico, pero Afra se dio por contenta con que no oliera a humo y carne humana quemada.

En Rialto, donde los ciudadanos eran mucho más pudientes que en Cannaregio, la muerte no se mostraba menos cruel que en otras zonas de la ciudad. Como en todas partes, los muertos eran depositados a la puerta de las casas por miedo al contagio. La única diferencia era que allí se los cubría con sábanas blancas. Un gesto un tanto cuestionable, pues cuando llegaban los *beccamorti* y retiraban las sábanas, se veían obligados a luchar antes con un tropel de ratas sebosas que acudía a regodearse con los apestados muertos. Algunos de los repugnantes roedores eran casi tan grandes como gatos y se abalanzaban sobre los sepultureros cuando éstos intentaban espantarlos con palos.

En una grandiosa casa con columnas y balcones que miraban al gran canal se oía una algarabía de música y gritos de mujeres borrachas, pese a que a la puerta yacían dos cadáveres. Sin comprender de qué clase de celebración podía tratarse, Afra aligeró el paso. En ese instante la puerta de la mansión se abrió bruscamente y un jovencito ataviado con un traje de terciopelo verde salió por ella, agarró a Afra de las muñecas y la arrastró hacia el interior. Afra no tuvo tiempo de reaccionar.

En el atrio de la casa, decorado con un elegante mobiliario, una banda de instrumentos de viento, cuerda y percusión tocaba música oriental. Unas jóvenes con extravagante maquillaje y llamativos disfraces de colores bailaban al son de la música. Un agradable olor emanaba de varios incensarios.

–*Venite, venite!* –exclamó el jovenzuelo en italiano, e intentó sacar a Afra a bailar. Pero ella se mantuvo inmóvil como una estatua.

El joven le hablaba cada vez más alto, pero Afra no lo entendía. Finalmente, él intentó besarla. Entonces Afra le pegó un empujón tal que el chiquillo cayó al suelo, ante lo cual todos los presentes estallaron en carcajadas.

Desde el fondo de la sala un doctor se abrió paso hasta Afra. Llevaba la máscara bajo el brazo y tenía una expresión amable en el rostro:

–¿Venís del norte de los Alpes? –le preguntó en su idioma, aunque con un marcado acento italiano.

–Sí –respondió ella–. ¿Qué está pasando aquí?

–¿Que qué está pasando? –rió el doctor–. ¡La vida, doncella, la vida! ¡Quién sabe cuánto nos queda! ¡Dos muertos en esta casa en una sola noche! Lo único que puede hacerse es bailar. ¿O acaso tenéis una idea mejor?

Afra meneó la cabeza. Casi se avergonzaba de lo que acababa de preguntar.

–¿Y no tenéis ningún remedio contra esta tremenda plaga?

–Pociones y elixires secretos no nos faltan. Pero queda por saber si sirven de algo. Algunos venecianos sostienen que los boticarios y los curanderos han introducido la peste para luego vender sus elixires. Y más de un veneciano en el lecho de muerte ha regalado su *palazzo* a un curandero para que lo salvara de la muerte. –El doctor miró al techo.

Afra paseó la mirada por las personas que bailaban y cantaban alegres. Sobre dos divanes tapizados de brocado dorado, situados delante de una tiznada chimenea, dos parejas medio desnudas hacían el amor a la vista de todos. Una voluptuosa matrona pelirroja se había remangado la falda y se frotaba extasiada contra un falo de madera. Varios muchachos la animaban con gritos obscenos.

El doctor se encogió de hombros y miró a Afra, como si le debiera una disculpa.

–Cada cual intenta recuperar lo que ha dejado escapar en vida. ¡Quién sabe si mañana seguiremos en este mundo!

No fueron los muertos que había visto por la calle, sino ese desesperado frenesí, el miedo que llevaban esas personas escrito en el rostro lo que hizo que Afra cobrara conciencia de dónde se había metido. Y, por primera vez, se preguntó si merecía la pena estar allí por el pergamino.

Jamás había creído en el diablo. Siempre lo había considerado una invención de la Iglesia para infundir miedo a la gente. El miedo era el principal instrumento de presión de la Iglesia, el miedo al Dios todopoderoso, el miedo al castigo, el miedo a la muerte, el miedo eterno. Era absurdo, pero en esos momentos Afra se preguntó seriamente si no habría sido el diablo quien había puesto en sus manos el pergamino.

–¿Qué os ha traído a Venecia en tiempos como éstos? –le preguntó el médico. Afra oyó la voz del hombre como en la lejanía.

–Vengo de Estrasburgo y estoy buscando a un comerciante llamado Gereon Melbrüge. Se dirige al monasterio de Montecassino. ¿No os habréis encontrado con él, por casualidad?

El médico se echó a reír.

–Eso es igual que preguntarme si he visto un determinado grano de arena en la isla de Burano. En Venecia hay tantos comerciantes como arena en el mar. Si me permitís un consejo, preguntad en el Fondaco dei Tedeschi. Es un edificio alargado situado justo al lado del puente grande. Allí tal vez alguien os pueda ayudar.

Afra observó con expresión de curiosidad cómo el médico descorchaba dos botellas de vino. Una de ellas se la tendió a Afra y la otra se la llevó a la boca. Al advertir la extrañeza de Afra, le dijo:

–¡Bebed! El vino tinto del Véneto es el mejor remedio contra la peste; o acaso el único. Bebed directamente de la botella y no dejéis que nadie más lo haga. Y, sobre todo, cuidaos muy bien de beber agua si queréis sobrevivir en esta ciudad.

Sin pensarlo dos veces, Afra se llevó la botella a la boca y se bebió la mitad de un trago. El vino tenía un sabor ácido; pero le sentó de maravilla. Mientras volvía a tapar la botella con el corcho, reparó en el muchacho del traje de terciopelo verde. Estaba sentado en el suelo, apoyado en una columna de mármol, y contemplaba con los ojos muy abiertos a las muchachas que bailaban.

Afra se acercó a él y gritó por encima del fuerte volumen de la música:

–Os ruego que disculpéis mi grosería al empujaros al suelo. Es que no me gusta que me besen por la fuerza.

El médico terció al ver que el muchacho no reaccionaba y exclamó:

–¡No entiende vuestro idioma!

Tradujo entonces las palabras de Afra al veneciano, pero como a pesar de ello el muchacho seguía inmóvil, lo agarró del hombro y le preguntó:

–*Avete il cervello a posto?*

En ese instante el joven se desplomó hacia un lado como un saco de judías.

Uno por uno todos los músicos, que habían presenciado la escena, cesaron de tocar. El tamborilero exclamó:

–*E morto! E morto!*

Entre los invitados que continuaban festejando y bailando con alegría, cundió el pánico.

–*La pestilenza!* –gritaron unos y otros a coro por el *palazzo*–. *La pestilenza!*

Las bailarinas, que acababan de descubrir las virtudes de sus perfectos cuerpos, se aglomeraron en semicírculo en torno al muchacho que yacía en el suelo con las piernas estiradas, y contemplaron con horror sus ojos desorbitados. Luego echaron a correr y huyeron hacia la calle con el resto de los invitados.

Afra también se dirigió hacia la puerta, seguida del médico, quien, cabeceando, comentó:

–Por un día y una noche ha sido el veneciano más rico, el hijo del armador Pietro Castagno. Ayer mismo la peste arrebató la vida a su padre y a su madre. Así es la vida.

A diferencia de lo que solía ocurrir, en el Fondaco dei Tedeschi reinaba un silencio sepulcral. Hacía ya dos semanas que no llegaba a la isla ningún comerciante. En los almacenes se habían ido amontonando sin orden ni concierto pieles, tejidos, especias, maderas exóticas, barricas de vino y pescado en salazón, formando un caos inextricable. Se respiraba un olor indescriptible. Los guardianes apostados en la puerta impedían la entrada a cualquier persona no autorizada.

En un rincón de la entrada había dos ceñudos y malhumorados contorsionistas aburridos. Por su aspecto, parecían venecianos, pero dominaban el idioma de Afra y se les iluminó la cara cuando ella se acercó a preguntarles por un comerciante estrasburgués, llamado Gereon Melbrüge, que debía haber pasado por allí.

Antaño, respondió uno de ellos, el comerciante Melbrüge pasaba como mínimo dos veces al año por el Fondaco, pero desde hacía dos o tres años no se lo había vuelto a ver. Aunque teniendo en cuenta su edad, no era de extrañar. No, no lo habían visto en mucho tiempo.

Afra tuvo que emplear a fondo su capacidad de persuasión para hacerle entender al contorsionista que no era el viejo Michel Melbrüge por quien ella se interesaba. Él había muerto. A quien ella buscaba era a su hijo Gereon, que tenía previsto hacer un alto en Venecia.

Los dos hombres se miraron extrañados, como si la pregunta de Afra les resultara sospechosa. Luego uno le respondió que no, que no conocían a ningún Gereon Melbrüge. Y que, además, desde que había vuelto a declararse la *pestilenza*, ningún comerciante había entrado ni salido de la ciudad. A la respuesta de Afra de que todo el mundo sabía que había muchas maneras de colarse si uno estaba dispuesto a pagar, replicaron ambos con afectada indignación. Eso no era más que un rumor, dijeron, uno de los muchos que corrían en esos días por las calles y canales de la ciudad.

Afra se marchó del Fondaco con una sensación de desconcierto. Le pareció que había algo extraño en la actitud de los dos contorsionistas. Pero por más vueltas que le dio, no logró encontrar ninguna explicación. Vagó sin rumbo por la ciudad en busca de un hombre al que no había visto jamás. Aunque se hubiera cruzado con él, no lo habría reconocido.

Cuanto mayor es la crudeza con que se manifiesta el sufrimiento, menor es la impresión que causa. De ahí que Afra se mostrara indiferente ante lo que sucedía a su alrededor cuando emprendió el camino de regreso a su alojamiento en Cannaregio. Afra había dejado de pensar, de pensar sobre las miles de formas de morir que veía a su paso, de pensar sobre la razón de su presencia allí. Veía las casas como a lo lejos, las cruces de tiza en las puertas, que indicaban que todos sus habitantes habían perecido, víctimas de la plaga.

Tampoco prestó apenas atención a los flagelantes, individuos ensangrentados y medio desnudos que, entre lamentos y plegarias, desfilaban por la ciudad en procesión fustigándose hasta dejarse la piel en carne viva. Y aunque sólo parecía cuestión de tiempo que ella cayera víctima de la peste, curiosamente, estaba tranquila. De vez en cuando pegaba un trago a la botella de vino que el médico le había regalado. Y tenía la sensación casi de no ser ella, sino una desconocida que vagaba por Venecia.

De camino por las laberínticas callejuelas, Afra tomó como punto de referencia para orientarse la iglesia de la Madonna dell'Orto. Se encontraba en el norte, junto a la taberna donde habían dormido el día anterior. Un puente de madera desvencijado y musgoso iba del Campo dei Mori a la plaza de la iglesia, la cual, construida en ladrillo rojo, se asemejaba más a las fortalezas del norte de los Alpes que a un templo. El rosetón de la fachada era más grande que el pórtico, que, visto desde lejos, parecía similar a la puerta del convento dominico de Estrasburgo.

La figura femenina que había junto al pórtico llamó la atención de Afra. Era Gysela. Por su actitud era evidente que estaba esperando a alguien. Afra se escondió. Al cabo de breves instantes, un hombre vestido de negro se acercó al pórtico por la orilla izquierda del canal. Su vestimenta no se correspondía con la sotana de un sacerdote o de un monje, sino más bien con la toga de un distinguido magistrado.

Por lo que Afra pudo apreciar desde lejos, Gysela no conocía al hombre. O al menos la forma de saludarse resultaba distante. Naturalmente, lo primero que Afra pensó fue que podía tratarse de Gereon Melbrüge. Pero ¿por qué diablos habría elegido ese extraño disfraz?

Después de una breve conversación, atravesaron el oscuro pórtico y se adentraron en la iglesia. ¿Qué significaba todo aquello?

Afra cruzó la plaza corriendo y entró tras ellos. El interior estaba en penumbra. Frente a las capillas laterales resplandecían infinidad de luces minúsculas. Había unas veinte personas rezando arrodilladas, sentadas o tendidas en el suelo. Un intenso olor a quemado y el murmullo de las devotas oraciones flotaban en el aire.

En un banco situado frente a una de las capillas laterales Afra vislumbró a Gysela y al desconocido. Fingiendo estar enfrascados en sus silenciosas oraciones, tomaron asiento. Deslizándose en la oscuridad, Afra se aproximó a ellos y se escondió tras una columna que se alzaba a cinco pasos escasos, lo bastante cerca para escuchar la conversación.

–¡Decid de nuevo cómo os llamáis! –exclamó Gysela en susurros.

–Joaquín de Fiore –respondió el hombre vestido de negro con una aguda voz de *castrato*.

–¡Ése no es el nombre que me dieron!

–Por supuesto que no. Vos esperabais a Amando de Vilanova.

–Exacto. ¡Ése era el nombre!

–Amando de Vilanova no ha podido acudir a la cita. Debéis conformaros conmigo. –El desconocido se levantó la manga derecha y mostró su antebrazo a Gysela.

Gysela se apartó un poco del hombre y lo miró a la cara. Se quedó callada.

–¿A qué se deben esos nombres tan extravagantes? –preguntó Gysela cuando se hubo recuperado del susto–. ¿Son vuestros nombres auténticos?

–Claro que no. Eso sería demasiado peligroso. Ninguno de nosotros conoce los nombres reales de los demás. Y de igual forma, todos los rastros que dejamos en nuestra vida anterior son borrados. Amando, por ejemplo, tomó su nombre del famoso filósofo y alquimista del mismo nombre, quien entró en conflicto con la Inquisición por sus escritos. Perdió la vida cien años atrás, en un misterioso naufragio. En cuanto a mí, el nombre que llevo pertenece al profeta y erudito Joaquín de Fiore, cuyos escritos fueron condenados por el papa en los concilios de Letrán y Arlés. Joaquín de Fiore pensaba que nos hallamos en la tercera edad de la historia de la humanidad, en la edad del Espíritu Santo. Él la denominó el *saeculum* del fin de los tiempos. Y yo, miro a mi alrededor, y pienso que estaba en lo cierto.

Gysela reflexionó un momento sobre las palabras del misterioso hombre. Después le preguntó:

–¿Y si la humanidad se dirige hacia el fin, por qué seguís entonces tras la pista del pergamino? Es decir, ¿de qué os serviría el pergamino?

Aquellas palabras fulminaron a Afra. Gysela, a quien ella había estado a punto de abrir su corazón, ¡tenía la misión de espiarla! En cuestión de segundos, Afra reconstruyó la historia en su cabeza: el estampado de la cruz tachada, la repentina decisión de Gysela de viajar a Venecia en lugar de a Viena. Todo encajaba. A Afra le faltaba el aire. Sentía una imperante necesidad de salir a la calle y henchir de aire fresco sus pulmones. Pero permaneció allí, como paralizada, agarrada a la columna que la encubría. Sofocada, continuó escuchando la conversación.

–¡Quién sabe cuánto puede prolongarse la agonía de la humanidad! –repuso Joaquín de Fiore en respuesta a la pregunta de Gysela–. Vos no, y yo tampoco. Ni siquiera el que me da nombre tenía conocimiento exacto del fin de este mundo, aunque predijo que acontecería en su siglo. Y de eso hace ya más de doscientos años.

–¿Creéis, entonces, que podría seguir sacándose provecho del conocimiento del momento exacto en que sobrevendrá el fin del mundo?

Joaquín de Fiore se echó a reír por lo bajo. A continuación se arrimó más a Gysela y se hablaron casi al oído, de forma que a Afra le costó entender la siguiente frase.

–¡Confío en que no haréis ni la menor alusión a esto delante de nadie! ¡Pensad en Kuchler, vuestro marido! –le advirtió.

–Podéis confiar en mí.

–El asunto es el siguiente: oficialmente nosotros trabajamos por encargo del papa Juan. Aunque nuestra organización está enemistada con él, el pontífice romano ha recurrido a nosotros en busca de ayuda. Juan es un perfecto estúpido. Aunque no tanto para no saber que los Apóstatas son mucho más astutos que toda su Curia de cardenales codiciosos y obtusos. Por eso se puso en contacto con Melancholos, el *primus inter pares* de nuestra sociedad, y le ofreció diez mil ducados de oro si lográbamos hacerle llegar el pergamino.

–¿Diez mil ducados? –repitió Gysela boquiabierta.

Joaquín de Fiore asintió.

–Melancholos, a quien el pontífice privó de la dignidad cardenalicia hace ocho años, se quedó tan asombrado como vos. El papa Juan, como de todos es sabido, es la avaricia en persona. Por dinero sería capaz de vender a su propia abuela o de pactar con el mismísimo diablo. Por lo tanto, pensó Melancholos, si él está dispuesto a pagar tanto dinero por el pergamino, en realidad, debe valer mucho más. Por mil florines de oro el pontífice otorga un título de cardenal y erige una diócesis, o concede prebendas a los monasterios de Bamberg a Salzburgo. Pero ¡el pontífice ofrece diez veces eso! Ahora podéis haceros idea del valor que tiene ese manuscrito.

–¡Santa madre de Dios! –exclamó Gysela sin poder contenerse.

–Probablemente, sería capaz hasta de entregar a la misma Virgen a cambio.

–Pero ¿qué hay escrito en ese pergamino? –Con los nervios, Gysela había elevado el tono de voz.

El misterioso desconocido se llevó el dedo a los labios y le dijo:

–Chss. Aunque aquí las personas estén ocupadas con otros asuntos, os ruego discreción.

–¿Qué hay en el pergamino? –insistió Gysela en susurros.

–Pues ésa es la gran pregunta a la que nadie de nuestras filas puede dar respuesta. Las mentes más preclaras de nuestra organización han reflexionado acerca de ello y enunciado diversas teorías. Pero ninguna de ellas parte de una base mínimamente sólida.

–Tal vez el escrito comprometa de alguna forma al papa.

–¿Al papa Juan XXIII? ¡No me hagáis reír! No puede estar más comprometido. Todo el mundo sabe que Su Santidad mantiene tratos carnales con la esposa de su hermano y vive con la hermana del cardenal de Nápoles. Y por si eso fuera poco, da rienda suelta a sus impúdicas inclinaciones con jóvenes clérigos y les paga sus favores nombrándolos abades de los monasterios más ricos. *Sotto voce*, ¡se cuentan las historias más increíbles sobre las perversiones de Su Santidad!

–¿Y vos os las creéis?

–Sin duda más que el dogma de la Santísima Trinidad. ¡El solo nombre de Trinidad resulta insolente! No, este pontífice no puede verse ya más comprometido. A mí se me antoja que el pergamino más bien debe de destapar un gran embuste, y que hay en juego mucho dinero que no es propiamente del papa. Pero no son más que conjeturas...

–¿Es que nadie hasta ahora ha visto el pergamino?

–Sí. Incluso uno de los nuestros. Un franciscano apóstata que, al darse cuenta de que el amor por una mujer significaba más para él que la divulgación del Evangelio, se hizo alquimista. Se llamaba Rubaldo.

–¿Se llamaba?

–Rubaldo se condujo con gran torpeza. Creyó que podría venderle la información al obispo de Augsburgo, para quien elaboraba toda clase de elixires destinados a incrementar la potencia espiritual. Por lo visto, incluso funcionaban. El alquimista fue hallado poco después, apuñalado.

Apoyada sobre la columna que la tapaba, Afra se tapó la boca con las manos. Conforme el apóstata iba narrando la historia en susurros, a ella le iban pasando por la cabeza los últimos años de su vida. Poco a poco todas las partes sin explicación iban encajando en un todo inteligible. Después de lo que acababa de escuchar, se sintió incluso aliviada de no llevar encima el pergamino. El riesgo de que volvieran a asaltarla y se lo robaran, como ya le sucediera en el viaje a Estrasburgo, era demasiado grande. Ahora sólo podía esperar que Gereon Melbrüge llegara a Montecassino sano y salvo.

—¿El alquimista fue asesinado? —oyó que preguntaba Gysela.

—No por los nuestros —aseguró Joaquín de Fiore—. Yo creo que el obispo de Augsburgo, que es un fiel seguidor del papa de Roma, ordenó eliminar al alquimista después de que Rubaldo le revelara el contenido del pergamino y las circunstancias en las que había llegado hasta él. En cualquier caso, fue el obispo de Augsburgo el que puso en conocimiento del papa Juan XXIII la existencia del pergamino.

—¿Y estáis seguro de que la esposa del maestro de obras de la catedral se halla en posesión de ese pergamino?

Afra aguardó la respuesta con expectación.

—Seguro, seguro... —respondió Joaquín de Fiore. Y tras una pausa, agregó—: Si he de seros sincero, a estas alturas ya no lo sé. Hemos observado y seguido a esa mujer, y hemos indagado en su vida del derecho y del revés. Sin embargo, continúa siendo un misterio cómo llegó ese documento a sus manos.

—Es una mujer lista —respondió Gysela—, lista y experimentada en muchas facetas de la vida. Su padre era un bibliotecario culto y le transmitió gran parte de su sabiduría. ¿Lo sabíais?

Joaquín de Fiore se rió con discreción.

—Por supuesto que lo sabemos. Y muchas otras cosas de su vida. Por ejemplo, que en realidad no es la esposa del maestro de obras Ulrich von Ensingen, sino sólo su concubina, y también la razón por la que él se marchó precipitadamente de Ulm. Pero, a decir verdad, todos esos detalles que desenterraron nuestros hombres ahora ya no nos sirven. Yo creo que su padre, el bibliotecario, es la figura clave de la historia. Pero su padre está muerto. En todo caso, tenemos que encontrar por todos los medios el pergamino antes de que caiga en manos de esos esbirros de la Curia. Si es que el pergamino existe...

—De eso estoy segura —respondió Gysela, agitada—. Al preguntarle a Afra el motivo de su viaje, ella contestó que le había sido encomendada una importante misión. Al principio tenía que ir a Salzburgo, pero después cambió de planes y decidió continuar hasta Venecia. Aunque yo he seguido todos sus movimientos, nunca llegué a descubrir con quién se reunió en Salzburgo ni quién la persuadió para que continuara hasta aquí. Tal vez éste tampoco sea su destino final, quién sabe.

–¿Y dónde está ella ahora?

Gysela se encogió de hombros.

–Hemos acordado vernos en la taberna. Ella ha dejado allí su equipaje. He rebuscado en todas sus cosas.

–¿Y?

–Nada. Podéis estar seguro de que no lleva encima el pergamino. He comprobado hasta el forro de sus vestidos, por si acaso se le hubiera ocurrido coser el documento por dentro. Pero mis suposiciones eran falsas.

El Apóstata asintió.

–Sé, por experiencia, lo difícil que resulta encontrar ese maldito pergamino. Por el momento, habéis hecho un buen trabajo. Encontraréis vuestra recompensa en la pieza de tela que lleva nuestro emblema.

–¿Cómo sabéis dónde guardo la mercancía?

Joaquín de Fiore soltó una risotada con aire de suficiencia.

–¿De veras pensabais que Jacopo, el pescador, se cruzó en vuestro camino por casualidad?

Gysela miró con estupor al hombre vestido de negro.

–Dondequiera que os dirijáis en vuestro viaje, nuestros hombres os estarán esperando. Tened en cuenta únicamente este símbolo. –Una vez más el hombre mostró su antebrazo a Gysela–. Me parece que por este camino no llegaremos mucho más lejos. Deberíamos tener unas palabras con esa mujer y emplear nuestros métodos para obligarla a hablar. Si sabe dónde está el pergamino, nos lo contará, ¡lo juro como que me llamo Joaquín de Fiore!

Afra vio que había llegado la hora de abandonar la iglesia. Ya había oído suficiente. El corazón le latía a toda velocidad. Miró disimuladamente a su alrededor. El anciano que rezaba, la joven devota, el monje inmerso en sus pensamientos, cualquiera de ellos podía ser un espía de los Apóstatas. Debía marcharse de esa siniestra ciudad, ¡y debía hacerlo rápido! Pero lo primero que debía hacer era esconderse. Venecia era lo bastante grande para pedir protección a algún desconocido. Debía ir a recoger su equipaje lo antes posible y buscar otro alojamiento.

Al salir de la iglesia de la Madonna dell'Orto, Afra comenzó a caminar en dirección contraria a propósito. Una vez se hubo cerciorado de que había despistado a los posibles perseguidores, se dirigió a la posada. Pagó a todo correr la cuenta y, con sus ropas en un hato, desanduvo el mismo enrevesado camino que había seguido hasta allí.

Presa del pánico, fue dirigiendo sus pasos en dirección este, comprobando una y otra vez que nadie la siguiera. La amenaza que había proferido el encapuchado en la iglesia la atemorizaba de tal forma que ya apenas veía las terroríficas escenas que tenían lugar a su alrededor.

Tras pasar junto a hogueras de muertos e infinidad de cadáveres cubiertos con sábanas blancas, llegó al barrio oriental de Castello, donde, no muy lejos de la iglesia de Santi Giovanni e Paolo, cuya fachada era bastante parecida a la de la Madonna dell'Orto, encontró un albergue adecuado. Pese a que Leonardo, el dueño, se extrañó al ver a una mujer viajando sola, y más todavía con aquella epidemia, tras cobrar tres noches por adelantado, no hizo ninguna pregunta. Por el momento, Afra podía respirar tranquila.

Había arrendado una alcoba para ella sola en el segundo piso de la angosta hospedería. La única ventana tenía vistas a la fachada de la casa de enfrente. En medio, discurría un estrecho canal en el que flotaban los desperdicios de toda una hilera de casas y nadaban infinidad de ratas. Asqueada, Afra cerró la ventana y se sentó en la raída cama. El humo blanco que inundaba todos los pisos de la casa le estaba levantando dolor de cabeza.

En un cuenco, en el rellano, Leonardo quemaba un combinado de hierbas, romero, laurel, beleño y una pizca de polvo de azufre, una receta secreta que le había dado un alquimista a cambio de unas monedillas. Se trataba, supuestamente, de un remedio eficaz para purificar el aire apestado y mantener alejado el aliento del diablo.

Ni siquiera en su infancia había creído Afra en los curanderos. Pero la visión de la muerte y la desesperación ante la plaga la habían hecho cambiar de parecer. Si realmente no servía de nada, se decía, tampoco podía hacer ningún daño. Como si quisiera purificar su interior de todo lo malo, Afra inhaló el humo blanco hasta quedarse completamente aturdida en el camastro.

No lograba quitarse de la cabeza al encantador muchacho al que, en un abrir y cerrar de ojos, la peste había segado la vida. El intento de besarla y esos ojos tan despiertos que poco después miraban, inexpresivos, al vacío, no dejaban de perseguirla.

Entre la vigilia y el sueño se puso a pensar en Gysela. La exasperaba su propia estupidez, la ingenuidad con la que había caído en el anzuelo. De todo lo hablado por la viuda y el apóstata, a Afra le había llamado la atención que apenas hubieran hablado de Ulrich von Ensingen. Joaquín de Fiore se había limitado a mencionar que Ulrich no era su esposo legítimo. Por lo demás, nada en la conversación daba motivos para creer que Ulrich perteneciera a los Apóstatas. ¿Acaso Afra lo había juzgado injustamente? Ya no sabía qué pensar.

Debió de quedarse dormida un rato porque, cuando un ruido la sobresaltó, ya había anochecido. Alguien llamó a la puerta de su alcoba. Acto seguido se oyó la voz de Leonardo:

–¡Os traigo algo de comer, *signora*!

Leonardo era hombre de mediana edad, simpático y gordinflón. Sus refinados modales contrastaban de forma radical con el deplorable estado de su albergue.

–Debéis comer algo –exclamó sonriente, y colocó una bandeja con una jarra y un plato de sopa humeante sobre el escabel que había junto a la cama. No había mesa. De una viga baja que atravesaba la alcoba en diagonal colgó un candil–. Necesitáis reponer fuerzas para salvaros de la peste –agregó, y asintió con la cabeza–. De todos modos, no gozáis de un aspecto demasiado saludable, si me permitís la observación.

Asustada, Afra se llevó las manos a la cara. No se sentía muy bien. La tensión de los últimos días le agarrotaba el pecho.

–¿Es que no tenéis vino embotellado? –le increpó a Leonardo, pero de inmediato se arrepintió de su brusquedad y, en tono conciliador, añadió–: Un médico que conocí por casualidad me recomendó que bebiera vino tinto del Véneto, pues según él es el elixir más eficaz contra la peste. Sin embargo, me dijo que debía fijarme en que la botella estuviera cerrada.

El hospedero enarcó las pobladas cejas como si desconfiara de la receta. Eran ya muchos los remedios supuestamente milagrosos como ése que circulaban por Venecia. No obstante, acto seguido salió de la habitación sin mediar palabra y regresó con una botella de oscuro véneto.

–A vuestra salud –dijo tendiéndole la botella a Afra con aire de suficiencia. Y con manifiesto regodeo, observó cómo Afra descorchaba torpemente la botella.

–Está claro que no sois una gran bebedora –comentó el posadero.

–No, todavía no –respondió Afra–. ¡Pero en tiempos como los que corren cualquiera podría acabar dándose a la bebida!

Leonardo examinó detenidamente a Afra con la mirada.

–Dejad que lo adivine: no es el temor a la peste lo que os atormenta. Es un hombre. ¿Me equivoco?

Afra no tenía ninguna gana de entrar en detalles sobre su vida, pese a que, en los malos momentos, un completo desconocido no es el peor de los consejeros. Pero de pronto se le pasó por la cabeza que quizá el posadero estaba intentando tirarle de la lengua. De modo que respondió, compungida:

–Sí, es un hombre. –Y a continuación bebió un gran trago de la botella.

Leonardo asintió con gesto de comprensión.

Y Afra prosiguió:

–¿Dónde buscaríais vos en estos días a un comerciante de Estrasburgo que se encontrara en Venecia?

–En el Fondaco dei Tedeschi –fue la respuesta, tal como cabía esperar.

–Ya he preguntado por él allí. Por desgracia, no saben nada.

–¿Es esposo o amante? –inquirió Leonardo con una mirada pícara. Y al ver que Afra no respondía, se apresuró a agregar–: Disculpad mi entrometimiento, *signora*. Pero cuando una mujer sigue a un hombre desde Estrasburgo a Venecia, sólo puede tratarse de su amante.

–¿Tenéis alguna otra sugerencia? –preguntó Afra, irritada–. Me refiero a algún otro lugar donde pudiera buscarlo.

Leonardo se frotó la barbilla con gesto pensativo. Como todos los venecianos, era un magnífico actor y se las arreglaba para interpretar hasta la más simple de las conversaciones como una obra de teatro.

–¿Habéis probado suerte en Lazaretto Vecchio, la pequeña isla que queda en la costa sur de la laguna, no muy lejos de San Lazzaro?

–¿San Lazzaro?

–Aquí en Venecia tenemos una isla para cada cosa. San Lazzaro es nuestro manicomio. Y entre nosotros, siempre está repleto. Aunque en esta ciudad no es de extrañar. Y en cuanto a Lazaretto Vecchio, la pequeña isla que se ve desde aquí, también tiene una historia de lo más curiosa. En su día, sirvió de posada de los peregrinos que pasaban por aquí de camino a Jerusalén, y de depósito de municiones. Hoy en día esos edificios se usan como centro de cuarentena y hospital de apestados para los extranjeros.

–¿Un extranjero que contrajera la peste no sería internado entonces en uno de los hospitales de Santa Croce o Castello?

–Así es, *signora*. Los venecianos en eso son muy particulares. Al menos para morir quieren estar con los suyos. Además, cualquier extranjero que, a pesar de la estricta prohibición, se haya colado en Venecia en las últimas dos semanas, es desterrado a la isla de Lazaretto Vecchio. ¿Cuánto tiempo lleváis vos en Venecia?

–¡Lo menos tres semanas! –mintió Afra, que había previsto la pregunta–. Antes estaba alojada en una habitación en el barrio de Cannaregio.

Leonardo asintió satisfecho. Después dijo:

–Se os acabará enfriando la sopa, *signora*.

Durante toda esa noche Afra no dejó de darle vueltas a la idea de que el joven Melbrüge podría encontrarse en la isla de Lazaretto. Leonardo pareció leerle el pensamiento, pues la mañana siguiente, en el desayuno, la sorprendió con el ofrecimiento de llevarla en su bote hasta la isla. Él, según le dijo a Afra, no quería poner ni un pie en esa isla de apestados, pero se ofrecía a anclar la barca frente a la isla y esperar allí mientras ella realizaba sus pesquisas.

Tras los acontecimientos de las últimas semanas, Afra recelaba de las personas que la trataban con amabilidad. Pero antes de que pudiera expresar sus reparos, Leonardo, que había advertido sus dudas, le preguntó discretamente:

–¿Os encontráis bien, *signora*?

–Sí, claro –mascullό ella, vacilante.

–¡Pues a qué esperamos!

Sin duda, se dijo Afra para sus adentros, ir a Lazaretto Vecchio era su última oportunidad de encontrar a Gereon Melbrüge. Dar con él en otra parte habría sido pura coincidencia.

Atracada a la puerta trasera que daba al canal, una sencilla barca flotaba con un suave balanceo; no una majestuosa góndola con el *ferro* en el puntiagudo espolón, que simbolizaba los seis barrios de la ciudad bajo el sombrero del dogo, no, sino una barca modesta y estrecha que servía principalmente para salir a comprar lo necesario en el día a día.

El día amenazaba con tormenta y Leonardo se las vio y se las deseó para hacer avanzar la barca con el viento del norte en contra. Junto al Arsenale se hallaba anclado el velero del dueño del albergue. Un veneciano de categoría y prestigio no sólo disponía de su propia barca, sino también de un velero con el que poder navegar hasta el continente en cualquier momento.

Acostumbrada a las olas del Rin y del Danubio, a Afra se le arrugó el ombligo ante el vómito de espuma de las grandes olas levantadas por las fuertes ráfagas de viento. Leonardo, sin embargo, la tranquilizó diciéndole que el viento del norte era del todo oportuno porque aceleraría la travesía a Lazaretto Vecchio.

Habían atravesado a toda velocidad el paso entre la parte este de la ciudad y la isla del lado opuesto cuando de pronto el viento amainó. Sólo en algunos puntos aislados el sol penetró a través de los bajos y oscuros nubarrones. Leonardo, que había timoneado con total tranquilidad el crujiente y chirriante velero por la laguna, se exasperó con el cambio de tiempo y comenzó a refunfuñar entre dientes.

Cuando ya se aproximaban a su destino, se oyeron las campanas de la iglesia de la isla doblando a muerto. Una columna de humo negro se alzaba hacia el cielo. La isla parecía una fortaleza. El único acceso desde el mar se hallaba detrás de un portal construido en el agua.

Delante de la entrada había más embarcaciones fondeadas. Transportaban enfermos en parihuelas. Mientras Leonardo situaba el velero en posición de espera, sacó un pañuelo impregnado de vinagre, se tapó la boca con él y se lo ató en la nuca. Luego tendió a Afra un segundo pañuelo:

–No huele muy bien, pero se supone que protege contra los efluvios malignos.

El balanceo del barco y el olor acre del aire provocaron arcadas a Afra. Así que para ella fue una liberación cuando Leonardo atracó al fin el barco y pudo pisar tierra firme.

–¡Mucha suerte! –le deseó el posadero. Afra se volvió un instante y después subió por una escalera de piedra.

Mucho más dulzón era el olor que se respiraba en el frío vestíbulo de Lazaretto. Por los estrechos ventanucos apenas penetraba la luz. Dos portones de madera con tachones de hierro se abrían a izquierda y derecha de la sala. En la pared central había una mesa larga y estrecha de madera oscura frente a un tabique de madera bajo, tras el cual asomaban tres sombrías figuras. Lucían hábitos. Llevaban el rostro oculto tras unas máscaras de pájaro blancas. Unos guantes blancos les cubrían las manos.

Afra se dirigió a la primera figura para preguntar si el comerciante Gereon Melbrüge estaba en la isla. Para su gran asombro, la persona a la que preguntó, tras cuya máscara Afra había imaginado el rostro de un hombre, respondió con voz femenina. Pero la mujer, sin duda una monja, se limitó a encogerse de hombros. Tampoco sirvió de nada que Afra le deletreara el nombre de M-e-l-b-r-ü-g-e. Al final, la monja enmascarada acabó entregándole a Afra una lista por encima del tabique. Bajo la rúbrica de QUARANTENA figuraba una lista interminable de nombres extranjeros.

Con el dedo índice Afra fue recorriendo uno por uno todos los nombres. Debía de haber unos doscientos. Gereon Melbrüge no se encontraba entre ellos. Afra devolvió la lista decepcionada. Estaba a punto de marcharse, cuando la monja del otro extremo de la mesa le indicó que se acercara.

Ésta le entregó una segunda lista de nombres con la rúbrica de PESTILENZA. Afra leyó los nombres sin pestañear. Eran muchos más que los de la primera lista, y más de la mitad se hallaban marcados con una cruz. Un instante le bastó para comprender lo que eso significaba.

Sin encontrar el apellido Melbrüge, Afra llegó al final de la lista, y entonces se detuvo. En un primer momento creyó que se trataba de un error, o que su mente la engañaba. Pero luego leyó el nombre una vez más, y otra más: Gysela Kuchlerin, Estrasburgo.

Afra se sentó en una silla. Su dedo índice seguía señalando el nombre de Gysela. La monja se volvió hacia ella. Sus ojos brillaban tras la máscara.

–*Vostra sorella?* –le preguntó a Afra con voz hueca.

Sin pensar, Afra asintió.

Entonces la monja le hizo una señal de que la siguiera.

Avanzaron por un largo, interminable, pasillo, flanqueado por vasijas con sahumerios. Desprendían un fuerte humo que impedía respirar a Afra. Olía entre a aceite de pescado y pescado podrido, y entre medio se mezclaba un irreconocible olor más dulzón, como a mazapán quemado.

El pasillo desembocaba, a mano izquierda, en una gran sala. En lugar de una puerta, una reja cerraba el paso. Una corriente de aire azotó a Afra en la cara. Sintió náuseas. ¿Por qué diablos había seguido a la monja?

La monja sacó una llave de debajo de su hábito negro y abrió la reja. Sin mediar palabra, acompañó a Afra al interior de la sala. Delante de un catre, se detuvo. Había unos cien catres como aquél, a un palmo uno del otro, dispuestos en hileras.

–Afra, ¿tú?

Afra oyó su nombre. La voz no le resultó conocida. Ni tampoco la mujer del catre. El cabello oscuro le colgaba en mechones. Su rostro estaba abultado como una manzana podrida y también igual de manchado. Su cuerpo apenas mostraba signo alguno de vida. Sólo sus labios pronunciaban algunas palabras inaudibles. ¿Ésa era Gysela, la mujer a la que había visto llena de vitalidad en la iglesia el día anterior?

Gysela trató de sonreír, como si no se tomara su situación del todo en serio. Pero su intento se malogró, causándole gran angustia a Afra.

–Dios me está castigando por mi traición –oyó farfullar a Gysela–. Es que debes saber que...

–Lo sé, lo sé –la interrumpió Afra.

–...que te he estado espiando para los Apóstatas.

Afra asintió.

–¿Ya lo sabías? –murmuró Gysela sorprendida.

–Sí.

Tras una larga pausa, durante la cual las dos buscaban las palabras apropiadas, exclamó Gysela entre lágrimas:

–¡Perdóname! No lo hice por voluntad, me forzaron a hacerlo. –Hablar le costaba un esfuerzo ímprobo.

–No te preocupes –respondió Afra.

Sobre el inesperado encuentro planeaba la sombra de la muerte, y Afra no sentía deseo ninguno de reprocharle nada a Gysela.

–Mi marido, Reginald, había sido en tiempos un dominico, un cerebro privilegiado –comenzó a contar Gysela en susurros–. Cuando fue nombrado inquisidor, abandonó la orden porque no quería tomar parte en los manejos de la Inquisición. Los Apóstatas, una logia de antiguos clérigos, lo acogieron con los brazos abiertos y le procuraron el sustento. Cuando Reginald supo de las intrigas que tramaban, se convirtió en apóstata de los Apóstatas. Eso sucedió en la misma época en que me cortejó. Por aquel entonces yo buscaba un hombre que, tras la repentina muerte de mi padre, pudiera continuar con la tejeduría de lana. Fue asunto de conveniencia, nada más. Nos casamos, pero amarnos no nos amamos jamás. Aunque quién sabe lo que es el amor. ¿Tú lo sabes?

Afra se encogió de hombros. No encontraba las palabras adecuadas.

Con la mirada clavada en el techo, Gysela prosiguió:

–Hubo momentos en la vida en los que sentí cierto aprecio por Reginald, pero jamás hubo trato carnal entre nosotros. Éramos como viejos esposos que vivían en virginal matrimonio. Pero la pasión y el amor verdaderos sólo los he sentido en una ocasión: contigo.

Afra volvió la cabeza hacia un lado. No quería que Gysela la viera llorar.

–Puedes llamarme «desviada» si quieres –prosiguió Gysela con un hilo de voz–. No me importa. Me alegro de haber tenido la oportunidad de decírtelo.

Afra sintió el impulso de cogerle la mano a Gysela. Pero el juicio le dictó prudencia.

–Ya está bien –dijo para calmarla. Ella tenía un nudo en la garganta–. Ya está todo bien.

Con un gesto que inspiraba lástima, Gysela intentó sonreír de nuevo.

–En realidad, tendríamos que ser enemigas. Al fin y al cabo, tú fuiste la causa de la muerte de Reginald.

–¿Yo?

Hablar resultaba para Gysela cada vez más trabajoso.

–Era la última misión de Reginald para los Apóstatas. Debía aletargarte por medio de un elixir de la verdad que anularía tu voluntad, y luego sonsacarte dónde tenías escondido el maldito pergamino.

–¿De modo que fue tu marido quien me asaltó en la casa de la Bruderhoffgasse? –exclamó Afra, fuera de sí.

–El elixir no produjo el efecto esperado. Tú te desplomaste y Reginald creyó que te había matado. Sintió un tremendo alivio cuando, al día siguiente, recibió la noticia de que estabas viva. Desde entonces no quiso saber nada más de los Apóstatas. Pero los hombres de la toga negra están sometidos a una ley férrea: apóstata una vez, apóstata para siempre. Sólo la muerte tiene potestad para expulsar a un miembro de su logia.

–Pero ¡siempre se dijo que Reginald Kuchler se había arrebatado la vida!

Gysela levantó la mano con un gesto desdeñoso.

–La gente dice muchas cosas. Todos los Apóstatas llevan encima una pequeña redoma con un veneno capaz de matar a un caballo en sólo unos segundos. Un día, cuando Reginald no regresó del mercado, tuve un presentimiento. Al atardecer, su cadáver apareció en el Ill. Cómo había llegado hasta allí, nadie lo sabía. Pero en sus ropas faltaba la redoma con el veneno. El médico que constató su muerte aseguró que Reginald se lo había bebido voluntariamente.

Desde el fondo de la sala, la monja indicó a Afra que se había acabado el tiempo; pero Gysela prosiguió su confesión.

–Tras la muerte de Reginald, los Apóstatas quisieron cobrarse la deuda conmigo. Dijeron que, a fin de cuentas, habían ayudado a Reginald durante años. Pero mi dinero no alcanzaba. Y entonces me ofrecieron un trato. Debía espiarte. Ya sabes para qué. Corres un gran peligro...

La monja tiró de Afra.

–¡Adiós! –susurró Gysela.

–¡A...! –fue cuanto logró pronunciar Afra.

Cuando atravesaban la sala, la monja se volvió. Como llevada por un impulso repentino, dio media vuelta y regresó al catre de Gysela. Al igual que antes, Gysela tenía la mirada clavada en el techo. Sin embargo, había algo distinto en ella. La monja agarró la sábana que cubría el cuerpo de Gysela y le tapó la cara. Luego, con un gesto mecánico, se santiguó.

Ocurrió todo de manera tan rápida y natural que en un primer momento Afra no entendió lo que acababa de suceder. Después, cuando, al abrir la reja, la monja comenzó a murmurar por lo bajo una oración incomprensible, fue consciente: Gysela había muerto.

Afra aceleró entonces el paso y dejó atrás a la monja. Con el pañuelo impregnado de vinagre en la boca, arrancó a correr por el inacabable pasillo hacia el vestíbulo. Las lágrimas se deslizaban por sus mejillas, y a duras penas lograba ahogar los sollozos. Con los ojos empañados veía desfigurarse a las monjas enmascaradas, convertidas en extrañas criaturas. Afra no prestó atención a sus cavernosos gritos. Como alma que lleva el diablo, abrió la puerta y bajó a trompicones las escaleras que conducían al embarcadero, donde la esperaba Leonardo.

Incapaz de articular palabra, Afra hizo un violento gesto con la mano. Leonardo lo entendió y zarpó sin hacer preguntas. Los rayos de sol que penetraban por entre las nubes del oeste cegaron los ojos llorosos de Afra.

Había llegado al albergue un nuevo huésped al que Leonardo dio la bienvenida con su acostumbrada cortesía. A Afra le llamó la atención que el extranjero viajara sin equipaje, pero ya tenía bastantes cosas en las que pensar como para buscar una explicación a ese hecho. Ya estaba anocheciendo y ella se retiró a su alcoba.

Sin quitarse la ropa se tendió sobre el camastro y se puso a pensar. En momentos como ésos maldecía el fatídico pergamino. Era como si del misterioso pergamino emanara una fuerza que la atraía como un imán y que le acarreaba desgracias. Y por mucho que ella se resistiera, no podía escapar. Hacía ya mucho tiempo que había renunciado a huir de su pasado. Éste estaba presente allá donde fuera. Incluso allí, en la lejana Venecia, el pasado la arrastraba consigo como una furiosa tormenta otoñal y dominaba sus pensamientos. El miedo y la desconfianza, desconocidos para ella durante la infancia, se habían convertido en los sentimientos más presentes en su vida. ¿Acaso quedaba alguien en el mundo en quien todavía pudiera confiar?

Mientras estaba absorta en sus pensamientos, Afra se palpaba el cuerpo en busca de bubones e irregularidades en la piel, los primeros síntomas de la peste. No le habría extrañado que se hubiese contagiado en la isla de Lazaretto. Ocurría de un día para otro, según decía la gente. La respiración de la muerte era rápida. Si tenía que ocurrir, se dijo Afra, ella no lo lamentaría. La muerte significaba también el olvido.

En las escaleras se oyeron voces. Leonardo acompañaba al inesperado huésped a su alcoba. Ésta se hallaba un piso más abajo y daba a la calle por la que se entraba al albergue. Ambos se habían embarcado en una animada conversación, y por supuesto el tema era el único del que se hablaba esos días: la peste y las incalculables consecuencias para Venecia.

Afra entreabrió la puerta de su alcoba y escuchó por la rendija. A medida que oía la voz del huésped extranjero, una desazón cada vez mayor se iba apoderando de ella. Reconocía la locuacidad y la voz de falsete del hombre. Pese a que sólo lo había visto de espaldas en la penumbra, el hombre de la capa negra le resultaba familiar. Estaba más que segura. Se trataba de Joaquín de Fiore, el Apóstata con el que Gysela se había reunido en la iglesia de la Madonna dell'Orto.

«¡No se trata de una casualidad!», se dijo Afra para sus adentros. Era cierto que a lo largo del día se había bebido una botella entera de tinto del Véneto, pero el vino no había desdibujado ni un ápice sus recuerdos. Y mientras con un oído escuchaba la conversación que mantenían los dos hombres, pensaba a marchas forzadas en una solución.

Debía marcharse de allí, huir de Venecia, pero sin dejar el más mínimo rastro. Todavía no había abandonado la idea de pasar por Montecassino. Por fortuna, nunca había llegado a mencionar el verdadero destino de su viaje delante de Gysela. Por tanto, los Apóstatas tampoco tenían por qué saberlo, a menos que...

La imagen del bibliotecario del convento dominico apareció de pronto ante sus ojos. Luscinio sabía que ella iba tras la pista de Gereon Melbrüge. Y el comerciante iba camino de Montecassino. Pero, por otro lado, Luscinio no sabía la naturaleza exacta del pergamino secreto. Y todo parecía indicar que, además, él no mantenía ninguna relación con los Apóstatas.

Todo el desánimo de Afra se disipó de golpe, e igual de rápido ideó su plan. En la salida trasera que daba al canal la barca de Leonardo se balanceaba bajo la mortecina luz de la Luna. Justo debajo de su ventana. Si lograba subir a la barca sin ser vista, podría navegar hasta el canal de San Giovanni y desde allí escapar después a pie. Era cierto que no tenía experiencia en el manejo de las barcas venecianas, pero había visto a Leonardo dirigir la barca con el bichero por los canales y estaba convencida de que sería capaz de llegar al menos hasta el canal de San Giovanni. Sin duda, no iba a resultarle fácil, pero Afra ya había demostrado en el pasado que afrontaba las situaciones comprometidas con una valentía que no tenía nada que envidiar a la de cualquier hombre.

La puerta que se hallaba frente a su alcoba conducía al desván del albergue. Allí, junto a las herramientas y los sacos con toda clase de provisiones tales como judías, nueces, y fruta y hierbas secas, se almacenaban los remos y las cuerdas de los barcos.

Con mucha cautela para no hacer ruido, Afra entró en el desván. Debía tener en cuenta que en el piso de abajo podían oír sus pisadas. Por eso, después de cada paso, se detenía y comprobaba que nadie la hubiera oído. Así llegó finalmente hasta un pilar de madera. De un gancho colgaba una cuerda enrollada. Con cuidado, Afra se colocó la cuerda sobre el hombro izquierdo. Luego dio la vuelta y se dirigió hacia la puerta. Ya en su alcoba, hizo un hatillo con su ropa. En una vela que ardía sobre un plato introdujo un clavo, cuatro dedos por debajo de la llama. En unas cuatro horas se habría consumido hasta ese punto, el clavo quedaría suelto y caería sobre el plato: sería la señal de su partida.

El hecho de que dejara la luz encendida no levantaría mayores sospechas. Las ventanas de toda Venecia estaban iluminadas por las noches desde que un curandero había afirmado que la peste se propagaba únicamente en plena oscuridad. Con la certeza de estar haciendo lo correcto y el convencimiento de que no había otra alternativa, Afra se tumbó vestida en su camastro. Los lances de ese día la habían dejado agotada y se durmió en el acto.

La vela la despertó tres horas y media después de medianoche. Afra se despabiló de inmediato. Abrió la ventana con sigilo y respiró el estimulante aire fresco de la noche. Se había levantado una ligera brisa y el agua del canal ondeaba de forma irregular. Las olas sonaban bajo su ventana como suaves golpes de tambor al chocar contra el casco de la barca.

Afra cogió la cuerda, la ató con un lazo a su hatillo y arrojó la cuerda por la ventana. Fue haciendo bajar la cuerda, y el hatillo llegó a la barca. Cuando hubo recogido de nuevo la cuerda, metió la cabeza en el lazo y se lo ajustó a la altura del pecho. El otro extremo lo ató alrededor del mainel de piedra de la ventana y acto seguido se subió al alféizar.

En Ulm y en Estrasburgo había observado muchas veces a los canteros que se descolgaban con una cuerda por la fachada de la catedral y desempeñaban su trabajo a alturas vertiginosas. La forma en que la cuerda se anudaba al cuerpo le había quedado grabada en la memoria. Apoyando las piernas con fuerza contra el muro, Afra fue descendiendo. Resultó mucho más sencillo de lo esperado. Sin embargo, cuando se hallaba suspendida a unos diez codos de la barca, no pudo continuar. La cuerda se había atascado en el mainel de la ventana y no había modo de moverla, ni balanceándola ni tirando. Si Afra no quería arriesgarse a que la descubrieran, tenía que saltar.

Intentó por todos los medios desatar el nudo del lazo que rodeaba su pecho, pero fue del todo inútil; con el peso de su cuerpo, la cuerda la aprisionaba con demasiada fuerza. Y no tenía cuchillo para cortarla. ¡Estaba atrapada!

Tal vez otra persona en una situación tan desesperada habría suplicado a Dios que le enviara a uno de los catorce santos auxiliadores o a santa Ludmila, a la que se representaba con una cuerda. Pues en los momentos de necesidad, las personas se vuelven devotas. Afra, bien al contrario, estaba reñida con Dios. «Si existes –se decía–, ¿por qué no me ayudas? ¿Por qué siempre está del lado de los holgazanes, de los santos, ya muertos, o de aquellos que quieren serlo porque no tienen otras ocupaciones?»

Tiró de la cuerda otra vez y soltó una cínica risa de desesperación. El corazón se le salía por la boca. Al amanecer, la descubrirían colgada de la cuerda y eso supondría el fin de su huida. En ese instante, notó una sacudida. La cuerda cedió. Afra se precipitó al vacío y cayó aparatosamente sobre la barca, donde permaneció tumbada, inmóvil, aturdida.

En la otra orilla del canal comenzó a ladrar un perro. Al cabo de unos instantes, el animal se calmó y todo volvió a quedar en silencio.

Afra tenía la espalda dolorida. Lentamente intentó mover los brazos, las piernas y finalmente la cabeza. Cada movimiento le causaba dolor, pero podía moverse. Por suerte tenía todas las partes del cuerpo enteras. Con grandes dolores, Afra trató de levantarse. El intento fracasó debido al balanceo de la barca y ella tropezó. A la segunda, aunque tambaleándose, logró ponerse en pie.

La mitad de la cuerda que había utilizado en su huida estaba dentro del agua. Afra lo recogió y lo colocó en la proa de la barca, junto a su hatillo. Después agarró los remos. Siempre había admirado la habilidad de los *gondolieri*, que con un solo remo dirigían sus barcas en línea recta por los canales. Y, pese a todo, no había valorado lo suficiente la destreza de esos hombres. El caso fue que su desconocimiento del arte del remo hizo que el bote danzara de manera incontrolada, que diera vueltas sobre sí mismo y que chocara, unas veces con la popa y otras con la proa, contra las casas de ambos lados del canal.

Desesperada, Afra se dio por vencida. Recogió el remo y, apoyando la mano en la fachada de la casa de la derecha, fue impulsando la barca hasta una pasarela que cruzaba el canal. Sobre los tejados de las casas se anunciaba el alba, y Afra decidió abandonar la barca. La amarró al pie de la pasarela, lanzó el hatillo por encima del pretil y trepó por el exterior de éste.

Agotada, se detuvo unos instantes para orientarse. Tras haber fracasado en su huida hacia el sur por el agua, debía intentar escapar a pie. Pero las estrechas callejuelas formaban un laberinto inextricable. Y ocurría con frecuencia que, después de muchas vueltas, uno volvía a encontrarse en el punto de partida. Además, a esas horas, uno avanzaba prácticamente a ciegas por los angostos pasadizos.

Envuelta en la oscuridad, Afra creyó oír unos cánticos de agudas voces a lo lejos. «Las benedictinas de San Zaccaria», se dijo para sus adentros. Leonardo le había hablado de San Zaccaria como punto de referencia para orientarse, caso de perderse en la ciudad, y de la desenfrenada vida que ocultaban los muros del convento, tras los cuales vivían principalmente hijas de nobles que no habían conseguido marido. San Zaccaria no se hallaba muy lejos del puerto, así que Afra echó a andar en dirección a los cánticos.

De ese modo, Afra llegó con sorprendente rapidez al Campo San Zaccaria. Las dos hogueras encendidas delante de la iglesia envolvían el campo en una luz fantasmal. Unos hombres con largas vestiduras avivaban la lumbre con grandes leños. Sus sombras dibujaban extrañas formas sobre las fachadas de las casas. Delante del pórtico de la iglesia, una montaña de cadáveres cubiertos con sábanas aguardaban la quema.

El campo estaba cubierto por una densa humareda. Ésta se mezclaba con el insoportable hedor de los cadáveres. Temerosa, Afra avanzó por el lado oeste de la plaza, sin despegarse de las fachadas de las casas. Un solo pensamiento martilleaba en su cabeza: «¡Tengo que salir de esta ciudad!» Un pasaje que había al sur de la plaza conducía hasta la Riva degli Schiavoni, el amplio paseo del puerto que había tomado su nombre de los numerosos comerciantes de Schiavonien que atracaban sus barcos allí.

Pese a que el nuevo día no había vencido del todo a la oscuridad, en la Riva ya había una intensa actividad. A causa de la epidemia apenas llegaban mercancías a Venecia. Por eso los comerciantes habían triplicado los precios. Sin embargo, nadie quería comprar productos venecianos. Al fin y al cabo, nadie podía saber si esas mercancías estaban contagiadas.

Los venecianos tenían prohibido abandonar la ciudad en tiempos de peste. Sólo los extranjeros que pudieran probar su identidad tenían permiso para adquirir un pasaje de barco, tras el reconocimiento de uno de los *medici* que prestaban sus servicios en el puerto. Con la finalidad de subir a alguno de los barcos, los venecianos pudientes se servían de ingeniosos disfraces para parecer extranjeros. Otros pagaban ingentes sumas de dinero para obtener el ansiado documento de salida.

Armada de paciencia, Afra se colocó en la cola que se había formado delante del muelle del puerto. Las personas que aguardaban en la fila llevaban la tensión escrita en el rostro. Sobre todo los venecianos que, pese a su fama de habladores, permanecían mudos por temor a que la cantinela típica de su dialecto pudiera delatarlos.

Era ya completamente de día cuando al fin llegó el turno de Afra.

En su mente había tomado todas cuantas precauciones eran necesarias para hacerse con los papeles. Y esa documentación significaba para ella mucho más que el permiso para salir de Venecia. Le proporcionaría, además, una nueva identidad.

El médico, un hombre ceñudo de ojos oscuros y hundidos, se hallaba sentado tras una mesita en una fría habitación encalada, y escudriñó a Afra de arriba abajo con una mirada sombría. Su asistente, un mozo de rizos negros, rellenaba papeles sobre un atril con gesto aburrido. Al reparar en Afra, la expresión de su rostro cambió de inmediato y, en un tono sobrio, le preguntó a Afra:

–¿Cómo os llamáis?

Afra tragó saliva. Luego, obedeciendo a un repentino impulso, respondió:

–Me llamo Gysela Kuchlerin, viuda del comerciante Reginald Kuchler, de Estrasburgo.

–...viuda del comerciante Reginald Kuchler, de Estrasburgo –repitió el interno mientras anotaba los datos en un papel–. ¿Y?

–Y... ¿qué?

–¿Tenéis un documento que atestigüe vuestros datos?

–Me lo robaron en la posada –repuso Afra con decisión–. Una mujer se encuentra totalmente indefensa ante todos los granujas que hay por el mundo.

–¿Alguna sospecha, *signora*... –desvió la vista hacia sus papeles–, *signora* Gysela?

A Afra le dio un vuelco el corazón. Se dio cuenta de que las manos le temblaban. En su mente apareció la imagen de Gysela, con la mirada clavada en el techo, en la isla de Lazaretto. De haber imaginado que esa mentira produciría en ella semejantes reacciones, se habría guardado de decirla. Pero ahora ya lo había hecho y debía mantenerse firme.

–No, no sé quién pudo ser.

El médico la miró y dijo algo en veneciano que ella no comprendió.

–El doctor le ruega que se desvista –tradujo el interno.

Afra obedeció la orden, se quitó la ropa y se colocó desnuda delante del muchacho.

Éste, ruborizado, señaló al médico.

–¡El doctor es él!

Malhumorado, el médico se acercó a Afra y examinó su cuerpo de arriba abajo con mirada escrutadora. Sin mediar palabra, le hizo gesto para que volviera a vestirse y, volviéndose hacia su ayudante, asintió con la cabeza. El mozo le tendió un papel al doctor para que lo firmara. Luego estampó en él el sello de Venecia con el león de san Marcos debajo y se lo entregó a Afra.

–¿Qué os debo? –musitó Afra.

–Nada –respondió el interno–, contemplaros ha sido para mí la mayor de las gratificaciones.

Cuando Afra cruzó la puerta del edificio portuario, el sol pasaba a través del humo que cubría la ciudad. Seguro que ya habían descubierto su desaparición. Si quería escapar de sus perseguidores, debía actuar con rapidez.

Más de una docena de buques mercantes aguardaban ya en el muelle, preparados para zarpar, y entre ellos una coca de tres mástiles con destino desconocido. Sin cargamento, la mitad de la quilla sobresalía del agua. Delante de una carraca flamenca recién construida se habían aglomerado unas cuantas personas que regateaban el precio del pasaje. Menos confianza ofrecían los dos barcos mercantes anclados al sur, de tres velas latinas triangulares. Pese a los enérgicos gritos con que sus patrones trataban de captar pasajeros, nadie quería subir a bordo.

Mientras Afra se abría paso entre el tumulto de viajeros que corrían nerviosos de un lado a otro, mientras españoles y franceses, griegos y turcos, alemanes y eslavos, judíos y cristianos anunciaban cual voceadores sus puertos de destino en un galimatías casi ininteligible, ella se sentía observada. Los hombres se quedaban pasmados al verla o se plantaban con descaro delante de ella antes de desaparecer de nuevo entre la multitud.

Afra se notaba cada vez más y más tensa. Caminaba nerviosa en busca de un barco que partiera rumbo al sur de Italia. Pero los voceadores sólo pregonaban destinos como Pula y Spoleto, Corfú y el Pireo, incluso la lejana Constantinopla y Marsella, pero ninguno rumbo a Bari o a Pescara, desde donde podía llegar a Montecassino por tierra.

Al borde de la desesperación y sin saber por cuál de los destinos decidirse, Afra se sentó en el muelle a pensar. El viaje a Pula y Spoleto duraba solamente uno o dos días. Tal vez allí podría tomar otro barco. Al menos ahora, por primera vez, poseía un documento que la acreditaba como mujer libre con derecho a viajar.

Afra estaba tan enfrascada en sus pensamientos que no se percató de que una docena de hombres desaliñados, probablemente marineros o trabajadores del puerto, formaron un corrillo a su alrededor. Dos de los sombríos muchachos comenzaron a tirarle de la ropa y un tercero intentó subirle la falda mientras los demás seguían el espectáculo con los brazos cruzados.

Afra se defendió con uñas y dientes para salir del apuro, pero viendo que era de todo punto inútil, empezó a chillar. Sin embargo, sus gritos quedaron sepultados bajo el bullicioso ajetreo del puerto. Una terrible angustia se iba apoderando de ella al notar que las fuerzas la abandonaban; en ese instante, oyó una voz fuerte y profunda. De inmediato, los hombres la soltaron y se dispersaron en distintas direcciones.

–¿Os encontráis bien? –preguntó la misma voz grave.

Afra se colocó bien la ropa y se volvió hacia la voz.

–Sí, me encuentro bien –respondió con el rostro encendido por la rabia–. Os estoy muy agradecida.

La voz grave pertenecía a un hombre de apuesta figura. La levita de terciopelo granate y el alto sombrero que portaba en la cabeza eran propios de un dignatario o un alto oficial.

–Os estoy muy agradecida –repitió Afra, vacilante.

El ilustre caballero posó la mano sobre su pecho e hizo una discreta reverencia. Ese gesto le confirió cierta categoría y majestuosidad.

–Éste no es lugar para una dama de vuestra condición –aseveró el desconocido–. Una mujer sola apoyada en el muro del muelle es vista por los hombres de mar como una presa fácil. Y de ésas hay muchas en esta ciudad. No sé si lo sabéis, pero en tiempos normales deambulan por Venecia unas treinta mil prostitutas. En otras palabras, una de cada tres mujeres en esta ciudad ejerce el oficio de la mancebía.

–A mí nadie me ha ofrecido dinero –respondió Afra con tono arisco–. Esos muchachos intentaban sencillamente abusar de mí.

–Lo lamento. Pero insisto en que sería conveniente que evitarais los alrededores del puerto.

El tono solícito del hombre sacó a Afra de sus casillas.

–¿Podéis decirme, entonces, adónde debo dirigirme para tomar un barco, si no es al puerto, señor mío?

–Disculpadme. He olvidado presentarme. Me llamo Paolo Carriera, legado de Su Majestad el rey de Nápoles.

Afra trató de saludar con una solemne reverencia que, sin embargo, debido a lo que acababa de sucederle, no logró realizar.

–Me llamo... –se interrumpió, y al poco prosiguió–: Gysela Kuchlerin, viuda del tejedor Reginald Kuchler, de Estrasburgo.

–¿Y hacia dónde os dirigís?

Afra alzó la mano con un gesto negativo.

–Mi destino es el monasterio de Montecassino, pues tengo un encargo que cumplir allí.

–¿Habéis dicho Montecassino?

–¡Eso he dicho!

–¿Y podríais explicarme qué busca una mujer como vos justamente en un monasterio benedictino? Disculpad que mi pregunta sea tan directa.

–Libros. ¡Copias de antiguos libros!

–¡De modo que sois una mujer culta!

–Yo no diría tanto. No todo el que coge un libro entre sus manos es culto. Vos debéis saberlo.

–Pero sabéis leer y escribir.

–Me enseñó mi padre. Era bibliotecario. –Mientras hablaba, Afra fue consciente de que estaba a punto de revelar su aciago pasado. De forma que decidió no decir nada más.

–¿Poseéis algún documento que os identifique y atestigüe que no habéis contraído la peste?

Afra sacó el papel sellado del escote de su vestido y lo extendió ante los ojos del enviado real.

–¿Por qué lo preguntáis?

Paolo Carriera estiró el brazo y señaló en dirección al sol naciente.

–Mirad el *Ambrosia*, el galeón de los tres mástiles. La tripulación está a punto de izar las velas. Si queréis... –El legado lanzó una fugaz mirada al documento–. Si queréis, podéis viajar con nosotros. Si Neptuno se muestra bondadoso con nosotros y el viento sopla a nuestro favor, en diez días estaremos en Nápoles. Y desde allí son sólo dos días de viaje por tierra hasta Montecassino.

Afra suspiró aliviada.

–Es muy amable por vuestra parte. ¿Por qué...?

El legado levantó la cabeza y bajó la mirada con gesto presumido.

–No quisiera que os marcharais con un recuerdo desagradable de Venecia. ¡Apresuraos!

Afra cogió su hatillo y echó a correr tras Carriera. El *Ambrosia* se hallaba atracado al final del muelle que recorría la Riva degli Schiavoni. No sólo era el barco más grande del puerto, sino también el más hermoso. Las velas y los aparejos resplandecían a la luz del amanecer. En los castillos de proa y de popa, el barrigudo galeón disponía de cabinas con escotillas acristaladas. Una estrecha pasarela, empinada como la escalera de un gallinero y custodiada por dos fornidos moros, conducía directamente a la cubierta. Paolo Carriera cedió el paso a Afra.

Nada más llegar a cubierta, dos marineros con uniformes rojinegros subieron la pasarela a bordo, veinte más treparon ágiles como arañas por los aparejos y soltaron la vela mayor. Jamás en su vida había viajado Afra en un barco tan grandioso. Con los ojos desorbitados, siguió todas las maniobras hasta que el *Ambrosia* se hizo a la mar. Casi creyó estar presenciando un milagro cuando la inmensa vela mayor, que sólo unos instantes antes pendía fláccida del mástil, comenzó como por arte de magia a girarse poco a poco en dirección al viento, casi imperceptible, y fue abombándose como la panza de una vaca al rumiar. Entre fuertes gritos, dos marineros halaron los gruesos cabos con los que el majestuoso barco estaba amarrado. Con extraordinaria suavidad el *Ambrosia* se puso en movimiento, y con el movimiento comenzaron a oírse extraños ruidos. Por todo el soberbio galeón se extendieron crujidos, chirridos y quejidos, y también bajo cubierta, de donde provenían unos gemidos que recordaban a los suspiros de las almas en pena del Purgatorio.

Con la mirada puesta en la silueta de la ciudad, todavía cubierta por la humareda gris de las hogueras, Afra se agarró a la borda. En el mar de casas destacaban las cúpulas de San Marco cual sombreros de setas en la espesura de un bosque y, aparte, como si perteneciera al conjunto, el inmenso Campanile.

Un gran sentimiento de alivio invadió a Afra.

9

LA PROFECÍA DE MESSER LIUTPRAND

A Afra le parecía como un sueño que, de forma tan inesperada y repentina, su destino hubiera dado un giro para bien. Tan sólo una hora antes le habría parecido del todo imposible. Absorta en sus pensamientos, oía las voces de mando de los marineros que, con una destreza propia de hombres arácnidos, trepaban por los aparejos izando una vela tras otra: la mesana tras el palo mayor, la gavia sobre el mastelero del mástil mayor y, por último, una pequeña cebadera en el bauprés. Un ignorante habría precisado del olfato de un sabueso y la vista de un águila para dirigir el pesado galeón por entre las numerosas islas de la laguna, que flotaban como hojas de nenúfares en un estanque.

Afra estaba dejándose arrullar por el susurro de las olas de proa cuando el legado la abordó. Lo acompañaba una elegante mujer ataviada con un vestido plisado, ceñido bajo los pechos y cerrado hasta el cuello. Del fruncido cuello redondo de la vestidura emergía un excelso semblante de ojos oscuros y pálidos cabellos decolorados que, entrelazados en tirabuzones, ocultaban las orejas.

–Ésta es la señora Kuchlerin, una dama de Estrasburgo que viaja sola –anunció Carriera dirigiéndose a la mujer. Y volviéndose a Afra con un gesto cortés, agregó–: Mi esposa, Lucrezia.

Las dos mujeres se saludaron con una muda y leve reverencia, y Afra percibió de inmediato la tensión que provocó el encuentro de ambas.

–Sois las dos únicas mujeres a bordo entre treinta y ocho hombres –apuntó el legado–, de modo que ¡espero que os avengáis durante los próximos diez días!

–Por mí no habrá de ser –respondió irritada su esposa. Su voz era áspera y ronca, como la de tantas italianas, y no se ajustaba en modo alguno a los dulces rasgos de su rostro. Tras saludar con un leve movimiento de cabeza a Afra, se retiró al castillo de popa, en la cubierta superior, donde se encontraban los camarotes.

El legado siguió a su esposa con la mirada y luego se volvió hacia Afra:

–Confío en que os sentiréis a gusto en un camarote en la cubierta media. Normalmente la utiliza el sobrecargo para dormir, pero lo he desalojado.

–Por el amor de Dios, no era necesario que os molestarais. Yo me doy por satisfecha con que me llevéis con vos, y no tengo ninguna exigencia.

El legado invitó a Afra a seguirlo. Del centro del barco salía una estrecha y empinada escalerilla hacia abajo. En casos de mar gruesa, la entrada podía cerrarse con una trampilla. Afra se las vio y se las deseó para introducir su hato de ropa por la abertura.

La cubierta media era tan baja que el esbelto Paolo Carriera debía agachar la cabeza para no golpearse con el techo. Bajo cubierta había compartimentos de diferentes tamaños.

En la popa, apartado del resto de la marinería, se hallaba el camarote del sobrecargo, justo debajo del castillo de popa. Tenía una puerta inmensa con un cerrojo de hierro y disponía de un modesto catre de madera, un arcón, y un banco que se mantenía de pie hasta con mar gruesa.

Pese a que no podía considerarse que el cuarto fuera un lugar cómodo y agradable donde dormir, Afra estaba contenta, y de hecho experimentaba una sensación de felicidad que la confortaba. Al fin había burlado a sus perseguidores. Y ahora que viajaba con un nombre supuesto, podía sentirse más segura que nunca.

En cuanto al pergamino, que se hallaba –o al menos eso esperaba ella– camino a Montecassino, Afra sabía mucho y poco a la vez. Sabía de su valor, del que ya le había hablado su padre, que superaba las expectativas de él y las suyas propias. A ella le costaba acabar de creerse que un pedazo de pergamino pudiera valer más que una pepita de oro. Era insólito que unos infames herejes intentaran tirar abajo catedrales enteras porque sospechaban que el pergamino se hallaba en el interior. Era absurdo que las personas que ansiaban el pergamino pasaran, literalmente, por encima de los cadáveres de otros para conseguirlo. Era incomprensible que ella misma continuara sana y salva a esas alturas.

En momentos como ése, añoraba a Ulrich von Ensingen, el único hombre de su vida que le había dado apoyo. O al menos eso había creído ella hasta que comenzó a abrigar la sospecha de que Ulrich podía tener alguna relación con los Apóstatas. Habían transcurrido casi dos meses desde el fatídico acontecimiento sucedido en Estrasburgo. Y desde hacía dos meses ella vivía en un dilema: su sospecha no había sido en modo alguno infundada, si tenía en cuenta el extraño comportamiento de Ulrich; pero carecía de pruebas claras. ¿Cómo le habría ido a Ulrich?

Hallándose Afra abstraída en esos pensamientos, llegó a sus oídos a través del techo de su camarote una discusión. Sin prestar apenas atención, entreoyó el enfrentamiento del legado con su esposa, que en un primer momento no despertó su interés. Sin embargo, eso cambió de súbito cuando, en medio del griterío salió de forma inesperada su nombre, o mejor dicho, el nombre que se había apropiado.

–Eso es sencillamente ridículo –oyó exclamar a Donna Lucrezia–, esa mujer no es la mujer que ha mencionado messer Liutprand. Seguro que la has subido a bordo porque te ha mirado con ojos coquetos.

Afra se quedó sobrecogida. ¿Qué significaban, por el amor de Dios, las palabras de Lucrezia? Casi no se atrevía ni a respirar para poder oír con claridad las palabras que traspasaban el techo de su camarote.

–Messer Lintprand habló de una mujer que viajaba sola, y Donna Gysela era la única que respondía a esa descripción. –Era la voz del legado, que se justificaba ante su esposa–. Además –agregó sulfurado–, tus celos comienzan a ser enfermizos. Si por ti fuera, yo tendría que ir por la vida con una venda en los ojos que sólo podría quitarme cuando no hubiera mujer alguna a la vista.

–¡No sin motivo, Paolo, no sin motivo! Tú eres extraordinariamente mujeriego y conquistador. Más de una docena de niños te llaman «padre», todos ellos bastardos, hijos de mujeres conocidas por su ligereza.

–Pero todas sin excepción de buen linaje, ¡de las familias más ilustres de la ciudad!

El tono de la discusión era cada vez más elevado.

–Sí, claro, tú sólo tratas con las hijas más ricas de la ciudad o con mujeres de la alta nobleza. ¡Como corresponde al legado del rey de Nápoles!

–¿Y qué se supone que ha de hacer un legado, cuando su propia mujer lo tiene atado de pies y manos?

–¡No siempre fue así! Y tú lo sabes.

–Por eso mismo. Yo soy un hombre y tengo mis necesidades. Lo que el lobo no encuentra en el bosque, lo coge del rebaño del pastor.

–¡Eres un mastuerzo!

En el camarote del castillo de proa volaron las sillas. O al menos Afra no encontraba ninguna otra explicación al tremendo estrépito que hizo temblar el techo. Era evidente que su presencia a bordo había desencadenado la reyerta matrimonial. Y al parecer, la invitación a viajar a bordo del galeón del legado real no había sido fruto de la casualidad.

Después de que la situación en la cubierta superior se hubiera calmado, Afra se dirigió pensativa hacia arriba. Un inmenso cielo azul, manchado sólo por algunas nubes, se extendía de horizonte a horizonte. La oscuridad del mar y su oleaje evocaban todavía un poco el tiempo tormentoso de la noche anterior. De la tierra ya sólo se divisaba una fina línea gris que flotaba sobre el agua como una rama caída.

La aparición de Afra en cubierta suscitó cierto revuelo entre la tripulación. A excepción del capitán y dos oficiales, toda la marinería estaba compuesta por moros. Por fortuna, Afra no comprendía las obscenas exclamaciones que intercambiaron los marineros, entre risotadas, hasta que apareció Luca, el capitán, y con unos cuantos bufidos los puso firmes.

–Os ruego que me disculpéis –se excusó el capitán–, son salvajes y no conocen la decencia. Pero por dos ducados uno dispone de buenos marineros.

–¿Dos ducados? –preguntó Afra asombrada–. ¡No es una mala mesada para un marinero!

Luca estalló en carcajadas tan fuertes que resonaron por toda la cubierta.

–Imagino que estaréis bromeando. El señor de Carriera los compró en el mercado de negros por dos ducados cada uno, y ¡para siempre! Aparte de eso, de vez en cuando se les da algo de comer y con eso están contentos.

Afra tragó saliva. Jamás había conocido en persona a ningún esclavo. Aunque ella misma era una sierva en la granja del gobernador, nunca había sufrido por pertenecer a una clase inferior. La idea de ser vendida en un mercado, como un gorrino, por un par de monedas de plata, le resultaba absurda y repugnante.

Como si hubiera adivinado sus pensamientos, el capitán le dijo:

–No os preocupéis. Todos los moros son, sin excepción, paganos para los que la fe cristiana queda tan lejos como para nosotros la tierra de la que proceden.

–¿Quiere decir eso que no son personas? –inquirió bea, Afra, titubeante.

–¡En opinión del señor de Carriera y de la Santa Madre Iglesia, no!

–Ya entiendo –repuso Afra.

–Pero basta ya de charlas sobre paganos –exclamó Luca para cambiar de tema–. Si lo deseáis, puedo enseñaros el barco. Es el orgullo del legado real, y razones no le faltan. ¡Venid conmigo!

Por dos empinadas escaleras bajaron a la bodega. Tras la deslumbrante luz del sol de cubierta, a Afra le costó orientarse en la penumbra de la cubierta baja. Dicha cubierta consistía en un único espacio de techo muy bajo. Por las paredes transversales, que se ensanchaban hacia arriba, los cabrios se elevaban como el esqueleto de una ballena. El suelo se hallaba cubierto con tablones sueltos que, con el suave balanceo del barco, crujían y chirriaban como si soportaran todo el peso de la Tierra. Barricas de vino y barriles con agua potable, sacos de harina, mijo y legumbres secas, cajas llenas de pescado en salazón, frutas secas y pan, y cestos de frutas y hierbas: a Afra le pareció que en la bodega del barco había provisiones suficientes para viajar a las Indias.

Afra se asustó cuando, de detrás de los sacos –debía de haber unas seis decenas–, surgieron dos moros de la oscuridad. Los dos sujetaban un palo grueso con la mano, y uno de ellos le enseñó al capitán algo, imposible de identificar en la distancia, como un trofeo.

–No temáis –comentó Luca dirigiéndose a Afra–, son nuestros cazadores de ratas. Cumplen su cometido mucho mejor que cualquier trampa. El que no atrapa ninguna, se queda sin comer. –Se echó a reír.

Afra se volvió hacia un lado con gesto de asco al ver que el grumete sostenía por la cola una rata ensangrentada.

–Quiero irme de aquí –afirmó con determinación.

En la entrecubierta, donde Afra tenía su camarote, se alojaban también el médico personal del legado real y el confesor de Donna Lucrezia, así como su adivino y vidente.

La tarea del *dottore* Madathanus se limitaba principalmente a administrar dolorosas lavativas al legado real, que padecía fuertes flatulencias y vivía día y noche con un permanente temor a explotar. Las enfermedades de Donna Lucrezia eran, por el contrario, de naturaleza más bien espiritual y exigían, a pesar o debido a la invisibilidad de los síntomas, un esfuerzo infinitamente mayor de los terapeutas. El padre, llamado así por todos pese a que nadie sabía en realidad a qué orden pertenecía, oía en confesión a Donna Lucrezia en el castillo de popa cada dos días, y el legado no era el único a bordo que se preguntaba qué pecados tenía que confesar la piadosa mujer al cabo de tan sólo dos días. Por si eso no bastara, el destino de Lucrezia era dirigido por messer Liutprand, un estudioso, según él mismo aseguraba, de las ciencias de la adivinación y la videncia, artes frente a las que el legado se mostraba, si no contrario, sí un tanto escéptico.

Mientras que todos los demás atendían sus quehaceres con total discreción y en silencio, messer Liutprand escenificaba sus sesiones con la misma espectacularidad que un juglar. Liutprand lucía siempre una holgada vestidura negra que le caía justo por encima de las rodillas. Sus flacuchas piernas estaban cubiertas por unas ajustadas calzas negras, y negro era también su alto sombrero, del que sólo se despojaba al entrar en la entrecubierta. En la penumbra de la entrecubierta se adivinaba también la razón de su apego al sombrero: a messer Liutprand no le quedaba ni un solo pelo en su siempre pálida y empolvada cabeza, por culpa de una simple sarna.

Afra fue invitada a la comida que celebraban todos los días el legado y su esposa poco antes del atardecer, en el castillo de popa, junto al capitán, el médico, el padre y el adivino. Tras la discusión que había mantenido el matrimonio, Afra se sentía muy incómoda. Sabía que inspiraba aversión en la esposa del legado y sabía también que el mayor enemigo que puede tener una mujer es otra.

Afra había pasado todo el día en cubierta para huir del terrible hedor que se extendía por toda la bodega del barco. Las olas saladas y la intensa luminosidad del mar Adriático le habían sentado bien. Por primera vez en mucho tiempo había gozado del sosiego necesario para reflexionar. Y si bien hasta poco antes se había cuestionado si no había cometido un disparate al embarcarse en ese viaje y si las fuerzas la acompañarían en la búsqueda del pergamino y el descubrimiento del misterio que lo envolvía, ahora tenía la certeza de encontrarse en el camino correcto. Lo conseguiría. Aunque sólo pudiera contar consigo misma.

El camarote era angosto y estaba situado en la popa, perpendicular al rumbo del barco, encima del timón. En la estancia había el espacio justo para una mesa estrecha y ocho sillas, cuatro a cada lado. A Afra ya le habían sido presentados todos los comensales y le sorprendió cuán silenciosamente permanecían sentados los unos frente a los otros: el legado frente a su esposa Lucrezia, el médico frente al padre y el capitán frente al adivino. Afra tomó asiento en el extremo derecho de la mesa.

Afra desconocía los usos a bordo del buque y, en su inconsciencia, preguntó al capitán cuántas millas había recorrido el *Ambrosia* desde que había zarpado de Venecia. A bordo era costumbre que la comida común se celebrara en silencio hasta que el legado tomara la palabra y formulara una pregunta a alguno de los comensales, tras la que solía entablarse una conversación trivial.

De aquí que el capitán Luca solicitara con la mirada el consentimiento del legado hasta que éste, con un complaciente gesto de mano, le concedió permiso para responder.

«Unas setenta millas», contestó Luca, y acto seguido agregó que hasta ese momento el viento no les había sido muy propicio. Si las cosas continuaban igual, la travesía hasta Nápoles podría llegar a prolongarse uno o dos días más de lo previsto.

Con el aroma de la carne a la brasa que sirvió el cocinero, un hombre chaparro cuya ropa blanca estaba salpicada de manchas de grasa, a Afra se le hizo la boca agua. Llevaba días sin comer nada salvo algún que otro mendrugo de pan. Además de la carne, de la que se repartió a cada uno un generoso trozo sobre una tablilla de madera, había también pescado en vinagre y un pan redondo y caliente, una opípara colación propia de la alta sociedad. De beber se les sirvió vino en grandes copas de cinc cuyo borde era más cerrado de lo habitual, para que el contenido no se derramara a causa del oleaje.

Mientras Afra daba cuenta del condimentado manjar, notaba que el adivino dirigía la vista hacia ella de forma continua. Ella fingió no percatarse, pero sentía cómo los ojos del hombre, sentado enfrente, en el extremo contrario de la mesa, se le clavaban como cuchillos.

A diferencia de su esposa, Paolo Carriera juzgó inadecuada la conducta del adivino, sobre todo porque Afra, a la vista de todos estaba, se había sonrojado. Para lograr que el adivino desistiera de su comportamiento, reprendió a Liutprand, que también en las comidas llevaba su sombrero:

–Me parece, messer, que cuando lanzasteis vuestra profecía pensabais en una agradable compañía para el viaje.

Messer Liutprand se escandalizó.

–¡No tengo por qué tolerar semejante afirmación!

–No, messer Liutprand no tiene por qué tolerar semejante afirmación –suscribió Donna Lucrezia.

El legado compuso una mueca irónica.

–En ese caso, ¿podéis explicarme a qué se debe que no hayáis apartado vuestra indiscreta mirada de Donna Gysela desde que nos hemos sentado a la mesa?

Liutprand agachó la cabeza.

Para disimular la vergüenza, pero también por curiosidad y porque ella misma estaba implicada, Afra preguntó al legado:

–Habéis mencionado una profecía. ¿Acaso esa profecía se refiere a mí?

–¡Por supuesto que no! –exclamó Lucrezia adelantándose a su esposo.

Paolo le lanzó una mirada burlesca.

–Sería más adecuado que dejaras que a eso respondiera messer Liutprand, amor mío.

Como el adivino guardó silencio y apartó la vista hacia un lado, ofendido, Paolo Carriera explicó con tono pedante:

–Debéis saber que mi esposa es incapaz de enfrentarse a la vida sin su adivino. La víspera de nuestra partida de Venecia, messer Liutprand profetizó que...

–¡Lo leí en las estrellas! ¡Y las estrellas no mienten! –lo interrumpió el adivino.

–...Messer Liutprand leyó en las estrellas que una mujer muy importante para todos nosotros nos acompañaría en el viaje. Y como hasta momentos antes de zarpar no se presentó ninguna mujer que quisiera emprender el viaje con nosotros, yo salí a echar un vistazo y os vi a vos, que además estabais en apuros.

–¿Una mujer importante? –Afra se sonrojó–. Yo soy una simple viuda que os agradece en el alma que la invitarais a subir a bordo. ¡Deberíais haber buscado mejor, señor de Carriera!

Entre murmullos de placer, los comensales se disponían alegremente a seguir satisfaciendo sus estómagos cuando, de pronto, el adivino dio un golpe en la mesa con la copa y, sulfurado, exclamó:

–¡No consiento que mi arte sea ridiculizado de esta manera! ¡Por nadie!

Afra se sobrecogió ante el arrebato de ira del adivino.

–Os ruego que me perdonéis, no pretendía ofenderos, y nada se hallaba más lejos de mi intención que despreciar vuestro arte y a vos. Las dudas se referían sólo a mi persona. Yo soy una humilde mujer y no soy importante para nadie.

Messer Liutprand, sin levantar la cabeza, lanzó a Afra una mirada cargada de recelo que hizo relampaguear el blanco de sus oscuros ojos.

–¿Y cómo podéis saberlo? ¿Acaso conocéis el futuro?

–¡No, nadie sabe lo que sucederá mañana!

En ese instante el adivino se inclinó sobre la mesa con un ademán tan brusco que el sombrero se le ladeó, y acercando su nariz a la de Afra y salpicándole de saliva, le susurró por lo bajo:

–¡Vos no sabéis lo que sucederá mañana, *signora*, vos no! Sin embargo, ante mis ojos el futuro aparece como un libro abierto. Lo único que necesito es buscar entre sus páginas.

La mujer del legado asentía con gesto de devoción mientras éste se revolvía nervioso en la silla.

–¡Decidnos, pues, de una vez si Donna Gysela es esa mujer tan importante para todos nosotros o si yo me equivoqué en la elección!

Como una víbora hambrienta, Liutprand agarró la mano derecha de Afra y volvió la palma hacia arriba. Por un instante sostuvo la mano de Afra como un trofeo, luego bajó la cabeza hasta que su nariz estuvo a punto de rozar la mano, y entonces la olisqueó como un perro. Mientras Liutprand examinaba la palma de la mano de Afra, en la que podía observarse con absoluta claridad una «M» atravesada por varias líneas tangentes, los demás se acercaron para presenciar tan memorable acontecimiento.

El padre observaba con las manos juntas y los ojos desorbitados, el capitán sonreía con arrogancia, al *dottore* Madathanus parecía inspirarle repugnancia la mano examinada, mientras que el legado enarcaba las cejas, expectante, y fruncía los labios, en señal de escepticismo. Sólo Lucrezia, su esposa, mostraba un vivo interés por el acontecimiento y se tapaba la boca con la mano.

Y fue Lucrezia también quien, rompiendo el repentino silencio, exclamó:

–¡Nada! ¿No es cierto? Esta mujer no tiene ninguna importancia para nosotros.

Sin soltar la mano de Afra, el adivino levantó la vista y negó pausadamente con la cabeza. Acto seguido, fulminó a Lucrezia con una mirada de desaprobación.

–Si permitís que os dé un consejo, Donna Lucrezia –afirmó con gravedad–, deberíais poneros a bien con esta mujer. El motivo no puedo revelároslo, pues como ya sabéis, el honor prohíbe a todo adivino realizar cualquier clase de manifestación sobre la muerte.

Todo el círculo se quedó mirando fijamente a messer Liutprand, como si se hallaran bajo el efecto de un hechizo. Afra sentía una desagradable opresión por la fuerza con que el quiromántico le apretaba los dedos.

El semblante rosado de Lucrezia se había tornado blanco. Afra vio cómo las pestañas de la mujer aleteaban. Ella misma tampoco sabía cómo interpretar las palabras de Liutprand. No sin cierta timidez, preguntó:

–¿Y decís que eso lo habéis leído en mi mano?

–Eso y otras tantas cosas –respondió irritado el adivino.

–¿Otras cosas? ¡Os ruego que me hagáis partícipe de vuestros conocimientos!

–Sí, hacednos partícipes a todos –agregó Paolo Carriera.

Liutprand se hizo el remilgado unos instantes, regocijándose con la tremenda expectación que había despertado en los comensales. Luego volvió a situar la mano de Afra ante sus ojos, casi rozando su nariz, y mientras su mirada escrutaba la palma de la mano, afirmó entrecortadamente:

–Vuestra mano... Donna Gysela... revela un... tremendo poder.

La mirada de Afra, avergonzada, recorrió todos los rostros. Nadie dijo una sola palabra. Incluso el legado se abstuvo de hacer observaciones.

–Un poder –prosiguió el adivino– que podría inquietar al propio papa de Roma...

–¿De qué estáis hablando? –inquirió Afra tratando por todos los medios de disimular los nervios. Sentía el pulso de la sangre en las sienes. ¿Tenía el adivino alguna relación con la Logia de los Apóstatas o realmente era capaz de leerlo en su mano?

Sin duda, los videntes eran personas muy buscadas, y algunos tenían la capacidad de predecir el futuro. A menudo se oía hablar de sorprendentes profecías que habían acabado cumpliéndose de forma milagrosa. Sin embargo, con la misma frecuencia muchas de las predicciones resultaban ser descabelladas charlatanerías que poseían tan poco valor como una bula de indulgencia comprada a precio de oro.

Al darse cuenta de que el adivino no estaba por la labor de responder a su pregunta, Afra preguntó con fingida indiferencia:

–Es interesante, messer Liutprand, lo que os revelan las líneas de mi mano. Pero decidme una cosa, ¿no son esas líneas idénticas en todas las personas?

El adivino se echó a reír.

–Donna Gysela, nadie sabe con exactitud cuántos hombres pueblan nuestro planeta; pero hay algo de lo que no cabe la menor duda: entre esas miles y miles de personas no hay dos que tengan las líneas de la mano iguales. Y ¿por qué? Porque cada persona posee su propio destino y lo lleva cincelado en la palma de la mano, como los trazos de un grabado en madera. Eso lo sabía ya el sabio Aristóteles. La mera contemplación de las líneas de la mano le bastaba para averiguar si la vida de una persona sería corta o larga. Yo mismo, si se me permite el apunte, he estudiado astrología y quiromancia en la Universidad de Praga, dos disciplinas que siempre van de la mano. De modo que esta ciencia no me es del todo ajena.

Messer Liutprand continuaba asiendo la mano de Afra. Con la diferencia de que ahora lo hacía sin odio. Sus vivos ojos continuaban brillando mientras examinaban la palma de la mano.

–¿Una viuda, decís que sois? –preguntó.

–Sí –respondió Afra, temerosa. Hasta ese momento la mentira

no la había puesto en ningún aprieto. No había motivo alguno para que dudaran de su identidad. De hecho, contaba hasta con un documento que atestiguaba que era Gysela Kuchlerin. Pero la pregunta del adivino no auguraba nada bueno–. ¿Por qué lo preguntáis?

Liutprand le frotó la palma de la mano con los pulgares, como si las líneas hubieran sido dibujadas con sanguina y él intentara borrarlas. Mientras lo hacía, meneaba la cabeza.

–¡No tiene importancia! –exclamó al fin, y de forma inesperada soltó la mano de Afra con brusquedad, como si hubiera tocado un clavo ardiendo.

Entonces intervino Donna Lucrezia, devorada por la curiosidad:

–¡Hablad de una vez, messer Liutprand! ¡Estáis intentando ocultarnos algo!

–¡Sí, hablad! –añadió Afra–. ¿Qué más hay escrito en mi mano?

–Un hombre irrumpirá de manera inesperada en vuestra vida. Y el encuentro con él presagia felicidad para vos, y también tristeza.

Afra bajó la cabeza. La avergonzó que el augurio se hubiera pronunciado delante de todos. Habría querido preguntarle miles de cosas a messer Liutprand, pero la presencia de los demás comensales, que parecían deleitarse con su futuro, la hizo contenerse. Como si no hubiera tomado del todo en serio las palabras del adivino, Afra señaló:

–No son unas malas perspectivas, si os he entendido bien.

Liutprand se ajustó el sombrero.

–Todo depende de la forma en que vos afrontéis vuestro destino.

–¿Qué significa eso?

–Bueno, veréis, el destino de todas las personas está escrito, pero el provecho que de él pueda sacarse está en manos de cada cual. El encuentro con un hombre puede procurarle felicidad a una mujer. Sin embargo, de igual manera que el más dulce de los vinos puede convertirse en agrio vinagre si es tratado de modo equivocado, el encuentro entre dos personas puede convertirse en un infierno, aunque en un principio presagiara la gloria.

–Con eso queréis decir que...

Liutprand alzó las manos con un gesto negativo.

–En absoluto, Donna Gysela, lo único que pretendo es advertiros que la felicidad que aguarda en el futuro debe cuidarse igual que una planta tierna y frágil.

Las palabras del adivino dejaron a Afra pensativa. Pero sus ensoñaciones se desvanecieron al oír la voz de Lucrezia.

–Por el modo en el que habláis –increpó a messer Liutprand en tono de reproche– parece que fuera Donna Gysela y no yo la que os da trabajo y sustento.

–Como os dije ya con anterioridad, Donna Gysela se encuentra más cerca de vos de lo que creéis. ¡No lo olvidéis, Donna Lucrezia! –Liutprand se levantó y lanzó una mirada reprobatoria a la esposa del legado. Acto seguido, atravesó con fuertes pisadas el camarote y se marchó. Los demás lo siguieron en silencio.

Ya era de noche cuando Afra salió a cubierta. Soplaba una brisa templada del oeste y el *Ambrosia* avanzaba renqueante, entre gemidos y lamentos, como un leñador al que ya no acompañan las fuerzas. Las estrellas brillaban en el cielo como relucientes frutas en un árbol otoñal.

Antes de bajar a las hediondas cubiertas del barco, Afra respiró hondo hasta llenar sus pulmones con el aire fresco de la noche. Luego se dirigió a la entrecubierta y se metió en su camarote.

Afra tardó mucho en conciliar el sueño. El ruido estridente y penetrante de las campanas retumbó en sus oídos de madrugada. Las fuertes voces de mando se extendían por la entrecubierta. El revuelo era tremendo.

Entre sueños, Afra oía gritos nerviosos de «¡Piratas, piratas!». Y en medio de los gritos el repique de las campanas, una y otra vez.

De pronto, la puerta de su camarote se abrió bruscamente. Afra se tapó con la manta hasta el cuello.

–¡Donna Gysela! –exclamó la voz del capitán–. ¡Por el este se aproxima un barco con corsarios a bordo! –Luca arrojó unas ropas sobre la cama de Afra–. Poneos eso, rápido. Es ropa de hombre. ¡Si nos asaltan, como mujer lo tenéis muy negro!

Antes de que Afra pudiera responder, el capitán había desaparecido. A toda prisa se vistió con la ropa de hombre, se puso unos calzones que le llegaban hasta las rodillas, encima una camisa ancha y una chaqueta con botones de madera. Bajo una redonda gorra de cuero, que por detrás le cubría hasta la nuca, ocultó su voluminoso cabello. No había un espejo donde poder verse con el disfraz; pero Afra se sintió mucho menos incómoda de lo que había imaginado.

En cubierta todos los marineros estaban arriando las velas. Las inmensas lonas suponían el mayor peligro en un galeón como el *Ambrosia*. Resultaba muy sencillo prenderles fuego. Aunque sin velas el majestuoso barco del legado era ingobernable, el armamento, que los marineros manejaban a la perfección, bastaba para hundir a cualquier agresor o, cuando menos, para darse a la fuga.

Naturalmente, los corsarios, que solían proceder del este y sustentaban a ciudades enteras, conocían esta táctica, y trataban de maniobrar con sus barcos, la mayoría de los cuales disponían de remeros adicionales, hasta abordar al barco enemigo. El navío que se acercaba lentamente por el este parecía llevar esa intención. Desde lejos se apreciaba con claridad cómo los remos, en dos hileras superpuestas, emergían del agua y volvían a sumergirse. Los piratas también habían recogido las velas de su barco. En el palo mayor faltaba la bandera que indicaba la procedencia del galeón, una señal inequívoca de las turbias intenciones de sus ocupantes.

En cubierta, el capitán dio la voz de mando:

–¡Todos los cañones a babor! ¡Mosquetes y arcabuces a sus puestos, la mitad a babor y la otra mitad a estribor!

Esforzándose con todo su afán, los moros empujaron y arrastraron cuatro cañones hasta el lateral izquierdo del barco y amarraron cada uno de ellos al soporte destinado a tal efecto.

–¡Rápido, apresuraos, si no queréis ir todos a pique! –gritó el capitán. Su voz traslucía cada vez mayor nerviosismo–. ¡Cargando armas y cañones!

Los marineros formaron una cadena y, desde la cubierta baja, comenzaron a pasarse unos a otros pequeños barriles y cajas con pólvora negra. Una vez en cubierta, cañones y armas eran cargados, respectivamente, por dos hombres. Delante del castillo de popa había una docena larga de ballestas bien tensadas.

Mientras el navío corsario avanzaba de forma inexorable, el capitán Luca se subió a un barril vacío de pólvora para hacerse oír mejor, y en ese instante se oyó gritar al oficial de guardia desde la cofa:

–¡Otro barco a la vista por el este-sur-este!

Entrecerrando los ojos y con la mano a la altura de las cejas, el capitán miró en esa dirección. Aproximadamente una milla por detrás del barco enemigo, divisó un segundo navío. Aunque todavía no tenían la certeza de que ambos estuvieran confabulados, existía la clara sospecha de que pudiera ser así. A los piratas turcos y albaneses les gustaba actuar juntos.

El primer barco se acercó, amenazante, a tiro de una ballesta. El capitán y su tripulación debían adelantarse. Por lo general, los corsarios no disponían de armas de fuego que hubieran de tomarse demasiado en serio, aunque la destreza de sus arqueros y ballesteros era muy temida. Aquel que deseara vencer a los piratas debía, por tanto, atacar antes de que éstos arrojaran sus flechas.

El capitán gritó más fuerte aún:

–¿Cañones preparados?

–¡Cañones listos! –respondió la marinería.

–¡Fuego!

Los artificieros encendieron las mechas.

Pareció pasar una auténtica eternidad hasta que la llama llegó a la boca de fuego. A continuación una atronadora detonación perturbó la madrugada, una nube de un gris blanquecino con forma de seta gigante se elevó hacia el cielo y nubló por completo la visibilidad en cubierta.

Afra, ataviada con su disfraz, se había refugiado bajo el castillo de proa, un lugar más o menos seguro que le había asignado el capitán. Ahora tosía tratando de coger aire. Tenía la sensación de que los cañonazos le habían resquebrajado los pulmones.

Nada más disiparse la humareda, se vio con claridad que los dos cañones habían errado el tiro.

–¡Cargad de nuevo! –ordenó el capitán–. ¡El resto, a los arcabuces y mosquetes!

Con un gran griterío, los tiradores se precipitaron hacia sus armas. Entretanto, las primeras flechas enemigas golpearon contra el costado del barco. El barco pirata estaba tan cerca que era posible distinguir a los tripulantes de la cubierta.

–¡Fuego! ¡Fuego! –bramó el capitán.

Acto seguido, como si hubiera comenzado el Juicio Final, se desató un caos infernal. El aire parecía vibrar con el estallido de los cañonazos. Todo apestaba a pólvora y a hierro candente. Y los mosqueteros y arcabuceros celebraban cada uno de los disparos de su arma con un estridente grito, como si hubieran sido alcanzados por el enemigo. Aterrorizada, Afra se tapó los oídos.

Los disparos cesaron de forma repentina. Desde la cofa, el oficial de guardia exclamó:

–¡El barco enemigo intenta ponerse en facha!

–Cañones tres y cuatro, ¡fuego! –gritó el capitán.

Los cañoneros encendieron las mechas.

Pero los piratas los estaban aguardando. Porque ahora, hallándose muy cerca, como se hallaba el galeón, a tiro de flecha, estaba a merced de los ballesteros de los corsarios. Las flechas llovían sobre los cañones como una plaga de langostas. El primer hombre abatido cayó al suelo lanzando un grito. En ese mismo instante explosionó el tercer cañón, y acto seguido el cuarto. En medio de la humareda que lo cubría todo se oían los impactos de las flechas, el crujir de la madera y los gritos de auxilio de los heridos.

–¡Objetivo alcanzado! –anunció el oficial de guardia desde la cofa.

Pero las flechas de los piratas continuaban acribillando el *Ambrosia*.

Cuando el humo se hubo disipado, pudo apreciarse el acierto de los artilleros: uno de los tiros había alcanzado el palo mayor del barco pirata, y éste había caído como un árbol derribado por una tormenta otoñal. Varios cadáveres flotaban en el mar en extrañas posiciones, entre tablones despedazados. Pero los corsarios no se rendían.

Guarecidos tras las escotillas cerradas, los remeros azotaban el agua y se acercaban cada vez más. La táctica de los piratas era evidente. Lo dispondrían todo para abordar el *Ambrosia* con el propósito de solventar el enfrentamiento en un combate cuerpo a cuerpo. Había que evitarlo por todos los medios.

Mientras el capitán ordenaba a los arcabuceros que volvieran a disparar y los tiradores apuntaban con sus armas al enemigo, se oyeron los zumbidos de las primeras saetas incendiarias al caer sobre la cubierta. Las puntas de las saetas estaban impregnadas en brea, y las llamas eran capaces de devorar el casco y la estructura de un barco a la velocidad del viento. Al mismo tiempo, los tiradores del barco pirata, agazapados, apuntaban a blancos aislados.

Acurrucada al pie del castillo de proa, con las piernas encogidas, la barbilla apoyada sobre las rodillas y los ojos fuera de las órbitas, Afra seguía el combate. Curiosamente, no sentía miedo. Había sobrevivido a la peste, y algo en su interior le decía que saldría de ese asalto sana y salva.

Los arcabuceros abrieron fuego y, entre los estallidos y el humo, Afra alcanzó a ver que una flecha de fuego había entrado por la ventana del castillo de popa y el camarote ardía en llamas. Una humareda negra brotaba de él y, al cabo de un instante, la puerta se abrió y el legado se precipitó sobre la cubierta. Mareado, Paolo Carriera se abrazó a la puerta tambaleante. Acto seguido, cayó al suelo inconsciente y, al desplomarse, cerró el camarote.

¿Dónde estaba Lucrezia?

Afra sabía que la mujer del legado permanecía en el interior del camarote. Pero si quería sacarla de allí, antes debía atravesar toda la cubierta, lo cual la convertiría en un blanco fácil para los piratas. Era cierto que Donna Lucrezia la había tratado con tremenda hostilidad. Sin embargo, ¿justificaba eso que ahora ella la abandonara, condenándola a una muerte segura?

Ángeles y demonios libraban una batalla en su cabeza. Y mientras Afra, con el corazón en un puño, trataba de tomar una decisión, mientras el bien amenazaba con derrotar al mal, el legado volvió en sí por un momento y, arrastrándose por la cubierta, se puso a salvo de las flechas enemigas. Él no parecía ser consciente del hecho de que Lucrezia continuaba dentro del camarote.

El humo que brotaba del camarote era cada vez más denso. Y de pronto, contra toda esperanza, Donna Lucrezia apareció por la puerta. Aunque lucía ropas de hombre y un casquete, Afra la reconoció de inmediato. Lucrezia tosía y boqueaba como un pez moribundo fuera del agua. Con las últimas fuerzas, se aferró a la puerta del camarote.

Afra se sintió aliviada. Lucrezia había tomado la decisión por ella. Pero al pararse a pensarlo, Afra se avergonzó de haber dudado. Y de pronto, sus miradas se cruzaron. Afra y Lucrezia se quedaron mirándose fijamente, en silencio.

Finalmente Lucrezia salió del camarote y cerró la puerta tras de sí. Permaneció inmóvil, apoyada en la puerta, tratando de recuperar la respiración. Después se limpió el sudor de la frente con la manga.

Por el rabillo del ojo, Afra vio que en la cubierta del barco pirata uno de los arqueros apuntaba con su arma. Con la mano izquierda, el fornido muchacho tensó el arco de tal modo que parecía a punto de partirse. A ojo, a Afra le dio la sensación de que el tirador apuntaba a Lucrezia.

Sin pensarlo dos veces, Afra se levantó de un salto y, bajo el zumbido de las flechas que sobrevolaban la cubierta, echó a correr hacia Lucrezia, se abalanzó sobre ella y la tiró al suelo. Justo a tiempo, pues en ese mismo instante la flecha del fornido tirador impactó contra la puerta del camarote con un golpe seco. Después su cimbreo produjo un sonido vibrante, similar al de las cuerdas heridas al puntear un instrumento.

Las dos mujeres se quedaron paralizadas, con los ojos clavados en la saeta mortal. Lucrezia parecía ser incapaz de realizar cualquier movimiento. Afra, por el contrario, volvió en sí de inmediato. Agarró a Lucrezia por la muñeca y arrastró a la aturdida mujer por la cubierta hasta el castillo de proa, donde ella se había cobijado durante el ataque.

Nada más guarecerse a salvo bajo el saledizo del castillo, dos fuertes explosiones hicieron vibrar el aire, seguidas por un estruendo que retumbó en sus oídos como el trueno de una tormenta estival.

–¡Enemigo alcanzado! –bramó el capitán, bailando como un fauno sobre la cubierta superior.

Afra no comprendió la magnitud del hecho hasta que vio que la proa del galeón enemigo comenzaba a elevarse, lentamente al principio, casi remisa, pero luego cada vez más impetuosa y embravecida, cual caballo desbocado, hasta que el barco quedó erguido en el agua. Entre gritos, los piratas se arrojaron al mar. Algunos intentaron nadar hacia el *Ambrosia* para salvarse, pero los arcabuceros no tuvieron compasión alguna y dispararon hasta que las olas hubieron engullido al último de los corsarios.

El agua entre el buque naufragado y el *Ambrosia* se tiñó de rojo. Tablones, maderos, barriles y cajas eran arrastrados por las olas.

Por unos instantes, el barco pirata se mantuvo suspendido con la proa enhiesta, dando la sensación de que hubiera soltado todo su lastre, hasta que de súbito, como si obedeciera una orden secreta, desapareció en las profundidades. El *Ambrosia* daba vueltas, arrastrado por la corriente arremolinada que provocaba el hundimiento del barco pirata. Los marineros gritaban y agitaban las armas en señal de victoria. Nada más anunciarse desde la cofa que el segundo barco había cambiado el rumbo para darse a la fuga, la alegría de la tripulación se desbordó.

Afra, de rodillas, había contemplado cómo se había ido a pique el galeón enemigo, mientras Lucrezia, tendida de espaldas junto a ella, boqueaba para intentar coger aire.

–¡Castigo...! –farfullaba una vez tras otra–. ¡Divino...! –Pero apenas se la entendía. Afra se inclinó sobre ella, y entonces leyó en los labios de Lucrezia–: ¡Castillo! ¡Adivino!

–¿Adivino? ¡Liutprand! ¿Dónde está Liutprand?

Sin apenas energía, Lucrezia levantó la mano y señaló hacia el castillo de popa. Por la ventana destruida por los disparos y la ranura de la puerta seguía brotando una densa humareda negra.

Afra se puso en pie e hizo una señal a uno de los arcabuceros para que la siguiera.

La cubierta superior estaba resbaladiza, cubierta de sangre y erizada de flechas. En medio del alborozo y la euforia de la victoria, nadie parecía preocuparse por los dos marineros muertos. Afra señaló hacia adelante.

En un primer momento el marinero dudó si adentrarse en la nube de humo del castillo de popa, pero al ver que Afra entraba sin vacilar, la siguió. Tapándose la boca con el brazo, Afra se abrió paso entre el humo. Con un gesto, indicó al marinero que mirara en el camarote de la derecha. Ella miró en el de la izquierda.

El humo procedía del camarote de Lucrezia. La puerta estaba entreabierta. Afra la abrió con el pie. Una flecha había prendido fuego a la cama de Lucrezia. La paja que servía de base continuaba ardiendo lentamente. Cuando ya se disponía a salir de la habitación, Afra descubrió al adivino en el suelo. Liutprand yacía inmóvil boca abajo, con la cabeza apoyada sobre los brazos, como si se hubiera negado a ver lo que estaba sucediéndole. Afra pidió ayuda al marinero.

Entre los dos sacaron a Liutprand a rastras y lo tendieron sobre la cubierta superior, donde Paolo Carriera fue a su encuentro. Todavía parecía un tanto aturdido, pues no mostró demasiado interés por el adivino.

–¡Tenéis que llamar al médico! –apremió Afra al legado.

Carriera asintió. A continuación se acercó a Afra y, mirando hacia la flecha clavada en la puerta del camarote, dijo entrecortadamente:

–Vos le habéis salvado la vida a Donna Lucrezia... –Sus palabras sonaron torpes.

–¡No ha sido nada! –respondió Afra–. Traed al médico. Creo que messer Liutprand está muerto.

Apenas había acabado la frase cuando Liutprand abrió los ojos. Con la calva al descubierto, sin su elegante sombrero, ofrecía un aspecto lamentable.

–¡Cielo santo, está vivo! –exclamó una voz débil.

Lucrezia acababa de llegar.

–¡Está vivo! –repitió el legado.

El pecho de Liutprand se hinchaba y se hundía a un ritmo desigual, con movimientos espasmódicos. El adivino jadeaba, dando bruscas bocanadas para tomar aire.

De la cubierta baja salieron arrastrándose el doctor Madathanus y el padre. Deslumbrados por la claridad de la luz, miraron estupefactos a su alrededor. Al reparar en Liutprand, tendido sobre los tablones sin apenas aliento, el médico se agachó junto a él y colocó su oreja sobre el pecho del adivino, mientras el padre –qué otra cosa podía hacer– juntaba las manos y murmuraba entre dientes una oración incomprensible.

–¡Decidnos algo! –interpeló Lucrezia al médico.

Éste levantó la vista y meneó la cabeza.

Lucrezia se dio la vuelta y se llevó las manos a la cara. En la cubierta superior cesó el alboroto. Todos los marineros formaron un corro alrededor del adivino, tendido en el suelo, y contemplaron la escena.

–¿Qué hacéis todos ahí curioseando, cuadrilla de infieles miserables? –bramó el capitán, furibundo–. Apagad el incendio del castillo de popa, arrojad los cadáveres por la borda y limpiad la cubierta. ¡A trabajar!

Los marineros se marcharon refunfuñando. Algunos cargaron agua con cubos de madera y poco tiempo después los rescoldos del castillo estaban apagados. Por lo demás, el *Ambrosia* había sufrido muy pocos daños.

Titubeante, el médico bajó de nuevo la mirada hàcia el adivino. Afra, que se percató del gesto del doctor, le increpó encorajinada:

–Doctor Madathanus, ¿por qué no hacéis nada?

–Me temo que... –respondió, encogiéndose de hombros.

–¡Dadle un elixir o alguno de vuestros remedios milagrosos! ¡Quedarse de brazos cruzados seguro que no lo ayudará!

El legado asintió y Madathanus se marchó hacia la cubierta baja.

A Liutprand cada vez le costaba más respirar. Los espasmos le provocaban sacudidas, lo cual dio un motivo al padre para aumentar, en la misma medida, el volumen y el fervor de sus oraciones.

Afra continuaba arrodillada junto al adivino. De forma inesperada, éste abrió los ojos y con una expresión muy despierta, casi pícara, le indicó con una leve señal que se acercara, como si quisiera susurrarle algo al oído. Afra obedeció y se inclinó sobre el agonizante.

A Liutprand le costaba un esfuerzo bárbaro hablar. Eso era evidente. Sin embargo, muy despacio, susurró de modo que todos pudieron oírle:

–Me habría gustado ver con mis propios... cómo una mujer... doblega al sumo pontífice.

Ésas fueron las últimas palabras del adivino, que, como todos los adivinos, creía conocer el destino de todos los demás y al que, sin embargo, jamás le fue revelado el suyo.

Cuando Lucrezia comprendió que messer Liutprand había muerto, comenzó a chillar y a dar golpes a diestro y siniestro, totalmente fuera de sí. Alzando las manos hacia el cielo, maldijo a los infieles corsarios y dio gracias a Dios por haberlos condenado a un justo castigo. Paolo Carriera y el padre tuvieron que forcejear con ella para impedir que se clavara una de las flechas enemigas, esparcidas por doquier.

Una vez que Lucrezia se hubo calmado, comenzó entonces a lamentarse porque el legado había dado la orden al capitán de envolver el cadáver del adivino en una sábana y arrojarlo al mar. Y sólo cuando el padre le juró por Dios que era ésa una práctica totalmente aceptada por la Santa Madre Iglesia y autorizada de forma expresa por el papa, Lucrezia dio su consentimiento.

Así pues, el difunto adivino fue enrollado en una vela blanca del bauprés, que era lo más apropiado para la ocasión. Además, para mayor seguridad, introdujeron en el sudario una cruz y dos piedras de las que solían emplearse para lastrar los barriles de las salazones. Cuando la tripulación hubo formado filas y el padre hubo pronunciado una oración y tres *Requiescat in pace*, dos marineros arrojaron a messer Liutprand al mar.

La limpieza de los restos de la batalla los mantuvo ocupados todo el día. Ya estaba atardeciendo cuando el capitán Luca dio la orden de izar las velas.

La comida en el castillo de popa transcurrió en completo silencio hasta que, finalmente, el legado alzó su copa y exclamó en tono solemne:

—Brindemos por messer Liutprand, que fue durante muchos años un leal compañero.

—¡Por Liutprand! —repitieron todos los comensales con una sola voz.

Lucrezia sacudió la cabeza.

–Yo no sé si podré vivir sin él...

Sus palabras nacían de la más absoluta sinceridad. Durante casi diez años, el adivino la había aconsejado en todas sus decisiones y había respondido a cuantas preguntas el padre no había sabido dar respuesta. Y aunque el legado hubiera escuchado siempre sus predicciones con recelo, siempre había sabido apreciar la inteligencia y la experiencia del adivino.

–Buscaremos otro adivino –terció Paolo Carriera, tratando de tranquilizar a Lucrezia–. Nadie en esta vida es insustituible.

–¡Messer Liutprand sí! –exclamó Lucrezia ofuscada como un niño rabioso–. Era una persona muy especial.

Afra asintió, lo cual dio pie a que el legado comentara:

–También messer Liutprand ejercía sobre vos una influencia muy especial. ¿O me equivoco?

–En absoluto –respondió Afra.

–Me da la sensación, sin embargo, de que vos, o mejor dicho, vuestro destino impresionó también a messer Liutprand. Después de todo sus últimas palabras iban dirigidas a vos.

Afra miró a los comensales avergonzada.

–¿Qué fue exactamente lo que dijo? –prosiguió Paolo Carriera–. Si no flaquea mi memoria, Liutprand dijo que le habría gustado ver cómo una mujer doblegaba al sumo pontífice. Una frase digna de ser recordada. ¿Podéis darnos alguna explicación?

Afra tampoco podía dejar de pensar en las palabras de Liutprand. Ciertamente, el adivino era un maestro en su arte. Si su aseveración era cierta, sin duda guardaba relación con el pergamino. En Estrasburgo, las enigmáticas insinuaciones del hermano Dominico habían apuntado en una dirección similar.

Absorta en sus pensamientos, Afra respondió:

–No, messer Paolo, a decir verdad no puedo dar ninguna explicación. No obstante, sí quisiera recordar que no es extraño que un hombre al borde de la muerte desvaríe.

–Sin embargo, sus palabras destilaban cordura y lucidez. En ellas se adivinaba más bien la intención de mofarse de algo.

–¿Mofarse del papa de Roma? –preguntó el padre escandalizado, y dibujó una pequeña señal de la cruz en el aire.

El legado se inclinó sobre la mesa y, apoyado en los codos, se dirigió al padre:

–¿A quién llamaríais vos pontífice, si no es al papa de Roma?

El padre asintió sin responder.

Durante un rato, un incómodo mutismo reinó entre los comensales hasta que el legado rompió el silencio.

–Me parece... –anunció, titubeante– que hay algo de lo que Donna Lucrezia quiere hacernos partícipes a todos.

La esposa del legado se aclaró la garganta y, en tono ceremonioso, declaró:

–Probablemente todos sabéis ya, y quienes todavía no estuvieran al corriente, lo han de saber, que durante el asalto de hoy Donna Gysela me salvó la vida. De no haber sido por su coraje, yo me hallaría ahora mismo envuelta en una vela en el fondo del mar, como messer Liutprand. –Lucrezia tragó saliva–. La admiración que inspira su proeza es tanto mayor por cuanto que yo, sin razón alguna, la he tratado con desprecio y desafecto. –Entonces se volvió a Afra y agregó–: Espero que podáis perdonarme.

–No tenéis por qué disculparos, Donna Lucrezia. Después de todo fui yo quien irrumpió de pronto en vuestra vida. Además, no hice sino lo que dicta la caridad cristiana.

Afra se sintió incómoda al decir esas palabras. Era plenamente consciente de que no era el mandamiento de la caridad cristiana, sino un misterioso impulso irreflexivo lo que la había llevado a salvar a Lucrezia de la saeta mortal del corsario.

–Sea como fuere –repuso Lucrezia, rechazando con un gesto de la mano los argumentos de Afra–, os debo la vida. Y para agradecéroslo os ruego que aceptéis lo más valioso que poseo.

Con los ojos desorbitados, Afra observó cómo la mujer se quitaba del dedo una inmensa sortija adornada con un rubí y cinco diamantes alrededor.

–Este anillo tiene una larga historia. La inscripción del interior promete a su portador un futuro feliz.

Afra se quedó muda. Nunca había tenido joyas. Y que algún día llegaría a poseer una sortija de oro con piedras preciosas era algo que ni siquiera se había atrevido a soñar. Con un gesto reverencial cogió el anillo entre los dedos índice y pulgar.

–¡Tomadlo, es para vos! –insistió Lucrezia.

–Pero no puedo..., no puedo aceptarlo –respondió Afra entre tartamudeos cuando al fin recuperó el habla–, de veras que no, Donna Lucrezia. ¡Es un regalo demasiado valioso!

Lucrezia sonrió con aire de suficiencia.

–¿Qué vale más que la vida? Sin duda es más valiosa que el oro y las piedras preciosas. Quedaos el anillo y llevadlo con orgullo.

Obnubilada, Afra se colocó la sortija en el dedo anular de la mano izquierda. Al verlo brillar a la luz de la vela, le vino a la mente el recuerdo de las historias y leyendas sobre épocas remotas que su padre le contaba cuando niña. En su imaginación, las reinas y las princesas de esas historias llevaban anillos como ése. Sin embargo, ahora era ella la que lucía uno de esos anillos en la mano. Estaba al borde de las lágrimas.

El resto de la comida estuvo marcado por la desolación. El hecho de que una de las personas que la noche anterior había estado sentada con ellos a la mesa hubiera muerto pesaba en el ánimo de todos los comensales. La pérdida había afectado incluso al legado, pese a que Liutprand no era precisamente santo de su devoción, y tal fue la cantidad de vino que bebió que al final se le caían los párpados y su estómago terminó por rebelarse. Pesadamente se levantó de la silla, salió del camarote tambaleándose y eructando; luego sacó la cabeza por la borda y vomitó en el mar. Cuando ya todos se retiraban a sus aposentos, Lucrezia abrazó a Afra y le dio un beso en la mejilla.

El ataque de los corsarios les había hecho perder toda una jornada de viaje, pero los días siguientes los vientos serían propicios. Y gracias a ello, diez días después de que hubiera zarpado de Venecia, el *Ambrosia* arribaba sano y salvo a su puerto de origen, Nápoles.

Nápoles, que se hallaba en el golfo situado entre el monte Calvario y el inmenso castillo de San Elmo, era una ciudad muy populosa donde la miseria de los pescadores y las gentes de mar contrastaba con la ostentación del clero y de las innumerables iglesias. Nápoles era ruidosa, sucia y rebelde, pero la vista de la ciudad, con el cono truncado de un volcán al fondo y el golfo abierto hacia el sur, era inigualable. Los napolitanos, un pueblo en realidad inexistente, pues la población estaba formada por una variopinta mezcla de naciones y razas, sostenían que su ciudad sólo podía ser amada u odiada, que no había término medio.

El legado y Donna Lucrezia se contaban, sin duda alguna, entre aquellos que amaban Nápoles. Tras sus largas ausencias, siempre se sentían ansiosos por regresar a su ciudad. Y eso a pesar de que el *palazzo* en el que residían en Venecia superaba en lujo su casa napolitana, ubicada en las faldas del monte Posillipo.

Aun cuando Afra había terminado ganándose el sincero afecto de Lucrezia y su esposo, y pese a que gozaba de una habitación propia con vistas al golfo de Nápoles en la residencia de los Carriera, le dio a entender al legado que no quería seguir abusando de su hospitalidad. Afra no acababa de sentirse del todo a gusto viajando con un nombre falso.

De inmediato, el legado se mostró dispuesto a poner a disposición de Afra un carruaje y un cochero. Éste la acompañaría hasta Montecassino y la llevaría de nuevo de regreso a Nápoles, sana y salva. Pero Afra declinó el ofrecimiento. Finalmente Paolo Carriera entregó a Afra un carro de viaje de dos ruedas y el mejor de sus caballos como regalo, e insistió en que los aceptara, junto con una bolsa de dinero.

Agasajada con tales presentes, Afra emprendió su viaje. Y pese a haber transcurrido mucho tiempo desde la última vez que hubiera conducido un carro de caballos, el vigoroso corcel se dejaba llevar por las riendas con docilidad. El legado le había recomendado que tomara la vía Apia. Estaba empedrada y el ancho de la calzada permitía que pudieran cruzarse dos carros.

10

TRAS LOS MUROS DE MONTECASSINO

El primer día, miles y miles de mosquitos acribillaron a Afra y al rocín. El aire era húmedo y pegajoso. Un intenso hedor a moho y a podredumbre lo invadía todo. Al caer la tarde, llegó a Capua, una pequeña ciudad amurallada a orillas de un meandro del Volturno, conocida únicamente por la relajación de sus costumbres y cuya época de esplendor quedaba muy atrás.

En una posada, frecuentada principalmente por comerciantes y gentes ambulantes, Afra encontró un modesto aposento donde pernoctar. Antes, sin embargo, precisó del arte de la retórica y de una considerable propina para quitarle de la cabeza al posadero, un vetusto griego, como muchos de los que regentaban las posadas entre Nápoles y Roma, la idea de que una mujer que viajaba sola sólo podía ser una *putana* o, como se decía en el norte de los Alpes, una prostituta. Esa experiencia no contribuyó precisamente a darle esperanzas para el resto del viaje.

Durante el largo trayecto hacia el norte, Afra pensó que disfrazarse de hombre le allanaría el camino. Ya en el galeón, rumbo a Nápoles, había acariciado esa idea. Todavía conservaba en su equipaje el atuendo que le había prestado el capitán cuando los piratas sembraron el pánico en el *Ambrosia*. Naturalmente, no eran pocas las dificultades que entrañaba meterse en la piel de un hombre por unos días, semanas, meses, o Dios diría durante cuánto tiempo. Porque no sólo se trataba de adoptar la apariencia de un hombre, sino también su comportamiento. Sin embargo, se dijo, quizá no le quedaba otro remedio que hacerlo si quería llegar al monasterio de Montecassino.

En una aldea situada al pie del monte Petrella, donde arrancaba el camino que conducía a Montecassino, Afra se hizo cortar el cabello al estilo paje por un barbero del lugar. El barbero hablaba una lengua incomprensible para Afra. De modo que así se evitó tener que dar explicaciones.

El pedregoso camino que ascendía por la montaña era pesado y fatigoso, y le costó a Afra recorrerlo un día más de lo previsto. Con el fin de procurar algo de reposo al caballo y poner a prueba su nueva facha, hizo un último alto en el camino, en San Giorgio, un pueblo a orillas del Liri, para pasar la noche. El Liri, un romántico río cuyo caprichoso cauce viraba y reviraba varias veces antes de confluir con el Garigliano, apenas llevaba agua en esa época del año. Los días eran cada vez más cortos. En las posadas, durante la primavera y el verano, cuando afluían los peregrinos al sepulcro de san Benito, sólo se encontraba cama si acompañaba la suerte, pero ahora se hallaban en su mayoría vacías.

Al posadero de la única fonda y taberna del lugar se le iluminó el semblante al ver entrar al inesperado huésped y trató a Afra, disfrazada de hombre, de «señor». Mientras los mozos se ocupaban del carro, el caballo y el equipaje, Afra ensayó los ademanes masculinos, escupió y tosió hasta desgarrarse los pulmones, tal como podía esperarse que hiciera un curtido carretero tras un fatigoso día de viaje.

Cuando a la mañana siguiente partió hacia Montecassino, lo hizo con la certeza de que probablemente nadie dudaría de su condición de hombre. Hacia el mediodía, llegó a Cassino, la aldea en ruinas que daba nombre al monasterio erigido sobre la montaña adyacente.

Como una fortaleza inexpugnable que hubiera sobrevivido a varias guerras, el monasterio madre del monacato occidental se alzaba sobre la escarpada loma del valle. Cuatro plantas e infinidad de ventanucos en todas las fachadas, que parecían troneras, daban testimonio de las dimensiones del complejo monástico y de la cifra de residentes. Nadie sabía con exactitud cuántos monjes, pero sobre todo cuántos eruditos, teólogos, historiadores, matemáticos y bibliotecarios albergaban los deteriorados muros de Montecassino. Circulaba el rumor de que existían luchas entre los propios monjes. Sesenta y cinco años atrás, un terremoto había dejado parte del monasterio reducido a escombros. Siglos antes, el monasterio había sido atacado por los longobardos, los sarracenos y el emperador Federico II. Este último expulsó a los monjes y estableció allí una guarnición.

Al pie de la montaña, desde donde partía una senda en la que apenas había espacio para que pasara un carro en dirección contraria, un monje se dirigió a Afra.

–¡A la paz de Dios, doncel! ¿Adónde os dirigís?

–Al monasterio de San Benito –respondió ella–. ¿Lleváis vos el mismo camino?

El joven del hábito negro asintió.

–Si permitís que monte con vos, os indicaré el camino con sumo placer.

–¡Subíos, pues!

El monje se arremangó el hábito y trepó al pescante del carro.

–Con el debido respeto, doncel, si deseáis llegar a vuestro destino antes de que caiga la noche, deberíais apresuraros.

Afra se colocó la mano sobre las cejas y levantó la vista hacia la cresta de la montaña.

–No os llevéis a engaño –apuntó el benedictino–, el camino es empinado y sinuoso. Hasta un buen caballo como el vuestro precisa unas tres horas, y eso si se recorre de un tirón.

–¿Y hay allí una posada donde yo pueda pasar la noche con mi caballo?

–No temáis, doncel, delante de nuestro monasterio hay una hospedería para los peregrinos y los estudiosos que pasan aquí cortas temporadas. ¿Qué os trae al monte de San Benito?

–¡Los libros, hermano, los libros!

–Así pues deduzco que sois bibliotecario.

–Algo parecido. –Afra intentó mantenerse distante–. ¿Y vos? ¿Qué oficio desempeñáis tras los muros de Montecassino?

–Soy alquimista.

–¿Alquimista? ¿Un monje benedictino alquimista?

–¿Qué hay de extraordinario en ello, doncel?

Afra sonrió con sorna.

–Según tengo entendido, la alquimia no se cuenta entre los saberes que gozan de la bendición de la Iglesia.

A lo que el monje, levantando el dedo índice con un gesto de discrepancia, respondió:

–Escuchad, doncel, lo que ocurre es que el monasterio de Montecassino goza de exención. Eso significa que nosotros no estamos sometidos a la autoridad de nadie, a excepción de la del papa de Roma. Por lo demás, la alquimia es una ciencia como muchas otras. Lo reprochable nunca es el saber, sino el fin que se persigue con él. Y el origen de la mala reputación que rodea a nuestro gremio no reside en la alquimia, sino en los alquimistas. La mayoría se aprovecha de las recetas y las fórmulas secretas que no son sino el resultado de la aritmética y las ciencias de la naturaleza. Y eso poco o nada tiene que ver con la brujería.

–¡He de deciros que sois uno de los pocos de vuestro gremio que defienden esa opinión!

–Lo sé. Montecassino se ha caracterizado siempre por la heterodoxia de sus monjes. Tendréis ocasión de comprobarlo con vuestros propios ojos. En lo que a mí respecta, yo observo estrictamente la regla de San Benito, al contrario que algunos en este monasterio. Rezo con mis hermanos en el Señor las horas canónicas, y conozco de memoria extensos pasajes del Nuevo Testamento. Pero si me preguntáis, como alquimista, si los milagros que describen los Evangelistas en la Biblia son en efecto tales milagros, la respuesta que saldrá de mis labios os sorprenderá: cuando el Señor bajó a la Tierra, se sirvió de las ciencias naturales y la alquimia.

–¡Por María Santísima! ¿Vos sostenéis que Jesús era alquimista?

–No he dicho semejante desatino. El hecho de que Dios Nuestro Señor hiciera uso de la alquimia no significa que ejerciera el oficio de alquimista. Es sólo una muestra de su sabiduría y su inteligencia. Y que recurriera a ambas virtudes no le resta santidad, sino al contrario.

Afra miró de reojo al monje alquimista. El hombre de la rasurada y bien definida tonsura no era mucho mayor que ella. Tenía, como todos los monjes, la tez rosada, pero su mirada era despierta y astuta. A diferencia de Rubaldo, con quien Afra trató en Ulm, que gustaba de darse un aire críptico envolviendo sus palabras en un halo de misterio, el benedictino mostraba una actitud transparente y comunicativa, alejada en todo momento de la de magos y brujos.

El camino se tornaba cada vez más pedregoso y escarpado, y discurría entre la espesura impenetrable de ambas márgenes. Robles, encinas y cipreses se disputaban los mejores lugares del terreno. Tan apiñados se hallaban algunos de ellos que tapaban la vista del valle. En un recodo del sendero Afra detuvo el carro para darle una pequeña tregua al caballo.

–¿Queda mucho todavía? –le preguntó al monje.

–Os lo advertí. El camino es más largo de lo que parece. Todavía no hemos recorrido ni la mitad.

–¿Por qué diantres vuestro monasterio está justo en la loma más alta de todas cuantas se ven por aquí? ¡Mi caballo acabará con los huesos molidos! –Como un carretero curtido en su oficio, Afra golpeó la grupa del animal con la palma de la mano.

–Yo os diré por qué –respondió el monje alquimista–. San Benito eligió ese tranquilo lugar para escapar del ruido de este mundo.

Afra asintió y paseó su mirada por el valle. El monje llevaba razón. Ningún ruido alteraba la paz. Sólo, de cuando en cuando, se oían los graznidos de algún cuervo que surcaba el cielo en solitario.

–Probablemente sea descendiente de alguno de los tres cuervos a los que san Benito alimentó de su propia mano –observó el monje mientras Afra arreaba al caballo para que reemprendiera la marcha. Y al percatarse de la incrédula mirada de su acompañante, agregó–: Me da la impresión de que no conocéis la historia de san Benito.

–Aun a riesgo de pareceros un pobre ignorante, os seré sincero: no. ¿Qué es eso de los tres cuervos?

–Hacia finales de la quinta centuria después de la Encarnación de Nuestro Señor –comenzó a relatar el monje–, vivía no muy lejos de aquí Benito de Nursia, un hombre que cambió el entorno bullicioso de los hombres por la soledad de una cueva. Allí, un cuervo era toda su compañía. La soledad que él mismo había elegido no era fácil de soportar. Y cuando lo tentaban desenfrenadas fantasías con mujeres licenciosas, se revolcaba entre zarzas y cardos. Finalmente, Benito de Nursia tomó la decisión de fundar algunos monasterios, hasta alcanzar el número de doce. Decidió consagrarse en ellos a una vida no sólo contemplativa, sino también activa. Y así sucedió. Pero en una aldea cercana, vivía un sacerdote que llevaba Florencio por nombre. Existía la creencia de que su cuerpo lo habitaba el diablo. Y lo que aconteció a continuación atestigua que tal suposición era cierta: Florencio entregó a Benito un mendrugo de pan envenenado. Benito, al que le fueron reveladas de forma milagrosa las intenciones del sacerdote, le dijo a su cuervo, que jamás se separaba del ermitaño: «Pruébalo tú y dime si puede comerse.» Al ver que el pájaro se negaba a hacerlo, le ordenó entonces Benito: «Llévatelo a una montaña muy alta, donde jamás pueda hallarlo nadie, para que no cause mal alguno.» El cuervo obedeció la orden. Cuando el sacerdote poseído por el diablo intentó inducir al pecado a Benito y sus hermanos enviándoles al jardín del monasterio a siete impúdicas muchachas que les mostraron sus encantos, Benito y sus discípulos partieron con la intención de fundar un nuevo monasterio en otra parte. En su camino los acompañó el cuervo, al que después se unieron dos más. Y al ver que los tres se posaban en la cima de Montecassino, Benito decidió fundar en ese lugar su nuevo monasterio.

Durante un rato Afra se quedó callada, meditabunda. Después, le preguntó al monje:

–¿Y vos os creéis esa historia?

El monje ladeó la cabeza, indeciso.

–Si la historia no es cierta, cuando menos, está bien concebida. Además, ¿a quién puede perjudicar?

–A nadie. En eso lleváis razón. Pero san Benito, al que tantas personas acuden a ver en peregrinación, ¿está en verdad sepultado en la basílica de vuestro monasterio?

–Eso sí que no es leyenda –respondió el monje alquimista–. San Benito y su hermana, santa Escolástica, hallaron el descanso eterno en la montaña del monasterio. Se dice que san Benito predijo incluso el día exacto de su muerte. Todavía hay cosas que hacen enmudecer hasta a un monje alquimista como yo. Por cierto, soy el hermano Johannes.

Afra permaneció en silencio mientras ambos soportaban las sacudidas provocadas por el traqueteo del carro. Finalmente, porque ese nombre le resultaba familiar, respondió:

–Elías, yo me llamo Elías.

El monje clavó la mirada en el horizonte con gesto pensativo. Luego, con el semblante serio, observó:

–De hecho podría considerarse que sois la reencarnación del profeta Elías, que subió al cielo en un carro de fuego. Así se narra en el Libro de los Reyes.

–¿Yo? –exclamó Afra estupefacta, que, sin querer, tiró con fuerza de las riendas.

El caballo, que hasta ese momento había avanzado estoicamente al paso, echó a trotar monte arriba. Afra y el hermano Johannes pasaron apuros para no caerse del asiento. Resultaba del todo imposible refrenar al corcel. Resoplando, el animal corrió al trote hasta llegar a un campo abierto situado al pie de las construcciones del monasterio, donde se detuvo por su santa voluntad y se sacudió, como si quisiera despojarse de los arreos.

El hermano Johannes se apeó del carro blanco como una sábana, incapaz de articular palabra. También Afra dio gracias por haber llegado indemne a su destino.

Tirando de las riendas, Afra condujo al caballo a un edificio de una sola planta adosado a la fachada occidental del monasterio.

La hospedería contaba con camas para más de cien peregrinos, un comedor común, cuadras para los caballos y un cobertizo para los carros. En esa época del año, sin embargo, estaba desierto. En los establos, dos bueyes y unas cuantas mulas aguardaban su comida. Un carruaje y algún que otro carro destartalado eran los únicos ocupantes del cobertizo. Por lo demás, allí no había ni un alma.

–¿Cuánto tiempo deseáis quedaros, doncel? –preguntó el hermano Johannes, ofreciéndose a ayudar a Afra a alojarse.

–Ya se verá –respondió Afra–. Dependerá del ritmo al que avance mi trabajo.

–Si lo deseáis –sugirió el monje alquimista con cierta timidez–, puedo llevaros ante el hermano Atanasio, el padre que se ocupa de la hospedería. Él cuidará de vos y se encargará de que a vuestro caballo no le falte de nada.

Afra aceptó agradecida. Y mientras caminaban hacia la hospedería, levantó la vista. De cerca, el monasterio de San Benito parecía más impresionante, más inexpugnable y más hosco todavía de lo que uno imaginaba al divisarlo desde el valle. Y de cerca, además, se apreciaba el deterioro de los muros y los huecos abiertos de los ventanucos, a través de los que silbaba el viento. En algunas partes el monasterio se hallaba en ruinas. Estaba anocheciendo; la luz declinante del sol y aquel silencio como de otro mundo daban al conjunto un aire inquietante.

«¿Y aquí viven monjes según la regla de la Orden de San Benito?», estaba tentada de preguntar Afra. Pero el hermano Johannes, adivinando los pensamientos que cruzaron por la mente de Afra al contemplar la fortaleza en ruinas, se le adelantó:

–No voy a engañaros, sobre el monasterio de Montecassino se ciernen oscuras sombras. Y lo que digo no es una simple metáfora. No sólo los edificios se están desmoronando, también las personas que los habitan están enfermas y decrépitas. Al menos, la mayoría.

Dio la sensación de que el hermano Johannes se asustó al oír sus propias palabras, porque de pronto se tapó la boca con la mano y enmudeció. Afra también se inquietó.

–¿Cómo debo interpretar vuestras palabras? –preguntó al monje.

–Debería haber mantenido la boca cerrada –respondió haciendo un gesto con la mano–. Pero tarde o temprano acabaréis descubriendo lo que acontece tras los muros de Montecassino. No se le oculta a nadie que pase más de dos días aquí.

Como es natural, las palabras del monje alquimista despertaron curiosidad en Afra. Pero estaba cansada y los siguientes días tendría tiempo de sobra para indagar.

A la entrada de la hospedería se toparon con un monje sombrío. Iba vestido de blanco y lucía un delantal que le llegaba hasta los pies. El hermano Johannes le presentó al doncel, quien deseaba disfrutar de su hospitalidad por unos días.

–Si gustáis –señaló el hermano Johannes volviéndose hacia Afra–, mañana, después de la tercia, vendré a buscaros y os llevaré a conocer al hermano bibliotecario.

A Afra le molestó el ofrecimiento del alquimista. A despecho de ir disfrazada, o más bien gracias a ello, confiaba en que podría arreglárselas sola, sin necesidad de que nadie la ayudara. Pero después de reflexionar unos instantes, decidió aceptar la invitación del hermano Johannes. Tal vez la intención del monje era buena; tal vez ella se había vuelto demasiado desconfiada tras los acontecimientos de las últimas semanas.

Atanasio, el hermano hospedero, era el único benedictino que dormía fuera de los muros del monasterio. Para todos los demás, el inmenso portón de hierro se cerraba después de vísperas y se abría por las mañanas con el toque a prima. Atanasio tenía la cara ancha y redonda como un pan, unos rasgos acentuados además por sus cabellos pelirrojos, que llevaba cortados de un modo similar al de Afra.

Lo que, sin embargo, diferenciaba a los benedictinos de la mayoría de los demás monjes era la alegría. Cuando Afra se dirigió al monje, lo primero que éste le dijo fue:

–Aunque no hay ni una sola mención a la risa ni en el Antiguo ni el Nuevo Testamento, en ninguna parte figura escrito que la risa y la alegría estén prohibidas en la Tierra. Además, no me imagino por qué Dios Nuestro Señor iba a crear la risa para luego prohibirla.

Tras una frugal comida que consistió en unas extrañas setas acompañadas de una pasta de harina en forma de churros de un dedo de grosor, el hermano Atanasio ofreció a Afra una copa de vino tinto de las ardientes faldas del Vesubio, tal como el posadero le hizo saber con un guiño.

Y como sólo había un huésped alojado en la hospedería, el hermano Atanasio se sentó de buena gana junto a Afra y comenzó a charlar con ella. De forma inesperada, aunque sin mala intención, le preguntó a Afra:

–¿De dónde sois, doncel?

Afra no vio ningún motivo por el que ocultarle su procedencia. Bastante había enmarañado ya las cosas con sus mentiras. Por eso, respondió:

–Estrasburgo es la ciudad de donde vengo. Se encuentra al norte de los Alpes.

–Ah –repuso el grueso benedictino con suficiencia.

–¿La conocéis?

–Sólo de oídas. Nunca he viajado más allá de Roma. No, pero hace unos días se hospedó aquí otro doncel de Estrasburgo. Era un comerciante y tenía mucha prisa.

A Afra le costó un esfuerzo ímprobo disimular los nervios. De pronto la voz, que ella falseaba con un tono más grave para que nadie dudara de su masculinidad, le salió inesperadamente aguda:

–¿Recordáis su nombre?

Al vino, al que el hermano Atanasio había dado ya unos cuantos tientos, hubo que agradecer que la voz de Afra no despertara sospechas en el monje. En tono despreocupado, éste respondió:

–No, he olvidado su nombre. Sólo sé que traía alguna mercancía para el convento y que se dirigía a la feria de Messina. Los mercaderes siempre andan apresurados.

–¿No se llamaría, por casualidad, Melbrüge, Gereon Melbrüge? –inquirió Afra mirando a Atanasio con expectación.

Entonces el monje dio un golpe sobre la mesa y acto seguido alzó el dedo índice, como si acabara de dar con el mismísimo teorema de Pitágoras.

–¡Por san Benito, que en paz descanse! ¡Melbrüge, así se llamaba!

–¿Cuándo fue eso? –continuó indagando Afra.

El grueso benedictino torció el gesto mientras trataba de hacer memoria.

–Debió de ser hace una semana escasa, unos cinco o seis días. ¿Habíais acordado reuniros con él?

–No, no –repuso Afra intentando quitarle importancia al asunto, y fingió unos exagerados bostezos–. Ya no me tengo en pie. Con vuestro permiso, creo que por hoy me retiraré a descansar.

–¡Dios os bendiga!

Afra se sintió contenta y aliviada al despojarse de sus ropas. Detestaba con toda su alma tener que comportarse como un hombre, pues al fin y al cabo era una mujer y le gustaba serlo. El hermano Atanasio le había asignado una alcoba para ella sola, y como si por una revelación divina supiera que Afra tenía algo que ocultar, la puerta de la alcoba podía cerrarse con un pestillo desde el interior.

Después de la charla con el padre hospedero, sentía que se encontraba muy cerca del pergamino. Ahora era necesario hacerse con el documento secreto sin levantar sospechas.

Hacía mucho tiempo que Afra no había dormido tan cómoda y profundamente. Con un nombre falso y disfrazada de hombre, podía estar tranquila. Cuando las campanas del monasterio tocaron a prima, ya estaba despierta. A esas horas todavía era de noche y además hacía frío, de modo que volvió a acurrucarse bajo la manta, que olía a rancio, y holgazaneó un rato en la cama.

Afra se imaginaba a sí misma en el futuro, en posesión del pergamino y ya de vuelta en casa, al otro lado de los Alpes. Pero ¿cuál era su hogar? A Estrasburgo no podía regresar. Quién sabía siquiera si Ulrich seguía vivo. En Ulm, corría el riesgo de ser condenada como instigadora del asesinato de la esposa del maestro de obras, o quizá hasta por brujería. No, Afra debía comenzar una nueva vida, en alguna ciudad de algún lugar desconocido que ofreciera un entorno más propicio a su destino. No sabía qué lugar podía ser ése. Tan sólo sabía una cosa: el pergamino la ayudaría a encontrarlo.

Un tremendo escalofrío le recorrió todo el cuerpo al pensar en la cantidad de cosas que podrían haberles sucedido a los libros que Gereon Melbrüge había transportado desde Estrasburgo a Montecassino. Era consciente, porque los había sufrido en sus propias carnes, de los peligros a los que uno estaba expuesto durante un viaje tan largo. Ya no pudo aguantar más en la cama. Se puso en pie y se enfundó las ropas de hombre luego de haberse envuelto el busto con una venda para disimular sus pechos.

Poco después, el hermano Johannes entró en la posada a recoger a Afra. Ya llevaba las laudes y la prima a sus espaldas y parecía de buen humor. En el este, los primeros rayos del sol se abrían paso entre la niebla. Olía a hierba húmeda.

–Puede que haya algunas cosas que os resulten un tanto extrañas –comentó el alquimista de camino al monasterio. Para protegerse del frío, llevaba las manos metidas en las mangas de su hábito.

–¡Eso ya lo dijisteis ayer, hermano Johannes!

–No puedo deciros toda la verdad –añadió el monje–. Y aunque pudiera, no lo entenderíais. Sólo os digo una cosa: No tras todos los hábitos que os encontraréis en el monasterio se oculta un monje. Y tampoco todo el que en apariencia se muestra grato a los ojos de Dios, agrada en verdad a nuestro Dios y Señor.

Las crípticas palabras del alquimista terminaron por irritar a Afra:

–¿Entonces vos no sois en realidad un benedictino?

–¡Por san Benito y su virtuosa hermana, santa Escolástica, claro que lo soy! ¡Tan cierto como que hay Dios!

–En ese caso, confieso que no os entiendo, hermano Johannes.

–Tampoco es preciso que lo hagáis, doncel, no todavía.

–¿No podríais explicaros con mayor claridad?

El monje alquimista sacó la mano de la manga y rogó silencio a Afra llevándose el dedo índice a los labios, pues ya estaban llegando a la entrada del monasterio. Afra se extrañó. La entrada tenía dos puertas. Una conducía hacia la derecha y la otra hacia la izquierda. Pero si bien la puerta de la derecha se encontraba abierta, la de la izquierda se hallaba cerrada. El hermano Johannes indicó a Afra el camino de la derecha.

Tras pasar ante un portero con el pelo cortado al rape que, asomando la cabeza por un ventanuco, los fulminó con la mirada, el hermano Johannes recorrió los soportales de un claustro cuya disposición original ya sólo cabía imaginar. Las columnas y las bóvedas se encontraban en su mayor parte destruidas, y los sillares, para futuros usos, apilados en los rincones.

Al final de la galería, donde los soportales trazaban un ángulo recto hacia la derecha, una angosta portezuela se abría a una sinuosa escalera. Tras las constantes vueltas y revueltas, la escalera los condujo al piso superior y finalmente al siguiente, desde donde podía verse el claustro. Al asomarse, un infranqueable muro llamó la atención de Afra, un muro cuyo trazado de meandros recordaba al río de Anatolia de ese mismo nombre, y el cual dividía el edificio en dos partes.

Antes de que tuviera ocasión de preguntar cuál era el motivo de aquella separación, el hermano Johannes la agarró por el brazo y tiró de ella como si de súbito fuera menester apresurarse. Afra sintió escalofríos. Pero no era la brisa fresca de esa mañana de otoño la que se los provocaba, sino el sobrecogimiento ante las grietas que recorrían por todas partes el ruinoso monasterio, eso era lo que causaba en ella esa extraña inquietud. A diferencia de las grandes catedrales al norte de los Alpes, cuyas agujas alzándose hacia el cielo conquistaban hasta el corazón de los infieles, el desolado monasterio de Montecassino ofrecía un aspecto angustioso y atemorizador.

A paso presuroso y en silencio, llegaron por fin a la puerta de la biblioteca. En el pétreo dintel del oscuro portón, rezaba la inscripción: SAPERE AUDE. Al reparar en la inquisitiva mirada de Afra, el monje aclaró:

–«Atrévete a ser sabio.» Una de las frases más sabias del poeta romano Horacio.

Tras golpear tres veces en la puerta, abrió un barbudo y enjuto bibliotecario que escudriñó brevemente a los visitantes antes de sumergirse de nuevo, a toda prisa y sin mediar una sola palabra, en la mohosa atmósfera que envolvía las inmensas librerías.

–El hermano Mauro –le dijo el alquimista a Afra por lo bajo–. Es un tanto peculiar, como todos los que se pasan la vida entre libros.

El monje y Afra se adentraron juntos en busca del hermano bibliotecario que de forma tan apresurada había desaparecido entre los libros.

–¡Hermano Mauro! –exclamó el alquimista en susurros, como temiendo que las librerías pudieran venirse abajo si elevaba la voz–. ¡Hermano Mauro!

Al cabo de unos instantes, unos pasos se acercaron desde el fondo y el bibliotecario emergió del laberinto de libros como una aparición celestial. Al verlo, instintivamente Afra se preguntó por qué todos los bibliotecarios eran viejos y enjutos. Su padre siempre había sostenido lo contrario: los libros mantenían jóvenes a los hombres y les procuraban felicidad, solía decir, y justamente por eso le había enseñado a ella a leer y a escribir.

–Me llamo Elías, y mi padre era bibliotecario del conde de Württemberg –se presentó Afra. Esperaba que el hermano Mauro la tratara con la misma displicencia con que había recibido antes al monje alquimista pero, para su gran asombro, el rostro del hombre se iluminó dejando entrever incluso lo que, con un poco de imaginación, podía considerarse una sonrisa, y dijo con voz ronca:

–¡Recuerdo muy bien al bibliotecario del conde de Württemberg! Un hombre ilustre con una formación de lo más selecta, en el sentido estricto de la palabra. –En ese momento se interrumpió y lanzó una mirada hostil al hermano Johannes. A primera vista, daba la sensación de que el bibliotecario tenía algo en contra del alquimista. Y, en efecto, así era.

El hermano Johannes se despidió de prisa y corriendo y, al marcharse, le dijo a Afra:

–Si precisarais mi ayuda, podéis encontrarme en mi laboratorio, ¡en el sótano del ala de enfrente!

En cuanto se hubo cerrado el macizo portón de roble tras el alquimista, el bibliotecario exclamó acalorado:

–Sé que mi actitud es contraria al mandamiento de amor al prójimo, pero Johannes no me gusta, no lo soporto. Es retorcido como el rabo del Maligno, y esa ciencia a la que se dedica es la causa de cuanta impiedad habita en la Tierra. ¿Cómo habéis caído en sus manos, doncel... Elías, era ése vuestro nombre?

–En efecto, así me llamo. Y en cuanto al hermano Johannes, me topé por casualidad con él de camino a Montecassino.

A continuación, Afra tuvo la sensación de que el bibliotecario la atravesaba con la mirada. Con los ojos entrecerrados, el monje la escudriñó de los pies a la cabeza de tal modo que, por un momento, Afra creyó que su vestimenta había despertado sospechas en él.

–Elías –repitió el hermano Mauro, pensativo, como si el nombre evocara algo en su memoria–. ¿Y cómo se encuentra vuestro padre? –preguntó de pronto–. Ya no debe de ser un muchacho.

–Mi padre murió hace mucho tiempo. Se mató al caer de un caballo.

–¡Que Dios conceda la paz eterna a su pobre alma! –Y después de reflexionar unos instantes, agregó–: ¿Y ahora vos desempeñáis su labor?

Dado que el hermano Mauro prácticamente había dado por sentada la respuesta a su pregunta, Afra decidió cambiar improvisadamente su estrategia inicial.

–Sí –afirmó–, yo también soy bibliotecario, si bien es cierto que todavía soy joven y carezco de la experiencia que se ha menester para tan trascendente labor. Pero como bien sabéis, vuestro oficio no puede estudiarse como la teología, el arte de la curación o las matemáticas. Sólo la experiencia y los años de convivencia con los libros pueden hacer de un inexperto un experto bibliotecario. Al menos ése era el sentir de mi padre.

–¡Sabias palabras! Y ahora deseáis perfeccionar aquí vuestros conocimientos.

–Así es, hermano bibliotecario. Mi padre hablaba a menudo de vos y alababa vuestro vasto saber. Solía decir que, si había un hombre del que aprender, ése era el hermano Mauro, el bibliotecario de Montecassino.

En ese instante el anciano lanzó una risotada maliciosa. Tan estridente, que el anciano se atragantó en un par de ocasiones. Y cuando al fin se hubo serenado, exclamó con voz ronca:

–¡Fariseo! ¡No sois más que un fariseo, doncel! ¡Queréis regalarme el oído para luego aprovecharos de mí! Nunca jamás dijo vuestro padre tales cosas de mí. Él era un zorro, un zorro bien astuto. Me usurpó por unos miserables ducados una carretada de libros que, según él, poseían escaso valor o se encontraban repetidos dos o tres veces en nuestra biblioteca. Yo le creí y permití que escogiera con arreglo a su criterio. Después del terremoto, en el monasterio cualquier dinerillo era bienvenido. Por aquel entonces no sólo las celdas, sino también la mayor biblioteca de la Cristiandad pasó el verano y el invierno a la intemperie a causa del derrumbamiento del techo. En más de una ocasión tuvimos que quitar la nieve de nuestros centenarios manuscritos. El abad Alexio dio la orden de vender todos los volúmenes que no fueran indispensables para la vida monacal. Alexio, no falto de cierta razón, dijo que a quién iba a servir semejante tesoro del saber universal cuando el moho y la humedad los hubieran corroído y no quedaran más que las tapas. A la sazón, eran tales las circunstancias del destino y tal mi inexperiencia que vuestro padre vio el cielo abierto. No fue hasta años después, estando la biblioteca de nuevo ordenada, cuando al catalogar los libros me di cuenta de que vuestro padre se había llevado los mejores volúmenes de nuestra colección. De ahí que me sorprenda que ese mismo hombre manifestara algún tipo de admiración por mi valía.

–¡Tenéis que creerme, os digo la verdad!

El hermano Mauro levantó ambas manos como diciendo: «Dejadlo. Basta ya de patrañas.»

El elevado tono del bibliotecario había atraído la atención de un grupo de monjes que, desperdigados por el intrincado laberinto de libros, atendían sus quehaceres como archiveros, amanuenses, rubricantes y ayudantes. Afra no llegó a entablar con ellos más contacto que el de esas fugaces apariciones en la distancia. Mirara hacia donde mirase, los rostros curiosos se ocultaban a toda prisa tras las estanterías como topos en sus madrigueras.

Finalmente, Afra retomó la conversación:

–Con vuestro permiso, quisiera quedarme unos días para anotar títulos que pudieran interesar a nuestra biblioteca y también para aprender de vuestros métodos de archivo y catalogación. Os ruego, por favor, que no rechacéis esta petición mía. ¡Ni siquiera os percataréis de mi presencia!

Como si hubiera mordido una amarga nuez, el monje compuso una mueca. No resultaba difícil adivinar la respuesta en su rostro.

–¿O acaso sería mejor que dirigiera mi petición a vuestro abad? –agregó Afra.

El hermano Mauro meneó la cabeza con enojo.

–En Montecassino no hay abad. Oficialmente, ya ni siquiera viven monjes benedictinos en este monte santo. Y aunque no sea así, no hay nadie que se haga responsable de nosotros, ni los poderes eclesiásticos ni los temporales. No somos más que unas docenas de monjes que continuamos en la brecha. Una vergüenza para el Occidente cristiano.

Por temor a que el bibliotecario pudiera rechazar su petición, Afra sugirió:

–También podría, para no ocasionaros molestias, quedarme en la biblioteca por las noches...

–¡No, eso ni soñarlo! –la interrumpió el hermano Mauro–. En cuanto dan comienzo las completas, la biblioteca se cierra y ya no se admite el acceso a nadie, y cuando digo nadie, ¡digo nadie!

Afra no supo cómo interpretar la furibunda reacción del bibliotecario, y ya no se atrevió a insistir en su petición.

Mayor fue su asombro aún ante la repentina respuesta del barbudo benedictino, pues éste, con gesto hosco y manifiesta mala gana, anunció:

–Está bien, podéis quedaros, doncel. Por amor a Cristo y a los libros. ¿Os habéis procurado un lugar donde pasar la noche?

–Sí, sí –respondió Afra muy ufana–, el hermano Atanasio ha tenido la bondad de darme un magnífico alojamiento en la hospedería. ¡Os lo agradezco!

Durante el primer día en la biblioteca, Afra se dedicó en apariencia a una tarea poco definida. Para disimular, fue tomando notas de títulos y obras de autores desconocidos para ella, consciente de que estaba siendo observada en todo momento.

Su verdadero interés, sin embargo, se centraba en un único libro gordo y encuadernado en vitela marrón que llevaba por título *Com-*

pendium theologicae veritatis. Pero cuanto más lo buscaba, más libros encuadernados en vitela marrón aparecían ante sus ojos. A lo cual se sumaba el hecho de que Afra había olvidado el tamaño del libro. Creía recordar que la altura respondía más o menos al largo de su antebrazo. En realidad hasta ese momento ella había pensado que sólo existían libros grandes y pequeños. Y ahora, precisamente ahora, descubría que había una gran variedad de tamaños que recibían nombres tan curiosos como folio, cuarto, octavo y dozavo. Eso no facilitaba en absoluto la búsqueda.

Al final del primer día, Afra estaba desorientada y desanimada. Lo que ella había imaginado como una tarea sencilla de pronto se le aparecía como un imposible. Los anaqueles cubrían las paredes en dos niveles hasta el techo, y para alcanzar el más alto era preciso ayudarse de una escalera. Allí arriba, el viento que se colaba entre las tejas silbaba. El aire era húmedo y frío.

Naturalmente, podría haberle preguntado al hermano Mauro por el *Compendium theologicae veritatis*, pero le pareció demasiado arriesgado. A Afra le daba la impresión de que el anciano bibliotecario sospechaba que ella buscaba algo concreto, pues sólo así se explicaba el comportamiento receloso de Mauro y el resto de los monjes de la biblioteca.

Como de paso, para no despertar sospechas en el bibliotecario, Afra le preguntó si un comerciante renano llamado Gereon Melbrüge había pasado por allí en los últimos días a descargar una remesa de copias realizadas en el convento dominico de Estrasburgo.

–¿Cómo decís que se llamaba?

–Melbrüge de Estrasburgo.

–Jamás he oído ese nombre. ¿Por qué lo preguntáis, doncel? –Un brillo se encendió en los ojos del monje.

–Ah, por nada –se apresuró a responder Afra–, nuestros caminos se cruzaron en Salzburgo y me dijo que transportaba, entre otros, varios libros destinados al monasterio de Montecassino.

–No –insistió el bibliotecario–, no conozco a ningún Melbrüge, y tampoco mantengo relación alguna con los dominicos de Estrasburgo.

Con esa respuesta, Afra se dio aparentemente por satisfecha y se despidió. En su cabeza, no obstante, se agolpaban cientos de pensamientos.

¿Por qué negaba el hermano Mauro la visita de Gereon Melbrüge? Atanasio, el hermano regordete al que la noche anterior se le fue soltando poco a poco la lengua con el tinto de las faldas del Vesubio, admitió que Melbrüge había hecho un alto allí. Y le constaba, además, que entregó un envío en el monasterio. ¿Qué motivo había entonces para ocultarlo? ¿Acaso ella había cometido algún error tras su partida de Nápoles, un error que había permitido a sus perseguidores dar de nuevo con su pista? ¿Había pecado de ingenua al recibir con los brazos abiertos la repentina amistad con que la agasajaron el legado veneciano y su esposa? ¿Era todo aquello un gran juego amañado? Era difícil de imaginar, a la vista del valioso anillo que Donna Lucrezia le había regalado y que ella, desde entonces, llevaba colgado del cuello con un cordel de cuero bajo las ropas.

Casi había anochecido cuando Afra recorrió con sigilo el largo pasillo del piso superior. El hermano Mauro la había dejado marchar sin candil, aunque más que dejarla marchar, en realidad Afra sentía que la había echado a empellones de la biblioteca. No es que el hermano Mauro la hubiera empujado, ni mucho menos, pero hay gestos muy claros con los que una persona puede obligar a otra a abandonar una habitación.

Por la pétrea escalera de caracol que, pese a los precarios arreglos efectuados para devolverla a su estado original, continuaba siendo peligrosa, Afra llegó a los soportales de la planta baja y por fin a la puerta. Pero el portón estaba cerrado y la celda del portero se encontraba vacía.

Había llegado demasiado tarde. Proveniente de la basílica resonaba una letanía de los monjes, que rezaban completas. Cierto es que las letanías se hallan lejos de ser alegres alabanzas a la existencia terrenal, pero allí los monótonos cantos de invocaciones y respuestas resultaban tan sobrecogedores como los lamentos de los condenados en los infiernos.

La sola idea de tener que pasar la noche en el monasterio provocaba terror en Afra. El único que podía ayudarla a salir del apuro era el hermano Johannes. De modo que Afra se dirigió al ala opuesta del edificio y buscó un acceso al sótano. Claro que decirlo era más fácil que hacerlo, pues el complejo monástico que, ya desde el exterior, parecía una fortaleza gigantesca, era mucho más grande desde el interior. La confusión, además, se veía acentuada por las partes demolidas y los trabajos de reconstrucción, que conferían al conjunto el aspecto de un laberinto.

Al menos doce puertas abrió Afra en busca de una escalera a los sótanos, la mayoría daban a lúgubres habitaciones abandonadas de las que emanaban repugnantes olores que abofetearon su rostro. Por lo general eran cuartos trasteros llenos de toneles, tinas y viejos utensilios, aunque también había entre ellas un taller de talla. Un hedor nauseabundo salía de uno de los habitáculos donde los monjes hacían sus necesidades, y que sólo consistía en un madero y nueve agujeros en el suelo que daban directamente al exterior. En la pared colgaba un candil encendido, la única luz que había encontrado hasta ese momento.

Afra se la llevó consigo y llegó hasta una escalera que ascendía primeramente hasta un descansillo desde el cual se podía continuar subiendo, por la derecha, al primer piso, o bajar, por la izquierda, hasta el sótano, donde había una sala de columnas bajas y robustas similares a las de las criptas de las catedrales del norte. Esas achaparradas columnas sostenían una baja bóveda de arista que no había sufrido daño alguno durante el terremoto. Al alumbrar con el candil, las columnas proyectaron grandes sombras sobre el suelo empedrado.

—¿Quién anda ahí? —dijo una voz detrás de Afra. Ella se volvió.

De la penumbra surgió el hermano Johannes.

—¡Ah, sois vos, doncel Elías!

—El portón de la entrada está cerrado y el hermano portero debe de haberse marchado ya al oficio de completas. Me he entretenido demasiado en la biblioteca.

—No es de extrañar. ¿Al menos se os ha dado bien la jornada?

—Bien lo que se dice bien... Estoy buscando libros raros que pudiera interesar copiar para la biblioteca del conde de Württemberg.

–¿Y la búsqueda ha sido fructífera, doncel?

–Desde luego. Pero ahora no sé cómo salir de aquí para regresar a la hospedería. ¿Podríais ayudarme, hermano Johannes?

El monje asintió con un gesto comprensivo.

–¡Primero hemos de esperar a que haya acabado el oficio de completas! Veo que estáis temblando. ¡Venid!

Al fondo de la sala de columnas una pequeña portezuela daba al laboratorio del alquimista.

–¡Agachad la cabeza! –advirtió el hermano Johannes, posando ambas manos sobre los hombros de Afra.

Con el cuerpo totalmente encorvado, ambos se adentraron en la habitación, y cuando Afra se hubo erguido, preguntó con extrañeza:

–¿Se puede saber por qué la entrada a vuestro reino es así de diminuta?

–¿Por qué iba a ser? –se sonrió el monje satisfecho–. Para que todo aquel que atraviese el umbral de esta habitación tenga que inclinarse ante las conquistas de la alquimia.

–¡Reconozco que es ingenioso! –exclamó Afra, y recorrió el laboratorio con la mirada. Todavía conservaba en su cabeza el recuerdo del tugurio del alquimista Rubaldo. Comparado con toda la parafernalia de la que estaba rodeado Rubaldo, el laboratorio del hermano Johannes ofrecía un aspecto más bien sobrio. El mobiliario era austero, pero la infinidad de armarios, puertas y cajones etiquetados, y sobre todo las estanterías rebosantes de libros, daban pie a pensar que en realidad el despliegue de los medios que empleaba el benedictino superaba con creces al de Rubaldo.

Un estrecho espejo casi de la altura de una persona que se hallaba apoyado sobre un pie de madera despertó en Afra un especial interés. Se colocó delante y contempló su reflejo, no sin complacencia. Era la primera vez que veía su cuerpo entero y además disfrazada con ropas de hombre.

Sobre una mesa sexagonal situada en el centro de la habitación sin ventanas había una tinaja de cristal, de un codo de alto por uno de ancho. El agua que la llenaba ocupaba dos tercios de su capacidad, y en el fondo flotaba algo pesado. Al lado había una Biblia abierta.

Al reparar en la curiosa mirada de Afra, el hermano Johannes dijo henchido de orgullo:

—Es un experimento para explicar los milagros bíblicos de Nuestro Señor Jesucristo mediante los conocimientos de la alquimia. ¿Comprendéis lo que digo?

—Ni una palabra —respondió Afra—. ¿Es que Nuestro Señor Jesucristo no obró ningún milagro?

—Claro que sí. Eso es precisamente lo que yo trato de demostrar.

Afra se acercó a la tinaja de cristal y acto seguido se alejó dando un respingo.

—¡Puaj, una rata muerta! —exclamó asqueada, y apartó la vista hacia un lado.

—No me digáis que una rata muerta os da miedo, como a las doncellas...

—Por supuesto que no —dijo Afra recobrando la compostura, a pesar de que las ratas le daban tanto miedo como asco—. Lo que me pregunto es qué relación puede guardar una rata muerta con los milagros de Nuestro Señor Jesús.

—Eso puedo mostrároslo ahora mismo, si os interesa. Seguro que conocéis ese pasaje del Evangelio según san Mateo donde Jesús camina sobre el mar de Galilea.

—Sí, desde luego, un milagro, tal como se narra en el libro.

—Falso. Dios no obró ningún milagro para caminar sobre las aguas, él era capaz de hacerlo. Pero en Mateo 14, 28 se dice que, cuando los discípulos vieron acercarse a Jesús sobre las aguas, sintieron miedo y Pedro gritó: «Señor, si eres tú, mándame ir hacia ti sobre las aguas.» Entonces Jesús le dijo a Pedro, de quien era sabido que, como la mayoría de las personas, no sabía nadar: «¡Ven!» Y Pedro se lanzó al agua con fe y fue hacia Jesús sin ahogarse. Eso sí que fue milagro. Porque Pedro debería haberse hundido en el mar de Galilea como esta rata.

—Con todos mis respetos, hermano Johannes, ¿qué tiene que ver esta rata muerta con san Pedro?

–¡Prestad atención! –El alquimista sacó de un armario una cubeta con un granulado incoloro. Luego se inclinó sobre la tinaja de cristal y miró fijamente a la rata que flotaba en el fondo. Acto seguido, dijo con una mirada demoníaca–: La rata se hundió porque yo lo quise así. Pero tuve en mis manos el poder de evitar que se ahogara.

Mientras pronunciaba esas palabras, el hermano Johannes cogió de la cubeta un puñado del granulado y lo arrojó en la tinaja de cristal. Al principio no sucedió nada. Pero unos instantes después, la rata muerta comenzó a desprenderse del fondo y poco a poco, como impulsada por una fuerza invisible, se fue elevando hacia la superficie hasta que la mitad de su cuerpo quedó fuera del agua.

–¡Un milagro, un auténtico milagro! –exclamó Afra excitada–. Sois un mago.

–Nada de eso –repuso el monje tratando de atemperar el entusiasmo de Afra–. Acabáis de presenciar un milagro de la alquimia. Lo que la mayoría de la gente considera un milagro, no es en verdad sino una forma de conocimiento. Y dado que Dios es en sí mismo el conocimiento y la sabiduría, puede, tal como ilustra este sencillo ejemplo, obrar cualquier milagro. Lo que demuestra, por tanto, que es de necios no creer en los milagros.

–¡Entonces seguro que vos también sabéis cómo hacer aflorar los escritos que resultan invisibles a los ojos de una persona común! –dijo Afra distraídamente.

El alquimista levantó la vista.

–¿A qué obedece ese comentario?

–Lo he oído por ahí. Al parecer hay escritos secretos que desaparecen por medios milagrosos y que sólo vuelven a aparecer a través de medios en igual medida milagrosos.

–La criptografía –asintió el hermano Johannes– figura entre las ciencias ocultas más populares. Sin embargo, sólo los ignorantes la consideran una ciencia. En realidad, la criptografía no es más que el uso de elementos alquímicos con fines maliciosos. Sólo los charlatanes se sirven de esas artes oscuras.

–Es decir, la mayoría de los alquimistas, si me permitís el atrevimiento. Porque, siendo francos, la gente del común desconoce por completo las tinturas que se requieren para hacer desaparecer un escrito y lograr que aflore de la nada, por arte de magia, cuando a uno se le antoje.

–Por desgracia, lleváis razón, doncel. En ningún otro gremio abundan los charlatanes tanto como entre los alquimistas. Nuestra ciencia ha degenerado en pura mentecatería y ha quedado reducida a un lucrativo espectáculo de feria.

–Se me hace difícil imaginar que algo así pueda funcionar –dijo Afra con fingido desinterés.

–Pues creedme, de veras funciona. Mañana os mostraré cómo emerge un mensaje de un pergamino en blanco.

–¿Haríais eso por mí, hermano Johannes?

–Dadlo por hecho. Un alquimista siempre tiene a mano el preparado de la tinta invisible. Y la elaboración del *aqua prodigii* requiere tan sólo una sencilla mixtura.

–¿*Aqua prodigii*, habéis dicho?

–Así se llama la tintura que devuelve la visibilidad a los textos ocultos. No es ningún hechizo brujeril, sólo una simple receta.

El hermano Johannes sacó un libro de una estantería y buscó entre sus páginas.

A Afra se le cortó la respiración al leer el título del libro: *Alchimia Universalis*. Era el mismo que le había dado el hermano Dominico en Estrasburgo.

–Mañana –dijo el alquimista–, la tintura estará lista.

Afra, haciendo comedia, exclamó:

–¡Estoy impaciente!

El hermano Johannes se sintió halagado.

–Si de veras os interesa esta ciencia, puedo mostraros muchos otros experimentos, aunque tendrá que ser otro día. Hoy estoy ocupado con un experimento capaz de llevar de cabeza incluso a un alquimista veterano como yo.

–¿Y se puede saber de qué se trata?

El hermano Johannes se debatió en la duda, pero finalmente sucumbió a la vanidad inherente a cualquier ser humano, incluso a un benedictino, y dijo con gravedad:

–Confío en que no hablaréis con nadie acerca de esto. ¡Venid!

El monje condujo a Afra hacia una puerta que parecía de un armario. Sin embargo, era la entrada a un habitáculo cuadrado. Cuando el monje encendió las lámparas de aceite que colgaban de las paredes, Afra vislumbró una maraña de artilugios alquímicos, vasijas de barro con inscripciones latinas, matraces entrelazados en extrañas formas y tubos con líquidos de estridentes colores. Esa cámara ya se asemejaba más a la del alquimista Rubaldo. Inspiraba miedo e inquietud.

Cuando el hermano Johannes se percató de la temerosa mirada de Afra, posó su antebrazo sobre el de la joven y la miró con ojos tiernos.

A Afra la asaltó un sentimiento que no debiera haberla asaltado. Al fin y al cabo ella era un hombre, y el hermano Johannes un monje. Ya durante el camino hacia el monasterio había reparado en las zalameras miradas del monje. Y no es que ella sintiera rechazo hacia él, pero dadas las circunstancias, debía ponerle freno. Con un gesto tan prudente como decidido, Afra se apartó para evitar el roce con el monje.

El hermano Johannes se asustó, probablemente más por su propia actitud, y a continuación dijo con fingida serenidad:

–Bueno, éste es el aspecto que ofrecen las cosas cuando un monje emprende la búsqueda de la piedra filosofal. Y, entre nosotros, ya me falta poco para encontrarla.

–¿La piedra filosofal? –Afra había oído hablar de ella muchas veces. Pero nadie, ni siquiera su padre, había sabido explicarle de qué se trataba exactamente–. ¿Qué debe entender por «la piedra filosofal» un cristiano profano en la alquimia?

El hermano Johannes enarcó las cejas y sonrió.

–Es más que probable que la piedra filosofal no sea una piedra, ni una piedra preciosa, sino un polvo mediante el cual sea posible convertir en oro elementos comunes como el cobre, el hierro o el mercurio. Lo que, en consecuencia, significa que quien halle la piedra filosofal, amasará grandes fortunas.

–¿Y es ése, en verdad, el fin que deseáis alcanzar, hermano Johannes? ¿Es errónea entonces mi creencia de que el voto de pobreza es una de las reglas más importantes de la Orden de San Benito?

–No, lo que decís, doncel, es bien cierto. Pero el fin de mi experimento no es alcanzar la riqueza, sino el experimento en sí mismo, aunque –concedió el monje, avergonzado, con una risita– una modesta fortuna no vendría nada mal a los pobres benedictinos de Montecassino.

–¿Y decís que, en efecto, habéis descubierto la piedra filosofal?

–En honor a la verdad debo confesaros algo: hace unos días encontré en nuestra biblioteca la copia de un libro que un monje franciscano, alquimista como yo, escribió cien años atrás en el convento de Aurillac, en Francia. El título, *De confeditione veri lapidis*, despertó mi curiosidad, a pesar de que yo jamás había oído el nombre de Juan de Rupescissa, que así se llamaba. El hermano Mauro, el bibliotecario, que figura entre los monjes más inteligentes de Montecassino, lo único que sabía de él era que a causa de sus descubrimientos alquímicos entró en conflicto con el papa. Sus escritos fueron prohibidos y el hermano Rupescissa fue condenado a la hoguera en Aviñón, por herejía.

–¿De modo que vos consultáis escritos heréticos, hermano Johannes?

El alquimista lanzó a Afra una mirada despectiva. Luego sacó de un cajón un librillo manoseado. De tan pequeño que era, cualquiera podía escondérselo en una manga, y tenía las tapas curvadas, como si el peso de su contenido lo atormentara. Al mismo tiempo, se oyó en el laboratorio el ruido de una puerta. El alquimista salió para comprobar si todo estaba en orden, pero como no vio nada extraño, regresó en seguida y abrió el librillo del monje franciscano.

–He leído cada una de las líneas de este libro y, sin embargo, no he hallado en él ningún pensamiento herético. En cambio, en la página 144, junto a toda suerte de razonamientos teóricos sobre la piedra filosofal, descubrí bajo el epígrafe «Quintaesencia del antimonio» la siguiente observación: «Muele el quebradizo mineral de antimonio hasta que no pueda cogerse con los dedos. Esparce este polvo en vinagre destilado y espera hasta que el vinagre adquiera un color rojo.

Cuélalo y repite la operación hasta que el vinagre ya no mude de color. Después presenciarás un gran milagro, en el cristalino serpentín del alambique, cuando las gotas de color rojo sanguino del claro mineral de antimonio desciendan formando miles de vénulas. Lo que resulte, guárdalo en un recipiente soberbio, pues se trata del tesoro más valioso que jamás ha existido. Es la quintaesencia roja.»

–¿Y ya lo habéis probado?

–No. Pero si Dios quiere, hoy será el gran día.

–En ese caso, os deseo mucha suerte, hermano Johannes. Y ahora, si fuerais tan amable de prestarme vuestra ayuda para salir de aquí.

El benedictino se pasó la mano por la cara y respondió:

–La puerta del monasterio permanecerá cerrada hasta mañana. Pero yo poseo una *clavis mirabilis*, una llave milagrosa que abre todas las puertas. Sólo debemos cuidarnos muy bien de que nadie nos vea.

–Si confiáis en mí –se aventuró Afra–, podéis entregarme la llave y continuar con vuestro experimento. Os la devolveré mañana.

Al alquimista no le resultó en absoluto descabellada la proposición. De buena gana, entregó a Afra el artilugio, cuya única característica en común con una llave normal era el ojo por el que se asía, pues en lugar del paletón del que estaban provistas las llaves corrientes, salían de la varilla unos rígidos dientes de hierro.

Con el ir y venir Afra se había aprendido el camino. Pero al llegar a la galería que conducía directamente a la puerta, cambió de opinión, volvió a subir la escalera de caracol y se dirigió a la biblioteca. Una vez allí, pegó la oreja a la puerta y, como no oyó ningún ruido sospechoso, introdujo la *clavis mirabilis* en la cerradura y la giró hacia la izquierda. La llave rechinó como si el ojo de la cerradura estuviera lleno de arena, y con un suave cloc la puerta se abrió.

Aunque le llevara hasta la mañana siguiente, Afra se había propuesto encontrar esa noche el libro con el pergamino. Pero ¿por dónde debía empezar a buscar?

Sus primeras y más bien aleatorias indagaciones habían sido infructuosas porque se sentía observada. Incluso en el caso de que hubiera logrado dar con el *Compendium theologicae veritatis*, le habría resultado imposible sacar el pergamino sin levantar sospechas.

Continuaba sumida en cavilaciones sobre por qué el bibliotecario negaba la presencia de Melbrüge en el monasterio. Ni el hermano Mauro ni Melbrüge podían saber de la existencia del pergamino. ¿A qué venía entonces tanto secreto?

Lo que hacía tan complicada la búsqueda del libro no era sólo el hecho de que la biblioteca de Montecassino siguiera siendo, pese a las grandes pérdidas, una de las más grandes de Occidente. La mayor traba de todas radicaba en que, mientras que en otros lugares la sección de teología constituía, a lo sumo, un tercio de los fondos, en Montecassino ocupaba nueve décimas partes del total. Y, para colmo de males, Afra desconocía el nombre del autor del libro que buscaba. En suma, que tenía que buscar un libro entre setenta mil.

Mientras alumbraba con el candil las estanterías cubiertas de polvo que se alzaban ante ella como baluartes, justo cuando ya comenzaba a perder la esperanza de que en algún momento fuera a producirse el hallazgo en medio de ese caos de saber, sus ojos repararon en unas pilas de libros que formaban como un medio círculo que le llegaba a la altura de las caderas y que despertó su curiosidad.

Al acercarse, se dio cuenta de que los libros habían sido apilados a toda prisa con el claro objetivo de esconder algo. El muro de libros guardaba un asombroso parecido con las construcciones que el hermano Dominico había levantado también a base de libros en la biblioteca de Estrasburgo.

Tras vacilar unos instantes, Afra comenzó a retirar la hilera superior, y luego una segunda. Ni siquiera era necesario seguir un orden en particular, pues los libros parecían haber sido dispuestos en montones, sin orden ni concierto.

Cuando hubo apartado la tercera capa de libros, apareció ante sus ojos una tapa redonda, la parte superior de un tonel de madera. El rostro le ardía y notaba un sudor frío en la nuca. Nada más ver la insignia grabada a fuego en la tapa, un escudo con una banda ancha desde la parte superior izquierda hasta la inferior derecha, que era el emblema de Estrasburgo, pensó que no cabía la menor duda: había encontrado lo que buscaba.

«¡El pergamino!», eran las palabras que resonaban en su cabeza una y otra vez. «¡El pergamino!» Afra creía tenerlo ya en sus manos. Pero cuando levantó la tapa y alumbró con el candil en el interior del tonel, la desilusión fue mayúscula. El tonel estaba vacío.

Sus ojos se llenaron de lágrimas de rabia e impotencia. Afra hundió la cara en las manos como si deseara abandonar y olvidarlo todo de una vez por todas. La decepción y el desánimo amenazaban con derrotarla.

En ese instante, Afra oyó voces y un ruido como de una puerta. Pero los ruidos procedían del extremo opuesto y no de la puerta que daba acceso a la biblioteca desde el monasterio. De ahí que en un primer momento Afra no les diera ninguna importancia a las voces. Ya había tenido ocasión de ver con sus propios ojos los misteriosos tubos que recorrían los monasterios y que transmitían el sonido de forma igualmente misteriosa. Unos instantes después, sin embargo, oyó pasos. En la dirección de la que procedían los pasos debía de haber una segunda puerta.

A toda prisa, Afra volvió a colocar las pilas de libros alrededor del tonel y apagó el candil. Luego avanzó de puntillas hasta la entrada que ella había usado para acceder a la biblioteca. Sin hacer ruido, cerró la puerta tras de sí con la *clavis mirabilis* y recorrió a tientas el camino hasta el portón principal. Con ayuda de la llave milagrosa, consiguió salir por fin al exterior.

La noche era fría y húmeda. De regreso a la hospedería, sentía escalofríos por toda la espalda. Pero el frío no era el causante de sus temblores. Afra temblaba de nervios. Aunque no hubiera logrado encontrar el libro con el pergamino, el tonel con el escudo de Estrasburgo era la prueba de que Gereon Melbrüge había entregado la remesa de libros.

Ya en su alcoba, Afra se percató, nada más entrar, del desorden en su equipaje. Su corazón dio un gran vuelco al caer en la cuenta de que toda la ropa que llevaba en el hatillo era de mujer. Y mientras intentaba, sin éxito, conciliar el sueño, pensaba en lo acontecido esa noche en la biblioteca y se preguntaba quién habría revuelto su equipaje y por qué.

A la mañana siguiente, Afra fue a dar de comer a su caballo antes de echarse al cuerpo un opíparo desayuno. Había gachas de avena con tocino y huevos revueltos, pan, queso y requesón. Se sentía débil porque en los últimos tiempos había descuidado bastante su alimentación.

Para su sorpresa, el regordete hospedero, el hermano Atanasio, no le preguntó por qué había regresado tan tarde a la hospedería. Él sabía perfectamente que la puerta del monasterio se cerraba con el repique a completas y que en el monte santo no había otros lugares adonde ir.

Durante el almuerzo, Afra se sintió observada por el hermano Atanasio. Cada dos por tres, el monje asomaba la cabeza por la puerta que daba a la cocina, como para comprobar que todo estuviera en orden. Pero cada vez que sus miradas se encontraban, el benedictino escondía su redondo rostro tras el quicio de la puerta.

De esa guisa, se generó en el comedor de la hospedería una extraña tensión cuyo motivo Afra ignoraba. Y cuando, ya por enésima vez, el monje asomó de nuevo la cabeza, Afra lo llamó a su mesa. Acto seguido, buscó bajo su jubón la bolsa donde guardaba el dinero, sacó dos monedas de plata y las lanzó sobre la mesa de tal modo que tintinearon al caer.

–No temáis, no pienso marcharme sin pagar la habitación –exclamó Afra furibunda–. ¡Tomad esto como paga y señal!

El padre hospedero se llevó una de las monedas a la boca y la mordió para comprobar su autenticidad. Luego respondió con una gran reverencia:

–Señor, esto paga la comida y el alojamiento de diez días. Aquí no es costumbre que los huéspedes paguen por adelantado.

–¡Pues como veis, así y todo, yo sí lo hago! ¡Vuestra desconfianza me saca de mis casillas!

–Pero no se trata del dinero –respondió el hospedero mirando con recelo en todas direcciones para cerciorarse de que nadie los espiaba. Y eso que no había ningún otro huésped alojado en la posada.

Finalmente, el hermano Atanasio comenzó a relatar con la voz entrecortada:

–Los monjes de Montecassino habríamos perecido de hambre hace ya mucho tiempo si en el pasado no hubiéramos permitido que los minoritas entraran en nuestro monasterio. Llegaron con los pies descalzos y en sandalias, cubiertos con mantos de lana con capucha. Cualquiera se habría compadecido de ellos de no haber sido por el dinero que rebosaba de sus bolsillos. Su superior, no sé decir si era abad o guardián, como correspondería al prelado de una comunidad, prometió reconstruir Montecassino y ayudarnos además con cien ducados de oro al año. Eso bastaba para asegurar la perduración de nuestra orden, a la que el papa de Roma había abandonado. Poco después de dar nuestro consentimiento, cambió el comportamiento de los otros monjes. Y, en lugar de humildad, salió a la luz su soberbia y su arrogancia. En un primer momento, nos repartimos las plantas y las estancias de tal forma que todos gozáramos de acceso a todo. Pero un día ellos comenzaron a levantar un muro que atravesaba nuestra abadía de punta a punta. Tapiaron puertas y extrajeron el agua del único pozo del monasterio. Por lo único que no mostraron ningún interés fue por la basílica medio derruida. En ese instante comprendimos que los había enviado el diablo.

–¿Y por qué no expulsáis a los otros monjes del monasterio? –preguntó Afra intrigada.

–Decirlo resulta muy fácil –respondió el hermano Atanasio–. Ya no tenemos ni prebendas ni tierras y, para no morir de hambre, deberíamos vivir de las escasas limosnas que nos dan los peregrinos en verano. Los ricos no peregrinan al sepulcro de san Benito, quien, como todo el mundo sabe, predicaba la pobreza. Y las limosnas de los pobres llegan antes al Reino de los Cielos, pues tal es la voluntad de Dios Nuestro Señor. Del papa no podemos esperar ayuda ninguna, pues oficialmente nuestro monasterio fue disuelto. El papa Juan se ha negado a nombrar un abad para el pequeño reducto de benedictinos que quedamos aquí. Ya lo veis, estamos en manos de los parásitos del otro lado del muro, y esas mismas manos son las que nos dan de comer. Además, esos monjes emplean toda suerte de estratagemas para sembrar la discordia entre nuestros hermanos y aislarnos así a todos de nuestra comunidad.

El hermano Atanasio pronunció esas últimas palabras con los ojos empañados de lágrimas. A continuación fue a cerrar la puerta de la cocina, que había quedado abierta, y al regresar, permaneció inmóvil unos instantes, mirando al infinito.

Después prosiguió con el relato:

–Desde entonces reina entre nuestros hermanos la división y la desconfianza. Vos estaréis pensando que todo esto no hace sino contradecir las reglas de la Orden de San Benito. Todos consideramos a los demás aliados de los desleales. Y esa sospecha no es infundada. Algunos hermanos desaparecen por las noches, y estamos seguros de que se van al otro lado. No podemos demostrarlo. Pero hay un punto débil en la repartición del monasterio: la biblioteca.

–¿La biblioteca? –dijo Afra sin pestañear.

–La biblioteca es la única estancia del monasterio que no está dividida. Se precisaría la labor de generaciones y generaciones para copiar todos los libros de la biblioteca. Y como tanto los monjes desleales como nosotros, los benedictinos, concedemos la misma importancia a la sabiduría y la doctrina, se llegó al acuerdo de permitir el acceso desde ambos lados: unos durante el día, y los otros durante la noche.

–Dejadme adivinar –interrumpió Afra al hermano Atanasio–, los benedictinos llevan a cabo las labores de biblioteca durante el día y los desleales durante la noche.

–Acertasteis, doncel. De prima a completas la sabiduría y la doctrina pertenecen a los benedictinos; de completas a laudes a los monjes desleales. En la biblioteca hay una puerta que, dicho sea de paso, es el único lugar que comunica ambas partes. Fue una obra de nuestro alquimista, ya lo habéis conocido.

–¿Del hermano Johannes?

–Del mismo. Él inventó un artilugio portentoso que sólo permitía abrir una de las dos puertas si la otra estaba cerrada. Salvo que...

–¿Salvo qué?

–El hermano Johannes posee una *clavis mirabilis*, una llave milagrosa. Con ella, según el hermano alquimista, puede abrirse cualquier puerta. Ya nos ha demostrado en varias ocasiones que, en efecto, es así, aunque jamás ha permitido que nadie llegara a ver la llave. Es un tanto singular, como todos los alquimistas, pero lo cierto es que esa singularidad suya no contribuye precisamente a generar una atmósfera de confianza.

–Ya entiendo –dijo Afra pensativa–. Yo tengo la impresión de que el hermano bibliotecario y el hermano alquimista no se caen bien.

El hospedero se encogió de hombros, como sin hacer mucho caso a la afirmación de Afra, y respondió:

–No es de extrañar, el hermano Mauro es teólogo y ha consagrado su vida a la sabiduría y la doctrina. El hermano Johannes es un discípulo de la alquimia, una ciencia que trata de explicar lo sobrenatural con métodos terrenales. No es de extrañar, en consecuencia, que se desprecien como se desprecian el papa de Roma y el de Aviñón. Por lo demás, os ruego que me disculpéis si mi desconfianza os ha ofendido. Tal vez ahora comprendáis mi actitud.

–¡En todo caso, ése no era ni mucho menos motivo para que revolvierais mi equipaje!

–¿De qué habláis ahora, doncel?

–Ayer, a mi regreso, encontré todas mis cosas revueltas.

–¡Por san Benito y su virtuosa hermana, santa Escolástica, yo jamás me dejaría llevar por tan bajos instintos! –El hermano Atanasio se puso muy serio y resultaba difícil no creerle.

Al menos la confesión había servido para que la desconfianza se disipara del rostro del monje. Sí, el hermano Atanasio incluso se atrevió a esbozar una amarga sonrisa cuando se dirigió a Afra para pedirle que no le contara nada a nadie.

Afra prometió no hacerlo. Pero no acababa de tener claro si podía confiar en el monje. ¿Acaso podía confiar en alguna persona, aunque sólo fuera una, de ese inquietante monasterio que, erigido en la cima de una montaña, se hallaba sólo en apariencia más cerca del cielo que de los poderes del mal de los infiernos? En realidad, se dijo para sus adentros, el monte santo era la morada del diablo.

Pese a lo extremadamente desconcertantes que eran todas esas cosas, Afra había sacado en claro una cosa: en el monasterio de Montecassino tenían lugar sucesos misteriosos y permanecer allí no era seguro. Pero ¿debía abandonarlo y olvidarlo todo sin más ahora que estaba tan cerca del pergamino? Tenía que encontrarlo, ¡costara lo que costase!

Después de desayunar se dirigió de nuevo al monasterio, donde el cancerbero la retuvo a la puerta y la escudriñó de los pies a la cabeza antes de dejarla pasar. Afra llevaba consigo todavía la llave milagrosa que el alquimista le había prestado. A pesar de que la llave le había resultado de gran utilidad, o precisamente por eso, Afra quería deshacerse de ella cuanto antes.

Ése fue el motivo de que Afra fuera al laboratorio de Johannes a primera hora de la mañana. Y aunque la temperatura era considerablemente más alta que el día anterior, volvió a entrarle un extraño temblor, como si el invierno la estrechara entre sus gélidos brazos.

La puerta del laboratorio estaba entornada. Sus tímidas voces no obtuvieron respuesta.

–¡Hermano Johannes! –repitió más alto, pero las desnudas paredes sólo le devolvieron un eco sordo. Finalmente, decidió entrar.

Al igual que el día anterior, la tenue luz de los candiles colgados en las paredes envolvía el laboratorio en un ambiente mágico. Y al igual que el día anterior, cuando Afra entró por primera vez, reinaba un orden absoluto. Todo parecía colocado y en el lugar que le correspondía.

Afra se disponía a marcharse ya en el instante en que sus ojos se detuvieron en la estrecha portezuela que conducía al habitáculo donde el hermano Johannes le había explicado el experimento de la piedra filosofal.

–¡Hermano Johannes! –gritó Afra de nuevo. A continuación abrió la puerta.

Allí todo estaba oscuro. Pero el débil resplandor que penetraba desde el laboratorio bastaba para vislumbrar sobre la mesa un pequeño frasco y una hoja de papel.

Guiada por un repentino impulso, Afra retrocedió unos pasos, descolgó una lámpara de aceite de la pared del laboratorio y alumbró con ella el interior del habitáculo. El corazón le dio un vuelco.

–¡Hermano Johannes! –exclamó Afra con un hilo de voz.

La silueta del alquimista fue perfilándose poco a poco en la oscuridad. Se hallaba inclinado sobre la mesa, con la cabeza recostada encima de los brazos cruzados, y dormido.

–Eh, oídme, es por la mañana, el sol brilla en el cielo, y vos os habéis quedado dormido. ¿O acaso os habéis vuelto a dormir? ¡Es hora de levantarse!

Afra sacudió al hermano Johannes por el hombro. Al ver que no reaccionaba, le levantó la cabeza, escondida entre los codos, y se la giró hacia un lado. Le costó Dios y ayuda conseguirlo, pero al ver el rostro del monje, y sus labios oscuros, casi negros, supo que había sucedido algo terrible.

Temerosa, Afra posó sus dedos en la sien del alquimista.

–Hermano Johannes... –susurró con voz queda, como si no quisiera perturbar su sueño.

En verdad, no le cabía la menor duda: el hermano Johannes estaba muerto.

Afra se había topado a menudo con la muerte. Ya no le daba miedo. Pero lo inesperado, lo inexplicable, eso le ponía los pelos de punta. Pese a que hacía tan sólo tres días que conocía al monje y no sabía casi nada sobre él, su muerte la turbó de tal forma que comenzó a temblar.

La posibilidad de que alguien pudiera sorprenderla junto al alquimista muerto hizo que su inquietud fuera en aumento. Tenía que marcharse inmediatamente de allí, se dijo para sus adentros. Como una liebre perseguida, Afra salió corriendo de la cámara de experimentos, dejó atrás el ordenado laboratorio y estaba a punto de cerrar tras de sí la pequeña puerta, cuando un pensamiento la asaltó: ¡el papel!

Sin pensar, Afra regresó a la cámara de experimentos, arrambló con la hoja en blanco y con la probeta, en la que figuraba la inscripción «Aq. Prod.», y justo al volverse hacia la puerta, pisó algo duro, algo que quedó hecho añicos bajo su pie. Afra se agachó y examinó los restos: el cristal, que correspondía a la mitad inferior de una estrecha redoma, guardaba cierta similitud con el de las cápsulas de veneno que los Apóstatas llevaban siempre consigo.

Desconcertada, miró al alquimista muerto. Los ojos abiertos del monje apuntaban, como una señal secreta, hacia el lugar donde hasta hacía un instante se hallaba el papel. La muerta e infinita mirada del monje la turbaba. Sentía la necesidad de gritar, pero el grito se ahogó en su garganta. Afra tragó saliva.

Caminando de espaldas, como si temiera que en cualquier momento el hermano Johannes fuera a levantarse y a exigir que le devolviera el frasco y el papel, se alejó de la cámara de experimentos. Sentía que el aire no le llegaba a los pulmones y respiró hondo. Cabizbaja, subió a la carrera la escalera de caracol. Una vez en el claustro, se detuvo. Su apresuramiento podía levantar sospechas.

Lo peor que podía suceder en ese momento era que tropezara con alguien. Apoyada en una de las columnas de los soportales del claustro, Afra se paró a pensar unos segundos. Deseó con todas sus fuerzas que se la tragara la tierra. ¿Qué iba a hacer?

Todavía tenía en su poder la llave que, tal como había asegurado el hermano Johannes, abría todas las puertas del monasterio. Confundida, Afra subió por las escaleras hasta el último piso, donde se hallaba la biblioteca. Sin embargo, en lugar de girar hacia la izquierda, tomó el pasillo de la derecha. Ignoraba por completo adónde llevaba. «Si te topas con alguien aquí –pensó–, al menos no te relacionará con la muerte del hermano Johannes.»

Una hilera de ventanucos, tan pequeños que uno apenas podía introducir la cabeza para asomarse, iluminaba débilmente el pasillo por la izquierda. A mano derecha había multitud de puertas, separadas unas de otras por diez pasos escasos. Sobre los dinteles de las puertas había abreviaturas de las Sagradas Escrituras fijadas a la tosca pared, abreviaturas como «Jeremías 8,1», «4. Sal. 104,1» o «Mt. 6,31» que de nada sirvieron a Afra. Resultaba obvio que eran celdas de monjes. Sin embargo, casi todas parecían abandonadas. Algunas puertas estaban abiertas. El polvo y las telarañas cubrían los austeros cuartos, que en su mayoría contenían un atril destinado al estudio de las Sagradas Escrituras, un reclinatorio y un catre.

Afra entró en una de las asfixiantes celdas y cerró la puerta tras de sí. Sobre el atril, desplegó el papel en blanco que había hallado junto al cadáver del alquimista y a continuación sacó de su jubón la probeta de cristal.

Afra estaba convencida de que «Aq. Prod.» respondía a *aqua prodigii*, la tintura que permitía leer los textos secretos escritos con tinta invisible.

Colgada en la puerta se hallaba la esclavina de un hábito raído. Afra mojó una punta de la tela negra en el preparado de color claro. Luego extendió el papel sobre el atril con delicadeza y lo frotó con el pedazo de tela impregnado hasta que, por efecto de la humedad, la hoja comenzó a ondearse.

Con los puños cerrados, Afra miró fijamente el papel mojado. No sabía qué le había sucedido al hermano Johannes, pero las circunstancias la habían llevado a deducir que el alquimista había escrito una nota que no debían leer más ojos que los suyos.

Sus ojos brillaban ansiosos, suplicantes incluso, clavados en el papel que, pese a haberse tornado entretanto de color ocre, no había revelado todavía una sola palabra. Le vino a la mente el proceder de Rubaldo, y entonces Afra se acordó de que la operación requería paciencia.

Cuando ya se creía víctima de un engaño de su imaginación, comenzaron a aflorar del papel ocre unos trazos finos e inclinados, al principio desvaídos y a duras penas distinguibles, mas después tan nítidos y claros como el contorno de una nube.

En la primera línea, escrita con letras tan apretadas y minúsculas como las que trazaría quien se propusiera comprimir en poco espacio un largo relato, Afra leyó las palabras: «*In nomine Patris et Filii et Spiritus Sancti.*»

Como por divina providencia, un rayo de sol penetró a través del ventanuco e iluminó el misterioso papel. El tosco peinazo que dividía el ventanuco fraccionó la luz en cuatro haces de brillante polvo. Con la ansiedad de un asceta tras cuarenta días de ayuno, Afra devoró las siguientes líneas:

Yo, el hermano Johannes ex ordine Sancti Benedictini, *sé que sólo un hombre de Dios se halla en posición de leer éstas, mis últimas líneas: vos, doncel Elías. ¿O acaso debería llamaros Gysela Kuchlerin? Sí, conozco vuestro secreto. No he vivido tan de espaldas al mundo como para no saber reconocer el contoneo de una mujer. Y la prueba que necesitaba para constatar mi suposición inicial me la procuró el espejo de mi laboratorio. Un hombre que se contempla en un espejo como vos lo hicisteis, sólo puede ser una mujer. A ese respecto, ya no habría sido preciso molestarse en ir a la hospedería y rebuscar en vuestro equipaje, donde amén de ropas de mujer, hallé un documento de viaje a nombre de Gysela Kuchlerin.*

Afra se quedó sin respiración. La aclaración del monje alquimista parecía de lo más convincente. Pero, por el amor de Dios, ¿por qué se había suicidado el hermano Johannes?

Recorriendo cada línea del texto con el dedo índice, Afra leyó a media voz, como si citara un pasaje del Antiguo Testamento:

Todas las piezas encajaron en mi mente cuando os enseñé el laboratorio. Extrañamente, mostrasteis un escaso interés en el mayor de los sueños dorados de la humanidad: el hallazgo de la piedra filosofal. En cambio, ansiabais saberlo todo sobre el más turbio de los trucos que emplea la alquimia. Como estáis comprobando en estos instantes, basta una simple tintura para hacer aflorar un texto incoloro. Todo cuanto encajó de súbito guardaba relación con un hecho antes acontecido: un tal Gereon Melbrüge, un comerciante de Estrasburgo, había traído unos días atrás un envío de libros que eran copias de otros libros que ya no se encontraban en la biblioteca de Montecassino. Debéis saber que yo he leído prácticamente todos y cada uno de los libros que han posado sus páginas en el monte santo, pues la alquimia no es sino la suma de todos los saberes. Bajo la recelosa mirada del hermano Mauro, por tanto, tuve ocasión de hojear esos ejemplares antes de que fueran engullidos por el inextricable maremágnum de la biblioteca. Uno de ellos en concreto llamó mi atención. Su título rezaba Compendium theologicae veritatis.

En ese instante Afra creyó desfallecer. Al sentir que las piernas le flaqueaban, se agarró al atril con las dos manos. El hermano Johannes había descubierto el libro que contenía el pergamino. ¿Habría deducido también que se trataba de un mensaje oculto?

Las siguientes líneas revelaban la respuesta. Casi delirante, Afra continuó leyendo:

No fue el contenido del libro, sin embargo, lo que me intrigó, pues su lectura me pareció más bien ardua, y su trascendencia, de segundo orden; lo que despertó mi curiosidad como investigador fue un pergamino plegado y, a primera vista, en blanco. Un hombre como yo, cercano al mundo de la palabra escrita, sabe que el pergamino es un bien tan apreciado como escaso y que, por ende, sería un pecado contra el arte de la escritura conservar tan valiosa pieza de piel en un libro durante tantos años. Entonces me asaltó el pensamiento que de inmediato le habría venido a la cabeza a cualquier alquimista: que el pergamino podía contener un mensaje oculto. No es preciso que entre en detalles sobre el procedimiento que empleé para leerlo. Vos os habéis servido de la misma tintura, pues de lo contrario no estaríais leyendo estas líneas.

Como si un nudo en la garganta le impidiera respirar, Afra se enderezó y cogió aire. Tenía la impresión de que el escrito que acababa de mostrarse en el papel hacía sólo unos instantes comenzaba a desvanecerse ante sus ojos. Sin embargo, la letra del alquimista era tan diminuta que le resultaba imposible leer más rápido.

Con los ojos desorbitados y el alma en vilo, vine en conocimiento de la carta que mi hermano Johannes Andreas Xenophilos, atribulado por el remordimiento, redactara en este monasterio en el año del Señor 870. Confieso con toda franqueza que con su lectura devino para mí el derrumbamiento de un mundo: mi mundo. Una vez conocidos los hechos relatados por Johannes Andreas sobre el Constitutum Constantini, *no puedo, ni quiero, seguir viviendo. Ruego a Dios misericordioso que me perdone y se apiade de mi alma. Amén.*

Post scriptum: Por lo demás, estoy seguro de que sois consciente de la trascendencia del pergamino. De no ser así, no habríais viajado a tierras tan lejanas para recuperarlo. Cómo llegó a vuestras manos tan peligroso documento es para mí una incógnita que me llevo a la tumba.

Post post scriptum: El pergamino he vuelto a depositarlo en el Compendium theologicae veritatis. *El libro no lo hallaréis en la biblioteca, donde le corresponde estar una vez despojado del comprometido y perturbador documento, sino en el anaquel superior de la tercera estantería de mi laboratorio. Descuidad, no he revelado a nadie ni una sola palabra de mi hallazgo. Amén.*

A Afra le resultó harto difícil descifrar las últimas palabras. De un lado, porque el trazo del alquimista se volvía cada más vacilante, y de otro, porque la tinta había palidecido hasta tal punto que las letras apenas podían distinguirse.

¿Qué había provocado que el hermano Johannes perdiera toda esperanza en este mundo y acabara suicidándose? Debía de ser la misma razón que impulsaba al papa y a la Logia de los Apóstatas a desplegar todo su poder y su influencia para hacerse con el pergamino.

Rápidamente, Afra dobló el papel y se lo guardó en el bolsillo interior. A continuación, recorrió a toda prisa el pasillo y bajó la escalera hasta los soportales. Al ver a los dos monjes que, abismados en sus reflexiones, paseaban de un lado al otro del claustro con las manos en el interior de las mangas de su hábito, Afra se escondió tras unas columnas pareadas. De puntillas, se deslizó hasta la rampa que bajaba al laboratorio.

¡Tercera estantería, anaquel superior! Las indicaciones del alquimista eran claras. Afra tuvo que estirarse para alcanzar el libro. Cuando al fin lo sostuvo entre sus manos, los dedos le temblaban como hojas. Lo abrió por el final y allí estaba: ¡el pergamino!

Afra lo cogió y se lo escondió en el jubón. Luego volvió a dejar el libro en el mismo lugar.

¡El hermano Johannes! Quería verlo por última vez. Se dirigió con sigilo hacia la puerta que conducía a la cámara de experimentos.

¿Hermano Johannes?

Su cadáver había desaparecido. Todo ofrecía el mismo aspecto de antes. Con la única diferencia de que no había ni rastro del alquimista muerto.

De pronto, un pánico terrible se apoderó de ella. Salió como un torbellino del habitáculo, atravesó el laboratorio y subió las escaleras de caracol a todo correr. Los monjes del claustro se habían retirado. Reinaba el silencio. Tan sólo el viento murmuraba entre las ruinas.

Para no despertar sospechas, ese mismo día Afra fingió seguir ocupada con su labor en la biblioteca. Finalmente respiró tranquila cuando, poco antes del oficio de vísperas, el hermano Mauro tocó la campana de la biblioteca apremiando a los presentes.

A la hospedería habían llegado nuevos huéspedes, un anciano barbudo y su hijo ya mayor, quien, salvo por la exuberante cabellera, que en el caso del viejo había adquirido un tono cano, era el vivo retrato de su padre. Ambos procedían de Florencia y se dirigían a Sicilia.

Durante la cena en el comedor de la hospedería Afra entabló conversación con los florentinos. El anciano, que no tenía pelos en la lengua, contó que habían perdido todo un día de viaje porque habían sido retenidos por las tropas de la guardia del papa.

–Su Santidad –dijo con una reverencia burlona–, acompañado por más de mil cardenales, obispos, prepósitos, clérigos ordinarios y monjas extraordinarias, se encontraba de camino a Constanza, al norte de los Alpes, donde había sido convocado el concilio. Para que el sumo pontífice y todo su séquito pudieran avanzar más aprisa, habían sido cortados todos los caminos. Incluso se había prohibido que la gente permaneciera en sus márgenes mientras desfilaba el rebaño. –Al decir esa frase, el anciano escupió al suelo y restregó el salivazo con el pie.

Por fortuna, el sueño no tardó mucho en interrumpir el discurso del anciano, mientras que al joven se le subió el vino a la cabeza. El caso fue que los dos se levantaron al unísono, como si tuvieran un acuerdo tácito, y se retiraron a sus habitaciones sin despedirse.

Como era costumbre en él, el hermano Atanasio había estado escuchando el soliloquio del anciano. Nada más marcharse los florentinos, el padre hospedero se sentó junto a Afra a la mesa.

–Tenéis cara de cansado, señor. ¿Tanto os ha fatigado el estudio de los libros?

Afra, que no prestó demasiada atención a las palabras del padre hospedero, asintió con gesto ausente. En su cabeza sólo había lugar para el hermano Johannes y la misteriosa carta de despedida que ocultaba, junto al pergamino, en su jubón.

–¿Sabíais que el papa Juan ha convocado un concilio?

–Sí, ya lo he oído, hermano Atanasio. Y además en Alemania. ¿Por qué allí y no en otro lugar?

El monje se encogió de hombros, luego sirvió vino en dos copas con una jarra y le tendió una a Afra.

–El papa –señaló el monje– es muy dueño de convocar un concilio en el lugar del mundo que desee. Pero, como es natural, el lugar donde obispos y cardenales se reúnen con el fin de abordar un asunto determinado guarda relación con dicho asunto.

–¿Y eso en el caso de Constanza significa...?

–Bueno, que por lo visto hay algún asunto espinoso en Alemania que está planteando problemas a la Iglesia. Curioso.

–¿Qué es lo que es curioso, hermano Atanasio?

–Hace pocas semanas, a través de un hermano que regresó de Pisa, conocimos la noticia de que el papa Juan había convocado un concilio. En Italia, según nos dijo, no se habla de otra cosa. Sin embargo, la verdadera razón de fondo está siendo objeto de especulaciones. Porque, oficialmente, en el orden del día hay dos temas a tratar. El primero de ellos es el Cisma, pues como sabéis, en estos tiempos la Santa Madre Iglesia nos ha bendecido con tres vicarios de Dios en la Tierra.

–Sí, de eso sí estoy al corriente. ¿Y el segundo tema?

–Un fenómeno lamentable de estos tiempos nuestros tan libertinos. En Praga hay un infame hereje, teólogo para colmo, y rector de la universidad de la ciudad. Se llama Hus, Jan Hus. Predica contra la riqueza de la Iglesia y de los monasterios, como si no fuéramos ya lo bastante pobres. Hábil como un encantador de serpientes, las gentes lo siguen encandiladas allá donde vaya.

–Sin embargo es bien cierto que la Iglesia posee una enorme riqueza y que no todos los monasterios están tan necesitados como Montecassino. También vuestra abadía ha conocido tiempos mejores.

–En eso lleváis razón –repuso el hermano Atanasio–, lleváis razón. El caso es que hace un par de años el papa decidió excomulgar a Jan Hus con la esperanza de poner fin así a tanta calamidad, pero logró el efecto contrario. A partir de entonces la gente está más pendiente todavía de la boca de Hus, y los checos están a punto de escindirse de la Santa Iglesia romana.

–Pero si la Iglesia otorga tanta importancia a ese tal Hus y a su doctrina, ¿por qué no se ha convocado el concilio en Praga?

–¡Eso es lo curioso! –El hermano Atanasio rellenó las copas–. Nadie se explica por qué el concilio se va a celebrar precisamente en Constanza. –El monje bebió un gran trago y se quedó mirando al vacío, como si allí fuera a hallar la explicación.

Durante la charla con el hermano Atanasio, Afra no dejó de quebrarse la cabeza sobre qué podría haberle sucedido al cadáver del hermano Johannes, pero no se atrevió a preguntarle al hospedero. En todo caso, la decisión estaba tomada: al día siguiente, con las primeras luces, abandonaría el monasterio de Montecassino y emprendería el viaje de regreso a casa con el pergamino.

Afra se iba a retirar ya, pero, al levantarse de la mesa, el monje la agarró de la manga.

–Tengo algo que deciros –balbució con la lengua espesa.

Afra se volvió y halló un rostro achispado de ojos vidriosos.

–Vos conocéis al hermano Johannes, al alquimista.

–Desde luego. Hoy no lo he visto en todo el día. Me figuro que estará recluido en su laboratorio, ocupado con alguno de sus complicados experimentos –dijo Afra haciéndose la despistada.

–El hermano Johannes está muerto –repuso el monje.

–¿Muerto? –exclamó Afra con fingida sorpresa.

El hermano Atanasio se llevó el dedo a los labios.

–El alquimista ha puesto fin a su vida por voluntad propia. ¡Un pecado mortal según los dogmas de la Santa Madre Iglesia!

–¡Cielo santo! ¿Y por qué lo ha hecho?

El monje meneó la cabeza.

–No lo sabemos. Algunas veces daba la impresión de que el hermano Johannes no era de este mundo. Pero probablemente eso tenía más que ver con sus investigaciones. Se complicaba en asuntos que rozaban los límites de la existencia humana, asuntos en los que es mejor no entrometerse.

–¿Y cómo se ha...?

–¡Veneno! Se debe de haber bebido uno de los muchos elixires que había elaborado en su laboratorio.

–¿Y estáis seguro de que se ha quitado la vida él mismo?

El hermano Atanasio asintió con un vehemente movimiento de cabeza.

–Totalmente. De ahí que su cuerpo no vaya a hallar descanso eterno en el sepulcro de los monjes del monasterio. Quien se arrebata la vida no puede, según las normas de la Santa Madre Iglesia, recibir sepultura en sagrado.

–Una práctica un tanto severa, ¿no os parece?

El viejo monje torció el gesto como queriendo decir «Según se mire». Luego respondió en un tono frío y sin el menor asomo de compasión:

–Han arrojado sus restos mortales por el muro trasero del monasterio y después los han enterrado entre los matorrales.

–¿Y a eso le llamáis vos amor al prójimo? –exclamó Afra indignada. Acto seguido, se levantó y se marchó del comedor sin decir una palabra.

El hermano Atanasio se aguantó la pesada cabeza con las manos y siguió a Afra con una mirada inexpresiva.

Al despuntar el alba al día siguiente, Afra engarzó los aparejos de su corcel al carro y abandonó el monasterio de Montecassino en dirección norte.

11

EL BESO DEL TRAGAFUEGOS

Cuando el carruaje del noble que procedía del sur llegó a la puerta, los últimos rayos de sol caían sobre las imponentes murallas de la ciudad. El heraldo que encabezaba el cortejo a lomos del corcel de Afra comenzó a blasfemar y, cogiendo puñados de pequeños guijarros de un saquete que llevaba consigo, los arrojó a la multitud para que las gentes dejaran paso al coche de su señor.

Desde que Afra había abandonado el monasterio de Montecassino, habían transcurrido dieciséis días. Jamás habría podido imaginarse que el viaje de regreso a casa sería tan plácido. En realidad, el camino de vuelta –al menos durante los primeros siete días– había resultado todo menos agradable. Las breves tormentas primaverales la habían impedido avanzar a buen ritmo, a las que se sumaron días enteros de lluvias que dejaron los caminos prácticamente intransitables.

Y entonces un día, en las inmediaciones de Lucca, sucedió: la rueda derecha del carro se rompió, los radios de madera saltaron en pedazos y las astillas dañaron también el eje. Era del todo imposible continuar el viaje. Al cabo de una hora, pues no debía de haber transcurrido mucho más desde el accidente, se aproximó desde el sur un carruaje con un heraldo al frente.

Afra no se atrevió a detener a los ilustres viajeros. Y el carruaje pasó de largo. Unos metros más allá, sin embargo, el cochero detuvo la carroza. Un hombre ataviado con suntuosas ropas se apeó del carruaje y le preguntó a Afra si podía ayudarla en algo. Tras examinar los daños sufridos por el carro de Afra, el noble dijo que si Afra ponía su rocín a disposición del heraldo –al parecer el suyo cojeaba desde el día anterior–, él no tenía inconveniente en llevarla en su coche. Pero le pagaría un precio justo por el animal: veinte ducados de oro. Era una suma desmedida.

El ofrecimiento le vino a Afra muy a propósito, especialmente porque no veía otra salida. Por suerte –¿o fue acaso un capricho del destino?–, el día anterior se había despojado de las ropas de hombre y se había vestido como correspondía a una mujer. De modo que podía emplear de nuevo el permiso de viaje emitido en Venecia.

El noble se mostró entusiasmado al verlo, se presentó como amigo de Carriera y afirmó hallarse él mismo también al servicio del rey de Nápoles y viajar al concilio, en calidad de legado especial. Su nombre era Pietro de Tortosa.

El ilustre gentilhombre, que aparte del heraldo y del cochero viajaba acompañado de un secretario y un sirviente, dio sobradas muestras de su hidalguía durante las jornadas que siguieron y restó importancia al gesto, que calificó incluso de honor, de llevar a Afra en su coche.

Tras dejar atrás Génova, Milán y los grandes puertos alpinos, llegaron sin mayores dificultades, con un tiempo soleado aunque no por ello menos frío, a tierras helvéticas, donde las condiciones de los caminos iban mejorando con el paso de los días.

Afra se sentía en deuda con el legado especial. Sin su ayuda –Afra se dio cuenta al cabo de pocos días– jamás habría podido recorrer una distancia tan larga. Sin embargo, Afra abrigaba cierto recelo hacia Pietro de Tortosa.

Los permisos de viaje, sellados y firmados personalmente por el rey de Nápoles, redujeron los trámites de entrada por la puerta de Kreuzlingen a los mínimos imprescindibles y obligaron a los dos alabarderos apostados a ambos lados del torreón a adoptar una reverente postura.

Sólo se permitía a los altos dignatarios eclesiásticos, prepósitos, obispos y cardenales, así como a los legados especiales de los países de Europa, cruzar con sus carruajes las puertas de la ciudad. Y es que en Constanza, una ciudad con poco más de cuatro mil almas, ya no cabía ni un alfiler. Entre cuarenta y cincuenta mil personas se habían desplazado hasta la que, en circunstancias normales, era una pequeña y romántica ciudad desde que el papa de Roma había convocado allí, para asombro de todos, el decimosexto concilio.

La mayoría de los habitantes de la ciudad libre imperial, situada a orillas del lago de Constanza, a quienes desde tiempos inmemoriales adornaba la fama de tener mayor espíritu comercial que los pobladores de otras ciudades del Imperio, arrendaron sus casas a los participantes del concilio a cambio de buenas cantidades de dinero contante y sonante, y vivieron durante esos años bien en tiendas de campaña, o incluso en barriles en la calle, o hacinados en angostos cuartos donde una cama era compartida por dos o tres personas. En aras del vil metal, algunos no paraban en barras y se instalaban directamente en cuadras y cabrerizas y en las iglesias de la ciudad.

Para el legado especial del rey de Nápoles, el aposentador había arrendado toda una planta de la llamada Casa Alta, situada en la Fischmarktgasse. Dicha casa, a tan sólo unos pasos de la catedral, se conocía con ese nombre porque sobresalía en altura por encima del resto de los edificios de la ciudad.

Su dueño, un rico comerciante llamado Pfefferhart, llevaba en sus armas tres pimenteros. Los envidiosos, que en ciudades pequeñas como Constanza los había por doquier, sostenían, sin embargo, que los supuestos tarros de pimienta eran en realidad latas de dinero donde el avariento mercader iba acumulando cada céntimo que ahorraba. Fuera como fuese, lo cierto era que Pfefferhart tenía fama de no dejar pasar una sola oportunidad de ganar dinero. Y como su único hijo se había marchado de casa y sus hijas solteras llevaban una vida devota, aunque de todo punto improductiva, en el monasterio cisterciense de Felbach, el comerciante ricachón había arrendado la mitad de su casa durante el concilio.

Pietro de Tortosa, el legado especial, le cedió a Afra una de las habitaciones de la casa de Pfefferhart hasta que tomara alguna decisión. La experiencia había enseñado a Afra que en la vida nadie da nada, absolutamente nada, a cambio de nada, y por eso las atenciones de su noble bienhechor le inspiraron más desconfianza que gratitud. De todas formas, por lo pronto tenía un techo bajo el que dormir, y un techo bien cómodo.

En Constanza, entre tanto, la tensión iba creciendo. La mayoría de los participantes en el concilio –cardenales, obispos, abades, prelados, archidiáconos, archimandritas, metropolitanos y patriarcas, teólogos y doctores de la ley, y legados de varias dinastías europeas– ya estaban congregados. Incluso el rey Segismundo había querido asistir al concilio. En esos momentos se hallaban todos a la espera del papa Juan XXIII, nombre éste escogido por él mismo. La ciudad era un auténtico hervidero.

La avanzadilla de Su Santidad, procedente de Bolonia, había anunciado ya la llegada del papa, pero corría el rumor de que el Vicario de Dios, como gustaba de llamarse a sí mismo, se demoraría. El motivo de su retraso eran trescientas monjitas de un monasterio, a las que Su Santidad, en estricto cumplimiento del mandamiento de amor al prójimo, agasajó con su santísimo esperma y una indulgencia plenaria. Y eso requería su tiempo.

No, la fama que precedía al pontífice romano no era, en efecto, la mejor de las posibles. Nadie estaba en condiciones de afirmar que sus contrincantes, los antipapas Benedicto XIII y Gregorio XII, que se habían limitado a enviar observadores a Constanza, fueran unos santos; pero si se los comparaba con la vida que llevaba el romano, eran unos dechados de santidad.

El papa vivía con la hermana del cardenal de Nápoles. Como segunda mujer, al pontífice le servía su propia cuñada. Ello, sin embargo, no impedía al Vicario de Dios compartir su lecho con novicias y jóvenes clérigos que, de esa guisa, prosperaban de la forma más insospechada. Y es que el papa Juan demostraba una gran generosidad en los asuntos amorosos y los recompensaba con patrimonio de la Iglesia, o con un lucrativo cargo de abad o de obispo.

Tras una noche tranquila, una gran algarabía despertó a Afra la mañana siguiente. Saltó de su lecho y se dirigió rápidamente a la ventana. Pero lo que, a juzgar por el estrépito, parecía el estallido de una guerra civil, no era en realidad más que el bullicio callejero de un día normal. Con las primeras luces del día, las gentes habían tomado la calle y gritaban y maldecían en un galimatías de diferentes lenguas. En algunos puntos, ya no había por donde pasar. Un auténtico paraíso para pícaros, granujas y descuideros.

Pietro de Tortosa, con el que Afra se topó unos minutos más tarde en la escalera, probablemente pensó lo mismo cuando dijo:

–Os aconsejaría que pusierais todos vuestros objetos de valor a buen recaudo. El olor de los rateros que plagan la ciudad llega hasta aquí. Los grandes acontecimientos atraen a los granujas como la luz a las polillas. Si deseáis acompañarnos a mi secretario y a mí, será un placer. Nos disponíamos a salir para depositar el dinero y los documentos en una casa de cambio.

La recomendación era a todas luces oportuna; sin embargo, el recelo que despertó en Afra la solícita actitud del legado especial la hizo desconfiar. Por eso, respondió sonriente:

–Mis pertenencias, messer Pietro, no son tan valiosas como para dejarlas en un cofre bajo llave al cuidado de un cambista.

Pietro levantó las manos con un gesto defensivo.

–¡Lo decía por su bien, Donna Gysela, nada más!

La manera en que pronunció el falso nombre inquietó a Afra.

–Está bien. Os agradezco la advertencia –respondió con cortesía.

A Afra le angustiaba la idea de que el atento legado especial de Nápoles pudiera saber quién era ella en realidad y cuál era el secreto que, desde hacía ya más de cuatro semanas, llevaba encima.

Cuando, poco después, Pietro de Tortosa y su secretario abandonaron la casa, Afra decidió seguirlos. Pese a que la plaza de la catedral, donde se concentraban la mayoría de las casas de cambio, no estaba lejos, tardaron en recorrer el camino más de lo esperado. En las callejuelas de la ciudad se agolpaban monjes ataviados con exóticas vestimentas, vendedores de gansos, pordioseros, comerciantes de bisutería y piedras de chispa, vagabundos y marineros, beguinas con hábitos parduzcos, gitanos, ricos tejedores de lino de la ciudad y supuestos ciegos que fingían su tara a las mil maravillas, labriegos, médicos con birrete y túnica negra, fulanas a remolque de sus alcahuetas, alambicados obispos con mitra y capa pluvial, estañadores de calderos, bufones, curanderos, curas rechonchos con sobrepelliz, pífanos y trovadores, vendedores de reliquias, mancos, hombres sin piernas que se deslizaban por el suelo sobre un tablón implorando compasión, peristas con holgados gabanes, negros de la lejana Etiopía, rusos de cara ancha, criaturas angelicales –tan bellas que mirarlas debía de ser pecado–, penitentes y alguaciles, sudados mozos de cuadra, moros vestidos de mujer bailoteando, escritores de cartas por encargo, enviados de la Gran Turquía junto con sus esposas, de cara cubierta y pantalones bombachos, que Dios se apiadara de ellas, escuderos, concubinas con suntuosos vestidos, acicaladas doncellas casaderas y matronas entradas en años, heraldos, domadores de osos, enmascarados, acróbatas con zancos y ciudadanos curiosos a los lados de la calle.

Afra ya comenzaba a sospechar que, con tantas vueltas, el legado especial quería burlarse de ella, cuando al fin su sirviente y él entraron en la casa del cambista Betminger. O al menos ése era el nombre que figuraba en el cartel de la entrada. Unos instantes después, el enviado salió y, seguido de su sirviente, se perdió entre la muchedumbre.

Manteniéndose a una distancia prudencial, Afra se planteó qué debía hacer. Al final, tomó la decisión de confiar ella también el pergamino y la mayor parte del dinero, que llevaba en un pequeño monedero atado a la cintura, al cuidado de un cambista.

En Constanza había más de treinta cambistas trabajando durante el concilio, un negocio harto lucrativo a la vista de que cada gran ciudad de Europa acuñaba su propia moneda. Y no había precios establecidos. El dinero que cada cual recibiera a cambio dependía de sus habilidades para la negociación, con lo cual el cambista nunca salía perdiendo.

Afra escogió la casa de cambio de Pileo, en la Brückengasse, junto a la casa del cabildo, una elección motivada por el aspecto de seriedad que ofrecía el negocio al hallarse en el pórtico de una casa patricia. En la trastienda, detrás de una cortina dispuesta para tal fin, Afra se despojó de sus pertenencias y se las tendió al joven cambista. Él lo depositó todo en una caja de caudales con cerradura, entregó la llave a Afra y guardó el cofrecillo en un armario cuyas pesadas puertas, de madera oscura, estaban provistas de unos anchos barrotes de hierro. Afra adelantó al cambista la paga de todo un mes por sus servicios. Al pisar de nuevo la calle, se sintió aliviada.

De la plaza de la catedral provenía un ruido de tambores y pífanos, interrumpido sólo de cuando en cuando por estallidos de aplausos y bravos. Movida por la curiosidad, Afra echó a andar hacia la inmensa plaza. Resultaba casi imposible abrirse paso, de tal forma que la gente había quedado atrapada en medio de una apretada multitud e intentaba asomar la cabeza, de puntillas, para ver algo. Un desagradable olor a comida flotaba en el aire. Olía a pescado aceitoso, a grasa de cordero y a pasteles, a ajo, y todo ello mezclado con un tufillo bastante repugnante, capaz de quitar el apetito a cualquiera durante tres días.

A la mayoría de la gente, sin embargo, no parecía molestarle el olor. Todo el mundo se agolpaba alrededor de un grupo de juglares que había levantado una carpa redonda, de rayas rojiblancas, y delante de ésta una tarima. Un inmenso oso marrón, casi dos veces más grande que su enano domador, bailaba a dos patas en el centro del escenario. Las sacudidas de la bestia al son de la música del trío que lo acompañaba encandilaron al público.

La multitud gritaba enardecida cuando el gigantesco y torpe animal intentaba salirse de la chapa redonda sobre la que bailaba. Entonces el enano domador tiraba con fuerza de una cadena engarzada al hocico del oso y éste lanzaba un grito desgarrador. Sólo unos pocos se percataron de que lo que en realidad incitaba al pobre animal a aquel baile de San Vito no era sino el calor de la plancha, que había sido calentada previamente al rojo.

Ese singular espectáculo bastó para que algunos de los espectadores desembolsaran algunas monedas y las arrojaran al escote de dos muchachas ligeras de ropa que, pandero en mano, desfilaban entre el público.

En cuanto el oso hubo acabado su penosa actuación, un joven tragafuegos saltó al escenario. Llevaba su musculoso y moreno torso desnudo. Lucía unas calzas de color verde claro y un turbante blanco sobre el oscuro cabello, como un fakir de las Indias. Su sola presencia arrancó un «¡Oh!» de admiración a algunas féminas del público. El hermoso muchacho sujetaba dos antorchas encendidas con una mano y una botella con un líquido en la otra. Tras dar un trago a la botella, se la tendió a Afra, que entretanto había conseguido colarse hasta la primera fila. Afra se ruborizó.

Los espectadores miraban las dos llameantes antorchas como extasiados. En eso, el fakir dio un paso hacia adelante para tomar impulso y, apretando los labios, expulsó el líquido que acababa de sorber de la botella. El chorro ardió al tocar las antorchas, surcando el aire como la mismísima espada flamígera de san Miguel arcángel. Asustados, los espectadores de la primera fila se echaron hacia atrás.

Afra se quedó petrificada. Pese a haber visto la actuación desde muy cerca y haber comprendido el truco del espectacular experimento, la audacia y el aplomo con los que el muchacho desafiaba el fuego despertaron en ella una profunda admiración.

La cerrada ovación del público obligó al fakir a realizar el número una segunda vez. Con una amable sonrisa, extendió la mano hacia Afra pidiéndole que le alcanzara la botella, pero Afra lo miraba absorta, sin reaccionar. Cuando al fin sus ojos se cruzaron con los del malabarista, dio un gran respingo, como si acabara de despertar de un sueño. Turbada, le alcanzó la botella con el líquido inflamable. No quiso quedarse a ver la repetición del número. Abriéndose paso entre la gente, se perdió entre la muchedumbre. Pero la imagen del escultural cuerpo del muchacho la perseguía.

En los días que siguieron, no logró borrar de su memoria el rostro del hermoso tragafuegos. Todos sus esfuerzos para olvidar la penetrante mirada del intrépido muchacho resultaron inútiles. En esas circunstancias tenía cosas más importantes que hacer que enamorarse, y menos aún de un malabarista. Debía comenzar una nueva vida y aprender a defenderse ella sola. En su situación, otras mujeres habrían tomado el velo y habrían pasado el resto de su vida en un convento de clarisas, dominicas o franciscanas. Afra no.

Lo primero que quería hacer era quitarse el nombre falso que de tanta ayuda le había sido desde su estancia en Venecia. Aunque después de pensarlo mejor, se dio cuenta de que, mientras suplantara a la señora Kuchlerin, se hallaría a salvo de los Apóstatas. «Y si conservas su nombre –pensó–, puedes también ejercer su oficio.» ¿Por qué no iba a poder dedicarse al comercio de telas? Sus ahorros bastarían para abrir el negocio.

En esas cavilaciones se hallaba enfrascada cuando un desconocido llamó a la puerta del señor Pfefferhart preguntando por Gysela Kuchlerin.

A Afra le dio un vuelco el corazón cuando el forastero se plantó ante ella y se presentó como Amando de Vilanova.

–¿Tengo el honor de estar hablando con la señora Gysela Kuchlerin, de Estrasburgo? –El desconocido, un hombre alto y de aspecto demacrado ataviado con un negro sobreveste, una suerte de túnica sin mangas, esbozó una afectada sonrisa.

Afra guardó silencio. Aturdida, escudriñó al visitante de arriba abajo. ¿Dónde y en referencia a qué había oído ella aquel nombre?

El desconocido se percató de que Afra rebuscaba en su memoria y, para ayudarla a situarse, dijo:

–Venecia, en la iglesia de la Madonna dell'Orto.

Transcurrieron unos instantes interminables hasta que Afra logró recobrar la compostura. Su memoria finalmente rescató la escena de la conversación que mantuvieron Gysela Kuchlerin y el Apóstata en la iglesia; pero el hombre era otro.

–¿Vos? ¡No os recordaba así!

–Estábamos citados, pero yo no pude asistir y en mi lugar acudió Joaquín de Fiore, el hombre con quien hablasteis.

–Debe de ser por eso –contestó Afra con fingida tranquilidad. Esperaba desesperadamente que Amando no advirtiera su turbación.

–Me ha sorprendido ver vuestro nombre en la lista del registro.

¡Todos pensamos que la peste os había arrebatado la vida en Venecia!

–Un error, como veis.

–¿Y qué me decís de Afra, la mujer del pergamino?

–¿Por qué me hacéis esa pregunta?

Entonces Amando de Vilanova se subió la manga y descubrió ante los ojos de Afra el estigma de la cruz tachada.

–¿Precisáis alguna otra aclaración?

En ese instante, pasó por la cabeza de Afra la única respuesta adecuada que cabía dar en esa situación y, con la voz ligeramente temblorosa, respondió:

–Afra está muerta. ¡Murió de peste!

–¿Y el pergamino?

Afra se encogió de hombros.

–¡Sabe Dios dónde estará! Si lo llevaba encima, lo quemarían junto a su cadáver. –Afra se asustó al oír sus palabras.

Amando de Vilanova se rascó la barbilla con gesto pensativo.

–En ese caso, podemos dar por terminada nuestra misión. Es una lástima. Nos habría procurado grandes riquezas a todos, pero sobre todo influencia y poder. Ahora todo este circo ya no es más que una farsa.

Afra frunció el entrecejo y lanzó una mirada interrogante a Amando de Vilanova.

–Podríais ser un poco más claro, señor.

En el rostro del desconocido apareció una amplia y malévola sonrisa.

–¿De veras creéis que este patético pontífice ha convocado el Concilio de Constanza para unir a todas sus ovejas desperdigadas en un solo rebaño?

–Al menos eso es lo que dice la gente. Y también lo que creen los participantes invitados al concilio.

El Apóstata hizo un gesto desdeñoso con la mano.

–Todo concilio ha menester un motivo religioso. Pero en realidad siempre giran en torno a un único asunto: la amenaza de la pérdida de poder y la conservación del mismo. En esta ocasión no es diferente. El papa de Roma ha visto que el pergamino pone en peligro el poder de su organización. Eso fue lo que le impulsó a buscar ayuda incluso en nosotros, sus mayores enemigos. Juan XXIII es un hombre mezquino. Está dispuesto a renunciar a todos sus principios con tal de mantener el poder. La unificación de las Iglesias divididas entraña para el pontífice romano el riesgo de perder el cargo. Porque cuando tres papas se proclaman a sí mismos como legítimos pontífices, sólo hay un modo de solucionar la disputa: que un cuarto asuma el poder. ¿Comprendéis ahora?

Afra asintió con gesto ausente. El discurso del Apóstata planteaba multitud de preguntas que a Afra le habría encantado formular. Pero sobre todo se obsesionó con una: ¿Qué sucedería si el maldito pergamino saliera de pronto a la luz en medio de las deliberaciones del concilio? De pronto todo comenzó a darle vueltas. Hizo cuanto pudo por disimular el mareo, pero temía haber despertado las sospechas de Amando de Vilanova. La sola idea de que fuera así la inquietó. El brillo en los ojos del desconocido, clavados en ella, daba pie a pensar que era capaz de leerle la mente.

De ahí que Afra se sobresaltara cuando, tras un prolongado silencio, Amando de Vilanova le preguntó de pronto:

–¿Y estáis segura de que el pergamino fue quemado con el cadáver de esa mujer?

–Yo no diría tanto como segura, pero vi morir a Afra en Lazaretto Vecchio con mis propios ojos. No fue una experiencia agradable. Os lo aseguro. Y dado que todas las víctimas de la peste, e incluso sus pertenencias, eran quemadas en la isla, cabe suponer que el pergamino ardió con ella en la quema.

–¡Caso de que llevara el pergamino consigo!

–En eso lleváis razón.

La conversación en casa de Pfefferhart no estaba yendo por los derroteros que Afra deseaba. Y cuanto más se prolongaba, mayor era su inseguridad. Afra ya no sabía qué hacer para librarse del Apóstata. Sobre todo, no sabía qué hacer para convencerlo de que seguir buscando el pergamino era inútil.

Sin embargo, daba la sensación de que el Apóstata disponía de todo el tiempo del mundo. O al menos no hizo ademán alguno de marcharse.

–Nos hemos preguntado en varias ocasiones –dijo reanudando la conversación– qué fue lo que llevó a la manceba del maestro de obras a partir de modo tan repentino hacia Salzburgo y después continuar hasta Venecia. Como sabéis, tenemos agentes por doquier y ninguno de ellos ha logrado hallar una explicación. Sólo una cosa justificaría ese súbito viaje: que la manceba del maestro quisiera negociar en persona con el papa, que en esa época se encontraba en Bolonia; que quisiera vendérselo directamente a él. Vos conocisteis a Afra. ¿Os parece que eso está dentro de lo posible?

Afra meneó la cabeza.

–Creo que sobrevaloráis a la doncella. Ciertamente, manca no era, y su padre la había enseñado a leer y a escribir, e incluso algo de latín. Pero, con todo, es una muchacha de origen humilde y no está acostumbrada a tratar con los poderosos.

–Habláis de ella en presente, como si todavía se encontrara entre los vivos.

–Disculpad –exclamó Afra asustada–, pero no hace tanto tiempo que hablé con ella de todo esto. No, yo tampoco puedo ayudaros a aclarar el motivo de su viaje. Al parecer, el asunto estaba relacionado con unos libros. Pero ¿quién iba a viajar tan lejos por unos cuantos libros?

–No creáis. Hay personas, incluso dignatarios con mitra, dispuestos a matar por un libro. –Amando de Vilanova esbozó una amplia sonrisa–. No –agregó al cabo de un rato–, caso de que el pergamino todavía exista, a quien deberíamos llamar a capítulo es al maestro Ulrich von Ensingen. Él vivió con esa mujer durante bastante tiempo. Y francamente, me cuesta creer que ella no le confiara su secreto.

Afra se quedó helada, como si un soplo de viento gélido hubiera azotado todo su cuerpo. Notaba que le faltaba el aire. ¡Ojalá el Apóstata no se hubiera percatado de su excitación! Quería permanecer callada, mostrarse totalmente indiferente ante la mención del nombre de Ulrich. Sin embargo, brotó de su boca:

–Entonces, ¿Ulrich von Ensingen no es uno de los vuestros?

–¿De los nuestros? ¡Supongo que no lo decís en serio! Ulrich von Ensingen es un hueso duro de roer, tozudo, ladino, astuto. Ya quisiera yo que fuera de los nuestros. Hemos intentado ponerlo de nuestro lado por todos los medios, pero ha sido inútil. No se ha dejado convencer ni con dinero ni con amenazas. Durante mucho tiempo creímos que Ulrich von Ensingen había escondido el pergamino dentro de los muros de alguna de las catedrales que fueron concebidas por él. Abrimos los muros en los lugares que acostumbran a reservarse para esconder tesoros de nuestro tiempo. Al fracasar la búsqueda, amenazamos al maestro Ulrich con derribar sus catedrales si no confesaba dónde había escondido el pergamino. Como podéis imaginar, una catedral que se derrumba de la noche a la mañana supone el fin del maestro de obras que la ha construido. En Estrasburgo nos faltó poco para lograrlo. Aunque finalmente tuvimos que reconocer que en una sola noche era imposible manipular los sillares fundamentales y claves de bóveda para que el edificio se desplomara.

Afra seguía las explicaciones del Apóstata sin pestañear. La logia de esos hombres era mucho más perversa de lo que ella se había imaginado. Entonces ella había sido injusta con Ulrich. Tal vez esas extremas circunstancias habían sido la causa de su extraño comportamiento. Pero ¿justificaba eso que la hubiera engañado con la buscona del obispo?

–Por lo que he oído, Ulrich von Ensingen debe de encontrarse aquí, en Constanza –apuntó Amando como de pasada.

–¿El maestro de obras? –exclamó Afra.

Amando de Vilanova asintió.

–Y no sólo el maestro Ulrich. Todos los grandes maestros de obras catedralicias han acudido al concilio. Es natural, ya que es la ciudad del mundo donde están congregados la mayoría de los dignatarios que pueden ofrecerles encargos. Pero eso no debe inquietaros. –Tras quedarse callado unos instantes, el Apóstata preguntó de improviso–: ¿Qué clase de relación mantenéis con el legado especial Pietro de Tortosa?

–Pues os lo diré ahora mismo –respondió Afra, furiosa–. ¡Ninguna!

El Apóstata murmuró entre dientes una disculpa y se apresuró a despedirse. Al marcharse, se llevó el dedo índice a los labios y, antes de salir por la puerta, dijo por lo bajo:

–Confío plenamente en que no diréis nada a nadie sobre la conversación que acabamos de mantener.

El encuentro con el Apóstata había causado en Afra un profundo desasosiego. Sentía miedo. No sabía a qué atenerse. ¿Se había creído su historia Amando de Vilanova? ¿O todo eso no era más que una treta para desenmascarla? Tal vez habían descubierto que se estaba haciendo pasar por la señora Kuchlerin.

El hecho de que Ulrich von Ensingen no estuviera confabulado con los Apóstatas aumentaba más todavía su desazón. ¿Acaso había sido todo fruto de su imaginación? ¿Había atado cabos que en realidad no existían? En situaciones de máxima tensión emocional el hombre tiende con frecuencia a establecer asociaciones entre las cosas que, vistas con perspectiva, resultan ser erróneas. Pero, por otro lado, ¿no podía ser que Amando de Vilanova hubiera sido enviado para tranquilizarla? ¿Una trampa para que volviera a confiar en Ulrich? Aunque pensándolo bien, si ése era el caso, Vilanova se había ido de la lengua al revelarle tanta información sobre sí mismo y sobre las artimañas de los Apóstatas.

Tras la conversación, Afra deambuló sin rumbo por Constanza. Esperaba encontrar alguna distracción. Y de hecho la encontró, aunque no en los juglares, ni en los bufones, ni en los montones de artistas ambulantes que presentaban sus números en todas las esquinas, sino un poco más allá, en el Obermarkt, en la plaza del mercado, donde un hombre enjuto y barbudo –vestido con una sotana negra y un birrete del mismo color que lo identificaban como un cura erudito– pronunciaba una encendida arenga. Subido a un tonel que hacía las veces de púlpito, descargaba un grandilocuente discurso que distaba mucho de los habituales sermones.

En un soplo se había corrido la voz de que Jan Hus, el reformador bohemio al que el papa había castigado con la excomunión tres años antes, hablaba en el Obermarkt. En ese momento, tropeles de curiosos brotaban de los callejones que desembocaban en la plaza. Todos querían ver al hombrecillo que hacía frente al papa con sus discursos.

El rey Segismundo le había invitado a defenderse ante el concilio y le había procurado un salvoconducto. Y Hus, arrojado y corajudo, pese a su menuda estatura, había aceptado la invitación.

Entre la multitud de oyentes que escuchaba, arracimada, el fuerte acento bohemio del predicador, se hallaba Afra. Las contundentes palabras del reformador contra el papa, la Iglesia y la secularización de ambos se le clavaban en el alma como saetas. Ella y muchos otros se reconocían en Jan Hus; sin embargo, lo extraordinario era que él se atrevía a expresar lo que tanta gente pensaba pero jamás osaría decir en alto.

–Vosotros, que os llamáis a vosotros mismos cristianos y cumplís con el precepto –exclamó a voz en grito–, sois todos ovejas de un pastor que se considera sacrosanto aun cuando se halla tan alejado de la santidad como las puertas del infierno del firmamento. Un papa que no vive como Jesús, es un Judas y no un santo, por más que haya accedido a su cargo de acuerdo con las normas de la Iglesia.

Tan sólo algún que otro espectador se atrevió a aplaudir, aunque los que lo hicieron agacharon la cabeza para que nadie los reconociera.

–En los tiempos –prosiguió Jan Hus– en que Jesús estaba en la Tierra, sus discípulos vivían con sencillez y amándose los unos a los otros. ¿Y hoy? Hoy los discípulos del Señor, los sacerdotes, los prelados, los prepósitos, los canónigos, los abades, los obispos, todos ellos se entregan al lujo y a todas las frivolidades imaginables, lucen suntuosas y coloridas vestimentas y cacarean como gallos; bailan con calzas ceñidas y ostentan sus partes pudendas en las braguetas, lo que es contrario al sexto mandamiento. Que catervas de cortesanas son mantenidas por ellos, no ha menester mencionarlo. Vosotros habéis visto con vuestros propios ojos que, nada más anunciarse la celebración del concilio en vuestra ciudad, miles de mujeres públicas invadieron las calles como hicieran las langostas durante las plagas de Egipto. Y cuando les falta dinero, estos siervos del Señor se dedican a vender reliquias –el sudario de Cristo, un jirón de su vestidura o incluso una gota de sangre– como objetos milagrosos. Hermanos en Cristo, os digo que Nuestro Señor Jesús fue transfigurado al ascender a los cielos y no dejó nada terrenal tras de sí. Pensad en las palabras del Señor: «Dichosos los que no han visto y han creído.» Que la vergüenza caiga sobre aquellos que se aprovechan de vuestra ceguera.

–¡Que la vergüenza caiga sobre ellos!

–¡Sí, que caiga sobre los sacerdotes!

De súbito unos doscientos espectadores, y entre ellos Afra, corearon al unísono:

–¡Que la vergüenza caiga sobre los sacerdotes!

En cuanto la multitud se hubo apaciguado, un joven dominico con pálida y reciente tonsura alzó el puño en un gesto amenazante y exclamó:

–¿Y vos, maestre Hus? ¿Acaso no sois un clerizonte que se enriquece a costa de las gentes del común? ¿Acaso vos no cobráis todos y cada uno de los servicios que prestáis, todas y cada una de las bendiciones, no cobráis incluso la extremaunción?

En ese instante se hizo el silencio en la plaza y todas las miradas se volvieron hacia Jan Hus. Entonces éste retrucó:

–Habrías de reflexionar, insolente dominico, antes de tirar la primera piedra. ¿No fue uno de tus hermanos el que hace poco encintó a una honrada mujer en la iglesia, tras lo cual la casa de Dios hubo de ser bendecida de nuevo?

El público estalló en gritos de júbilo, pero Hus interrumpió la algarabía.

–Yo no pretendo ocultar que me ordené sacerdote para asegurarme un sustento, vestir buenas ropas y procurarme el respeto de las gentes del común.

Abucheos aislados en el público.

–Pero antes de señalarme con el dedo, debéis saber que todos los emolumentos que gano como maestro en la universidad y predicador los reparto entre los pobres y los necesitados. Y que jamás una cortesana se ha enriquecido conmigo, y tampoco lo ha hecho un novicio o una novicia. Sin embargo –agregó Hus señalando al dominico con el dedo–, ¿por qué no le preguntáis al papa de Roma? Seguro que él sabrá responderos mejor que yo.

Con un vehemente «Amén» Hus concluyó su réplica. Rodeado de sus acompañantes y seguidores se marchó hacia la Paulsgasse, donde se hallaba la casa de la viuda Fida Pfister y en la que se rumoreaba que Hus ocupaba una habitación amueblada.

«¡El papa! ¡Su Santidad el papa!» Como un reguero de pólvora se extendió la noticia de que Juan XXIII y su séquito habían llegado, procedentes del monasterio de Kreuzlingen, a la puerta sur de la ciudad. Con cientos y cientos de seguidores, cardenales, arzobispos, obispos, abades y prelados, de los cuales cincuenta habían sido nombrados durante el viaje, el sumo pontífice había partido a principios de octubre y había escogido la ruta de Bolonia, Ferrara, Verona y Trento. En Merano había sido recibido por el duque Federico de Austria y acompañado por él en la travesía por el paso del Brennero y el Arlberg, hasta el lago de Constanza.

El papa Juan tenía más enemigos que cualquier soberano de Europa y supo apreciar la escolta de soldados armados. Por los servicios prestados durante el viaje, el papa nombró capitán general de la Iglesia al gallardo austríaco con una singular bula, un título absurdo que, sin embargo, iba asociado a una renta anual vitalicia de seis mil florines.

El papa Juan, un hombre achaparrado y fofo que ocultaba su calva bajo un solideo blanco que no solía quitarse, según los rumores, ni cuando compartía el lecho con una dama, llegó a Constanza con sentimientos encontrados. Había intentado convocar el concilio en otra ciudad, pero Constanza fue el único lugar del Occidente cristiano en el que accedieron a reunirse todas las partes invitadas.

No faltó mucho para que el asustadizo y supersticioso pontífice se diera media vuelta poco antes de llegar a su destino, porque su carruaje volcó por las tortuosas sendas del paso del Arlberg y Su Santidad cayó de cabeza al barro. El papa interpretó el suceso como un presagio fatídico y fueron precisas devotas e insistentes súplicas de cardenales y heraldos para convencerlo de que, una vez liberado del barro, continuara el viaje.

La presencia de soldados armados hasta los dientes y apostados en las murallas de la ciudad, las torres y los tejados de las casas tampoco contribuyó a disipar el profundo recelo que abrigaba el pontífice. Hasta el último instante, Su Santidad había insistido en entrar en Constanza oculto tras el cortinaje de su carroza. Pero al ver el dosel dorado y el señorial caballo blanco que el Concejo de la ciudad envió para su recibimiento, pudo más la vanidad de Su Santidad, que no se resistió a efectuar su entrada bajo un palio dorado y a lomos de ese majestuoso corcel.

Ya sólo la disposición ante la puerta de Kreuzlingen provocó peleas entre los dignatarios eclesiásticos y temporales acerca de cuestiones jerárquicas y de orden, pues los obispos y enviados de la realeza presentes ya en Constanza reclamaban un derecho de paso preferente sobre los cortesanos y obispos del séquito papal.

Sobre todo los obispos, unos doscientos en número, inspiraban desconsideración y hasta desprecio entre los respetables dignatarios. Al fin y al cabo no era ningún secreto que el papa otorgaba los cargos y dignidades a su antojo y que nombraba obispos a proxenetas y rufianes que ni siquiera sabían qué era el Espíritu Santo porque no se les pasaba por la cabeza que pudiera existir semejante figura.

Pietro de Tortosa, el legado especial del rey de Nápoles, se enzarzó con el maestro de ceremonias papal, el arzobispo titular de Santa Eulalia, en una acalorada discusión sobre si los consagrados caballos de Su Santidad debían marchar delante de los emisarios temporales de las dinastías extranjeras en la solemne procesión. La cuestión de quién merecía mayor respeto, si un rocín católico romano o un diplomático extranjero, encendió los ánimos de los creyentes hasta límites inimaginables y tuvo como consecuencia inmediata la formación de tres facciones, ante lo cual los franceses exigieron la inclusión del controvertido asunto en el orden del día del concilio.

En la algarabía y el galimatías de lenguas acabó imponiéndose el latín, aderezado con toda suerte de vocablos extranjeros, dado que el léxico latino monástico carecía de conceptos como «mequetrefe», «estúpido» o «putero». El latín fue durante el Concilio de Constanza la lengua más hablada con diferencia. No porque los señores clérigos tuvieran un gran dominio de ella, en absoluto, pero su latín eclesiástico era a todas luces más comprensible que el áspero inglés, o el español, o la cantinela del italiano de aquellos tiempos, por no mencionar el balbuceo gutural del alemán.

La pelea por el orden de entrada en Constanza acabó finalmente como el *Primer libro de los reyes*, con un juicio salomónico: todos, caballos y arzobispos, prelados palatinos y enviados, podían colocarse en el desfile como gustaran. Y así sucedió.

De las murallas de las puertas de la ciudad llegaba música de trombones. Los bombos marcaban el paso del desfile. La marcha la encabezaba un coro de *castrati* cuyas blancas voces entonaban el tedeum. El papa, con el rostro pálido y amendrentado bajo el solideo blanco, se las veía y se las deseaba para dominar al caballo en medio del bullicio. De vez en cuando extendía con un palo una mano tallada en madera para que la besara la multitud. Pero sólo algunos pocos correspondían al gesto.

Los ciudadanos de Constanza mostraron una actitud, ante todo, reservada frente al papa de Roma. Se miraban los unos a los otros boquiabiertos, las gentes se arremolinaban en las ventanas. Todo el mundo quería ver al pontífice al que tan mala fama precedía, pero apenas se dejaron oír aplausos o muestras de admiración. Incluso hubo momentos en que el desfile hacia la plaza de la catedral parecía más bien un vistoso y colorido entierro.

Mucho mayor, sin embargo, fue el interés que despertó, sobre todo en las jovencitas de la ciudad, la comitiva de prelados palatinos, secretarios apostólicos y escuderos, quienes, al igual que su señor, eran más conocidos por su indecencia que por su santidad. De suerte que por la noche Constanza se transformaba, como quien dice, en un paraíso: un paraíso para las mujeres. Porque a diferencia de lo que sucedía en el resto del Imperio, donde la cifra de mujeres superaba con creces a la de hombres, en Constanza había una mujer por cada diez varones en los tiempos del concilio.

Las palabras «*Tu es Pontifex, Pontifex Maximus*» se extendían por las callejuelas de la ciudad. Y mientras el cielo de Constanza se iba enturbiando con grandes nubarrones negros, un cortejo de diáconos imberbes que acompañaba al desfile balanceaba sus turíbulos cubriendo las calles de una acre humareda, como si quisieran ahuyentar al diablo hasta del más recóndito rincón de la ciudad.

En una ciudad pequeña como Constanza resultaba imposible mantenerse al margen de un acontecimiento de esa magnitud. Afra tampoco pudo sustraerse, a pesar de que, después de la conversación con Amando de Vilanova, tenía la cabeza en otros asuntos. Se había situado en la Pfeffergasse en cuarta fila para contemplar el espectáculo del desfile hacia la catedral del papa y los participantes del concilio, procedentes de todas partes de Occidente.

Las agudas voces de los *castrati* repetían una y otra vez «*Tu es Pontifex, Pontifex Maximus*» para que hasta el último vecino supiera quién recorría la ciudad bajo el majestuoso palio. Los escuderos que lo escoltaban lucían calzas blancas hasta la cintura y un corto jubón de mangas abombadas. Con mirada traspuesta, agitaban las palmas que portaban en la mano como aconteciera el día que el Señor llegó a Jerusalén.

Tras la clerical nube de humo podía entreverse el gesto hosco del papa, una pose con la que trataba de disimular el miedo a sufrir un ataque. Su temor no lo provocaba sólo la mala reputación que desde tiempos inmemoriales se había labrado entre los alemanes, sino el saber que muchos de sus numerosos enemigos habían enviado delegaciones a Constanza. Su rostro quedó iluminado fugazmente con una halagadora sonrisa al reparar en un grupo de emperifolladas meretrices que se gloriaban de sus exuberantes escotes. Juan XXIII acogió la pecaminosa visión con gratitud y dio su apostólica bendición a su apetecible voluptuosidad.

A Afra, sin embargo, la imagen del papa aterido de frío sobre el corcel más bien le inspiró lástima. Su apariencia no hacía honor a su fama y sólo cosechó algún que otro aplauso aislado. La casualidad quiso que la sombría mirada del papa y la de Afra se cruzaran, y ambos clavaron sus ojos en el otro durante unos instantes. Uno preguntándose «¿Por qué no me aplaudes?»; la otra respondiendo desafiante «¿Por qué habría de hacerlo?». Pero antes de que Afra tuviera tiempo de reaccionar, el papa había pasado de largo.

Tras el papa desfilaba el resto de los conciliares guardando la debida distancia y dejando de ese modo un espacio vacío que permitía a los espectadores de un lado ver a los del otro. En un primer momento Afra creyó que se trataba de un error provocado por lo mucho que había pensado en él en los últimos días. Desde que Vilanova mencionó que se encontraba en la ciudad y negó que colaborara en modo alguno con los Apóstatas, Afra sentía un gran remordimiento. Y si bien era cierto que los recuerdos de la época en la que compartieron sus vidas se habían ido desvaneciendo en los últimos meses como el color de los robles en otoño, no menos lo era que Afra seguía sintiéndose atraída por él. Afra miró de hito en hito al hombre del que sólo la separaban unos pasos. No había duda, ¡era Ulrich von Ensingen!

Alborotada y sin saber cómo reaccionar, apartó la mirada. Verlo de nuevo le produjo una sensación de felicidad y a la vez de cierta inseguridad, lo que le impedía dar el primer paso.

La remembranza del amor y la pasión la ayudó a vencer finalmente sus miedos. Con timidez, alzó el brazo y lo agitó con un fugaz y temeroso movimiento.

Pero sucedió lo inconcebible: sus gestos no hallaron respuesta alguna. Era como si a ojos del hombre Afra fuera invisible. Tenía que haberla visto por fuerza. Afra quiso llamarlo pero, antes de que se decidiera a hacerlo, le tapó la visión el desfile de conciliares, una colorida multitud ataviada con vestiduras suntuosas, incluso ostentosas, que marchaba encabezada por una banda de bombos y trombones.

En el centro de la primera fila: Pietro de Tortosa, el legado especial del rey de Nápoles, enemigo encarnizado del papa desde que éste había expulsado al rey Juan de Roma. Junto a él, el obispo de Montecassino, Peloso, quien, por más que quisiera, no podía explicar dónde se hallaba su diócesis, así como el enviado del dogo de Venecia, el arzobispo de San Andrés y el emisario del rey de Escocia, que vestía medias calzas y una falda roja que le cubría hasta las rodillas. Tras ellos marchaba el obispo de Cappacio junto al obispo de Astorga, seguido a su vez de los enviados del rey y la reina de España. El conde de Venafro desfilaba en compañía de un secretario apostólico, quien asistía, además, en calidad de obispo de Cotrone. Emparejados avanzaban también un fornido prelado palatino y el obispo de Badajoz, un llamativo personaje de larga cabellera negra. El escudo de armas del arzobispo de Tarragona, el más grande de todos, lo identificaba como gobernador de Roma, y tras él quedaba oculta la menuda figura de su acompañante, el arzobispo de Sagunto. En su calidad de emisario del rey de Francia desfilaba el abad de Saint Antoine de Vienne. Vestido con una larga y ceñida túnica violeta y calzado con zapatos de tacón alto, el clérigo avanzaba a pequeños brincos, como un caballo de circo, y se las veía moradas para mantenerse de pie sobre el duro empedrado. Él y el arzobispo de Acerenza, que marchaba acompañado de un novicio preocupado por la salvación de su alma, provocaron en el duque de Gravina y los condes de Palonga, de Conza y de Palene, que desfilaban detrás dispuestos en línea de tal modo que sus oscuras y nobles vestiduras de terciopelo llamaban más aún la atención, un interminable ataque de risa de todo punto improcedente en un acontecimiento de esa índole. Tras ellos, el enviado del duque de Milán y el emisario florentino discutían a voz en cuello, de forma que todo el público los oía, sobre quién habría tenido un lugar preferente de haber acudido sus señores en persona al concilio, y, siendo que media milla después no habían logrado ponerse de acuerdo, prefirieron ambos irse a buscar otro lugar en la procesión. También por algún motivo, desconocido en esta ocasión, debían de haberse enfrentado en el recorrido hacia la catedral el arzobispo de Acerenza y Latera y un clérigo presbítero, maestro de ceremonias, ataviado con prendas bordadas en oro, pues al llegar a la Pfeffergasse, delante de los ojos de Afra, el encolerizado obispo le arrancó la majestuosa vestidura al presbítero, dejando al desdichado en sobrepelliz (lo que para un maestro de ceremonias equivalía a la desnudez), y comenzó a darle patadas.

En ese instante, el desfile hacia la catedral se detuvo y Afra aprovechó la oportunidad para abrirse paso entre las primeras filas y atravesar al otro lado. Una vez allí, buscó sin éxito a Ulrich von Ensingen. El maestro de obras había desaparecido.

Confundida, Afra echó a andar hacia su aposento en la Fischmarktgasse. De pronto le había dejado de importar el concilio, el papa y todos los emisarios de Occidente. Por unos instantes había creído que todo daría un giro para bien. Ahora se indignaba pensando cuán ingenua había sido. Lo hecho, hecho estaba. Ninguno de los dos se había portado como debía con el otro. Pero al parecer Ulrich se sentía más ofendido que ella. Sin duda ella lo había tratado injustamente, pero y él, ¿cómo la había tratado él en Estrasburgo?

A Afra le bullían los pensamientos en la cabeza. No le cabía la menor duda de que Ulrich la había reconocido. Pero cuantas más vueltas le daba a la actitud del maestro de obras, más se iba concretando en su cabeza un terrible pensamiento: ¡Ulrich tenía otra mujer!

Tampoco podía censurarlo por ello, se dijo Afra. Su separación no dejó apenas lugar para la esperanza de que algún día fueran a reconciliarse. Aunque, de todos modos, ella imaginó que Ulrich se atrevería a decirle la verdad a la cara. Sin embargo, lejos de eso, había huido, se había traicionado a sí mismo, como Judas, que negó haber conocido jamás a Jesús el Salvador.

Las estridentes voces de los *castrati* persiguieron a Afra hasta la Fischmarktgasse. Delante de la casa de Pfefferhart aguardaba un hombre de elegante porte con una toga negra que, más que para combatir el frío, lucía como distintivo de su dignidad académica.

A Afra no le dio buena espina y estaba a punto de darse media vuelta cuando el desconocido la abordó y, atropelladamente, le dijo:

–Seguro que vos sois la esposa del legado de Nápoles. Yo soy Johann von Reinstein, estudioso, amigo y servidor del señor Jan Hus, de Bohemia.

Antes de que Afra tuviera ocasión de aclarar el malentendido, Reinstein, cuyo ininterrumpido torrente de palabras sólo podía ser frenado por sus propios pensamientos, prosiguió:

–Me envía el maestre Hus con el cometido de concertar un encuentro con messer Pietro de Tortosa. Jan Hus precisa el apoyo del legado contra el papa de Roma. Sois su esposa, ¿no es así?

–Por todos los santos, no, no lo soy, ¡pero no me habéis concedido la menor oportunidad de aclarároslo! –respondió Afra durante una pausa que hizo el desconocido para tomar aliento.

–Pero sí vivís aquí, en la Casa Alta del maestro Pfefferhart, donde se aloja el legado del rey de Nápoles, ¿no es cierto?

–En efecto lo es, pero messer Pietro de Tortosa y yo no compartimos nada, salvo la ruta de un viaje. Me llamo Gysela Kuchlerin y me encuentro de paso en la ciudad.

Esa información hizo enmudecer al erudito por unos instantes durante los cuales examinó a Afra con mirada escrutadora, aunque no de modo que ella se sintiera importunada.

En realidad ya se habían dicho todo cuanto la situación exigía, pero en ese momento una idea cruzó la mente de Afra como una flecha. Una idea que cambiaría el rumbo de los acontecimientos.

–¿Decís que sois amigo del maestre Hus? –preguntó Afra con cautela.

–Así me llama él, en efecto.

Afra se mordió el labio inferior.

–Lo he oído hablar. Sus palabras me han llegado al alma. Es un hombre muy valiente. Hace falta mucho arrojo para criticar al papa y al clero de todo Occidente. Otros han sido condenados por herejía acusados de cosas más nimias.

–¡Pero Hus tiene razón! La Santa Madre Iglesia va de mal en peor, Hus ha declarado en más de una ocasión que él estaría dispuesto a aceptar el castigo que fuere si se demostrara que es un hereje. Hasta ahora nadie lo ha logrado. No tenéis, por tanto, por qué preocuparos, bella dama. Aunque vuestra actitud revele que tenéis un gran corazón.

–Hus es un hombre astuto y versado en las doctrinas de la Iglesia –afirmó Afra en tono ceremonioso. Y acto seguido, agregó–: Yo me hallo en posesión de un pergamino que parece ser de gran trascendencia para el papa y la Iglesia. Desde luego, son muchas las personas que han intentado hacerse con el documento. El problema es que su contenido continúa siendo todavía hoy un misterio para mí. Sí sé, sin embargo, que dos de las palabras contenidas en él inquietan a determinadas personas.

–¿Y esas palabras son...?

–*Constitutum Constantini.*

Johann von Reinstein, que hasta ese momento había escuchado las palabras de Afra con una actitud un tanto distante, de repente se mostró ávidamente interesado:

–¿Habéis dicho *Constitutum Constantini*?

–Eso he dicho.

–Disculpad que os lo pregunte de modo tan directo –dijo Reinstein volviendo a su atropellada locuacidad–, pero ¿cómo ha ido a parar ese documento a vuestras manos? ¿Lleváis ese pergamino con vos? ¿Estaríais dispuesta a mostrárnoslo?

–Me estáis preguntando tres cosas a la vez –se rió Afra–. Mi padre me dejó en herencia el documento y me advirtió que podía valer una auténtica fortuna. Y precisamente por esa razón, no lo llevo encima, pero se encuentra a buen recaudo en la ciudad. Y en lo que a vuestra tercera pregunta se refiere, sería para mí un honor mostrárselo al maestre Hus. Supongo que puedo confiar en vos.

El erudito bohemio alzó ambas manos y repuso:

–¡Por san Wenceslao que me cortaría la lengua antes de dejar que saliera de mi boca una sola palabra sobre este asunto! Si os parece bien, mañana, después del toque de ángelus, podríais hacerle una visita al maestre Hus. Nos alojamos en casa de la viuda Fida Pfister, en la Paulgasse.

–Sí, lo sé –respondió Afra–, toda la ciudad habla de ello. Según dicen, sus partidarios han rodeado la casa y no se han marchado hasta que el maestre Hus se ha asomado a la ventana.

Reinstein resopló como diciendo «¡Qué le vamos a hacer!», pero finalmente dijo:

–Es asombrosa la rapidez con la que se han divulgado sus doctrinas por Alemania. Sería preferible que no entrarais a casa de la viuda Pfister por la puerta principal. La casa tiene una puerta trasera por la Gewürzgasse. Por allí podréis entrar en la casa sin llamar la atención.

Y en cuanto al legado napolitano, preguntadle si estaría dispuesto a recibir al maestre Hus.

Afra prometió hacerlo, aunque ya estaba enfrascada en sus pensamientos. Era cierto que jamás había cruzado una palabra con Jan Hus, pero durante el discurso que había pronunciado en la plaza del mercado le había inspirado confianza.

Cuando el estudioso se hubo alejado de la casa, Afra se dirigió a la casa de cambio de Pileo de la Brückengasse para recoger el pergamino y, como de costumbre, se lo escondió en el corsé. Antes de salir del despacho de Pileo miró en todas direcciones para comprobar que nadie la espiaba. Luego emprendió el camino de regreso a la Fischmarktgasse.

Había recorrido ya más o menos la mitad del camino cuando comenzó a llover. Un viento gélido había arrastrado consigo unos negros nubarrones y Afra buscó cobijo bajo la cornisa de una casa donde se habían guarecido también otras personas. Del bajo tejado caían grandes goterones. Afra estaba helada.

Debía de inspirar una inmensa lástima verla temblar, porque, de súbito, Afra notó que unas manos como caídas del cielo se posaban sobre sus hombros y la protegían del frío y la humedad con un mantón.

–Estáis temblando como un polluelo –oyó que decía una amable voz. Afra se volvió.

–¡Y quién no, con este frío! –Se quedó pensando, y agregó–: ¿No sois el tragafuegos que hace malabares?

–¿Y vos no sois la doncella que ha salido corriendo en el momento más emocionante del número?

–¿Os habéis dado cuenta?

–Los artistas somos personas sensibles, para que lo sepáis. Y nada ofende tanto a un malabarista como que el público se marche antes de acabar la representación.

–¡Disculpadme, no pretendía ofenderos!

El tragafuegos se encogió de hombros.

–No os preocupéis.

–¿Puedo recompensaros de algún modo? –preguntó Afra sonriendo.

–¿Qué me ofrecéis? –El muchacho se acercó a ella y le ajustó la capa al cuello.

«Qué hermoso es –se dijo Afra–, y qué joven.» Y volvió a apoderarse de ella el mismo sentimiento de calidez que sintió al verlo por primera vez.

–No lo sé –respondió con la timidez de una chiquilla.

Era curioso, se dijo para sus adentros, desde que era una niña había perdido por completo la vergüenza, el recato y la reserva. Y de pronto ahora, después de todo lo que había vivido, le sobrevenía ese brote de timidez, y además delante de un muchacho.

En ese instante, Afra cobró consciencia de que le temblaba todo el cuerpo, aunque no sabía decir si era por el frío o por la cercanía del joven. En cualquier caso, se sintió agradecida cuando, en un gesto espontáneo, el tragafuegos la estrechó contra sí para darle calor.

–Me llaman Jakob *el Ardiente* –señaló el muchacho guiñándole un ojo a Afra.

–Afra –respondió ella, que no vio ningún motivo por el que ocultarle su verdadero nombre al bello mancebo–. ¡Ya veo que os gusta jugar con fuego! –añadió Afra con doble sentido.

Dio la sensación de que Jakob quiso hacerse el despistado ante la insinuación de Afra al responder:

–No, el fuego es un elemento como el aire, el agua y la tierra, y como tal, no hay razón para temerlo. Sólo es preciso aprender a manejar cada elemento. Tomad el agua como ejemplo. El agua puede ser muy peligrosa, sin duda, uno puede ahogarse dentro de ella. Pero por otro lado es esencial para la vida. Exactamente lo mismo sucede con el fuego. Muchos ven en el fuego un peligro. Pero el fuego es tan esencial para la vida como el agua. Sobre todo, en un día como hoy. ¡Venid!

La lluvia había amainado y Jakob arrastró a Afra consigo en dirección a la casa del cabildo.

–Allí está mi carromato, y dentro hay un hornillo encendido. El calor os sentará bien.

Afra estaba asombrada, asombrada de la naturalidad con la que se comportaba el muchacho, y de la naturalidad con la que ella lo siguió.

Las Casas de los Canónigos eran un conglomerado de abigarrados edificios. En una esquina de la iglesia de Sankt Johann se habían instalado los malabaristas después de que el día anterior los echaran de donde estaban. Los bufones y titiriteros ambulantes estaban acostumbrados a ese trato. El pueblo los quería porque rompían la triste monotonía de su vida cotidiana, pero las autoridades los trataban con desconfianza y desprecio.

–Aquí vivo yo, libre como un pájaro –señaló Jakob, que extendió el brazo para invitarla a entrar.

Delante del muro exterior de un edificio sin ventanas se hallaban tres carromatos pintados de colores y un carro con una jaula en la que un oso inquieto se arrastraba de un lado a otro. Los carromatos tenían sólo dos ruedas altas y dos lanzas mediante las cuales un hombre podía manejarlos y llevarlos de un sitio a otro.

En uno de los carromatos se podía leer: «Jakob *el Ardiente*.» El vehículo contaba con un ventanuco lateral y una estrecha portezuela en la parte trasera, a la que se accedía por una escalera abatible. En la parte delantera había un tubo vertical del que brotaba humo negro.

–No es demasiado lujoso, pero es acogedor, calentito y está resguardado de la lluvia –señaló Jakob.

Afra se quedó admirada al ver la cantidad de muebles que cabían en un espacio tan diminuto: un horno, un catre, una mesa, una silla, un perchero y un arca junto a la ventana, todo cuanto necesitaba un malabarista. Ella jamás había visto un carromato de feria por dentro. Se quitó la capa que Jakob le había prestado y sintió el agradable calorcillo del estrecho barracón. Allí se sintió tan protegida y segura como nunca antes en mucho tiempo.

–¿En qué estáis pensando? –preguntó Jakob después de haber observado a Afra en silencio durante un rato.

Afra se echó a reír.

–Si os lo digo, me tomaréis por loca.

–¿Por qué? Me estáis intrigando.

–Estaba pensando que sería maravilloso poder recorrer tierras y países en un carromato, detenerse donde a uno le apeteciera y, en definitiva, olvidarse de Dios y del mundo.

El tragafuegos miró a Afra a los ojos con perplejidad. Titubeante, respondió:

–¿Y qué os impide hacerlo? ¿Os espera algún hombre con el que estáis prometida o tenéis alguna otra clase de obligaciones?

Afra apretó los labios y meneó la cabeza.

–En ese caso, ¿a qué esperáis? Con mi número se pueden alimentar dos bocas. No me gano mal la vida, aunque mi carromato pueda hacer pensar lo contrario. En tiempos malos como los que corren, la gente necesita más distracciones que en épocas de prosperidad. Pero no podemos quedarnos aquí más de una semana porque, pasado ese tiempo, nos echarán de la ciudad. Así es la vida de los juglares. De forma que todavía disponéis de cinco días para pensarlo.

Afra se sonrió con cara picarona. Más tarde ni ella misma sabría decir qué la llevó a hacer lo que hizo. Ciertamente, sus ropas estaban empapadas, pero ¿justificaba eso que se hubiera desnudado delante del muchacho? ¿No se había dejado llevar en realidad por la excitación, por la fantasía de seducir a un joven mancebo que tal vez no había conocido mujer?

Con total naturalidad Afra se despojó de su vestido y lo puso a secar sobre el respaldo de la silla. Luego se acercó a Jakob, que en ese instante estaba encogido en el borde del catre y miraba boquiabierto el ombligo de Afra. Al fin se atrevió a alzar la vista, y le preguntó a Afra:

–¿Qué es ese anillo que lleváis colgado al cuello?

Afra envolvió la sortija con la mano y la apretó contra su pecho.

–Un amuleto. Fue un regalo. –Afra hundió sus dedos con avidez en la abundante cabellera del muchacho y lo estrechó contra su cuerpo. Jakob no se atrevió a moverse. Alargó los brazos y rodeó los muslos de Afra. Así, aferrados a sus más profundos sentimientos, permanecieron largo rato.

–¿Cuántos años tienes? –preguntó Afra al fin.

–Ya lo sé –respondió Jakob con la voz quebrada, casi llorosa–, soy demasiado joven para una mujer como vos. Es eso lo que queréis decir, ¿no es cierto?

–Nada de eso. Nunca se es demasiado joven ni demasiado viejo para el amor.

–Entonces ¿por qué me preguntáis la edad?

–Por saber. –Afra notó la lengua de Jakob recorriendo su vientre. Una sensación indescriptible, y hasta ese día desconocida para ella–. Sólo por saber –repitió esforzándose por disimular su excitación–. O bien pareces más joven de lo que en realidad eres, o bien el destino te ha deparado una situación que no corresponde a un muchacho de tu edad.

Jakob levantó la cabeza.

–Me da la sensación de que tenéis un sexto sentido. Pero puede que ambas cosas sean ciertas. Mi padre era funambulista, al igual que mi madre. Su fama se extendía más allá de las fronteras de estas tierras. Para ellos no había torres demasiado altas ni ríos demasiado anchos que entre los dos no pudieran superar caminando sobre la cuerda floja. Lo que visto desde fuera parecía tan natural, en el fondo no era más que el dominio del miedo. Ambos tenían miedo a la cuerda floja. Pero era el único oficio que les daba para comer. Hasta que un día sucedió. Un nudo de la cuerda que estaba fijada a media altura de la catedral de Ulm se soltó y mi padre y mi madre se precipitaron al vacío.

–Qué espanto. –Afra vio los ojos lacrimosos del muchacho. Desnuda como estaba, se sentó a horcajadas sobre las rodillas del mancebo y le besó la frente. Jakob se arrimó a su pecho con la ternura de un niño–. Y de la noche a la mañana te viste obligado a salir adelante tú solo...

–Mi padre me había prohibido desde muy pequeño hacer equilibrios sobre la cuerda, pero a cambio me enseñó a hacer acrobacias con fuego. Un error con el fuego, solía decir, se puede remediar, un error en la cuerda floja siempre es el último. Cuánta razón tenía.

Afra acarició con dulzura el cabello del joven. Su tristeza la había conmovido. Sin embargo, no se decidió a entregarse a su ardiente deseo. Y en lugar de susurrar bellas palabras de amor al oído del joven mancebo, en lugar de hacerse dueña de su hombría, poseerlo y someterlo, dijo:

–Debías de querer mucho a tus padres.

Antes de acabar de pronunciar la frase se dio cuenta de la torpeza que acababa de cometer. No había duda de que el muchacho esperaba que ella, la adulta, la experimentada, diera el primer paso, lo acosara, lo iniciara –si acaso era necesario– en el amor. Pero no pudo ser y lo que aconteció fue distinto, muy distinto.

–Sí, los quería mucho –respondió el muchacho–, aunque no eran mis verdaderos padres.

–¿Cómo que no eran tus verdaderos padres? ¿Qué quieres decir?

–Yo soy lo que la gente llama un expósito, fui abandonado en un bosque en medio de unas setas apestosas. Mi padre decía que eran armillarias, del color de la miel. Por eso ellos no me llamaban Jakob, como fui bautizado, sino Miel.

–Setas color miel... –repitió Afra sin voz. Y súbitamente el olor acre de los hongos penetró en su nariz. De pronto, sin saber cómo, lo percibió con total nitidez. Había necesitado años para borrar de su memoria las emanaciones de aquellas setas color miel. Al principio, cada vez que ese olor la asaltaba, despertaba en ella los más terribles recuerdos. Y entonces corría a aspirar el suave aroma de unas flores o metía la nariz en una pestilente boñiga de caballo, olía lo que fuera con tal de ahuyentar de su mente esas torturadoras remembranzas. Y así hasta que un día, al cabo de muchos años, logró desterrarlo de su memoria por completo.

En esos instantes, sin embargo, el olor a las armillarias había despertado de nuevo y, con él, los recuerdos. Sentía el musgo húmedo bajo sus pies descalzos, veía ante sus ojos la rama del abeto rojo que le había servido como potro y la mancha de sangre sobre el suelo del bosque. Un dolor tan intenso como el de entonces recorrió su cuerpo. Deseaba gritar, pero calló, todavía sin la certeza de que realmente el pasado la hubiera atrapado de forma tan cruel.

–No tienes por qué ponerte triste –susurró Miel, al que no se ocultó el abatimiento de Afra–. Las cosas no me han ido mal en la vida. Quién sabe la suerte que habría corrido con mis verdaderos padres.

El muchacho, sonriente, alzó la vista hacia Afra, y le acarició suavemente los pechos.

Unos momentos antes Afra se habría derretido con las tiernas caricias del mancebo. Sin embargo ahora, confundida por la historia de Miel, un escalofrío le recorrió la espalda. Deseaba apartar al muchacho, darle una bofetada por atreverse a tocarla. Pero nada de eso sucedió.

Dominada por el remolino de pensamientos e incapaz de reaccionar, Afra soportó los galanteos del muchacho inmóvil como una estatua de piedra.

Luego, con un brusco movimiento, levantó la mano izquierda del joven y la agarró con fuerza. Contó. Contó cinco dedos en la mano izquierda del muchacho y sus terribles sospechas comenzaron a disiparse.

Iba a echarse a reír, aliviada, cuando Miel dijo:

–Espero que no te incomode mi cicatriz. He de confesarte que vine al mundo con seis dedos en la mano izquierda. Y como la creencia popular lo considera un símbolo de mala suerte y yo estaba harto de que todo el mundo se burlara de mi rareza, recurrí a un curandero que remedió mi mal con un hacha. Cerca estuve de desangrarme; pero como ves, sobreviví a la operación. Desde entonces llevo siempre conmigo mi sexto dedo como talismán. ¿Quieres verlo?

Afra se levantó de un respingo, como si la hubiera alcanzado una flecha. Su rostro estaba tan pálido como la cera de un cirio de Pascua. Apresuradamente cogió su vestido a medio secar y se lo puso.

El muchacho la siguió con la mirada, todavía sentado en el borde del camastro. Finalmente, dijo con tristeza:

–¿Es que ahora te doy asco? ¿A qué vienen tantas prisas?

Afra no oyó sus preguntas. Notaba un nudo en la garganta y tragó saliva. Luego se acercó al joven y le dijo:

–Tenemos que olvidar este encuentro cuanto antes. ¿Me lo prometes? ¡No debemos volver a vernos jamás! ¿Me oyes? ¡Jamás!

Afra posó las manos a ambos lados de la cabeza de Miel. Luego le dio un beso en la frente y salió corriendo del carromato.

Con los ojos llenos de lágrimas atravesó la plaza de las Casas de los Canónigos. Y entonces oyó tras de sí la voz de Miel.

–¡Afra, has olvidado algo!

Ella se asustó al oír su nombre resonando en la plaza. Se volvió.

Miel agitaba algo sobre su cabeza: ¡el pergamino!

Por un instante, Afra vaciló, no quería regresar de nuevo a buscarlo. No quería saber nada más del pergamino ni de su pasado.

Ella todavía seguía pensando cuando Miel la alcanzó y le entregó el pergamino en la mano.

–¿Por qué? –le preguntó desconcertado, y miró fijamente a Afra como si la respuesta se hallara en sus empañados ojos.

Afra meneó la cabeza.

–¿Por qué? –la apremió de nuevo.

–Créeme, es mejor así. –Deslizó el pergamino bajo su corsé y se quitó el anillo. Con un apresurado movimiento colgó el cordel de cuero con el anillo del cuello de Jakob.

–Te traerá suerte –susurró entre lágrimas–. Y así te acordarás siempre de mí. Ten por seguro que yo jamás te olvidaré.

Miró a su hijo una última vez. Luego dio media vuelta y echó a correr hacia la Fischmarktgasse como un cervatillo asustado. El corazón le latía a toda velocidad. Ni siquiera veía a las gentes, que se volvían a mirarla meneando la cabeza y buscaban en vano a su perseguidor. Ofuscada por la perturbación, se iba llevando por delante a completos desconocidos. Afra corría por correr, sin saber por qué; se avergonzaba de sí misma, de sí misma y de su pasado.

¿Tenía que haberle confesado a Miel quién era ella en realidad? Una voz en su interior le decía que no. Miel tenía una vida feliz. ¿Por qué iba a obligarlo a cargar con el peso del pasado? Si ella se guardaba el secreto para sí, el muchacho jamás descubriría quiénes eran sus padres. ¿Acaso no era mejor así?

12

UN PUÑADO DE CENIZAS NEGRAS

El año tocaba a su fin y anochecía temprano. En la ciudad se oía el alboroto y la música proveniente de los tugurios. Los taberneros de Constanza eran los mayores beneficiados por el concilio. Al caer la noche, sus locales se llenaban hasta tal punto que resultaba casi imposible encontrar asiento, y eso tenía una explicación. Por razones pecuniarias y de necesidad, ciudadanos totalmente decentes arrendaban sus camas dos veces cada noche –del atardecer a la medianoche y de la medianoche hasta el alba–, de tal forma que uno siempre se veía obligado a pasar la mitad de la noche en una de las numerosas tabernas de la ciudad.

Los bufones, histriones y músicos ambulantes amenizaban el rato a los clientes. Los más populares de todos eran los cantores, que entretenían al público con carracas y panzudos laúdes. Y de entre ellos, había un cantor bohemio que gozaba de especial popularidad, un tal Wenzel von Wenzelstein que por diversas razones se había ganado la simpatía del público. El cantor Wenzel cantaba canciones en una lengua macarrónica con letras obscenas como: «Doncelita, doncelita, lavaos la vaginita, que si no ninguén chicuelo mirará vuestros ojuelos.» Las trifulcas tabernarias le habían costado al cantor bohemio una oreja y el ojo izquierdo. De forma que no destacaba precisamente por su hermosura. Sin embargo, de acuerdo con una inexplicable ley de la naturaleza según la cual a los hombres feos les caían en suerte las mujeres más bellas, Wenzel iba acompañado por Lioba, una belleza oriental que de vez en cuando bailaba encima de las mesas, donde, si los rumores eran ciertos, solía perder la ropa.

Los comediantes y los músicos ambulantes que se hallaban de paso por la ciudad ejercían, además, un segundo oficio que les procuraba unas buenas ganancias. Llevaban y traían recados tanto escritos como hablados. De modo que no fue casualidad que, cuando Afra regresó destrozada de su encuentro con Miel, Wenzel von Wenzelstein estuviera cantando delante de su puerta. En esos momentos Afra no tenía ojos ni oídos para el feo cantor y su hermosa acompañante, y ya se disponía a sortearlos cuando el músico interrumpió su función y se dirigió a ella:

–Vos debéis ser Afra. Traigo un mensaje para vos.

Afra seguía enfrascada en sus cavilaciones sobre el encuentro con Miel. Se sentía vil y despreciable, y no tenía ningunas ganas de dispensar atención al desconocido. Pero en ese instante una pregunta cruzó su mente: ¿Cómo sabía el cantor su verdadero nombre?

Y mientras trataba de encontrar, sin éxito, la respuesta a esa pregunta, mientras escrutaba el rostro del músico intentando recordar si lo conocía, éste interpretó su silencio como un «sí» a su primera pregunta y prosiguió:

–Me envía un tal Ulrich von Ensingen, un hombre distinguido y además generoso, algo poco habitual entre los de su clase. Por cierto, Wenzel von Wenzelstein es mi nombre, caso de que nunca hayáis oído hablar de mí.

El tuerto cantor hizo una suerte de genuflexión que, dada la afectación del gesto y la grotesca apariencia del comediante, resultó un tanto ridícula. Además, al realizar la sobreactuada reverencia su laúd emitió un estridente chirrido, como si le hubiera pisado el rabo a un gato.

–Yo no tengo nada que hablar con el maestro Ulrich –respondió Afra con frialdad. Se sentía acorralada por el malcarado mensajero, y barruntaba, como tantas otras veces y no sin razón, que se trataba de una trampa.

–Me envía para rogaros –prosiguió Wenzel von Wenzelstein más bien canturreando que hablando– que lo disculpéis por su comportamiento. El maestro Ulrich está siendo espiado. O ciertas personas le acechan. Sí, ésas son exactamente las palabras que dijo. Además, me ha pedido que os haga entrega de esto.

Wenzel von Wenzelstein se sacó por sorpresa un papel del bolsillo, un papel de unos cuatro dedos de tamaño.

–Con el debido respeto, el maestro Ulrich os transmite su deseo de concertar un encuentro con vos. La hora y el lugar los encontraréis en ese papel. Wenzel von Wenzelstein os saluda.

Seguido de la bailarina, el misterioso mensajero desapareció en la oscuridad.

Afra se retiró a su habitación completamente exhausta. Desdobló el papel con gran nerviosismo y recorrió los finos trazos con la mirada. Se dio cuenta de que las manos le temblaban.

En la casa reinaba un gran alboroto. El legado napolitano le reprochaba algún descuido a voz en grito a su secretario, mientras el cochero y el heraldo se distraían sin recato en compañía de dos cortesanas, hablantes de una lengua extranjera y con potentes cuerdas vocales.

En la vida de todas las personas hay días en los que, sin comerlo ni beberlo, los acontecimientos se precipitan. Para Afra ése fue uno de esos días. Acababa de tumbarse a descansar, inquieta y acosada por todos los pensamientos que rondaban su cabeza, cuando el maestro Pfefferhart llamó a la puerta y dijo:

–Viuda Kuchlerin, hay dos maestres en la puerta que se niegan a revelar sus nombres. Dicen que vos ya sabéis a qué obedece su visita. ¿Queréis que les deje pasar?

–¡Un momento! –Afra se levantó y abrió la ventana que daba a la Fischmarktgasse. En la puerta había dos hombres bien vestidos. Uno de ellos llevaba una capucha muy calada y el otro sostenía una antorcha en la mano. Afra lo reconoció al instante. Era Johann von Reinstein.

—¡Hacedlos pasar! —repuso Afra.

Pfefferhart se alejó. Y Afra se puso un vestido. Poco después llamaron a la puerta.

—Espero que no la hayamos sacado de la cama —se disculpó Johann von Reinstein a media voz—, pero a mi amigo, el maestre Hus, le ha inquietado sobremanera vuestra historia sobre el *Constitutum Constantini*.

El acompañante de Reinstein permaneció impertérrito. Mudo, miró a Afra a los ojos y, de pronto, Afra comprendió quién era el desconocido: el maestre Jan Hus.

—¿Vos? —exclamó Afra aturdida.

Hus se retiró la capucha y rogó discreción llevándose el índice a los labios.

—En bien de todos nosotros le suplico que mantengamos este encuentro en secreto.

Afra extendió la mano invitando a los dos hombres a entrar en la habitación. De repente se sentía completamente despabilada.

—Quiero que comprendáis esto bien —comenzó a decir el hombre de la barba cuando se hubieron sentado en torno a la pequeña mesa empotrada en el hueco de la ventana—, no es la posesión del documento lo que me interesa, sino única y exclusivamente su contenido. Reinstein me ha dicho que el pergamino se encuentra a buen recaudo en algún lugar de la ciudad.

Afra se quedó mirando, como extasiada, al erudito bohemio. Se vio sumida en un mar de dudas, sin saber cómo reaccionar. Pero si existía un hombre, se dijo para sus adentros, que estuviera dispuesto a desvelar el secreto del pergamino olvidado sin obtener a cambio un beneficio para sí, ése era el maestre Hus.

A pesar de todo, tuvo que apretar los puños para decidirse a levantarse, sacar el pergamino de debajo del jergón de paja de su camastro y ponerlo sobre la mesa, delante de Hus y Reinstein.

—Como veis, maestre Hus —dijo Afra con fingido aplomo—, se encuentra en esta misma habitación.

Los dos hombres se miraron con estupor. Casi dio la sensación de que se avergonzaban de su propio entrometimiento. Sin duda, lo último que esperaban era que la mujer les enseñara el documento sin pero ninguno.

–¿Y de veras no sabéis en qué consiste el *Constitutum Constantini*? –preguntó Hus con incredulidad.

–No –respondió Afra–. Ya veis, soy una mujer sencilla. Todas las enseñanzas que me fueron dadas se las debo a mi padre, que era bibliotecario. Y él mismo fue también quien me dejó en herencia este pergamino.

–Y vuestro padre, ¿sabía de la trascendencia de este documento?

Afra adelantó el labio inferior, un gesto que acostumbraba a hacer cuando no sabía qué responder. Finalmente, dijo:

–Algunas veces me inclino a creer que sí, pero al mismo tiempo creo que no. Porque, por un lado, mi padre me aconsejó que recurriera a este documento sólo si no veía otra salida. Me advirtió que su dueño tenía entre manos un auténtico tesoro. Por otro lado, habría sido muy necio si, hallándose en posesión de semejante fortuna, no lo hubiera aprovechado cuando él, su esposa y sus cinco hijas vivían en la miseria. Pero ¿cómo es que vos sabéis lo que se halla escrito en el pergamino?

Hus y Reinstein intercambiaron una elocuente mirada. Ninguno de ellos respondió. Sin embargo a continuación, como si se hubiera despojado de pronto de todo miramiento, Hus cogió el pergamino gris y lo desdobló con delicadeza.

–¡El pergamino está en blanco! –exclamó enojado.

Reinstein le arrebató el pergamino de las manos y llegó a la misma conclusión.

–Sólo lo parece –respondió Afra, y se levantó victoriosa. Luego sacó de su hatillo una pequeña redoma, vertió unas cuantas gotas del líquido sobre el pergamino y las extendió con un pañuelo. Los dos hombres, mudos, la miraron con recelo.

Cuando comenzaron a aflorar los primeros trazos del documento, Hus y Reinstein se levantaron de las sillas. Inclinados sobre el pergamino, contemplaron el milagro de la revelación de la escritura invisible.

–¡San Wenceslao bendito! –susurró atónito Johann von Reinstein, como temiendo malograr el experimento si elevaba el tono–. ¿Habías visto alguna vez algo semejante?

Hus meneó la cabeza. Volviéndose hacia Afra, dijo al fin:

–¡Por todos los santos, sois una alquimista!

Afra soltó una carcajada, casi sarcástica, aunque a decir verdad no estaba de humor para sarcasmos.

–La carta se halla escrita en una tinta invisible y se requiere un preparado para revelarla. Un alquimista de Montecassino me la procuró. Se llama *aqua prodigii*. Debéis apresuraros a leer el texto, pues, al poco de aflorar, volverá a desvanecerse.

Con la mano temblorosa, Hus recorrió el mensaje en latín surgido de la nada, bisbiseando el texto línea a línea e intercalando de vez en cuando alguna frase traducida en voz alta:

–«Nos, Johannes Andreas Xenophilos..., bajo el pontificado de Adriano II ...el veneno paraliza mi aliento ...el encargo de redactar un pergamino ...yo escribí de mi puño y letra...»

Hus apartó el pergamino a un lado y clavó su mirada vacía en la llama de la vela. Reinstein, que había ido leyendo el texto por encima del hombro de Hus, enmudeció y, tras dejarse caer sobre la silla, se llevó las manos a la cara.

Afra estaba con el alma en vilo. Con un destello de ansiedad en los ojos, observaba el rostro pálido de Jan Hus. La pregunta, esa pregunta, le estaba quemando los labios, pero no se atrevía a formulársela a Hus.

–¿Sabéis lo que eso significa? –preguntó Hus poniendo fin al angustioso silencio.

–Con permiso, señor –respondió Afra–, sólo sé que un documento del papa al parecer de gran importancia fue falsificado por un monje benedictino. Os ruego que no me tengáis en ascuas. ¿Qué historia se oculta tras ese documento, ese *Constitutum Constantini*?

Para recobrar la calma, Hus se acariciaba las crespas patillas con la mano mientras contemplaba con estupor cómo se desvanecían poco a poco los trazos del pergamino. Luego dijo al fin, bajando la voz a un débil susurro:

–En la historia de la humanidad se han perpetrado vilezas que escapan a nuestra imaginación porque fueron cometidas en nombre de Dios Todopoderoso. Ésta es una de tales vilezas, una tropelía contra toda la humanidad.

Johann von Reinstein se descubrió la cara y asintió con reverencia a las palabras de Hus.

Después Jan Hus prosiguió:

–La Iglesia romana, los cardenales, obispos, prepósitos y abades y, no menos, los papas, constituyen la organización más rica del mundo. Juan XXIII vive a cuerpo de rey, agasaja a príncipes y monarcas para que ellos le den por su gusto. Recientemente, el rey Segismundo le ha sonsacado al pontífice nada menos que doscientos mil florines. ¿Os habéis detenido a pensar de dónde proviene toda la fortuna que ostentan el papa y la Iglesia?

–No –respondió Afra–, yo creía que la riqueza del papa era literalmente una bendición divina. Jamás, a pesar de que no me crié en un entorno muy devoto y de las experiencias que he tenido con los sacerdotes, me había atrevido a cuestionar las posesiones de la Iglesia.

De pronto Hus pareció volver a la vida. Se levantó de la silla y señaló con el dedo hacia la ventana:

–Eso mismo piensan muchos –exclamó sulfurado–, por no decir todos los cristianos. Nadie osa escandalizarse de la pompa y la ostentación de la Madre Iglesia. Sin embargo, cuando el Señor vivió en la Tierra nos dio ejemplo de pobreza y humildad. A lo largo de varios siglos después de su encarnación, nuestra Madre Iglesia fue una comunidad pobre formada por menesterosos. ¿Y hoy? Hoy el mundo continúa plagado de necesitados, pero entre ellos no figuran los papas, los obispos y los cardenales. Y es que los papas supieron arreglárselas para ir poco a poco haciendo acopio de prebendas, tierras y posesiones. Y cuando en el siglo VIII se cuestionó si esa apropiación indiscriminada de los bienes de la humanidad era de derecho y gozaba de la gracia de Dios, a un papa –presumiblemente Adriano II– se le ocurrió una idea tan genial como abominable.

–Ordenó falsificar un documento –lo interrumpió Afra, impaciente–, ¡y ese documento es el *Constitutum Constantini*! Pero ¿qué se dice ahí?

–Eso podrá aclarároslo mejor el maestre Reinstein. ¡Él ha tenido el supuesto original del *Constitutum* en sus propias manos!

–Por razón de mis estudios –dijo el maestre– tuve ocasión de analizar los documentos del archivo secreto vaticano, y entre ellos el *Constitutum Constantini*. En ese manuscrito, firmado por el emperador Constantino, el soberano bizantino obsequia al papa Silvestre con Occidente como gesto de agradecimiento por haberlo curado milagrosamente de lepra.

–Pero... –objetó Afra, agitada.

Mas antes de que pudiera expresar su opinión, Reinstein prosiguió:

–A la luz de esa donación, las posesiones y la riqueza de la Iglesia eran como mínimo de derecho, si bien moralmente reprobables. Sin embargo, al analizar el texto del documento llamaron mi atención una serie de incoherencias. La primera de ellas fue la lengua, este típico latín eclesiástico de nuestro tiempo tan distinto al latín tardorromano. Asimismo, se hacía referencia a fechas y sucesos acaecidos siglos después de la redacción del documento. Todo ello me escamó, pero en ningún momento me atreví a poner en entredicho la autenticidad de un manuscrito de semejante trascendencia. El maestre Hus, a quien recurrí en busca de consejo, creyó del todo posible que el *Constitutum* pudiera tratarse de una falacia, aunque me recomendó que me reservara el hallazgo para mí mientras la falsedad del documento no pudiera ser demostrada. Pero ahora con esto –Reinstein alzó el pergamino ya descolorido con las dos manos–, ya no queda sombra de duda.

Mientras Reinstein relataba la historia, Afra había revivido en su cabeza los últimos años de su vida. De pronto todo encajaba. Aunque no por ello se sintió más feliz, y mucho menos más tranquila. Al contrario. Hasta ese momento ella sólo había intuido el valor del pergamino. Sin embargo ahora, sabía con certeza que no había ningún otro documento de semejante trascendencia y capaz de convulsionar todo el Occidente cristiano.

Tal vez su padre decidiera dejárselo en herencia con la mejor de las intenciones, pero Afra dudaba mucho que al hacerlo fuera consciente de la verdadera magnitud de su importancia. Fuera como fuese, ella ya no se sentía capaz de seguir acarreando el peso de la situación. Porque ya no se trataba de que el pergamino valiera una incalculable fortuna, se trataba de los fundamentos de la Iglesia. Habiendo llegado de súbito el final de su aventura, Afra se sintió cansada. Echaba de menos un hombro en el que apoyarse. De improviso, le vino a las mientes Ulrich von Ensingen. Y si bien era cierto que no había decidido si asistir al encuentro conciliador que Ulrich le había propuesto, en ese instante se disiparon todas sus dudas.

Su voz temblaba de miedo y desesperación cuando, volviéndose al maestre Hus, preguntó:

—¿Y ahora qué va a pasar?

Jan Hus y Johann Reinstein, sentados uno frente al otro en un mutismo absoluto, se miraron a los ojos como si ambos prefirieran que respondiera el otro.

—De momento, mantened el comprometedor documento bajo vuestra custodia. Nadie imaginará que lo guardáis aquí con vos —dijo Hus tras una larga reflexión—. El papa me ha llamado a capítulo mañana. Es probable que apele de nuevo a mi conciencia para que me retracte de mi postura. Pero tras haber leído ese pergamino me reafirmo más aún en mi opinión: la Iglesia ha degenerado en un clan de gallos fanfarrones, lascivos desenfrenados y libertinos putañeros que se están enriqueciendo a costa del común de las gentes. Ésa no puede ser la voluntad de Nuestro Señor, que vivió en la Tierra con sencillez y humildad. Estoy impaciente por saber qué dirá el Vicario de Dios cuando le exponga el contenido del pergamino.

—Negará la existencia del documento —apuntó Johann von Reinstein.

Afra meneó la cabeza.

—No lo creo. El papa sabe de la existencia del pergamino. Vino en su conocimiento por una desafortunada sucesión de hechos. Cuando yo recurrí a un alquimista en Ulm para leer el texto por primera vez, no podía imaginar que Rubaldo, que así se llamaba, era un confidente del obispo de Augsburgo, que es a su vez un fiel partidario del papa de Roma.

—¿De forma que ese tal Rubaldo también se halla al corriente?

–Se hallaba, maestre Hus. Rubaldo perdió la vida poco después en extrañas circunstancias.

Los ojos del maestre despidieron un destello de rabia, y Johann von Reinstein compuso un gesto de preocupación.

–¿Sois consciente de que vuestra vida corre un gran peligro, viuda Gysela?

–¡No si os guardáis el secreto!

–Podéis confiar en que ni aunque fuéramos sometidos al más cruel de los interrogatorios revelaríamos una sola palabra de esta conversación –respondió Hus, y sus palabras parecían dignas de crédito–. Lo que sucede –prosiguió– es que si el alquimista os delató, y todo hace pensar que en efecto lo hizo, Juan XXIII no descansará hasta que se halle en poder del pergamino. Y un hombre como Juan XXIII sería capaz hasta de matar, de eso no nos cabe duda.

–Tal vez, maestre Hus. Pero como se ha demostrado, el papa se dio cuenta hace tiempo de que de nada le vale acabar con la dueña del pergamino si con ello no logra apoderarse del comprometedor documento. Además, yo soy otra persona distinta de la que supuestamente se encuentra en posesión del pergamino.

Hus y Reinstein se miraron estupefactos. La mujer despertaba en ellos cada vez mayor desconfianza.

–¿Otra distinta? –preguntó Hus–. Eso deberíais aclarárnoslo. ¡Vos nos dijisteis que os llamabais Gysela Kuchlerin!

–Gysela Kuchlerin está muerta. Murió de la peste en Venecia. La viuda de Kuchler tenía la misión de vigilarme. No por encargo del papa, por cierto, sino de una sociedad de clérigos apóstatas que fingían cumplir órdenes del papa. Porque lo que en realidad se proponían era chantajear al papa con el pergamino. Al ser testigo de la muerte de Gysela Kuchlerin, se me ocurrió la idea de darme yo por muerta y seguir viviendo con su nombre.

–¡Ave María Purísima, qué demonio de mujer! –exclamó Johann von Reinstein sin poderse contener. Y al reparar en la mirada de censura de Hus, agregó en seguida en tono de disculpa–: Perdonad mi grosería. Mis palabras no son sino fruto del asombro. Que Dios os conserve esa astucia femenina.

Muy pasada la medianoche Hus y Reinstein se despidieron. Acordaron reunirse de nuevo dos días más tarde para decidir cuál sería el siguiente paso.

Después de una noche inquieta en la que, a medio camino entre el duermevela y los sueños, la atormentaron toda suerte de oscuros pensamientos, Afra aguardaba impaciente el encuentro con Ulrich von Ensingen. Dándole vueltas una y otra vez, jugueteaba con el papel en el que el maestro de obras había anotado la hora, el lugar de encuentro y dos profundas palabras: «A mediodía, detrás de la torre de la puerta del Rin. Te quiero.»

Mucho antes de la hora acordada Afra se presentó en el punto del encuentro. El lugar había sido elegido con mucho tino, pues por la puerta situada al norte de la prepositura capitular circulaban muchos vehículos. Los comerciantes acarreaban sus mercancías, y los carros se agolpaban formando una caravana que atravesaba el puente del Rin y se extendía hasta la carretera de Radolfszell. El pontazgo se discutía y se regateaba. Y oleadas de conciliares continuaban llegando a la ciudad. La experiencia decía que un concilio como ése podía prolongarse años, y que en todo caso durante los primeros meses no se tomaba ninguna decisión.

No sin motivo, Afra se había ataviado con su mejor vestido y se había recogido el cabello en gruesas trenzas sujetas a los lados. Estaba tan nerviosa como el día de su primer encuentro en el taller de la catedral de Ulm. Desde entonces habían transcurrido ocho años que le habían cambiado la vida.

–¡Afra!

Habría podido reconocer la voz de Ulrich entre otras cien. Afra se volvió.

Por un momento los dos se quedaron mirándose, mudos, luego se fundieron en un abrazo. Desde el primer instante, Afra sintió la calidez de los brazos de Ulrich. Habría deseado confesarle que ella seguía amándolo, pero luego le vino a la mente el recuerdo de los últimos días en Estrasburgo, apretó los labios y no dijo nada.

–Quisiera decirte cuánto lo siento –dijo Ulrich–. Las desdichadas circunstancias abrieron un abismo de desconfianza entre nosotros. Nadie quería que sucediera así, tú no querías y yo tampoco.

–¿Por qué me engañaste con esa casquivana del obispo? –le preguntó Afra entre susurros, ofendida.

–¿Y tú? ¡Te lanzaste al cuello del mastuerzo del obispo!

–No sucedió nada.

–¿Y por qué habría de creerte?

Afra se encogió de hombros.

–¡Es difícil demostrar que algo no ha sucedido!

–Exacto. ¿Cómo quieres que te demuestre que yo no me acosté con la cortesana del obispo Wilhelm? Todo fue una trampa urdida por Su Eminencia. Ahora sé que me pusieron un elixir en el vino y que poco a poco fui perdiendo la consciencia. Todo debía suceder de tal manera que pareciera que yo me distraía con su manceba. Pero en realidad era una farsa tramada para presionarme. El asunto del pergamino había llegado a oídos del obispo Wilhelm von Diest. Él estaba seguro de que yo tenía el pergamino guardado bajo llave. Ahora sé que fue él quien ordenó que me detuvieran por el asesinato de Werinher Bott.

–¿Y quién lo mató?

–Una logia secreta de clérigos apóstatas que quería librarse del maestro de obras. Él se iba de la lengua con frecuencia. Y además un hombre en una silla de ruedas no era fácil de manejar y suponía un peligro para esa gente. El caso es que llevaba en el antebrazo el mismo estigma que el encapuchado al que mataron en la catedral.

–Lo sé, una cruz con una banda de través.

–¿Lo sabes? –Ulrich miró atónito a Afra. Luego la cogió del brazo. Allí corrían el riesgo de que algún testigo indeseado escuchara la conversación. Por eso recorrieron un tramo de la orilla, Rin abajo–. ¿Cómo lo sabes? –preguntó Ulrich.

Afra sonrió con suficiencia.

–Es una larga historia –contestó mirando el río que discurría lentamente.

Afra le habló largo y tendido de su odisea en Salzburgo y luego en

Venecia, de cómo huyó de la peste y viajó a partir de entonces como Gysela Kuchlerin, y le contó también lo que había averiguado sobre los Apóstatas, primero en Venecia y más tarde en el monasterio de Montecassino.

Algunas cosas resultaban tan increíbles que de vez en cuando Ulrich se detenía y miraba a Afra a los ojos para comprobar que decía la verdad.

–¿Y dónde se encuentra ahora el pergamino? –le preguntó cuando Afra hubo terminado.

Afra todavía no las tenía todas consigo respecto a Ulrich. Por eso, sin mirarlo a la cara, respondió:

–En un lugar seguro. –Sin que Ulrich se percatara, se palpó el corsé. Luego dijo–: Durante mucho tiempo creí que tú también eras miembro de los Apóstatas y llevabas el mismo estigma en el antebrazo.

De súbito, Ulrich se detuvo. Podía verse que estaba maquinando algo. Y mientras se remangaba la manga derecha, preguntó en un suave tono de voz:

–¿Entonces creíste también que mi amor por ti, que toda mi pasión era fingida, que era todo una farsa?

Afra no respondió. Avergonzada de sí misma, apartó la vista cuando Ulrich le mostró el antebrazo desnudo. Finalmente lo miró a la cara y no le pasaron inadvertidas las lágrimas que asomaban a sus ojos.

–Me siento una miserable –dijo Afra con la voz entrecortada–, desearía que nuestra vida hubiera transcurrido de otro modo. Pero este maldito pergamino me ha convertido en otra persona. Lo ha arruinado todo.

–Nada de eso. Tú eres la misma de antes, y conservas el mismo encanto.

Las palabras de Ulrich le hicieron bien, dado su abatimiento. Pero, a pesar a todo, se sintió incapaz de besarlo. Y eso que en ese momento deseaba hacerlo con toda su alma.

Y mientras ella se martirizaba con ese pensamiento y se maldecía a sí misma por no ser capaz de poner el corazón en su sitio, Ulrich la devolvió a la realidad.

–¿Lograste averiguar cuál es la historia que se oculta tras el pergamino? ¿Sobre qué trata el *Constitutum Constantini*? Yo no me atreví a seguir indagando para no levantar sospechas sobre ninguno de los dos.

Afra estaba a punto de contarle lo que había descubierto la noche anterior cuando Ulrich, agarrándola del brazo, le quitó la palabra:

–¡Ahí, mira, el hombre de la capa negra! –exclamó señalando con el dedo hacia la prepositura–. Puede que ya vea fantasmas; pero desde que llegué a Constanza tengo la sensación de que uno de esos sombríos individuos me sigue a todas partes.

Afra siguió discretamente al hombre con la mirada, intentando no perderlo de vista, y mientras tanto, le preguntó a Ulrich:

–¿Cómo es que viniste a Constanza? Y no me digas que me estabas buscando, porque a mí me ha traído hasta aquí el azar.

Ulrich no se lo pensó dos veces. No tenía nada que ocultar y respondió con toda franqueza:

–Quiero marcharme de Estrasburgo. La ciudad no me ha traído buena suerte. Te había perdido. Estar encerrado en la sombría catedral me recordaba día tras día el tiempo que, pese a ser inocente, había pasado en la cárcel. Ahora es mi gran adversario, el obispo Wilhelm von Diest, quien ve transcurrir los días desde el calabozo, pero de todos modos Estrasburgo me trae demasiados malos recuerdos.

–¿El obispo Wilhelm, el poderoso príncipe de la Iglesia, en las mazmorras? ¡Si no lo veo, no lo creo!

Ulrich asintió.

–Su propio cabildo decidió meter al poderoso obispo entre rejas. En los últimos tiempos su desenfrenado estilo de vida los llevaba por la calle de la amargura. Ahora al menos tengo un enemigo menos en Estrasburgo, pero es sólo uno entre muchos.

–¿Y quieres conseguir nuevos encargos?

–Exacto. Mi reputación como maestro de obras no es del todo mala. Las catedrales de Ulm y Estrasburgo son admiradas en todo el mundo. Ahora estoy en negociaciones con una delegación milanesa. Me han ofrecido acabar la catedral de Milán.

De pronto Ulrich se interrumpió. Señaló con los ojos hacia un segundo hombre con capa negra.

–Será mejor que nos separemos –dijo Ulrich–. Por si acaso, tomemos caminos diferentes. ¡Adiós!

–¡Adiós! –Afra se quedó como si le hubieran dado un golpe en la cabeza. La repentina despedida la cogió por sorpresa. Tragó saliva. ¿Era una despedida para siempre? Desconcertada, siguió con la mirada a Ulrich, que huyó a paso presuroso por una concurrida callejuela.

Perdida en un remolino de confusos sentimientos, emprendió el camino de regreso. A propósito, tomó una ruta diferente para despistar a sus posibles perseguidores. No podía dejar de pensar en Ulrich. Había sida injusta con él, ahora lo sabía. Había puesto muchas esperanzas en el reencuentro, tal vez demasiadas. ¿Acaso ya era demasiado tarde?

Delante de la casa de la Fischmarktgasse había dos hombres esperando a Afra. Estaba segura de que uno de los dos había estado espiándola mientras estaba con Ulrich en la orilla del Rin. Ese hombre era Amando de Vilanova.

–Disculpad, no quiero resultar pesado –dijo sin ambages–, pero no puedo dejar de darle vueltas a vuestras palabras, viuda Gysela.

Afra se sobrecogió. La forma en la que el hombre pronunció su nombre le resultó un tanto sospechosa.

–¡Ya os he contado todo cuanto deseabais saber!–respondió Afra, irritada.

–¡No lo dudo! Pero cuanto más pienso en la historia que me referisteis, más improbable se me antoja que la doncella Afra se llevara el pergamino a la tumba. Por todo lo que he podido averiguar sobre ella, se trataba de una mujer inteligente y astuta. Poseía incluso ciertos conocimientos de latín que ya quisieran para sí algunas abadesas. Me cuesta creer que llevara un documento de tanta trascendencia escondido entre las ropas como si se tratara de una simple bula de indulgencia comprada por un florín. ¿No os parece, viuda Gysela?

Las palabras del Apóstata sembraron en Afra una gran inquietud.

Un tremendo escalofrío le recorrió toda la espalda, y por un instante tuvo tentaciones de salir corriendo, pero en seguida se dio cuenta de que eso la convertiría en sospechosa. Debía poner todo su empeño en aparentar tranquilidad.

Finalmente Afra respondió, mientras el segundo hombre la estudiaba de arriba abajo con descaro, como si fuera mercancía puesta a la venta en el mercado:

–Sin duda, lleváis razón en lo que decís, maestre Amando. Entonces, si os he comprendido bien, ¿sospecháis que el pergamino pueda encontrarse en Venecia?

–Es muy posible. Aunque también existe la posibilidad de que, antes de morir, Afra se lo entregara a algún conocido, o a alguna conocida. –Amando la fulminó con la mirada.

–¿Creéis que el pergamino se encuentra en mi poder? –Afra soltó una afectada carcajada–. Me halaga que me tengáis por una mujer tan astuta. Pero, con toda sinceridad, os digo que yo ni siquiera sabría qué hacer con él.

–Os equivocáis –exclamó el Apóstata–, jamás he creído tal cosa. Sin embargo, pensaba que tal vez esa Afra os había insinuado en alguna ocasión el nombre de alguna persona que le mereciera especial confianza. Haced memoria.

–La verdad es que no recuerdo –respondió Afra fingiendo reflexionar.

–¿Y qué me decís de Ulrich von Ensingen? –apuntó Amando de Vilanova con una malévola sonrisa–. En Estrasburgo vivieron los dos juntos como marido y mujer, en pecado, por así decirlo...

–Sí, es cierto, eso lo mencionó durante el viaje. Aunque también dijo que la relación se había acabado por diversas razones. Lo cierto es que Afra no solía hablar mucho de su vida privada.

Afra temblaba por dentro. ¿Debía decir que se había reunido con Ulrich von Ensingen? ¿O era mejor no decir nada? La cuestión era: ¿La había reconocido Amando en la orilla del Rin?

–¡Deberíais tomaros un tiempo para pensarlo con calma! –dijo el Apóstata con un extraño tono de voz–. Por vuestro propio bien.

Con la cabeza baja, Afra hizo como que repasaba día por día todo el viaje a Venecia, pero en realidad su mente se había quedado en blanco. No sabía cómo reaccionar. Al cabo de un rato, respondió:

–Lo siento, maestre Amando, pero no recuerdo nada que pudiera ayudaros.

–No imagináis la lástima que me da. –Sus palabras sonaron como una amenaza–. De todos modos, estoy seguro de que acabaréis recordando. Volveremos en otro momento. Pensadlo bien, de lo contrario...

El Apóstata prefirió dejar la frase suspendida en el aire, pero sus palabras bastaron para que Afra comprendiera la amenaza.

Sin mediar palabra de despedida alguna, los dos hombres se dieron la vuelta con una leve reverencia y desaparecieron entre el gentío de la Fischmarktgasse.

Cuando se hubieron alejado lo suficiente de la casa, Amando de Vilanova se detuvo y se volvió hacia su acompañante con una mirada inquisitiva.

–¿Qué decís? –le preguntó murmurando entre dientes.

El acompañante esbozó una cínica sonrisa.

–Ésa no es ni por sombra la Gysela Kuchlerin con la que yo hablé en la iglesia de la Madonna dell'Orto de Venecia, tan seguro como que me llamo Joaquín de Fiore.

A pesar de que al día siguiente habían concertado una cita para trazar un plan, Hus no se presentó a la hora acordada. Ese hecho y la última conversación con los Apóstatas no hicieron precisamente que Afra estuviera tranquila.

Cuando, al día siguiente, el rey Segismundo, llegado de Espira, hizo su entrada en Constanza con gran pompa y se alojó en la Rippenhaus frente a la catedral, Afra aprovechó el caos reinante en la ciudad para deslizarse hasta la casa de Fida Pfister, donde se hospedaba Jan Hus. Llevaba el pergamino encima, lo cual la incomodaba sobremanera.

A Afra le llamó la atención la cantidad de alguaciles que había por todas todas partes afanados en retirar las octavillas con las tesis de Hus que el propio erudito bohemio había pegado con engrudo en las murallas y los muros de las casas. El alguacil, al que Afra le preguntó, le explicó que cumplían órdenes del papa. Y que pese a estar actuando contra sus convicciones, estaba obligado a acatar la orden.

Una multitud furiosa se había agolpado delante de la casa de Fida Pfister. Subido a un escabel, Johann von Reinstein intentaba inútilmente arengar ante la alborotada muchedumbre. Afra tardó unos minutos en comprender lo que estaba ocurriendo: «¡Hereje!» y «¡Discípulo del diablo!» exclamaban los unos mientras los otros formaban un círculo en torno al maestre para evitar que fuera atacado. Con gran esfuerzo, Afra logró abrirse paso hasta Reinstein.

–¿Qué ha ocurrido? –le preguntó sin aliento.

Al verla, Johann von Reinstein bajó del escabel y le susurró al oído:

–Han apresado a Jan Hus. Quieren acusarlo hoy mismo de herejía.

–Pero Hus obtuvo un salvoconducto del rey. Nadie puede enjuiciarlo, ¡ni siquiera el papa!

Reinstein soltó una amarga risotada.

–Ya veis el valor que tiene ese papel. ¡No más que una bula de indulgencia de tres al cuarto, o sea ninguno!

–¿Y dónde se encuentra ahora el maestre Hus?

–No lo sé. Los alguaciles que le pusieron los grilletes no estaban dispuestos a dar ninguna información.

Una mujer que había escuchado la conversación, se inmiscuyó:

–Se lo han llevado a la isla, al monasterio de los franciscanos. Lo he visto con mis propios ojos. Es una lástima. Hus no es un hereje. Sólo se atrevió a decir lo que muchos otros piensan.

–Tantos no parece que sean –exclamó Johann von Reinstein señalando con el brazo a la encolerizada multitud. Estaba irritado.

–¿Y qué pensáis hacer ahora? –lo apremió Afra.

El maestre se encogió de hombros.

–¿Qué creéis que puedo hacer? ¡Yo, un miserable maestre de Bohemia!

–Pero no podéis quedaros con los brazos cruzados viendo cómo enjuician al maestre Hus. Si lo acusan de herejía, lo condenarán. ¿O acaso conocéis algún juicio de herejía que haya terminado con la absolución del acusado?

–No recuerdo ninguno, no.

–Entonces, por el amor de Dios, ¡no dejéis piedra por mover para evitar ese juicio! ¡Os lo ruego!

Afra se descompuso al ver la resignación con la que Johann von Reinstein afrontaba la situación. Encendida de ira, miró el pálido rostro de impotencia del maestre y bramó:

–¡Maldita sea! El maestre Hus os llamaba «amigo», y vos os quedáis pasmado sin saber qué hacer. En situaciones desesperadas uno debe agarrarse a un clavo ardiendo.

–¡No os llevéis a engaño, buena mujer! Ningún hombre en la Tierra posee tanto poder como para afrontar él solo la lucha contra la Santa Inquisición. ¡Creedme!

Hasta ese instante Afra había creído que los hombres eran superiores a las mujeres en todos los aspectos. Que eran más listos, más fuertes, más arrojados, porque así lo había querido la naturaleza. Sin embargo en ese momento, al ver cómo el resignado, impotente y quejumbroso maestre abandonaba a su amigo al infortunio, se cuestionó si la superioridad del hombre, tal como la enseñaba la Santa Madre Iglesia, no era acaso una falacia, una interpretación errónea de las debilidades del hombre. No era de extrañar, la Iglesia estaba compuesta por hombres.

Al día siguiente empezó el interrogatorio de Hus, a cargo del cardenal Zabarella, en el castillo de Gottlieben, situado en un lugar muy apartado de la ciudad. Allí había sido trasladado Hus la noche antes. Zabarella, un hombre enjuto y espigado de mirada sombría, era considerado el canonista más eminente de su tiempo.

El asunto era harto delicado. Porque, de un lado, Hus había sido excomulgado por el papa y, del otro, el rey Segismundo había otorgado al excomulgado un salvoconducto garantizándole su protección. Tanto el papa como el rey se hallaban en la ciudad. Por otro lado,

Constanza se había dividido en dos bandos: los que tomaron partido a favor de Hus y los que exigían que Hus fuera quemado en la hoguera.

Del interrogatorio no salió ni una sola palabra a la luz pública. Todos los días corrían nuevos rumores. Se hablaba de huida. Hus, cargado de cadenas, fue llevado a la ciudad a escondidas. En el refectorio del monasterio franciscano junto a las murallas de la ciudad comenzaría el juicio a la mañana siguiente.

El cardenal d'Ailly, obispo de Cambrai, un hombre de arrogancia y soberbia casi insuperables, presidía el proceso. El refectorio del monasterio era demasiado pequeño para acoger a todos los delegados, los cardenales y los juristas. Los tumultos se extendieron por la calle.

Una noche Afra se cruzó con Pietro de Tortosa en la casa de Pfefferhart. Llevaba días sin ver al legado especial del rey. Ese día estaba borracho. Afra jamás lo había visto así. Parecía consternado e iba hablando solo, arrastrando las palabras, mientras subía por las escaleras dando tumbos.

Al preguntarle Afra por su estado, Pietro de Tortosa respondió:

–Estoy bien, doncella, estoy bien. Es sólo que el juicio contra el bohemio me ha revuelto el estómago.

–¿Os referís a Hus?

–Al mismo.

–¿Cómo está?

El legado hizo un gesto con la mano que lo decía todo.

–Estaba condenado antes de que comenzara el juicio. Y eso que dice cosas verdaderamente sensatas. Pero la gente que dice cosas sensatas es considerada a priori enemiga de la Iglesia.

–¿Queréis decir que será condenado?

–La sentencia ya está escrita. Lo sé de buena tinta. Mañana se anunciará públicamente en la catedral, y pasado mañana se llevará a cabo la ejecución en el patíbulo de la calle que con tanto ingenio han dado en llamar Paraíso.

Afra se llevó las manos a la cara. Por un instante se quedó paralizada. Incluso sus pensamientos parecían haberse quedado en suspenso. Se le encogió el estómago al pensar que Hus sería quemado en la hoguera.

En su abatimiento, Afra sintió de repente la necesidad de actuar. Entró en su habitación, se puso por encima un vestido oscuro y, como alma que lleva el diablo, se sumergió en la noche. Era tarde, pero en las calles de Constanza el bullicio no era mucho menor que durante el día. A la luz de antorchas y candiles, noctámbulos engalanados con coloridos atavíos vagaban en busca de fugaces aventuras. En las puertas de las casas, tras las cuales ejercían su provechoso oficio las meretrices más conocidas, resplandecían estolas y las mitras a modo de trofeo y alarde de la categoría eclesiástica de la clientela. De las posadas y los tugurios de comidas brotaba un olor a pescado asado y carnero a la brasa. En las tabernas y las esquinas de las casas, los moros y toda suerte de gentuzas extranjeras tocaban músicas jamás escuchadas con instrumentos jamás vistos. Junto a ellos, muchachas ligeras de ropa, casi niñas, se contoneaban como si tuvieran flexibles ramas de mimbre por huesos.

Afra apenas se percató de todo eso. Una sola idea la aventaba por las calles con la fuerza de un huracán: salvar a Jan Hus de la hoguera. Como en un sueño, se abrió paso hasta la plaza de la catedral, donde las gentes se apiñaban a la caza de novedades sobre el juicio contra Hus.

El palacio del obispo, donde se alojaba el papa Juan, estaba alumbrado por cien llameantes antorchas. Dos docenas de soldados suizos con uniformes de rayas amarillas, rojas y azules custodiaban el edificio. Cuadrillas de cuatro hombres patrullaban la fachada lindante con la plaza. Iban armados con relucientes alabardas con las que apuntaban a todo aquel que se acercara al edificio.

Sin pensárselo dos veces, Afra se dirigió a la entrada principal del palacio sin que las alabardas de los guardas ni los enérgicos gritos de «alto» de los soldados lograran acobardarla. Su aplomo y su determinación no fallaron.

Bien es cierto que Afra era de buen ver, y que lucía nobles ropas.

Pero el hecho de que el oficial de los soldados la confundiera con una de las busconas que frecuentaban los aposentos de Su Santidad noche tras noche, la ofendió sobremanera. El caso es que sin mediar pregunta alguna, pues no quiso saber ni su nombre, y con un guiño que confirmó sus sospechas, el oficial la acompañó a una sala del último piso donde aguardaba una docena larga de meretrices, en su mayoría italianas.

Pese a que las busconas conciliares, salvo dos desgreñadas bañeras de la peor calaña, eran de porte noble y refinados modales, Afra se sintió incómoda en ese singular ambiente. Las damas de clase más elegante mantenían una animada conversación sobre los beneficios que les estaba procurando el concilio, tantos que les permitiría retirarse y vivir plácidamente siempre y cuando fueran capaces de aguantar uno o dos años sirviendo a la Iglesia.

Las bañeras, por contra, parecían más interesadas en el tamaño de los genitales del clero, y sobre todo en el de Su Santidad, al que según comentaron entre cuchicheos, la naturaleza no había tenido a bien dotar en demasía. De hecho si una no estaba al tanto, añadieron, corría el riesgo de confundir el órgano de Su Santidad con una de las muchas sanguijuelas que el pontífice llevaba, por recomendación de su médico, metidas en sus bendecidas calzas.

Afra se sonrojó al imaginárselo y sintió un escalofrío de pura repugnancia. El resto de las meretrices, sentadas cual gallinas a lo largo de la pared de la estrecha sala, se mostraron indignadas o hicieron como que no habían oído la obscena conversación de las bañeras. Todas las allí presentes sabían que iba a costarles Dios y ayuda entregarse al rechoncho y bufonesco papa; pero la esperanza de ser elevadas por Su Santidad a la gloria de los altares, por así decirlo, como meretrices, les hacía perder los escrúpulos. A fin de cuentas las barraganas de la Curia eran consideradas las mujeres más caras del mundo.

Antes de que las dos bañeras tuvieran ocasión de seguir deslenguándose en bochornosas revelaciones, irrumpió en la sala monseñor Bartolomeo, el mayordomo del papa, un hombre joven, apuesto y de gallarda presencia. Lucía una negra y ensortijada cabellera que le caía hasta los hombros y una larga sotana. Sin embargo, su aspecto se transformó en el preciso instante en el que abrió la boca. Bartolomeo hablaba con una aguda y estridente voz de *castrato* cual mujer pesarosa en un confesionario, lo que provocó cruces de miradas desdeñosas entre las meretrices.

–*Laudetur Jesus Christus!* –gorgoriteó Bartolomeo.

Acto seguido, giró sobre sí y, quebrando la muñeca de la diestra contra el cuerpo, fue apuntando con el dedo índice una a una a todas las meretrices hasta decantarse al fin por una morena lozana de exuberantes pechos y una angelical damisela de castaños cabellos sueltos al aire.

–¡Monseñor, aguardad! –Afra se levantó y salió al paso del mayordomo.

El servidor palatino apartó a Afra a un lado haciendo un gesto de desprecio con el brazo.

–*Cede, cede!* –exclamó en latín como si la exorcizara–. ¿Es que no ves que esta noche la decisión ya está tomada? –No habría sido de extrañar que el monseñor se hubiera sacado una cruz de la sotana y la hubiera alzado contra Afra.

–Yo no quiero pasar la noche con el papa –respondió Afra para gran asombro de todas las meretrices.

Desconcertado, Bartolomeo se detuvo.

–¿A qué has venido entonces, cortesana?

–¡Debo hablar con el papa Juan, monseñor!

–¿Hablar? –chilló el mayordomo con voz estridente–. Pero ¿tú para qué crees que estás aquí?

–Lo sé, monseñor. Pero es que, en contra de lo que suponéis, yo no soy una cortesana.

–Claro, eres una mujer honrada. Eso lo dicen todas. Mi decisión está tomada y no hay más que hablar. Vos no estáis hecha para el lecho bendecido de Su Santidad, creedme, conozco a Baldassare Cossa, el hombre que es el papa.

Entonces Afra montó en cólera y gritó:

–¡Maldita sea, tengo que hablar con él! No se trata de mí, sino de él, del papa romano y las posesiones de la Iglesia. ¡Decidle a vuestro señor que se trata del *Constitutum Constantini*!

–¿Del *Constitutum Constantini*? –Bartolomeo se detuvo con gesto pensativo. Luego lanzó a Afra una mirada cargada de recelo. No sabía qué pensar de ella. El mero hecho de que una mujer a la que había tomado por una cortesana hasta hacía unos instantes tuviera conocimiento de la existencia del *Constitutum Constantini* lo desconcertó.

Levantando bruscamente el brazo, monseñor Bartolomeo echó a casi todas las meretrices de la sala. Por lo bajo, aunque no tanto como para que no pudiera oírse, las dos pupilas de los baños cuchichearon algo antes de arrastrar sus voluptuosos cuerpos fuera de la sala. Las meretrices rechazadas se lamentaron. Sólo las elegidas, radiantes de alegría, siguieron al mayordomo.

–Aguardad aquí –gorgoriteó el monseñor al marcharse, volviéndose a Afra.

Afra no sabía si su petición de hablar con el papa sería atendida, no sabía si el plan que había urdido de forma improvisada funcionaría. Los rumores que corrían sobre el papa Cossa no la hacían abrigar muchas esperanzas. Era sabido por todos que era un hombre sin escrúpulos.

Con el corazón encogido, Afra se asomó a contemplar la vista nocturna de la plaza de la catedral. Estaba absorta en sus pensamientos cuando de pronto oyó una voz tras de sí.

–¡De modo que vos sois la misteriosa doncella!

Afra se volvió.

Lo que vio al darse la vuelta no concordaba en modo alguno con la seriedad de la situación. Ante sus ojos apareció un hombre bajo y regordete de rostro rubicundo. Lucía un roquete con finos encajes en bajos y mangas y unas ceñidas calzas. El peto de la coraza de acero que portaba bajo el roquete para protegerse de posibles atentados le confería un aspecto sobrenatural. El monseñor, apostado unos pasos más atrás, le sacaba, cuando menos, dos cabezas. Bajo el brazo sujetaba la tiara de Su Santidad. La escena tenía algo de irreal, de teatral.

Afra sabía desde niña que uno debe saludar a un obispo besando su anillo. En el caso del papa, se dijo para sus adentros, no sería distinto. De ese modo, avanzó un paso y aguardó, inútilmente, a que el pontífice le tendiera su mano. Éste, sin embargo, le hizo una señal al monseñor apuntando hacia el suelo. Afra no comprendió.

Entonces el mayordomo se agachó, retiró la pantufla de uno de los pies de Su Santidad y lo acercó a Afra para que lo besara.

Una vez concluido el ritual, Afra dijo con voz temblorosa:

–Santo Padre, yo soy una mujer sencilla del pueblo, pero por circunstancias que ahora no me detendré a relatar, me hallo en posesión de un documento de gran trascendencia para vos.

–¿Y qué os hace pensar que es así? –la interrumpió el papa con cierta grosería.

–Porque vuestros esbirros y aquellos a los que vos se lo encomendasteis llevan años persiguiéndome. Y todo para hacerse con el pergamino. Se trata de una carta en la que un monje del monasterio de Montecassino confiesa haber falsificado el *Constitutum Constantini* por encargo del papa Adriano II.

–¿Y qué? ¿Acaso es eso tan importante?

–Creo que no es necesario que yo os lo explique, Santidad. Sé a cuánto asciende la suma que ofrecisteis a los Apóstatas. Y sé también que los Apóstatas planeaban sonsacaros mucho más dinero todavía, en el caso de que hubieran logrado apoderarse del comprometido documento.

–¡Habéis oído a esta doncella! –exclamó el pontífice dirigiéndose al mayordomo–. Habría de ser maniatada y sometida a un minucioso interrogatorio. ¿Qué opináis, Bartolomeo?

El monseñor asintió devotamente, a la manera de un tabernero.

–Podéis hacerlo si eso es lo que deseáis –respondió Afra–, incluso podéis quemarme en la hoguera como a una bruja. Pero si eso ocurre, tened por seguro que el pergamino aparecerá en algún otro lugar del mundo, donde menos lo esperéis, y os hundirá en la desgracia.

A la propia Afra le sorprendió su repentina osadía.

–¡Estáis endemoniada, doncella! –bramó el pontífice con una mezcla de repugnancia y admiración–. ¿Cuánto querríais, suponiendo que realmente pudierais hacernos entrega del documento? ¿Mil ducados de oro? ¿Dos mil?

De súbito el papa parecía inseguro, más pequeño de lo que era de por sí.

–Nada de dinero –respondió Afra fríamente.

–¿Nada de dinero? ¿A qué viene eso?

–Lo que exijo a cambio es la vida de Jan Hus. Nada más y nada menos.

El pontífice se volvió con cara de perplejidad hacia el mayordomo.

–¿La vida de un hereje? *Obliviscite!* Os haré abadesa y os regalaré bosques con más árboles que almas forman la Cristiandad. Os convertiré en la mujer más rica del mundo.

Afra meneó la cabeza con aplomo.

–Os daré las ganancias de miles de cartas de indulgencia garabateadas por clerizones temerosos de Dios, y además un hatillo con los pañales del Niño Jesús a guisa de pequeña reliquia.

–¡La vida de Jan Hus!

El papa Juan se volvió hacia su mayordomo con una mirada furibunda.

–¡Un hueso duro de roer, esta doncella! ¿No os parece?

–En efecto, Su Santidad, un hueso duro de roer. Deberíais poneros vuestra tiara. Está refrescando y os arde la cabeza.

El pontífice empujó al monseñor.

–*Nonsens!*

En algún momento, Baldassare Cossa debía de haber aprendido latín con algún maestrillo de pacotilla. En la universidad, desde luego, no había estudiado. Pues el tiempo que los clérigos honrados habían consagrado al estudio de la teología, Cossa lo había dedicado al oficio de la piratería. Pero, desde que por medios poco honrados se había proclamado papa, solía mezclar de forma tan lamentable como frecuente *–miserabile ut crebro–* su macarrónico latín en todos sus parlamentos.

–Doncella –dijo en tono casi suplicante–, yo carezco de poder para liberar a Jan Hus. Sobre él se ha dictado una sentencia legal, y la herejía se condena con la muerte en la hoguera. Que el Señor se apiade de su alma. –Al pronunciar esas palabras el pontífice unió sus manos en actitud santurrona–. Y en cuanto a vuestro pergamino, permitidme que os diga que su valor es mucho menor del que creéis.

–Atestigua que la donación del emperador Constantino jamás se produjo. Que vos y vuestra Iglesia os habéis adueñado injustamente de todas las prebendas, los derechos de sucesión y las tierras que poseéis.

–¡Jesús, María y José! –El pontífice se retorció las manos–. ¿Acaso no creó Dios el Cielo y la Tierra tal como se narra en la Biblia? Si así lo hizo y si yo, Juan XXIII, soy su Vicario en la Tierra, entonces todo cuanto hay en ella me pertenece. Sin embargo, quiero ser generoso. La avaricia no es una virtud cristiana. ¡Pongamos dos mil quinientos ducados de oro!

–¡La vida de Jan Hus! –insistió Afra.

–¡Tenéis el diablo en el cuerpo, doncella! –La cara roja del pontífice se puso más roja todavía, su hinchado cuello más hinchado; jadeaba y parecía totalmente poseído por la cólera–. Está bien –dijo al fin, sin mirar a Afra a la cara–, tendré que consultarlo con mis cardenales.

–¡El pergamino a cambio de la vida de Hus!

–Que así sea. El pergamino a cambio de la vida de Hus. Mañana, antes del pronunciamiento de la sentencia en la catedral, el obispo de Concordia y el cardenal obispo de Ostia se personarán en vuestra casa. Si hacéis entrega del documento a los dos prelados, la sentencia se pronunciará a favor de Hus. Tan cierto como que hay Dios en el cielo.

–¡Mi nombre es Afra y me alojo en casa del maestro Pfefferhart, en la Fischmarktgasse!

–Lo sé, doncella, lo sé –respondió el papa con una insidiosa sonrisa.

Soplaba un tormentoso viento, la lluvia arreciaba y unos densos nubarrones negros encapotaron la ciudad. Parecía que presagiaran la desgracia. Las gentes miraban temerosas hacia el cielo. Hacia las once se dictaría la sentencia de Jan Hus en la catedral. Pero los mirones, los cotillas y los morbosos llevaban desde las siete concentrados delante del pórtico de la santa morada de Dios.

El cardenal obispo de Ostia, De Brogni, que había de presidir el último día del proceso, y el obispo de Concordia, a quien correspondía el pronunciamiento de la sentencia contra Hus, emprendieron a esa misma hora el camino hacia la Fischmarktgasse ataviados con sotana de color rojo fuego y sobrepelliz. Los eruditos y delegados de todos los países del Occidente cristiano, que habían sido invitados al acto en calidad de testigos, intercambiaron miradas de preocupación cuando los dos dignatarios, escoltados por seis soldados armados, sus secretarios y el mayordomo del papa, echaron a andar en la dirección opuesta a la catedral y finalmente entraron en la casa de Pfefferhart.

Tras toda la noche en vela, Afra no se hallaba en la mejor de las condiciones cuando llegaron los dos obispos. Sin poder pegar ojo, se había pasado toda la noche preguntándose si al final su plan culminaría con éxito. A lo largo de esas horas, había desechado sus planes en más de una ocasión, aunque poco después había decidido seguir adelante. Finalmente, había llegado a la conclusión de que entregar el pergamino era la única forma de salvar a Hus de la hoguera.

A ella misma el pergamino le había traído de todo menos suerte. La había condenado a vivir en una huida constante. Había engendrado en ella la desconfianza hacia el hombre al que amaba, tal vez hasta había destruido el amor. Y en más de una ocasión la había arrastrado al borde de la muerte. Ni por todo el dinero del mundo deseaba seguir viviendo así. ¡Maldecía el pergamino una y mil veces!

Desde hacía dos días llevaba encima el odioso documento. Acababa de colocárselo en el corsé de tal modo que pudiera sacarlo con facilidad cuando los tres hombres irrumpieron en la habitación.

–¡En nombre del Todopoderoso –exclamó el mayordomo en un tono teatral, y extendió los brazos hacia el cielo a la manera de los profetas–, dejádnoslo ver! Tenemos prisa.

Como siempre que la situación lo exigía, Afra actuó con fingida serenidad a pesar de que tenía el corazón en un puño.

–¿Quién sois vos? –preguntó dirigiéndose al primero.

–De Brogni, cardenal obispo de Ostia.

–¿Y vos?

–El obispo de Concordia. –El anciano le tendió la mano a la doncella con cierto hastío, pero Afra no reaccionó.

En lugar de corresponder al obispo, se sentó en la pequeña mesa junto a la ventana, sobre la que había una Biblia encuadernada en tapas de piel marrón, y dijo:

–Juradme por todos los santos y por Dios misericordioso, y con la mano izquierda sobre el libro de libros, para que el diablo no pueda apoderarse de ella, que, con vuestra sentencia, Jan Hus quedará libre de la hoguera.

Los tres hombres revolvieron los ojos, y De Brogni, un fornido individuo sin cuello, con la cabeza empotrada directamente en los hombros, bramó sulfurado:

–Doncella, no estáis en disposición de darnos órdenes. De modo que ¡entregadnos el pergamino y asunto resuelto!

–Ni hablar, Eminencia –replicó Afra igualmente sulfurada–. No habéis comprendido vuestra situación y ahora sobreestimáis vuestras posibilidades. Vos me suplicáis a mí, no yo a vos. De modo que ¡yo pongo las condiciones!

El mayordomo, que recordaba perfectamente del día anterior las dotes negociadoras de Afra, le rogó contención a De Brogni y dijo:

–Naturalmente que estamos dispuestos a pronunciar el santo juramento sobre la Biblia, en nombre de Dios misericordioso y de todos los santos, para que vuestra petición sea tenida en cuenta.

A continuación, monseñor Bartolomeo se situó ante la Biblia y juró hacer todo cuanto estuviera en su mano para librar a Hus de la hoguera. De Brogni y el obispo de Concordia hicieron lo mismo.

Afra se desabrochó entonces el corsé y sacó el pergamino. Los hombres parecían irritados.

Con mucho cuidado, pues al fin y al cabo sabía de la importancia del documento, el cardenal obispo lo cogió y lo desplegó. Al parecer, no había sido informado sobre los detalles, pues cuando vio el pergamino en blanco, se hinchó como un pavo en celo e hizo ademán de abalanzarse sobre Afra, pero en ese instante el mayordomo lo detuvo y le señaló el frasco que reposaba, inadvertido, sobre la mesa.

Monseñor Bartolomeo abrió la redoma, se untó el índice con el líquido y frotó después el documento aparentemente vacío. Al cabo de unos instantes, de las manchas que se habían formado afloraron algunos trazos, al principio muy borrosos, pero luego cada vez más nítidos.

–*Falsum* –leyó De Brogni a media voz, y lanzando una mirada cargada de admiración a Afra, se santiguó a toda prisa. El obispo de Concordia no pareció comprender lo que acababa de suceder, y meneó la cabeza.

Finalmente el mayordomo dobló de nuevo el pergamino y se lo guardó bajo la sotana. Luego cogió la redoma.

–Vamos, Eminencias –dijo dirigiéndose a los obispos–, ya es hora.

Ninguno se dignó a volver a mirar a Afra.

Hacia el mediodía, Pietro de Tortosa regresó del pronunciamiento de la sentencia, al que había sido invitado como representante del rey de Nápoles. El legado llegó con cara de profundo desánimo.

Dando por sentado que Tortosa continuaría aturdido por la excesiva ingesta de alcohol del día anterior, Afra no pensaba detenerse a conversar con él en la escalera, pero al ver los iracundos ojos del legado, que despedían chispas de rabia, decidió preguntarle a qué se debía su infrecuente mal humor.

–Lo han condenado a muerte –dijo Pietro de Tortosa.

–¿De quién habláis?

–Jan Hus, el valiente bohemio, ha sido condenado a morir en la hoguera.

–¡Pero eso es imposible! Tenéis que haberos equivocado. ¡Hus debe ser absuelto! Estoy segura.

El legado meneó la cabeza con desgana.

–Señora mía, he visto con mis propios ojos y oído con mis propios oídos cómo el obispo de Concordia leía la sentencia de muerte en presencia del rey Segismundo y terminaba con las palabras: «Encomendamos su alma al diablo. Su cuerpo mortal será quemado de inmediato.» ¿Creéis que he soñado todo eso?

–Pero no puede ser –farfulló Afra, aterrada–. ¡El papa me dio su palabra y los tres dignatarios hicieron santo juramento!

Pietro de Tortosa, que no comprendió ni una sola palabra, cogió a Afra de la muñeca y la sacó de la casa. Ya en la Fischmarktgasse, señaló furibundo hacia el norte, donde una humareda negra ascendía hacia el cielo.

–¡Que Dios se apiade de su alma! –dijo. Era la primera vez que el legado mostraba algún signo de religiosidad.

Las lágrimas resbalaron por el rostro de Afra, lágrimas de rabia e impotencia. No se hallaba en condiciones de pensar con claridad. Impulsada por la furia, echó a andar hacia la plaza de la catedral. La ciudad y las gentes que transitaban por las estrechas callejuelas se le aparecían borrosas. Sin aliento, llegó al palacio del obispo, delante del cual se había concentrado una encolerizada multitud.

A fuerza de empujones, Afra se abrió paso entre la exaltada y tumultuosa muchedumbre. Las gentes proferían gritos como «¡Traidor!» o «¡Él debería arder en la hoguera y no Hus!».

–¡Dejadme pasar! ¡Quiero hablar con el papa! –le increpó Afra al alabardero que custodiaba la entrada al palacio.

El soldado la reconoció al instante y se rió:

–Me temo que llegáis tarde, doncella. Hoy no... –dijo haciendo un elocuente gesto con la mano–. Pero todavía quedan muchos cardenales y monseñores en la ciudad.

Afra hizo oídos sordos a la soez insinuación.

–¿A qué os referís con que llego tarde?

–Me refiero a que, mientras se pronunciaba la sentencia de Hus en la catedral, Su Santidad el papa ha abandonado Constanza por la puerta de Kreuzlingen disfrazado de soldado. Supuestamente se halla de camino a Schaffhausen para encontrarse con el duque Federico de Austria. Nadie sabe más detalles al respecto. Nadie sabe la causa ni la razón.

Afra se quedó mirando al soldado con la boca abierta. Ya no sabía qué pensar. De pronto rompió a gritar:

–¡Había jurado por Dios Todopoderoso que no ocurriría! Dios Todopoderoso, ¿por qué lo has permitido?

Las personas que habían sido testigos de la conversación con el soldado no hallaron sentido alguno a las extrañas palabras de la joven doncella y se alejaron. Desde que había comenzado el concilio, la ciudad estaba plagada de extravagantes y estrafalarias gentes. No merecía la pena darle mayor importancia.

Cabizbaja, abatida y descorazonada, Afra regresó hacia la casa de la Fischmarktgasse. Ya no sabía qué rumbo había de tomar. Al subir la escalera hacia su habitación, creyó hallarse ante una visión, pues a veces los deseos se manifiestan en imágenes.

Ulrich von Ensingen estaba sentado en un escalón, esperando con la cabeza apoyada en las manos. No dijo nada, tampoco cuando sus rostros se acercaron y, bajo la media luz de la escalera, vio los ojos llorosos de Afra. Con la mano temblorosa, cogió la de Afra.

Pero no ocurrió nada de eso. Al contrario, Afra no sólo le estrechó la mano, sino que se abrazó a Ulrich como quien se agarra a una rama porque se está ahogando. Y así, en silencio, se quedaron largo rato.

–Todo ha terminado –susurró Afra finalmente–, por fin todo ha terminado.

Ulrich no comprendió a qué se refería. No tenía más que una vaga intuición y no se atrevió a preguntar. Al menos en ese momento.

Sin saber muy bien qué hacer ni qué decir, estrechó a Afra entre sus brazos. La ternura con la que ella acogió su abrazo le ayudó a reunir valor.

–El arzobispo de Milán me ha otorgado el encargo de terminar la catedral. Le he dado mi palabra. He de partir mañana mismo. ¿Quieres venir conmigo? ¿Venir conmigo como mi esposa?

Tras una larga mirada, Afra asintió.

Al mismo tiempo, el carruaje tirado por seis caballos que el duque Federico había enviado al papa avanzaba a toda velocidad por la orilla izquierda del Rin en dirección a Schaffhausen. Los cocheros sentados al pescante tenían órdenes de galopar raudos como el viento y llevar por la ruta más rápida a Juan XXIII y a su mayordomo hasta Schaffhausen. Allí, por lo pronto, Su Santidad se hallaría a salvo. Porque el colegio de cardenales había tomado la determinación de destituirlo.

A propósito, el duque había elegido un carruaje sobrio con un toldo oscuro y desgastado. De ese modo, nadie en los pueblos que atravesaran por el camino sospecharía que el papa Juan XXIII viajaba en su interior. El destartalado carro carecía de toda clase de comodidades. Ni siquiera disponía de una ventana en la parte delantera a través de la cual el mayordomo pudiera dirigirse a los cocheros para que aminoraran la marcha. Y es que Su Santidad padecía unas terribles náuseas y estaba aterrorizado.

Con una mano, el papa Juan se sujetaba al tosco banco sin acolchar –no recordaba la última vez que su bendecido trasero había sido maltratado de semejante manera–, mientras, con la otra, enarbolaba el pergamino como un trofeo. Bartolomeo, entre0tanto, se afanaba en encender un fuego con ayuda de una yesca.

Poco antes de su huida, el monseñor había aplicado la tintura al pergamino y había leído el texto en alto para su señor. La lividez que cubrió el rostro del pontífice le duraba todavía. Y aunque, en algunos momentos, los ojos le brillaban con cierto aire victorioso, en el fondo la congoja le había calado hasta la médula.

–¡Maldito siervo del Señor! ¡Enciéndelo de una vez! – increpó al mayordomo con impaciencia.

Pero el mayordomo, inexperto en asuntos profanos tales como encender una lumbre, no lograba alumbrar ni una triste llama.

Rememorando su pasado de corsario, Juan XXIII lo intentaba a la vez a su manera. Y he aquí que, de pronto, una llama prendió en su yesca. Una llama débil al principio, pero que, avivada por el viento, se tornó en seguida en una refulgente antorcha.

El pontífice apremió a su mayordomo para que mantuviera la llama encendida. Luego él mismo desdobló el pergamino y lo expuso al fuego.

–¡Maldita sea, no arde! –exclamó impaciente.

–Debéis tener un poco de paciencia, Santidad. Incluso las pobres almas del Purgatorio han de requemarse primero durante un rato antes de que sus pecados sean devorados por el fuego.

–*Nonsens!* –espetó el papa.

Entonces, de pronto, aconteció algo inexplicable: el pergamino lanzó una furiosa llamarada que, como un haz de fuego, chocó contra el toldo del carruaje. Sólo unos instantes después, el carro ardía en llamas.

Cuando los cocheros se percataron del infierno, ya era demasiado tarde para apagarlo. Todos los esfuerzos por detener el carruaje fueron en vano. Los carreteros saltaron. Y lo mismo hizo el monseñor, seguido de Juan XXIII. Los caballos, como almas que llevara el diablo, continuaron galopando por la pedregosa carretera rumbo a Schaffhausen.

Arrastrándose por el suelo a cuatro patas, el papa trepó por el talud que se extendía junto al camino. Se incorporó tambaleándose y resolló. En el interior de la mano derecha, abrasada, ocultaba un puñado de cenizas negras.

LOS HECHOS

El contexto en el que se enmarca esta novela es histórico y no una invención del autor.

La *Donación de Constantino (Constitutum Constantini)*, según la cual el emperador Constantino (306-337) donó Roma y Occidente al papa Silvestre (314-335), es histórica. Sin embargo, el documento, cuya autenticidad fue universalmente reconocida en la Edad Media, era una falsificación que, por lo que hoy sabemos, el papa Adriano II (867-872) debió de encargar hacer a algún monje. Ya en el siglo XIV surgieron las primeras dudas sobre la autenticidad del pergamino. Por un lado, por el estilo empleado en el escrito, y por el otro, por la mención de una serie de hechos que no habían cobrado relevancia hasta siglos después de que supuestamente fuera redactado. La Iglesia defendió su autenticidad hasta entrado el siglo XIX. En la actualidad, la falsedad del documento se considera demostrada.

El terrible papa Juan XXIII (1410-1415) es también un personaje histórico, al igual que los dos antipapas, Benedicto XIII y Gregorio XII. Los cronistas medievales narran increíbles ruindades sobre el papa Juan XXIII que superan la imaginación de cualquier escritor. Su Santidad mantenía relaciones sexuales con la mujer de su hermano y vivía con la hermana del cardenal de Nápoles. A los jóvenes clérigos, a cambio de sus favores, los nombraba abades de los monasterios más ricos. Las trescientas monjas de Bolonia deshonradas también es un hecho real.

Juan XXIII convocó el Concilio de Constanza (1414-1418), oficialmente, para acabar con el cisma y llamar a capítulo al reformador Jan Hus. Por causas todavía desconocidas, el papa huyó a escondidas de Constanza, aunque más adelante sería detenido, destituido y encarcelado. Ya en tiempos modernos, la Iglesia intentó borrar el recuerdo de este papa dando a Angelo Roncalli el nombre de Juan XXIII (1958-1963) como si nunca le hubiera sido dado al primero.

Jan Hus, el primer rector de la Universidad de Praga, que criticaba duramente la relajación del clero, recibió garantías del rey Segismundo de que, en caso de asistir al concilio, no sería condenado a muerte. Él debía limitarse a defender sus tesis delante de todos. Sin embargo, durante el concilio, Jan Hus fue apresado y quemado en la hoguera.

Los episodios de histeria causados por el diablo, tal como se describen al comienzo, eran habituales en la Edad Media y desencadenaban toda clase de aberraciones estremecedoras. Tales episodios de histeria colectiva hoy en día nos resultan inconcebibles. También eran frecuentes los episodios de histeria en los que las personas bailaban hasta morir o quedar inconscientes.

Ulrich von Ensingen es un personaje histórico. Nació en 1359 y murió en 1419 en Estrasburgo. Las gigantescas torres que construyó le sirvieron para cosechar la fama de hombre extravagante y ser el arquitecto más conocido de su época. Él levantó la nave principal de la catedral de Ulm hasta la altura que tiene actualmente y comenzó la torre de la catedral de Estrasburgo, al mismo tiempo que trabajaba en la catedral de Milán.

La verdadera heroína de la novela, la hermosa Afra, es una ficción, al igual que el pergamino olvidado que supuestamente redactó el arrepentido escritor del *Constitutum Constantini* al final de su vida. Pero ¿acaso no podría haber acontecido así? Que Dios perdone al autor.